कुली

अंतर्राष्ट्रीय प्रसिद्धि-प्राप्त अंग्रेज़ी उपन्यास COOLIE
का हिन्दी अनुवाद

मुल्कराज आनंद

राजपाल

स्थापित 1912
100 वर्षों की
श्रेष्ठ प्रकाशन परम्परा
राजपाल

₹ 499
ISBN : 9789350640746

COOLIE (Novel) by Mulkraj Anand
मुद्रक : जी.एस. ऑफसेट, दिल्ली

राजपाल एण्ड सन्ज़
1590, मदरसा रोड, कश्मीरी गेट, दिल्ली–110006
फोन : 011–23869812, 23865483, 23867791
website : www.rajpalpublishing.com
e-mail : sales@rajpalpublishing.com
www.facebook.com/rajpalandsons

‘कुली’ अन्तर्राष्ट्रीय ख्याति के भारतीय लेखक डॉ. मुल्कराज आनंद का युगान्तरकारी उपन्यास है, जो अपने प्रथम प्रकाशन के कोई 60–65 साल बाद भी प्रासंगिक बना हुआ है। यह हिमाचल प्रदेश के कांगड़ा इलाके के एक ऐसे अनाथ और विपन्न किशोर को केन्द्र में रखकर लिखा गया है, जिसे पेट भरने के लिए मुम्बई जैसे महानगर की खाक छाननी पड़ी, ग़लाज़त की ज़िन्दगी जीनी पड़ी और तब भी वह दो दानों का मोहताज बना रहा। क्षयग्रस्त शरीर के बावजूद परिस्थितियाँ उसे हाथ-रिक्शा खींचनेवाले कुली का पेशा करने को मजबूर कर देती हैं। तब भी क्या मुन्नू नाम का वह अनाथ–विपन्न किशोर भूख और दुर्भाग्य को पछाड़ने में कामयाब हो पाया?...

स्थान–काल–पात्रों की दृष्टि से बहुत विस्तृत फलक पर रचा गया यह उपन्यास यद्यपि ब्रिटिश भारत में घटित होता है, किन्तु अभावग्रस्त ग्रामीण जीवन को जिन सामाजिक–आर्थिक परिस्थितियों से टकराते-जूझते यहाँ दिखाया गया है, वे पहले की तुलना में आज और अधिक गम्भीर और अधिक जटिल हुई हैं।

प्रेमचन्द की परम्परा का एक महान उपन्यास–‘कुली’!

एक

"मुन्नू! हे मुन्नू! ओ मुन्नू रे!" गुजरी ने झोंपड़े के बरामदे से आवाज़ दी।

यह नीचा-सा झोपड़ा गाँव से लगभग सौ गज़ हटकर पहाड़ के बग़लवाली घाटी में बिल्कुल अलग खड़ा था। गुजरी की बाज़ की-सी आँखें गाँव के मकानों की नीची-नीची छतों से भी दूर, सुनहली रेत की घूमती हुई पगडण्डी पर, दूर-दूर तक दृष्टि दौड़ा रही थीं। काँगड़े का तपता हुआ सूर्य अपनी निर्दयी किरणें बरसा रहा था। मुन्नू को वह कहीं देख न पाई।

"मुन्नू! हे मुन्नू! ओ मुन्नू! कहाँ मर गया रे! किधर गायब हो गया अभागे! चल, इधर! तेरे चाचा को जाने की जल्दी है और तुझे भी उनके साथ जाना है।" वह कर्कश स्वर से फिर चिल्लाई। उसकी दृष्टि आम के बाग से भी दूर व्यास नदी के चमकीले चाँदी-जैसे किनारे तक पहुँची और फिर क्रोध में भरी हुई उस झाड़-झंखाड़ में उलझ कर रह गई, जो पानी के दोनों ओर काली-सी बैंगनी पहाड़ियों के सामने उगे हुए थे।

"मुन्नू, ओ मुन्नू!" उसने परेशान होकर फिर पुकारा। तिरस्कार और क्रोध से वह अपने स्वर को जितने ऊँचे चढ़ा सकती थी, उतने ऊँचे चढ़ाकर उसने फिर पुकारा, "अरे कहाँ मर गया? कम्बख्त, मनहूस, माँ-बाप को खाकर बैठा है! चल, इधर आ और किसी तरह मुँह काला कर!"

घाटी में यह ज़बरदस्त चीख़ अपनी पूरी ताक़त के साथ गूँजी और अपनी पूरी कड़वाहट के साथ मुन्नू के कानों से जा टकराई।

मुन्नू ने अपनी चाची की वह आवाज़ सुनी तो, पर जवाब नहीं दिया। उसने घनी छाँह वाले पेड़ की आड़ से, जहाँ वह छिपा बैठा था, झाँककर लाल लहँगे को झोपड़ी में ग़ायब होते देख भर लिया था। वह व्यास के तट पर जानवर चरा रहा था। उसकी भैंसे और गायें किनारे के गँदले, छिछले पानी में उतर कर, सवेरे के तपते हुए सूर्य की गर्मी से बचने के लिए ठण्डे पानी में बैठी जुगाली करने लगी थीं, और वह खेल में लग गया था।

गाँव के ज़मींदार का लड़का जयसिंह, जिसके कपड़े और हाथ-मुँह सभी साफ़-सुथरे रहा करते थे, मुन्नू के नंगे बदन में कुहनी गड़ाकर बोला, "तुम्हारी चाची पुकार रही है। तुम्हें सुनाई नहीं देता? कुछ तमीज़ भी है गँवार कहीं के? चाची है कि चिल्ला-चिल्ला कर गला फाड़ रही है। और तुम हो कि जवाब तक नहीं देते।"

जयसिंह और मुन्नू में वास्तव में गाँव के बालकों बिशुन, विशम्भर आदि—की नेतागिरी के सम्बन्ध में सदा से प्रतिद्वंद्विता का भाव रहा है। उसे यह बात भी मालूम हो गई थी कि मुन्नू आज गाँव से शहर चला जाएगा। इसीलिए वह चाहता था कि जल्दी-से-जल्दी उसे अपने रास्ते से हटा दे।

मोटा बिशुन बोला, ''अरे अभी से जाकर क्या करेगा? तेरी चाची जरूर तुझे किसी काम से भेजना चाहती होगी।'' फिर वह जयसिंह की बात का प्रतिवाद करने के विचार से उसकी ओर मुड़ा और कहने लगा, ''अच्छा! तो वह अपनी चाची के पुकारने पर घर नहीं गया इससे तुम उसे गँवार कहने लगे। और अपनी तो कहो। जब तुम्हारी माँ तुम्हें दोपहर को बाहर निकलने से मना करती है और घर में बैठने को कहती है, तो तुम क्यों उसे बुरा-भला कहते हो? तुम्हारे पिता तो तुम्हें दो आने रोज़ ख़र्च करने को देते हैं, फिर भी तुम स्कूल जाने से जी चुराते हो! और हम तो स्कूल भी जाते हैं और छुट्टियों में ढोर भी चराते हैं। अब यही बता दो कि यहाँ बैठे-बैठे तुम समय नहीं नष्ट कर रहे हो तो और क्या कर रहे हो? तुममें तो इतना भी साहस नहीं, कि दो-चार आम ही तोड़ लाओ। मुन्नू ने ये आम तोड़े हैं तो घर जाने से पहले उसे दो-चार चूस लेने दो।''

''मैं दूसरों के वृक्षों से आम नहीं तोड़ा करता।'' जयसिंह बोला, ''मैं आम खरीदता हूँ।'' और फिर वह बड़ी सिधाई दिखाते हुए बोला, ''मैं तो केवल इसलिए कहता था कि उसे जाना चाहिए, क्योंकि उसकी चाची बड़ी चिड़चिड़ी है। वह हम सब को बुरा-भला कहेगी कि मुन्नू को क्यों रोक रखा। उसे अपने चाचा के साथ शहर जाना है न।''

''तो क्या यह बात सच है कि तुम शहर जा रहे हो?'' नन्हें विशम्भर ने पूछा। वह बड़ा जोशीला था।

''हाँ, बस आज ही जा रहा हूँ।'' मुन्नू ने जवाब दिया। उसके पेट में उथल-पुथल-सी हो रही थी।

''किन्तु तुम तो अभी कुल चौदह वर्ष के ही हो। और स्कूल में भी पाँचवें दर्जे ही तक पहुँचे हो?'' विशम्भर ने ज़ोर से कहा।

''मेरी चाची चाहती है कि मैं पैसा कमाना शुरू कर दूँ।'' मुन्नू बोला, ''मेरा चाचा कहता है कि अब मैं बड़ा हो गया हूँ। मुझे अपनी रोटी खुद कमानी चाहिए। शामपुर में मेरा चाचा जिस बैंक में काम करता है, वहाँ के एक बाबू के घर में उसने मेरे लिए नौकरी ढूँढ ली है।''

''शामपुर में रहना तो बड़ा ही सुखदायक होगा।'' जयसिंह बोला। उसे अब मुन्नू से ईर्ष्या होने लगी थी, क्योंकि मुन्नू उस समय इस भाव से ताक रहा था, मानो उसमें कुछ महत्त्व आ गया हो। अब वह शहर में रहेगा—जहाँ खाने के लिए बढ़िया चीज़ें, पहनने के लिए अच्छे कपड़े ओर खेलने के लिए सुन्दर खिलौने मिलते हैं।

मुन्नू ने मुस्करा दिया। पर उसकी मुस्कराहट से प्रकट होता था, मानो वह कह रहा हो कि यदि इस गाँव में मेरा यह अन्तिम दिन न होता, तो तुम्हारे जबड़े पर ऐसा घूँसा जमाता कि फिर कभी तुम गाँव के बालकों के नेतृत्व की कल्पना तक न करते।'' यद्यपि मुन्नू की आयु अभी इतनी नहीं हो पाई थी कि वह परिवार से सम्बन्ध रखने वाले भिन्न-भिन्न विषयों पर विचार कर सके, पर उसे अच्छी तरह मालूम था कि जयसिंह का

पिता ही उसके सारे संकटों और दुर्भाग्य का कारण है।

उसने सुना था कि ज़मींदार ने उसके पिता की पाँच एकड़ भूमि अपने अधिकार में कर ली थी, क्योंकि वर्षा के अभाव के कारण पैदावार अच्छी नहीं हुई थी और लगान पर पहले से जो ब्याज़ चढ़ रहा था वह अदा नहीं हो सका था। उसे यह भी मालूम था कि उसका पिता बेबसी ओर निराशा की दशा में एड़ियाँ रगड़-रगड़कर चल बसा था और उसकी माँ को एक अल्पवयस्क देवर तथा एक गोद के बच्चे-समेत पैसे-पैसे को मोहताज छोड़ गया था। उसे यह भी याद था कि किस तरह उसकी माँ चक्की पीसा करती थी और उस चक्की के पाट कितने भारी और खुरदरे थे। लकड़ी का हथेड़ पकड़ कर वह उसे रात-दिन चलाती रहती थी; कभी दाहिने हाथ से, कभी बायें हाथ से। यह तसवीर उसके दिमाग़ में अच्छी तरह जम चुकी थी। इसके अतिरिक्त एक और तसवीर भी उसके दिमाग़ में थी। वह उस समय की थी जब उसने माँ को ज़मीन पर मरी हुई पड़ी देखा था। उसके चेहरे से एक उदास पागलपन-सा टपक रहा था। उसके मुँह पर एक अजब बेबसी का भाव था और इस तसवीर की बेबसी और उदासी की दुनिया ने मुन्नू के विचारों को ढँक लिया था।

''तो फिर अब तुम कभी नहीं आओगे क्या?'' जयसिंह ने ज़रा ज़ोर देकर पूछा।

''नहीं, कभी नहीं। मैं चाहता हूँ कि कभी वापस न आऊँ।'' उसके हृदय में झूठ बोलने की एक कटु इच्छा हो रही थी। यद्यपि वह मन में अच्छी तरह अनुभव कर रहा था कि यदि सच बात कह दी जाए तो जयसिंह अधिक दुःखी होगा, क्योंकि वास्तव में वह शहर नहीं जाना चाहता था, यद्यपि उसकी चाची उसे सदा ही बुरा-भला कहती रहती थी, हर वक्त इधर-उधर दौड़ाया करती थी, काम लेती थी और जितना वह गाय-भैसों को मारता था, उससे अधिक वह उसे मारती थी।

कम-से-कम अभी तो वह नहीं ही जाना चाहता था।

इसमें सन्देह नहीं कि मुन्नू उन विचित्र और नई चीज़ों के सपने देखता रहता था, जिनके सम्बन्ध में गाँव के लोग शहरों से वापस आकर बातचीत किया करते थे—शहर के वे बाबू, लाला और साहब लोग, जो सात समुन्द्र पार से आया करते थे, उनके वे रेशमी कपड़े, जो वे पहना करते थे और वे स्वादिष्ट भोजन, जो वे खाया करते थे। मुन्नू को विशेष रूप से वे मशीनें देखने का शौक़ था, जिनका वर्णन उसने चौथी कक्षा की विज्ञान की प्रारम्भिक पुस्तक में पढ़ा था। परन्तु उसका विचार तो यह था कि वह जब गाँव के स्कूल की सारी पढ़ाई समाप्त कर ले तब शहर जाए जिससे वह स्वयं उस तरह की मशीनें बनाना सीख सके।

अभी तो मुन्नू को अपने साथियों के साथ, गाँव के उन छोटे-छोटे बालकों के साथ, जो मुन्नू के हमजोली थे, बैठने में बड़ा आनन्द आता था। वे लोग जब जानवर चराते-चराते इधर-उधर से काफ़ी फल तोड़कर इकट्ठा कर लेते थे, तब पीपल की घनी सुगन्धित छाया में बैठकर उन्हें खाने में बड़ा आनन्द आता था।

किसी-न-किसी फल की ऋतु सदा ही रहा करती थी। दर्जनों पके-पके, पीले-पीले आम टपका करते और उन्हें आसानी से घास में छिपाया जा सकता था। गर्मियों में लाल और बैंगनी जामुन और लम्बे-लम्बे रसीले शहतूत तो इतने होते थे कि केले के कितने

ही चौड़े-चौड़े पत्ते उनसे भर जाते। जाड़ों में गन्ने के खेत तो मानो बाँस की टट्टियाँ थीं, जिनमें घुसने पर भी ऊँघते हुए रखवालों को ज़रा-सा सन्देह तक नहीं हो सकता था।

और फिर खेल भी तो वह ख़ूब खेल सकता था—जैसे छिलौट। इसमें एक पेड़ की एक डाली पर से दूसरी डाली पर कूदना पड़ता था और मुन्नू इसमें बहुत प्रवीण था। बन्दर की तरह उछल कर वह किसी पेड़ के तने से लिपट जाता। तने पर चारों हाथ-पाँव के बल सरकता हुआ बड़ी डालों पर पहुँचता और उछलकर पतली डालियों में लटक जाता, जैसे नाच की कोई मुद्रा दिखा रहा हो और फिर वहाँ से जो छलाँग मारता तो सन्न से शून्य को पार कर दूसरे पेड़ पर पहुँचता!

वहाँ की ठण्डी हवा भी कितनी सुखदायक थी जिससे शरीर की थकावट फ़ौरन दूर हो जाती थी, शरीर की गर्मी भी शान्त हो जाती थी। वह बरफ़ में झली हुई हवा, जो उस समय भी वहाँ बैठे-बैठे उसे लग रही थी, जो कीकर के पेड़ों को हिला रही थी, टिड्डे झाड़ियों में फुदक रहे थे, दलदलों और गड्ढों में मेढक टर्र-टर्र कर रहे थे, चिड़िया गा रही थी, तितलियां जंगली फूलों पर नाचती फिर रही थीं, शहद की तलाश में मक्खियों की भनभनाहट फूलों पर सुनाई दे रही थी और अपार सौन्दर्य के इस वातावरण से मुन्नू के हृदय का स्पन्दन भी अपनी लय मिला रहा था। उसका मन चाहता था कि सारी मशीनें खिंच कर यही चली आएँ और उसे अपने आपको इस शान्त और निस्तब्ध नीलवर्ण जल के रेतीले किनारे से ज़बरदस्ती अलग न होना पड़े।—यह रेतीला किनारा, जहाँ वह खेला करता था! किन्तु...

"मुन्नू! ओ मुन्नू! मुन्नू हो!!" उसकी चाची की आवाज़ फिर गूँजी। मुन्नू की दृष्टि के सामने उसकी चाची की सूरत फिरने लगी। उसका वह सख़्त जबड़ा, उसकी वे आँखें, जिनके कोने सदा लाल रहा करते थे, नुकीली नाक, ओर पतले-पतले होंठ—और ये सब काले बालों की लटों से घिरे हुए मुन्नू की आँखों के सामने आ गए।

वह उठ खड़ा हुआ।

सब लड़के उठ खड़े हुए, यहाँ तक कि जयसिंह भी उठे बिना न रह सका।

मुन्नू ने अपने जानवरों को आवाज़ दी। दूसरे लड़कों ने भी अपने-अपने ढोर इकट्ठे किए। बड़े-बड़े बालों वाली भैंसे, जिनकी कोखें भीतर को धँसी हुई थीं और कूल्हों की हड्डियाँ उभड़ रही थीं, पानी में से एक-एक कर के निकलने लगीं। पोखरों से कीचड़ उछालती, मुँह से झाग टपकाती हुई वे अपने छोटे-छोटे चरवाहों के आगे चलने लगीं। आज वे उन्हें प्रतिदिन की अपेक्षा कहीं अधिक तेज़ी से घर की ओर हाँक रहे थे, पर भैंसें उनकी गालियों और मार की परवाह किए बिना धीरे-धीरे चली जा रही थीं।

दो

''चल बे! जल्दी चल! जल्दी नहीं चला जाता तुझसे सुअर के बच्चे!'' इम्पीरियल बैंक के चपरासी दयाराम ने कड़ककर कहा। वह सुनहले काम का लाल कोट पहने, ढंग से बँधा हुआ सफ़ेद साफ़ा सिर पर जमाए, बड़ी शान से फ़ौजी क़दम उठाता चक्करदार पहाड़ी सड़क पर जा रहा था। यह सड़क उस अँगरेज़ी सरकार की बनवाई हुई थी, जिसका एक आदर्श अंग वह अपने आपको समझता था और इसी अकड़ में उसने अपने भतीजे मुन्नू पर क्रुद्ध होकर उसे मारने के लिए हाथ उठाया था।

दस मील ख़ूब तेज़ी से चलने के बाद मुन्नू के नंगे पाँव सूजकर दुखने लगे थे और वह उन्हें सहलाने के लिए जरा-सा रुक गया था। सूर्य भगवान् प्रचण्ड वेग से आकाश पर उदित थे और मुन्नू अपने मोटे सूती कुरते में पसीने से तर हो रहा था। यह कुरता भी वास्तव में उसके चाचा का ही था और मुन्नू के बदन पर तो वह ऐसा लगता था, जैसे उसे कोई गिलाफ उढ़ा दिया गया हो। बादामी रंग की रेत, जो नुक्कड़ों पर बैलगाड़ियों के पीछे उड़ती जा रही थी, उसकी नाक में घुसकर खुजली पैदा कर रही थी। उसका साँवला चेहरा तप कर लाल हो रहा था। भूरी-भूरी आँखों में थकान थी। उसे ऐसा लगता था, मानो उसका लचकीला बदन सूख गया हो और सारा ख़ून पसीना बनकर उड़ गया हो।

''जल्दी चल; वरना मुझे आफ़िस को देर हो जाएगी।'' दयाराम फिर पंचम स्वर में बोला। वास्तव में आफ़िस में देर हो जाने या जल्दी पहुँचने का तो प्रश्न ही नहीं था, क्योंकि आज उस चपरासी की छुट्टी थी। किन्तु वह अपने भतीजे और देहाती राहगीरों पर यह जता कर रोब जमाना चाहता था कि वह अँगरेज़ी सरकार के एक महत्त्वपूर्ण पद पर पर आसीन है।

मुन्नू ने अपने छाले पड़े हुए पैरों की ओर देखा और उसकी आँखें डबडबा आईं। उसे अपने-आप पर तरस आने लगा।

चाचा की डाँट के जवाब में उसने सिसकी भर कर कहा, ''मेरे पाँव बहुत दुःख रहे हैं।''

''चल, चल।'' दयाराम चिड़चिड़ा कर बोला।

उसका हृदय तो चाहता था कि ज़रा नरमी और प्यार से बोले, किन्तु वह अपने लम्बे और पतले शरीर को तान कर बोला, ''चल, चल। अगले महीने मुझे तनख़्वाह मिलेगी

तो जूते ले दूँगा।''

मुन्नू ने कहा, ''मुझसे नहीं चला जाता।'' उसने एक गाड़ी के रुकने की चर्र-चूँ सनु ली थी। गाड़ी उनसे ज़रा आगे जाकर मोड़ पर रुक गई थी। यहाँ सड़क एकदम मुड़ गई थी और सात सौ फुट नीचे व्यास नदी लहरें मार रही थी।

''इस गाड़ीवान से कहो न कि मुझे बैठा ले।''

''नहीं, नहीं, मुझे क्या वह मुफ्त बैठा लेगा? पैसे माँगेगा, पैसे।'' दयाराम ने इतने ज़ोर से कहा कि गाड़ीवान सुनले और फिर उन्हें अपने-आप मुफ्त बैठा ले। क्योंकि यह शानदार वर्दी पहनने के बाद एक गाड़ीवान से कोई अनुरोध या प्रार्थना करने में उसकी शान में बट्टा लगता था।

गाड़ीवान दयाराम का बरताव देखकर स्वयं ही मुँहफट तरीक़े से बोला, ''बस, बस, अपनी चपरासियत की शान रहने दो। बच्चे को यहाँ पीछे बैठा दो और आओ तुम भी बैठ जाओ। इस मोटे लाल ऊनी कोट में गर्मी के मारे तुम्हारा बुरा हाल हो रहा होगा।''

''बको मत जी?'' दयाराम बोला, ''मैंने तुमसे बात ही कब की है? जाओ अपने रास्ते, नहीं तो जेल में डलवा दूँगा। जानते भी हो, मैं सरकारी अफ़सर हूँ।''

''अच्छा तो फिर मज़े करो। और इस बेचारे बच्चे को भी नंगे पैर घसीटो! जालिम कहीं का!'' गाड़ीवान बोला और उसने गाड़ी आगे बढ़ा दी।

''उठ बे हरामी! तेरे कारण मेरी इतनी हेठी हुई। उठ, नहीं तो जान से मार डालूँगा।'' दयाराम मुन्नू की ओर मुड़कर और दाँत पीस कर कहने लगा।

मुन्नू एकदम उठ खड़ा हुआ। उसे मालूम था कि जब चाचा मारने की धमकी देता है, तब सचमुच वह धमकी घूँसे बनकर बरसने लगती है। उसने अपनी बाँह से आँसू पोंछे और मन-ही-मन गालियाँ देता हुआ अपने चाचा के पीछे-पीछे चलने लगा।

बल खाई हुई सड़क अब नीचे जाकर बिल्कुल सीधी हो गई थी और विशालकाय उजाड़ पहाड़ियों की गोद से निकलकर नीचे के असीम विस्तार में विलीन होती जा रही थी।

यद्यपि मुन्नू का हृदय डर के मारे सिकुड़ता जा रहा था, दिमाग़ तरह-तरह के विचारों से फटा जा रहा था, किन्तु दो-चार सौ गज़ ही जाने के बाद उसे ऐसा लगा, मानो उसके पाँव अब सहज ही गर्मी को सहन कर सकते हैं। कभी वह नुकीले पत्थरों से बचने के लिए इधर-उधर कूदता, कभी अपने तलवों को ज़रा-सा आराम देने के लिए पंजों के बल चलने लगता। इतने में सुरंग आ गई और आधी मील का रास्ता अच्छी तरह कट गया। और फिर तो उसे सचमुच प्रसन्नता होने लगी, क्योंकि पहाड़ की तलहटी के पास लाल पत्थरों की मसजिदों के गुम्बद और मन्दिरों के कलश दिखाई दे रहे थे और उनके आसपास बहुत से ऊँचे-ऊँचे, सपाट छतों के मकान बेतरतीबी से बिखरे हुए दिखाई दे रहे थे। लक्ष्य तक पहुँचने की प्रसन्नता के कारण यात्रा का क्लेश वह बिल्कुल भूल गया।

अभी वह पहाड़ी से नीचे उतर ही रहा था कि सूर्यदेव ने पठार के ऊपर से निकलकर पूरे नगर को अपनी रक्तिम आभा से ढकना आरम्भ कर दिया। चमकदार रोशनी से प्रकाशमान होकर नगर के विभिन्न दृश्य अपनी पूरी शान से प्रकट होने लगे। मुन्नू की दृष्टि से क्षितिज तक फैले पहाड़ों का क्रम विलीन हो गया और वह अपने नए वातावरण

से प्रभावित होकर अपने चारों ओर फैली हुई हर एक वस्तु को ध्यानपूर्वक देखने लगा।

भाँति-भाँति की गाड़ियों को देखकर तो वह मुँह खोले हैरान रह गया। कहीं दो पहियोंवाली बक्सनुमा बेंत की गाड़ियाँ, कहीं ताँगें, कहीं चार पहियोंवाली फिटनें और लेंडो और सब से बढ़कर तो वे बड़े-बड़े रबड़ के पहियोंवाली फटफटिया जो बिना घोड़े के चौड़े-चौड़ी सड़कों पर दनदनाती हुई उसे कैसी अजीब लग रही थीं। और तो और सबसे बढ़ कर तमाशा तो यह था कि एक बड़ी-सी लोहे की गाड़ी, जिसमें रेगिस्तानी ऊँट के-से दो कूबड़ निकले थे और जिसमें बहुत-से शीशे की खिड़कियों वाले छोटे-छोटे कत्थई रंग के घर जुड़े थे, तेज़ी से दौड़ रही थी। उसमें से बहुत-सा बदबूदार धुआँ निकल रहा था और वह ऐसी चीख़ें मार रही थी कि कानों के पर्दे तक फट जाते थे। उसने ज़ोर से एक चीख़ मारी और मुन्नू का कलेजा बल्लियों उछलने लगा।

वह दौड़कर अपने चाचा के ज़रा पास हो लिया कि हृदय की धड़कन कम हो और पूछा, "यह कौन जानवर है?"

किसी वस्तु को जान लेने से मनुष्य को अपने-आप पर अधिक भरोसा हो जाता है, इसीलिए मुन्नू इस विचित्र प्रकार के जानवर के सम्बन्ध में जानना चाहता था।

"यह रेलगाड़ी का अंजन है।" उसके चाचा ने ज़रा नरमी से जवाब दिया, क्योंकि वह अब ऐसी दुनिया में आ गया था, जहाँ अपने को हाकिम और मालिक के रूप में नहीं प्रकट कर सकता था, जैसा कि उसने पहाड़ पर किया था। यहाँ तो वह भी इम्पीरियल बैंक के अफ़सरों का नौकर था।

मुन्नू ने उस काले देव को फिर एक बार ध्यान से देखा। देव ने एक सीटी दी और शोर मचाता भकभक करता एक छोटे-से मकान के पास एक ख़ूब लम्बे-से चबूतरे से लगकर खड़ा हो गया। बहुत-से पुरुष और स्त्रियाँ बारीक मलमल, दूध की तरह सफ़ेद लट्ठे तथा तरह-तरह के रंगीन रेशम के कपड़े पहने हुए उसमें से उतरने लगे। काँगड़ा की पहाड़ी पर मुन्नू ने जीवन में इतने प्रकार के कपड़े न देखे थे और उसने मन-ही-मन सोचा, "वाह भई वाह! कैसा अजीब, खूब है भई।" ओर फिर अपने चाचा की ओर देखकर बोला, "चाचा, ये लोग जो जानवर चराते होंगे, वे कहाँ हैं, और इनके खेत कहां हैं, जिनमें ये हल चलाते हैं?"

चपरासी दयाराम ने अपनी गर्दन ऊँची करके और जरा तनकर कहा, "इनके खेत और जानवर थोड़े ही हैं! जानवर चराने और खेत जोतने का काम केवल गँवार करते हैं।"

"तो फिर इनको खाने को कहाँ से मिलता होगा चाचा?" मुन्नू ने पूछा।

"अरे इनके पास रुपया है, रुपया।" दयाराम ने शान से जवाब दिया। मेरे बैंक में इनके करोड़ों रुपये जमा हैं। ये लोग तो इस तरह रुपये कमाते हैं कि गेहूँ ख़रीदा और उसका मैदा बनाकर अँगरेज़ी सरकार के हाथ बेंच दिया। या रूई खरीदी, कपड़ा बनाया और फिर अधिक लाभ पर उसे बेच दिया। इनमें से कितने ही बाबू हैं, जो दफ़्तरों में काम करते हैं। ऐसे ही एक बाबू के यहाँ तुझे नौकरी करनी है।"

"कैसा विचित्र मालूम पड़ता है!" मुन्नू बोला और फिर पीछे-पीछे चलने लगा। उसका ध्यान नानबाइयों की दूकानों की तरफ गया, जहाँ बड़ी-बड़ी देगचियाँ खदबदा रही

थीं और उनमें से ऐसी सुगन्ध आ रही थी, जैसी मुन्नू ने आज तक कभी न सूँघी थी। मिठाइयों की दूकानों में रसीली मिठाइयाँ नीचे से ऊपर तक थालों में सजा-सजा कर रक्खी हुई थीं। बिसातियों की दूकानों पर रबर के गुब्बारे, नन्हीं-नन्हीं गुलाबी गुड़ियाँ और फूले-फूले खिलौने के ख़रगोश सजे हुए थे। एक दूकानदार ज़ोर-ज़ोर से आवाज़ लगा रहा था, ''ठण्डा मीठा बरफ़।'' वह छोटी-छोटी कुल्फ़ियाँ टीन के साँचों से पत्तों पर उलट-उलट कर ग्राहकों को देता जा रहा था। सामने लकड़ी की बेंचों पर ग्राहक लाइन में बैठे थे।

मुन्नू को भी इच्छा हो रही थी कि एक कुल्फ़ी चखी जाए। परन्तु उसे साहस न हुआ कि वह अपने चाचा से कहे कि वह उसके लिए कुल्फ़ी ख़रीद दे। क्षण भर के बाद उसका ध्यान टीन के एक बक्स की ओर गया जिसमें से एक करुण संगीत सुनाई पड़ रहा था। इस बक्स पर काले रंग का एक पहिया घूमता जा रहा था। यह संगीत सुनकर एक बार तो मुन्नू ज़रा-सा मुस्कराया, परन्तु जब स्वर भारी पड़ने लगा तब वह डर कर ज़रा पीछे खिसका और फिर साहस करके ज़रा आगे बढ़ा।

''चल, चल, नहीं तो यहाँ भीड़ में कहीं खो जाएगा।'' उसके चाचा ने दूर से पुकारा।

''यह कौन गा रहा है? इस बक्स में आदमी कैसे घुस गया जो गा रहा है?'' मुन्नू ने पूछा।

दूकानदार हँस पड़ा और मुन्नू की ओर अवज्ञापूर्वक उसने देखा।

''उँह! जल्दी चल, जल्दी। उल्लू कहीं का!'' दयाराम ने चिल्लाकर कहा।, ''यह फ़ोनोगराफ़ है। बक्स में कोई आदमी थोड़े ही बैठा है, मशीन गा रही है।''

अब मुन्नू में भला इतना साहस कहाँ कि वह यह भी पूछे कि मशीन कैसे गाने लगी। उसने अपने-आपको अनिच्छापूर्वक इस अनोखी वस्तु से अलग किया और चाचा के पीछे हो लिया।

अभी वह कुछ ही दूर गया होगा कि दृष्टि एक अद्भुत वस्तु पर जम कर रह गई। एक आदमी कुछ छोटे-छोटे खिलौने के कुत्ते लिए बैठा था और जब वह उन कुत्तों की बग़ल में कुछ 'झिन्, झिन्, झिन्' करके उन्हें सड़क पर छोड़ता, तब वे नाचने और दौड़ने लगते थे।

अचानक मुन्नू के बिल्कुल पीछे घन्टी की आवाज़ आई, ''टन्, टन्, टन्!'' जब तक मुन्नू सँभल कर देखे, एक दो पहियोंवाला घोड़ा बड़ी तेज़ी से झपटता हुआ उसकी ओर आया।

''अबे देखता नहीं है, लाट के बच्चे!'' उस देव पर बैठे हुए नवयुवक ने डाँटकर कहा। और फिर उसके चाचा ने, जो दौड़कर वापस हुआ था, उस पर गालियों की बौछार करनी शुरू कर दी, ''अबे मरेगा क्या हरामी! गधा कहीं का!''

इतने में खिलौने बेचनेवाला आ पहुँचा और मुन्नू को बचाते हुए कहने लगा, ''उँह, वह तो चाहता था कि अपनी बाइसिकिल मेरे कुत्तों से आगे निकाल दे, परन्तु उसने मुझसे कहा कब था कि दौड़ शुरू हो गई है। ख़ैर, कोई बात नहीं, आप कुछ ख़्याल न कीजिए। आख़िर हुआ ही क्या? किसी का कुछ नहीं गया। और भाई, रही गाली की बात, तो इस कान से सुनी और उस कान से निकाल दी।''

इस बात ने मुन्नू के चेहरे पर मुस्कराहट की एक लहर उत्पन्न कर दी, परन्तु इसके

चाचा ने उसके मुँह पर एक थप्पड़ मारा और चिल्ला कर बोला, "जल्दी नहीं चला जाता बदमाश! देखकर न चलेगा तो याद रखना, मरते देर नहीं लगेगी।"

मुन्नू रोने लगा। वह मुँह बनाए हुए निराश भाव से अपने चाचा को मन-ही-मन कोसता हुआ उसके पीछे-पीछे चलने लगा। परन्तु उसने देखा कि वह आदमी, जो उस लोहे के घोड़े पर सवार था और जिसकी वजह से मुन्नू ने मार खाई थी, लगभग पचास गज़ आगे जाकर एक गाय के बछड़े से टकरा गया। बछड़ा मज़े से चौराहे पर फलों की दूकानों के आस-पास भीड़ में घूम रहा था कि वे हज़रत उससे जाकर टकराए और गिर पड़े। अब मुन्नू को कुछ सन्तोष हुआ और वह सब कुछ भूलकर आगे बढ़ने लगा। अब तक वह कुछ सचेत अवश्य हो गया था। एक आँख वह अपने चाचा पर रखता था, जो आगे-आगे चला जा रहा था और दूसरी आँख से दूकानों की लाइनों को देखता जाता था और कभी-कभी पीछे मुड़कर भी देख लेता था कि फिर कहीं तो वैसा ही लोहे का घोड़ा नहीं आ रहा है, जिसे खिलौनेवाले ने बाइसिकिल कहा था।

सँकरी गलियों में दोनों तरफ़ दूकानों का जमघट था और उनका क्रम वहीं टूटता था, जहाँ कहीं कोई अँधेरी गली या छोटा-सा कूचा पड़ जाता था। कहीं-कहीं, किसी-किसी भाग पर धूप भी चमकती हुई दिखाई पड़ती थी और मुन्नू को मज़ा तो तब आता था, जब कोई आदमी रेशमी क़मीज़, धोती और कामदार जूते पहने गुज़रता था या औरतों का झुण्ड हाथ हिलाता, कमर लचकाता, हरे, गुलाबी, या बैंगनी रंग के रेशमी बुर्क़े पहन कर गुज़रता था। उसे ऐसा मालूम होता, मानो वह सपनों के संसार में चल-फिर रहा है, जहाँ प्रत्येक वस्तु सुन्दर और मनमोहक है। यह संसार पर्वतों के उस संसार से कितना भिन्न था।

किन्तु मुन्नू जैसे-जैसे नगर के मध्य में प्रवेश करता जाता था, कुछ उसके-जैसे भी आदमी मिलते जाते थे। उनका रूप-रंग पहाड़ियों का-सा था और वे पीठ पर तथा मस्तक पर बोझा लादे थे। यह देखकर उसे और भी आश्चर्य हुआ।

वह इस संसार की विशेषता का अनुभव नहीं कर सका! उसका चाचा एक विशाल और भव्य संगमरमर के भवन के द्वार पर रुक गया कि मुन्नू भी आ जाए और मुन्नू का हृदय उस भवन को देखकर ही धड़कने लगा कि देखें अब क्या होता है।

इम्पीरियल बैंक के बड़े-से हाल में चारों ओर बड़े ऊँचे-ऊँचे खम्भे खड़े थे और जब वे दोनों इस हाल में घुसे, तब मुन्नू ने अपने चाचा को कहते सुना, "सलाम पीरदीन!"

"सलाम, सलाम! तुम देर से आए। बाबू साहब नाराज़ हो रहे थे। उनका खाना लाने के लिए कोई नहीं था।" पीरदीन ने कहा, फिर वह खाँसने लगा, मानो उसे दमा हो और अपनी मेंहदी से रँगी हुई दाढ़ी और ज़री के कामवाले लाल कोट पर हाथ फेरने लगा। वह भी मुन्नू के चाचा का-सा लाल ज़री के कामवाला कोट पहने था। मुन्नू ने समझ लिया कि यही वह चपरासियों का जमादार है, जिसकी चर्चा उसका चाचा घर पर किया करता था।

"तो बाबू साहब दफ़्तर आ गए हैं?" दयाराम ने कहा। अब उसके भाव में आशा झलक रही थी, क्योंकि वह समझ गया था कि बाबू को नौकर की अनिवार्य आवश्यकता है और उसके भतीजे को अवश्य नौकरी मिल जाएगी।

"हाँ, हाँ, आ गए हैं।" पीरदीन ने हाथ से एक तरफ़ इशारा करके कहा, "परन्तु आज रुपयों की थैलियाँ पलटन पहुँचानी हैं। विलायत की डाक भी आ रही है और लाला लोगों को अपने काम की अलग जल्दी पड़ी है, इसलिए ज़रा जल्दी करो।"

"बहुत अच्छा, मियाँ साहब!" दयाराम ने जवाब दिया। वह अपने साथी को मियाँ साहब कहकर प्रसन्न करना चाहता था, क्योंकि बहुधा शरीफ़ मुसलमानों को मियाँ साहब कहा जाता है। फिर वह अपने भतीजे की तरफ़ मुड़ा और बोला, "चल, मेरे साथ आ।"

मुन्नू ने अपने चाचा के पीछे-पीछे एक बड़े-से कमरे में प्रवेश किया। कमरे में काफ़ी ठण्डक थी और हर तरफ़ पीतल के जंगले लगे थे। जंगलों के चारों ओर बहुत-से लोग खड़े थे और बड़ी उत्सुकता से चाँदी के सिक्कों की खनखनाहट और साफ़-सुथरे नोटों की सरसराहट सुन रहे थे। फिर वे एक और कमरे में प्रविष्ट हुए। यहाँ छत के बीच से एक लम्बी-सी लोहे की सलाख़ लटकी हुई थी और उसमें दो पर लगे हुए थे, जो बड़ी तेज़ी से घूम रहे थे। उसके नीचे एक बड़ी-सी मेज़ पर एक कुर्सी पर एक छोटा-सा आदमी बैठा था। जिस कुर्सी पर वह बैठा था, वह उसके लिए आवश्यकता से अधिक बड़ी थी। उस आदमी का चेहरा कुछ विचित्र ढंग का टेढ़ा-मेढ़ा-सा था, साँवला रंग, सूरत से कुछ मालूम ही न होता था, अलबत्ता चपटी नाक दूर से दिखाई देती थी। गालों पर सफ़ेद-सफ़ेद-से दाग़ थे। पतली-सी काली मूँछें नीचे को लटकी हुई थीं और उनका एक-एक बाल अलग-अलग जान पड़ता था।

दयाराम ने पहले पावपोश पर अपने पैर पोंछे और फिर कमरे में प्रवेश करके हाथ जोड़कर उसने कहा, "बाबूजी, सलाम।"

बाबूजी ने अपने सामने रखे हुए काग़ज़ों पर से गर्दन उठाई, पर वे कुछ बोले नहीं।

दयाराम ने मुन्नू के कान में कहा, "अबे बाबूजी को राम-राम या सलाम कर।"

यद्यपि यह बात कान में कही गई थी, परन्तु सुनाई दे सकती थी।

मुन्नू ने दोनों अभिवादन बड़बड़ा कर कह दिए। वह बौखला गया था। खनखनाते रुपयों, सरसराते नोटों, पीतल के कठघरों, कुर्सियों, मेज़ों और तेज़ी से घूमते हुए पंखोंवाली दुनिया उसके लिए बिल्कुल अनोखी थी। उसका दिमाग़ चकरा-सा गया। परन्तु फिर भी मस्तक उठाकर उस व्यक्ति को नहीं देखा, जिसे उसने सम्बोधित किया था।

कुछ देर तक परेशान कर देनेवाली निस्तब्धता कमरे में छाई रही। बाबूजी के चेहरे पर एक मुस्कराहट खेल रही थी, जिसमें व्यंग्य था और तुरन्त ही वह तिरस्कार में परिणत हो गई। परन्तु मुन्नू ने उस मुस्कराहट को देख लिया और घबराहट और भय से मस्तक झुका लिया।

"महाराज" दयाराम ने सामने बैठे हुए महामहिम की ओर देखते हुए अत्यन्त ही दीन भाव से कहा, "मैं अपने भतीजे को आपके यहाँ नौकरी के लिए लाया हूँ।"

बाबूजी मुन्नू की तरफ़ इशारा करके बोले, "तो यह है तुम्हारा भतीजा?"

"जी, हजूर।" मुन्नू ने अपने चाचा को कहते सुना। और फिर से आज्ञा हुई, "हाथ जोड़कर बाबूजी को सलाम कर गँवार कहीं के!"

परन्तु मुन्नू तो बाबूजी के काले-काले जूते देख रहा था, जिनकी नोकें मेज़ के नीचे से निकली हुई दिखाई दे रही थीं और जब वह बहुत नम्रता से दोहरा झुका खड़ा था

तब वास्तव में यह सोच रहा था कि शायद मैं भी कभी ऐसे जूते ख़रीद सकूँगा।

"राम-राम" वह हाथ जोड़कर एकदम बोल उठा, परन्तु उसे ज़रा कुछ विलम्ब हो गया। बाबूजी ने उसका यह शिष्ट अभिवादन देखा ही नहीं था, क्योंकि मेज़ पर दाहिनी तरफ़ जो काली-सी मशीन रखी हुई थी, उसमें घन्टी बज उठी और बाबूजी का ध्यान उधर को हो गया।

"एस सर, एस सर" वह उस चोंगे में बोल रहे थे, जो एक बलखाई हुई रस्सी में लगा था। "गिट गिट, गिट पिट, एस सर, एस सर।" बाबूजी वह चोंगा अपने बायें कान के पास लगाए हुए थे। मुन्नू सोचने लगा, शायद यह भाषा, जो उसके भावी स्वामी बोल रहे हैं, वही है, जिसकी चर्चा गाँव के मास्टर साहब किया करते थे और कहते थे कि जो लोग बाबू बनना चाहें, उनके लिए इस भाषा का जानना आवश्यक है। उसने कुछ देर तक सोचा और फिर उसे स्मरण हो आया कि यह अँगरेज़ी भाषा है।

फिर बाबूजी की बातों से हटकर मुन्नू का ध्यान उनके कपड़ों की ओर गया और वह मन-ही-मन उनके कपड़ों को सराहने लगा। उनका वह ऊँचा, सफ़ेद सख़्त कालर, सिर पर रखी हुई मीनार के आकार की लाल मख़मल की सुनहरी कुलाह और उसके चारों ओर बँधी हुई पगड़ी, ख़ाकी कोट और कोट की वह बड़ी-बड़ी जेबें, मानो रुपये रखने के थैले हों; चौड़ी मोहरी का सफ़ेद पाजामा और जूते—वे जूते—वे काले जूते।

मुन्नू मन-ही-मन सोचने लगा कि यदि मेरे पास भी ऐसे जूते होते तो कितनी जल्दी मैं चलकर यहाँ पहुँच सकता था और मेरे पैरों में छाले भी न पड़ते।

"अच्छा!" बाबूजी की कण्ठ-ध्वनि फिर सुनाई पड़ी, "इसे मेरे घर ले जाओ और बीबीजी के हवाले कर दो।"

दयाराम हाथ जोड़कर दोहरा हो गया और फिर उसने मुन्नू को घसीट कर बाबूजी के काले जूतों के ध्यान से चौंका दिया और इम्पीरियल बैंक आफ़ इण्डिया के साफ़-सुथरे सजे हुए अहाते से बाहर एक लम्बी चक्करदार सड़क पर ले चला।

अब वे चाचा-भतीजे एक ऐसे मुहल्ले में पहुँचे, जो शहर के बाहर की ओर पास ही था। यहाँ बहुत-से छोटे-छोटे घर, बल्कि कोठरियाँ और क्वार्टर थे, जिनमें से बहुतों में तो खिड़कियाँ भी न थीं। कोई बड़ा था, कोई छोटा और सब एक दूसरे से मिले हुए थे। शहर से बाहर होने पर भी इन घरों को सजाकर शहर के-से ही बनाने का उद्योग किया गया था, किन्तु उनके आस-पास टूटी हुई बोतलें, तेल के ज़ंग लगे डिब्बे, और टूटी हुई बाल्टियाँ इधर-उधर पड़ी थीं। कहीं तरकारी के छिलके और काग़ज़ पड़े सड़ रहे थे, तो कहीं ईंटों और पत्थरों के ढेर थे, जिन पर कहीं-कहीं काई जम गई थी। इन सब के मारे उनकी सारी सजावट मिट्टी में मिल गई थी।

घरों की इस पंक्ति के सब से अन्त में बाबूजी का घर था। एकमंज़िला घर, जिसके सामने एक दालान था और दालान के सामने अँगरेज़ी में लिखा हुआ एक साइन-बोर्ड टँगा था, जिसके द्वारा एशिया की सभ्यता और संस्कृति के पुजारियों को अँगरेज़ी ढंग से बताया जा रहा था कि "बाबू नत्थूराम, सब एकाउन्टेन्ट, इम्पीरियल बैंक, शामनगर" की यह शान है।

सामने ही पहाड़ी सड़क के दूसरी तरफ़ ज़रा कुछ ऊँचे पर कुछ पीले-पीले बँगले

दिखाई पड़ते थे, जो मुन्नू को अत्यन्त रहस्यमय प्रतीत हुए, क्योंकि ये बँगले चारों तरफ़ से ठण्डे छायादार पेड़ों से घिरे थे। हरे-हरे गमलों में पाम के पेड़ रखे थे। सलीक़े से कटी हुई हरी झाड़ियाँ चारों ओर लगी थीं और उनके बीच में मख़मली घास की क्यारियाँ थीं। रंग-बिरंगे फूलों की अधिकता थी। मुन्नू सोचने लगा कि यहाँ कौन लोग रहते होंगे। परन्तु तुरन्त ही उसकी दृष्टि उस ऊँचाई से उतरकर एक मनुष्य पर पड़ी, जो सामने से आ रहा था। उसका बड़ा-सा चेहरा लाल रंग का था और वह एक विचित्र ढंग की टोकरी की तरह की खाकी रंग की टोपी पहने था, जिससे उसका चेहरा काफ़ी छिप गया था। मोटी-सी लाल गर्दन में वैसा ही कालर था, जैसा बाबूजी पहने थे। खूबसूरत-सी जाकेट, जिसको देखकर हँसी अवश्य आती थी, क्योंकि न तो वह उसके भारी चूतड़ों को ढक सकती थी और न तोन्द पर ही अच्छी तरह आती थी। ख़ाकी रंग की बिरजिस से उसके कूल्हे और भी उभरे हुए दिखाई पड़ते थे और वह पाँव में विचित्र ढंग के जूते पहने था, जो उसे घुटनों तक आते थे। मुन्नू ने अपने मन में सोचा, "ज़रूर यह कोई अँगरेज़ होगा।"

इतने में उसके चाचा ने झटपट अपने दाहिने पैर की एँड़ी बायें पैर से मिलाई, सीधा तन कर खड़ा हो गया और बोला, "सलाम हुज़ूर!"

मुन्नू को इतना साहस कहाँ था कि वह आँख उठाकर देख सके कि इस रोबदार आदमी ने क्या जवाब दिया। हाँ, उसने हवा में एक छड़ी उठती हुई देखी और फिर दृष्टि झुका कर नीचे शहर में मकानों की सपाट छतों को देखने लगा।

"ये बैंक के बड़े साहब हैं।" दयाराम ने अपने भतीजे की प्रश्न-सूचक आँखों की ओर देखकर कहा। दयाराम के भाव में भय ओर नम्रता थी।

वह आदमी अब काफ़ी नीचे उतर गया था और इन लोगों के शब्द उसके कानों तक नहीं पहुँच सकते थे। फिर दयाराम तेज़ी से आगे बढ़ा और बाबूजी के घर का दरवाज़ा खटखटाने लगा।

कुछ देर तक दोनों दरवाज़े के बाहर प्रतीक्षा में खड़े रहे। दयाराम ने फिर कुंडी को उस पुराने दरवाज़े पर धड़ाधड़ मारा कि आवाज़ ज़ोर से हो। कुछ देर हुई। अब दयाराम ने आवाज़ दी, "बीबीजी, दरवाज़ा खोलो।"

पास के एक दूसरे दरवाज़े की चिक उठी ओर एक स्त्री निकली। उसका रंग साँवला था और उसके मुख पर स्थिरता तो थी ही नहीं, हाँ, जब कभी उसके पतले होठों पर एक थकी हुई मुस्कराहट आती, तब उसका चेहरा बदल जाता था। उसकी नाक सुडौल थी और भूरी-भूरी-सी आँखें मिची हुई-सी लगती थीं। माथे पर बहुत-सी लकीरें-सी पड़ी थीं और उसके तने हुए सपाट शरीर पर मलमल की साड़ी लिपटी थी। मुन्नू ने पहाड़ पर किसी को इस तरह की साड़ी पहनते नहीं देखा था। जयसिंह की माँ, ज़मींदार की स्त्री, अवश्य ऐसी साड़ी पहनती थी, क्योंकि वह शहर की रहनेवाली थी। परन्तु गाँव की सब स्त्रियों की धारणा थी कि वह स्त्री क्या है, नख़रे की पोटली है।

मुन्नू ने देख लिया था कि उस स्त्री ने आश्चर्य से घूरकर उसकी तरफ़ देखा था और अब वह चुपचाप खड़ा था इस प्रतीक्षा में कि देखें क्या होता है। उसे केवल यह स्त्री ही अपरिचित नहीं मालूम हो रही थी, वरन् अपने चारों ओर के वातावरण, कुर्सियों, मेज़ों तसवीरों आदि से भी वह सर्वथा अपरिचित था। एक-एक वस्तु अपने स्थान पर

मुन्नू के लिए एक साक्षात् पहेली बन गई थी।

"बीबीजी!" दयाराम ने हाथ जोड़कर कहा, "मैं अपने भतीजे को आपके यहाँ नौकर रखाने के लिए लाया हूँ। यह देखिए, यह रहा।" फिर उसने क्रोधपूर्वक मुन्नू को घूरा और बोला, "हाथ जोड़ सुअर और कह पाँय लागों बीबीजी।"

मुन्नू ने हाथ जोड़े, परन्तु अभी वह "पाँय लाग..." भी कठिनाई से कह सका था कि अन्दर कहीं से किसी बच्चे के ज़ोर से रोने का शब्द सुनाई पड़ा।

बीबीजी फ़ौरन वापस अन्दर भागीं और ऊँचे स्वर में बोलीं, "अरे बेटा, तूने तो मेरी जान खा ली। जब किसी से काम की बात करती होऊँ, तब तो ज़रा शान्ति से रहा कर। तू मरे, तेरा कलेजा जले। मनहूस कहीं का, तू ग़ारत हो। हुआ क्या है अब? क्या चाहिए तुझे?"

यदि दयाराम बीच में न बोल उठता, तो शायद यह क्रम और देर तक चलता रहता। उफ़, इस स्त्री की भी क्या हाथ भर की ज़बान थी और उसके कलेजे में कितना दम था! वह कितना बड़बड़ाती और चिल्लाती थी।

"तो फिर बीबीजी, ठीक है न? छोड़ जाऊँ इसे?"

मुन्नू उसके उत्तर की अधीरतापूर्वक प्रतीक्षा करने लगा। उसे बीबीजी से डर लगने लगा था। उसकी वह लम्बी मुर्गी की-सी गर्दन मुन्नू की आँखों में नाच रही थी।

"नहीं दयाराम, ठहरो।" बीबीजी ने कमरे से निकलते हुए कहा। कमरे में जाकर उन्होंने कोसने के साथ बच्चे के मुँह पर एक थप्पड़ भी मारा था, जिससे वह और भी ज़ोर-ज़ोर से रोने लगा था।

"तुमने बाबूजी से कह दिया है?"

"जी हाँ बीबीजी! मैं इसे पहले दफ़्तर ही ले गया था।" दयाराम बोला, "और बाबूजी ने कहा कि इसे घर ले जाकर आपके हवाले कर दूँ।

"ठीक है।" बीबीजी बोलीं, "परन्तु अभी शाम के खाने के लिए तरकारी भी तो बाज़ार से लानी है। तुम..."

परन्तु इतने में पिछले कमरे से फिर चीख़ें आने लगीं। बच्चे ने जब देखा कि केवल रोने से काम नहीं चलता, तब उसने लगातार चीख़ना शुरू किया और बीबीजी ने फिर अन्दर घुसकर अभिशापों की बौछार शुरू कर दी।

मुन्नू को घबराहट मालूम पड़ने लगी। ऐसा लगता था, जैसे उसका अस्तित्व मिट चुका है। उसकी आँखों के सामने चाची की तसवीर घूम गई। परन्तु वह इतनी गालियाँ तो कभी नहीं बकती थी। इस तरह वह कोसती भी नहीं थी। मुन्नू का हृदय रो उठा। जैसे कोई दुःख भरा गीत हो। एक विचित्र हल्की लयवाला करुण संगीत! इस घर में जीवन कैसे व्यतीत होगा?

"अच्छा, तो तुम बाबूजी से कह देना कि वे जब दफ़्तर से लौटें, तब तरकारी ख़रीद कर इस लड़के के हाथ भेज दें।"

मुन्नू ने मालकिन की आवाज़ अन्दर से आती हुई सुनी, परन्तु वह उस पर कुछ ध्यान न दे सका। उसका हृदय दुःख से भरा था। उसे अपनी दशा पर ग्लानि हो रही थी और एक काफ़ी लम्बा पहाड़ी रास्ता तय करने के कारण वह थक गया था। उसे

ख़ूब भूख भी लगी हुई थी। उसने सोचा था कि गन्तव्य स्थान पर पहुँचने पर वह विश्राम कर सकेगा, साथ-ही उसे कुछ खाने को भी मिल जाएगा, क्योंकि यह तो प्रत्येक भारतीय गृहस्थ का नियम-सा है कि चाहे कोई भी समय हो, बाहर से आनेवालों और मेहमानों से खाने-पीने को अवश्य पूछा जाता है। परन्तु इसके बजाय आते ही उसे किसी काम से दौड़ाया जा रहा था। इससे मुन्नू का हृदय क्षोभ से भर गया और उसने सोचा कि शायद शहर के नीति-नियम इसी प्रकार के होते होंगे।

"बहुत अच्छा बीबीजी!" दयाराम ने सीधे से कहा। वह अपने मालिकों के स्वभाव की अस्थिरता से इतना परिचित हो गया था कि अपने भतीजे की तरह उसे क्रोध कभी आ ही नहीं सकता था।

"ओ, ओ रे मुन्नू! आ चल।" दयाराम ने कहा और चलना शुरू कर दिया, "यहाँ तुझे ख़ूब खाने को मिलेगा। ये लोग अच्छी तरह तेरी देख-भाल करेंगे और बाबूजी ने कहा है कि हमें तीन रुपया महीना मिलेगा। दफ़्तर के पास जो मेरी कोठरी है, वह मैं तुझे अभी दिखा दूँगा। जिस दिन तुझे छुट्टी हो, वहाँ आ जाया करना। जी लगाकर अपने मालिकों की ख़ूब सेवा करना। तू इनका नौकर है और वे लोग दयालु व्यक्ति हैं।

मुन्नू सुनता जा रहा था। अचानक उसकी आँखों में आँसू आ गए। डबडबाई हुई आँखों से उसने ऊँची चट्टानों, और ऊँची-ऊँची इमारतें बनवाने के लिए उपयोग में लाए जाने वाले पत्थर के पहाड़ों को देखा जो सूर्य की तेज़ धूप में भी काले दिखाई पड़ रहे थे, और व्यास नदी का चाँदी की तरह चमकता हुआ प्रवाह, जिसके तट पर वह पशु चराया करता था, जहाँ उसके पशु गर्दन उठा-उठा कर आकाश को ताका करते थे और कितनी स्वच्छन्दतापूर्वक घूमते रहते थे...दूर-दूर तक घूमते रहते थे। मीलों...।

बाबू नत्थूराम के रसोईघर के एक कोने में मुन्नू रात भर सिकुड़ा पड़ा रहा। उसने बड़ी बेचैनी से रात काटी थी, क्योंकि उसके पैरों में पीड़ा हो रही थी और पीड़ा के मारे नींद कहाँ से आती। उसे बादामी रंग का एक फटा-पुराना कम्बल दे दिया गया था, जिसे ओढ़ने से उसे बहुत गर्मी लग रही थी, यद्यपि उस छोटे-से कम्बल में भी जगह-जगह बड़े-बड़े छेद थे, जैसे रोशनदान हों। सारी रात मच्छर उसके कानों के पास भनभनाते रहे और बीच-बीच में उसे काटते भी रहे। मक्खियों का एक दल बार-बार उसके मुँह पर बैठता और उसे परेशान करता। अब तो वह अपनी आँखें बन्द भी न कर सकता था, क्योंकि गाँव में उसे सुबह तड़के उठने की आदत थी।

वह इस बात के लिए निरर्थक प्रयत्न करता रहा कि उसे किसी तरह नींद आ जाए। फिर उसने ज़बरदस्ती अपनी आँखें बन्द करने की कोशिश की। उफ़! उस वातावरण से उसका कितना अपरिचय था!

दूसरे कमरे से बाबूजी के ज़ोर-ज़ोर से ख़र्राटे लेने की आवाज़ आ रही थी। वे किस कमरे में हैं, यह मुन्नू को मालूम न था, क्योंकि जब वह तरकारी लेकर बाज़ार से लौटा था तब बीबीजी ने उसे आवाज़ देकर सीधे रसोईघर में बुला लिया था। उसे उन्होंने बासी रोटी दी थी और फिर उसे आलू छीलने और भोजन बनाने के कामों में सहायता देने

में लगा लिया था। भोजन तैयार तो अवश्य हुआ, परन्तु कहाँ बैठ कर, किसने भोजन किया, और किसने नहीं किया, इसका मुन्नू को कुछ पता न था, क्योंकि वह थककर चूर हो उसी कोने में लेट गया था, जहाँ वह अब भी पड़ा हुआ था। अब तो उसे केवल अपनी मालकिन की तेज़ आवाज़ याद थी, जो उसके कानों में उस समय पहुँची थी, जब उसकी पसलियों में कई ठोकर लगाकर उसे जगाया गया था।

"नमकहराम, मुफ्तख़ोर! अरे तू कैसा नौकर है कि सूर्य भी नहीं डूबे और तू सो गया! जब तू रोज़-रोज़ यही करेगा तो तेरे-जैसे निकम्मे लौंडे को रखने से लाभ क्या होगा! उठ चल, उठकर बैठ। जानवर कहीं का! उठ, बाबूजी को खाना दे। अगर सोने के लिए मरा जाता है, तो खाना तो खाकर मर।"

मुन्नू ने चारों ओर दृष्टि दौड़ाई। विभिन्न वस्तुओं का एक अम्बार उसके चारों ओर बिखरा पड़ा था। कहीं चमकती हुई पीतल की थालियाँ थीं, कहीं ताँबे की देगचियाँ, जिनके पेंदे काले हो गए थे, अलम्यूनियम के गिलास, बच्चों के खिलौनों और शीशियों के साथ पड़े लुढ़क रहे थे। कोई शीशी बड़ी थी, कोई छोटी। कुछ दवाओं की शीशियाँ थीं, जैसी मुन्नू ने गाँव के डाक्टर की दूकान में देखी थीं। अलबत्ता ये शीशियाँ मैली और धूल से भरी थीं और डाक्टर की दूकान में कम्पाउन्डर हर चीज़ को साफ़-सुथरी रखता था।

बहुत-सी बोरियाँ थीं, जिनमें आटा-दाल आदि खाने का सामान रखा था। बोरियों के अतिरिक्त लकड़ी के सन्दूक और टीन के कनस्टर भी थे, परन्तु मुन्नू को मालूम न था कि उनमें क्या भरा है। दीवारों में खूँटियाँ लगी थीं, जिन पर दो मैली क़मीज़ें और एक साटन का जाकेट टँगा हुआ था। दो बड़ी-बड़ी रंगीन तसवीरें लगी थीं, जिन पर सूखे हुए फूलों के हार इस प्रकार लटके हुए थे कि तसवीरें दिखाई न पड़ती थीं। एक ओर एक टूटा हुआ आईना रखा था, जो धुएँ से काला हो गया था। एक कोने में जलाने की लकड़ी गँजी हुई थी। दो दीवारों के बीच में एक अलगनी बँधी थी, जिस पर भाँति-भाँति के नए और पुराने कपड़ों का एक अम्बार लटका हुआ था। छत पर मचान बाँध कर उस पर बहुत-से लिहाफ़, गद्दे और कम्बल रखे हुए थे। थोड़ी दूर पर एक अलग अलमारी पर, एक लोहे की ट्रे में सफ़ेद चीनी के कुछ चमकते हुए बर्तन रखे थे—छोटी-छोटी गोल कुन्डेदार प्यालियाँ, एक बड़ी-सी केतली, जिसकी टोंटी किसी जानवर की थूथनी की तरह लगती थी और एक जग। यह सब बर्तन ऐसे रखे थे, मालूम होता था, अभी गिर पड़ेंगे।

मुन्नू को कुछ मालूम न था कि सफ़ेद खरिया के ये बर्तन किस काम में आते होंगे। परन्तु उसे उनकी चमकदार चिकनाहट अच्छी अवश्य लगी। उनको देखकर उसे ऐसा लगा कि अब इन बर्तनों के द्वारा उसे कोई नई बात अवश्य मालूम होगी, उसे किसी रहस्य का पता चलेगा। रह गए ताँबे ओर पीतल के बर्तन, तो उनकी चमक की दयनीय दशा तो मानो उससे पुकार-पुकार कर कह रही हो, "अब तुम्हें हमको शीघ्र ही मलना पड़ेगा।"

तसवीरों और आइनों के होते हुए भी यह तमाम अम्बार ऐसा था कि मुन्नू का जी घबराने लगा।

कमरे में अब प्रातः काल का प्रकाश धीरे-धीरे प्रवेश कर रहा था और मुन्नू का जी चाहा कि वह कहीं छिप जाए, अपने अस्तित्व में कहीं खो जाए। उसे ऐसा प्रतीत होता था कि सारा संसार ख़ाली है। फिर उसका जी चाहने लगा कि वह उठ बैठे और देखे कि और कमरों में क्या है।

पहाड़ों की चट्टानों और झाड़ियों में तथा पेड़ों पर वह बहुधा चिड़ियों के अण्डे-बच्चे ढूँढा करता था और इस समय भी उसकी आँखों मे वही शरारत चमकने लगी। जब वह दूसरों के बाग़ों में फल तोड़ा करता था, तब उसका हृदय धड़कने लगता था। इस समय भी उसकी वही दशा हो गई। उसकी रग-रग में खोजने, ढूँढने की इच्छा जाग्रत हो रही थी।

एक अँगड़ाई लेकर वह झट से उठकर खड़ा हो गया और पंजों के बल खड़े-खड़े अपने सामने वाले दरवाज़े में से झाँकने लगा। दरवाज़े में एक पतली-सी दरार थी। उसने अपनी आँख उसी में लगाकर देखना शुरू किया। एक छोटा-सा कमरा था, जो दो बड़े-बड़े पलँगों से बिल्कुल घिरा हुआ था। कई छोटे-बड़े बक्स ऊपर-नीचे रखे हुए थे और एक बच्चों की गाड़ी रखी थी। एक पलँग पर बाबूजी करवट लिए तकिए में मुँह गाड़े सो रहे थे, दूसरे पलँग पर चादर ओढ़े कोई और सो रहा था। मुन्नू ने सोचा, ये अवश्य बीबीजी होंगी।

अब मुन्नू दाहिनी ओर मुड़ा और दूसरे दरवाज़े की तरफ़ बढ़ा जो आधा खुला हुआ था, क्योंकि उसे डर था कि इस प्रकार झाँकने से उसके मालिक और मालकिन जाग न उठें। दूसरे कमरे के बीचो-बीच एक पलँग बिछा था, जिस पर साफ़ और सफ़ेद बिस्तर लगा था और उस पर एक आदमी सो रहा था। उस आदमी का रंग उस साहब की तरह सफ़ेद था, जो टोकरी की तरह ही टोपी पहने था और जिसको उसके चाचा ने सलाम किया था। उस कमरे में और भी बहुत-सी मनोरंजक ढंग की वस्तुएँ थीं और सबकी सब बहुत सफ़ाई से और ढंग से सजी हुई थीं। एक कोने में एक बड़ी-सी मेज़ थी, शानदार कुर्सियाँ थीं, जैसी मुन्नू ने अपनी इतिहास की पुस्तक में पुराने राजसिंहासनों की तसवीरें देखी थीं। छोटी-बड़ी तसवीरें थीं, कुछ कैलेण्डर इधर-उधर लटके हुए थे, जिन पर मामूली तारीख़ और छुट्टी के दिन लाल रोशनाई से छपे हुए थे। मिट्टी के रंग-बिरंगे खिलौने रखे थे। गणेशजी की एक मूर्ति भी रखी थी, जो धन और बुद्धि के देवता हैं। यह मूर्ति समस्त खिलौनों में प्रधान थी।

मुन्नू अपनी गोल-मोल आँखें इधर-दधर फेर-फेर कर सभ्यता और संस्कृति के इन प्रतीकों को देख रहा था।

शायद वह अभी और देर तक देखता रहता—देखता ही रहता, किन्तु अचानक उस व्यक्ति ने, जो सो रहा था (जो अवश्य बाबूजी का छोटा भाई था; क्योंकि मुन्नू ने बीबीजी को छोटे बाबू प्रेम का ज़िक्र करते सुना था) करवट ली और सोते-सोते कुछ बड़बड़ाने लगा।

"क्यों रे मुन्नू! उठ गया क्या?"

मुन्नू का हृदय ज़ोर-ज़ोर से धड़कने लगा। एक क्षण के लिए उसकी ऊपर की साँस ऊपर और नीचे की साँस नीचे रह गई। जब वह दौड़ा था, तब उसके पाँव की

थप-थप से कहीं बीबीजी उठ तो नहीं गई थीं?

"हाँ बीबीजी, उठ गया हूँ।" उसने अपनी पहाड़ी बोली को मालिकों की बातचीत के अनुसार बदलते हुए कहा।

"अच्छा तो लग काम में।" बीबीजी की अलसाई हुई आवाज़ आई, "चूल्हे की राख झाड़ डाल और रात के जूठे बर्तन सब माँज दे। कल रात को तू इतनी जल्दी सो गया कि इतना-सा काम भी नहीं हुआ तुझसे। और आग जलाकर पतीली में बाबूजी की चाय के लिए पानी चढ़ा दे। मैं अभी उठकर आती हूँ!"

फिर रोने की आवाज़ आई। ज़रूर छोटी बच्ची लीला उठ गई थी, परन्तु फिर उसे लोरी देकर सुला दिया गया। मुन्नू सोचने लगा कि बड़ी लड़की शीला कहाँ गई। कल मुन्नू को मालूम हुआ कि वह अपने चाचा के साथ मेले में गई है। उसने अब तक शीला को देखा ही नहीं था।

रसोईघर की तरफ़ जाते समय मुन्नू का जी घबराने लगा। उसकी समझ ही में नहीं आ रहा था कि इस घर में काम का क्रम क्या है और सबसे पहले कौन-सा काम उसे करना चाहिए।

गाँव में सबसे पहले अत्यन्त प्रातः काल उठकर शौच-आदि से निवृत्त होने के लिए वह खेत में चला जाया करता था, बाद को कुएँ पर आकर स्नान करता और तब भोजन करता था। उसके बाद वह या तो स्कूल जाता था या अपने पशुओं को लेकर नदी-तट की ओर चराने निकल जाता था।

यहाँ उसे मालूम ही नहीं था कि शौच-क्रिया से कहाँ निवृत्त हो। चारों ओर मकान-ही-मकान थे। ऊपर पहाड़ से वह भव्य बँगले उसे अन्दर आने की मनाही कर रहे थे और सड़क पर लोग आ-जा रहे थे। उसे क्या मालूम था कि शहर के लोग शौच-क्रिया से निवृत्त होने के लिए कहाँ जाते हैं। वह दौड़कर रसोईघर के दरवाज़े पर पहुँचा जो बाहर खुलता था। बाहर मकान से लगा हुआ कोई पाख़ाना उसे दिखाई न दिया।

मुन्नू की घबराहट की कोई सीमा न रही। उसे ऐसा लगा कि वह अब अधिक समय तक अपने-आप को रोक न सकेगा और अपनी धोती भी ख़राब कर लेगा। इससे वह बाहर भागा और मकान के अहाते की दीवार से लगकर बैठ गया। अभी वह बैठा ही था कि उसकी मालकिन की आवाज़ आई, "अरे कहाँ है? ओ मुन्नू, कहाँ मर गया!"

मुन्नू भयभीत हो गया कि कहीं वे आकर उसे देख न लें। परन्तु वह करता भी क्या। अब उठ खड़ा होना उसके बस की बात न थी।

"ओ बे नमकहराम, ऐ कमबख़्त बेहया जानवर, सुअर, कुत्ते!"

मालूम होता था कि मुन्नू के सिर पर एक पहाड़ टूट पड़ा, क्योंकि बीबीजी अपनी आवाज़ का जवाब न पाकर बाहर निकल आई थीं और फिर उस दृश्य को न देख सकने के कारण अन्दर लौट गई थीं।

"हाय कमबख़्त, बेशरम, बेहया, कमीना पहाड़ी लौंडा! तू मरे! यह क्या किया कमबख़्त तूने! तूने मुझसे क्यों न पूछा कि कहाँ जाऊँ? तेरा सत्यानाश हो! अरे, हमें क्या ख़बर थी कि एक कमबख़्त जानवर को, जंगली हूश को, नौकर रख लिया है! सबेरे-शाम, जो यहाँ से साहब लोग निकलते रहते हैं, वे देखकर क्या कहेंगे? साहब लोगों के सामने बाबूजी

की इज़्ज़त दो कौड़ी की कर दी कमबख़्त! हाय हाय, क्या गन्दगी की है दरवाज़े के सामने!"

पहले तो उनकी आवाज़ घृणा के कारण तेज़ थी, फिर वे क्रोध में फूँ-फूँ करने लगीं और अन्त में झुँझला कर के बड़बड़ाने लगीं। मुन्नू का चेहरा लाल हो गया। सारे शरीर का खून सिमट कर उसके चेहरे पर आ गया। जीवन में पहली बार किसी ने उसे इस दशा में देख लिया था और वह लज्जा से भूमि में गड़ा जा रहा था।

और फिर इतनी देर में जो सारा घर जाग गया।

सब से पहले बाबू नत्थूराम अपने भारी कन्धे हिलाते, टाँगें फैलाकर चलते हुए आ खड़े हुए। उन्हें अपनी संचित पूँजी की सदैव चिन्ता लगी रहती थी और इसी कारण उन्हें नींद खुलते ही यह ख़याल आया कि अवश्य कोई चोर घुस आया है।

फिर छोटे बाबू आ पहुँचे। ये सज्जन सुन्दर और गठीले शरीर के युवक होने के अतिरिक्त स्वभाव के भी चुलबुले और बेतकल्लुफ़ थे। आते ही बोले, "क्या हुआ? यह शोर क्यों मच रहा है भाई?"

सब से अन्त में बाबूजी की बड़ी लड़की शीला पहुँची। शीला की आयु कोई दस वर्ष की होगी। दुबली-पतली, सुनहले बाल, दूध का-सा रंग, हल्के भूरे रंग की आँखें! इस हास्यजनक दृश्य को देखकर उसकी आँखों में शरारत की चिनगारियाँ चमकने लगीं।

बीबीजी अपरिसीम क्रोध और घृणा के साथ खूब ज़ोर-ज़ोर से चीख़ने लगीं, "अरे यह निर्लज्ज गँवार, इसने रसोईघर के आगे दरवाज़े पर ही पाख़ाना कर दिया! हे भगवान्! ज़रा देखो तो! नमकहराम कहीं का! यह मर जाए! हाय, हाय! मैं तो..."

"क्यों बे सुअर के बच्चे!" बाबू नत्थूराम बोले और उन्होंने अपना पतला सूखा-सा हाथ उठाया, जिससे उनकी श्रीमतीजी शान्त हो जाएँ और मुन्नू डर भी जाए। अबे यह क्या किया? क्यों किया ऐसा, हुँ!" फिर उन्होंने अपने चेहरे को इस प्रकार मरोड़ा और कुछ ऐसा मुँह बनांया कि उनके होंठ खुल गए और लाल-लाल मसूड़े और छितरे दाँत दिखाई देने लगे। उन्होंने फिर मूर्खों की भाँति दोहराया, "क्यों बे, क्यों किया है?"

छोटे बाबू को हँसी आ गई और वे छेड़खानी करते हुए बोले, "अरे भई, किया यूँ कि धोती में नहीं करना चाहता था, और क्यों। वैसे अगर धोती ख़राब हो जाती, तो बीबीजी को धोनी पड़ती। चलो, ख़ैर अभी भंगी आया जाता है।

शीला हँसने लगी और अपने चाचा की टाँगों से लिपट गई।

बाबू नत्थूराम क्रोध को रोकते हुए बोले, "चलो शीला, हटो यहाँ से। तुम्हारा यहाँ क्या काम है! यह कमबख़्त पाख़ाने में नहीं जा सकता था? क्यों नहीं गया? तुमने इसे बताया क्यों नहीं कि पाख़ाना कहाँ है?" उन्होंने अपनी श्रीमतीजी की ओर मुड़कर कहा।

"लो और सुनो। तो क्या तुम समझते हो कि हम उसे अपने पाख़ाने में जाने देंगे?" बीबीजी ने उत्तर दिया, "इस गँवार को अपने पाख़ाने में जाने देंगे? तुम और भी इसको सिर पर चढ़ा लो। अब यह मेरी जान को एक और आफ़त आ गई कि इसकी देख-भाल करूँ। अरे कोई जाओ, मेहतर को बुलाकर यह गन्दगी तो साफ़ करा दो जो इस कमबख़्त ने फैलाई है। हाय, हाय!"

"ख़ैर भाई, अब जो हुआ, सो हुआ।" छोटे बाबू ज़रा नरमी से बोले, "अब और ज़्यादा इसको धमकाएँगे तो डर के मारे फिर पाख़ाना कर देगा। और चाय, हाँ क्यों शीला!

आज तुम्हारी माँ तो इतनी अप्रसन्न है कि सम्भवतः हम लोगों को चाय भी नहीं मिलेगी।"

"तुम ज़रा देर तक धैर्य नहीं रख सकते प्रेम!" बीबीजी ऊँचे स्वर में बोलीं, "पहले मुझे इस कमबख़्त का क़िस्सा तो चुका लेने दो।"

"उफ़! ओक!" वे इस तरह का भाव व्यक्त करने लगीं, मानो यह दृश्य देखकर उनका क़ै करने को जी चाहता था, यद्यपि उनको क़ै बिल्कुल नहीं आ रही थी!, "ओक उफ़! मुझे क़ै आ रही है। उफ़! चक्कर आ रहा है।"

इतने पीछे से कुछ आहट-सी हुई और बीबीजी ने मुड़कर देखा कि मुन्नू उनके बिल्कुल पीछे ही रसोईघर में खड़ा है। वे उस पर झपट पड़ीं और ज़ोर-ज़ोर से चीख़ीं, "अरे नमकहराम! कहाँ गया था?"

अब मुन्नू बिल्कुल नहीं घबरा रहा था। धीरे से वह बोला, "पम्प पर धोने गया था।"

बीबीजी ने उसे दोनों हाथों से धक्का देकर बाहर कर दिया,, "चल, ख़बरदार जो नहाए बग़ैर रसोईघर के पास भी फटका।"

मुन्नू बाहर निकल गया, परन्तु बीबीजी का पंचम स्वर बराबर उसके कानों तक आता रहा :—

"गँवार कहीं का! दूर हो मेरी आँखों के सामने से!"

मुन्नू काफ़ी दूर निकल गया था। अब वह उनका कण्ठ-स्वर नहीं सुन सकता था, परन्तु फिर भी वे बड़बड़ाती ही रहीं, "मैंने तो सोचा था कि नौकर आ गया, तो मुझे अब आराम मिलेगा, परन्तु यहाँ तो वही पहले की-सी घिस-घिस, मेहनत और चाकरी। ऐसे जंगली लड़के से भला कहीं घर का काम चल सकता है? किसी कार्य में इससे सहायता लेना तो दूर रहा, यह व्यर्थ की परेशानी बढ़ाता रहेगा। गधा कहीं का! गन्दा तो कितना है यह! उफ़, यह देहाती!"

"चलिए भई, अब देहातवालों की इतनी निन्दा न कीजिए। आप स्वयं भी तो देहात की हैं!" देवर ने छेड़ा।

"बस जी" बीबीजी ने कहा, "मज़ाक़ न करो!"

"वाह, आख़िर हमारे मुँह पर नाक है नहीं। कम-से-कम दूसरों के सामने तो अपनी नाक ऊँची ही रखनी चाहिए।"

"शीला! वह क्या गीत था चाय के सम्बन्ध में जो तुमने स्टेशन पर लिखा देखा था? अरे, वही इम्पीरियल टी कम्पनी के पोस्टर पर छपा था। याद है तुम्हें?" प्रेम बात तो भतीजी से कर रहे थे, परन्तु वास्तव में वह अपनी भाभी को सुनाकर कहना चाहते थे।

"कौन-सा गीत चाचाजी? वही—गरम चाय बुख़ार उतारती है, गरम चाय गर्मी में ठण्डक पहुँचाती है और न जाने क्या-क्या था?"

"हाँ, हाँ, वही। जाओ और ज़ोर से बीबी उत्तम कौर के कान में वह गीत गा दो।" और प्रेम शरारत से बिस्तर पर लोट लगाने लगे।

शीला ने गाना शुरू ही किया था, "गरम चाय" कि बीबीजी फट पड़ीं, "अच्छा अच्छा, मेरा सिर तो न खाओ। मेरा क्यों मुफ्त में नाम लेते हो? बना तो रही हूँ चाय। कमबख़्त नन्हीं-सी जान और हाथ भर की ज़बान। तेरा चाचा तो ख़ैर कालेज में डाक्टरी पढ़कर बड़ा साहब बन गया है ओर तू मेम साहब क्यों बनी जा रही है?"

मुन्नू पत्थर की चटिया के पास बैठा राख से बर्तन मल रहा था। बर्तन मलने और नहाने की व्यवस्था वहीं पर थीं, क्योंकि उसके पास ही एक कोने में छोटी-सी गन्दी नाली थी, जहाँ मक्खियाँ भिनभिना रही थीं और कीड़े बिलबिला रहे थे। पीछे जाली में से ठण्डी हवा के झोंके आ-आकर मुन्नू का पसीना सुखा रहे थे। वह अपनी जगह से, जहाँ वह उकड़ूँ बैठा था, ज़रा खिसका और नाली की तरफ़ पीठ करके बैठ गया। अब उसके सामने एक दरवाज़ा-सा था, जो पीछे को खुलता था और उधर से पाख़ाने की बू आ रही थी। मुन्नू ने मन में सोचा, "ज़रूर यही पाख़ाना होगा। भई वाह! अजीब बात है!"

शीला रसोईघर में ही खड़े-खड़े बोली, "माताजी, इसे बर्तन मलने में सहायता दूँ?"

"चल, दूर हट।" बीबीजी ज़ोर से बोलीं, "इस निकम्मे सुअर को कुछ काम तो करने दे। जो कुछ ख़र्च हो रहा है इसके पीछे, वह वसूल कैसे होगा?"

शीला चली गई।

बीबीजी ने उबलते हुए पानी की पतीली चूल्हे पर से उतारी। तब उन्होंने चाय का सेट उतारा, जो मुन्नू ने अलमारी पर रखा हुआ देखा था और फिर उन्होंने उसी चायदान में, जिसकी टोंटी किसी जानवर की थूथनी की तरह थी चाय बनाई। वे इस बात का विशेष रूप से प्रयत्न कर रही थीं कि ये बर्तन चौके के पास न होने पाए, क्योंकि वह जगह सारे रसोईघर में पवित्र थी। उन्हें मालूम था कि उनके पति और देवर के मुसलमान मित्रों ने भी बहुधा उन प्यालियों में चाय पी है और वे स्वयं बहुत कट्टर हिन्दू स्त्री थीं।

मुन्नू यह सब बड़े ध्यान से देख रहा था। उसने यह भी देख लिया कि बीबीजी खरिया के बर्तनों को पीतल के बर्तनों से दूर रखने की बड़ी कोशिश कर रही हैं, साथ ही यह भी देख लिया कि जब वे चाय बनाने के लिए पतीली से केतली में पानी उँडेलने लगीं तब पतीली केतली से छू गई। बीबीजी ने भी देख लिया कि मुन्नू देख रहा है और उन्हें ऐसा लगा, जैसे किसी ने उन्हें चोरी करते पकड़ लिया हो। परन्तु वे भला कब हार मानने वाली थीं। कड़क कर वे बोलीं, "अपना काम क्यों नहीं करता? मैं चाय बना रही हूँ, तू मेरा मुँह क्यों ताक रहा है? अपना काम देख।"

परन्तु मुन्नू ने अपनी दृष्टि हटाने से पहले एक ऐसी बात देख ली, जो बीबीजी कभी नहीं चाहती थीं कि वह देखे। अर्थात् बीबीजी ने बिल्कुल 'एक पंथ दो काज' वाली कहावत चरितार्थ की थी। उन्होंने जिस पानी से चाय बनाई थी, उसी में अण्डे भी उबाल लिए थे। यह बात तो पहाड़ी गँवारों के यहाँ भी गन्दी समझी जाती है।

बीबीजी घबरा उठीं। उनका चेहरा क्रोध से लाल हो गया और इतने में छोटी बच्ची लीला, जिसे वे पलँग पर सोती छोड़ आई थीं, एक चीख़ मार कर जाग उठी।

'अरी कमबख़्त लीला, तू उठ गई मेरी जान खाने को! अब तू भला मुझे चैन लेने देगी या कोई काम करने देगी?"

उन्होंने डबल रोटी के दो टोस्ट काट कर चूल्हे पर सेंकने के लिए रखे और तीसरा

काटने लगीं। एक क्षण भी न गुज़रा था कि बच्ची फिर चीख़ पड़ी।

"अरी मुई, ज़रा तो दम ले! तुझे हुआ क्या है? तुझे चुड़ैल खाए! क्या मनहूसियत है! दिन भर रें रें रें रें! बाबाजी से तावीज़ भी दिलवाया, फिर भी वही हालत है। भगवान् मुझे कब शान्ति की साँस लेने देंगे? सारा दिन हाय-हाय में बीतता है। कपड़े बदलने तक की फ़ुर्सत नहीं मिलती। इतना भी अवसर नहीं मिलता कि कभी पड़ोसिनों से घड़ी-दो-घड़ी बात तो कर लूँ, या बाज़ार तो हो आऊँ। कल रात को भी सफ़ाई आदि से निवृत्त होकर दो बजे सोई थी और अब....। शीला! ओ मरी शीला सारे घर में हुड़दंगा मचाती फिर रही है! ज़रा छोटी बहन को सम्भाल ले! चल।"

इतने में प्रेम ने आकर छोटी बच्ची को उठा लिया था। उसे और शीला को वे अपने कमरे में ले गए और वहाँ ग्रामोफ़ोन बजाकर बहलाने लगे। मुन्नू अब तक सारे बर्तन प्रायः मल चुका था। दूसरे कमरे से गाने की आवाज़ आती सुनकर उसने बाहर बर्तन धोने का बहाना किया और रसोईघर से निकल गया।

इस कों-भों में पड़ी रहने के कारण बीबीजी ने टोस्ट की ओर ध्यान नहीं दिया, इससे वह जल गया। उन्होंने कोसना शुरू किया और दूसरा काट कर सेंकने लगीं। घर-भर में एक-दो मिनट के लिए प्रेम के एक मधुर एवं करुण गीत की ध्वनि गूँजने लगी थी, परन्तु बीबीजी अपने विचारों में मग्न होकर यह सोच रही थीं कि वे आज बाबू बेलीराम की माँ की मातमपुर्सी में जा सकेंगी या नहीं।

मुन्नू ने जल्दी-जल्दी सब बर्तनों को धोया और वह भीतर वापस आया। परन्तु रसोईघर से नहीं, बल्कि बाहर ही बरामदे से होकर बैठने के कमरे में वह पहुँचा।

"अबे ओ उल्लू के पट्ठे!" छोटे बाबू ने कहा, "कमरे में आने से पहले पैर भी पोंछे थे?"

"नहीं बाबूजी।" मुन्नू ने उत्तर दिया। वह अपने गीले पैर लिए क़ालीन पर खड़ा था। बर्तनों की टोकरी से, जिसे वह बग़ल में दबाए था, पानी की बूँदें टपक रही थीं।

"अच्छा, यदि आज्ञा हो, तो यह प्रार्थना करूँ कि भगवान् के नाम पर बाहर पैर पोंछ कर तब भीतर पधारिए। पावपोश इसीलिए वहाँ रखा है।" छोटे बाबू ने व्यंग्यपूर्वक कहा।

मुन्नू का मन बढ़ गया। वह सोचने लगा, ख़ैर कम-से-कम छोटे बाबू ने मुझे भीतर आने से तो नहीं रोका।

अब उसका साहस कुछ और बढ़ा। उसके मन में आया कि आगे बढ़कर वह उस मशीन को देखे, जैसी उसने बाज़ार में देखी थी, और उसका गाना भी सुने। उसके मन में यह भी आया, "मैं भी कैसा भाग्यवान् हूँ कि मुझे ऐसी जगह नौकरी मिली, जहाँ यह मशीन भी मौजूद है।

वह दौड़ा हुआ रसोईघर में पहुँचा कि बर्तनों की टोकरी पटक कर अपने हाथ ख़ाली करे। फिर वह राख और कूड़ा फेंकने के बहाने बाहर सड़क पर पहुँच गया। दुर्भाग्यवश उसी क्षण गाना बन्द हो गया।

सड़क के पास नल पर एक लम्बा-सा लड़का पीतल के घड़े में पानी भर रहा था। दो और लड़के पास ही खड़े-खड़े प्रतीक्षा कर रहे थे।

"तुम्हारा नाम क्या है?" लम्बे लड़के ने मुन्नू से पूछा। बाद को उसने कहा, "राख फेंकनी हो, तो इधर घूरे पर फेंक दिया करो।"

"क्या तुम भी यहीं कहीं नौकरी करते हो?" मुन्नू ने प्रश्न किया।

"हाँ, मैं बाबू गोपालदास के यहाँ काम करता हूँ।" उस लम्बे लड़के ने जवाब दिया, "वह तुम्हारे बाबू से बड़े बाबू हैं। और इन दोनों के बाबू लोग कचहरी में काम करते हैं। हम सब होशियारपुर के रहने वाले हैं।"

"मैं काँगड़े के पास से आया हूँ।" मुन्नू ने कहा। बाद को उसने अपने चाचा और अपने गाँव के प्रमुख व्यक्तियों के सम्बन्ध की बहुत-सी बातें बतलाईं और यह भी कहा कि जब वह छोटा-सा था, तब उसके माँ-बाप उसे होशियारपुर ले गए थे। इस प्रकार कुछ ही क्षणों के वार्तालाप के बाद उन सब का परिचय हो गया और उत्तरी भारत के कपटहीन वासियों की तरह उन्होंने एक-दूसरे को अपने दिल का सब हाल कह सुनाया।

अचानक घर में फिर एक मधुर संगीत का स्वर सुनाई दिया और मुन्नू भागकर अन्दर आ गया।

"अबे अपने पंजे सम्भाल, ओ बन्दर!" छोटे बाबू चीख़े।

मुन्नू चारों हाथ-पाँव के बल खड़ा होकर अपने मालिक के सुशील स्वभाव और हास्यप्रियता को सराहने लगा, जैसे सचमुच ही वह बन्दर था। पावपोश पर हाथ-पाँव साफ़ करने के बाद वह फिर मसख़रों की तरह आगे बढ़ा और गाँव के मदारी के बन्दर की तरह नाचने लगा, जिसको वह रोज़ स्कूल से लौटते समय चौराहे पर नाचते हुए देखा करता था।

"देखो चाचाजी, देखो ज़रा, बिल्कुल बन्दर की तरह नाच रहा है।" शीला हँसने लगी।

"शाबाश, शाबाश।" छोटे बाबू भी मदारी के नाच में काफ़ी दिलचस्पी ले रहे थे। नन्हीं लीला ताली बजा-बजा कर और अपना सिर हिला-हिलाकर ताल दे रही थी।

"चाचाजी, मैं भी भालू बनूँगी।" शीला ने चिल्ला कर कहा।

मुन्नू अब भी बन्दर बना हुआ भद्देपन से पूरे उत्साह के साथ थिरक-थिरककर नाच रहा था। कभी वह तरह-तरह के मुँह बनाता, कभी दाँत निकालता, कभी आँखें मटका-मटका कर सचमुच बन्दर की तरह नाचने लगता।

"अरे, यह क्या हुल्लड़ मचा है? यह क्या हुड़दंगापन हो रहा है? यह लौंडा ड्राइंग-रूम में क्यों घुसा है?" बीबीजी का कर्कश स्वर सुनाई पड़ा। सारी चहल-पहल पर ओला-सा पड़ गया, "अपने मालिकों के हँसी-मज़ाक़ में शामिल होने का इसे क्या अधिकार?"

मुन्नू जल्दी से रसोईघर की तरफ़ भागा, उसके उल्लास का भाव अभी तक ज्यों-का-त्यों बना हुआ था। अपने थिरकने और नाचने से जो स्वाभाविक आनन्द उसे प्राप्त हुआ था, उससे उसका चेहरा अब भी दमक रहा था। वह तो ख़ैरियत हुई कि चूल्हे में से उठते धुएँ से उसका हर्ष से पुलकित मुख और चमकती हुई आँखें छुप गईं और बीबीजी को दिखाई न पड़ सकीं और वह वहीं चटाई पर पल्थी मारे बैठी टोस्ट सेंकती रहीं, अन्यथा यदि कहीं वे देख लेतीं, तो उसके हँसने पर भी एक तूफ़ान फट पड़ता, जो कर्त्तव्य जतानेवाले तूफ़ान से किसी प्रकार कम न होता।

"देख रे, तेरी जगह यहाँ रसोईघर में है। छोटे बाबू और बच्चों के खेल में तू न शामिल हुआ कर। तू घर के काम जल्दी-से-जल्दी समाप्त कर, व्यर्थ में समय न नष्ट कर, बाबूजी को दस बजे दफ़्तर जाना है। शीला को स्कूल जाना है। हमने तुझे घर के काम-काज में सहायता देने के लिए रखा है, काम बढ़ाने और देर लगाने के लिए नहीं। तुझे काफ़ी अच्छी तनख़्वाह दी जाती है। इतने रुपए तूने गाँव में कभी न देखे होंगे, शायद तेरे बाप ने भी कभी न देखे होंगे। फिर मुफ़्तख़ोरी क्यों? ओर देख, ख़बरदार, कहे देती हूँ, कभी फिर जो तूने घर के आसपास पाख़ाना किया! अभी मेहतर आता होगा, उससे कहना कि तुझे नौकरों का पाख़ाना बता दे, जो उस पहाड़ी के नीचे ही है और हाथ अच्छी तरह धोए बग़ैर बर्तनों को छूना तक नहीं। तेरा बदन कितना गन्दा है। और तू बराबर उसे छूता-खुजलाता रहता है। कपड़े भी तो कैसे गन्दे हैं! अभी मैंने देखा कि तूने क़मीज़ से हाथ पोंछे थे। उफ़्फ़ोह! और नाहाकर क्या धोती से बदन पोंछा था? हे भगवान्! अरे, मुझसे तौलिया क्यों नहीं माँग लिया! कमबख़्त, जानवर! डूब मर चुल्लू भर पानी में! शीला, ओ शीला! जा तो मेरी बच्ची, बक्स से निकालकर एक तौलिया इस कमबख़्त जंगली को दे। तो सुना तूने? ख़बरदार, जो हाथ धोए बग़ैर इस घर की कोई चीज़ छुई तूने! अच्छा, नहाने के बाद तो फिर किसी गन्दी चीज़ को हाथ नहीं लगाया?"

"नहीं बीबीजी।" मुन्नू ने जवाब दिया। बीबीजी की बातें उसके कान में अवश्य पड़ी थीं, परन्तु वह ध्यान से कब सुन रहा था। वह तो अब तक अपनी कल्पना में नाच रहा था, नाचता चला जा रहा था।

"अच्छा, परन्तु बर्तन मले थे न?" बीबीजी ने कहा।

"उसके बाद तो मैंने हाथ धो लिए थे बीबीजी!" मुन्नू ने उत्तर दिया।

"फिर तो किसी चीज़ को हाथ नहीं लगाया?"

"जी नहीं।"

"नहीं? क्या सचमुच नहीं? और कूड़ा जो फेंका था?"

"कूड़ा फेंकने के बाद मैंने नल पर हाथ धो लिए थे।"

"फिर और किसी चीज़ को छुआ था?"

"नहीं" मुन्नू ने झूठ बोलते हुए कहा। वह घबरा गया था और चाहता था कि किसी प्रकार यह सवाल-जवाब ख़त्म हो। यद्यपि उसे मालूम था कि अभी पावपोश पर उसने हाथ रखे थे और पावपोश, जिस पर सब लोग जूते पोंछते हैं, गन्दा ही ठहरा।

"अच्छा, तो फिर छोटे बाबू के लिए चाय ले जा।"

मुन्नू की समझ में ही न आया कि वह कैसे ले जाए। पूरा ट्रे एक साथ ले जाए, या इतनी वस्तुओं को अलग-अलग, एक-एक कर के! घर पर उसे कभी ऐसी चीज़ों को हाथ तक लगाने का अवसर नहीं पड़ा था। इसलिए, उसने सोचा कि ठीक से मालूम कर लेना चाहिए।

"कैसे ले जाऊँ बीबीजी?" उसने पूछा।

"कैले ले जाऊँ? अरे कैसे ले जाएगा! हाय, हाय! तुझे कितना समझाना पड़ेगा? हमें क्या मालूम था कि दयाराम ऐसे बुद्धू को ले आएगा—हम..."

इतनी देर तक मुन्नू ध्यान से खरिया के बने हुए इन बर्तनों को देख रहा था और

अभी बीबीजी ने अपना नया तूफ़ान ख़त्म भी न किया था कि वह बोला, "बीबीजी, यह बर्तन काहे के बने हैं?"

"लो और सुनो! ज़रा इसका साहस तो देखो! बात काटकर बीच में बोलता है। अपना काम देख। चाय ठण्डी हो रही है। अरे चीनी के बने हैं ये बर्तन। और तू क्या समझता था कि काहे के बने हैं? अरे लोगो! देखो, इन जंगली ने कभी चीनी के बर्तन नहीं देखे! और देख, ख़बरदार, जो ट्रे गिराई और बर्तन तोड़े। नहीं तो याद रखना, तेरी हड्डी-पसली तोड़ दूँगी।"

मुन्नू ने बस, अपने सवाल का जवाब पाने तक तो प्रतीक्षा की और फिर बड़ी फुर्ती से ट्रे उठाई और बहुत तेज़ी से क़दम बढ़ाता हुआ चला। उसकी मालकिन पीछे से अपनी क़ैंची-जैसी ज़बान से लगातार उस पर गालियों की बौछार करती रहीं और उसे सावधान भी करती रहीं।

"भई वाह, बच्चू! आ गई चाय। आ ही गई आख़िर। ज़रा देर तो हुई, मगर कोई बात नहीं।" प्रेम ने ताली बजाकर कहा।

"चाय! चाय आ गई।" शीला ने खुशी से कहा। उसकी नीली आँखें चमकने लगीं और होंठ सिकुड़ गए।

"ऊँ, ऊँ, आँ! मैं भी चाय पिऊँगी।" लीला ने रोते हुए कहा। वह एक मेज़ पर बैठी हुई छुटपन की स्वाभाविक मस्ती के साथ गाते-गाते सिर हिला कर ताल दे रही थी–और उसकी बड़ी बहन, चाचा और पिता, उसे देख-देख कर खुश हो रहे थे। कभी-कभी बड़े बाबूजी भी अपने बड़प्पन और अपनी घबराहट को दूर रखते हुए बच्चों के साथ खेल में भाग लेते थे।

"यहाँ रख ट्रे, काला आदमी कहीं का!" प्रेम ने बनावटी हिन्दुस्तानी में परिहासपूर्ण स्वर में कहा। वे कभी-कभी ऐसी ही बातें किया करते थे, विशेषकर यदि उसका सम्बन्ध किसी शुद्ध योरोपियन वस्तु से होता, जैसे चाय, ट्रे आदि या जब कभी वे अँगरेज़ी वेश-भूषा से सुसज्जित होते तब बिल्कुल ऐसे ढंग से बातें करते थे, जैसे अँगरेज़ लोग अपने देसी नौकरों से करते हैं।

"यहाँ रख, इस टेबिल पर, काला आदमी! ज़मीन पर हगनेवाला!"

"बाबूजी, आओ चाय पी लो।" शीला ने अपने पिता को आवाज़ दी। वे अभी तक अपने कमरे के सुरक्षित वातावरण में एक नींद और लेने में व्यस्त थे।

"भला वे क्यों उठने लगे!" बीबीजी झुँझलाई, "वे क्यों उठें भला! सारा दिन दफ़्तर में कुल्हाड़ा चलाया करते हैं!"

बाबू नत्थूराम यह सुख का समाचार सुनकर उतावली के साथ उठ बैठे और अपनी पीली मिची हुई सूरत लिए, कमर झुकाए ड्राइंग-रूम में आकर बैठ गए। बाबूजी भी उसी श्रेणी के जीवों में थे, जो स्त्री को प्रसन्न करने की ही चिन्ता में सदा रहा करते हैं, और जहाँ तक हो सकता है, वे प्रयत्न यही करते हैं कि प्रातः काल शय्या का परित्याग करने पर सब से पहले सहधर्मिणी का ही साक्षात्कार न हो पाए।

मुन्नू ने सम्भालकर एक छोटी-सी मेज़ पर ट्रे रख दी और वह स्वयं पीछे हटकर दरवाज़े पर खड़ा हो गया। वहीं खड़े-खड़े ध्यान से वह देखता रहा कि छोटे बाबू कैसी

कुशलता के साथ चाय बनाते हैं। पहले उन्होंने लम्बे-से जग में से दूध उँडेला, फिर मोटी, थूँथनी-ऐसी टोंटीवाले चायदान से चाय ढाली और फिर अलग-अलग एक-एक प्याली में, चीनी मिलाई।

"वाह भई!" मुन्नू ने अपने मन में सोचा, "भला एक बर्तन से दूध और दूसरे से चाय उँडेलने में क्या रखा था? घर पर तो उसकी चाची पानी, दूध, चाय की पत्ती, चीनी सब एक साथ मिलाकर बड़ी-सी पतीली में उबाल लिया करती थीं और फिर पीतल के गिलासों में उँडेल देती थी। बस, चाय तैयार हो जाती थी। और भला मोटी-सी रोटी के टुकड़े काट कर खाने से पहले, उनको जलाना क्यों आवश्यक था? मुन्नू ने पहले कभी डबल रोटी न देखी थी।

"अबे मलाई कहाँ है, मलाई?" छोटे बाबू ने उसी चुलबुलेपन से कहा, "जा, बीबीजी से कह, मलाई भिजवा दें।"

मुन्नू सोचते-सोचते एकदम चौंक पड़ा।

"ले यह रही मलाई और यह रहा मक्खन। दे आ उनको कि ठूँसें और मोटे हों। और मैं हाड़ तोड़कर घर-भर की सेवा-टहल करती रहूँ। आखिर मक्खन ले क्यों नहीं गया?"

मुन्नू ने पल-भर में मक्खन बैठने के कमरे में पहुँचा दिया और फिर खड़ा होकर चारों ओर ताकने लगा। उसे ऐसा लगता था कि छोटे बाबू के चुलबुलेपन में और उनकी बातचीत में कोई ऐसा आकर्षण है, जो उसे खींचे लिए जाता है—जैसे चुम्बक लोहे को खींचता है। बड़े बाबू ने हाथ ऊपर उठाकर एक जम्हाई ली, कनखियों से मुन्नू की ओर देखा और अपने ढाँचे-जैसे शरीर को लेकर कुर्सी पर बैठ गए, जैसे कोई फ़ाक़े का मारा दुबला-पतला भिखारी हो।

छोटे बाबू, अत्यन्त निश्चिन्ततापूर्वक खाने में व्यस्त थे। उन्होंने टोस्ट पर मक्खन लगा लिया था और उसे दाहिने हाथ में लिए खाने में लीन थे। बीच-बीच में चाय का एक-एक घूँट भी उतारते जाते थे। परन्तु बड़े बाबू भद्देपन से अपनी कुर्सी पर पैंतरे बदल रहे थे। वे कभी अपने ऊपर टोस्ट का चूरा गिरा लेते, कभी क़ालीन पर। प्याली से तश्तरी में उँडेल कर गरम-गरम चाय पर फूँके मार कर, सपड़-सपड़ करके पी रहे थे। बीच-बीच में अपनी लटकी हुई मूँछों के बालों को अपनी पीली गन्दी ज़बान से चाट कर साफ़ भी करते जाते थे।

"अरे चल मरे! अब तू कहाँ जाकर मर गया!" बीबीजी चीख़ी। कदाचित् उन्होंने सुन लिया था कि शीला ने अपने चाचा से मुन्नू को चाय देने की आज्ञा माँगी थी।

"यहाँ काम करने को नहीं है? तूने क्या समझ रक्खा है कि चाय की एक ट्रे इस कमरे से उस कमरे में ले जाकर रख दी, बस तनख़्वाह वसूल हो गई!"

मुन्नू अपनी दशा पर दुःखी होकर रसोईघर की ओर वापस हुआ, क्योंकि शीला की सहानुभूति का उसके हृदय पर काफ़ी प्रभाव पड़ा था।

"चल कामचोर कहीं का! इन बर्तनों को राख से मलकर साफ़ कर। चिकनाहट और गन्दगी का ज़रा भी निशान न रहने पाए।" बीबीजी ने कड़ककर कहा।

मुन्नू बैठ गया और कभी उसने बर्तनों में हाथ भी नहीं लगाया था कि बीबीजी फिर चिल्लाईं।

"हे भगवान्, अरे रहने दे! अरे छोड़! तू बिल्कुल निकम्मा है! मुझे खुद ही करना पड़ेगा। सब काम खुद ही करना पड़ता है। भला कौन है जो ज़रा-सा भी काम ठीक करके दे? अरे बेवकूफ़! तुझे नहीं दिखाई देता कि यह कालिख बिल्कुल छूट जानी चाहिए, बिल्कुल! ज़रा उन बर्तनों को देख, जो अलमारी पर रखे हैं। कहाँ उनकी चमक और कहाँ तेरे मले हुए बर्तनों की। बिल्कुल उसी तरह की चमक आनी चाहिए।"

इतने में मुन्नू के भाग्य से दूसरे कमरे में से किसी ने बीबीजी को पुकारा।

"अजी सुनो, मुन्नी की अम्मा!" बड़े बाबूजी आवाज़ दे रहे थे, "यह बाबू रामलाल आए हैं। ज़रा एक प्याली और लेती आना और हाँ, 'शेव' के लिए गरम पानी भी चाहिएगा। शीला को भी नहला कर स्कूल के लिए तैयार करवा दो। बाबू रामलाल की लड़कियाँ तो तैयार भी हो गईं।"

बीबीजी ने अलमारी में से एक रकाबी और एक प्याली उतारी और बाहर के कमरे में ले गईं। उनकी तेज़ आवाज़ और चढ़ी हुई त्योरियाँ एकदम नरम पड़ गईं।

अब मुन्नू की ओर उनका ध्यान कुछ कम हो गया, क्योंकि जब वह शीला और लीला को लेकर बाहर वाले कमरे से वापस आईं, तब उसे बाबुओं के लिए गरम पानी लेकर बाहर भेज दिया और स्वयं लड़कियों को नहलाने-धुलाने और कपड़े बदलवाने में लग गईं।

"कैसी बदमिज़ाज औरत है, भौंकती है जैसे कुतिया" मुन्नू ने अपने मन में सोचा। वह तो पहले ही बहाना ढूँढ़ रहा था कि किसी तरह रसोईघर से पिण्ड छुड़ाकर ड्राइंग-रूम में जाए। ड्राइंग-रूम की दुनिया ही अलग थी और बड़े बाबू भी थे जो देखने में कैसे अजीब लगते थे। मुन्नू के कान में यह बात भी पड़ी थी कि अब वहाँ एक और नए बाबू आ गए हैं।

ड्राइंग-रूम में एक प्यारा-सा छोटा-सा आदमी बैठा कुछ पंजाबी के गीत सुना रहा था। मुन्नू ने ऐसे गीत अपने गाँव के मिरासियों और भाँड़ों को भी गाते सुना था और सब से मज़े की बात तो यह थी कि छोटे बाबू ने अपने गालों पर साबुन का झाग लगा रखा था और एक दाँतदार मशीन गालों पर चला रहे थे।

पहले मुन्नू सोचने लगा कि बाबूजी यह क्या कर रहे हैं? फिर उसे अपने गाँव के नाई की दूकान याद आ गई और उसकी समझ में सब-कुछ आ गया।

"दाढ़ी बना रहे हैं" उसने बुदबुदाकर कहा और खड़ा होकर वह उनकी उस क्रिया को ध्यान से देखने लगा।

कल जब वह गाँव से आया था, तबसे उसने जितनी भी अद्भुत चीज़ें देखी थीं, उनमें यह छोटी-सी दाँतदार मशीन उसे सबसे अनोखी, सबसे अद्भुत लगी। उसके गाँव में तो नाई एक लम्बे-से तेज़ चमकदार उस्तरे से लोगों की दाढ़ी बनाया करता था। ऐसी मशीन उसने कभी न देखी थी। वह अपने मन में सोचने लगा कि इस मशीन के लगने की आशंका बहुत कम होगी, जभी तो बाबूजी मज़े से उसे गालों पर फेरते जा रहे हैं—ऊपर-नीचे, नीचे-ऊपर।

"क्या देख रहा है बे, उल्लू!" छोटे बाबू ने मुन्नू को इतने ध्यान से ताकते हुए देखकर प्यार से कहा। उन्होंने भी जब पहली बार सेफ़्टी रेज़र देखा था, तब उन्हें भी

ऐसाही कौतूहल हुआ था।

मुन्नू मुस्कराने लगा। उसके हृदय में ज़रा-सा भय का भी संचार हुआ।

"बाबूजी", मुन्नू ने ज़रा रुककर, साहस का संचय कर के पूछा, "इस मशीन का दाम बहुत अधिक है?"

"क्यों?" बाबूजी ने शरारत से व्यंग्य किया, "खोपड़ी मुँड़वाना चाहता है क्या? बाप मर गया है क्या? अनाथ हो गया है तू?"

"मैं तो अनाथ हूँ ही बाबूजी।" मुन्नू ने जवाब दिया। उसे अपनी दशा पर रुलाई भी आ रही थी।

"ओ हो" नए आने वाले बाबूजी परिहास करते हुए बोले, "झींगा बराबर का लौंडा है, और दाढ़ी बनाने की मशीन लेने का शौक़ चर्राया है।"

"अच्छी बात है" छोटे बाबू बोले, "अगर आप कृपा करके मुझे दूसरे कमरे से तौलिया ला दें तो हाँ, यह मशीन तो नहीं, एक ब्लेड आप को दे सकता हूँ। फिर उससे आप शौक़ से अपना गला काट लीजिए।"

मुन्नू तौलिया लाने के लिए भागा। छोटे बाबू के प्रति उसके हृदय में स्नेह का भाव उत्पन्न होने लगा था। वह अपने-आपको उस चुलबुले आदमी के नज़दीक समझने लगा था।

जब वह तौलिया लेकर वापस आया, तब उसे एक और दृश्य दिखाई पड़ा। इस बार बड़े बाबू एक चमकती हुई अण्डाकार मशीन पर एक छोटा-सा हैण्डिल घुमा रहे थे। मुन्नू ने अपने मस्तिष्क को बहुत क्लेश दिया और सोचना आरम्भ किया कि यह क्या है और वह बाबूजी से पूछने ही वाला था, कि एकाएक उसे वह मशीन याद आ गई, जिस पर गाँव का नाई अपना उस्तरा तेज़ किया करता था।

"यह तेज़ करने की मशीन है, ना?" मुन्नू ने बाबुओं को सम्बोधित कर के कहा। वह चाहता था कि जानकारी में उनको भी शामिल कर ले।

"अरे ओ नमकहराम!" बीबीजी का कर्कश स्वर सुनाई दिया। उन्होंने उसे बाबू लोगों से बातें करते सुन लिया था, "अब कहाँ अड़ गया तू! तुझे काम नहीं है जो व्यर्थ समय नष्ट कर रहा है? मैंने तुझसे क्या कहा था? तेरी जगह रसोईघर में है। तेरी खोपड़ी में बात नहीं आती! या हड्डियाँ तुड़वाएगा, तब समझेगा? सारा काम करने को पड़ा है! इस चुड़ैल को स्कूल जाना है, बाबूजी को अभी दफ़्तर जाना है। तूने अपने पहाड़ी देश में आटा गूँधना तो काहे को सीखा होगा। और तेरे हाथ भी तो गन्दे हैं। ख़बरदार, जो इस घर की कोई खाने-पीने की चीज़ छुई तो। मुझे ही सब कुछ करना होगा। तुझ पर भरोसा करना तो व्यर्थ है। तू..."

"तो अब क्या करना है बीबीजी!"

"अरे, मेरा सिर न खा रे! तेरी आँखों से कुछ काम नहीं दिखाई देता! अन्धा है? ये चाय के बर्तन धोने को पड़े हैं! तरकारी छीलने को रखी है न!"

मुन्नू ने चाय के बर्तन धोना आरम्भ किया। उसने देखा कि खरिया के ये बर्तन पानी डालते ही साफ़ हो जाते है और उसने सोचा कि यह तो बड़ा आसान काम है। जल्दी-जल्दी उसने प्यालियाँ धो डालीं और सूखने के लिए अलग रख दीं।

"अरे यह क्या कर रहा है?" बीबीजी और ज़ोर से चिल्लाई, "चीनी के बर्तनों को भी राख से मलकर साफ़ कर, बिल्कुल उसी तरह जैसे पीतल के बर्तनों को साफ़ किया जाता है। ख़बरदार, ज़रा भी मिट्टी या जूठन न रहने पाए। हम कोई साहब लोगों की तरह म्लेच्छ नहीं हैं कि बर्तन एक बार पानी से धोकर उनमें खाना-पीना शुरू कर देंगे। हम उन्हें अफ़सर समझ कर उनका सम्मान करें, वह दूसरी बात है, मगर हैं तो वे लोग गन्दे। टब में नहाते हैं, उसी में साबुन मल-मल कर मैल छुड़ाते हैं और फिर उसी मैले पानी में पड़े रहते हैं। बैंकवाली मेम की आया कहती थी कि साहब लोग मुसलमानों की तरह गौ का माँस और सिखों की तरह सुअर का माँस खाते हैं।

"सुअर और गौ का माँस तो मैं भी खाता हूँ।" प्रेम ने छेड़खानी करते हुए कहा। वह रसोईघर की ओर यह देखने आए थे कि पत्थर की चटिया ख़ाली हुई या नहीं। वे स्नान करना चाहते थे।

"उँह, बस कृपा करके चुप रहो। उबकाई आती है" बीबीजी ने झुँझलाकर कहा, "सचमुच मैं..."

मुन्नू बैठा बर्तनों को राख से मल-मल कर धोता जा रहा था, और उनके कोने विशेष सावधानी से साफ़ कर रहा था। वैसे तो स्वभाव से भी वह कुछ उतावला था, दूसरे अभी बच्चा ही था, उसे ये सब काम करने का अभ्यास न था।

घर पर उसकी चाची उसकी अवहेलना तो अवश्य करती थी, किन्तु घर के सब काम वह स्वयं ही करती थी, निरन्तर करती ही रहती थी, चुपचाप बिना किसी शिकायत के। उसे याद आने लगा कि कभी-कभी उसके मन में भी चाची के प्रति सहानुभूति की एक लहर-सी उठती थी और वह स्वयं ही घर को गोबर से लीपने या इधर-उधर का काम करने में सहायता करता था। उसमें और उसकी चाची में कटुता का वास्तविक कारण यह था कि उसकी चाची बन्ध्या थीं और लोग बन्ध्यापन के कारण उसकी निन्दा किया करते थे। अन्यथा वैसे तो उसको याद था कि कई बार उसने उसे अपनी छाती से लगाया था, प्यार क्रिया था। कितने ही बार वह उससे लिपट कर सोया था। परन्तु ये बीबीजी तो आकरण ही उससे घृणा करती थीं।

बर्तनों को गीले कपड़े से पोंछते समय मुन्नू को मन-ही-मन यह आशा होने लगी कि कभी-न-कभी वे इस प्रकार का दुर्व्यवहार करना छोड़ देंगी और उसे इस घर में इतने बेगानेपन का अनुभव न होगा। छोटे बाबू काफ़ी अच्छे हैं और बच्चे भी उसका बन्दर वाला नाच पसन्द करते हैं। रहे बड़े बाबू, तो उनसे आँख बचाई जा सकती है। किन्तु ये बीबीजी...।

मुन्नू एकाएक रुक गया। उसे ख़्याल हो आया कि कहीं बीबीजी समझ न जाएँ कि वह मन-ही-मन उनको बुरा-भला कह रहा है और फिर उसकी ख़बर लें। उसका ध्यान उन कपड़ों की ओर गया, जो उसने दूसरे कमरे में टँगे हुए देखे थे। रेशम के अच्छे-अच्छे कपड़े, जैसे मुन्नू ने उस साहब को कल पहने देखा था। उसका जी चाहने लगा कि छोटे बाबू को ये कपड़े पहने देखे। परन्तु जैसे ही वह उठा, सामने से छोटे बाबू आते हुए दिखाई दिए।

"कहिए महाराज! यहाँ के काम-काज से आप निवृत्त हुए? अब मुझे यहाँ नहाने

की आज्ञा है न?" उन्होंने ज़रा मज़ाक़ करते हुए कहा।

"जी हाँ बाबूजी" मुन्नू ने उत्तर दिया, "मैं..."

परन्तु इतने ही में बीबीजी उस पर बिजली की तरह टूट पड़ीं।

"क्यों? बर्तन धो चुका?" उन्होंने डाँट कर कहा, "तो अब किधर चला? उस कमरे में तेरा क्या काम है?"

"मैं..." मुन्नू बहाना ढूँढने लगा।

"अब गढ़ ले कोई झूठ" उन्होंने थप्पड़ उठाकर कहा, "चल, बर्तनों को उठाकर रख। बाबू लोगों को नहाना है न; फिर तरकारी काटकर यहाँ झाड़ू लगा। मैंने तुझसे कहा न कि जब तक तुझे बुलाया न जाए, दूसरे कमरे में कदापि न जाना। जब ये लोग दफ़्तर चले जाएँ, तब क़ालीन झाड़ना और बिस्तर तहा कर रखना। मालूम नहीं, तुझे यह सब काम आता भी है, या नहीं। मुझे ही तेरे पीछे सिर खपाना पड़ेगा। किन्तु हाँ, देख, अभी तो रसोईघर में काम है और तू बस इधर-उधर सूँघता फिर रहा है। पहाड़ों पर तुझे कुछ देखना नसीब भी हुआ था! तू घर की हर अच्छी चीज़ को देखता फिरता है।

"उफ़्फ़ोह! शुरू हो गया तूफ़ान!" प्रेम बाबू पानी के लोटे-पर-लोटा सिर पर उँडेलते हुए बोले–अबे गधे, बचकर रहना, नहीं तो डाँट के समुन्दर के साथ-साथ पानी के रेले में भी बह जाएगा।"

मुन्नू ने अपनी मुस्कराहट दाँतो में दबाकर मन-ही-मन छोटे बाबू के परिहास की सराहना की, परन्तु फिर एकदम उसे बीबीजी की बातें याद आ गईं और उसने एक गाली चुपके से दे डाली। इतने में शीला स्कूल जाने को तैयार हो गई और बीबीजी उसे स्कूल के ख़र्च के लिए पैसे देने चली गईं, नहीं तो मुन्नू की कोई-न-कोई भूल अवश्य ही उनकी दृष्टि पर पड़ जाती। अब तो मुन्नू को विश्वास हो चला था कि कुछ भी हो, बीबीजी अवश्य ही उसे गाली देने का कोई-न-कोई बहाना अवश्य ढूँढ लेंगी। बर्तन में, झाड़ू लगाने या आलू छीलने में, कोई-न-कोई भूल वे निकाल ही लेंगी।

अवकाश के उन क्षणों में मुन्नू की दृष्टि छोटे बाबू के गोरे-गोरे पानी से चमकते हुए शरीर पर पड़ी और फिर वहाँ छोटे बाबू से हट कर उन सुन्दर रेशमी कपड़ों को छूने लगी, जो छोटे बाबू अभी पहनने वाले थे, और फिर एकाएक न मालूम कहाँ से उसके मस्तिष्क में बड़े बाबू के काले जूतों का चित्र खिंच गया–उनके वे चमकते हुए काले जूते और जूतों की वे पेचदार बँधी हुई डोरियाँ। वह सोचने लगा कि शायद छोटे बाबू के पास भी वैसे ही जूते होंगे।

"शीला, अरी ओ शीला" किसी बालिका की कण्ठ-ध्वनि ने मुन्नू की विचार-धारा भंग कर दी।

"हाँ आई!" सोने के कमरे से ऊँचे स्वर में उत्तर आया।

एक छोटी-सी बालिका थी। शरीर बहुत ही कोमल तथा रंग गेहुँआ था और आकृति पर भोलापन था। मलमल का गुलाबी दुपट्टा ओढ़े रसोईघर के दरवाज़े से वह झाँक रही थी।

"शीला की अम्मा!" और फिर मुन्नू को देख कर एकदम से बोली, "ऊँ-ऊँ..."

"क्यों री, लम्बे बालों वाली पुच्छल परी, कहाँ भागी जा रही है?" छोटे बाबू लड़की

को छेड़ते हुए, दूसरे कमरे में चले गए।

''कौशल्या, ओ कौशल्या! इस गँवार से डर गई? यह नमकहराम भला क्या कर सकता है? तुझे मालूम है आज सुबह इसने क्या-क्या किया?'' बीबीजी ने कौशल्या को आवाज़ देते हुए कहा, ''यहाँ मकान के बाहर पाख़ाना कर दिया। शीला तैयार हो चुकी है, उसे अपने साथ लेती जा और ज़रा अच्छी तरह उसकी निगरानी करना। मेरी बच्ची, क्यों, करेगी न?''

''आपका यह नौकर भी कैसा विचित्र है।'' कौशल्या ने फिर अन्दर झाँक कर कहा, ''हमारे बाबूजी बता रहे थे कि यह बन्दर की तरह नाचता भी है। किन्तु आओ शीला, जल्दी चलें। मेरी बहनें प्रतीक्षा कर रही होंगी। स्कूल को देर हो जाएगी।''

मुन्नू लज्जा के मारे पृथ्वी में गड़ गया। उसकी समझ में नहीं आ रहा था कि यदि इस तरह सुबह की घटना की चर्चा प्रत्येक व्यक्ति से की जाएगी तो वह लोगों को क्या मुँह दिखाएगा। उसे मालूम हो गया कि इस संसार में उसकी वास्तविक स्थिति क्या है। उसने अनुभव किया कि मैं एक दास हूँ, केवल एक तुच्छ नौकर हूँ, जिसका काम हर प्रकार की सेवा करना और गालियाँ ही खाना नहीं, बल्कि मार-पीट सहन करना भी है, यद्यपि अभी तक उसकी नौबत न आई थी। उसका हृदय खिन्न हो उठा। सारे संसार में वह अपने को अकेला और असहाय समझने लगा।

एकाएक छोटे बाबू टसर की जाकेट और सफ़ाई से इस्तिरी किया हुआ पतलून पहने, बड़े ठाट से अन्दर आए। उनके मस्तक पर फेल्ट की अँगरेज़ी टोपी थी और पैरों में ख़ूबसूरत चमकते हुए बादामी रंग के जूते। बाबूजी के इस प्रकार आने से मुन्नू चौंक पड़ा। उसका हृदय इस व्यक्ति के प्रति आदर और प्रेम से भर गया था। वह उसे अपना आदर्श समझने लगा था और उसका-सा बनना चाहता था।

''अबे, ओ बे-सींग के भूत! बीबीजी कहाँ हैं?'' छोटे बाबू ने पूछा।

मुन्नू घबरा तो ज़रूर गया, परन्तु खुश होकर मुस्करा पड़ा।

''यहाँ हूँ मैं'' बीबीजी बाहरवाले दरवाज़े से अन्दर आते हुए बोलीं, ''क्यों, तुम्हें क्या चाहिए?''

''पाँच रुपए। मेरे भाई साहब, जो चमकते हुए डेढ़ सौ रुपए हर महीने प्राप्त करते हैं, उनमें से पाँच रुपए देने की कृपा कीजिए।'' प्रेम बाबू ने मसख़रेपन से कहा, ''मुझे एक मरीज़ को देखने शहर के उस पार जाना है। अगर जेब में रुपए खनखनाते हों, तो दुनिया समझती है कि आपका कारोबार ख़ूब चल रहा है और लोग अपने सब बीमार रिश्तेदारों को ले-लेकर पहुँचते हैं। मसल मशहूर है, ''रुपया रुपए को खींचता है।''

बीबीजी के चेहरे का तनाव ग़ायब हो गया और उनकी आँखों में भी छोटे बाबू की आँखों की-सी चमक आ गई। फिर भी जब वे दूसरे कमरे में जाने लगीं, तब उन्होंने मुन्नू पर एक प्रलयकारी दृष्टि डाली, जिसका अर्थ था कि ख़बरदार, जो मुझे तिजोरी की तरफ़ जाते देखा! वहाँ घर की समस्त अर्थ-राशि एकत्र है। परन्तु फिर भी बीबीजी को यह सन्तोष न हुआ कि जो प्रलयकारी दृष्टि उन्होंने डाली थी, वह सफल हुई, क्योंकि उन्होंने देखा कि मुन्नू अभी तक एक कोने से झाँक रहा है। उन्होंने कुछ घपला करके कुन्जियों को बदला, जिससे वह ताला खुलते न देख सके और ज़ोर से चिल्लाईं, ''चोर

कहीं का! अपना काम देख! जहाँ-जहाँ मैं जाती हूँ, मुझे क्यों घूरता रहता है!''

मुन्नू बीबीजी के इस आरोप से अधीर होकर फिर तरकारी छीलने लगा। फिर उसने बाहर वाले दरवाज़े के बन्द होने की आवाज़ सुनी। छोटे बाबू अपने बड़े भाई के साथ बाहर जा चुके थे।

''उठ, अब जाकर कमरों में झाड़ू दे और बिस्तर तह कर दे।'' बीबीजी ने वापस आकर कहा। उस समय वे पहले से अधिक शान्त थीं। ''जब तक मैं तरकारी पकने को चढ़ाती हूँ और रोटियों के लिए आटा गूँधती हूँ।''

ड्राइग-रूम के इन्द्रलोक के समान वातावरण में मुन्नू खो-सा गया। उकड़ूँ बैठकर वह क़ालीन पर झाड़ू देता जाता था और उसकी आँखें बार-बार कभी उन तख़्ते-जैसी कुर्सियों से जाकर टकराती थीं, जिन पर काली पालिश की हुई थी, कभी विभिन्न चित्रों का निरीक्षण करके उनको सराहने लगती थीं। दो-तीन बार उसकी तबीयत बिल्कुल क़ाबू से बाहर हो गई और वह उठकर तसवीरों को पास से जाकर देखने लगा। वह अत्यन्त रुचि और कौतूहल से प्रत्येक वस्तु को देखता था, उनके रंग, उनके आकार को भली-भाँति देखता था और उनका अर्थ समझने के लिए प्रयत्न करता था। मन-ही-मन आश्चर्य-चकित होकर सोचता कि यह घड़ी कैसे चलती है? इस किताब में क्या लिखा है? इस बक्स में से गाने की आवाज़ कैसे निकलने लगती है?''

''देख, तू कहीं लीला को न जगा देना।'' बीबीजी ने कुर्सी घसीटने की आवाज़ सुनकर पुकार कर कहा, ''मैं अभी आती हूँ और तुझे बिस्तर तह करना बताती हूँ।''

अन्त में आ ही गईं। यद्यपि उन्होंने मुन्नू को इतनी उतावली करने पर बुरा-भला अवश्य कहा, फिर भी वे इस समय पहले की अपेक्षा शान्त हो गई थीं।

जब कमरे साफ़ हो चुके, तब उन्होंने मुन्नू को आज्ञा दी कि नल से घड़े भर लाए, फिर बाद में उसे आज्ञा मिली कि रसोईघर में बीबीजी के पास बैठकर खाना पकाना सीखे।

दोपहर को मुन्नू का चाचा, बाबूजी और शीला के लिए खाना लेने के लिए आया और मुन्नू से पूछने लगा, ''क्यों, यहाँ अच्छा लगता है?''

मुन्नू का जी चाहा कि वह रोने लगे, परन्तु बीबीजी वहाँ मौजूद थीं। इसलिए वह आँसू पीकर बोला, ''हाँ, मुझे यहाँ बहुत अच्छा लगता है।''

परन्तु जब दयाराम बीबीजी की अनुमति से मुन्नू को भी अपने साथ लेकर चला कि वह उसे शीला का स्कूल दिखा दे, ताकि वह रोज़ वहाँ खाना ले जा सके, तो रास्ते में मुन्नू फूट-फूट कर रोने लगा और उस कटु-कठोर जीवन का वर्णन करने लगा, जिसका उसे अनुभव हुआ था। विशेषतया बीबीजी की डाँट-फटकार और उनके चिड़चिड़ेपन का।

''तू उनका नौकर है।'' दयाराम बोला, ''तुझे उनके कहने का कुछ ख़्याल न करना चाहिए। तुझे बड़ा काम सीखना है। घर पर बहुत मौज कर चुका। तेरी माँ के लाड़-प्यार ने तेरा सत्यानाश कर दिया और चाची भी तेरे बड़े नख़रे सहन करती थी।''

मुन्नू चुपचाप सुनता रहा परन्तु खुले मैदान में पहुँच कर उसकी स्वाभाविक प्रतिशोध की भावना जाग उठी। उसका जी चाहने लगा कि वह अपने चाचा को पकड़कर ख़ूब पीटे।

लौटकर आने पर बीबीजी ने उसे दो रोटियाँ, एक चमचा दाल और थोड़ी-सी तरकारी

दी। उसे हाथ में लिए-ही-लिए रोटियाँ खानी पड़ी; क्योंकि वह नीच था और किसी बर्तन में उसको खाना नहीं दिया जा सकता था।

इस अपमान से मुन्नू के हृदय में एक वाण-सा चुभ गया। रोटी के कौर गले से उतरते ही नहीं थे। बड़ी कठिनाई से वह रोटियाँ खा सका।

परन्तु अब मुन्नू समझ गया था कि इन बातों पर विचार करना व्यर्थ है।

दोपहर के भोजन के बाद बीबीजी लीला को लेकर पड़ोस में कहीं मिलने-मिलाने चली गईं।

मुन्नू ने फिर बर्तन मलना आरम्भ किया। इसी काम में उसकी सारी दोपहरी बीत गई। गर्मी और मेहनत से उसका सारा शरीर पसीने-पसीने हो गया और वह थक कर एक तरफ़ पड़ रहा।

इतने में शीला और वह लम्बी लड़की कौशल्या स्कूल से आ गईं। साथ में दो और लड़कियाँ भी आईं और सब-की-सब ड्रांइग-रूम में नाचने लगीं।

मुन्नू का भी जी चाहा कि जाकर उनके साथ नाचे। वह दौड़ा-दौड़ा कमरे में पहुँचा और वही बन्दरवाला नाच दिखाने लगा, जो उसने सबेरे दिखाया था। लड़कियों ने पहले तो उसे धक्के देकर कहा, "तू नौकर है, तू हमारे साथ मत खेल।" परन्तु बाद को उसका बन्दर का नाच उन सब को इतना पसन्द आया कि वे उसे और देखने का लोभ न रोक सकीं।

ज़रा देर के बाद छोटे बाबू कुछ और बाबुओं को साथ लिए हुए आए और चाय की माँग हुई।

बीबीजी बुलवाई गई।

छोटे बाबू के हास-परिहास के वातावरण में मुन्नू का हृदय फिर खिल उठा और उन रसगुल्लों, गुलाबजामुनों और अँगरेज़ी मिठाइयों को देख कर उसके मुँह में पानी भर आया, जो छोटे बाबू लाए थे। उन्होंने उसे भी एक प्लेट में कुछ टुकड़े डाल कर दे दिए। मुन्नू का दिल तो छोटे बाबू पर जैसे लट्टू हो गया। गाँव में जिस तेज़ी से छोटे बच्चे दौड़-दौड़कर मुन्नू का काम किया करते थे, उसी तेज़ी से मुन्नू छोटे बाबू के हर इशारे पर दौड़ता था। अन्त में जब छोटे बाबू टहलने चले गए, तब मुन्नू का हृदय कुछ खिन्न-सा हो गया।

झुटपुटे के समय से बीबीजी का मिज़ाज फिर ख़राब होना शुरू हो गया। ऐसा मालूम होता था कि दोपहर-भर उन्होंने स्टीम जमा की है और उसे अब निकाल रही हैं।

पत्थर की कुण्डी में लकड़ी के मोटे सोंटे से कूटते समय ज़रा-सा मसाला इधर-उधर गिर गया, बस एक तूफ़ान फट पड़ा। पतीली छूने से पहले हाथ नहीं धोए—बस, गालियों की बौछार होने लगी। भोजन बनाने का सब सामान तैयार कर के ज़रा वह दीवार से लग कर कमर सीधी करने लगा और उसकी आँखें मिचने लगीं, बस आ गया प्रलय-काल।

परन्तु निद्रा मुन्नू को इतने ज़ोरों से आ रही थी कि न तो उस पर गालियों और बुरा-भला कहने का कोई प्रभाव पड़ा और न पसलियों में लगाए गए धक्कों का ही कुछ प्रभाव पड़ा।

बाबूजी के घर में मुन्नू शीघ्र ही घरेलू नौकरों के—दासों के-से जीवन से सर्वथा

परिचित हो गया। फिर भी इस परिस्थिति के अनुकूल अपनी मनोवृत्ति बनाने में उसे सफलता नहीं मिली। वन में स्वछन्द भाव से उड़नेवाले पक्षी के लिए पिंजड़े का जीवन अपनाना इतना सरल न था।

एक दिन अत्यन्त प्रातः काल निद्रा भंग हो जाने पर कम्बल में शरीर को लपेटे-लपेटे मुन्नू ने अपने आप से प्रश्न किया, "मुन्नू, मैं क्या हूँ?" उसके हृदय ने उत्तर दिया, "मैं? मैं मुन्नू हूँ, बाबू नत्थूराम का नौकर।"

"अच्छा, तो फिर मैं यहाँ—इस घर में--क्यों हूँ?" उसके हृदय में एक दूसरा प्रश्न उदय हुआ। उसका दिमाग़ लहरों-पर-लहरों लेता रहा, "इसलिए कि मेरा चाचा यहाँ मुझे लाया है कि मैं अपनी जीविका उपार्जित करूँ। शायद वह मुझे भी कभी अपनी तरह चपरासी बना देगा।" फिर दिमाग़ में एक तूफ़ान-सा उठा, "या शायद कहीं और नौकर करा देगा, कौन जाने।"

मुन्नू को यह ख़्याल कभी न आया था कि वह अपने-आप से यह भी तो पूछ कर देखे कि नौकर के अतिरिक्त भी उसका कोई अस्तित्व है या नहीं? बाबू नत्थूराम मालिक क्यों हैं? और वह नौकर क्यों है?

मुन्नू ने अपने नौकरवाले व्यक्तित्व को स्वीकार कर लिया था। उसके विचार में काले चमकदार जूते पहननेवाले बाबू नत्थूराम और नंगे पाँव फिरनेवाला मुन्नू ऐसे ही अनिवार्य सत्य थे, जैसे सूर्योदय और सूर्यास्त, जिसमें सन्देह करने का कोई कारण ही न था।

फिर एकाएक उसे उन मिठाइयों का ध्यान आ गया, जो छोटे बाबू साँझ को लाया करते थे और जिनमें से बीबीजी की आँख बचा कर, थोड़ी-सी मिठाई वे मुन्नू को भी दिया करते थे। मिठाई के शीरे और स्वाद का ध्यान आते ही उसके मुँह में पानी भर आया। उसके मन में आया—निस्सन्देह अँगरेज़ी मिठाइयाँ रसगुल्लों, गुलाब-जामुनों और पेड़ों से भी अधिक अच्छी होती हैं। परन्तु उन्हें तो कोई साहब या बाबू हो, तभी खा सकता है। छोटे बाबू की तरह रेशमी कपड़े पहने, फेल्ट की टोकरी-जैसी हैट पहने—और हाँ जूते भी—लेकिन मुन्नू को जूते तो बड़े बाबू के ही अधिक पसन्द थे, छोटे बाबू के बादामी रंग के बकलसवाले जूते तो ऐसे ही थे, जैसे दक्षिण पंजाब के मामूली मोची बाज़ारों में देहातियों के हाथ बेचा करते हैं। छोटे बाबू के बक्स में कैसे बढ़िया बढ़िया कपड़े हैं, रेशमी रूमाल और गरम ऊनी सूट—कितने सुन्दर और कैसे विचित्र हैं वे कपड़े! उसका जी चाहता था कि कभी छूकर देखे। जब वह बड़ा हो जाएगा और उन कपड़ों को पहनने सकेगा, तब कभी वह अवश्य छोटे बाबू से कहेगा कि एक क़मीज़ और एक कोट उसे दे दें। उन्होंने एक रेज़र का ब्लेड तो दे ही दिया था। वे कितने उदार-हृदय और कितने अच्छे स्वभाव के हैं।

चतुर भी वे कितने हैं! उनके पास वह जो मशीन है, जिसमें रबर की नलियाँ लगी हुई हैं, उसका एक सिर वे अपने कान में लगा लेते हैं और दूसरा किसी के हृदय पर रख कर उसके हृदय की अवस्था ठीक-ठीक मालूम कर लेते हैं और बता देते हैं कि उसे कौन-सा रोग हुआ है। मख़मल लगे हुए बक्सों में उनके पास और भी कई मशीनें हैं। मुन्नू का जी कितना चाहता था कि उन चीज़ों को हाथ लगा कर देखे। काश! वह भी छोटे बाबू बन सकता, डाक्टर हो सकता और नहीं तो ख़ैर साहब की तरह बैंक का ही

कोई अफ़सर हुआ होता। बैंक के अफ़सर को शहर के सब लोग सलाम करते हैं। किन्तु...

इसी प्रकार मुन्नू के कल्पना-जगत् में निरन्तर हलचल मची रहती थी। कभी उसका ध्यान बड़े भोलेपन से बार-बार अपने अस्तित्व पर जाता, कभी अपने मालिक तक पहुँचता और वहाँ से फिर उसे शहर के मकान की सीमा से बाहर उस क्षेत्र में पहुँचता, जहाँ उसका मालिक कभी किसी-न-किसी का नौकर था, किसी का आज्ञाकारी था।

अपने वातावरण के प्रभाव से मुन्नू में एक प्रकार के आत्माभिमान और स्वार्थ की भावना उत्पन्न हो गई थी। इसी वातावरण के कारण, जिसकी मुट्ठी भर लोगों ने सृष्टि की है, वही समाज, जिसे गिने-चुने लोगों ने बनाया है, जो अपने लिए धन और अधिकार चाहते हैं और इसी कारण वह स्वयं भी धनवान् और सम्पन्न होना चाहता था, जैसे उससे अधिक सम्पन्न लोग थे।

मुन्नू ने स्कूल में जितनी भी कहानियाँ पढ़ी थीं, अपने पूर्वजों की, अपने गाँव की, अपने प्रान्त की, अपने देश की, अपने पूरे इतिहास की, वह सब उसे अच्छी तरह याद थीं और इन कहानियों में क्या था? कुछ मुट्ठी-भर लोगों की इच्छाओं और आकांक्षाओं का वर्णन, धन-लोलुपता, सत्ता का लोभ, सम्मान और प्रतिष्ठा प्राप्त करने के प्रयत्न और संसार के प्रत्येक बालक की भाँति; बल्कि अधिकांश बड़ों की तरह भी बड़ाई, उच्च पद और मान की इस जगमगाहट से उसकी आँखें चकाचौंध हो गई थीं। उसे यह कैसे दिखाई देता कि उसके चारों ओर एक ऐसी पद्धति, एक जाल की तरह फैली हुई है, जिसमें ऊँच-नीच का भेद-भाव है--ऐसा शासन, जिसमें उसके लिए सदैव तुच्छता, नीचता और अपमान का ही जीवन व्यतीत करना बदा है।

परन्तु जीवन उसमें जीवित रहने की इच्छा उत्पन्न करता था और यही कारण था, जो उसे बार-बार उकसा कर विवश करता था कि वह संसार में हाथ-पाँव मारे, चाहे वह बाबूजी की गन्दी रसोई में साँस ही लेने का प्रयत्न या सूखी रोटियाँ प्राप्त करने की चेष्टा ही क्यों न हो। उसके अनाथ अस्तित्व को प्रेम की तृष्णा का एक अप्रत्याशित-सा आभास भी होता था, परन्तु अभी तक तो गाँव के पण्डितजी के कथनानुसार' वह जीवन की शतरंज पर एक मोहरे' की तरह मारा-मारा फिर रहा था। पण्डितजी कहते थे कि संसार में प्रत्येक प्राणी की यही दशा है। इस रंग-रँगीली दुनिया में भाँति-भाँति के मनुष्य हैं और उनके उद्देश्य भी अलग-अलग हैं और जब तक वह अपने-आपको पहचान न लेगा, तब तक दास ही रहेगा।

वह सोचने लगा कि यहाँ के लोग पहाड़ के रहनेवालों की अपेक्षा अधिक मान-मर्यादा रखते हैं, परन्तु क्या ये लोग गाँव के पेंशन पाने वाले सूबेदार और जयसिंह के पिता से भी, जो ज़मींदार हैं, ऊँचे हैं? परन्तु यह उसे मालूम न था कि उनकी उच्चता का कारण क्या है? वे अच्छे कपड़े अवश्य पहनते थे, और उनके पास बहुत-सी सुन्दर वस्तुएँ भी थीं, यह सब मुन्नू को यह विश्वास दिलाने के लिए पर्याप्त था कि ये लोग अवश्य अधिक सम्पन्न और उच्च हैं। उसे कारणों का विश्लेषण करना तो आता नहीं था! उसे क्या ज्ञान था कि इस वर्ग का यह घृणित अहंकार, सम्पन्नता, निश्चिन्तता और प्रसन्नता, जो उनमें से फूट-फूट कर निकलती है, उसकी दृढ़ नींव रुपए पर स्थापित है। उनका वह सुखी और सुरक्षित जीवन, उनका वह स्वास्थ्य, यह सब उस भोजन से शक्ति प्राप्त करता

है।, जो रुपए से ख़रीदा जाता है।

इस प्रकार मुन्नू को अपनी तुच्छता का विश्वास हो जाता और वह अपने-आपको एक नीच दास और नौकर समझ कर मन-ही-मन अपने गँवार होने, असभ्य होने और जानवर होने पर विश्वास करने का प्रयत्न करता, क्योंकि उसकी मालकिन रात-दिन यही कह कर उसे ताने दिया करती थी। वह बार-बार अपने-आप से प्रतिज्ञा करता कि वह अच्छा नौकर बनने का प्रयत्न करेगा, अपने-आपको बहुत अच्छा सेवक प्रमाणित करेगा। परन्तु इस लक्ष्य में उसे सफलता प्राप्त करने में अनेक कठिनाइयाँ थीं, क्योंकि कोई भी व्यक्ति जो यदि किसी भी दिशा में पूर्णता प्राप्त करना चाहता है, उसे पग-पग पर बाधाओं का सामना करना पड़ता है।

अधिक समय न व्यतीत हुआ था कि मुन्नू इसी प्रकार की एक बाधा में फँस गया और ऊपर से मालकिन के क्रोध का जो तूफ़ान भी फट पड़ा, वह अलग।

बात यों हुई कि एक दिन शाम को इंग्लैण्ड साहब, बाबू नत्थूराम के यहाँ चाय पीने आए।

इंग्लैण्ड साहब इम्पीरियल बैंक की शामनगर वाली शाखा के बड़े ख़ज़ांची थे। इसी बैंक के दफ़्तर में बाबू नत्थूराम सब-एकाउन्टेन्ट थे। वे एक लम्बे क़द के अँगरेज़ थे। छोटा-सा मुँह, सपाट आकृति, आँखों की ज्योति क्षीण! मोटे शीशे की ऐनक वे लगाते थे। उनकी चाल बड़ी भद्दी थी और चलते समय वे अपने नुकीले लम्बे पाँव से पैंतालीस डिग्री का कोना बनाते चलते थे। हाँ, उनके पतले होठों पर एक हल्की-सी मुस्कराहट अवश्य सदा वर्तमान रहा करती थी, जो उनके सुशील स्वभाव का प्रमाण देती रहती थी और यही मुस्कराहट इस टी-पार्टी का कारण थी।

प्रतिदिन प्रातः काल बाबू नत्थूराम जब साहब को सलाम करते और वे उसकें उत्तरस्वरूप ''गुड मार्निंग'' कहते, तब उनकी यह मुस्कराहट साहब के होठों पर खेलती नज़र आती। निसन्देह यह मुस्कराहट इंग्लैण्ड साहब की सहृदयता का परिचय देती थी, बिल्कुल वैसे ही, जैसे शामनगर बैंक के मैनेजर राबर्ट हार्ट स्क्वायर की चढ़ी हुई त्योरी उनके कमीनेपन की परिचायक थी। परन्तु फिर भी इंग्लैण्ड साहब बोलते बहुत कम थे और सम्भवतः यह मुस्कराहट केवल एक कृपामात्र रही हो, जो टालने के लिए प्रयोग की जाती है। बाबू नत्थूराम के लिए यह मालूम करना आवश्यक था कि यह मुस्कराहट असली है या बनावटी, क्योंकि वे इस आशय का एक प्रार्थना-पत्र देना चाहते थे कि उन्हें सब-एकाउन्टेन्ट के पद से उन्नत करके एकाउन्टेन्ट के पद पर नियत किया जाए और इस प्रार्थना-पत्र का इंग्लैण्ड साहब के द्वारा अनुमोदन होना आवश्यक था। इस पद पर पहुँचने पर पद-वृद्धि के साथ-ही-साथ वेतन-वृद्धि होने की भी आशा थी और बाबू नत्थूराम इस पद के लिए बहुत दिनों से प्रयत्नशील थे, परन्तु कठिनाई यह थी कि बाबू अफ़ज़ल हक़ इस पद पर गत बीस वर्ष तक ठीक उसी प्रकार जमे हुए थे, जिस प्रकार स्वयं बाबू नत्थूराम सब एकाउन्टेन्ट के पद पर जमे थे।

इंग्लैण्ड साहब नए-नए अफ़सर हो कर आए थे। बाबूजी चाहते थे कि वे शीघ्रातिशीघ्र उनसे सिफ़ारिश लिखा लें। उन्हें आशंका थी कि कहीं समय अधिक बीतने पर क्लब के और अँगरेज़ अफ़सरों से प्रभावित होकर वे भी भारतवासियों को तुच्छ न समझने लगें,

कहीं उनकी यह कृपासूचक मुस्कराहट घृणा में न परिवर्तित हो जाए, या मौसम की ख़राबी से उनका स्वभाव चिड़चिड़ा न हो जाए। इसी कारण बाबूजी ने इसकी भी प्रतीक्षा न की कि इंग्लैण्ड साहब के स्वभाव से कुछ अधिक परिचय प्राप्त कर लें तथा वे उनके काम से भली-भाँति परिचित हो जाएँ, उन्होंने साहब को चाय के लिए निमन्त्रित कर दिया।

इसमें सन्देह नहीं कि साहब को चाय का निमन्त्रण देने के लिए बाबूजी को बड़े साहस से काम लेना पड़ा, साथ ही बहुत-कुछ प्रयत्न भी करना पड़ा।

आरम्भ में तो कुछ दिनों तक बाबू नत्थूराम यह सोचा करते थे कि वे आज साहब से 'गुड मार्निंग सर' के अतिरिक्त कुछ और भी कहेंगे। उन्हें कोई ऐसा विषय न मालूम पड़ता कि वे साधारण अभिवादन के अतिरिक्त साहब से कोई बात कह पाते और उनकी भी बातें सुनने का अवसर उन्हें मिलता। यहाँ तक कि कोई आफ़िस-सम्बन्धी पत्र या फ़ाइल भी ऐसी न होती, जिसके आधार पर उन्हें साहब से बातें करने का अवसर मिलता। क्योंकि दफ़्तर में तो साहब से केवल डाक खोले जाने से पहले मुलाक़ात होती थी और दिन भर फ़ाइलों की वह भरमार होती, कि इधर-उधर की बात का अवसर ही न मिलता। आख़िर बाबू नत्थूराम साहब की मुस्कराहट के प्रति कुछ निराश-से होने लगे और उन्हें प्रतिदिन सदा की अपेक्षा इस बात पर अधिक विश्वास हो चला कि ये अँगरेज़ लोग भी कमबख़्त बड़े ही निष्ठुर और रुखे होते हैं। न किसी से बातें करें, न कुछ। जब देखो, मुँह बाए दूसरे की सूरत ताक रहे हैं।

फिर किसी ने (वास्तव में वह नत्थूराम का एक मित्र था जो विलायत से बैरिस्टर होकर आया था) अपने अनुभव के आधार पर बाबूजी से कहा कि अँगरेज़ों से बातचीत करने का एक ही उपाय है और वह यह कि ऋतुओं के विषय में बातचीत शुरू कर दी जाए। परन्तु फिर भी बाबूजी को साहस न हुआ कि वे इस हाल में प्राप्त की हुई जानकारी को प्रयोग में लाए, इससे वे बराबर 'गुड मार्निंग सर' ही कहते रहे।

इंग्लैण्ड साहब अपने शील-स्वभाव के अनुसार 'गुड मार्निंग' बुदबुदा देते। बाबू को देख कर वे हमेशा झेंप-से जाया करते थे, क्योंकि वे देखते थे कि बाबूजी आयु में उनसे बीस वर्ष बड़े हैं, अतएव अपना यह अकारण ही आदर होते देखकर इंग्लैण्ड साहब को विचित्र-सा लगता। इसके अतिरिक्त बाबूजी धनवान् भी काफ़ी थे। इलाहाबाद बैंक में उनके चालीस हज़ार रुपए के शेयर थे और वैसे भी वे सरकार के विश्वासपात्र थे और बैंक सब सरकार के ही अधीन थे। अधिकांश बैंकों के अँगरेज़ डायरेक्टर बाबूजी का आदर करते थे। पर पता नहीं क्यों, उन्होंने अपनी मर्यादा और प्रतिष्ठा के अनुकूल रहन-सहन नहीं बनाई थी। और इंग्लैण्ड साहब मन-ही-मन सोचने लगते कि हार्न ने सच लिखा है कि ये हिन्दुस्तानी भी बहुत तकलीफ़ देनेवाले ख़ुशामदी होते हैं।

अन्त में एक दिन बाबू नत्थूराम अपनी भद्दी चाल चलते हुए साहब के पीछे-पीछे चले ही आए और उन्होंने एकदम से घोषित कर दिया, "फ़ाइन मार्निंग सर! ब्यूटीफुल डे!"

इंग्लैण्ड साहब की टाँगें ज़रा लड़खड़ा-सी गईं। वे झिझके और एकदम से पीछे मुड़े, जैसे उन पर बिजली गिर पड़ी हो। उनका चेहरा घबराहट से पीला पड़ गया। अन्त में उन्होंने अपने-आपको सम्भाला और एक कटु-सी मुस्कराहट होठों पर लाकर कहा, "हाँ,

हाँ। ज़रूर, ज़रूर, बहुत ही सुहावना दिन है।''

साहब के भाव में जो व्यंग्य था, उसको तो बाबूजी के फ़रिश्ते भी नहीं समझ सके, किन्तु वे बहुत प्रसन्न थे कि ईश्वर की कृपा से यह बन्धन तो टूटा, यद्यपि उन्हें इस बात का साहस न हुआ कि बात आगे बढ़ावें और इंग्लैण्ड साहब को चाय के लिए आमन्त्रित करें।

वे बराबर दफ़्तर में अपने डेस्क पर बैठे इस समस्या पर विचार करते रहे। अन्त में एक दिन इंग्लैण्ड साहब ने स्वयं ही यह सोचकर कि लो बाबू नत्थूराम की कुछ तसल्ली कर दें, दोपहर को खाने के समय उधर से गुज़रते हुए पूछा, ''आप कैसे हैं, बाबू नत्थूराम?''

''फाइन मार्निंग, सर!'' बाबूजी एकदम से बही-खाते पर से उछल पड़े और बाबुओं की तरह कान पर क़लम रखते हुए बोले।

''मेरी पसन्द से ज़रा ज़्यादा ही अच्छा है।'' इंग्लैण्ड साहब ने उत्तर देते हुए कहा।

''एस सर!'' बाबूजी बोले। उनकी समझ में नहीं आ रहा था कि वे और क्या कहें।

इस संक्षिप्त वार्तालाप के बाद एक विचित्र-सी निस्तब्धता छा गई, जिसमें इंग्लैण्ड साहब बाबूजी का और बाबूजी इंग्लैण्ड साहब का मुँह ताकते रहे।

''अच्छा तो मैं चला लंच के लिए, यद्यपि इस गर्मी में मुझसे कुछ अधिक तो खाया नहीं जाता।''

बाबूजी अवसर देखकर एकदम झपट पड़े और बोले, ''हुजूर, आप हिन्दुस्तानी खाना खाया कीजिए यह बहुत स्वादिष्ट होता है।''

''क्लब का ख़ानसामा कभी-कभी तो सालन पकाता है, लेकिन वह मुझे अधिक पसन्द नहीं आता। मिर्चें बहुत होती हैं।'' साहब ने जवाब दिया।

''हुजूर, मेरी बीबी बहुत अच्छे-अच्छे सालन पकाती है। आप कभी पधार कर मेरे यहाँ का खाना चखें।'' बाबूजी के मुँह से शब्द टूट-टूट कर निकल रहे थे।

''नहीं, मुझे सालन तो पसन्द ही नहीं है।'' इंग्लैण्ड साहब बोले, ''आपको बहुत-बहुत धन्यवाद।'' और अपनी आकर्षक मुस्कराहट होठों पर लाकर वे जाने लगे।

''तो आप कम-से-कम किसी दिन मेरे घर तो तशरीफ़ लाइए।'' बाबू नत्थूराम ने धड़कते हुए हृदय से कहा, ''आप यदि किसी दिन चाय पर मेरे यहाँ पधार कर हमें कृतार्थ करें, तो मेरी पत्नी अपना सौभाग्य समझेगी और मेरा भाई...।''

इंग्लैण्ड साहब पहले तो अस्वीकार करने के लिए मस्तक हिलाने वाले थे, पर बाद में उन्होंने मस्तक झुका लिया।

''हाँ हुजूर, हाँ, आज ही हुजूर।''

''नहीं, फिर किसी दिन।''

इसके बाद तो बाबू नत्थूराम नियमित रूप से साहब के पीछे पड़ गए। दिन, दोपहर, शाम, हर समय वे साहब से अनुरोध करते रहते कि चाय पर पधार कर वे उनको कृतार्थ करें। अन्त में साहब इस बात पर सहमत हो ही गए कि एक सप्ताह बाद एक नियत दिन पर वे बाबू नत्थूराम के यहाँ आएँगे।

एक सप्ताह तक बाबूजी के घर में उस दावत की तैयारी होती रही। इस बीच में मुन्नू को पहले की अपेक्षा अधिक क्रियाशील होना पड़ा, साथ ही डाँट-फटकार भी खूब

सुननी पड़ी। क़ालीन और दरियाँ सब उठाकर झाड़ी गईं। यद्यपि और सब चीज़ें—तसवीरें, बोतलें, शीशियाँ, किताबें, बर्तन, बच्चों के खिलौने आदि वैसे ही रहे, परन्तु ये सब वस्तुएँ एक चिथड़े से झाड़ दी गई थीं कि वे साफ़-सुथरी दिखाई दें।

बाबू नत्थूराम के घर साहब आने वाले हैं, यह सूचना सारे मुहल्ले में फैल गई और अड़ोस-पड़ोस के घरों में चारों तरफ़ टाट के गन्दे परदे डाल दिए गए, जिससे कि स्त्रियों पर एक विदेशी की दृष्टि न पड़ने पावे।

इंग्लैण्ड साहब ने मूर्खता यह की कि इस सुअवसर के लिए उन्होंने अपना नीले रंग का गरम सूट पहना और जब वे इस शान से आ रहे थे कि एक तरफ़ बाबू नत्थूराम और दूसरी तरफ़ उनके भाई डाक्टर प्रेम और पीछे-पीछे दयाराम चपरासी, तो उनका गर्मी और परेशानी के मारे बुरा हाल था।

रेशमी रूमाल से पसीना पोंछते हुए तथा बाबूजी की चाटुकारिता और कृतज्ञता के प्रदर्शन से संकुचित होते हुए वे मन-ही-मन सोचते जा रहे थे कि देखें, बाबू नत्थूराम का घर कैसा है? कहीं उनके पिता के घर का-सा न हो, जो बर्क्सटन में सालाने की ज़मीन पर टूटा-फूटा खड़ा था और जिसे मिस्टर ड्रेग की सहायता से किराए के सामान से सजाया गया था। उस घर में इंग्लैण्ड साहब नौकरोंवाली कोठरी में रहा करते थे। यह उस समय की बात है जब कि वे मिडलैण्ड बैंक में क्लर्क थे। उसके बाद ही एकाएक चीफ़ कैशियर बनकर वे भारतवर्ष आ गए। या शायद ऐसा घर हो, जैसा हालीवुड की एक फिल्म 'स्वामी का श्राप' में अब्दुल करीम हिन्दी का था, जहाँ बीचोबीच हाल में फव्वारे छूटते होंगे और उनके चारों ओर बाबूजी की अनेक पत्नियाँ चमकते हुए गहने पहने, ढीले-ढीले रेशमी वस्त्र पहने नाचती होंगी। परन्तु जब बाबूजी ने उन सपाट छतोंवाले क्वार्टरों की तरफ़ इशारा किया, जो एक-दूसरे से सटे हुए बने थे, तो साहब की सारी कल्पनाएँ भंग हो गईं।

"साहब, साहब!" का एक शोर मचा और बहुत-से लोग दौड़ कर टाट के परदों के पीछे छिपते हुए नज़र आए।

"मुसलमान लोग बहुत परदा करते हैं, हुजूर!" बाबू नत्थूराम ने साहब को सूचना दी—'ये बाबू अफ़ज़लुल हक़ के घर की स्त्रियाँ हैं, जो दौड़-दौड़ कर छिप रही हैं।'—और बाबूजी मन-ही-मन सोचने लगे कि आज भाग्य खूब साथ दे रहा है, क्योंकि उन्हें अपने मुसलमान प्रतिद्वन्द्वी को नीचा दिखाने का अवसर मिल गया है।

इंग्लैण्ड साहब ने दूसरी तरफ़ मुँह फेर कर एक अनमनी-सी हँसी हँस दी।

"देखिए, देखिए" डाक्टर प्रेमचन्द चिल्लाए, "अपना सिर बचाइए।"

बाबूजी के घर में छोटे-से बरामदे से होकर बैठक में जो दरवाज़ा जाता था, वह बहुत ही नीचा था और इंग्लैण्ड साहब का सिर उससे टकराते-टकराते बचा। उनका गुलाबी चेहरा घबराहट से लाल हो गया।

कमरा दस फुट लम्बा और छः फुट चौड़ा था, छत उसकी बहुत नीची थी। और उस समय तो उसमें और भी खड़े होने तक की जगह न थी, क्योंकि दयाराम चपरासी और बाबू नत्थूराम एक साथ साहब के बैठने के लिए कुर्सी उठाने के लिए दौड़ पड़े थे।

इंग्लैण्ड साहब बीचोबीच कमरे में खड़े चारों तरफ़ सामान पर दृष्टि डाल रहे थे

और वे उस ठसाठस भरे हुए कमरे में अपने-आपको इतना ऊँचा समझ रहे थे, जैसे क़ुतुब मीनार!

खड़े-खड़े तो साहब को कुछ अधिक दिखाई नहीं दिया, किन्तु जब वे उस राजसिंहासन-जैसी कुर्सी पर बैठ गए, तब उसका मुँह गणेशजी की मूर्ति की ओर हो गया, जिस पर सूखे फूलों का एक हार लटक रहा था। उन्होंने सोचा—यह अवश्य कोई पवित्र तीर्थ-मूर्त्ति होगी—काफ़िरों का कोई देवता। वेसलेन के जिस गिरजाघर में वे अपनी माँ के साथ जाया करते थे, वहाँ इन देवताओं की अवज्ञा करना सिखाया जाता था।

"हुज़ूर, ये बुद्धि, धन-विभव और सांसारिक ऐश्वर्य के देवता हैं।" बाबू नत्थूराम ने इन शब्दों को अँगरेज़ी में बड़ी शान से कहा, क्योंकि वे जानते थे कि उनकी अनपढ़ पत्नी कहीं-न-कहीं से छिपकर अवश्य सुन रही होंगी कि उनका पति एक अँगरेज़ से बराबरी से बातें कर रहा है।

"अच्छा, बहुत मनोरंजक है!" साहब बड़बड़ाए।

"मिस्टर इंग्लैण्ड! मैं उच्च शिक्षा के लिए विलायत जाने का विचार कर रहा हूँ" डाक्टर प्रेमचन्द बोले। वे बाबूजी की अपेक्षा अधिक निःसंकोच होकर बातें कर रहे थे, क्योंकि वे एक डाक्टर थे, स्वतन्त्र व्यवसाय करने वाले डाक्टर थे, स्वतन्त्र रूप से चिकित्सा का व्यवसाय करते थे। अपने बड़े भाई की तरह साहब के अधीन कर्मचारी तो थे नहीं।

"अच्छा, सचमुच!" साहब ने कहा। विलायत का नाम सुनकर वे ज़रा चमत्कृत हो उठे, जैसे हिन्दुस्तान में हर अँगरेज़ हुआ करता है।

"आपका तो वहाँ बड़ा-सा मकान होगा" प्रेमचन्द बोले, "और शायद आप मुझे अपनी शिक्षा की व्यवस्था के समबन्ध में कुछ परामर्श भी देने की कृपा करेंगे।"

"हूँ।" इंग्लैण्ड ने जवाब दिया। परन्तु यह सोचकर वे लज्जा के मारे लाल हो गए कि यद्यपि इन हिन्दुस्तानियों के सामने उन्हें अपनी शान रखनी पड़ती थी, परन्तु वास्तव में उनका कोई मकान-वकान नहीं था। रहा बर्क्सटन वाला मकान तो उसके तो अभी पूरे दाम भी नहीं चुकाए गए थे और न वे कभी युनिवर्सिटी गए थे, न उन्हें शिक्षा-पद्धति का ही कुछ ज्ञान था। उन्होंने तो मिडलैण्ड बैंक में नौकर होने से पहले एक स्कूल में टाइप राइटिंग और शार्टहैण्ड का पिटमैन का कोर्स आंशिक रूप से समाप्त किया था। उनके मन में आया कि प्रत्येक बात स्पष्ट रूप से कह डालें, क्योंकि सचमुच वे एक बहुत ईमानदार आदमी थे। परन्तु कठिनाई यह थी कि क्लब में उनके जितने देशवासी थे, वे सब इस बात पर ज़ोर दिया करते थे कि यदि आवश्यकता पड़े तो वे अपने को सम्राट् जार्ज का ही बेटा बताया करें। इस प्रकार उनके हृदय में जो एक चोर था, वह उनकी व्यग्रता को और भी बढ़ा रहा था।

"यह हमारे पूरे कुटुम्ब का फोटो है, जो मेरे विवाह के अवसर पर लिया गया था हुज़ूर" बाबू नत्थूराम दीवार पर लगा हुआ एक भारी फ्रेम का फ़ोटो कील से उतारते हुए बोले और इस सिलसिले में दो कीलें जो और लगी थीं, वे नीचे आ पड़ी। मुन्नू, जो दरवाज़े पर खड़े-खड़े इस गुलाबी रंगतवाले नवागन्तुक को ताक रहा था, जल्दी से उन कीलों को पकड़ने के लिए लपका। इंग्लैण्ड साहब ने आश्चर्य से चारों ओर देखा। इतने में बाबूजी ने साहब के घुटनों पर वह फ़ोटो जमा ही दी। उन्हें इस बात का बिल्कुल ध्यान ही न

रहा कि वे कितनी स्वतन्त्रता से काम ले रहे हैं। इंग्लैण्ड साहब ने फ़ोटो को दोनों ओर से पकड़ लिया और ध्यानपूर्वक उसे देखते हुए अपने नेत्रों को इतना निकट ले आए कि उनके नेत्र शीशे से जा लगे।

मुन्नू को भी उसके घुलने-मिलने के स्वाभाविक चाव ने उकसाया, जिसके आगे बड़ाई और छोटाई कोई महत्त्व नहीं रखती। वह भी साहब के बिल्कुल पास आ खड़ा हुआ और उसकी इच्छा हुई कि वह भी फ़ोटो देखने में साहब को सहयोग दे।

"चल बे, गधे!" बाबूजी ने धीरे से कहा और अपनी सूखी नुकीली कोहनी से मुन्नू की पसली में एक धक्का लगा दिया।

इंग्लैण्ड साहब सन्तोष की साँस लेकर बैठ ही रहे थे कि इस बात से वे फिर घबरा गए। भला उनको क्या मालूम था कि मुन्नू कौन है। वे उसके सम्बन्ध में तर्क-वितर्क करने लगे कि सम्भव है कि वह बाबूजी का लड़का ही हो। किन्तु यदि ऐसा है, तो बाबू नत्थूराम को उसे इस तरह तो नहीं भगाना चाहिए था, यद्यपि उन्हें इस बात से प्रसन्नता अवश्य हुई कि मैले कपड़ों वाला लौंडा, जो सूँघता फिर रहा था, भगा दिया गया, अन्यथा अपने संसर्ग से वह उनके शरीर में किसी चर्म-रोग का बीजारोपण कर सकता था। हार्न ने लिखा है कि ये भारतवासी लोग चर्म-रोग के रोगी होते हैं और सड़कों पर कोढ़ियों की संख्या को देखते हुए, उसका कहना भी ठीक मालूम होता है।

"नौकर है यह लड़का" बाबू नत्थूराम ने ज़रा तिरस्कार के भाव से कहा, जिससे मुन्नू के प्रति उनका व्यवहार उचित समझा जाए। साहब ने मुँह सिकोड़कर और आँखें मींचकर मस्तक हिलाते हुए अपना अवज्ञा का भाव सूचित किया।

"यह मेरी बीबी है हुजूर" बाबू नत्थूराम ने फ़ोटो में एक मूर्ति की ओर संकेत करते हुए कहा, जो बहुमूल्य वस्त्रों और आभूषणों से लदी हुई ग्रुप के बीचोबीच में बैठी थी, पाँव कुर्सी से लटक रहे थे और दोहरे घूँघट से मुँह बिल्कुल छिपा हुआ था।

इंग्लैण्ड साहब ने बहुत प्रयत्न किया कि किसी प्रकार उस फ़ोटो में सूरत देख पाएँ, परन्तु जब न देख पाए, तो अपनी क्षीण दृष्टि को मन-ही-मन कोसते हुए बाबूजी की पत्नी की प्रशंसा में बोले, "नाइस, वेरी नाइस!" और फिर अपने हाथों पर जब दृष्टि डाली, तब फ़ोटो के पीछे जो मिट्टी लगी हुई थी, उससे उनके हाथ भरे हुए थे और सारे पतलून का सत्यानाश हो चुका था। उनकी त्योरियों पर बल पड़ गए।

"मेरी बीबी परदा करती हैं, पर लज्जाशील बहुत अधिक है।" बाबूजी ने कुछ संकोच का-सा भाव प्रकट करते हुए कहा, इसलिए वे यहाँ न आवेंगी जैसा कि....आपके देश में स्त्रियां करती हैं। उसी सांस में वे फिर फ़ोटो के विषय पर लौट आए, "और यह आपका दास है, दूल्हा बना हुआ। जब मैं नवयुवक था।"

इंग्लैण्ड ने तसवीर में एक बड़ी-सी पगड़ी बाँधे हुए एक व्यक्ति को देखा, जो नत्थूराम का पतला एडीशन मालूम हो रहा था। वह कानों में बालियाँ, गले में बहुत-से हार और सफ़ेद रंग अँगरेज़ों-जैसे हिन्दुस्तानी कपड़े पहने तना हुआ बैठा था, बायें हाथ से अपनी बीबी की कुर्सी के हत्थे को सहला रहा था और दाहिने हाथ से सारी दुनिया को एक योरोपियन रिस्ट वाच दिखला रहा था।

फिर इंग्लैण्ड साहब की दृष्टि उन काले-काले मनुष्यों पर पड़ी जो फ़ोटो में पीछे

की तरफ़ खड़े थे और फिर उन दो लड़कों पर आकर जम गई, जो नीचे लेट थे—कुहनियों के बल एक-दूसरे से सिर मिलाए, जैसे विक्टोरियन युग की क्रिकेट की टीम की तसवीरों में फालूत खिलाड़ी होते हैं।

"ई-ई-वीं-ई-ई-आई-आँ।"

ग्रामोफ़ोन में से किसी की गलेबाज़ी की आवाज़ गूँजी। डाक्टर प्रेम ने इसी बीच में ग्रामफ़ोन चला दिया था।

मुन्नू दौड़कर दरवाज़े पर पहुँचा। वास्तव में तो वह दौड़ा बक्स का गाना सुनने के लिए, किन्तु बहाना उसने यह बनाया कि चाय तैयार हो जाने की सूचना देने जा रहा है। शीला भी आ पहुँची। वह अभी स्कूल से आई थी।

"हुजूर, यह हमारा हिन्दुस्तानी संगीत है" बाबू नत्थूराम गर्व से बोले, "यह जानकी बाई इलाहाबादी की गाई हुई एक ग़ज़ल है। मेरी बड़ी लड़की..." वे शीला की ओर संकेत करके और फिर उससे कहने लगे, "आओ, साहब से मिलो।" बच्ची संकुचित हो गई और उसी स्थान पर मूर्तिवत् खड़े-खड़े विचित्र ढंग से मुस्कराती रही।

अब तो इंग्लैण्ड साहब की व्यग्रता की सीमा न रही। वे पसीने-पसीने हुए जा रहे थे, "एँ-एँ-वें-वें" का स्वर जो ग्रामोफ़ोन से निकल रहा था, और भी असह्य होता जा रहा था। साहब के कान तो बस अधिक-से-अधिक रम्बा-रम्बा या इसी प्रकार के और कुछ अँगरेज़ी संगीत सुनने के अभ्यस्त थे और फिर बच्चों का घूर-घूर कर देखना उन्हें और भी बुरा लग रहा था।

वे मन-ही-मन प्रार्थना करने लगे कि किसी तरह जल्दी छुटकारा मिले, और पछता रहे थे कि उन्होंने व्यर्थ यह परेशानी मोल ली।

"जा चाय का सामान ला" बाबू नत्थूराम ने मुन्नू से कहा।

"अच्छा, बाबूजी!" मुन्नू ने बड़ी खुशी से भागते हुए कहा। रास्ते में वह अपने चाचा दयाराम से टकराते-टकराते बचा, जो बहुत-सी शीरे से भरी मिठाइयाँ हाथों में लिए आ रहा था और बहुत-सी बेसन की पकौड़ियाँ भी, बीबीजी ने दोपहर-भर बैठकर बड़े परिश्रम से जैतून के तेल में तली थीं।

बीबीजी ने मुन्नू को दौड़ते देखा और गाली उनकी ज़बान पर आते-आते रह गई। परन्तु आज वे बहुत प्रसन्न थीं। तो भी मुन्नू पर एक प्रलयकारी दृष्टि डाले बिना वे नहीं रह सकीं। अँगरेज़ी पेस्ट्रियों की तश्तरी अपने चौके की सीमा से अलग खिसकाते हुए उन्होंने मुन्नू को आज्ञा दी कि उन्हें उठाकर वह ड्राइंग-रूम में ले जाए।

मुन्नू भी खुशी के मारे फूला न समा रहा था। मालिक के घर पर साहब के आगमन से जो प्रसन्नता उसे हो रही थी, उसके आगे बीबीजी के त्योरियाँ चढ़ाने का महत्त्व ही क्या था?

उसने तश्तरियाँ हाथों में उठा लीं और मिठाइयों को देखकर उसके मुँह में पानी भर आया। पेस्ट्री की तश्तरियाँ ले जाकर उसने उस टेबिल पर रख दीं, जो वास्तव में लिखने के लिए थीं, किन्तु उस समय तो वह खाने की मेज़ का काम दे रही थी।

बाबू साहब के मुख-मण्डल पर कुछ क्रोध का भाव देखकर मुन्नू चाय की ट्रे लेने के लिए रसोई घर में लौट गया। उधर बाबू नत्थूराम ने साहब को भोजन परोसना आरम्भ

किया। उन्होंने एक-एक तश्तरी दोनों हाथों में ली और उन्हें मिस्टर-इंग्लैण्ड की नाक के सामने ले जाकर बोले, ''हुजूर, यह हमारी बहुत मशहूर मिठाई है। इसे गुलाब-जामुन कहते हैं।'' वे कहने लगे, ''यह दूसरी मिठाई रसगुल्ला कहलाती है और शुद्ध मलाई से बनाई जाती है। इसे गुलाब-जल की खुशबू में बासा गया है। यह मैंने ख़ास तौर से हलवाई को आर्डर देकर बनवाई है।''

रसगुल्लों और गुलाब-जामुनों को देखने तथा उनकी सुगन्ध नाक में पहुँचने से साहब को मतली होने लगी और इन चिपचिपी शीरे से भरी हुई मिठाइयों को अपनी पसन्द पर आक्रमण करते देखकर पीछे को हटे और बुदबुदाए, ''नहीं, नहीं, धन्यवाद।''

''हाँ हुजूर, ज़रूर हुजूर, हाँ हुजूर!'' बाबू नत्थूराम आग्रह करने लगे।

यदि इंग्लेण्ड साहब को एक प्लेट और एक काँटा या चम्मच दे दिया जाता, तो वे कदाचित् एक-आधा टुकड़ा मिठाई का ले लेते, परन्तु उनसे यह आशा की जा रही थी कि वे हाथ से उठाएँगे। एक अँगरेज़ से तो यह आशा ही करना व्यर्थ था, क्योंकि वह तो कभी मुर्ग़ की हड्डी तक चबाने और उसका स्वाद लेने के लिए हाथ से नहीं उठाता।

''तो फिर कुछ पकौड़ियाँ लीजिए। मेरी बीबी पकौड़ियाँ बहुत अच्छी बनाती है। यह मेरी बीबी का ख़ास पकवान है लाओ दयाराम!'' चपरासी बेसन की पकौड़ियों की तश्तरी लेकर आगे बढ़ा। लाल-लाल, चिकने बेसन की पकौड़ियों की सुगन्ध साहब की तबीयत ख़राब कर देने को काफ़ी थी। उन्होंने पकौड़ियों को इस तरह देखा, जैसे कोई विष हो।

''नहीं, नहीं, धन्यवाद। मैं आज लंच पर देर से गया था।''

''अच्छा हुजूर, अगर आप हिन्दुस्तानी मिठाइयाँ पसन्द नहीं करते, तो फिर कृपा करके यह अँगरेज़ी पेस्ट्री तो खाइए। मैंने ख़ास तौर पर स्टिफिल्स के यहाँ से आर्डर देकर बनवाई है। आपको यह तो खानी ही पड़ेगी हुजूर।''

पेस्ट्री में भी चीनी की एक मोटी तह जमी थी और उसे देखने से ही साहब को अरुचि हो रही थी।

''नहीं, नहीं, धन्यवाद। मौसम इस क़दर गर्म है कि मैं कुछ खा नहीं सकता।'' इंग्लैण्ड साहब ने बहाना बनाते हुए कहा कि शायद इस तरह जान छूट जाए।

अब तो बाबू नत्थूराम बहुत ही निराश हुए। जब साहब ने कुछ खाया ही नहीं और उनको कृतार्थ ही नहीं किया, तो फिर वे सिफ़ारिश क्या लिखेंगे?

''हुजूर, हुजूर!'' उन्होंने आग्रह करके इंग्लैण्ड साहब के बिल्कुल मुँह के पास सब चीज़ें बढ़ानी शुरू कर दीं, ''कुछ तो खाइए, कोई चीज़ तो चखिए।''

''नहीं, नहीं। सचमुच, बाबू नत्थूराम, आपको बहुत-बहुत धन्यवाद!'' इंग्लैण्ड साहब बोले, ''मैं एक प्याली चाय पी लूँगा और फिर मुझे जाना है। आप तो जानते हैं कि मुझे काम में कितना अधिक व्यस्त रहना पड़ता है।''

''हुजूर!'' नत्थूराम बोले। भावों के आवेग से उनके होंठ काँपने लगे थे, ''मुझे तो आशा है कि जो कुछ स्वागत मुझ सेवक से हो सकेगा, आप उसे स्वीकार करेंगे। परन्तु हाँ! आप चाय पिएँगे? चाय लाओ। अबे ओ मुन्नू! चाय ला।''

मुन्नू चाय की ट्रे लिए जल्दी-जल्दी आ ही रहा था। मालिक की आवाज़ सुनकर वह तेज़ी से दौड़ा। ट्रे उसके हाथ से छूट गई और पल-भर में चाय के सारे बर्तन टूट कर रसोईघर की फ़र्श पर बिखर गए।

इंग्लैण्ड साहब ने भी झनाका सुना और समझ गए कि कुछ गड़बड़ हुआ।

बाबू नत्थूराम का हृदय निराशा से परिपूर्ण हो उठा। अपनी गाढ़ी कमाई के पाँच रुपए उन्होंने उस टी-पार्टी पर ख़र्च किए थे। परन्तु सब पर पानी फिर गया।

डाक्टर प्रेमचन्द ने बड़ी सावधानी से रसोईघर में प्रवेश किया। उन्होंने बीबीजी को ज़बर्दस्ती चुप किया। बची हुई चाय और दूध को एक जगह जमा करके एक प्याली में डाला, फिर प्याली को एक साफ तश्तरी में रखकर ले आए और अत्यन्त निश्चिन्त भाव से परिहास करते हुए बोले, "मिस्टर इंग्लैण्ड! यह हमारा नौकर मुन्नू जानता है कि जापानी टी सेट पौने दो रुपए का मिलता है, इससे यह इस बात की परवाह नहीं करता कि कितनी तश्तरियाँ और प्यालियाँ इसके हाथ से टूटती हैं।"

मिस्टर इंग्लैण्ड गर्मी के मारे पसीने से तर हा गए थे, घबराहट और क्रोध से उनका चेहरा पीला पड़ गया। उन्होंने चाय की प्याली ले ली और धीरे-धीरे पीने लगे। चाय बहुत गरम थी, उनके होंठ और ज़बान झुलस गए।

"अब मुझे आज्ञा दीजिए", उन्होंने कहा और राजसिंहासन-जैसी उस कुर्सी वाले आदर के स्थान से उठ खड़े हुए।

"हुजूर, हम लोगों को बड़ी निराशा हुई," बाबू नत्थूराम कुण्ठित भाव से क्षमा माँगते हुए बोले, "परन्तु मुझे और मेरी बीबी को आशा है कि आप फिर कभी अवश्य पधारने की कृपा करेंगे।" फिर वह दुबके हुए साहब के पीछे-पीछे बाहर निकले। इंग्लैण्ड साहब एक बार कुछ बौखला कर मुड़े और फिर घबराते हुए क़दम उठाते चले।

"देखिए, देखिए, आपका सिर!" डाक्टर प्रेमचन्द ने ऐन मौक़े पर साहब को सावधान कर दिया, नहीं तो उस नीचे दरवाज़े से उनका सिर ज़रूर टकरा जाता।

"गुड आफ़्टर नून!" इंग्लैण्ड साहब ज़रा मुस्कराए, परन्तु फिर एकदम उनके चेहरे पर सख़्ती के चिह्न दिखाई पड़ने लगे और वे चुपचाप बाहर निकल कर खड़े हो गए। बाबू नत्थूराम और दयाराम उनके पीछे थे और चारों तरफ़ बहुत-से आदमी और बच्चे खड़े होकर उनको चकित भाव से ताक रहे थे।

चाय की दावत टाँय-टाँय-फ़िश होकर रह गई।

साहब के जाने के बाद डाक्टर प्रेमचन्द खाने पर डट गए। वे निश्चय कर चुके थे कि जी भर मिठाइयों का स्वाद लेंगे, परन्तु उनकी भाभी मुन्नू पर चीख़ रही थीं, "मुए तू मर जा! तेरी हड्डियाँ टूटें! तू ग़ारत हो! अन्धा कहीं का! तुझे ख़बर भी है कि तूने क्या किया है? तू नरक में सड़े! कौन-सी मनहूस घड़ी थी जब तू हमारे घर में आया था कि जो काम करता है, उसी का सत्यानाश कर देता है। ऐसा चाय का सेट तेरी एक महीने की तनख़्वाह में आएगा।"

"यह अँगरेज़ तो बड़ी विचित्र रुचि का निकला" प्रेमचन्द अन्दर आते हुए बोले, "कुछ भी तो नहीं खाया उसने!"

"यह सब इस नमकहराम का क़ुसूर है" बीबीजी मुन्नू की तरफ़ इशारा करके तड़प

उठीं, "यह मर जाए!"

"वाह भई, उस बन्दर की-सी सूरतवाले आदमी की कुरुचि का ज़िम्मेदार यह बेचारा कैसे हो गया?" प्रेमचन्द ने पूछा, "और आपके घर में जो यह सब अटाला भरा पड़ा है, जिसको देखकर साहब अप्रसन्न हो गए, उसमें इसका क्या अपराध है?"

"तुम इस मरे को सिर पर न चढ़ाया करो प्रेम!" बीबीजी बोलीं, "इस पहाड़ी गँवार के आने से पहले हमारा घर बिल्कुल साहब लोगों का-सा घर लगता था। इसी ने सारी ख़राबी पैदा की है। जंगली कहीं का! ऐसा अच्छा-सा चाय का सेट तोड़कर रख दिया।"

"ख़ैर भई" प्रेमचन्द ने हास्यपूर्वक कहा, "आजकल तो चार आने की कोई जापानी चीज़ ख़रीदो, तो एक धूप की ऐनक मुफ्त मिली है। तो अब हम सब के लिए ऐनकें आ जाएँगी, आप तक के लिए बीबीजी।"

मुन्नू की समझ में नहीं आ रहा था कि वह हँसे या रोए। जब उसके हाथ से चीनी के बर्तन गिरे थे, तब उसके हृदय में आतंक का भाव उत्पन्न हुआ था और भय से व्याकुल होकर उसने चुप्पी साध ली थी। परन्तु छोटे बाबू के मज़ाक़ से उसकी रगों में जैसे नया ख़ून दौड़ने लगा और उसने चौंककर मुस्करा दिया। बीबीजी चौके के पास से, जहाँ वे बैठी थीं, एकदम झपटीं और चट से एक तमाँचा उसके गाल पर रसीद कर दिया।

"नमकहराम!" वे चीख़ कर बोलीं, "हमारे घर में शनि पर अवतार होकर आया है तू, जानवर कहीं का! कितना-कितना सिखाया, मगर..."

"उँह, छोड़ो उस बेचारे की जान।" प्रेम ने कहा, "उसका भला क्या अपराध है?" वे मुन्नू की ओर बढ़े।

इतने में बाबूजी आँखों में आँसू भरे अन्दर आए और गरजकर बोले, "ख़रबरदार जो मैंने तेरे रोने की आवाज़ सुनी! जान से मार डालूँगा, गधा कहीं का!"

आज यह पहला अवसर नहीं था, जब कि मुन्नू अपनी हिचकियों और आँसुओं को दबाकर सोया। कई दिन तक वह इस प्रकार खोया-खोया-सा काम में लगा रहा, जैसे कोई स्वप्न देख रहा हो। उसके हाथ काम में लगे होते, किन्तु मन उड़ा-उड़ा फिरता। उसका जी चाहता था कि सब कुछ छोड़कर भागे और अवकाश के क्षणों की प्रतीक्षा करता रहता।

मुन्नू को सप्ताह में आधे दिन का अवकाश मिला करता था। उस सप्ताह अवकाश वाले दिन भी वह बराबर मुँह फुलाए काम में लगा रहा। बीबीजी ने भी देखा कि मुँह लटका हुआ है और उन्होंने भी निश्चय कर लिया कि वे उसे अवकाश न देंगी। उन्हें मालूम था कि अवकाश के समय वह अपने चाचा के पास जाता है और यह उन्हें कदापि नहीं अभीष्ट था। वे नहीं चाहती थीं कि वह दयाराम के पास जाकर उसके प्रति किए गए दुर्व्यवहारों की शिकायत करे। परन्तु आज मुन्नू को न केवल यहाँ के वातावरण से, जिसमें लगातार झिड़कियाँ, गालियाँ और डाँट-फटकार सहनी पड़ती थी, मुक्त होने की इच्छा हो रही थी, बल्कि उसके मन में अपने यहाँ का-सा भोजन करने की भी आकांक्षा हो रही थी—दाल और चावल खाने की—जो उसका चाचा अपनी कोठरी में बनाया करता था और अवकाश के दिन जब मुन्नू उससे मिलने जाता था, तब उसे भी थोड़ा-सा दे दिया करता था; इसलिए जब बीबीजी उसे बाबूजी की थाली में से बची हुई शलजम की

तरकारी देने लगीं, तब उसने खाने से इनकार कर दिया और इस बात की घोषणा कर दी कि वह अपने चाचा के यहाँ जा रहा है।

"अरे देखो! कैसा कलियुग आ गया है!" बीबीजी अपने पति को सम्बोधित करके बोलीं, "अरे सुना तुमने कुछ! यहाँ का खाना इसे नहीं भाता। हे भगवान्! न बर्तन मले, न झाड़-बहारू किया और कहता है कि चाचा के यहाँ जाऊँगा। अब मुझे दिन-भर घिस-घिस करनी पड़ेगी। हाय, हाय! ऐसे नौकर को रखने से क्या लाभ?"

"क्यों बे?" बाबूजी ने अपना मुँह क्रोध से सिकोड़ा, "जो दिया जाता है, वह खाता क्यों नहीं! बड़ा नवाब का बच्चा है, जो शलजम देखकर मुँह बनाता है? चल, निकल यहाँ से! जा अपने चाचा के यहाँ, जाकर दाल-भात खा! चल।"

मुन्नू को तो बस 'चल' सुनना काफ़ी था, वह तुरन्त निकल भागा। पहाड़ी से उतरते समय उसको वे समस्त आपदाएँ स्मरण हो आईं, जो उसे उस घर में सहन करनी पड़ी थीं, उन सारी यातनाओं का पहाड़ उस पर टूट पड़ा, जो उसने सहन की थीं। उसने बलपूर्वक अपने आँसुओं को रोकने का प्रयत्न किया, परन्तु उसका सारा शरीर काँपने लगा उसके शरीर से गर्मी की लहरें उठकर बादल की तरह उसके लाल चेहरे पर छा गईं और टप-टप आँसू गिरने लगे। बैंक के नुक्कड़ पर पहुँच कर मुन्नू जब उस गली में घुसा, जो नौकरों के क्वार्टरों को जाती थी, तब उसने अपनी धोती के छोर से मुँह पोंछ डाला और दाहिने हाथ से नाक साफ़ की।

दयाराम अपनी छः फुट लम्बी और उतनी ही चौड़ी अँधेरी कोठरी में, एक साफ़-सुथरे पलँग पर पड़ा ख़र्राटे ले रहा था। कोठरी में एक मिट्टी के चूल्हे, एक टीन के बक्स और कुछ पीतल के बर्तनों के अतिरिक्त और कुछ न था।

मुन्नू पंजों के बल धीरे से कोठरी में घुसा और उसने अपने चाचा के दाहिने पैर के अँगूठे को पकड़ कर हिलाया, कि वह जाग जाए।

"कौन है? क्या चाहिए?" दयाराम शेर की तरह दहाड़ा और उसने आँखें खोल दीं।

"चाचा! कुछ खाना बचा है?" मुन्नू ने कहा।

"अबे हरामी! यह मेरे पास खाने के लिए आने का कौन-सा समय है?" दयाराम ने अपनी लाल-लाल ज़बान निकाल कर साँप की तरह फुँकारा, "क्या बाबूजी के घर में तुझे खाने को नहीं मिलता?"

"तो फिर मुझे कुछ पैसे ही दे दो, बाज़ार से खा लूँ।" स्वयं मुन्नू के पास कभी पैसे नहीं रहते थे, क्योंकि बाबूजी उसकी तनख़्वाह के तीन रुपए उसके चाचा को दे दिया करते थे।

"अबे कुत्ते के पिल्ले!" दयाराम उठ बैठा और लगा गरजने, "अगर तू ऐसे सारी तनख़्वाह ख़र्च कर देगा, तो तेरे लिए कपड़े कहाँ से बनवाऊँगा? जूते कहाँ से लेकर दूँगा।"

"लेकिन तुमने मेरे लिए कपड़े बनवाए ही कब?" मुन्नू ने प्रतिवाद करते हुए कहा, "मैं तो वही फटी धोती पहने हूँ, जो बीबीजी ने मुझे दी थी और जूते भी तुमने कहाँ ले दिए?"

"ओ हो! नन्ही-सी जान, गज़ भर की ज़बान! गुस्ताख़ कहीं का!" और दयाराम

ने लपक कर मुन्नू की गर्दन दबा ली, "तो तू मुझसे हिसाब माँगता है? सुअर का बच्चा! तुझे इतने दिन पालने और नौकरी दिलवाने का यही बदला है! रुपया! रुपया! जब देखो, तब रुपया ही चाहिए तुझे।" और फिर उसने मुन्नू की पसलियों पर धड़ा-धड़ घूँसे जमाने शुरू कर दिए।

"अरे चाचा! अरे मुझे मारो मत, चाचा! मैं तो बस खाने को माँग रहा हूँ। मुझे केवल खाना चाहिए।"

"तो खाने के वक़्त कहाँ गू खा रहा था?" दयाराम ने चिल्लाकर कहा, "खाना खाना था, तो पहले क्यों न आया? और बाबूजी के यहाँ नहीं मिलता तुझे खाने को?"

"बीबीजी मुझसे काम करवा रही थीं" मुन्नू हिचकियाँ ले रहा था। "और...और वे तो मुझे आने भी नहीं दे रही थीं। तुम्हें क्या मालूम कि वे मुझे कितना मारती हैं। यदि तुम्हें मालूम होता, तो तुम मुझे इस तरह मारते भी नहीं। आज उनके यहाँ शलजम पका था और मुझे शलजम अच्छा नहीं लगता। मुझे दाल-भात अच्छा लगता है।"

"झूठा! सुअर! शिकायत करता है!" दयाराम ने चिल्लाकर कहा, "जब देखो, तब शिकायत!" और उसने मुन्नू को दीवार में ढकेल कर फिर घूँसे मारना शुरू कर दिया।

"अरी माँ! अरी मेरी माँ!" मुन्नू बिलख-बिलख कर रो रहा था।

इस कारण चीत्कार का दयाराम पर कुछ भी प्रभाव न पड़ा। वह रुपए के लोभ और दरिद्रता के भय से पाषाण-हृदय हो चुका था। बैंक में चपरासीगिरी का नीच काम करते-करते उसकी आत्मा का हनन हो चुका था। उसका मुँह तन गया, आँखों में ख़ून उतर आया और जब उसने दाँत पीस कर मुन्नू को प्रलयकारी दृष्टि से देखा, तब मालूम होता था कि उसे वह कच्चा चबा जाएगा।

"सच बता" दयाराम ने गरज कर कहा, "कहाँ से घूमता-घूमता आया है?"

मुन्नू में बोलने की शक्ति कहाँ थी? वह खड़े-खड़े रोता रहा।

"बता कहाँ था? बोल, जवाब दे!" दयाराम ने पास आकर कड़कती हुई आवाज़ में कहा।

"मैं तो घर ही पर था" मुन्नू ने सिसकियाँ लेते हुए जवाब दिया।

"झूठ बोलता है! कुत्ता! बदमाश कहीं का!" दयाराम ने फुँकारा, "जैसे मैं तुझे जानता ही नहीं हूँ। उनका काम ढंग से करता नहीं, इधर-उधर के सैर-सपाटे में समय नष्ट करता है। अब अगर तूने उनकी शिकायत की तो याद रखना,जान से मार डालूँगा। उस दिन उनके चीनी के बर्तन तोड़ डाले! साहब के सामने उनकी हेठी करा दी।!"

और फिर वह मुन्नू पर लपक पड़ा और लगा उसे लात से मारने।

"पाजी! ज़िद्दी! जो जी में आता है, वह करता है और समझता है अपने को बड़ा परिश्रमी! साहब के सामने बाबूजी की इज़्ज़त दो कौड़ी की कर दी, मुझे बाबूजी का उलहना अलग सुनना पड़ा। तेरे आने से पहले बैंक में मेरी गणना अच्छे नौकरों में थी। अपना कार्य बराबर अधिक सावधानी और परिश्रम से करके तथा मालिकों को सदा सन्तुष्ट रखकर मैंने प्रतिष्ठा पाई थी, और तू हमारे इतने सभ्य बाबूजी की शिकायत लेकर आया है यहाँ? यदि तू अपनी कुशल चाहता है, तो वापस जा और ढंग से लगकर काम कर, नहीं तो जान से मार डालूँगा। सुअर कहीं का! बस पढ़ना और सोना बहुत हो चुका! चल, जा

यहाँ से और बीबीजी से खाना माँग। मेरे पास न तेरे लिए कुछ खाने को है, न मैं तेरे सुख-दुःख का साथी हूँ।''

उसने मुन्नू की गर्दन में हाथ लगाकर उसे बाहर ढकेल दिया।

मुन्नू बाबूजी के घर वापस आ गया। वह मन में यह भाव लेकर लौटा कि आन्तरिक भाव से सेवा करके मालिकों को वह पूर्ण रूप से सन्तुष्ट करने का उद्योग करेगा।

बैंक से बाहर निकलकर वह सड़क पर आ गया और फिर कुछ देर तक अपना आँसुओं से भीगा, सूजा हुआ चेहरा छिपाए, यों ही इधर-उधर गलियों में मारा-मारा फिरता रहा। उसका दिमाग़ जैसे सुन्न-सा हो गया था।

''कमबख़्त चाचा! उफ, यह निर्दय बदमाश चाचा!'' वह मन-ही-मन बड़बड़ाता रहा, ''सुअर का बच्चा! कुत्ते की सन्तान! मुझे घृणा हो गई तुझसे!''

मुन्नू ने क्रोध से दाँत पीसे, मानो अपने क्रोध के आवेश को और उभार रहा हो, और मन में सोचने लगा, ''मैं भाग जाऊँगा। मैं यहाँ से दयाराम और उस बीबीजी से पिण्ड छुड़ाकर, भाग जाऊँगा, फिर ये लोग मुझे ढूँढते फ़िरेंगे। डुगडुगी पिटवाकर मुझे सारे शहर में ढूँढेंगे और मैं न मिलूँगा। अच्छा होगा, तब इन लोगों को मज़ा मालूम होगा! परन्तु मेरे पास तो रुपया-पैसा कुछ नहीं है। भाग जाऊँगा, तो खाऊँगा क्या? और यदि कहीं इन लोगों ने मुझे पकड़ लिया, ढूँढ लिया? और फिर यहाँ वापस ले आए? तब तो और भी अधिक निर्दयता से पीटेंगे।

मोमिन गली के पनाले पर चिड़ियाँ चहचहा रही थीं, जैसे मुन्नू को धिक्कार रही हों। परन्तु मुन्नू बिल्कुल खो-सा गया था। गली का शोर-गुल, अपने-अपने द्वार पर बैठी हुई स्त्रियों की गपशप, उनके चलते हुए चर्खों की आवाज़, अन्धा भैंसा खेलते हुए बच्चों का कोलाहल—इन सब की ओर मुन्नू का ध्यान बिल्कुल ही न था।

उसे अपनी जिह्वा के नीचे एक विचित्र-सा स्वाद मालूम हो रहा था—एक बेचैनी, जैसे मतली-सी आ रही हो—एक प्रकार की विश्वास-घातकता तथा पेट की विकराल ज्वाला की वेदना का अनुभव हो रहा था। मुन्नू ने इस तरह मुँह बनाया, जैसे वह कोई कड़वी दवा पी रहा हो और फिर जल्दी-जल्दी बाबूजी के घर की तरफ़ चलने लगा। उसके पैर उठ भर रहे थे, किन्तु उसे इस बात का ज्ञान न था कि वह कहाँ जा रहा है। अपने वातावरण से वह सर्वथा अनभिज्ञ था।

बीबीजी घर पर नहीं थीं। इससे मुन्नू ने अपने-आप लेकर कुछ खा-पी लिया और वह लेट गया कि कदाचित् निद्रा ही उसके दुःख के भार को कुछ हल्का कर दे। उसके मस्तिष्क में विचारों का एक तूफ़ान था, जो बराबर उमड़ता ही चला आ रहा था—बर्बरता के विचार, बदला लेने की भावनाएँ उतनी ही क्रूर भावनाएँ, जितनी कि उसके चाचा ने उसको पीटने में दिखाई थी।

''उसकी खाल खींच लूँगा'' मुन्नू अपने मन में सोच रहा था, ''सोते समय काटकर उसके शरीर के टुकड़े-टुकड़े कर डालूँगा, उसे जान से मार डालूँगा।'' परन्तु पृथ्वी की शीतलता ने मुन्नू के मस्तिष्क को कुछ शीतलता पहुँचाई और उसकी शक्ति को इतना खींच लिया कि उसे निद्रा आ गई। वह गम्भीर निद्रा में सो गया। अब वह एकदम निर्जीव-सा पड़ा था। ऊपर से तो उस पर बेहोशी छाई हुई थी—वह सर्वथा निश्चल और अचेत था—यद्यपि

उसकी आत्मा अब भी उसके चित्त को विक्षुब्ध कर रही थी।

कुछ दिनों बाद उसकी पुरानी स्वच्छन्दता और चपलता फिर लौट आई और उसमें जीवन की आग फिर से भड़कने लगी। वही आग, जो अपने चारों ओर हर एक वस्तु को, हर एक आवाज़ को, सुनकर उसके अस्तित्व में धड़कने-सी लगती थी।

''कहिए महाराज, कैसा है आपका मिज़ाज?'' मुन्नू ने सब-जज साहब के ब्राह्मण नौकर शर्मा को छेड़ते हुए कहा। शर्मा, आसपास के नौकरों में अवस्था की दृष्टि से सब से बड़ा था, इसलिए वह जब देखो तब पानी के नल पर प्रायः पूर्ण रूप से अपना अधिकार जमाए रहता था।

आज मुन्नू ज़रा तरंग में था, क्योंकि सबेरे से बीबीजी ने उसे और दिनों की अपेक्षा कम डाँटा था।

''अबे क्यों भौंक रहा है, मलिच्छ पहाड़ी!'' शर्मा की कठोर और क्रूर आकृति पर तिरस्कार से त्योरियाँ चढ़ गईं। उसे अपने शारीरिक बल तथा उच्च जाति का बड़ा घमण्ड था, ''यह तो बता, अब तेरी मालकिन तेरे साथ कैसा बर्ताव करती है? अब भी पहले की ही तरह डाँट-फटकार सुनाती और कोसती रहती है या अब करुणा से द्रवित होकर तुझे अपनी खूबसूरत और कड़ी छातियाँ तो नहीं चुसाने लगी?''

''चुप रह!'' मुन्नू लज्जा से लाल होकर एकाएक क्रुद्ध हो उठा और बोला, ''लज्जा नहीं आती तुझे ऐसी बातें करते? मैं तो कभी तुझसे तेरी मालकिन के सम्बन्ध की कोई बात नहीं करता?'' उसे अपने ऊपर भी क्रोध आ रहा था कि उसने शर्मा-जैसे कमीने से मज़ाक़ ही क्यों किया?

''अच्छा, तो इस बात पर तुझे क्रोध क्यों आता है? इससे तो मालूम होता है कि वह अवश्य तुझ पर कृपा करने लगी है और तुझे प्यार करती है। तभी तो वह तुझे इतनी गालियाँ देती है और तू मुँह बन्द किए हुए सुना करता है। और धोती के अन्दर वह कैसी है? ऐसी?'' उसने अपनी उँगलियों से एक अश्लील-सा संकेत किया।

''चुप रह बे!'' मुन्नू ने कड़ककर कहा, ''दूर हट, मुझे घड़ा भर लेने दे। घण्टों से नल पर जमा बैठा है।''

''अरे ज़रा इस पहड़िए को तो देखो!'' शर्मा ने लहनू से कहा। लहनू पास ही कहीं नौकर था। उसकी अवस्था भी शर्मा की अवस्था के समान ही थी। पतले-पतले होंठ और कतारा-जैसी नाक थी, जो उसके ब्राह्मण होने की सूचना देती थी। शर्मा और लहनू सदा के मित्र थे, ''मैंने जो इसकी मालकिन की छातियों और टाँगों की प्रशंसा की, तो बिगड़ गया वह। इसके विपरीत वह समस्त दिन इसे सैकड़ों सुनाती रहती है। तुम्हारा क्या ख़्याल है? यह ज़रूर उससे फँसा होगा।''

''चल मुझे पानी लेने दे'', मुन्नू ने नल के पास आते हुए कहा।

''शर्मा, इसे देना तो दो-एक हाथ!'' लहनू बोला, ''अपने बल का इसे बड़ा घमण्ड है। मुझे मालूम है, यह इतना तगड़ा कैसे हो गया? अपनी मालकिन के सौदे के पैसों में से चुराता है। कल ही मैंने इसे भग्गू की दूकान पर मिठाई खाते देखा था।''

''झूठा कहीं का!'' मुन्नू ने जवाब दिया। झूठे आरोप से उसके सारे शरीर में आग लग गई थी। उसने कहा, ''हटो नल पर से। मैं पानी भरूँ और अपना रास्ता लूँ।''

"अच्छा, मुझे झूठा बनाकर तुझे जाने की जल्दी पड़ गई!" लहनू ने कहा, "शर्मा, इसे देना तो एक हाथ।"

मुन्नू क्रोध से तमतमाया हुआ लहनू को घूर रहा था। शर्मा ने एक धक्का दिया। नल के आसपास काई पड़ जाने से कुछ फिसलन हो गई थी। मुन्नू का पाँव फिसल गया, परन्तु तुरन्त ही वह सम्भल गया और निमेष-मात्र में तनकर शर्मा के गेहुँआ रंग के नंगे शरीर के सम्मुख आ खड़ा हुआ। उसकी आँखों में प्रतिशोध की ज्वाला धधक रही थी।

"अब मार ज़रा!" वह गरजा, "अब मेरे देखते में मार! कमीना! कुत्ता! ब्राह्मण का पोंगा!'

"ओ हो! ज़रा इसका घमण्ड कोई देखे।" शर्मा ने चुपके से खिसककर नल पर अधिकार जमा लिया था।

"तो यह क्या तेरे बाप का नल है कि घण्टों जमा रहेगा और किसी को पानी न भरने देगा?"

"ठहरो, मैं इसे मज़ा चखाता हूँ। ऐसा पाठ पढ़ाऊँगा कि छठी का दूध याद आ जाएगा।" लहनू आगे बढ़ आया और मुन्नू का हाथ पकड़ कर घसीटने लगा। पीछे से शर्मा ने दो-एक तड़ी लगा दी।

मुन्नू ने लहनू से हाथ छुड़ाया और वह शेर की तरह शर्मा पर झपटा। शत्रु को उसने कमर से पकड़ लिया और उठाकर नीचे खड्ड में फेंकना ही चाहता था, किन्तु एकाएक उसे इस बात का ध्यान आ गया कि इस तरह तो वह मर जाएगा। इससे उसकी पकड़ ज़रा ढीली पड़ गई।

शर्मा मुन्नू की पकड़ से निकल गया और छूटते ही उसके मुँह पर पड़ाक से एक थप्पड़ रसीद किया। इसी बीच में लहनू ने आकर अपने दाहिने पैर से मुन्नू के पैर में जो लंगी लगाई, तो वह मुँह के बल ईंटों के फ़र्श पर जा गिरा।

तुरन्त ही मुन्नू उठ खड़ा हुआ, किन्तु अब शर्मा के हाथ में एक मोटी-सी लकड़ी थी, जिससे पीट-पीट कर वह कपड़े साफ़ कर रहा था, और लहनू भी धमकी देता हुआ उसके सिर पर सवार था।

इस दोहरे ख़तरे को देखकर मुन्नू के शरीर में और भी आग लग गई। वह क्रोध से अधीर होकर शर्मा पर टूट पड़ा और उसे कमर से पकड़ कर उसने अपने कन्धे पर उठा लिया। फिर उसे वह नल से कोई बीस गज़ दूर ले गया और धड़ाम से भूमि पर पटक दिया। जब वह वापस लौटा, तब लहनू ग़ायब हो चुका था।

मुन्नू ने अपने पीतल के घड़े का छोटा-सा मुँह नल की सीध में रख दिया और पानी की धार गर-गर करके घड़े के ढोल-जैसे पेट में गिरने लगी। अब वह सारा लड़ाई-झगड़ा भूल चुका था। मानो यह भी कोई अखाड़े की कुश्ती थी, जिसमें लड़नेवालों को एक-दूसरे से कोई शत्रुता का भाव नहीं होता। इससे निश्चिन्त भाव से खड़े-खड़े वह पानी भर रहा था।

इतने में शर्मा पीछे से पंजों के बल चलता हुआ आया और उसने मुन्नू को एक लकड़ी रसीद की। मुन्नू ने वार हाथों पर रोक लिया। शर्मा ने फ़िर एक वार किया और इस बार लकड़ी मुन्नू के ठीक माथे पर बैठी। मुन्नू ने लकड़ी को हाथ से पकड़ लेना

चाहा, परन्तु शर्मा ने अब पैंतरे-बाज़ी शुरू कर दी। बार-बार लकड़ी उसकी हथेलियों पर पड़-पड़ कर निकल जाती थी। अब एकदम से कूदकर मुन्नू ने शर्मा की गर्दन नाप ली। बालों की जटा जो इस पवित्र ब्राह्मण के मस्तक पर लहराती रहती थी, मज़बूती से उसने अपनी मुट्ठी में पकड़ ली और झकझोरना शुरू किया कि वह किसी तरह लकड़ी छोड़ दे। अन्त में उसने शर्मा के हाथ से लकड़ी छीन कर नीचे खड्ड में फेंक दी।

इतने में घड़ा भर जाने की आवाज़ आने लगी। उसने शर्मा को छोड़ दिया और स्वयं भागकर घर के बरामदे में पहुँचा। उसका सारा चेहरा ख़ून से तर था।

"जा बे, जाकर अपनी मालकिन की टाँगों में घुस जा!" शर्मा पीछे से चिल्ला रहा था।

"ऐ नमकहराम!" बीबीजी ने उसे इस तरह घबराया हुआ रसोईघर में घुसते देखकर उसका स्वागत किया।

"क्या किया तूने? किससे लड़ रहा था?"

"किसी से भी नहीं।" मुन्नू ने घड़ा रसोईघर में रखते हुए कहा। बीबीजी के सामने से होकर वह चूल्हे के पास पहुँचा और मुट्ठी-भर राख लेकर माथे के ज़ख़्म पर जमा ली, जिसमें से ख़ून बराबर चू रहा था।

"ऐ, ऐ! ज़रा मुझे तो दिखा, कहाँ चोट लगी?" उन्होंने भावों के आवेश में चिल्लाकर कहा, "देख तो, सारा मुँह ख़ून से लथपथ हो गया है! इस शर्मा हरामज़ादे ने मारा होगा तुझे। मैंने तुझसे कहा था न कि उससे कोई सरोकार मत रखना। वह गन्दी-गन्दी बातें करता है और तू मज़े लेकर सुना करता है। अब ऐसों का साथ करने का फल भोग!"

"कुछ नहीं, ज़रा-सा छिल गया है और क्या," मुन्नू ने अलग हटते हुए कहा।

"देखो ज़रा इसको! अरे, ज़रा इसको देखो तो सही!" बीबीजी चीखती हुई बैठक में गईं, जहाँ उनके देवर छोटे बाबू बैठे अपने कालरों पर इस्तिरी कर रहे थे, "देखो, जाने कहाँ से लड़-भिड़ कर सिर तुड़वाकर आया है!"

"यहाँ आ बे मनूड़े!" छोटे बाबू ने पुकारा।

"जी बाबूजी!" मुन्नू ने जवाब दिया। उसका रंग पीला पड़ गया था। वह घबरा तो ज़रूर रहा था, पर घाव की उसे कोई विशेष चिन्ता न थी।

"चल, इधर आ, मुझे अपना सिर दिखा।" डाक्टर साहब बोले।

"वह ठीक हो गया बाबूजी।" मुन्नू ने लापरवाही से कहा, "मैंने उस पर राख लगा ली है, अब अच्छा हो जाएगा।" उसे विश्वास था कि मिट्टी या राख लगा लेने से घाव बिल्कुल ठीक हो जाता है। यह गाँव के नाई का बताया हुआ उपचार था।

"इधर आ बे गधे!" डाक्टर ने हँसते हुए आवाज़ दी, "गन्दी राख लगाने से घाव में सड़न आ जाएगी। चल, मुझे दिखा।"

मुन्नू ने अपने-आपको निरीक्षण के लिए डाक्टर के हवाले कर दिया।

डाक्टर साहब ने ध्यान से देखा, तो मालूम हुआ कि घाव काफ़ी गहरा है, नीचे प्रायः हड्डी तक पहुँच गया है। उन्होंने स्टोव जलाकर पानी गरम किया और घाव को साफ़ करके पट्टी बाँध दी। मुन्नू स्टोव के जलते हुए तेल और दवाओं से महकती हुई पट्टियों में ऐसा खो गया कि उसे चक्कर-सा आने लगा। डाक्टर साहब ने उसे रसोई घर के एक

कोने में आराम करने के लिए लिटा दिया।

जब निद्रा मुन्नू की चेतना पर छाने लगी और पीड़ा के बोझ से उसकी आँखें बन्द होने लगीं—तब उसने बीबीजी के चिल्लाने की आवाज़ सुनी। परन्तु इस बार वे मुन्नू पर नहीं बिगड़ रही थीं बल्कि शर्मा और उसके मालिकों पर बिगड़ रही थीं।

"हरामज़ादे कहीं के! इनका दिमाग आसमान पर चढ़ गया है। समझते है कि बड़े आदमी हो गए जो जी में आवेगा, वही कर डालेंगे। हम उनके बराबर तनख़्वाह न पाएँ, पर उनसे क्या किसी तरह कम हैं? बड़े आदमी होंगे तो अपने घर के!..."

जज साहब की सहधर्मिणी भी बाहर निकल आई थीं और बीबीजी को गालियाँ दे रही थीं, "इन ज़लील बाबुओं का ज़रा दिमाग़ तो देखो! आने दो ज़रा साहब को, तो बता देंगे कि बड़ों में मुँह लगना कैसा होता है! कुत्ते! सुअर! एक गँवार पहाड़ी लौंडा क्या नौकर रख लिया, अहंकार की सीमा ही नहीं रह गई है?"

मुन्नू यद्यपि सोया हुआ था, किन्तु पीड़ा के मारे उसे गहरी निद्रा नहीं आ सकी थी। इससे बीबीजी शर्मा तथा उसके मालिक और मालकिन पर जो पुष्प-वर्षा कर रही थीं, उनके शब्द क्षीण भाव से उसे दूर से गूँजते हुए सुनाई दे रहे थे। अब तो एक ख़ामोश आवाज़ थी, जो उसके फूलते हुए नथुनों में से धीरे-धीरे सरसराती हुई आ-जा रही थी, जैसे दिल की धड़कन, जो हर बार अन्दर आते-जाते जीवन का सन्देश देती थी।

जितने दिन मुन्नू को रसोईघर के इस कोने में व्यतीत करने पड़े, बीबीजी ने उसकी ओर नाम-मात्र को ही ध्यान दिया, परन्तु छोटे बाबू प्रतिदिनि प्रातः काल नियमपूर्वक उसकी पट्टी बदला करते और शीला भी उसके पास खड़ी रहकर बच्चों के-से कौतूहल से उसे देखती और उसके प्रति सहानुभूति प्रकट किया करती।

जब मुन्नू के शरीर की नाड़ी-नाड़ी से खिंचकर ख़ून घाव की तरफ़ आने लगा, तब उसे बड़ा कष्ट हुआ। उसे ज्वर चढ़ आया था और वह रोता और कराहता रहता था। कभी-कभी उसकी कराह चीख़ों में भी बदल जाती थी।

फिर उसे अपनी सुध न रह गई थी। सारी वस्तुओं पर काली रातों की-सी कालिमा छा गई थी। हाँ, कभी-कभी कोई सुखद कल्पना किसी चमकते हुए तारे की तरह झाँकती हुई नज़र आती थी। उसके कान बज रहे थे और वह एक कोने में गठरी बना पड़ा था। ऐसा मालूम होता था कि सारा बदन सुन्न हो गया है, समय की गति रुक गई है।

डाक्टर साहब ने उसे कोई दवा दी थी, जिससे उसे ख़ूब पसीना आ गया था और फिर अपने अन्तस्तल में एक सूनापन होने के बावजूद मानवता की कोमल भावनाओं की जागृति का अनुभव हो रहा था। धीरे-धीरे उसका दिमाग़ बीमारी से पहले की तरह अपने वातावरण से परिचित होने लगा। परन्तु जैसे-जैसे वह होश में आया, उसे ऐसा लगा कि सदियों की नींद के बाद जागा है, जैसे कोई लहर धारा के विरुद्ध हलकोरें लेती हुई, आस-पास की लहरों से टकराती हुई कभी पीछे हटती है और फिर कभी बचती हुई, धुलती हुई, अपना भूरा सिर उठाए आगे को बढ़ती ही चली जाती है।

इस नए जीवन का आभास मानो प्रकाश की एक किरण था, जिसने इस घर में मुन्नू के जीवन के लिए एक नवीन और प्रकाशमान मार्ग ढूँढ निकाला था। उसे अपने चाचा का वह आदेश स्मरण हो आया, जो उसने यहाँ आते समय दिया था और उसे

याद आया कि यहाँ आते समय वह कितना घबरा रहा था और अपने-आपको अरक्षित समझ रहा था। भिन्न-भिन्न अवसरों पर उसमें जो अनेक भावनाएँ जागृत हुई थीं, उनका उसे ध्यान आया। उसके चाचा ने सब कठिनाइयों को भुला दिया था और तरह-तरह के प्रलोभन देकर उसे बहलाने का प्रयत्न किया था। उस समय उसे हर बात कितनी कठिन मालूम होती थी। घर के काम-काज के सम्बन्ध की प्रारम्भिक बातें उसे किसी ने न सिखलाई थीं। उसकी मालकिन तो सदैव क्रोध का ही भाव प्रदर्शित किया करती थीं। उफ़! जिस दिन साहब की दावत थी और उसने चाय के बर्तन तोड़े थे, वे कितना क्रुद्ध हुई थीं, जैसे उसे चबा ही तो डालेंगी। इस घर में छोटे बाबू ही सुशील-स्वभाव के थे। हर एक बात को वे किस तरह हँसी में उड़ा दिया करते थे।

फिर उसे एक धुँधली-सी याद आई कि उसका चाचा कुछ ही दिन हुए, उसे देखने आया था। परन्तु उसे अपने चाचा से घृणा थी। उसे छोटे बाबू और कदाचित् शीला के अतिरिक्त सब से घृणा थी। शीला अच्छी थी, मगर वह बहुत कतराया करती थी और वह उसका मज़ाक़ भी तो कैसा उड़ाती थी!, ''बन्दर, बन्दर! आ, आ, ले ले, खाना ले।'' उसकी ये बातें उसे अच्छी लगती थीं, क्योंकि इनसे अपनापन टपकता था। उसे शीला को आँख भरकर देखना बहुत अच्छा लगता था। उसकी आँखों के सामने शीला का वह चित्र घूम गया, जब वह अपनी माँ के डाँटने-फटकारने पर स्नान करने के लिए बाध्य होती और गीले कपड़े पहने हुए उस पत्थर की चटिया पर से उठती थी। मलमल की महीन भीगी हुई साड़ी, जो उसके शरीर को नाममात्र के लिए ढके होती थी, उसके सारे शरीर पर लिपटी होती थी और उसमें से उसके सुनहरे शरीर की छाया झाँकती रहती थी। उसके सुडौल लचकदार अंग से एक ज्योति-सी छनती हुई प्रतीत होती थी और यह ज्योति फिर एक सुरीले अट्टहास में परिणत हो जाती थी, जो शीला के प्रतिपल चंचल और प्रतिपल शान्त शरीर के इर्द-गिर्द एक हाला-सी बनाए रहती थी।

बचपन में मुन्नू को यह सिखाया गया था कि वह प्रत्येक स्त्री को अपनी माँ या बहन समझे। उसने मन-ही-मन शीला को भी 'बहन' समझने का प्रयत्न किया, परन्तु शीला के साथ खेलने की जो इच्छा बार-बार उसके मन में उत्पन्न होती थी, उसकी प्रबलता के आवेग में वह उस पर 'बहन' का लेबिल लगाना भूल-सा जाता था। हाँ, जब कभी वह उसे देखता था, तब लज्जा से मस्तक अवश्य झुका लेता था। या तो सचमुच उसे लज्जा आ जाती थी, या वह अपनी ही कल्पना में लज्जित हुआ करता था। परन्तु, उस पर कुछ ऐसा नशा-सा छा जाता था, जैसा अपने गाँव में वसन्त, ऋतु में किसी दूसरे के बाग़ के पके फल तोड़ लाने का इरादा करते समय उसके साँवले होठों पर एक भूखी मुस्कराहट नाचने लगती थी। कोमलता और प्रेम की एक आह अनजाने ही उसके होठों तक आई, परन्तु फिर शीघ्र ही अपने प्रेम की निष्फलता और निस्सहायता पर एक और आह उसके सीने से उठी और दोनों घुल-मिल कर रह गईं। क्या ही अच्छा होता कि उसके पास रुपया होता। यदि बाबूजी उसकी तनख़्वाह उसके चाचा दयाराम को न दे दिया करते, तो वह सब रुपए जमा कर लेता और फिर भाग जाता और मिठाई का खोमचा लगा लेता, जैसे वह लड़का लगाया करता था, जो शीला के स्कूल के सामने बैठा करता था और एक रुपया रोज़ कमा लेता था। जिन दिन वह और उसका चाचा गाँव से शहर

आ रहे थे, तो चाचा ने कहा था, "रुपया ही सब कुछ है।" और अब मुन्नू भी यही सोच रहा था, "ठीक है, रुपया ही सब कुछ है।"

आज पहली बार मुन्नू के मस्तिष्क ने धनी और निर्धन के भेद का अनुभव किया, उसने अपनी–एक निर्धन बालक की–तुलना, धनवान् व्यक्तियों अर्थात् अपने मालिकों से की, गाँव के समस्त निर्धन व्यक्तियों की तुलना जयसिंह के पिता–जमींदार–से की।

अपने स्कूल के साथी, नन्हे बिशुन के सत्तर वर्ष के बूढ़े दादा गंगू का सिकुड़ा हुआ जर्जर शरीर मुन्नू की आँखों के आगे फिरने लगा। गंगू एक खेतिहर मज़दूर था। किसी के भी खेत पर वह मज़दूरी कर लेता था। फिर उसे विशम्भर की माँ के सूखे चेहरे का ध्यान आया। वह ज़मींदार साहब के यहाँ काम करती थी। फिर उसे अपने पिता की धँसी हुई आँखों की धुँधली-सी याद आई, जब उसने सदैव के लिए आँखें मूँद लेने से पहले उस पर एक स्नेहभरी दृष्टि डाली थी। उसे अब तक अपनी माँ की गोद की वह गर्मी याद थी। वह आटा पीसते समय मुन्नू को अपनी गोद में लिटा लिया करती थी और चक्की का हत्था बराबर घुमाए जाती थी। यहाँ तक कि अन्त में वह थक कर मर गई। अब उस गर्मी के अभाव से मुन्नू को सूना-सूना-सा लगता था। उसके शरीर को ढकने के लिए वह मानों एक आवश्यक वस्त्र थी। परन्तु उसके गाँव में कितने निर्धन व्यक्ति थे। सारा गाँव तो निर्धनों से ही भरा था। धनवान् तो गिनती के लिए केवल दो-एक थे। वह सोचने लगा कि क्या ये सब निर्धन मनुष्य उसके माता-पिता की ही तरह मर जाएँगे और उसे अपमान और निराशा का जीवन व्यतीत करने के लिए छोड़ जाएँगे।

नगरों में अवश्य धनवानों की संख्या निर्धनों की अपेक्षा अधिक है। परन्तु फिर उसे स्मरण हो आया कि एक नगर है तो सैकड़ों गाँव हैं और यदि हर गाँव में निर्धनों की इतनी ही अधिकता है, जितनी उसके गाँव में, तो फिर निश्चय ही संसार में धनवान् कम हैं, निर्धन अधिक।

चाहे धनवान् अधिक हों या निर्धन, किन्तु संसार में मुन्नू को केवल दो ही प्रकार के लोग मालूम पड़े। उसे ऐसा लगा कि यह संसार दो प्रकार के लोगों में विभाजित है–धनवान् और निर्धन। जाति-पाँति से कुछ नहीं होता।

"मैं क्षत्रिय हूँ और निर्धन हूँ। शर्मा भी ब्राह्मण है, किन्तु एक साधारण नौकर है, क्योंकि वह भी निर्धन है। नहीं, जाति-पाँति से कुछ नहीं होता। बाबू लोग साहब लोगों की तरह हैं, और नौकर सब एक-से ही लगते हैं। संसार में केवल दो ही प्रकार के लोग हैं–धनी और निर्धन।

उस समय की आवश्यकता ने उसके इस स्वाभाविक कौतूहल का अन्त कर दिया।

ईंटों के चूल्हें में आड़ी-सीधी लकड़ियाँ रखकर वह फूँकनी से फूँकें मार-मार कर आग जलाने का प्रयत्न कर रहा था। लकड़ियाँ थीं कि जलने का नाम ही नहीं ले रही थीं और धुआँ उसकी आँसू-भरी आँखों में भर-भर कर उसे चौंधियाए दे रहा था। उसकी आँखों में तो जैसे मिर्च-सी लगने लगीं। उसने आँखें मूँद लीं और हथेलियों से दबाकर उनमें से पानी निचोड़ डाला। उसके थके हुए उदास मन में क्रोध की भावना जागृत होने लगी और वह रुआँसा हो गया। बीमारी से उसकी सहन-शक्ति जैसे क्षीण हो गई थी।

परन्तु सहन-शक्ति के क्षीण होने से क्या होता है। जैसे-जैसे शारीरिक शक्ति बढ़ती

गई, वैसे-ही-वैसे मुन्नू फिर काम में जुटता गया। वही चक्कर फिर शुरू हो गया। बर्तन मलना, तरकारी छीलना, झाड़ू देना, बिस्तर लगाना, खाना खिलाना और जो-जो काम उसकी मालकिन के दिमाग़ में समा जाते, वे सब करना। इस प्रकार फिर से काम शुरू हो जाने से मुन्नू के शरीर में जीवन की गर्मी फिर लहरें लेने लगी—जीवन की वह गर्मी और वह उमंग, जो प्रत्येक भावना और प्रत्येक वस्तु पर लपकती थी। वह हँसता, गाता, नाचता, कूदता और ज़िन्दगी-भरी उमंगों से कलाबाज़ियाँ लगाता। उस समय ऊँच-नीच के भेद-भाव की बाधाएँ हट जातीं, जीवन-धारा अज्ञात रूप से बहने लगती और वह अपने-आपको अपनी इच्छाओं की पूर्ति के लिए न्योछावर कर देता।

यह शरारत और यह ज़िन्दगी तो उसमें जन्म से ही थी, उसे भला गालियाँ या उपदेश कब मिटा सकते थे। यहाँ तक कि वह शारीरिक चोट भी उसे न रोक सकी और इसी की बदौलत वह सदा किसी-न-किसी संकट में पड़ ही जाया करता था। अतएव थोड़े ही समय के बाद एक और अपमान उसको सहना पड़ा।

एक दिन साँझ को मुन्नू रसोईघर में बैठा आलू छील रहा था। उसके कान में कुछ ऐसे शब्द आए कि जैसे शीला और उसके स्कूल की कुछ सहेलियाँ बैठक में आईं। मालकिन घर में नहीं थीं। वे दूसरे बाबुओं की स्त्रियों से गप लड़ाने गई हुई थीं। जल्दी-जल्दी मुन्नू ने अपना कार्य समाप्त किया। उसकी इच्छा थी कि जाकर वह उन लड़कियों के साथ खेले।

अभी वह हाथ ही धो रहा था कि उस गानेवाले बक्स की आवाज़ सुनाई पड़ी। मुन्नू के मन में आया—यह बड़ा अच्छा अवसर है। इस समय लड़कियों के सामने जाकर उन्हें बन्दरवाला नाच दिखाना चाहिए। यह नाच दिखाकर वह उन्हें ख़ूब प्रसन्न कर लेगा, कदाचित् वे उसे अपने साथ खिलाने पर सहमत हो जाएँ, अन्यथा वैसे तो वे साफ़ इनकार कर देती थीं, क्योंकि उन्हें बीबीजी ने मना कर दिया था।

मुन्नू दौड़ा हुआ कमरे में घुस गया था और फ़ौरन चारों हाथ-पाँव के बल खड़ा होकर इधर-उधर चलने लगा। उस समय सभी लड़कियाँ बीच कमरे में झुंड बनाए स्कूल में सिखाया गया नाच नाच रही थीं। मुन्नू के घुसते ही वे सब तितर-बितर हो गईं।

"उँह! चल, जा यहाँ से।" कौशल्या ने लज्जित होकर कहा।

"भई, हम तुम्हें अपने साथ नहीं खिलाएँगी" शीला बोली, "माताजी ने कहा है कि हमें तुम्हारे साथ न खेलना चाहिए।"

वास्तव में शीला मुन्नू को चाहती थी और उसके बन्दरवाले नाच से उसका भी काफ़ी मनोरंजन होता था, परन्तु माता के उपदेश उसके अन्तस्तल में प्रविष्ट होकर चेतावनी की तरह बाधक थे। फिर भी शीला का जी चाहने लगा कि मुन्नू को छूकर देखे। वह उसकी तरफ़ बढ़ी और कान पकड़ कर उसे इधर-उधर घुमाने लगी।

मुन्नू ने उसे मज़े से अपना कान पकड़ा दिया।

सब लड़कियाँ ठहाका मार-मार कर हँसने लगीं।

शीला ने मुन्नू का कान और ज़ोर से खींचा और वह गुर्राकर दाँत पीसता हुआ उलटकर उस पर झपट पड़ा, मानो वह सचमुच ही बन्दर हो और इससे पहले कि वह स्वयं भी कुछ समझ पाए, उसने शीला के गाल पर एक बकोटा भर लिया था।

"माँ! अरी मेरी माँ!" शीला चिल्लाई। परन्तु उसकी माँ ने नहीं सुना। तब कौशल्या दौड़ी हुई गई और बीबीजी को आवाज़ देने लगी।

"शीला की माँ! अजी शीला की माँ! यहाँ आओ, ज़रा देखो तो सही, इस जंगली पहाड़ी लड़के ने तुम्हारी बेटी को क्या कर दिया?"

बीबीजी उतावलेपन के साथ पहुँचीं। अपनी लड़की को गाल सहलाते देखकर उनका मुँह क्रोध से लाल हो उठा।

"दिखा तो मुझे" उन्होंने चीख़कर कहा, "मुझे तो अपना मुँह दिखा, मेरी बच्ची!"

जहाँ मुन्नू ने काटा था, उस स्थान पर गाल की श्वेत त्वचा नील वर्ण की हो गई थी।

"मैं तो केवल खेल रहा था, बीबीजी!" मुन्नू ने तूफ़ान चढ़ते देखकर अपने-आपको उससे बचाने की निष्फल चेष्टा की।

"अरे निगोड़े, हरामख़ोर! तू मर जा, तेरा सर्वनाश हो!" गालियों की बौछार शुरू हो गई, "तुझे और तेरे होतों-सोतों को चैन नसीब न हो! तूने मेरी बच्ची की इज़्ज़त पर हमला किया और वह भी एक अबोध बालिका की! कमबख़्त बदचलन, पहाड़ी बैल! हमें क्या मालूम था कि एक बदमाश आवारा को नौकर रख रहे हैं! आने दे बाबू जी को! तुझे तो पुलिस के हवाले कर देना चाहिए। अरे, तुझे कुछ लज्जा न आई! तूने ज़रा भी विचार न किया! देख तो मेरी बच्ची को! नमकहराम! मैंने तुझसे कितना-कितना कहा था कि मेरे बच्चों से अलग रहना, उनके साथ कभी न खेलना! तू अपने को क्या समझता है कि मालिकों के बच्चों में घुसने लगा? हमें क्या ख़बर थी कि घर में साँप पाल रहे हैं और वह दूध पीकर हमीं को डँसने दौड़ेगा! आने दे अपने चाचा दयाराम को, कमबख़्त! बेहया बदमाश! मैंने कह दिया था न कि मेरे बच्चे तेरे साथ के नहीं हैं। वे बड़े बाबू के बच्चे हैं, ओर तू न मालूम किस घूरे पर पैदा हुआ होगा! भला हमारी मान-मर्यादा कहाँ और कहाँ तू! उस ब्राह्मण से सिर तुड़वाकर आया, तो हमने तेरी देख-भाल की और तुझ पर दया की। अब हमें तुझे पुलिस के हवाले करना पड़ेगा।"

"क्या हुआ?" बाबू नत्थूराम सर झुकाए, कूबड़ निकाले हुए अन्दर आए। उनका चेहरा थकन और परेशानी से मुड़ा-चुड़ा नज़र आ रहा था।

"क्या हुआ? क्या बात है?" बीबीजी ने चिल्लाकर कहा, "सब कुछ हो गया। यह नमकहराम! इसकी हड्डियाँ नरक में जलें! यह..."

"अरे, मगर हुआ क्या?" बाबूजी ने चिढ़कर कर्कश स्वर में कहा।

"कहती तो हूँ, मेरा तो जी जल रहा है! इस नमकहराम ने शीला को गाल पर काट खाया। कलजुग आ गया है। यह लड़का अभी बितना भर का तो है और अपने मालिक की बेटी की इज़्ज़त पर हमला करने लगा! हे भगवान्!"

"क्यों बे हरामी!" बाबूजी चिल्लाए और उन्होंने ऐसा मुँह बनाया कि भवें तनकर माथे की झुर्रियों से मिल गईं और दाँत मसूढ़ों तक दिखाई देने लगे, "बोल, क्या कहता है?"

मुन्नू चुप खड़ा रहा—सिर झुकाए, चेहरा लाल हो गया था, दिल ज़ोर-ज़ोर से धड़क रहा था, मगर मुँह से एक शब्द न निकलता था।

“देखो लोगों, कलजुग आ गया है! यह अँधेर ज़रा देखो!” बीबीजी फिर आरम्भ कर रही थीं।

बाबूजी थप्पड़ ताने आगे बढ़े, अपनी पत्नी को चुप करने और मुन्नू को पीटने के लिए।

“क्यों बे सुअर, जवाब क्यों नहीं देता?”

“बाबूजी, मैं तो केवल खेल रहा था,” मुन्नू ने अपनी घबराई हुई परेशान निगाहें उठाकर अपने मालिक को देखा।

“खेल रहा था! हुँ :, खेल रहा...था।” बाबूजी ने दाँत पीसते हुए कहा, “कुत्ते का पिल्ला!” उन्होंने अपने पतले हड़ियल हाथ से मुन्नू को एक थप्पड़ दिया और फिर उसे अपने चमकते हुए काले जूतों की नोक से ठोकरें मारना शुरू किया...उन्हीं काले चमकदार जूतों से, जो मुन्नू के जीवन के सब से अधिक प्रिय स्वप्न थे।

“क्षमा करो, बाबूजी, मुझे क्षमा कर दो।” मुन्नू भूमि पर लुढ़ककर चिल्लाने लगा।

“क्षमा कर दूँ!” बाबूजी बोले, “ठहर, तुझे इस तरह क्षमा करूँगा कि देखना।” और मुन्नू को लात मारते-मरते वे कोने की ओर बढ़े जहाँ एक मोटी-सी लकड़ी रखी थी।

मुन्नू की आत्मा विद्रोह तथा घृणा की तरंगों से आन्दोलित हो उठी। उसे यह अनुमान भी न था कि वह किसी से घृणा भी कर सकता है। वह चौंक पड़ा, किन्तु विद्रोह करने का साहस नहीं कर सका।

“अरे बाबूजी, मुझे क्षमा करो। क्षमा करो, क्षमा करो, कृपा करके क्षमा कर दो।” मुन्नू ने भूमि पर लोटते हुए विनय की।

“हाँ, हाँ, ठहर! तुझे कैसा क्षमा करता हूँ!” बाबूजी पसीने में हाँफते-काँपते उस पर बार-बार प्रहार करते जा रहे थे।

मुन्नू पीड़ा के मारे कराहने लगा, “बाबूजी क्षमा करो, क्षमा कर दो। बस, अब क्षमा कर दो।” वह चीख़ने लगा।

“कुत्ते का जना!” बाबूजी ने फिर लकड़ी उठाई। उनकी आँखें क्रूरता से पथरा-सी गई थीं।

“अब जाने दो इस कृतघ्न को। अपनी इस तरह की करनी पर आप मिट जाएगा।” बीबीजी ने कहा।

“क्षमा करो, क्षमा कर दो। बस, क्षमा कर दो।” मुन्नू की आवाज़ घुटते हुए अन्धकार में दब गई।

कुत्ते को मारो तो वह कोने में दुबकता है, आदमी को मारो तो वह भाग खड़ा होता है।

झुटपुटे के समय, जब घर के सब लोग रसोईघर में चले गए और मुन्नू को इसी तरह अपमानित करके छोड़ गए, तब वह बाबूजी के घर से निकल खड़ा हुआ। पहाड़ी पर से दौड़ता हुआ, कीकर के वृक्षों के बीच से होता हुआ, बड़े-बड़े मकानों के पास से,

जिनकी सजावट से उनमें निवास करनेवालों की विभवशालिता प्रकट होती थी, गुज़रता हुआ, बैंक के पास से होकर वह सदर बाज़ार में पहुँच गया, जहाँ ख़ूब भीड़ भाड़ थी। बिजली की बत्तियों तथा लैम्पों और चिरागों के प्रकाश से बाज़ार की दूकानें जगमगा रही थीं और सारा दृश्य एक ऐसा समूह मालूम होता था, जिसमें विभिन्न आकृतियाँ बिखरी पड़ी थीं। लैम्पों की रोशनी से उसकी आँसुओं से भरी हुई आँखें दुखने-सी लगीं। परन्तु भीड़ में जो लोग इधर-उधर घूम रहे थे, उनकी आँखों में जो चमक थी, वह उसके लिए और भी कष्टप्रद थी। मुन्नू उनसे आँख न मिला सका। इसलिए उसने उनके शरीरों पर अधिक ध्यान देना शुरू किया। वे ज़ोर-ज़ोर से बातें करते थे, कभी-कभी हाथ हिलाते, तो कभी ज़ोर से सिर हिलाकर तरह-तरह के इशारे करते।

मुन्नू का जी चाह रहा था कि निस्तब्धता हो, अन्धकार हो, वह उसमें खो जाए। उसका जी चाहता था कि इस मानव-समुदाय के कोलाहल से, इस जन-समुदाय से, जो लाल पगड़ियों, काली और सफ़ेद टोपियों, सरसराते हुए रेशम और मलमल के कुरतों से अपने-आप को सुसज्जित किए था, दूर कहीं चला जाए और अन्धकार की एक ऐसी गुफा में खो जाए, जहाँ आज की मार का अपमान उसे कभी याद न आवे, कोई उसे पहचान भी न सके। छोटी-छोटी छलाँगें, और लम्बे-लम्बे डग भरता हुआ वह गली से गुज़रा और फिर सचमुच भागने लगा। पसीना उसकी एँड़ी से चोटी तक बह रहा था।

अन्त में मुन्नू एक बड़ी सड़क पर जा निकला, जहाँ चारों ओर डेरे लगे थे। कहीं-कहीं टाट से छाई हुई झोपड़ियाँ और बड़े-बड़े तम्बू भी थे। कुछ बन्द दूकानें भी थीं, जो अँधेरे में खोई हुई थीं।

ज़रा ही दूर बढ़कर घोर अँधेरे में एक महराबदार दरवाज़ा था, जिसके भीतर आँगन में थोड़ी-थोड़ी दूर पर लकड़ी के ढेर लगे थे। इन ढेरों पर मुर्दे जल रहे थे। यहाँ घोर सन्नाटा छाया था। इस गम्भीर नीरवता में मन में जो भय का संचार हो रहा था, उसे दूर करके अपने-आप को दृढ़ करने के लिए मुन्नू कुछ गुनगुनाने लगा।

दो कुत्ते इधर-उधर नालियों में सूँघते फिर रहे थे। मुन्नू उछल पड़ा। रेलवे स्टेशन के अहाते से किसी इंजन की तेज़ सीटी की आवाज़ आई और उसका कलेजा बल्लियों उछलने लगा।

अब वह रेलवे गोदाम के दूसरे सिरे पर पहुँच चुका था।

गोदाम की सीमा श्मशान की दीवार से बिल्कुल मिली हुई थी। वह उसी दीवार के सहारे पागल की तरह दौड़ने लगा और लोहे की छड़ों के पार निकल गया। उसका हृदय इस आशंका से व्यग्र था कि कहीं श्मशान का कोई भूत या रेलवे का कोई चौकीदार उसका पीछा तो नहीं कर रहा है। वह पसीने में नहाया हुआ था, पर उसे इसकी चिन्ता न थी, क्योंकि वह अब स्टेशन की सीमा में था और रेल की पटरियों के जाल पर से गुज़र रहा था। ऐसा मालूम होता था कि ये भयानक काले-काले इंजन चलने लगेंगे और निमेषमात्र में मृत्यु आकर उसका गला पकड़ लेगी। साँस लेने के लिए मुन्नू ज़रा दूर रुक गया।

सिगनल की लाल और हरी रोशनियों का आकर्षण उसे खींचे लिए जा रहा था।

सहसा वह तारों में उलझ गया और हथेलियों के बल रेल की पटरियों पर औंधा

गिरा। उसे लगा कि बस अब मृत्यु आई, यद्यपि इंजन दो सौ गज़ की दूरी पर शंटिंग कर रहा था और आस-पास कहीं गाड़ियाँ भी न थीं।

दूर से शंटिंग करते हुए इंजन की सीटी की आवाज़ सुनकर वह छलाँग मारकर खड़ा हो गया और दीवानों की तरह उन डिब्बों की तरफ़ दौड़ा, जो अँधेरे में बिल्कुल खो गए थे। कहीं-कहीं से उनके चौकोर दरवाज़े खुले हुए फूटी आँखों की तरह जान पड़ते थे। वह लकड़ी की मोटी बल्लियों पर चढ़ने लगा, जो रोक के लिए लगाई गई थीं। इतने में दूर से कोई आदमी हरी और लाल रोशनी हिलाता हुआ आता दिखाई दिया। यद्यपि वह आदमी खुद अँधेरे में खोया हुआ था और बिल्कुल दिखाई न देता था, परन्तु मुन्नू घबराकर नीचे फिसल पड़ा और उसने एक गाली चुपके से दे दी। सौभाग्य से रोशनी दूर होती चली गई।

मुन्नू उठा। उसके सामने खिड़की खुली थी, जैसे कोई जम्हाई ले रहा हो। पलक मारते वह उसके अन्दर कूद गया, जैसे कोई चीता दबे पाँव, आते हुए शिकारी के डर से, अपनी माँद में छलाँग मार जाए।

कूदते ही मुन्नू किसी सख़्त चीज़ पर हाथ के बल गिरा। एक तेज़ चुभन उसकी पसलियों से उठकर सिर तक पहुँची। चोट के यन्त्रणा, भागने की थकावट और डिब्बे की घुटन से उसका दिमाग़ चकराने लगा।

वह अपना पहलू पकड़े, मुँह का पसीना अस्तीन से पोंछता हुआ फ़र्श पर लेट गया। ऐसा अकेलापन और ऐसी बेबसी उसे पहले कभी न मालूम हुई थी, जैसी इस समय इस नरक में कूदकर हो रही थी। परन्तु अभी वह इस तरह अकेला पड़ा अपनी मोटी धोती और सदरी खोल कर अपने शरीर को हवा देने का निष्फल प्रयत्न कर ही रहा था और चिपचिपा पसीना पोंछ ही रहा था कि दूर से एक भनभनाहट उसे सुनाई दी।

फिर उसे बहुत-से आदमियों के पैरों की आहट मिली और वह धपाधप करके डिब्बे में घुस आए। बहुत-सी गठरियाँ, बक्स और दूसरे सामान धड़ाधड़ उसके चारों तरफ़ गिरने लगे। मुन्नू बचने के अभिप्राय से एक तरफ़ खिसक कर सीट के नीचे हो लिया और फ़र्श पर सर टिका कर गर्मी से छुटकारा पाने का प्रयत्न करने लगा। अब उसके चारों तरफ़ आवाज़े भी आने लगीं।

"अल्ला दाद ख़ाँ! कहाँ हो भाई?" "देवीसिंह! तुम क्या हो गए?", "बैठे गए लाला चिरंजीलालजी?"

मुन्नू के हृदय की धड़कन कुछ शान्त हो गई थी और वह कान लगाकर ध्यानपूर्वक सुनने लगा। उसके गालों पर तमाम मिट्टी भर गई थी, शरीर पसीने से लथपथ था, ऐसा मालूम होता था कि नसें सब फूल आई हैं और शरीर में सीसा भर दिया गया है।

गाड़ी चल पड़ी और अब वह और लोगों की साँसों से मिली हुई दूषित वायु में साँस ले रहा था, क्योंकि खेतों की स्वच्छ और शीतल वायु उसके पास तक पहुँच न सकती थी।

थोड़ी देर बाद उसे स्वच्छ वायु भी मिलने लगी।

उसे मालूम न था कि गाड़ी कहाँ जा रही है, परन्तु फिर भी वह प्रसन्न था कि किसी चलती हुई चीज़ पर बैठा है।

तीन

"ऊँह...ऊँह!" सेठ प्रभुदयाल कराहे और उन्होंने थर्ड क्लास के डिब्बे की सीट के नीचे से अपनी गठरी खींची। धीमी चाल से चलती हुई गाड़ी शामनगर से दौलतपुर जा रही थी।

सेठजी काँगड़ा के रहनेवाले थे। लम्बा क़द, चौड़े कन्धे, भारी-भरकम देखने में वे सेठ से अधिक सिपाही लगते थे। भरे हुए डिब्बे में उन्होंने सारी रात तख़्तों की सीट पर उल्टे-सीधे बैठकर बिता दी थी और इस समय भी अर्द्धनिद्रित अवस्था में थे। अभी गाड़ी मंज़िल से बहुत दूर थी, परन्तु उन्होंने उतरने की तैयारी करनी आरम्भ कर दी थी। सेठजी ने अपना सामान सीट के नीचे ठूँस दिया था और इस समय हाँफते-काँपते, माथे से पसीना पोंछते हुए [illegible] खींचकर निकालने का प्रयत्न कर रहे थे।

"हँ-आँ-हँ :!" उन्होंने फिर ज़ोर लगाया। देखने में तो वह बण्डल बड़ा चिकना लगता था, परन्तु ऐसा मालूम होता था कि इसमें सीसा ही भरा है।

"हो-ओ-ओ-ओ-अ-अः-आ" इस बार उन्होंने खूब ज़ोर लगाया और खींचकर देखते हैं तो मुन्नू का शरीर था! आश्चर्य और भय से वे बोखला-से गए। मुन्नू अभी तक सो रहा था। सारी रात वह [illegible] और चौड़े बक्सों, लिपटे हुए बिस्तरों और तरह-तरह के बण्डलों, यहाँ तक कि पलँगों की बँधी हुई पट्टियों, नाश्तेदानों ओर सफ़ेद चादर में बँधी हुई गठरियों के एक अम्बार में दबकर सोया था।

"राम रे राम" सेठजी ने बड़े आदर से कहा, परन्तु साथ ही उनके पीले, और छोटी-छोटी सफ़ाई से कतरी हुई मूँछोंवाले चेहरे पर एक लम्बी-सी मुस्कराहट दौड़ गई।

"सवेरे-ही-सवेरे ऐसा कौन-सा आनन्द का विषय उपस्थित हो गया।" गनपत बड़बड़ाया। वह एक नवयुवक था और कारोबार में सेठजी का हिस्सेदार था। छोटा-सा कत्थई रंग के बकरे का-सा उसका मुँह था, धँसे हुए गाल थे, सामान की बोरियों पर आड़ा लेटा हुआ निद्रा-देवी का आवाहन करने के लिए व्यर्थ प्रयत्न कर रहा था।

"लाहौल विला!" एक मुसलमान किसान ने मुन्नू को देखकर कहा, जो अब सेठ प्रभुदयाल के पाँव के पास गठरी बना पड़ा था।, "यह कौन है, भई शैतान की औलाद?"

"वाह गुरु! वाह गुरु!" एक सिक्ख किसान ने रुक-रुककर कहा,, "वाह गुरु की करनी न्यारी है।"

"ज़िन्दा है कि मर गया है?" एक स्त्री ने गर्दन बढ़ाकर मालूम करना चाहा। वह

अपनी गोद के बच्चे के मुँह में स्तन का अग्र भाग ठूँसते-ठूँसते डिब्बे की फ़र्श पर झुकी जा रही थी।

डिब्बे के दूसरे मुसाफ़िरों ने प्रातः काल का प्रकाश देखकर अपनी आँखें खोलनी शुरू कीं और यह विचित्र दृश्य देखकर सब पूछने लगे, "यह कौन है, कहाँ से आया?"

मुन्नू डर के मारे सहम गया। भय से उसके मुँह से बात न निकलती थी।

जब प्रभुदयाल ने खींचकर उसे निकाला था, तब वह एक भयानक स्वप्न देख रहा था। मानो हाथी-जैसे दो बड़े-बड़े देव उसके शरीर को कुचल रहे हैं। दो सींगों वाले डरावने भूत उसे कमाचियों से मार रहे हैं।

"भगवान् की करनी भी अनोखी है" प्रभुदयाल आप-ही-आप बड़बड़ाने लगे, "चलो, यह भी अच्छा शकुन रहा। यह पहाड़ी-सा मालूम होता है।"

"अब तो तुम्हें प्रसन्न होना चाहिए। एक पला-पलाया बेटा मिल गया।" गनपत ने छेड़ते हुए कहा, "अब उन जड़ी-बूटियों को भूल जाओ जो तुम अपनी स्त्री के लिए या शायद अपने लिए ख़रीदनेवाले थे।" और उसने फिर ज़रा गम्भीरता से कहा, "क्योंकि भाई, मुझे तो सन्देह है कि तुम्हारी स्त्री बन्ध्या नहीं है, बल्कि तुम स्वयं ही नपुंसक हो।"

"क्यों बे, तेरा क्या नाम है? कहाँ का रहनेवाला है? किसका बेटा है?" प्रभुदयाल ने पहाड़ी भाषा में पूछा। अभी तक वे पहाड़ी भाषा भूले न थे, यद्यपि बचपन ही से अपना गाँव छोड़कर दौलतपुर में आ बसे थे। यहाँ उन्होंने सड़कों पर कुली का काम करना शुरू किया था और अब उन्नति करते-करते एक अचार और इत्र की फ़ैक्ट्री के मालिक बन गए थे।

"बिलासपुर में लोग मुझे मुन्नू कहते थे, शामनगर में मनूड़े।" मुन्नू ने एकदम कहना शुरू कर दिया। ऐसा मालूम होता था कि पहाड़ी भाषा सुनकर उसकी झिझक बिल्कुल दूर हो गई थी और उसकी ज़बान खुल गई थी।, "मेरा बाप मर गया और मेरी माँ भी मर गई। मेरा चाचा दयाराम शामनगर के बैंक में चपरासी है। उसने वहीं के एक बाबू के यहाँ मुझे नौकर रखा दिया था। कल बाबूजी ने मुझे बहुत मारा, तो मैं भाग निकला।"

इतना कहने के बाद भय और आत्म-ग्लानि की मिली-जुली भावना से मुन्नू का चेहरा सिकुड़ गया और वह फूट-फूट कर रोने लगा। परन्तु फिर तुरन्त ही उसे अपने रोने पर लज्जा आ गई और अपने दाहिने हाथ की मुट्ठी से उसने अपनी आँखे छिपाकर मलना शुरू कर दिया।

"अरे, यह तो बग़ैर टिकट है।" एक नवयुवक हिन्दू विद्यार्थी बोला। वह शुद्ध अँगरेज़ी ढंग से बोलकर इन अपढ़ किसानों पर रोब भी जमाना चाहता था और अपने अर्द्ध-विदेशी कपड़ों, एक घिसी हुई बुंदकीदार टाई, मख़मली वेस्ट-कोट, ख़ाकी नेकर, और बड़े-से भारी-भरकम साफ़े की शान भी जमाना चाहता था।

"भाई, अच्छा हो, अगर हम इसे अपने साथ ले चलें।" प्रभु ने अपने साथी से कहा।

"हमें मालूम नहीं कि यह है कौन" गनपत बोला, "चोर है, उचक्का है, कोन है! किन्तु हमें तुलसी महाराज और बोंगे को काम में सहायता देने के लिए एक लड़का अवश्य चाहिए, जो इधर-उधर चिट्ठी-पत्री ले जाए और ऊपर का काम करे। यह तो केवल

भोजन-वस्त्र से ही सन्तुष्ट हो जाएगा। तनख़्वाह देने की आवश्यकता न पड़ेगी।''

''क्यों मुन्नू, हमारे साथ चलेगा?'' प्रभु ने अपने साथी के प्रस्ताव पर कुछ ध्यान नहीं दिया और मुन्नू के काले बालों पर, हाथ फेरने लगा, जो उसके गेहुँआँ रंग के चेहरे पर चारों ओर लम्बे-लम्बे बढ़ आए थे।, ''हमारे साथ रहेगा? मैं हमीरपुर का रहनेवाला हूँ, जो बिलासपुर के पास ही है। हम तुझे बहुत अच्छी तरह रखेंगे।''

मुन्नू ने स्वीकार करते हुए मस्तक हिला दिया, पर वह कुछ बोला नहीं, क्योंकि उसके मन में तरह-तरह की शंकाएँ उठ रही थीं। जब से वह भागा था, उसने यह तो सोचा ही न था कि अब आगे क्या करेगा, क्योंकि उसके हृदय में तो बस यही डर समाया हुआ था कि कहीं वह पकड़ा न जाए। कहीं फिर वापस न ले जाया जाए।

सेठ प्रभुदयाल ने मुन्नू की पीठ ठोंकी और कहने लगे, ''बस, बस, मुन्नू! चल, रो मत। कैसा बहादुर लड़का है! आँसू पोंछ डाल। हम तेरी देख-भाल करेंगे। देख, दौलतपुर आया ही चाहता है।'' यह कहकर उन्होंने अपनी बाँईं टाँग ज़रा खींचकर मुन्नू के लिए सीट पर जगह कर दी और उसे खींचकर उस जगह पर ठूँस दिया।

सेठ प्रभुदयाल के हृदय में मुन्नू के प्रति बहुत ही स्नेह का भाव उदित हो रहा था। उन्हें एकाएक उससे कुछ आत्मीयता का-सा अनुभव होने लगा, जैसा कदाचित् उन्हें अपने पुत्र से होता—उस पुत्र से जिसका कभी जन्म ही न हुआ था। उन्होंने अपने-आपको ढाढ़स देना शुरू किया कि कौन जाने, कदाचित् इस अनजान लड़के को ही वे अपना लड़का समझ बैठें। वे सोचने लगे कि इस लड़के के माता-पिता कैसे रहे होंगे। सम्भवतः वे निर्धन रहे होंगे। परन्तु पहाड़ी लोग तो सभी निर्धन होते हैं। सेठ प्रभुदयाल को अपने माता-पिता का स्मरण हो आया, जिनकी मृत्यु हमीरपुर में उनकी अनुपस्थिति में हो गई थी, क्योंकि वे तो दौलतपुर में थे। कुलीगिरी की कमाई में तो इतना भी नहीं मिलता था कि सब के लिए दोनों समय पेट-भर रूखी रोटियाँ ही प्राप्त हो सकें। उनके मन में एक हूक-सी उठी कि काश आज उनके माता-पिता जीवित होते और अचार और इत्र के कारख़ाने की आय से उन्हें भी सुख मिल सकता। एक ठण्डी साँस भरकर उन्होंने इस असम्भव बात का विचार त्याग दिया, ''यह लड़का तो कमाता भी न था, जब इसके माता-पिता इस लोक से विदा हो गए। यह बेचारा उतना अपराधी नहीं, जितना मैं हूँ।'' उन्होंने अपने मन में सोचा। परन्तु यह लड़का स्वयं उनसे कितना मिलता-जुलता था। कौन जाने यह भी अपने माता-पिता के विषय में ऐसा ही सोचता हो। गनपत के समान धनवानों के लड़कों की और बात है। उसका पिता दलाल था और यद्यपि गनपत ने जुआ खेलकर, शराब पीकर और रंडीबाज़ी करके अपने कुल में कालिमा लगा दी थी, फिर भी उसे रुपए मिलते रहते थे। प्रभुदयाल मन-ही-मन सोचने लगे कि आश्चर्य है कि गनपत-जैसा लड़का, जिसे सब कुछ प्राप्त था, अपना समय नष्ट करता रहा और मैं, जो सदा पढ़ने-लिखने के लिए तड़पा करता था, कभी ऐसी सुविधा ही न पा सका कि शिक्षा प्राप्त करता। और यह लड़का मालूम नहीं, पढ़ना-लिखना जानता है या नहीं।

''क्यों मुन्नू'' उन्होंने मुड़कर नरमी से पूछा, ''तुम स्कूल जाते थे?''

''हाँ, जब मेरा चाचा मुझे अपनी जीविका स्वयं उपार्जित करने के लिए शहर लाया, तब मैं पाँचवें दर्जे में था।''

"वाह भई, वाह! यह तो आपका सब हिसाब-किताब कर दिया करेगा।" गनपत ने ऊँघते-से चौंककर कहा।

"हाँ, हम इसे अपना मुंशी बनाएँगे" प्रभु ने प्रस्ताव स्वीकार करते हुए कहा।"

"इस लौंडे को अभी से सिर न चढ़ाओ" गनपत ने एक विषभरी मुस्कराहट से कहा, "बेटा...ज़मीन पर पाँव भी न रखेगा। कभी बेटा बनाते हो, कभी मुंशी के रुतबे पर पहुँचाते हो। तुम्हें यह भी मालूम नहीं, यह है कौन? कोई चोर होगा, घर से भागा-भागा फिरता है।"

प्रभुदयाल अपने साथी की बात पर एक खिसियानी-सी मुस्कराहट अपनी सूरत पर लाकर रह गए। परन्तु उनका हृदय उनको विवश कर रहा था कि वे मुन्नू से पिता की तरह कोमलता का व्यवहार करें।

अब गाड़ी दौलतपुर के पास पहुँच गई थी। मुन्नू खिड़की से बाहर झाँक रहा था। चौड़े-चौड़े पत्तोंवाले केलों के बीच में एक सुनहरा-सा मन्दिर सहसा उसकी नज़र से गुज़रा। वह खिड़की की तरफ़ झुक गया और उसे नंगे-नंगे लोग दिखाई देने लगे। कुछ कुँओं से पानी खींच रहे थे, कुछ सिर पर पानी डाल-डाल कर नहा रहे थे, कुछ एक-दूसरे के शरीर में तेल की मालिश कर रहे थे और कुछ पास ही अखाड़े में कुश्ती लड़ रहे थे। मुन्नू अभी पूरी तरह देख भी न पाया था कि यह दृश्य गुज़र गया। अब वह दूसरे दृश्य के लिए प्रतीक्षा कर रहा था। एक चार मीनारवाली मस्जिद थी, जिसमें एक आदमी, जो मुन्नू के ख़्याल में मुल्ला था, हरे रंग की पगड़ी बाँधे और सफ़दे लम्बा-सा कुर्ता पहने चिल्ला-चिल्लाकर अज़ान दे रहा था। फिर उसकी दृष्टि बहुत-से सपाट छतोंवाले मकानों और दूकानों पर पड़ी, जो रेल की गुमटी के पास थीं। गुमटी के पास ही नीली वर्दी पहने हुए एक आदमी खड़े-खड़े हरी झण्डी दिखा रहा था। बाज़ार में बहुत-से लोग तेज़ी से पैर बढ़ाते हुए ख़रीदारी कर रहे थे। फिर मुन्नू की दृष्टि मोटरों, बसों और लारियों के साथ चलने लगी, जो रेल की पटरी के बराबरवाली सड़क पर धूल के बादल उड़ाती, दौड़ती चली जा रही थीं। एक बड़ी-सी फ़ैक्ट्री की चिमनी में से धुआँ निकल रहा था और उसके पीछेवाली दीवार पर बड़े-बड़े अक्षरों मे लिखा था, "सोडा वाटर का कारख़ाना।" मुन्नू की दृष्टि उस पर से होती 'बर्मा आयल कम्पनी' की बड़ी-बड़ी टंकियों से गुज़रते हुई नीले आकाश पर जा लगी। अब उसने वह दृश्य देखा, जिसके कभी देखने का तो कोई प्रश्न ही नहीं है, उसके सम्बन्ध में उसने कभी कल्पना तक न की थी। लोहे का एक विचित्र पक्षी, जिसके पंख बिल्कुल सीधे थे, भनभनाता हुआ निर्मल आकाश पर मँडरा रहा था और उसकी दुम से धुएँ की पतली-सी धार निकल कर वायुमण्डल में फैलती जा रही थी। मुन्नू की दृष्टि फिर भूमि पर उतर आई ओर दौलतपुर के मीलों तक फैले हुए घरों का निरीक्षण करने लगी और फिर उसके अपने दिल में उतर आई, जैसे वह इस रंग-बिरंगे संसार की व्यापकता को सह न सकती हो। उसके हृदय में अनेक भावनाएँ जैसे उबली पड़ती थीं।—भय और हर्ष की सम्मिश्रित भावनाएँ—कुछ उसी प्रकार की भावनाएँ—जैसी पहले पहले शामनगर को देखकर उसके हृदय और मस्तिष्क पर छा गई थीं।—अज्ञात का भय ओर इस नये संसार में जिसमें वह प्रवेश कर रहा था, सुखमय जीवन व्यतीत करने की आशा।

बाँस की ऊँची-सी गाड़ी पर चारों ओर मोटे खद्दर के पर्दे पड़े हुए थे और मुन्नू, प्रभु और गनपत के बीच में दबा, सिकुड़ा इस गाड़ी में बैठा स्टेशन से घर आ रहा था। इन सब के अतिरिक्त इस गाड़ी में चार आदमी और थे। दौलतपुर का बाज़ार वह नहीं देख सका। उसने बिल्लीमाराँ की गली में प्रवेश करते समय कुछ दूकानें अवश्य देखी थीं, जिनके सामने गाड़ी आकर खड़ी हुई थी। वह गली बहुत ही पतली थी। चारों ओर कूड़े के ढेर नालियों के पास पड़े सड़ रहे थे। चारो ओर ऊँचे तीन मंज़िले मकान थे।

मुन्नू कुछ घबराया हुआ-सा प्रभु और गनपत के पीछे-पीछे चला जा रहा था। कुछ अर्द्धनग्न स्त्रियाँ खुले चबूतरों पर बैठी सूखे पत्तों की पत्तलें और दोने बना रही थीं। देखने में ये सब स्त्रियाँ पहाड़ी लगती थीं। कदाचित् ये कुलियों की स्त्रियाँ रही होंगी, जो घर में बैठे-बैठे काम करके कुछ पैसे पैदा कर लेती थीं, जिससे उनके स्वामी को गृहस्थी का ख़र्च चलाने में कुछ सहायता मिल जाए। जब उन्होंने मुन्नू के शुभचिन्तकों का पहाड़ी भाषा में स्वागत किया, तब उसे विश्वास हो गया कि ये सब पहाड़ी ही हैं। "जय देव सेठजी! अच्छे रहे? रास्ते में कोई विशेष क्लेश तो नहीं हुआ?' और प्रभु ने हाथ जोड़कर जवाब दिया, "पाँलागन।"

अब ये लोग एक बड़े-से मकान के मुख्य द्वार में प्रवेश कर रहे थे। अन्दर बड़ा-सा आँगन था और चारों ओर छोटी-छोटी अँधेरी कोठरियाँ बनी हुई थीं। कोठरियों के सामने और बहुत-सी पहाड़ी स्त्रियाँ पत्तलें बनाने में व्यस्त थीं। एकदम से बहुत सी वृद्धा और युवती स्त्रियों ने प्रभु और गनपत को चारों ओर से घेर लिया और बड़े प्रेम से उनका स्वागत करते हुए पूछने लगीं कि वे पहाड़ से क्या-क्या लाए हैं?

और जब प्रभु ने मुस्कराकर मुन्नू की ओर इशारा कर दिया कि बस यही एक तोहफ़ा लाया हूँ, तब मुन्नू बहुत ही घबराया।

उसके बाद दस-बारह सीढ़ियाँ चढ़कर ये लोग एक बड़े से कमरे में पहुँचे, जिसके दरवाज़े आँगन की तरफ़ खुलते थे। एक दुबली-सी लज्जाशील स्त्री, जिसकी आँखों में नम्रता और प्रेम की ज्योति थी, और जो कदाचित् प्रभु की पत्नी थी, आकर मुन्नू के सामने खड़ी हो गई। वह शान्त स्वभाव की थी और उसका चेहरा पीला था, परन्तु फिर भी जिस उत्साह से वह मुन्नू की ओर बढ़ी और बिना यह मालूम किए कि वह है कौन, उसे गले से लगा लिया और उसके सिर पर हाथ फेरने लगी, उससे मुन्नू की घबराहट दूर हो गई और उसने फ़ौरन उस सहानुभूति का अनुभव किया, जिसका अनुभव मनुष्य एक क्षण में कर लेता है और जिस पर वह आगामी प्रेममय व्यवहार की नींव रखता है।

"पाँय लागौं, भाभी!" गनपत ने परिहासपूर्ण स्वर में कहा!

"जीते रहो" पार्वती ने जवाब दिया और फिर गनपत को छेड़ते हुए बोली, "तुम अपने लिए कोई सुन्दर पहाड़िन दुलहिन नहीं लाए?"

"नहीं तो" गनपत ने पहले की ही तरह परिहासपूर्ण स्वर में कहा, "परन्तु मैं आपके लिए एक पला-पलाया बेटा लाया हूँ।"

"हाँ, हाँ" पार्वती ने मुन्नू को गले लगाकर कहा। बात समाप्त हो गई और फिर वह अपने पति से बोली, "मैं झटपट भोजन बनाए लेती हूँ, तुम जाकर नहा लो, जिससे शीघ्र ही भोजन करके सो रहो तो यात्रा की थकान मिट जाए।"

"अच्छा" प्रभु ने कहा। उनका हृदय प्रेम-से पूर्ण हो उठा, किन्तु भारत की वास्तविक पद्धति के अनुसार उस भाव को उन्होंने प्रकट नहीं किया। फिर उन्होंने कोने में बिछी हुई बाध की चारपाई घसीटी, उस पर अपना सामान फेंका और मुन्नू से बैठने को कहा।

मुन्नू सोच रहा था, यह ऊँचा-सा कमरा तपते हुए आँगन की अपेक्षा कितना ठण्डा है। उसने अपने मुँह पर से पसीना पोंछ डाला और सोचने लगा कि कारख़ाना मालूम नहीं कहाँ होगा।

इतने में उसकी मालिकिन ने उसे एक गिलास शर्बत का पकड़ाया और मुन्नू के विचारों का क्रम टूट गया।

फिर प्रभु ने उसे एक कोने में नहाने के लिए एक चौकी बता दी।

उसके बाद भोजन हुआ। भोजन में मीठे और सादे, दो तरह के चावल थे। दाल, तरकारी, इमली का अचार, सब पहाड़ी खाने, जिन्हें प्राप्त करने की इच्छा मुन्नू को बाबूजी के यहाँ सदा ही हुआ करती थी। कुछ शहरी भोजन भी थे—पूड़ी-कचौड़ी, दही, कड़ा-प्रसाद आदि। मुन्नू ने ऐसा स्वादिष्ट भोजन अन्तिम बार अपने माता-पिता के श्राद्ध के दिन किया था। यह श्राद्ध उसकी चाची ने उसके शहर आने से तीन महीने पहले किया था, तब से मुन्नू ने ऐसा स्वादिष्ट भोजन चखा भी न था।

उसका पेट भर गया था, शरीर में नहाने के कारण ठण्डक आ गई थी। चारपाई पर लेटने भर की देर थी कि उसे नींद आ गई।

जब वह सोकर उठा, तब दोपहरी बीत चुकी थी। उस समय प्रभु बैठे-बैठे हुक्का पी रहा था। उसने मुन्नू से कहा, "फ़ैक्ट्री देखेगा? वह रहा उसका दरवाज़ा, किसी से कहना, तुझे अन्दर उतार देगा।"

मुन्नू कमरे के दूसरी तरफ़ के कोने में, एक छोटी-सी खिड़की के पास गया और नीचे देखने लगा, परन्तु उसे उसे कुछ हिचक-सी मालूम पड़ने लगी। फ़ैक्ट्री के अँधेरे तहख़ाने में, जिसमें सूर्य की किरणों और वायु के प्रवेश करने का कोई मार्ग नहीं था, उतरते हुए उसे घबराहट मालूम पड़ने लगी। शहर के ठीक बीचो-बीच, ऊँचे-ऊँचे मकानों से घिरी हुई, यह फ़ैक्ट्री घुटे हुए तहख़ानों में बनी हुई थी। उसमें उतरने की खिड़की एक कुएँ के बिल्कुल किनारे पर लगी हुई थी। मुन्नू डर रहा था कि कुएँ में अब गिरा, तब गिरा। परन्तु अपने स्वभाव के अनुसार वह भोलेपन और उत्साह से खड़ा देखता रहा। यह जगह उसे बुरी तो अवश्य लगी थी, पर फिर उसे अपने सौभाग्य का ध्यान आया कि प्रभु ने रेल में उसे अपना लिया था। फिर यहाँ आने पर उसकी ख़ातिर भी तो कितनी की गई थी।

लोहे की पनारीदार मोटी चद्दर की धुएँ से काली हो गई छतों के नीचे उसे दो गुफाओं के अन्धकारमय द्वार दिखाई पड़े, जो आँगन में खुलते थे। एक ओर तीन बड़े-बड़े चूल्हे बने हुए थे, जिन पर बड़ी-बड़ी देगें चढ़ी खदबदा रही थीं और उनमें से खूब भाप निकल रही थी। दूसरी तरफ़ ईंधन के बोरों की कतारों के बीच में एक लम्बा-सा तख़्त बिछा था, जिस पर एक लोहे की तिजोरी रखी थी, कुछ मटमैले खाते रखे थे, एक लकड़ी का क़लमदान और काली रोशनाई की एक बोतल रखी थी। चूल्हों के पास दीवार से लगी कुछ टंकियाँ रखी थीं, कुछ टंकियों में ताँबे की देगचियाँ इत्यादि भरी थीं और कुछ में

अदरक, गरम मसाले, भीगा हुआ लहसुन वग़ैरह रखा था। एक पतला-सा कोई गज़ भर चौड़ा गलियारा बाहर की ओर गली में खुलता था। फ़ैक्ट्री इस गली के बिल्कुल छोर पर थी।

जिस आदमी ने मुन्नू को कुएँ के ऊपर की खिड़की के रास्ते से फ़ैक्ट्री में उतारा, उसके शरीर से एक विशेष प्रकार की गन्ध-सी निकल रही थी, जिसके कारण मुन्नू को मतली आने लगी। भारी-भरकम शरीर पर कहीं कोई उभार नहीं, जैसे कोई सपाट, विशालकाय स्तम्भ हो। गठा हुआ जानवरों का-सा चेहरा और प्रत्येक अंग बस माँस का एक लोथड़ा, बड़े-बड़े पसीजे हुए हाथ-पाँव, जिन पर गड्ढे पड़े हुए थे, नसें फूली हुई थीं। उसके कत्थई चेहरे पर भी बड़े अजीब-से सफ़ेद दाग़ पड़े हुए थे।

मुन्नू ने सोचा, यह ज़रूर कोढ़ के दाग़ होंगे और यही नहीं, बल्कि उसका सारा अस्तित्व, जो हाथ के बुने हुए मोटे कपड़े की सदरी और धोती में लिपटा हुआ था, कुछ अजीब खोया-खोया-सा था। उसकी लँगोटी तो और भी उसके मूर्ख और बुद्धिहीन होने का प्रमाण दे रही थी। उसने मुन्नू को ज़मीन पर लटकाया, मुन्नू एकदम अलग हट गया और फिर मुस्कराकर उसकी सूरत देखने लगा।

फिर उसने गनपत की आवाज़ सुनी—'ऐ महाराज! चलो अपना काम करो।''

मुन्नू ने सोचा कि यह इशारा है कि खिसक जाओ।

वह कुछ घबराकर उन अँधेरी कोठरियों की तरफ़ चला।

पर इन कोठरियों के बिल्कुल सामने, चूल्हों की ओर मुँह किए हुए एक छोटा-सा, मोटा-सा, पीली मिट्टी की रंगतवाला लड़का खड़ा था। उसने मुन्नू को कुछ ऐसी सन्देहभरी दृष्टि से देखा कि मुन्नू की घबराहट और भी बढ़ गई। इतना ही नहीं, उस लड़के ने तो मुन्नू को धक्का देना शुरू किया और बड़ा-सा मुँह बनाकर विचित्र ढंग के शब्द निकालने लगा। मुन्नू परेशान हो गया।

''बोंगा तुमसे बैठने को कह रहा है'' गनपत ने आवाज़ दी। वह तख़्त पर बैठे-बैठे हुक्का पी रहा था। उसने कहा, ''वह गूँगा और बहरा है न!''

जब मुन्नू के हृदय में यह विश्वास उत्पन्न किया गया कि उसका भय अकारण है और उसकी व्याकुलता दूर हो गई, तब वह चूल्हों के पास से होकर कोठरियों की तरफ जाने लगा। एक गोरा-सा लड़का मलमल की क़मीज़ और धोती पहने बाबुओं और साहब लोगों की तरह माँग निकाले एक बड़ी-सी देग से कोई गर्म-गर्म भाप निकलता हुआ द्रव एक नाँद में उँडेल रहा था। एकदम से क्रोध में आकर वह मुन्नू पर टूट पड़ा, ''देख बे, देख! बच गधे!'' मुन्नू उसके पास से गुज़रा भी न था कि बहुत सी बूढ़ी, खूसट, झुर्रियोंदार चेहरों वाली बूढ़ियाँ, जो कोठरियों में बैठी सेब छील रही थीं, एकदम चीख़ने लगीं, ''हाय, हाय! अरे जल गया रे! अरे मर गया! अरे जल गया!''

''बैठ बे सुअर! क्यों मटकता फिर रहा है?'' गनपत ने चीख़कर कहा, ''तुलसी अभी अर्क़ तैयार कर रहा है। फिर केवड़े का अर्क़ ले कर वह सब ग्राहकों के यहाँ पहुँचाएगा और तुझे भी ले जाकर सब दुकानें दिखला देगा। फिर कल से तू वहाँ बोतलें पहुँचाया करना। तब तक चुपचाप बैठ। इधर-उधर घूमकर दूसरों के काम में विघ्न न डालता फिर। चुपचाप बैठना सीख, नाचता न फिर। यदि हम लोग तुझे यहाँ न ले आए होते, तो तू

हवालात में बन्द पड़ा रहता या शहर में कहीं भूखा मारा-मारा फिरता होता। तू यहाँ इधर-उधर मटककर दूसरों के काम में हर्ज करने के लिए नहीं लाया गया है।"

फिर उसने मुन्नू को एक चौकी की तरफ़ इशारा किया, जिस पर धूल की एक मोटी-सी तह जमी थी। वहाँ बहुधा जूते ही रखे जाते थे, पर नौकरों के बैठने के लिए वह उपयुक्त समझी जाती थी।

मुन्नू ने चारों ओर देखा। मोटी-मोटी दीवारों में से, जो मुद्दतों की नमी से घिस गई थीं, इधर-उधर ईंटें निकली हुई थीं, केवल वे स्थान बचे थे, जहाँ गोबर लिपटा था, गर्द जमी थी, मिट्टी लगाई गई थी, जहाँ मकड़ियों ने लम्बे-लम्बे महीन जाले बुन दिए थे, जहाँ काला चिकना जाला लटक रहा था और कालिख जम गई थी और जहाँ चमगादड़ इस प्रकार लटके हुए थे, मानो किसी खोह या गुफा में हों।

उसकी दृष्टि इधर-उधर घूमती-घामती गनपत की आँखों से जा मिली। इसलिए उसने मोटी-मोटी लकड़ियों के ढेर को देखना शुरू किया, जिसमें जगह-जगह मकड़ी के जाले लगे थे और पनारीदार चद्दर की छाजन देखने लगा, जो उस सारे स्थान पर एक भारी बोझ की तरह छाई हुई थी। ऐसा लगता था कि न तो कभी हवा उस जगह से होकर गुज़रती है और न कभी सूर्य की किरणें ही वहाँ प्रवेश कर पाती हैं। छोटे-छोटे छिद्रों और दरारों से होकर अवश्य वे कछुओं की तरह रेंगती-रेंगती आ सकती थीं।

वह अभी इस बात पर विचार ही कर रहा था कि तुलसी ने नाँद में जो गरम पानी डाला था, उसमें से भाप के बादल उठने लगे और उसकी आँखों के आगे अँधेरा-सा छा गया। इस अवस्था में उसने अपने-आपको जो ध्यान से देखा, तो उसे ऐसा लगा कि देगों, टंकियों, अँधेरी कोठरियों, और मोटी खुरदरी दीवारों की उस पातालपुरी में उसका अस्तित्व बिल्कुल संक्षिप्त और नगण्य होकर रह गया है।

मुन्नू ने अपनी आँखें मलकर उनको आराम पहुँचाने का प्रयत्न किया। उसे ऐसा लगा कि आँगन में जो और तीन नौकर काम कर रहे हैं, वे मानो उससे पूछ रहे हैं, "तुम कौन हो? कहाँ से यहाँ आ गए?"

उसे ऐसा लगा, जैसे वह बिना बुलाए वहाँ पहुँच गया है और इस विचारमात्र से झुंझला उठा—देगचियों की गरम-गरम भाप, उसके साथ कोठरियों से आती हुई एक अजीब तरह की बासी, बिसायँध और नम हवा, पसीने की खट्टी-खट्टी बू और उस पर भिनभिनाती हुई मक्खियाँ!

मुन्नू के पर न हुए कि वह वहाँ से उड़ जाता।

परन्तु उसी समय सेठ प्रभुदयाल आ गए और उनके आगमन के साथ ही वातावरण में नरमी और मिठास और फैल गई।

"ओ मून्नू! कहाँ है?" प्रभुदयाल ने मुन्नू को ढूँढने के लिए फ़ैक्ट्री के अँधेरे में अपनी आँखों पर ज़ोर देना शुरू किया।

"वहाँ है।" गनपत ने गुफा से उँगली का इशारा किया, "यह जानवर मरते-मरते बचा। तुलसी देगचियों में से नाँद में गर्म पानी उँडेल रहा था और यह चूल्हों के पास जाकर खुसर-पुसर करने लगा।"

मुन्नू उठा और प्रभुदयाल के पास आकर खड़ा हो गया।

"चल, तुझे दूकानें दिखा लाऊँ।" मालिक ने मुस्कराकर कहा, "सब ग्राहकों की दूकाने देख लेना। फिर तुझे वहाँ सामान पहुँचाना होगा। थोड़ी सैर भी कर लेना और मन्दिर को भी चले चलेंगे।"

"हाँ-हाँ, ले जाओ इसको और ख़ूब ख़राब करो। ख़ूब सिर पर चढ़ाओ, जैसे तुमने सब नौकरों को किया है।" गनपत ने जलकर कहा।

प्रभु मुस्कराया। मटमैले रंग का एक खाता उठाकर वह बाहर निकल पड़ा।

मुन्नू भी बड़े चाव से उसके पीछे हो लिया।

वैसे तो पहाड़ की तराई में बसा हुआ शामनगर नामक छोटा-सा नगर भी मुन्नू-जैसे बिलासपुर के पहाड़ी लड़के की कल्पना से कहीं बढ़ा-चढ़ा था, परन्तु दौलतपुर तो उससे भी बड़ी भूल-भुलैया और कुछ ऐसी भिन्न-भिन्न वस्तुओं का मेल-जोल निकला कि मुन्नू के तो पाँव लड़खड़ाने लगे। सब से अधिक तो उसे यह चिन्ता थी कि अपने-आपको सम्भालकर प्रभु से चिपका रहे, जिससे कहीं खो न जावे।

प्रभु के पीछे-पीछे वह बिल्लीमाराँ की गली से निकलकर मिश्री बाज़ार में घुसा और फिर वह बाज़ार झटकियाँ में मुड़ गया, फिर बाज़ार बिसनियाँ में और फिर मुहल्ला चाबुक सवारान में। उसे बिल्कुल याद न रहा कि कहाँ बाएँ मुड़े थे और कहाँ दाहिने। वह चकित रह गया। उसे तो इस बात का विश्वास था कि यदि वह अकेला हो, तो न आगे जा सकता है, न पीछे।

इसलिए एक आँख अपने मालिक पर और दूसरी, जो उत्सुकतापूर्ण थी, दूकानों पर रखे हुए मुन्नू पतली-पतली, टेढ़ी-मेढ़ी गलियों से होता हुआ साँवली, पीले रंग की, गेहुँआ रंग की सूरतों, चमकती आँखों और सफ़ेद दाँतों के पास से होता चला जा रहा था। सब लोग इस तरह एक जैसे थे कि सिर्फ़ अपने कपड़ों के रंग-ढंग से ही पहचाने जा सकते थे।

"आओ सेठ प्रभुदयाल! वापस आ गए?" किसी ने आवाज़ दी। प्रभु रुक गया।

मुन्नू भी रुक गया और चारों ओर की दूकानों को ध्यान से देखने लगा। कहीं जार और शीशियाँ रखी थीं, जिनमें सैकड़ों क़िस्म की मिठाइयाँ रखी थीं। कहीं लोहे की हर साइज़ के ताले रखे थे, भिन्न-भिन्न रंगों और डिज़ाइनों के कपड़े, चमड़े का सामान, जैसे पेटियाँ, ज़ीनें ओर घोड़े के साज़ की दूसरी चीज़े। सब दूकानों पर आगे सायबान थे और तख़्तों की चौकियों पर, जिनके पाए खरादकर बनाए गए थे, सब से निचले हिस्से पर दूकानदार बैठा था। वह बेचता भी जाता और रुपए भी गिनता जाता था। एक दो मिनट बौखलाने के बाद मुन्नू ने देखा कि प्रभु कोई पाँच गज़ आगे एक दूकान से लगा खड़ा है। दूकान में तेल, अर्क़, इत्र इत्यादि की बोतलें रखी हुई थीं। देखने से ही यह किसी हकीम की दूकान मालूम होती थी, क्योंकि बहुत-से पीली सूरतवाले पुरुष और स्त्रियाँ चमकते हुए आभूषण और रंग-बिरंगे रेशमी वस्त्र पहने आस-पास मँडरा रहे थे।

"यह नया लड़का है और अब यह आपके पास अर्क़ की शीशियाँ पहुँचाया करेगा।" प्रभु ने मुन्नू को खींचकर एक मटके-जैसी तोंदवाले लालाजी के सामने कर दिया, जो बहुत

आराम से, परन्तु सावधान, एक चिकना मैला मसनद लगाए, तख़्त पर बैठे थे।

"अच्छा।" लालाजी ने सहमति दी।

प्रभु ने अत्यन्त विनीत भाव से हाथ जोड़े, फिर नमस्कार किया और अपनी राह ली।

मुन्नू कुत्ते की तरह अपने मालिक के पीछे-पीछे चला जा रहा था और विभिन्न दूकानों के साइन बोर्ड पढ़ता जा रहा था। हर दूकान पर कम-से-कम दो, नहीं तो किसी-किसी पर तीन-चार साइन बोर्ड भी लगे हुए थे। भगवान् जाने क्या बात थी, या उस गली में डाक्टर-ही-डाक्टर भरे थे कि मुन्नू ने कम-से-कम पन्द्रह डाक्टरों के नाम पढ़े, जो उनकी डिग्रियों के दुमछल्लों-समेत हिन्दुस्तानी और अँगरेज़ी, दोनों लिपियों में लिखे थे। एक दूकान दूसरी दूकान से भिन्न थी, उसकें अन्दर कुर्सियाँ और मेज़ें आदि लगी थीं और उस दूकान पर लिखा था, "डाक्टर हीरालाल सोनी, एम.बी.बी.एस. (पंजाब), एल.आर. सी.पी.एम.आर.सी.एस. (इंग्लैण्ड), डी.टी.एम. (लिवरपूल), डी.ओ.एम.एस. (ब्रिस्टल)। मुन्नू ज़ोर-ज़ोर से यह नाम और अक्षर पढ़ता जाता था और सोचता था कि इसका अर्थ क्या है?

एक दूकान की ओर मुन्नू का ध्यान विशेष रूप से आकर्षित हुआ। उसमें बहुत-से रंगीन चमकदार रोशनी के कुमकुमे एक बिजली के तार से टँगे जगमग-जगमग कर रहे थे। न कहीं मोमबत्ती थी, न तेल था। मुन्नू को बड़ा आश्चर्य हुआ, परन्तु शामनगर में उसने यह सीखा था कि जो चीज़ समझ में न आवे, बस समझ लेना चाहिए कि वह अँगरेज़ी है। इसीलिए उसने रुककर पूछा नहीं, बल्कि आँखें फाड़े सोचता हुआ आगे बढ़ गया। आगे बहुत-से ऊँचे मकानों की एक लम्बी क़तार थी। नीचे दूकानें थीं और उनके ऊपर दूसरी मंज़िल को बड़े-बड़े खम्भों पर बनाया गया था। उन खम्भों पर रंग-बिरंगी फूल-पत्तियाँ बनी हुई थीं, जैसी मुन्नू ने अपनी इतिहास की पुस्तक में शाहजहाँ के दीवाने-ख़ास की तसवीर में देखी थी। उनसे आगे बढ़कर मुन्नू की दृष्टि एक और दूकान पर पड़ी, जिसमें कुछ दरज़ी बैठे कपड़े सी रहे थे। इनमें से एक सिंगर मशीन पर बैठा सी रहा था। फिर एक और दूकान पर, जहाँ सोनार बैठा छोटे-छोटे चमकीले पत्थर जड़ रहा था, फिर एक नानबाई की दूकान पर और अन्त में उसकी दृष्टि फलों की एक दूकान पर पड़ी, जहाँ रखे हुए संतरे, खरबूजे, केले, आम वग़ैरह अपनी सुगन्धि और रंग से मन को लुभा रहे थे। सारे शरीर में विभूति लगाए एक जटा-धारी साधु कमर में एक ज़ंजीर बाँधे मुन्नू के पास से होकर निकला। ज़ंजीर में दो चिथड़े लटक रहे थे, जो कठिनाई से उसका आगा-पीछा ढक सकते थे और वह बड़े मज़े में अपनी मोटे दानों वाली माला हिलाता, चिमटा बजाता चला जा रहा था। भीड़ बढ़ती जा रही थी। शलवारें पहने मुसलमानों, धोतियाँ पहने हिन्दुओं और पतलूनवाले बाबुओं का एक रेला था कि उमड़ता ही चला आता था। प्रभु ने मुन्नू की उँगली पकड़ ली और एक बैलगाड़ी के पहिए के पास से कतराकर निकला, जो एक फिटन से टकरा गई थी, और एक पतली-सी गली में घुस गया। यहाँ बहुत-से छोटे-छोटे मन्दिर थे, जिसमें से देवताओं की मूर्तियाँ झाँकती हुई दृष्टिगोचर हो रही थीं। किसी वृद्ध सिक्ख की समाधि के पास से होकर उसने भगवान् विष्णु के कमल-मन्दिर के प्राँगण में प्रवेश किया। सामने ही एक पवित्र तालाब था। प्रभु ने चमेली और बेले

के फूलों का एक हार खरीदा। उसी समय सीढ़ियों के नीचे वाले आँगन से बाजा बजने की आवाज़ आने लगी। सब लोग जल्दी-जल्दी तालाब के आस-पास एकत्र हो गए। एक विशाल जन-समुदाय साथ मिलकर प्रार्थना करने लगा। मुन्नू ने इससे पहले कभी इतने आदमियों के साथ सूर्यदेव की स्तुति न की थी, जो अब रात-भर के लिए विदा होते समय अपनी अन्तिम किरणें बिखेर कर तालाब के पानी में अग्नि की ज्वाला का-सा रंग पैदा कर रहे थे।

अन्त में स्तुति समाप्त करके लोग चलने लगे। सन्ध्या के अन्धकार में मन्दिर में जलती हुई बत्तियाँ जगमगा रही थीं। प्रभु ने फूलों की वह माला मन्दिर में एक मूर्ति को पहना दी, जो हीरे-जवाहरात के आभूषणों और रेशम और ज़रदोज़ी के वस्त्रों से सुसज्जित होने के कारण बहुत-सी भव्य मालूम पड़ रही थी। मुन्नू आँखें फाड़े, मुँह बाए गूँगों की तरह बजती हुई घण्टियों की टन्-टन् और 'हरिः ॐ हरिः ॐ' के बोल सुन रहा था। वह दबका हुआ अपने मालिक के पीछे-पीछे एक सायबान में घुसा, जहाँ कहीं-कहीं फूलों की क्यारियाँ और छायादार वृक्षों के कुंज भी थे। यहाँ बहुत-से नंगे-धड़ंग, दुबले, सूखे साधू बैठे थे। उनके पास सुगन्धित लकड़ियाँ और जड़ी-बूटियाँ जल रही थीं और भक्तजन फल-आदि उनको भेंट चढ़ा रहे थे। इनके अतिरिक्त कुछ ऐसे साधू भी थे जिनकी दाढ़ी-मूँछ सफ़ाचट थी, गेरुए रंग के कपड़े पहने, चढ़ी हुई आँखें लिए भगवान् के ध्यान में लीन थे। परन्तु जीवन भर में मुन्नू कभी भगवान् को न पहचान सका, न समझ सका।

सेठ प्रभुदयाल के साथ लौटकर उनके घर की ओर आते समय मुन्नू आज दिन-भर की घटनाओं पर विचार कर रहा था। उसे ऐसा लग रहा था, मानों वह किसी नई दुनिया में आ गया हो। वह सोचने लगा—मालिक का घर कैसा अच्छा है! यहाँ अवश्य मुझे सुख प्राप्त होगा। इच्छानुसार खूब घूमूँ-फिरूँगा! और रही फ़ैक्ट्री, तो वह कौन ऐसी साफ़-सुथरी जगह है, जो चलने-फिरने से मैली हो जाएगी। मालूम नहीं काम क्या करना पड़ेगा। ख़ैर, जो भी करना पड़े, दिन अच्छी ही तरह बीतेंगे।

मन में यह विचार आते ही कि उसे अपने काम-काज के सिलसिले में बाज़ार भी जाना पड़ेगा, मुन्नू ने बहुत ही सुख का अनुभव किया। उसने सोचा, बाज़ार में कितनी ही विचित्र—नई-नई चीज़ें—एक-से-एक बढ़िया चीज़ें, देखने को मिलेंगी। शामनगर से भी अधिक उत्तम! बिल्कुल जादू का शहर है यह! आज प्रातःकाल जब मुन्नू अपनी यात्रा के अन्त के निकट पहुँचा था, तब उसे एकाएक स्मरण हो आया था कि उसकी भूगोल की पुस्तक में लिखा था कि दौलतपुर उत्तरी भारतवर्ष के सब से प्राचीन और प्रख्यात नगरों में से है। उसे स्मरण हो आया कि यह नगर महाराज दौलतसिंह ने बसाया था। ये महाराज एक क्षत्रिय राजा थे और उनका शासन इस नगर पर उस समय था, जब श्रीरामचन्द्रजी अवध के राजा थे। इतिहास के अनुसार इस नगर में बहुत-से युद्ध हुए थे और सोमनाथ के मन्दिर की अपार सम्पत्ति लूटनेवाले मूर्तिनाशक महमूद गज़नवी ने भी इस नगर पर आक्रमण किया था। मुन्नू सोचने लगा—क्या महमूद ने इस मन्दिर से भी सोना और जवाहरात लूटे होंगे, जिसमें होकर वह अभी-अभी आ रहा है? परन्तु मुन्नू को फिर स्मरण हो आया कि मुग़ल-सम्राट् अकबर महान् ने इस नगर के समस्त पुजारियों और पण्डितों को रुपए दिए थे और अपने धर्म पर दृढ़ रहने के लिए उनका उत्साह बढ़ाया

था। इस नगर के बाहर सिक्खों ने मुग़लों को पराजित किया था और महाराजा रणजीतसिंह ने नगर के सारे अच्छे-अच्छे मकान अपने प्रिय मन्त्रियों और धनिकों को बाँट दिए थे। परन्तु अँगरेज़ों ने सिपाही-विद्रोह से पहले इस नगर पर फिर अधिकार कर लिया था।

मुन्नू के समक्ष हिन्दुस्तान के बादशाहों की वे समस्त शानदार तसवीरें फिरने लगीं, जो उसकी इतिहास की पुस्तक में थीं। गले में मोतियों के हार थे, पगड़ियों पर कलगी लगी हुई थी, वस्त्रों पर रत्न जड़े हुए थे और वह सोचने लगा कि कौन जाने यह शहर जब बसा होगा, तब मेरे गाँव का नाम-निशान भी न रहा होगा। नगर के बड़े-बड़े मन्दिरों, शानदार मस्जिदों और नई-पुरानी दुकानों के जमघट से उसे घबराहट हो रही थी। इससे तो नगर के बाहर ही अच्छा था, जहाँ रेल का स्टेशन था और साहब लोगों के सीधे-सादे बँगले बने थे। उसे आश्चर्य हो रहा था कि अँगरेज़ी सरकार ने शहर को भूमिसात क्यों नहीं कर दिया और फिर यहाँ नए सिरे से बँगले बनाकर उनमें मेज़-कुर्सियाँ क्यों नहीं सजा दीं। लेकिन ख़ैर, यह भी उसका सौभाग्य था कि वह यहाँ तक पहुँच गया। अगर प्रभु उसे न ले आता, तो शायद अब तक वह भूखा-प्यासा खोया हुआ रेल ही में बैठा रहता। उसने दौड़कर अपने मालिक की उँगली पकड़ ली; क्योंकि इस सोच-विचार में वह पीछे रह गया था।

"उठ रे मुन्नू! ऐ मुन्नू! उठ अब।" प्रातः काल मुन्नू ने दूर से तुलसी की गूँजती हुई आवाज़ सुनी। फिर उसे ऐसा लगा कि किसी ने उसके पाँव का अँगूठा पकड़कर हिलाया और फिर धीरे से बिल्कुल पास आकर कहा, "मुन्नू, उठ! उठ जा।"

मुन्नू ने अपनी कीचड़-भरी आँखों को मिचमिचाकर खोला और नींद-भरी आवाज़ में कराहने लगा।

"अरे, उठ बैठ! जल्दी कर! नहीं तो छोटे सेठजी नाराज़ होंगे।"

मुन्नू ने जम्हाई ली। दोनों हाथ फैलाकर एक ज़ोर की अँगड़ाई ली और आँखों को हथेलियों से मलकर उसने चारों ओर देखा। बीतती हुई रात का अँधेरा अब भी उन सफ़ेद चादरें ओढ़े हुए लोगों पर छाया था, जो आस-पास के मकानों की छतों पर चारपाइयों पर पड़े सो रहे थे। परन्तु पौ फट चुकी थी। हवा में पहाड़ों की सुहावनी प्रभात-वायु का-सा रस था। अपने गाँव के चारों ओर के चट्टानों के क्षितिज का दृश्य मुन्नू की आँखों में फिरने लगा। चट्टानों के किनारे-किनारे पहाड़ों की गोद में चिड़ियों के घबराकर उड़ते हुए गोल आकाश पर दानों की तरह बिखरे हुए थे, और इस आकाश के नीचे गायों के झुण्ड! शामनगर में मुन्नू को घर की याद शायद ही कभी आई हो, क्योंकि वहाँ वह देर से उठा करता था। उसकी निद्रा भंग होते-होते सूर्य आकाश पर काफ़ी ऊँचे चढ़ आए होते थे। परन्तु उसने अपने मन को समझाया कि घर का या बाबूजी के यहाँ का ख़्याल करना व्यर्थ है। 'अब उन लोगों को मेरी क़द्र मालूम होगी'—वह सोचने लगा—'मेरा चाचा भी अवश्य अप्रसन्न होगा। मैं उसे पत्र लिखकर सूचित कर दूँगा कि मैं अच्छी तरह हूँ, पर वापस आना नहीं चाहता।'

"आओ।" तुलसी ने कहा और मुन्नू ने एक फटी हुई दरी में एक मैली-सी क़मीज़

और एक चीकट तकिया लपेटकर अपनी बग़ल में दबा लिया। यही उसका कुल बिस्तर था।

मुन्नू सोते हुए लोगों के बीच में पंजों के बल चलता हुआ तुलसी के पीछे-पीछे हो लिया।

सीढ़ियों की हवा गन्दी और बासी थी, क्योंकि दरवाज़े सारी रात बन्द थे। अँधेरे में रास्ता टटोलते-टटोलते मुन्नू के माथे पर पसीना आ गया, "आओ, मैं तुम्हें उठाकर उतार दूँ।" तुलसी ने फ़ैक्ट्री के पास खड़े-खड़े कहा।

परन्तु मुन्नू इस तरह कूद गया, जैसे वह पहले पेड़ों पर चढ़ा-उतरा करता था। तुलसी कोने की तरफ़ गया, जहाँ तख़्त बिछा था और दो हाड़-माँस के ढेरों को झकझोरा।

"ए महाराज, उठो! उठ रे बोंगा!"

मुन्नू ने देखा कि भीमकाय खम्भा-जैसा और गूँगा-बहरा, दोनों कुली नींद में एक-दूसरे से लिपटे पड़े हैं। उसने टंकियों के ऊपर से झाँककर उन्हें ध्यानपूर्वक देखा और सोचने लगा कि ये लोग रोज़ रात को यहीं सोते हैं। उसे अपने इस सौभाग्य के कारण प्रसन्नता हुई कि उसे छत पर सोने के लिए स्थान मिला था, जहाँ मालिक, मालकिन, गनपत और तुलसी सोया करते थे। उसे एक स्वतन्त्र चारपाई भी मिली थी, यद्यपि वह चारपाई छोटी ही थी। मुन्नू यह भी जानता था कि यह सब किसकी बदौलत है। रात को सोते समय उसने प्रभु और पार्वती को भोजन करते समय यह कहते सुना था कि वे उसे गोद ले लेंगे। मुन्नू को अपनी मालकिन का स्वभाव अच्छा मालूम पड़ता था। उसने मुन्नू के सिर पर हाथ फेरा था और रोटी के साथ खाने के लिए मक्खन भी अलग से दिया था। वह शायद ही कभी मुस्कराती थी और बहुत कम बोलती थी। मुन्नू पर उसका काफ़ी रोब था और वह उससे शरमाता भी था।

"चल रे मुन्नू, चूल्हे में से राख निकाल।" तुलसी ने धीरे से, किन्तु आज्ञा देते हुए कहा और वह स्वयं लोहे की टेढ़ी-सी छड़ लेकर चूल्हों को कुरेदने लगा।

मुन्नू चट से फ़र्श पर उतर आया और राख निकालने लगा। "ऊ-ई-ई" करके वह एकदम चीख़ा और तुरन्त ही पीछे को गिरा। चूल्हे की गरम राख में एक जलता हुआ अँगार उसने छू लिया था।

"अरे बेवक़ूफ़!" तुलसी ने अपनी इस भूल को दबाने का प्रयत्न किया कि उसने पहले से ही मुन्नू को सावधान क्यों नहीं कर दिया था, "ख़ैर, ख़ैर, तुझे बहुत शीघ्र इन समस्त कार्यों का अभ्यास हो जाएगा।" उसने सहानुभूतिपूर्वक कहा।

मुन्नू अपना हाथ सहलाता, उठती हुई टीसों की यन्त्रणा से मुँह सिकोड़ता पीछे को हट गया। यदि किसी कार्य को आरम्भ करते ही किसी अपने-आप पर भरोसा रखनेवाले व्यक्ति को असफलता का सामना करना पड़े, तो उसकी निराशा की कोई सीमा नहीं रहती। एक मिनट के लिए मुन्नू इसी प्रकार की घोर निराशा में खो गया।

"अरे आ भी, चल" तुलसी ने मुस्कराकर कहा, "इस सब का तो मुझे अभ्यास हो जाएगा। हाँ, ज़रा सावधानी से काम करना। कोई टीन का टुकड़ा या कोई दूसरी ही चीज़ लेकर कुरेद। देख, वह पड़ा है लोहे का एक टुकड़ा।"

गालियारे के दरवाज़े के पास कूड़े के ढेर में से मुन्नू ने टीन का एक ज़ंग लगा हुआ त्रिकोणाकार टुकड़ा उठा लिया और फिर राख के ढेर पर जुट गया। उसने धीरे-धीरे

टीन को राख में फेरना शुरू किया। तुलसी ने जो राख निकाल रखी थी, उसे वह यथासम्भव दूर ही रहा, क्योंकि न केवल उसकी दशा दूध से जलने पर छाछ को फूँक-फूँक कर पीनेवाले की-सी हो रही थी, बल्कि बुझे हुए कोयलों को टीन से कुरेदने में उसे कुछ ऐसा ही लगता था, जैसा गाँव में अपने चाचा के कीलों-जड़े जूते पहनकर रास्ते में चलते समय होता था। परन्तु सब कोयले अलग हो चुके थे और मुन्नू ने स्लेटी रंग की राख में अपना हाथ डाला, तो उसे एक कोमल और ग़र्म स्पर्श का आभास हुआ, जैसा हाथों पर सरसराता हुआ रेशम। वह काम करता रहा और ये दोनों भावनाएँ उसके दिमाग़ में खींचातानी करती रहीं।

"अच्छा, तो अभी तक तुम लोगों ने आग भी नहीं जलाई?" गनपत की आवाज़ सुनाई दी और साथ ही वह खिड़की पर आकर खड़ा हो गया। वह कमर तक नंगा था और उसकी बकरे की-सी सूरत पर चिड़चिड़ापन टपक रहा था।

"जल्दी कर मुन्नू, जल्दी कर!" तुलसी ने कहा। उसकी यह मुख्य विशेषता थी कि मालिक की आज्ञा वह तुरन्त दूसरे मज़दूरों तक पहुँचा देता था और कदाचित् इसी कौशल से उसे फ़ैक्ट्री में दारोग़ा की-सी जगह मिल गई थी।

मुन्नू ने जल्दी-जल्दी हाथ चलाकर शीघ्रतापूर्वक कार्य करना आरम्भ किया और आँख उठाकर गनपत की ओर देखा भी नहीं, क्योंकि जिस तरह वह अपने चाचा से या शामनगरवाले बाबूजी से डरता था, उसी तरह यहाँ आकर वह गनपत से भी डरने लगा था। मुन्नू मन-ही-मन कहने लगा—मेरा भी कैसा दुर्भाग्य है कि इतनी आसानी से यह नौकरी मिल गई, तो अब यह निर्दयी यहाँ मौजूद है। इसके मारे सुख से न रहने मिलेगा। ख़ैर, इतना ही बहुत है कि मालिक दयालु व्यक्ति हैं और मालकिन ने कल रोटी के साथ खाने के लिए मक्खन अलग से दिया था।"

"अब इन बुझे हुए कोयलों को यहाँ डाल भट्ठी में।" तुलसी ने मुन्नू के विचारों का प्रवाह रोक दिया। वह स्वयं कोठरी में से निकाल-निकाल कर लकड़ियाँ रख रहा था।

"महाराज और बोंगा कहाँ हैं?" गनपत ने खिड़की के पास खड़े-खड़े जम्हाई लेकर कहा, "वे लोग अभी तक नहीं उठे?"

"उठ रे महाराज, उठ बे बोंगा?" तुलसी ने आवाज़ दी। गलियारे के दरवाज़े पर खटका हुआ और तुलसी उधर जाने ही वाला था कि गनपत एकदम खिड़की से अन्दर कूदा और बोला, "मैं इनकी ख़बर लेता हूँ" और बड़बड़ाता हुआ ग़लियारे से गुजरा, "इन लोगों ने इतनी देर से काम आरम्भ कर रक्खा है और वे बेहूदे अब तक उठे ही नहीं? मालूम नहीं, मेरे न रहने पर फ़ैक्ट्री में क्या होता रहा होगा! हर कोई सुस्त दिखाई देता है। भला इन हरामियों को कभी अपने उत्तरदायित्व का भी अनुभव होगा? मैं और प्रभु तो चला गया और यार लोग मज़े में छुट्टी मनाते रहे।"

"उठो बे सुअरों, कुत्तो!" गनपत ने तख़्त पर सोए हुए मज़दूरों को ठोकर मारकर कहा।

बोंगा आँखें मलते-मलते उठ बैठा, परन्तु महाराज बेसुध पड़ा रहा। "उठ बे हाथी के बच्चे!" गनपत ने चीख़कर के सारे शरीर को अच्छी तरह झकझोर डाला।

"हाँ मालिक!" मज़दूर की आवाज़ आई। अब जाकर वह नींद से जागकर चेता था, किन्तु फिर भी अभी तक हिलो तक नहीं।

फिर कुण्डी खटखटाई।

"अच्छा, अच्छा, लाची, ठहर तो सही" गनपत ने ज़ोर से आवाज़ दी।

उसने जलाने की एक लकड़ी लेकर ज़ोर-ज़ोर से महाराज को पीटना शुरू किया और तब तक पीटता रहा, जब तक कि उसकी आँखें, जो क्रोध से लाल हो रही थीं, नौकर की थकावट और निद्रा के अभाव से लाल हो रही आँखों से नहीं मिलीं।

"चल बे सुअर!" गनपत मारते-मारते थक गया था, "सूर्य निकल आए, धूप फैल गई है, और अब भी तेरी आँखें नहीं खुल रही हैं!"

महाराज उठकर बैठ गया और उसने एक थकी हुई जम्हाई ली। ऐसा लगता था कि उसे मार से कुछ अधिक चोट नहीं आई है। हाँ, वह जम्हाइयाँ बराबर ले रहा था, यदि वे उसकी पीड़ा और कष्ट की सूचक हो सकतीं। उसने अपनी मूर्खतापूर्ण दृष्टि से चारों ओर देखा। पहले उसकी आँखें निद्रा के अभाव से लाल हो रही थीं, परन्तु अब उनमें आँसू छलक रहे थे।

"कुन्दे को जगाने के लिए भी एक कुन्दा ही चाहिए।" गनपत बोला, "यदि प्रतिदिन सवेरे उठकर काम में न लग गया, तो याद रखना, तेरी ये मोटी-मोटी हड्डियाँ तोड़ डालूँगा।"

इतने में दरवाज़े पर कुण्डी खटखटाने की आवाज़ और भी तेज़ी से आने लगी, क्योंकि इस समय वह दरवाज़े के बिल्कुल निकट था। पीटकर जगाए गए कुली की आह और कराह अलग सुनाई दे रही थी। गनपत ने झुंझलाकर लकड़ी एक कोने में फेंक दी और दरवाज़े की तरफ़ बढ़ा ही था कि मुन्नू से आँखें चार हो गईं। वह आँखों में आँसू भरे गनपत की आँख बचाकर महाराज की तरफ़ दया की दृष्टि से ताक रहा था।

"अपना काम कर बे सुअर" गनपत ने कहा, "यदि कभी किसी का पक्ष लिया, तो याद रखना, तुझ पर भी ऐसी ही पड़ेगी। तू अपना काम कर, नहीं तो इसी लकड़ी से तेरी हड्डियों पर तोड़ दूँगा।"

दरवाज़ा खटखटाने की आवाज़ फिर आई।

"ठहरो तो सही, अरे ठहरों तो खूसट बूढ़ियो" गनपत ने दरवाज़ा खोलते हुए कहा।

"यह तुम क्या कर रहे हो? सबरे-सबेरे राम-नाम के समय इन लड़कों को पीट रहे हो" लाची ने अन्दर प्रवेश करते हुए गनपत की और संकेतमय दृष्टि से ताककर कहा। वह नाटी-सी, भरे हुए शरीर की एक युवती थी। उसके छोटे-से गोल मुँह पर एक नाज़-भरी मुस्कराहट खेल रही थी और बुलाक का लाल मोती उसके भरे-भरे होठों पर दमक रहा था।

"राम-राम, सेठजी!" लाची के पीछे दो बूढ़ी स्त्रियाँ और अन्दर आईं। उनके बाल सफ़ेद थे, कमर झुकी हुई, आँखें धँसी हुई और बरसों की मेहनत झुर्रियों के रूप में आकृति पर स्पष्ट रूप से वर्तमान थी। उन्होंने अपने लहँगों को घुटनों तक उठा लिया कि वे गलियारे के पानी से भीग न जाएँ अपने तार-तार दुपट्टों को समेट कर चलने लगीं।

गनपत लाची को देखकर नरम पड़ गया और मुन्नू की आँख बचाकर तख़्त के नीचे से अपना हुक्का लेने चला।

"ऐ तुलसी! चिराग़ में डालने के लिए ज़रा-सा तेल और बत्ती बनाने के लिए रुई दे दे।" लाची ने कहा। ये स्त्रियाँ अँधेरी कोठरियों में दीपक के प्रकाश में कार्य किया करती थीं।

"अच्छा, अच्छा, तुम काम तो शुरू करो।" गनपत ने चूल्हे की आग से चिलम भरते हुए कहा। तुलसी ने अभी-अभी कोयलों पर थोड़ा-सा मिट्टी का तेल डालकर माचिस दिखाई थी। लपटें उठने लगी थीं, परन्तु कोयलों ने अभी तक आग नहीं पकड़ी थी। गनपत को चिलम भरने के लिए ज़रा देर तक ठहरना पड़ा।

मुन्नू को अपने समीप गनपत की उपस्थिति बहुत खलने लगी।

"जल्दी से इन दोनों चूल्हों में से राख निकाल, सुअर के बच्चे!" गनपत को अपनी चिलम भरने की जल्दी पड़ी थी।

"अरे निर्दयी! छोड़ इन लड़कों का पीछा!" लाची बोली, "और आकर सेब गिन ले तब स्त्रियों को छीलने को दूँ, नहीं तो फिर कहता फिरेगा कि मैंने चुरा लिए।"

गनपत कोठरी में घुस गया। तुलसी भी तेल की शीशी और बत्ती बनाने की रुई लिए उसके पीछे-पीछे अँधेरे में ग़ायब हो गया।

महाराज कुएँ पर पहुँच गया था और बाल्टी-पर-बाल्टी पानी मशीन की तरह खींचकर फल से भरे हुए कठौतों में उँडेल रहा था।

बोंगा नींद की सुस्ती दूर करने की कोशिश में बाक़ी दोनों चूल्हों में लकड़ियाँ जमा रहा था, जिनमें तुलसी अब तक नहीं जमा सका था।

मुन्नू मिट्टी का तेल छिड़के हुए कोयले से निकलती हुई लपटों को ध्यान से देख रहा था। उसका मस्तिष्क बिल्कुल ख़ाली था और उसके हाथ बिना किसी ख़ास इरादे के राख को उलट-पुलट रहे थे।

कुछ क्षण तक निस्तब्धता वर्तमान रही।

इतने में आँगन तथा कोठरियों की सील, सड़े हुए फलों, कच्चे अचार, कड़ुए तेल, तेज़ मसालों तथा केवड़े और गुलाब के अर्क़ की मिली-जुली गन्ध लिए हुए हवा का एक झोंका आया और खुले हुए दरवाज़े से निकल गया। मुन्नू को कुर्ते के अन्दर सर्दी-सी लगी और राख उड़कर उसके लम्बे-लम्बे बालों में भर गई।

वह सोचने लगा, "यह जगह कैसी विचित्र है! परन्तु सम्भवतः मैं बहुत शीघ्र ही यहाँ के वातावरण के अनुकूल अपनी मनोवृत्ति बना लूँगा। ये सब लोग भी पहाड़ी हैं और मास्टर गनपत के सिवा बाबुओं की तरह बिल्कुल नहीं हैं। यह गनपत अवश्य शहर का रहने वाला है...।"

हवा के इस झोंके ने चूल्हे से निकलती हुई धुएँ की लहरों को सारी फ़ैक्ट्री में फैला दिया और उसके कारण मुन्नू की विचारधारा भी भंग हो गई।

नथुनों में धुआँ भर जाने के कारण उसका दम घुटने लगा। मुँह में धुएँ की कड़ुवाहट मालूम पड़ने लगी। फिर उसे ऐसा लगा कि धुआँ हलक़ के भी नीचे जा रहा है। उसे खाँसी आई और गले से बहुत-सा गाढ़ा बलग़म निकला। कान तो जैसे सुन्न हो गए थे, परन्तु धुएँ के इन बादलों में कहीं से उसके कानों में ज़ोर-ज़ोर से गला फाड़-फाड़कर चिल्लाने की आवाज़ आने लगी।

"अरे, कहाँ हो तुम सब-के-सब? कहाँ हो तुम, सुअर के बच्चो? अरे ओ प्रभु, बाहर तो निकल मादर...तू। ओह, खुँ खुँः" एक लम्बी-सी दमे की खाँसी के धचकों में वह आवाज़ डूब गई, बल्कि यों कहना चाहिए कि खाँसी में परिणत हो गई। क्योंकि जब

चीख़ने की आवाज़ नहीं आती थी, तब खाँसी ही से उसका क्रोध और उत्तेजना का भाव व्यक्त होता था। ये धचके थे कि बराबर आते ही जाते थे, जैसे खोखले क़हक़हे!

मुन्नू कान लगाकर ध्यान से सुनने लगा। अब से एक-एक शब्द सुनाई देने लगा। यह आवाज़ पहले वाली आवाज़ से भिन्न थी, क्योंकि यह किसी वृद्धा की-सी लगती थी।

"नमकहराम! नमकहराम कहीं के! निगोड़े गन्दे पहाड़ी! गन्दे म्लेच्छ नीच! उफ़ यह धुआँ! यह धुआँ! यह इनका धुआँ बन्द दरवाज़ों और खिड़कियों से भी तो अन्दर चला आता है! हाय, हाय! ये मर जाएँ! इन्हीं चूल्हों में इनका मुँह झुलस जाए! हमारे घर का सत्यानाश कर दिया! अभी सफ़ेदी करवाए साल-भर भी नहीं हुआ, सारी दीवारें एकदम काली हो गईं। हाय, हाय! कहाँ हो तुम सब-के-सब?"

मुन्नू सोचने लगा कि वह कोई स्वप्न तो नहीं देख रहा है। कहीं उन शामनगरवाली बीबीजी की आवाज़ तो नहीं है, यद्यपि यह उतनी कठोर नहीं थी और कुछ बुझी हुई थी। उसने सिर उठाकर धुएँ के कारण फैले हुए अन्धकार में किसी प्रकार तुलसी की तरफ़ देखा और पूछने ही जा रहा था कि वह कौन है, कि तुलसी ने धीरे से कहा, "श!"

तुलसी का चेहरा पीला पड़ गया था और वह जल्दी-जल्दी आग दहकाने के लिए पंखा झल रहा था।

मुन्नू को तुलसी के चेहरे पर भय और संकट के चिह्न दिखाई दिए और वह अपनी दरोग़ाई भूल गया। पंखा एक किनारे फेंककर वह चूल्हे के मुँह के सामने झुक गया और लगातार फूँकें मारने लगा। चूल्हें में तो आग के नाम ख़ाक भी न जली, धुएँ के और भी काले-काले बादल ऊपर उठ-उठकर टीन की छत से टकराने अवश्य लगे।

"कहाँ हो तुम लोग! ऐ प्रभु और गनपत! कहाँ हो! चलो इधर।" राय बहादुर सर टोडरमल, बी.ए.एल.एल.बी., वकील, मेम्बर शहर म्युनिसिपल कमेटी, चीख़ रहे थे। काली अलपाके की अचकन और सफ़ेद चूड़ीदार पाजामा पहने, सिर पर बड़ा-सा साफ़ा बाँधे और काला-सा लम्बोतरा चेहरा लिए अपने घर के बाहरवाले बरामदे में पक्की ईंटों की फ़र्श पर ज़ोर-ज़ोर से छड़ी पटक-पटक कर चीख़ते जा रहे थे।

"हाँ, हाँ, कहाँ हैं ये सब-के-सब? कहाँ हैं ये सब! नमकहराम!" लेडी टोडरमल भी खद्दर की एक महीन साड़ी पहने अपने सूखे काले-से शरीर को छिपाती हुई बाहर आईं।

"आते क्यों नहीं हो? बाहर क्यों नहीं निकलते हो सुअर के बच्चो!" सर टोडरमल का लम्बे-चौड़े डील-डौलवाला घमण्डी बेटा रामनाथ तड़प उठा, "रायबहादुर साहब तुमसे बात करना चाहते हैं! इसका कुछ बन्दोबस्त करो, वरना तुमको यहाँ से निकलना पड़ेगा!"

सारी फ़ैक्ट्री पर निस्तब्धता छा गई। ऐसा लगता था कि ज़रा-सा बहाना मिला नहीं कि तूफ़ान आया ही चाहता है। इस संकटमय वातावरण में धुएँ की कुण्डली-की-कुण्डली बल खाती हुई निकलती चली जा रही थी।

"जाओ, जाओ" गनपत ने गलियारे में आकर कहा, "तुम अपने घर के रायबहादुर होओगे। हमें छेड़नेवाले तुम कौन हो?"

"वाह, ख़ूब कहा तुमने! हम कोई नहीं हैं! ज़रा गली में तो निकल कर आ, हरामज़ादे! मैं तुझे बताता हूँ कि मैं कौन हूँ!"

"अरे इन कमीनों के मुँह न लग बेटा!" लेडी टोडरमल बोलीं, "चलो यहाँ से। भला कहाँ हम शरीफ़ और कहाँ ये नीच पहाड़ी! इनसे उलझना हमारे लिए शोभाजनक नहीं है।"

वे तो इसी जगह बात ख़त्म कर देतीं, विशेषकर इस कारण से और भी कि सर टोडरमल अपने पुत्र के साथ धूप फैलने से पहले ही शहर के बग़ीचों की सैर के लिए ताँगे से निकल जानेवाले थे, मगर गनपत दौड़कर दरवाज़े पर आ गया और उसने रामनाथ को ज़ोर से गली में ढकेल दिया।

"अरे यह सीनाज़ोरी तो ज़रा देखो!" रायबहादुर ज़ोर-ज़ोर से अपनी मोटी-सी छड़ी फ़र्श पर पटकने और चीख़ने लगे, क्योंकि उनका लड़का उन पर ही आकर गिरा और वे गिरते-गिरते बचे।

"अरे यह गुस्ताख़ी! इस गनपत को देखो!" लेडी टोडरमल अपनी बारीक आवाज़ में चीख़ीं।

परन्तु इतने ही में उनका बेटा गनपत पर झपट पड़ा और उसे घूँसे मारना शुरू कर दिया। कालेज में उसने घूँसेबाज़ी सीखी थी और इस समय वह घूँसेबाज़ी के उन्हीं नियमों के अनुसार घूँसे-पर-घूँसे जमाता चला जा रहा था।

मुन्नू, तुलसी और बोंगा दौड़कर दरवाज़े पर पहुँचे। डर के मारे उन सब के होश गुम हो गए थे। गनपत नीचे नाली में गिर पड़ा था, फिर उठकर वह प्रतिद्वन्द्वी की कमर पकड़ने के लिए निष्फल प्रयत्न कर रहा था। किन्तु इस बार भी रामनाथ के कई घूँसे उसके मुँह पर लगे, और उसकी नाक से ख़ून गिरने लगा।

"अरे, छोड़ दो। छोड़ दो उसे।" सर टोडरमल परेशानी से काँपते हुए अपने दरवाज़े की सुरक्षित सीमा में खड़े-खड़े चिल्ला रहे थे।

"बदमाश कहीं का! बेलगाम जानवर, शराबी, नीच, कमीना!" लेडी टोडरमल हाथ फैला-फैलाकर अपना तूफ़ान जारी किए हुए थीं, मानो वे अपने हाथों से अभिशाप की वर्षा कर रही थीं।

गली में तथा गली के बाहर भी आस-पास के घरों की खिड़कियों के पास बहुत-सी स्त्रियाँ एकत्र हो गईं और डर-डरकर एक-दूसरी से कानाफूसी करने लगीं।

एकाएक गलियारे में से मुन्नू, तुलसी और बोंगा के पीछे से प्रभु निकला, ठीक लड़ाई के बीच में कूदकर उसने फ़ौरन गनपत की कमर पकड़ ली। उसने उसे अपने पीछे कर लिया और स्वयं रामनाथ के सामने आकर कहने लगा, "बाबूजी, आप मुझे मारिए, आपका जो जी चाहे कीजिए, पर इसे छोड़ दीजिए। यह मूरख है, नासमझ है।"

"छोड़ो बेटा, छोड़ों इन कमबख़्तों को।" लेडी टोडरमल ने चिल्लाकर कहा, "ख़ाक डालो इनके मुँह पर! हमारा जीना दूभर कर दिया है। आसमान पर दिमाग़ चढ़ गया है इन कमीनों का!"

"तुम्हें इस तरह नहीं लड़ाई मोल लेनी चाहिए, गनपत" प्रभु ने अपने साथी को फ़ैक्ट्री के अन्दर लाकर कहा, "मालिक-मकान जाने और वे जानें। हमें इन बातों से क्या मतलब! व्यर्थ ही तो तुमने मार खाई। वाह भाई!"

गनपत कडुआ मुँह बनाए हुए लौट आया। उसने सब लड़कों को धक्के मार-मारकर

रास्ता साफ़ किया। रामनाथ से इस तरह पराजित होने के बाद वह सारा क्रोध बेचारे मज़दूरों पर उतार रहा था।

"शान्ति, शान्ति!" प्रभु ने अपनी स्वाभाविक विनम्रता प्रकट करते हुए कहा, "क्रोध से इस तरह अधीर होना अच्छा नहीं है।"

मुन्नू दो कण्डालों के बीच कीचड़ में गिर पड़ा था। तुलसी का घुटना छिल गया था और बोंगा तख़्त के पास लुढ़क गया था। सब चुपके से अपनी-अपनी जगह से उठे और अपने-अपने काम में लग गए। मुन्नू फिर राख निकालने लगा, बोंगा ने मिट्टी से बर्तन मलने शुरू कर दिए और तुलसी देगचियों में पत्तियाँ वग़ैरह भरने लगा।

महाराज, जो अन्धे की तरह बराबर पानी भरता जा रहा था, अब भी बाल्टी-पर-बाल्टी खींचता जा रहा था। उसके लिए मानो कहीं कुछ हुआ ही नहीं। उसकी पिंडलियों की नीली-नीली मोटी नसें उभर आई थीं और वे किसी मरे हुए जानवर की आँतों की तरह लगती थीं।

"ऐ महाराज! इस देगचे में पानी डाल।"

महाराज ने फल के कण्डालों के बजाए देगचे में पानी भरना शुरू किया।

"चल रे मुन्नू, ऊपर कुछ काम है।" प्रभु ने कहा।

मुन्नू ने सिर उठाकर अपने मालिक की तरफ़ देखा। प्रभु ने अपने मुँह की ओर संकेत किया, जिसका अर्थ यह था कि मुन्नू के खाने के लिए कोई स्वादिष्ट वस्तु ऊपर रखी हुई है।

यद्यपि प्रभु का यह विचार था कि गनपत और सर टोडरमल के लड़के की लड़ाई एक ऐसी बात है, जिसे वह अपने पड़ोसी के आगे हाथ जोड़कर और उनसे अनुनय-विनय करके ख़त्म् कर सकता है, किन्तु सर टोडरमल इस तरह शान्त होनेवाले व्यक्ति न थे, क्योंकि उनकी पहुँच ऊँचे तक थी।

सर टोडरमल बीस वर्ष तक, या कदाचित् इससे भी अधिक समय तक, दौलतपुर की कचहरी में एक वकील के रूप में प्रतिष्ठापूर्वक कार्य कर चुके थे और उन्होंने बहुत-से दुःखी पुरुषों और स्त्रियों की वकालत करने में अपनी वाक्पटुता का काफ़ी परिचय दिया। इसीलिए भारत-सरकार ने उन्हें दौलतपुर की कचहरी में सरकारी वकील के पद पर सुशोभित करके उनकी सेवाओं को स्वीकार कर लिया था। यद्यपि उन्हें इस पद से पेंशन लिए काफ़ी समय हो चुका था, किन्तु फिर भी सरकार के यहाँ उनका बड़ा मान था। उन्होंने युद्ध-काल में सरकार की बड़ी-बड़ी सेवाएँ की थीं। कम-से-कम बीस हज़ार रुपए तो वाइसराय के कोष में उन्होंने दिए होंगे।

युद्ध-सम्बन्धी सेवाओं के पुरस्कार-स्वरूप सर टोडरमल को के.सी.एस.आई. की उपाधि मिली थी और उन्होंने जनता की जो सेवाएँ की थीं, उनके पुरस्कार के रूप में वे दौलतपुर म्युनिसिपल-बोर्ड के सदस्य बना दिए गए थे। यही कारण थे जो दौलतपुर के लोगों को उनका सम्मान करने और उनको बड़ा आदमी समझने पर विवश करते थे। परन्तु लोगों की समझ में यह बात ज़रा भी नहीं आती थी कि 'नाइट' और 'म्युनिसिपल कमिश्नर' का अर्थ क्या है।"

पिछली बार जब राजनीतिक आन्दोलन आरम्भ हुआ था, तब राय बहादुर साहब

ने अपना परिवार और धन-सम्पत्ति लेकर दौलतपुर के क़िले में शरण ली थी और उनकी इस बात से कुछ लोगों ने उन्हें 'ग़द्दार' भी कहा था, परन्तु लोग उनसे डरते बहुत थे। यहाँ तक कि जब राय बहादुर साहब अपने घड़घड़ाते हुए ताँगे पर बैठकर निकलते थे, जिसमें एक मरियल घोड़ा जुता रहता था और उनका बेटा उसे हाँकता था, तब जिन लोगों के हृदय में उनके प्रति सम्मान का भाव नहीं था, वे भी हाथ जोड़-जोड़कर "राय साहब, राय साहब" किया करते थे। राय साहब को उनके इस दिखावे पर सन्देह तो अवश्य होता था और वह शहर से बाहर अपने तीन बँगलों में से किसी एक में रहने भी चले जाते, किन्तु कठिनाई यह थी कि उन तीनों बँगलों में अँगरेज़ किरायेदार रहते थे और उनका अच्छा ख़ासा किराया भी मिल जाता था। इसके अतिरिक्त लेडी टोडरमल बेचारी जाहिल थीं। उन्हें अँगरेज़ी ढंग की रहन-सहन का ज्ञान न था, इसलिए सिविल लाइन में अँगरेज़ों के बीच में रहने में उन्हें संकोच मालूम पड़ता था। शहर के घर में रहकर इधर-उधर गपशप करने का और गली की स्त्रियों से यदा-कदा लड़ने का जो अवसर उन्हें मिल जाया करता था, वह सिविल लाइन में भला कहाँ उपलब्ध हो पाता।

इधर कई वर्ष से सर टोडरमल और लेडी टोडरमल ने कई बार इच्छा भी की कि वे फ़ैक्ट्री के धुएँ आदि से बचने के लिए चले जाएँ, किन्तु पास-पड़ोस के लोग सर टोडरमल की सारी ग़द्दारी आदि की उपेक्षा करके उनके चरणों पर भक्ति से अपना सिर झुका देते थे और अँगरेज़ी सरकार में जो उनकी प्रतिष्ठा थी, उसका बखान करके उनसे प्रार्थना करते थे कि उन्हें अपनी छत्रछाया से वंचित न करें। इसलिए सर टोडरमल ने निश्चय कर लिया था कि जैसे इतने दिन अपने भाई-बन्धुओं में निर्वाह करते आये, उसी तरह जीवन-पर्यन्त उन्हीं के साथ रहेंगे।

यह बात सच है कि सर टोडरमल ने अपने इस पुराने मकान को अधिक आरामदेह बनाने के लिए मकान-मालिक यानी दत्त ब्रदर्स से कहा था कि वे फ़ैक्ट्रीवालों को निकाल दें। परन्तु दत्त ब्रदर्स भला उन बेकार पड़ी हुई कोठरियों से जो किराया वसूल हो रहा था, उसे कब छोड़नेवाले थे! इसके बाद सर टोडरमल ने स्वयं फ़ैक्ट्रीवालों को ही दबाना चाहा और इस प्रकार यह झगड़ा उठ खड़ा हुआ। यह बात न सर टोडरमल को सूझी, और न किसी दूसरे को कि एक चिमनी उन कोठरियों पर बनवा दी जाए, जिससे कि सारा धुआँ निकल जाय। अन्त में उन्होंने स्थानीय स्वास्थ्य-विभाग के अधिकारी, डाक्टर एडवर्ड मार्जोरीनेक को, जो म्युनिसिपैलिटी में उनके समान पद के थे और उनके मित्र भी थे, एक पत्र लिखकर शिकायत की। उन्होंने लिखा—

सेवा में—

डाक्टर एडवर्ड मार्जोरीनेक स्क्वायर, एम.ए., डी.पी.एच.
एल.आर.सी.पी.एम.आर.सी.एस. और एफ.
(आक्सन)

प्रेषक—

राय बहादुर सर टोडरमल, बी.ए., एल.एल.बी.,
के.सी.एस.आई.; एडवोकेट, हाई कोर्ट आफ पंजाब;
रिटायर्ड पब्लिक प्राजीक्यूटर, दौलतपुर

माननीय महाशय,

सन्देश और सम्वाद तथा पत्र-व्यवहार द्वारा एक मनुष्य दूसरे तक अपनी हार्दिक शुभेच्छा और आदर का सन्देश पहुँचाता है और मैं यह स्वीकार करता हूँ कि इस विषय में जो त्रुटि मुझसे हुई है, वह ऐसी है, जिसका निवारण किसी क्षमा-याचना से नहीं हो सकता। अतएव आज मैं इस पत्र के द्वारा आपकी सेवा में उपस्थित होते हुए अत्यन्त लज्जित हूँ। तो भी मैं अत्यन्त विनीत भाव से आपको यह सूचित करना चाहता हूँ कि आपका शुभ नाम म्युनिसिपैलिटी के भीतर और बाहर भी एक कृपालु और दयामय व्यक्ति के रूप में मेरे मस्तिष्क में एक अमर चिह्न की भाँति अंकित है।

अतएव, दास आपसे प्रार्थना करता है कि आप कूचए-बिल्लीमाराँ में पधारकर मेरे घर के पास जो अचार का कारख़ाना है और उससे निकल कर जो धुआँ सारी गली में फैलता है, उसका निरीक्षण करें।

यदि आप कष्ट करके यहाँ पधारेंगे, तो इसे मैं अपनी मान-वृद्धि समझूँगा, क्योंकि अभी इसी माह की 24 तारीख़ को मेरे लड़के ने, जब कारखानेवालों से धुआँ न करने को कहा, तब गनपत नामक एक व्यक्ति ने उस पर आक्रमण किया और यद्यपि मेरे वीर पुत्र रामनाथ ने उसकी नाक चिपटी कर दी, परन्तु स्वयं उसको भी चोट आई। उसके शरीर पर चोट के नील वर्ण के चिह्न पड़ गए हैं, शरीर अकड़ गया है और उसकी उँगलियाँ टूट गई हैं।

मैंने सरकार की जो सेवा की है, वह आपको भली-भाँति विदित है। मैंने बीस हज़ार रुपए वाइसराय के वार-फ़ंड में दिए हैं, जिसके पुरस्कारस्वरूप मुझे नाइट की उपाधि प्रदान की गई है। मुझे आशा है कि जो सेवा मैंने सरकार की की है, उसको ध्यान में रखते हुए आप यहाँ पधारेंगे और मुझे इस धुएँ के संकट से मुक्त करावेंगे, क्योंकि यह धुआँ बराबर मेरे और मेरे घरवालों के लिए एक परेशानी और क्लेश का कारण है।

मेरी पत्नी की ओर से मिसेज़ मार्जोरीनेक की सेवा में अभिनन्दन।

आपका आज्ञाकारी सेवक

टोडरमल

अभाग्यवश स्वास्थ्य-विभाग के उक्त अधिकारी महोदय ने इस पत्र की ओर ज़रा भी ध्यान नहीं दिया।

जब डाक्टर मार्जोरीनेक ने न तो पत्र का कोई उत्तर दिया और न वे गली का निरीक्षण करने आए, तब सर टोडरमल को उन पर बड़ा क्रोध आया और वे म्युनिसिपल कमेटी की मीटिंग की अधीरतापूर्वक प्रतीक्षा करने लगे। यह मीटिंग सितम्बर की पहली तारीख़ को होने को थी।

उस दिन सर टोडरमल प्रातः काल ही अपने साईस के साथ टमटम पर सवार होकर निकले। उनके पास ताँगे के अतिरिक्त एक टमटम भी थी और वह केवल विशेष अवसरों पर निकाली जाती थी। पहले तो वह शहर के बग़ीचों आदि में घूमते रहे, बाद को म्युनिसिपल कमेटी की मीटिंग में भाग लेने के लिए चले, जो टाउन हाल में होने वाली थी।

उन्हें पहले ही इस बात की उत्सुकता थी कि कहीं देर न हो जाए, नियत समय से लगभग एक घण्टा पहले ही वे पहुँच गए। सितम्बर की कड़ी धूप और दिल में भरी

हुई शिकायत की आग! दोनों ने मिलकर सर टोडरमल को पसीने-पसीने कर दिया और वे क्रोध में भरे हुए टाउन हाल के बरामदे में टहलने लगे। बीच-बीच में दमे का एक-आधा धचका भी उठता जाता था।

अन्त में टाउन हाल के घण्टे ने दस बजाए, और उन्होंने कमेटी के कमरे में प्रवेश किया।

अभी तक कोई भी सदस्य नहीं आया था। टोडरमल पहले व्यक्ति थे, जो आए।

आध घण्टा तक वे अकेले बैठे रहे, किन्तु अब तक किसी और सदस्य का पता न था। फिर एक चपरासी आया और झाड़न से मेज़-कुर्सियाँ साफ़ करने लगा।

आधा घण्टे बाद बोर्ड के सेक्रेटरी, मिस्टर हेमचन्द, बी.ए. (कैन्टन) आए। वे एक नवयुवक थे, आँखों पर नाजुक-सी ऐनक लगाए थे! आते ही बड़े आदर से वे सर टोडरमल के सामने दोहरे हो गए, जैसे वे हर मेम्बर के सामने दोहरे हो जाया करते थे, क्योंकि उनकी नौकरी इन मेम्बरों की ही दया पर निर्भर थी।

"साढ़े ग्यारह बजे हैं, बाबू हेमचन्द!" सर टोडरमल ने अपनी सोने की घड़ी जेब से निकाली, जिसकी मोटी-सी चाँदी की जंजीर उनके फ्राक कोट के अन्दर की जेब में लटकी हुई थी, "और यहाँ अब तक कोई नहीं आया।"

"आप तो जानते हैं, ये लाला लोग कैसे होते हैं!" हेमचन्द ने सिगरेट की राख झाड़ते तथा पिछली मीटिंग की रिपोर्ट लिखने के लिए बैठते हुए कहा, "वक़्त की पाबन्दी तो बिल्कुल ही नहीं कर सकते, ये म्युनिसिपैल्टी क्या चलाएँगे!"

और यह बात थी भी सच। सर टोडरमल को मालूम था कि म्युनिसिपल कमेटी के अधिकतर सदस्य अक्षर-ज्ञान से शून्य बनिए हैं, जिन्हें हस्ताक्षर करना भी नहीं आता। उन लोगों को जब किसी काग़ज़ पर हस्ताक्षर करने की आवश्यकता पड़ती थी, तब वे अँगूठे का निशान लगाते थे। कमेटी में जिन विषयों पर बहस होती थी, वे उनकी समझ में बिल्कुल न आते थे। भला वे लोग क्या समझते कि दत्त ब्रदर्स, अचार के कारख़ाने वालों और हेल्थ अफ़सर के विरुद्ध सर टोडरमल की जो शिकायतें हैं, वे कैसी हैं। हेल्थ अफ़सर ने सर टोडरमल के प्रार्थना-पत्र की उपेक्षा की थी, इस कारण उनके विरोध में उन्होंने एक लम्बा-सा भाषण तैयार किया था, जिसमें कमेटी से प्रार्थना की गई थी कि उन्हें पदच्युत कर दिया जाए। परन्तु, हिन्दी के कठिन शब्द तथा सारगर्भित वाक्य भला इन पंजाबी लाला लोगों की समझ में कैसे आते?

एकाएक हेमचन्द बोले, "सर टोडरमल साहब, डाक्टर मार्जोरीनेक ने मुझे आपका वह पत्र दिखाया था, जो आपके पड़ोसवाले अचार के कारख़ाने के धुएँ के बारे में था। वैसे तो उन्हें गलियों का निरीक्षण करने का समय ज़रा कम ही मिलता है, परन्तु वे कहते थे कि आपके साथ किसी दिन जा सकते हैं। लोकल सेल्फ़ गवर्नमेन्ट रेग्यूलेशन की धारा तीन सौ सत्रह, पैराग्राफ नम्बर दस के अनुसार..."

"मिस्टर हेमचन्द!" सर टोडरमल बोले, "मैं चाहता हूँ कि आज की मीटिंग की कार्रवाई में आप हेल्थ अफ़सर के ख़िलाफ़ शिकायत..."

"राय बहादुर साहब" हेमचन्द बोले, "आप तो जानते हैं कि म्युनिसिपल कमेटी में किसी विषय पर विवाद करना, किस प्रकार असम्भव है। अधिकतर सदस्य सरकार

के पिट्ठू हैं और वे नागरिक-शास्त्र के सम्बन्ध में एक शब्द भी नहीं जानते। लाला चिरंजीलाल उठ खड़े होंगे और तीन घण्टे का एक लम्बा-चौड़ा भाषण दे डालेंगे। शेख़ इफ़्तिख़ारुद्दीन घण्टे-भर तक ज़हर उगलते रहेंगे। बाद को सरदार खड़गसिंह अपनी दाढ़ी हिलाने लगेंगे और आपके प्रस्ताव पर कभी वोट न लिया जाएगा। क्योंकि हर एक अपनी-अपनी अलग गाता रहेगा और कोई यह न चाहेगा कि किसी अँगरेज़ अफ़सर को निकाला जाए, क्योंकि यदि सरकार का अपना कोई स्वार्थ न सिद्ध होगा, तो वह फ़ौरन स्थानीय स्वराज्य-सम्बन्धी सुविधाओं का अन्त कर देगी! डाक्टर मार्जोरीनेक इस समय दफ़्तर में ही हैं। मैं अभी उनसे कहता हूँ कि वे आपके साथ जाकर उस अचार के कारख़ाने को देख लें। आप सदा सरकार के भक्त और समर्थक रहे हैं, अब इस बुढ़ापे में आकर व्यर्थ में किसी अँगरेज़ को अपना विरोधी क्यों बनाते हैं?''

''बहुत ठीक है, बहुत अच्छी बात है।'' सर टोडरमल ने उत्तर दिया। वास्तव में उन्हें भी कमेटी में एक साधारण-सी बात पर झिकझिक करने के विचार-मात्र से उलझन हो रही थी और अब इस तरह सेक्रेटरी ने समझौते के लिए एक उपाय भी बता दिया था। उन्होंने अपनी कल्पना में अपने-आपको एक अँगरेज़ की बग़ल में बैठे अपने पुराने शहर की गलियों से गुज़रते देखा और इस कल्पना से वे अत्यन्त प्रसन्न हुए। ऐसी दशा में जो सम्मान उनका बढ़ता, वह तो स्पष्ट ही था, क्योंकि यद्यपि भारतवासियों को अपने देश में उपस्थिति खटकती तो अवश्य है, परन्तु फिर भी बहुत-से हिन्दुस्तानियों के दिल में गोरे चमड़ेवाले शासकों के प्रति सम्मान का भाव होता है और वे उनके सामीप्य से बहुत प्रसन्न होते हैं। ''अच्छी बात है।'' सर टोडरमल सहमत हो गए।

मिस्टर हेमचंन्द जाकर डाक्टर मार्जोरीनेक को बुला लाए।

डाक्टर मार्जोरीनेक आए। वे नाटे, किन्तु मोटे-से आदमी थे। कोई चालीस वर्ष की अवस्था रही होगी। मस्तक के बाल सफ़ाचट थे, पतली सुनहरी मूँछों के नीचे मुस्कराहट खेल रही थी, ब्रीचेज़ और जाकेट पहने हुए थे और पोलो की टोपी उनके हाथ में थी।

''गुड मार्निंग, सर टोडरमल!'' उन्होंने हाथ मिलाया, ''मुझे खेद है कि आपके पत्र का उत्तर देने का अवकाश नहीं मिल सका। मैं जिमख़ाना की तरफ़ से क्रिकेट खेलने के लिए लाहौर चला गया था।''

''गुड मार्निंग, साहब'' टोडरमल ने जवाब दिया और इतना अधिक मस्तक झुकाया कि वह उनकी जैसी स्थिति के व्यक्ति की मर्यादा के विरुद्ध था।

''मेरी मोटर में चलिए।'' मार्जोरीनेक ने शीघ्रतापूर्वक कहा। भारतवर्ष में रहनेवाले अन्य समस्त अँगरेज़ों की भाँति वे भी टेनिस, क्रिकेट, पोलो इत्यादि खेलकर, शराब पीकर, एक नवयुवक का-सा अपना स्वास्थ्य बनाए रखते थे। पत्नी का प्रेम स्थायी रखने और स्वयं सुखी रहने का यही एकमात्र उपाय था। इसी कारण उनकी बात-बात से स्फूर्ति टपकती थी, ''मेरी बीबी अभी 'घर' से बिल्कुल नई फोर्ड लाई है। मुझे विश्वास है कि आप उसे देखकर अवश्य प्रसन्न होंगे।'' फिर वे तेज़ी से मोटर की ओर बढ़े। वास्तव में इस तेज़ी में एक रहस्य और भी था और वह यह कि वे सर टोडरमल की खुली टमटम में जाने से बचना चाहते थे। बात यह थी कि उस अवस्था में 'काले लोग' चारों ओर से उन्हें घूर-घूरकर देखते और सलाम करते। किन्तु इससे उन्हें घृणा थी।

सर टोडरमल का वह स्वप्न कि वे खुली टमटम में साहब के साथ बाज़ार में निकलें और सब लोग देखें, जहाँ-का-तहाँ हो गया। इसलिए अत्यन्त ही विनयपूर्वक उन्होंने कहा, "बहुत अच्छा साहब!" और ज़रा घबराए हुए-से आकर मोटर में बैठ ही गए। डाक्टर मार्जोरीनेक भी आकर उनकी बग़ल में ही बैठ गए।

"राय साहब की कोठी चलूँ, हुजूर?" सिक्ख ड्राइवर सूचासिंह ने पूछा।

"हाँ।" मार्जोरीनेक ने उत्तर दिया।

यद्यपि सर टोडरमल को इस बात का खेद अवश्य था कि मोटर की छत उन्हें नगरवासियों की दृष्टि से छिपाए हुए है, परन्तु जब मोटर तेज़ी से दौड़ने लगी, तब उन्हें स्प्रिंगदार गद्दों पर हचकोले खाने में बड़ा मज़ा आया।

डाक्टर मार्जोरीनेक के ध्यान में यह बात न आई कि घण्टाघर के चौक के बाद गलियाँ बहुत पतली हो जाती हैं और कूचए-बिल्लीमाराँ में सीधे मोटर न जा सकेगी।

सर टोडरमल हेल्थ अफ़सर के साथ बाज़ार मायेसेवाँ से होते हुए चले। रास्ते में वे सभी दूकानदारों की ओर संकेत करके सम्मानपूर्वक मस्तक हिलाते जाते थे। इससे उन्हें कोई मतलब न था, कि दूकानदार उन्हें इस अँगरेज़ के साथ बैठे हुए देख भी रहे हैं या अपने कार्य में संलग्न हैं।

डाक्टर मार्जोरीनेक को इससे पहले कभी गन्दे बच्चों के इतने बड़े समूह से पाला ही न पड़ा था, जो बहुत ढिठाई से एक-एक पैसे की भीख माँग रहे थे। कूचए-बिल्लीमाराँ पहुँचते-पहुँचते मार्जोरीनेक का क्रोध के मारे बुरा हाल हो गया। चारों ओर से स्त्रियाँ और पुरुष अपनी-अपनी दूकान पर खड़े-खड़े आँखें फाड़-फाड़ कर देख रहे थे। क्रोध के मारे साहब ने अपना मस्तक झुका लिया।

स्थान-स्थान पर गोबर, घास-फूस, टूटे-फूटे बर्तनों, बासी खाने और दूसरे कूड़े-करकट के ढेर लगे थे। यह सब देख-देखकर साहब को घृणा हो रही थी। सर टोडरमल से भी उनके इस भाव के दूर होने में कोई सहायता नहीं मिल रही थी।

"यह देखिए, डाक्टर साहब, म्युनिसिपैलिटी के मेहतर अपना काम बिल्कुल ठीक से नहीं करते।"

उसी समय किसी स्त्री ने गली में मुट्ठी भर कूड़ा फेंका, जो साहब के ठीक मस्तक पर गिरते-गिरते बचा।

डाक्टर मार्जोरीनेक ने ज़ोर से अपना मुँह सिकोड़ा और मुट्ठी बाँध ली।

एक दोमंजिले मकान के ऊपर भाग से, जिसमें परनाला नहीं था, बीचो-बीच गली में किसी धर्मपरायण हिन्दू के नहाने का पानी गिर रहा था। डाक्टर मार्जोरीनेक तो बिल्कुल हाथ मलने लगे, "उफ़, यह हिन्दुस्तान!"

"वह मेरा घर है, जनाब, और यह उसी के पास कारख़ाना है।" सर टोडरमल ने सूचना दी।

"बहुत अच्छा!" मार्जोरीनेक ने जवाब दिया। उनकी समझ में न आता था कि इस गन्दी गली में कब तक खड़े रहें। उनका कर्त्तव्य उन्हें आगे बढ़ने पर विवश कर रहा था। उन्हें अपने पीछे एक विचित्र-सी कानाफूसी सुनाई दे रही थी। पीछे तो जा नहीं सकते थे, इसलिए हिचकिचाते हुए वे आगे बढ़े।

"ऐ प्रभु! चल अब। निकल बाहर अब," लेडी टोडरमल साड़ी का पल्ला अपने मुँह पर डाले पुकारती हुई अपने दरवाज़े पर आ गईं। डाक्टर मार्जोरीनेक कारख़ाने के आँगन में घुसे।

"गुड नून!" मुन्नू ने स्वागत किया। वह केवल धोती पहने था। उसका शरीर नंगा था और वह तख़्त पर बैठा था। सुबह, दोपहर, तीसरे पहर और शाम के अँगरेज़ी सलाम उसने शामनगर वाले छोटे बाबू से सीखे थे और इस अवसर पर उसे अपने पूर्वसंचित ज्ञान का उपयोग करने की सूझी।

"गुड मार्निंग!" मार्जोरीनेक एकदम घबराकर बोले। उन्होंने आँगन का अच्छी तरह मुआइना किया। कीचड़-भरा गलियारा था, फलों से लदे हुए मचान थे और चूल्हों पर रखी हुई बड़ी-बड़ी देगचियाँ थीं। गर्मी असह्य थी और वे पसीने में लथपथ हो रहे थे। उन्होंने जेब से रूमाल निकाला और अपने गंजे सिर पर से पसीने की बूँदे पोंछने लगे। अलबत्ता उन्होंने इस बात का ध्यान रखा कि पसीना पोंछते समय आँखें न ढक जाएँ। पीछे से किसी के पैरों की आहट मिली, इससे उनको यह डर लग रहा था कि कहीं किसी कोने-खुदरे में से कोई 'काला आदमी' हाथ में कटार लिए हुए उन पर आक्रमण कर के उनकी हत्या न कर डाले।

पीछे से आनेवाले व्यक्ति के आक्रमण से आत्मरक्षा करने के विचार से जब वे घूमे, तब प्रभु उनके सामने खड़ा झुककर सलाम कर रहा था।

"आप इसका मालिक?" उन्होंने टूटी-फूटी हिन्दी में कहा।

"जी जनाब!" प्रभु डर के मारे काँप रहा था और उसका चेहरा हल्दी की तरह पीला पड़ गया था।

"अच्छी बात है, राय बहादुर," साहब ने सर टोडरमल से कहा, "मैं देखूँगा, इस मामले में आपकी क्या मदद कर सकता हूँ। मैं चाहता हूँ कि यहाँ इतने लोग मेरा रास्ता रोककर न खड़े रहें। क्या आप इन्हें तितर-बितर कर देंगे?"

"जाओ" सर टोडरमल ने चिल्लाकर कहा। और चारों ओर जो पुरुषों, स्त्रियों और बालक-बालिकाओं की भीड़ गली के नुक्कड़ पर हो गई थी, उसे उन्होंने अपनी बड़ी-सी छड़ी दिखाई। अब जाकर उनको साहब की परेशानी का अन्दाज़ा हुआ। उन्होंने कहा, "मैं आपको पहुँचाने चलता हूँ, साहब।"

"गुड आफ़्टर नून, साहब" मुन्नू ने अचार की फ़ैक्ट्री के किवाड़ के पीछे से झाँककर शरारत से कहा। मार्जोरीनेक इस अपरिचित आवाज़ को सुन कर चौंक पड़े। उनकी भवें तन गईं। परन्तु जब उन्होंने एक फटे हाल, काले-से लड़के को अँगरेज़ी बोलते देखा, तब उनके होठों पर मुस्कराहट आ गई।

डर के मारे बेचारे प्रभु के होश-हवास गुम हो गए थे। उसे विश्वास था कि साहब जेलख़ाने भिजवाकर ही रहेंगे। दौड़कर वह फ़ैक्ट्री के अन्दर पहुँचा और दो मटकियों में भरकर मुरब्बा और अचार निकाल ले आया। फिर उसने वे मटकियाँ मुन्नू को पकड़ाईं और उसे साथ लिए लेडी टोडरमल की सेवा में पहुँचा। वे अभी तक अपने घर के हाल में खड़ी चिल्ला रही थीं, "अब ठहर जा, आज ज़रा देखना क्या होता है! तुझे ऐसा नाच नचाऊँगी कि याद ही करेगा। आसमान पर दिमाग़ चढ़ गया है!"

प्रभु हाथ जोड़े हुए लेडी टोडरमल के पैरों पर गिर पड़ा और बोला, "माताजी, क्षमा कीजिए। हमारा अपराध क्षमा कीजिए। यह भेंट स्वीकार कीजिए। यह तुच्छ भेंट स्वीकार करके हमें कृतार्थ कीजिए और हमें क्षमा कीजिए।"

"यह बदमाश यहाँ क्या करने आया है? अब यह क्या चाहता है? मैं इसे निकलवा कर रहूँगा।" सर टोडरमल वापस आकर बोले। अब बुढ़ापे की अपनी हड्डियों में एक नवीन शक्ति आती हुई अनुभव हो रही थी, क्योंकि दुनिया ने देख लिया था कि एक अँगरेज़ से उनकी मित्रता है।

"अब इन्हें क्षमा कर दो, चलो ख़ैर हम क्षमा कर देंगे।" लेडी टोडरमल ने कहा।, "व्यर्थ में क्यों हम इन्हें जेल भिजवाने का पाप अपने सिर पर लादें। वैसे ही पाप की गठरी भारी है।"

"ये मटकियाँ राय साहब की सेवा में भेंट कर, मुन्नू!" प्रभु ने कहा।

धनवान् होते हुए भी राय साहब लोभ में आ ही गए।

प्रभु के लिए तो यह बहुत ही संकट का विषय था, क्योंकि उसे विश्वास था कि राय साहब उसे अवश्य जेल भिजवा कर रहेंगे।

परन्तु मुन्नू के लिए इस घटना का महत्त्व एक मज़ाक़ के सिवा और कुछ न था। वह बैठे-बैठे महाराज, तुलसी और बोंगे से डींग हाँक रहा था, "मैं पहले भी एक अँगरेज़ से मिल चुका हूँ और मुझे अँगरेज़ों की बोली भी आती है।"

अधिकतर मनुष्यों का स्वभाव वातावरण के प्रभाव से अनायास बदलता रहता है। मुन्नू भी पुराने ढंग के कारख़ाने के इस विचित्र, अन्धकारमय और भयावह जीवन के लिए शीघ्र ही अभ्यस्त हो गया। प्रतिदिन वह आधी रात बीत जाने पर सोता और ख़ूब तड़के नींद पूरी होने से पहले ही उठ बैठता। उठते ही वह काम-काज के लिए कारख़ाने में उतर आता—थका, पलकें नींद के बोझ से दबी, बदन तमतमाया हुआ, और सुस्त, जैसे किसी ने उसकी सारी शक्ति निचोड़ ली हो और असली मुन्नू का केवल एक ढाँचा रह गया हो।

परन्तु वह कार्य में बहुत अधिक कुशल हो चला था। मुन्नू का सब से पहला काम तो यह था कि वह बुझे हुए कोयलों और राख को अलग-अलग कर देता। बाद को वह आग जलाने में तुलसी को सहायता देता और फिर कुछ देर वे दोनों डर के मारे सहमे रहते कि कहीं उन धनी पड़ोसियों की ओर से फिर तूफ़ान न फट पड़े, क्योंकि यद्यपि प्रभु ने उनको अचार, मुरब्बे और अर्क़ वग़ैरह देकर प्रसन्न कर लिया था, किन्तु कौन जाने किस समय वे इस भेंट को भूल जाएँ।

फिर गनपत आ जाता और उनको डाँटना-फटकारना और इधर-उधर दौड़ाना शुरू कर देता। पड़ोसी के लड़के से लड़ाई होने के बाद से उसकी उद्दण्डता बहुत-कुछ कम हो गई थी। यहाँ तक कि वह प्रभु के साथ सवेरे मन्दिर में भी चला जाता था। मन्दिर के पवित्र तालाब और देवी-देवताओं की परिक्रमा करने में काफ़ी समय लगता था और दिन काफ़ी चढ़ आता था। दोपहर को भोजन करने के बाद वह आर्डर लेने के लिए बाज़ार

चला जाता और शाम को अपनी जापानी साइकिल पर बैठकर इधर-उधर घूमता था।

इस प्रकार गनपत की मनहूस छाया अधिक समय तक फ़ैक्ट्री पर न पड़ती थी, परन्तु फिर भी वहाँ काम करनेवालों को यह डर अवश्य लगा रहता कि न जाने कब वह टपक पड़े। गनपत यदि कभी किसी लड़के को ऊँघते देख लेता, तो बस उसकी शामत ही आ जाती। मुन्नू बहुधा सोचता कि इस व्यक्ति को हो क्या गया है? यह सदा इस तरह क्रोध में क्यों भरा रहता है? जब देखो, माथे पर त्यौरी, ज़बान पर गाली, मारने के लिए घूँसा बिल्कुल तना हुआ! मुन्नू को यह मालूम न था कि गनपत एक धनी पिता का पुत्र है। वह बड़े लाड़-प्यार से पाला गया है। परन्तु अपने भाग्य पर रोता है, क्योंकि उसका पिता अपनी सारी सम्पत्ति सट्टे में हार गया था। इस प्रकार उसने गनपत को पैसे-पैसे को मुहताज कर दिया और अपनी जीविका स्वयं उपार्जित करने के लिए वह विवश हो गया। यद्यपि प्रभु ने गनपत को अपना साथी बना लिया था और वह प्रभु के कारण आराम से भी रहता था, परन्तु फिर भी उसे न तो काम करने का ढंग ही आता था और न उससे परिश्रम ही होता था। इससे उसके हृदय में सदा इस बात का भय बना रहता कि कहीं दूसरे की कृपा से प्राप्त हुई इन सुविधाओं से वह वंचित न हो जाए।

गनपत को बड़ा आदमी बनने और धन संचय करने की बड़ी इच्छा थी। परन्तु असफलता के भय से उसने एक अजीब बेहयाई और ढिठाई का मार्ग अपनाया था और यही बात थी, जो उसके लिए अपना लक्ष्य प्राप्त करने में बाधक थी। उसकी लाल आँखों में जो एक घृणा की झलक थी, उसे देखकर लोग मुँह फेर लेते थे और जब वह अपने होंठ मींचकर ढिठाई से उनकी आँखों से आँखें मिलाता, तब ऐसा लगता, जैसे कोई घृणित व्यक्ति अभी किसी की हत्या कर डालने का विचार कर रहा है।

यहाँ मुन्नू बाबूजी के घर की तरह अब हँसता-बोलता भी न था। गनपत के भय से वह सदा ही व्यग्र रहा करता था। कभी-कभी सबेरे उसे इतनी शून्यता का आभास होता कि उसका दिल डूबने लगता, आत्म-विश्वास नष्ट हो जाता और चारों ओर अँधेरा-ही-अँधेरा दिखाई देता। इससे घबराकर वह इधर-उधर बौखलया फिरता। उसे ऐसा लगता, मानो सबेरे वह न तो किसी से आँखें मिला सकता है और न बातें कर सकता है, विशेष कर अपने मालिक और मालकिन से; वह भी इस भय से कि उन्होंने यदि कहीं ज़रा भी स्नेहपूर्वक कोई बात कहीं या स्नेहपूर्ण दृष्टि से देखा, तो वह फूट पड़ेगा।

निराशा के इन अन्धकारमय क्षणों में मुन्नू के लिए सन्तोष का केवल एक ही साधन था और वह था, उसके और दूसरे कुलियों के बीच सहानुभूतिपूर्ण मैत्री का भाव।

जब गनपत चला जाता, तब वे सब-के-सब राख झाड़ते समय, कुएँ से पानी खींचते सूय, अँधेरी कोठरियों में फल छीलते समय, देगचियों में अर्क़ को उबाल खाते देखते समय कोई पहाड़ी गीत गाने लगते—दर्द-भरा स्वर बोल के सीधे-सादे शब्दों से निकलता और फिर तेज़ी के साथ एक करुण लय में उभरकर एक दर्द-भरी गूँज में भटकने लगता। धीरे-धीरे लय की तान धीमी पड़ जाती और शब्द अपने दर्द-भरे गीत में लिपटे हुए धीरे-धीरे एक करुण अन्त में खो जाते। इन दर्द-भरे गीतों के सिवा वे लोग ऋतु के विषय में कभी-कभी लोक-गीत भी गाते। जीवन से भरपूर और चपलता-भरे गीत! वे लोग इस प्रकार अपने इस उदास जीवन में कुछ रंगीनों पैदा कर लेते। ऐसे अवसरों पर मुन्नू में बचपन की

चंचलता और चपलता उभर आती। उसके अंग-अंग में स्फूर्ति आ जाती। वह सब से चुहल करता, कोठरी में बैठी हुई स्त्रियों के फल चुरा-छिपा कर उन्हें छेड़ता और विशेष रूप से महाराज और बोंगा को अपने हास्य का लक्ष्य बनाया करता।

मुन्नू कभी-कभी मचान के पास तख़्त पर एक कंघी और सस्ता-सा आईना लेकर बैठ जाता और आड़ी माँग निकालकर अपने बाल सँवारने लगता, ठीक उसी तरह, जिस तरह उसने शामनगर में छोटे बाबू को देखा था। किन्तु उसके बाल भी ऐसे थे कि वे किसी प्रकार सभ्यता के इन नियमों का पालन ही न करते थे। झुँझलाकर वह तुलसी का पियर्स सोप लेकर अपने बाल धोता और तुलसी का ही सुगन्धित तेल चुराकर अपने बालों में ख़ूब चुपड़ता। फिर उसके बाल नर्म होकर चमकने लगते और आसानी से माँग निकल आती। हाँ, यह बात अवश्य थी कि गनपत के आते ही उसे अपनी माँग बात-की-बात में बिगाड़ देनी पड़ती थी, क्योंकि एक दिन उसने तुलसी को माँग निकालते देख लिया था और यह कहकर कि तू मेरी बराबरी करता है, उसकी ख़ूब मरम्मत की थी। मुन्नू का जी चाहता कि मालिक के क़लमदान के पास पेन्सिल बनाने के लिए जो ब्लेड रखा रहता है, उसे कभी वह अपने गालों और ठोड़ी पर फेरकर देखे। परन्तु अभी तक उसके गाल और ठोड़ी पर बाल थे ही कहाँ। उसका जी चाहता कि काश वह बहुत जल्दी बड़ा हो जाए और उसके दाढ़ी निकल आए, क्योंकि वह शीघ्र ही पुरुष बनकर सब पर अपने पुरुषत्व की धाक जमाना चाहता था, जिस तरह के शामनगर के छोटे बाबू थे। परन्तु मुन्नू को यह देख-देख कर बड़ी निराशा होती थी कि जब से वह गाँव से आया था, उसकी लम्बाई और मोटाई ज़रा भी न बढ़ी थी।

मुन्नू को इस बात से सन्तोष था कि काम के सिलसिले में उसका व्यायाम ख़ूब हो जाता था, फ़ैक्ट्री से अर्क़ से भरे हुए पीतल के बर्तन विभिन्न दूकानों तक ले जाने को वह एक सुखप्रद व्यायाम समझता था और इस कारण से और भी कि इस सिलसिले में फ़ैक्ट्री के अन्धकारपूर्ण वातावरण से उसे छुटकारा मिल जाता था। साथ ही बाज़ार में रंग-बिरंगे कपड़े पहने हुए लोग तथा अनोखी-अनोखी दूकानें भी देखने को मिलती थीं। परन्तु, कठिनाई यह थी कि गनपत समय का बहुत अधिक ध्यान रखता था और यदि वापस आने में विलम्ब लगता, या वह किसी कुली को धीरे-धीरे आते या बाज़ार में कहीं सैर करते देख लेता तो बस, उसकी शामत आ जाती, क्योंकि दण्ड के रूप में सप्ताह भर उसका बाहर जाना बन्द कर दिया जाता। बस फ़ैक्ट्री में रहकर पचासों बाल्टी पानी खींचना पड़ता ओर महाराज को बाहर के कामों के लिए भेजा जाता। भला लकड़ी के कुन्दे को क्या? चाहे बाहर भेज दो, चाहे कारख़ाने में रक्खो।

इस प्रकार इस अँधेरे तहख़ाने में प्रतिदिन काम होता रहता। दहकते चूल्हों की गर्मी, उबलते हुए अर्क़ की भारी बोझल गन्ध, अचार के मसाले, मुरब्बे का शीरा, मिट्टी, राख—यह सब मिल-जुल कर छाए रहते। रास्ते में मिट्टी और राख की एक चिकनी-सी तह जम जाती। उन पर से कण्डालों का पानी गिर-गिरकर बहता, जिसमें फल भीगते रहते और मज़दूरों के नंगे पैरों के तलवों पर उसकी एक मोटी-सी तह जम जाती। वे लोग इधर-उधर केवल लँगोटी बाँधे नंगे बदन दौड़ा करते और गर्म पानी, जो निरन्तर उबलता ही रहता था, एक देगचे से दूसरे में उलचते रहते, फिर ख़ाली देगचों में पानी भरते, चीथड़ों और

चिकनी मिट्टी से अर्क खींचने की नलियों को अपनी-अपनी जगह लगाते रहते, बोतलों को ठण्डा करके रखते, फिर फलों को धोते। जब सब देगचियाँ मँज चुकतीं, तब वे फल छीलने में स्त्रियों को सहायता देने लगते, कुएँ से पानी खींचकर लाते या अपने मालिकों को अचार और मुरब्बे बनाने में मदद देते रहते। सुबह तड़के से लेकर आधी रात तक वे प्रायः बराबर काम करते रहते। उनके शरीर मशीन हो गए थे। वे काम में इस तरह तल्लीन रहते कि उन्हें अपने और अपने साथियों के हाथों का हिलना-डोलना तक नहीं दिखाई देता था। केवल पसीने की धारा उनकी पीठ पर से फिसलती हुई टपकती थी और इन्हें झिंझोड़कर सचेत करती थी कि वे किसी घोर परिश्रम में व्यस्त हैं या जब वे बारी-बारी से घर जाते, मालकिन के हाथ का पकाया हुआ दाल-चावल खाते, तो उन्हें बड़ी थकावट मालूम होती, नींद से आँखें बन्द होने लगतीं और काम का वापस जाने को जी न चाहता।

जब गर्मी की ऋतु बीत गई और जाड़ा आया, तब मुन्नू का जी फ़ैक्ट्री में लगने लगा।

वे अँधेरी कोठरियाँ, जिनसे वह आने के बाद कुछ मास तक अपरिचय का-सा अनुभव करता था, अब उसके लिए उतनी भयानक न थीं। अलमारियों में जो अचार और मुरब्बों के डिब्बे चुने रहते थे, उन्हें भी वह पहचानने लगा था। वह उन दोनों चूल्हों का भी आदी हो गया था, जो पहले उसे मुँह फाड़े पोपले राक्षसों की तरह कभी आग्नेय वाण मारते और कभी ठण्डी-ठण्डी आहें भरते मालूम होते थे। और जाड़े में साँपों का भी तो डर न रह गया था, यद्यपि गर्मियों में उसने स्वयं अपनी आँख से बहुत बड़ा, मूछों वाला, साँप चूल्हे के पास वाली कोठरी में लकड़ियों के ढेर पर बैठे देखा था। एक दिन महाराज ने दो मरे साँप नीचे से निकाले थे। ऐसा मालूम होता था, मानो वे लड़ते-लड़ते मर गए हैं। और प्रभु को दो-मुँही नागिन मुरब्बे के एक टीन में मरी हुई मिली थी।

जाड़ा आ जाने पर फ़ैक्ट्री के आँगन में इतनी गर्मी और उमस भी नहीं रहती थी और वह दहकते हुए चूल्हों के सामने बैठकर शरीर पर जलती हुई आग की लपटों से सुख का अनुभव कर सकता था। आज सबेरे ही मुन्नू कितने चाव से कोयलों पर से लपकती हुई लपटों को देख रहा था। आग से तो जैसे उसे प्रेम था, क्योंकि उसकी वजह से मुन्नू के पीले शरीर में जान-सी आ गई थी और चारों तरफ़ दीवारों पर जमी हुई मटियाली ईंटों का रंग लाल हो गया था। वैसे तो फ़ैक्ट्री में टीन की छत ऐसा अन्धकार बनाए रखती थी, जैसे समस्त सृष्टि पर रात्रि एक सीसे की चादर की तरह छाई हो, किन्तु इस अन्धकार में मुन्नू को जिस नर्मी और गर्मी की आवश्यकता होती थी, वह उसे आग की इन लपटों से मिलती, जो आस-पास की दीवारों पर भयंकर भूतों की तरह नाचती रहती।

जब वसन्त ऋतु आई, तब तो मुन्नू के हर्ष की कोई सीमा ही न रही, क्योंकि वसन्त ऋतु में सबेरे-ही-सबेरे आम के टोकरे आते थे—बड़े-बड़े कच्चे आम, जैसे वह अपने गाँव के बाग़ों से तोड़ लाया करता था। सबेरे ख़ूब तड़के बोरे-के बोरे इन आमों से भर-भरकर लाए जाते थे। इन्हें कुली लाते थे, जो अवस्था में मुन्नू से बड़े हुआ करते थे। इन बोरों को बड़े-बड़े कण्डालों में ख़ाली कर दिया जाता था और लाची तथा वे बुड्ढियाँ, उन्हें अचार और मुरब्बे बनाने के लिए छीलने को जुट जाती थीं।

इन फलों को देखकर मुन्नू का हृदय उछलने लगता था और वह अधीरता से इस प्रतीक्षा में रहता, और वही क्या सभी रहते कि कब गनपत बाहर जाए और फल खाए जाएँ।

परन्तु आम खाने के लिए मुन्नू की यह अत्यधिक लोलुपता अन्त में रंग लाकर ही रही।

आम तो यदि पके हों, तो भी बहुत अधिक खाने से हानिकर सिद्ध होते हैं। एक आदमी के लिए एक बड़ा आम काफ़ी है, छोटे हुए तो पाँच-छः चूस लिए। इसके बाद उसकी गर्मी दूर करने को लस्सी या ठण्डाई का एक गिलास भी चाहिए और कच्चा आम तो छोटा-सा भी हानिकर ही होता है।

मुन्नू चुपके से जाता, कच्चे आमों में से जो सबसे घुला उसे दिखाई देता, छाँट लेता। बाएँ हाथ से उस आम को वह चूसता जाता और दाहिने हाथ से काम करता जाता। किन्तु वे आम पके हुए नहीं होते थे। अचार-मुरब्बा तो कच्चे आम का ही बनाया जाता है।

कच्चे आम के खट्टे रस से मुन्नू के दाँत खट्टे हो जाते। परन्तु बचपन का शौक़! उसने इतने कच्चे आम खाए, इतने खाए, कि आख़िर आँखे दुखने आ गईं।

गनपत के सामने मुन्नू की दुखती हुई आँखों से बढ़कर और क्या प्रमाण हो सकता था कि वह आम चुराकर खाता रहा है।

एक दिन सबेरे गनपत ने देखा कि मुन्नू ज़ोर-ज़ोर से आँखें मल रहा है। पास जाकर उसने ज़बरदस्ती उसका हाथ जो अलग किया, तो आँखें लाल हो रही थी। कस-कस कर गनपत ने चार चाँटे लगाए।

मुन्नू के चीख़ने पर प्रभु नीचे उतर कर आया।

''अरे बेवकूफ़! पहले आम को दो-चार दिन पुआल में दबा देता, जब वे पक जाते तब खाता। कच्चे क्यों खाए?'' उसने मुन्नू को चिपटाकर गनपत के ज़ोरदार घूँसों से बचाते हुए कहा।

मुन्नू सिसक-सिसककर रो रहा था।

''तुम्हीं इसे बिगाड़ते हो। तुम्हीं ने इसे चोर बनाया है'' गनपत कर्कश स्वर में कहता जा रहा था।

''चल, मैं तुझे डाक्टर के यहाँ ले चलता हूँ और वहाँ से दवा दिलाए देता हूँ। आँख में डाल लेना।'' प्रभु मुन्नू को अपने साथ ले चला।

''तुम्हीं इसे बिगाड़ते हो, प्रभु! तुम्हें व्यापार करना बिल्कुल नहीं आता।'' गनपत बड़बड़ाता रहा, ''ये सुअर के बच्चे कुछ काम-काज करते नहीं, दिन-भर यहाँ पड़े-पड़े फल खाते रहते हैं। भला जब तक इन्हें लकड़ी से ठेला न जाए, ये कोई काम करनेवाले हैं? चलो, अब पाँच-छः दिन के लिए एक कुली और कम हो गया और साल-भर में यही सब से अधिक काम का समय है। आज-कल एक मिनट का समय बेकार नहीं खो सकते, विशेषतः ऐसी स्थिति में जब कि हमें रुपया वसूल करने के लिए बाहर दूसरे शहरों में जाना पड़ेगा।''

प्रभु और मुन्नू गली में निकल आए थे।

गनपत जब दौलतपुर से चला गया, तब चारों ओर शान्ति हो गई। लोगों को चैन नसीब हुआ और उन्होंने सन्तोष की साँस ली।

कुछ दिनों तक मुन्नू आँख दुखने और बुख़ार आने के कारण पड़ा रहा। परन्तु शामनगर में जब वह शर्मा से लड़ने के बाद बीमार पड़ा था, उस समय की बीमारी में और इस बीमारी में बड़ा अंतर था। यहाँ उसे मालकिन की वात्सल्यमय सेवा-शुश्रूषा से बड़ा सुख मिलता था। वह उसके सिरहाने बैठकर उसका सिर दबाया करती, जब वह कराहता, तब बुख़ार से तपता हुआ उसका शरीर दबाती और जब उसके शरीर की थकावट पसीना बनकर धीरे-धीरे निकलती, तब उन पहाड़-जैसे क्षणों में वह उसकी माँ की तरह बातें करके उसे ढाढ़स बँधाती, "मैं तुझ पर बलि-बलि जाऊँ, तुझ पर निछावर हो जाऊँ, तेरी आई मुझे लगे, तेरा दुःख मुझे लग जाए।" इत्यादि, इत्यादि।

इन शब्दों के द्वारा जो स्नेह और ममता का भाव व्यक्त होता था, वह मुन्नू की आत्मा की गहराई में पहुँचकर उसे इतना सुख देता, जैसे सुखद समीर अनजाने ही शरीर में प्रवेश करके शान्ति प्रदान करता है। इन शब्दों ने उस पर ऐसा प्रभाव डाला, जैसा किसी निपुण गायक के मधुर संगीत का कोमल करुण श्रोतागण की अर्ध-निद्रित चेतना पर प्रभाव डालता है। ये शब्द अमर मातृत्व को पार्वती की तुच्छ भेंट थे।

मुन्नू इन शब्दों को कभी न भुला सका। जीवन भर वह इनकी स्मृति को अपने हृदय से लगाए रहा। बचपन की उन सुन्दर सुखद स्मृतियों के साथ, जिन्हें वह कभी न भूला था। ये स्मृतियाँ सबसे सुन्दर, सबसे सुखप्रद और साथ ही सबसे दुःखप्रद भी थीं।

मालकिन कभी-कभी मुन्नू के पास लेटकर उसे कलेजे से लगा लिया करती थीं। वह बुखार में तड़पा करता, उसे बेचैनी और कमज़ोरी मालूम होती और फिर वह सो जाता। अपनी मालकिन के कोमल एवं स्नेहपूर्ण शरीर के स्पर्श से उसे बड़ी शान्ति मिलती और उसके शरीर की सुगन्ध से जो ममता की धारा प्रवाहित होती, वह उसे मूर्च्छा ग्रस्त-सा कर देती। यह एक ऐसी स्मृति थी, जो सदैव उसके विचार में नई बनी रही। यह आलिंगन ममता और कोमलता में बिल्कुल उसकी माँ की स्मृतियों की तरह था, परन्तु फिर भी उससे भिन्न था। उन दोनों स्मृतियों में एक अज्ञात भेद था। एक ऐसी स्मृति जो बच्चे के भोले प्रेम के निर्विकार आनन्द से उत्पन्न होती, जो एक स्त्री के प्रेम़ से दूसरी स्त्री से प्रेम करना सीखता है, एक ऐसी स्मृति जिसकी नींव विश्वास और पालन-पोषण पर रखी जाती है और फिर वह प्रेम और इच्छाओं की पगडण्डी पर से होती हुई लालसाओं के चक्कर काटती एक ऐसे प्रेम में जाकर मिल जाती है जो प्राकृतिक है, जो हृदय की समस्त आकांक्षाओं का निवास-स्थान है, जो अपनी इच्छाओं की पूर्ति के लिए पाशविकता की सीमाओं तक पहुँच जाता है, जो नैतिकता और धर्म की बाधाओं का मज़ाक उड़ाता है।

जब वह प्रभु के एक डाक्टर मित्र की बताई हुई आयुर्वेदिक और रासायनिक औषधियों को पी चुका और मालकिन के कोमल एवं ममतापूर्ण हाथ का स्पर्श उसकी दुखती आँखों को अच्छी कर चुका, तो वह बिस्तर से उठ खड़ा हुआ और फिर फ़ैक्ट्री के नरक में कूद पड़ा।

यहाँ प्रत्येक व्यक्ति ने मुन्नू के साथ दयालुतापूर्ण व्यवहार किया और उसे कम-से-कम

लिया गया। वह बहुत निर्बल हो गया था और सदा चुपचाप विचारों में लीन रहता था।

गनपत को इस दौरे में, जितना सोचा गया था, उसे कहीं अधिक समय लगा। यद्यपि यह प्रभु के अतिरिक्त सब के लिए एक हर्ष की ही बात थी। प्रभु को रुपयों की बहुत अधिक आवश्यकता थी और गनपत वही रुपए वसूल करने के लिए गया हुआ था। अन्त में उसने कुछ रुपए सर टोडरमल से उधार ले लिए और उसके बदले में उसको एक हुण्डी लिख दी कि एक माह बाद पाँच सौ रुपए चुका दिए जाएँगे और पैंतालीस प्रतिशत के हिसाब से सूद अदा क्या जाएगा। इस रुपये के अतिरिक्त भी उसने बाजार से तीन बनियों से अलग-अलग सौ-सौ रुपए उधार लिए, क्योंकि व्यय दिन-प्रति-दिन बढ़ता जा रहा था। उसे यह विश्वास था कि कारखाने के लगभग दो हज़ार रुपए बाहर विभिन्न आढ़तियों पर बकाया हैं और जब गनपत ये रूपए लेकर लौटकर आ जाएगा, सब कुछ ठीक हो जाएगा।

इस बीच प्रभु ने कम-से-कम इतना कर लिया था कि और कुछ नहीं, तो पड़ोसियों से सुलह तो हो गई थी। यह तो उसे मालूम था कि उनकी मित्रता इस आधार पर है कि वह उन्हें सूद दे रहा है, परन्तु उसे यह ख्याल अवश्य था कि इस मैत्री में कृपा का भी अंश है इसी कृपा को और भी पुष्ट बनाने के लिए वह चाहता था कि उनके क्वार्टरों में से एक और कोठरी उसको किराए पर मिल जाए, जिससे कुछ और मज़दूर स्त्रियों को बिठाया जा सके, जो गुलकन्द बनाने के लिए गुलाब की पँखड़ियाँ मलने के लिए रखी गई थीं। स्पष्ट है कि यदि सर टोडरमल की जेब में काफ़ी पैसे जाते, तो वह इस असीम कृपा का नीचतापूर्ण प्रदर्शन करते! यहाँ तक कि लेडी टोडरमल भी कभी कृपा के भाव से पूछ लेतीं, "प्रभु, तुम आजकल बहुत दुबले हो गए हो। ऐसे पीले क्यों पड़ गए हो?" इत्यादि। वह हाथ ज़ोड़ लेता और अकारण ही क्षमा माँगने लगता, क्योंकि चाहे वे हृदय से प्रभु पर कृपा न भी करते रहे हों, किन्तु प्रभु उनके बुढ़ापे और उनकी सामाजिक स्थिति के कारण उनका सम्मान तो करता ही था। हाँ, उसका हृदय यह अवश्य चाहता था कि काश उसे उनसे काम न पड़ता और यह गनपत शीघ्र लौट आता, जिससे कि उनके रुपए वापस कर दिए जाते। परन्तु गनपत के आने में असाधारण विलम्ब हो रहा था।

अन्त में गनपत लौटकर आ गया, परन्तु आते ही उसकी बेलगाम जबान ने सबके नाक में दम कर दिया। वह कुलियों को पीटता और धमकाता, मज़दूर स्त्रियों को गालियाँ देता, प्रभु के सामने मुँह फुलाए रहता और उससे बात तक न करता।

मुन्नू वैसे भी सूरत देखते ही आदमी का मनोभाव ताड़ जाता था, परन्तु बीमारी के बाद से तो उसमें यह शक्ति और भी अधिक आ गई थी। जिस प्रकार गनपत प्रभु के साथ व्यवहार करता, लाची और दूसरे मज़दूरों को देखा करता और रुपयों की तिजोरी और हिसाब के बहीखातों को ताकता था, उसके कारण मुन्नू को बहुत पहले ही उसके सम्बन्ध में सन्देह हो गया था।

इस बार भी उसके बाहर से आते ही मुन्नू ताड़ गया कि हो-न-हो, गनपत की नियत खराब है और उसे किसी बात की चिन्ता अवश्य है। वह चिन्ता किस बात की थी, यह तो मुन्नू को मालूम नहीं था, उसने अपने हृदय में अनुभव किया कि शायद यह

अपनी करतूत पर पछता रहा हो।

उस दिन गनपत ने मुन्नू को तीन-चार बार अपनी ओर घूरते देखा। पहले तो उसने उस पर केवल एक प्रलयकारी दृष्टि डाली, दूसरी बार त्योरी चढ़ा ली, तीसरी बार मुँह फेर लिया और चौथी बार कड़ककर झपटा, "अबे क्या देख रहा है हरामी, अपना काम कर।"

इसके बाद मुन्नू ने गनपत को नहीं घूरा; किन्तु मन-ही-मन वह सोचता अवश्य रहा कि आज-कल इसका मुख-मण्डल आभाहीन और निस्तेज हो गया है। सम्भवतः दूसरे नगरों के जलवायु के प्रभाव का तो यह फल नहीं है। फिर वह गनपत के विषय में सब कुछ भूलकर अन्दर कोठरी में चला गया और गुलाब की पत्तियाँ देगचियों में भरने में प्रभु की सहायता करने लगा।

परन्तु गनपत ऐसा न था कि मुन्नू के इस तरह सन्देहपूर्ण दृष्टि से घूरने के बाद उसे यों ही छोड़ देता। वह ऐसे अवसर की प्रतीक्षा में रहा कि कब मुन्नू को पीटकर अपना जी ठण्डा करे।

वह अवसर शीघ्र ही उसे प्राप्त हो गया।

प्रभु ने मुन्नू को गुलकन्द से भरी हुई एक मटकी दी कि वह रिश्वत के तौर पर लेडी टोडरमल के यहाँ पहुँचा दे, क्योंकि कर्ज़ चुकाने की तारीख में सात दिन की देर हो गई थी। मुन्नू को सर टोडरमल के यहाँ जाने का बड़ा शौक था, क्योंकि उनका घर बढ़िया-से-बढ़िया अँगरेजी फ़र्नीचर से सजा हुआ था और चारों ओर अँगरेजी तसवीरें लगी थीं, इसलिए इस शौक में मुन्नू गुलकन्द की मटकी लिए गली की तरफ़ तेज़ी से बढ़ा। गनपत तख्त पर बैठा हुक्का पी रहा था। उसने मुन्नू को देखा और उठकर उसके पीछे-पीछे चला कि देखें, इतनी तेज़ी से यह कहाँ जा रहा है। दरवाज़े पर खड़े-खड़े गनपत ने देखा कि मुन्नू ने वह मटकी ले जाकर लेडी टोडरमल के हवाले कर दी, जो सामने ही बड़े कमरे में बैठी किसी स्त्री से गप-शप कर रही थीं। मुन्नू पर तो गनपत यों ही क्रुद्ध था, साथ ही लेडी टोडरमल से भी वह पहले से ही खार खाए बैठा था! एक तो करेला कड़ुआ, फिर नीम चढ़ा। उसने जबान से तो कुछ न कहा, किन्तु त्योरी चढ़ाकर दरवाज़े से वापस हुआ। वह यह सोच-सोच कर क्रोध के मारे अधीर होता जा रहा था कि जिसके लड़के ने उसे पीटा था और इस मकान से निकलवाने के उद्देश्य से जो हेल्थ अफ़सर को बुला लाया था, उसको उपहार भेजकर प्रभु उससे सम्बन्ध स्थापित कर रहा था। मुन्नू के आने की आहट पाकर वह मुड़ा और उसकी गर्दन पकड़कर लगा चिंघाड़ने, "किसके कहने से तू उस औरत के यहाँ गुलकन्द ले गया? बोल किसके हुक्म से?"

डर के मारे मुन्नू की घिग्घी बँध गई, "मुझसे तो बड़े सेठजी ने कहा था। उन्होंने आज्ञा दी है कि जो भी चीज़ वे माँगें, मैं उन्हें पहुँचा दिया करूँ।"

"अच्छा तो यह बात है!" गनपत ने दाँत पीसकर कहा, "और तू यहाँ और वहाँ दोनों जगह मज़े करना चाहता है? कैसी जल्दी-जल्दी दौड़कर हमारे शत्रुओं के यहाँ मुरब्बे और अर्क पहुँचाए जाते हैं!"

गनपत ने मुन्नू को एक ज़ोर का चाँटा रसीद किया।

गनपत का पहला चाँटा मुन्नू के दाहिने गाल पर लगा था। परन्तु उसे मारने के

लिए जब उसने हाथ उठाया, तो वह वार रोकने के लिए मुन्नू ने अपनी बाईं भुजा उठाई।

इस प्रकार गनपत का दूसरा चाँटा मुन्नू की उठी हुई कुहनी की नुकीली हड्डी पर जाकर पड़ा। उसके हाथ में चोट लगी। अब तो उसके क्रोध की सीमा न रही और वह मुन्नू की पसीलियों में घूँसे मारने लगा। एक, दो, तीन, यहाँ तक कि मुन्नू लड़खड़ाकर गलियारे की कीचड़ में जा गिरा और लगा गला फाड़-फाड़कर और फूट-फूटकर रोने।

गनपत का क्रोध तो वास्तव में उपहार भेजने और उपहार पाने वाले पर था, परन्तु उसने वह सारा क्रोध उतारा मुन्नू पर। "गली में जा-जाकर समय नष्ट करता है! इधर-उधर भागता फिरता है, सुअर का बच्चा, कुत्ते का पिल्ला! अबकी बार जाके तो देख! हड्डियाँ न तोड़ दीं तो कहना!"

प्रभु दौड़ता हुआ कोठरी से निकला और क्या देखता है कि मुन्नू आँधे मुँह कीचड़ में पड़ा है और गला फाड़-फाड़कर रो रहा है। उसकी करुणापूर्ण दृष्टि गनपत की क्रोध की अधिकता से लाल हो उठी आँखों से गुज़रती हुई दरवाज़े के भी उस पार पहुँची। सामने लेडी टोडरमल हैरान खड़ी थीं। उन्होंने गनपत की कलुषित और घृणाभरी दृष्टि को अच्छी तरह पहचान लिया था। वे जानती थीं कि यह क्रोध सचमुच हमारे ऊपर है, बेचारे को तो केवल बहाना बनाया जा रहा है।

"कमबख्त! नमकहराम! कमीने! हमें एक गुलकन्द की मटकी देते तेरा दम निकलता है! तुम्हारे धुएँ से हमें इतना कष्ट होता है, फिर भी हमने तुम पर कृपा की। हमें तो चाहिए था कि तुम्हें कान पकड़ कर निकलवा देते, किन्तु हमने आवश्यकता के समय तुम्हें रुपए दिए। उन गन्दी औरतों के बैठने के लिए एक कोठरी भी दी। निगोड़े कहीं के।--वह क्या मिसाल है, 'पहाड़ी दोस्त किसके, खाया पिया खिसके'।

"जाइए, जाइए" अपने लाए हुए इस तूफ़ान से गनपत बौखला गया,--'आप से क्या मतलब! हमें अपने नौकरों को चेतावनी देने का अधिकार है। हमारा जी चाहेगा, तो अपने नौकरों को ज़रूर सज़ा देंगे।"

"अरे कमबख्त! नमकहराम! निगोड़े!" अब तो लेडी टोउरमल सचमुच लड़ने को तैयार हो गईं, "अपनी बकरे की-सी सूरत तो देख! तू ही हममें और प्रभु में लड़ाई करवाता है। तू ही विष के बीज बोता है। वह बेचारा बड़ा भला आदमी है, और तू है कमीना! टुच्चा! वह दल्लाल तेरा बाप भी कमीना था। मैं तुझे क्या, तेरी सात पुश्तों को जानती हूँ। तेरे बाप ने अपनी बीबी को घर से निकाल दिया था और वह एक मुसलमान रंडी के साथ रहता था। तू भी वैसा ही है--शराबी और रंडीबाज़! तेरा बाप भी अपने साथियों के रुपए ले-लेकर खा गया और तू भी अपने साथी का माल हड़प रहा है। तेरी सूरत से बेईमानी टपकती है। कुत्ता कहीं का। तू तो इस लायक नहीं कि बहू-बेटियों वाले गृहस्थ के पड़ोस में रहे!

जब लेडी टोडरमल गनपत की खबर ले रही थीं, तब मुन्नू ने अपनी हिचकियाँ रोक लीं और रोने की आवाज़ धीमी करके वह उनकी बातें सुनने लगा। उसे कितनी खुशी हो रही थी कि गनपत को खूब खरी-खोटी सुनाई जा रही है। वह प्रयत्न कर रहा था कि हिचकी बिल्कुल न आए, ताकि एक-एक शब्द अच्छी तरह सुना जा सके।

परन्तु अब प्रभु बात कर रहा था, "माताजी, माताजी, हमें क्षमा करो। मैं आपके

आगे हाथ जोड़ता हूँ। आपके पाँव पड़ता हूँ, आप से बिनती करता हूँ। आप जो कहें, मैं करने को तैयार हूँ। आप उसे क्षमा कीजिए। भगवान् के लिए आप उसे क्षमा कर दीजिए। उसने बड़ी भूल की। वह मूर्ख है, नासमझ है। उसे समझ नहीं है। हम तो आपके बच्चे हैं, आप हमारे माता-पिता हैं। अब क्रोध न कीजिए, क्षमा कर दीजिए।''

परन्तु लेडी टोडरमल भला कब शान्त होनेवाली थीं। उन्होंने आगे झुककर ज़रा धीमे स्वर में अँगरेजी शान से कहा, ''देखो, हम तुम्हें बार-बार क्षमा नहीं कर सकते। उस दिन उसने हमारे बेटे से झगड़ा किया, तो हमने उसे क्षमा कर दिया। हमें अपने क्वार्टरों की कुञ्जी चाहिए। तुम लोगों की असलियत मालूम हो गई। हमारे घर से निकल जाओ और लाओ, हमारा रुपया भी अदा करो।''

अब प्रभु को मालूम हुआ कि मामला सचमुच बहुत बढ़ गया है। एक तो वह स्वभाव से ही बहुत ही विनम्र था, दूसरे लेडी टोडरमल की इस धमकी के कारण उसके हृदय में भय का भी संचार हुआ। उसे आशंका हुई कि वह शीघ्र ही घोर संकट में पड़नेवाला है। वह उस स्त्री के सामने अब भी हाथ जोड़े खड़ा रहा और क्षणभर के उद्योग से सारी शक्ति संचित करके उसने कहा, ''माताजी, क्षमा करो। इस आदमी को पास-पड़ोस के लोगों से व्यवहार करने का कुछ ढंग नहीं मालूम है, पर आपको तो ज़रा समझना चाहिए। आप हमारे साथ सारे बर्ताव कैसे कर सकती हैं?''

परन्तु प्रभु में इतना आत्मबल कहाँ था कि वह लेडी टोडरमल की इन बातों के विरुद्ध कुछ कहने का साहस करता।

''बस, बस, अपनी माफ़ी रहने दो। तुम उसे बचाना चाहते हो। निकल जाओ हमारे घर से और हमारा रुपया भी वापस करो। अभी तुम्हें यहाँ से निकाल बाहर किए देती हूँ।''

''क्षमा करो, माताजी! क्षमा करो!'' प्रभु रोने लगा। उसका स्वर अत्यन्त ही करुण होकर काँपने लगा था।

मुन्नू का रोना और सिसकना एकदम बन्द हो गया था। उसके मन में अब यह आशंका उत्पन्न होने लगी कि अब उसके मालिक की क्या अवस्था होगी! फ़ैक्ट्री के दूसरे मज़दूरों ने भी अपना काम छोड़ दिया और आस-पास की स्त्रियाँ गली में एकत्र होकर तमाशा देखने लगीं।

कुछ देर तक यह तना-तनी का वातावरण बना रहा।

लेडी टोडरमल ने और लोगों को एकत्र होते देखकर और भी अकड़ना शुरू कर दिया। वे ज़ोर-ज़ोर से फ़र्श पर पैर पटकतीं और चीखतीं, ''चलो निकलो बाहर! जब तुम लोगों से बाहर निकलने को कहा गया, तो औरतों की तरह चूड़ियाँ पहनकर घर में बैठ गए!''

''क्या बात है? क्या हुआ? ऊँ-हुँ-खुँ-खाँ!'' सर टोडरमल खाँसते हुए सीढ़ियों पर से उतरे। वे कपड़े पहनकर बागों में घूमने जाने के लिए तैयार हो चुके थे।

''अरे ये नमकहराम हैं! और होता क्या!'' लेडी टोडरमल अपने पति को आते देखकर और भी शेर हो गईं, ''एक तो हमारा सारा अहाता धुएँ से बरबाद कर दिया, हमने इन पर कृपा की, इन्हें एक कोठरी और दी, ऊपर से रुपया दिया और हैं कि हमें गुलकन्द

की एक मटकी देते इनकी नानी मरती है।"

"हमारे पास इतना पैसा है कि हम बाज़ार से गुलकन्द खरीद सकें!" सर टोडरमल बोले। यह बदमाश—हुँ-खुँ-खुः-खों-खों।" और उन्हें दमे की खाँसी के धचके आने लगे।

"राय बहादुर साहब, हमें क्षमा कर दीजिए।" प्रभु हाथ जोड़े हुए आगे बढ़ा और झुक-झुककर दोहरा होने लगा। इधर राय बहादुर साहब खाँसते जा रहे थे।

"गनपत को बिल्कुल समझ नहीं है। वास्तव में मैंने एक मटकी गुलकन्द उपहार के रूप में भेजा था। गनपत को मालूम न था कि यह लड़का किसके यहाँ ले जा रहा है। हमारे यहाँ बहुत-से लोग उपहार माँगने आते हैं। उसे बिल्कुल मालूम न था और वैसे भी वह क्रोधी है। उसे क्रोध बड़ी जल्दी आ जाता है।"

"झूठा कहीं का! अब उसकी ओर से सफ़ाई देना चाहता है!" लेडी टोडरमल चीखीं।

"भाई, ज़रा ठहरो तो सही। ज़रा उसे बात खत्म कर लेने दो।" सर टोडरमल ने अपनी पत्नी को ज़रा पीछे हटाया।

"पर यह मरा झूठ जो बोल रहा है, उस बदमाश, शराबी, रंडीबाज़ की सफ़ाई देने के लिए।"

"भाई, यह तो बड़ी बुरी बात है कि हमने तुम्हें कोठरी दी, रुपया दिया, और तुम्हारे विरुद्ध साहब के यहाँ जो शिकायत की वह भी वापस ले ली। और तुम हमें गुलकन्द की एक मटकी तक देने से कतराते हो।"

साहब के यहाँ से शिकायत वापस लेने की बात की चर्चा उन्होंने बाद में की, क्योंकि वह थी ही निराधार बात, वास्तव में डाक्टर मार्जोरीनेक ने उस शिकायत के बारे में कुछ किया ही नहीं। एक दिन कमेटी की मीटिंग के बाद उन्होंने सर टोडरमल से केवल इतना कहा था कि धुआँ निकलने के लिए फ़ैक्ट्री की छत में एक चिमनी होनी चाहिए और वे पोलो खेलने के लिए जिमखाना चल दिए थे।

"क्षमा कीजिए, राय साहब। इस बार क्षमा कर दीजिए।" प्रभु राय साहब के चरणों पर गिर पड़ा, "अब ऐसा कभी न होगा। आप हमारे माई-बाप हैं।"

"अच्छा प्रभु, अच्छा" सर टोडरमल त्योरी चढ़ाए हुए बोले, जिससे उनका वह बड़प्पन का घमण्ड प्रकट न होने पाए, जो एक व्यक्ति को अपने चरणों में पड़ा देखकर उन्हें हो रहा था, "याद रक्खो, फिर कभी यह सुअर ऐसी कमीनी हरकत न करे" और वे चल दिए।

लेडी टोडरमल ने अन्दर जाते-जाते बाहर गली में एकत्र स्त्रियों और बच्चों की ओर हाथ फैलाकर कहा, "देखो इन लोगों को! इतना कुछ कहा-सुना, फिर भी इतनी लज्जा न आई कि हमारी कुञ्जियाँ दे देते।"

प्रभु लौटकर भीतर आया और कीचड़-भरे गलियारे से मुन्नू को सहारा देकर उठाया।

"ए महराज, थोड़ा-सा पानी लाकर इसे नहला दे।" उसने उस मूर्ख से कहा जो बराबर बाल्टी कुएँ से खींचता जा रहा था।

"यहाँ आओ मुन्नू!" महराज ने पुकारा और एकाएक एक बाल्टी पानी उसके ऊपर छोड़ दिया।

मुन्नू को बहुत हर्ष और गर्व का अनुभव हो रहा था कि गनपत की ज़िल्लत हुई।

उसने मन में सोचा कि भाग्य ने गनपत से मेरा बदला लेने के लिए हर एक व्यक्ति के हृदय में प्रेरणा उत्पन्न कर दी है। रोने के कारण वह इतना लज्जित था कि गनपत तो क्या, किसी से भी आँख न मिला सकता था, किन्तु नहाने के बाद वह पहले की अपेक्षा कहीं अधिक उत्साह के साथ काम में लग गया।

जब मामला ज़रा ठण्डा पड़ गया, तब प्रभु ने गनपत को अलग ले जा कर नरमी से समझाना शुरू किया, "देख भई, अपने पड़ोसियों को निरर्थक अप्रसन्न करना कोई अच्छी बात नहीं है और फिर जब तुम बाहर गए थे, तब उन्होंने हमें रुपए भी दिए थे। यह उनकी कृपा थी।"

"अच्छा, बस-बस, मेरी जान मत खाओ" गनपत ने रूखाई के साथ कहा, "तुम इस तरह लोगों को उपहार दे-देकर सारे व्यवसाय का सत्यानाश किए दे रहे हो। उन्होंने रुपए ऐसे ही तो नहीं दे दिए, कसकर ब्याज लगाया होगा।"

"किन्तु गनपत! बिना ब्याज के हमें रुपए देता ही कौन?" प्रभु ने समझाते हुए कहा—तुमने जो कुछ रुपए वसूल किए, उनमें से मुझे कुछ भेजा नहीं। विवश होकर मुझे ऋण लेना ही पड़ा। बल्कि दस्तावेज की तारीख से ऊपर सात दिन हो गए हैं। अच्छा, अब मुझे यह बताओ कि तुम कितना रुपया लाए हो, ताकि इन लोगों से तथा देवीदयाल और घनश्यामदास से मैंने जो कुछ लिया है, वह अदा कर दिया जाए। मैं तो तुमसे पूछना ही भूल गया कि कितने रुपए वसूल कर लाए हो।"

"कोई पचास" गनपत ने सिर झुकाकर चिड़चिड़ेपन से कहा।

"पचास!" प्रभु ने घबराकर कहा, "किन्तु हमारे तो सात सौ से लेकर दो हज़ार तक आते थे?"

"तो मैं क्या करूँ?" गनपत पकड़ा गया था, "मैंने यों तो तीन सौ रुपए वसूल किए हैं, किन्तु गत वर्ष कारखाने में जो लाभ हुआ है, उसमें से मुझे अपना हिस्सा नहीं मिला था, इसलिए मैंने ढाई सौ रुपए अपने पास रख लिए हैं।"

"यह दूसरी बात है। तुमने पचास कहकर तो मेरे होश उड़ा दिए थे।"

कुछ देर तक दोनों के बीच एक खामोश तनातनी-सी रही। वे दोनों ही मुँह बन्द किए तख्त पर बैठे रहे।

"मुझे नहीं मालूम था कि तुम मुझे इस तरह अपमानित करोगे।" गनपत ने प्रभु को दबाने का प्रयत्न करते हुए कहा। परन्तु उसके दिल का चोर उसके चेहरे पर साफ़ झलक रहा था।

प्रभु ने मस्तक उठाकर गनपत की ओर देखा। गनपत जान-बूझकर अपने को निर्दोष प्रमाणित करने के लिए बातचीत का रूख पलट रहा था।

क्षण-भर में ही प्रभु का भाव गनपत के प्रति एकदम बदल गया। जैसे कभी-कभी एक शब्द के हेर-फेर से या एक साधारण से कार्य या चेष्टा से लोगों की सुदृढ़-से-सुदृढ़ विश्वास की नींव डगमग हो जाती है, उसी प्रकार उस समय गनपत के मुख-मण्डल पर अंकित भाव देखकर उसे एकाएक अपने साथी की स्वार्थपरायणता और असत्यतापूर्ण व्यवहार का अनुमान हुआ और उसे स्पष्ट मालूम होने लगा, जो कदाचित् अब तक उस पर प्रकट न हुआ था, कि गनपत में कमीनेपन का अंश भी है। प्रभु उससे आजिज हो गया, किन्तु

फिर भी उसे मित्रता का ध्यान आ गया और उसके हृदय में गनपत के प्रति सद्भावना भी उत्पन्न हुई। उसने सोचा—चाहे कुछ भी हो, हम दोनों अलग न होंगे।

"अच्छा सुनो" उसने अनुत्साहपूर्ण स्वर में कहा, "तुम ऐसा करो कि वे ढाई सौ रुपए, जो तुमने रखे हैं, उनमें से दो सौ रुपए कारखाने को उधार दे दो, ताकि हम उन पड़ोसियों और देवीदयाल, दोनों का हिसाब चुका दें। ये दोनों नाक में दम किए हैं। मैं अगले सप्ताह में लाहौर चला जाऊँगा और हमारे पांच सौ रुपए जो वहाँ बाकी है और तुम नहीं लाए, वह ले आऊँगा। फिर तुमको अपना रुपया वापस मिल जाएगा।"

"मेरे पास रुपया है कहाँ!" गनपत का चेहरा पीला पड़ गया था, क्योंकि वह अपने साथी से सरासर झूठ बोल रहा था। उसने वास्तव में आठ सौ रुपए वसूल किए थे और उसका अधिकतर भाग लाहौर में ही अपनी जान-पहचान की एक वेश्या के पीछे उड़ा दिया था।

"मैंने अपने हिस्से का रुपया खर्च कर दिया है" उसने घबराहट से जवाब दिया, "और तुम भी लाहौर में कुछ वसूल न कर सकोगे। मैंने तमामा आढ़तियों से बहुत कोशिश की, किन्तु कुछ अधिक न मिल सका।"

अब तो प्रभु को बहुत अधिक सन्देह हुआ। परन्तु उसने बड़े भाई का-सा बड़प्पन कायम रखते हुए कहा, "अच्छा तो आओ, मुझे सब बातें विस्तारपूर्वक बताओ सब हिसाब-किताब देख लें, फिर सोचें कि अब रुपया कहाँ से मिले।" फिर उसने मुन्नू को आवाज़ दी।

"ऐ मुन्नू! इधर आ, मास्टर गनपत जो-जो लिखाएँ, लिखता जा और फिर हिसाब जोड़।"

मुन्नू चटनी की देगची चलाते हुए चुपके से कान लगाए यह सारा वृत्तान्त सुन रहा था। प्रभु की आवाज़ सुनकर वह हाथ धोने लगा। अन्त में जैसे ही मुन्नू ने खाता सम्भालने की तैयारी की, "मैं इन कुलियों के समाने हिसाब-किताब नहीं करूँगा" गनपत ने बड़े ताव में आकर कहा, "और न मैं इस हरामी को खाता ही छूने दूँगा। तुमने इसे सिर पर चढ़ा रखा है।"

"वह तो एक अनाथ बालक है," प्रभु ने कहा, "कम-से-कम धर्म के नाते ही हमें उससे अच्छा बर्ताव करना चाहिए और फिर वह काफ़ी बुद्धिमान भी है। कुली का काम उसके लिए ठीक नहीं। यदि हम उसे सिखाएँगे, तो बहुत शीघ्र हिसाब-किताब करने लगेगा और उसके सीख जाने पर हमीं को आराम मिलेगा। हम सब एक परिवार की तरह हैं। मुन्नू के सामने हिसाब करने में हानि ही क्या है। और कुली तो कुछ समझेंगे नहीं।

"यही बदमाश क्या समझता है?" गनपत ने दाँत पीसकर कहा, "इन स्कूल के छोकड़ों को तो बस जोड़ना-घटाना आता है। बहीखाता ये क्या जानें? इसको मेरे पास भी न आने देना, नहीं तो मैं जान से मार डालूँगा।"

प्रभु चुप रहा। बही-खाता उठाने के लिए उसने हाथ बढ़ाया।

मुन्नू पास ही खड़े-खड़े यह सोच रहा था कि वह तख़्त के पास जाए या नहीं। इधर गनपत की घबराहट की सीमा न रही। उसे अच्छी तरह मालूम हो गया था कि उसकी असत्यता और धूर्ततापूर्ण व्यवहार का भंडाफोड़ अब होना ही चाहता है। किन्तु

फिर भी उसने इस बात के लिए प्रयत्न किया कि प्रभु का ध्यान हिसाब-किताब की ओर से हट जाए।

"इस हरामी क़े साथ दूसरे कुलियों की अपेक्षा अच्छा बर्ताव क्यों किया जाता है?"

"किन्तु इसके साथ दूसरों से अच्छा बर्ताव किया ही कब जाता है?" प्रभु ने धीरे से कहा और वही खोलने लगा।

अब गनपत के लिए आत्म-रक्षा का कोई मार्ग न रहा। किन्तु फिर भी उसने बात टालने का प्रयत्न किया।

"इसी के कारण आज का यह सारा काण्ड हुआ है। आखिर यह कुतिया के लिए गुलकन्द ले ही क्यों गया?"

"अकारण तुम लोगों को गालियाँ मत दो" प्रभु ने कुछ उग्रता का भाव प्रकट करते हुए कहा, "तुम्हारे अनुचित व्यवहार के कारण मुझे उन लोगों से क्षमा माँगनी पड़ी। मैंने मुन्नू के हाथ उन्हें गुलकन्द भेजा था। इसमें न मुन्नू का अपराध है और न उनका। यह मैंने इसलिए भेजा था कि उन लोगों से हमारा सद्भाव बना रहे, क्योंकि हमने अभी तक हुण्डी का भुगतान नहीं किया है।"

"व्यापार के विषय में इस हुण्डी-वुण्डी के हिस्से को मैं नहीं मानता" गनपत अब नए बहाने ढूँढ़ रहा था, "बगैर हुण्डी के रुपया लेना इससे कहीं अच्छा कि यदि दे न सके तो गला न फँसे।"

"किन्तु व्यापार में असत्यता का व्यवहार करना तो अच्छा नहीं है" प्रभु ने कहा।

"मैं अच्छा-बुरा नहीं जानता। यदि रसीद न दी हो तो रुपयों के लिए कोई मुकदमा नहीं चला सकता। और मुझे बेईमान न कहना, नहीं तो याद रखना, यहीं तुम्हारी हड्डियाँ चूर-चूर कर दूँगा।" गनपत ने प्रभु से किसी-न-किसी बहाने से झगड़ा करने का निश्चय कर लिया था।

"किन्तु गनपत, मैंने कब कहा कि तुम बेईमान हो" प्रभु ने विश्वास दिलाते हुए कहा, "इसमें इतना बिगड़ने की क्या बात है? अब अपना क्रोध शान्त करो, इस विषय में कल बातचीत करेंगे।"

गनपत को तो मालूम ही था कि आज नहीं तो कल, और कल नहीं तो परसों, कलई खुले बिना रह नहीं सकती। इससे प्रभु की इन विनम्रतापूर्ण बातों का उत्तर उसने रोषपूर्ण स्वर में ही दिया।

"तुम मुझ पर बेईमानी का अभियोग लगा रहे हो। उस औरत ने जो आज मुझे स्पष्ट शब्दों में बेईमान कहा, ठीक उसी तरह का भाव तुम भी प्रकट कर रहे हो। अब मैं भी तुमसे ठीक-ठीक बताए देता हूँ। आठ सौ रुपए मैंने वसूल किए थे, जिनमें से पचास के सिवा सब खर्च कर दिए। मैं दौलतपुरवाली अमीर जान से मिला था। परन्तु तुम यह न समझना कि मुझे ये रुपए खर्च करने का अधिकार न था। मैं तुम्हारा न गुलाम हूँ और न तुमसे दबता हूँ कि मुझे डरा-धमका कर वसूल कर लोगे।"

"मैं तुम्हें कहाँ धमका रहा हूँ" क्रोध के मारे प्रभु भीतर-ही-भीतर जला जा रहा था, किन्तु बड़ी कठिनाई से वह अपने आपको रोके हुए था, "कोई बात नहीं। तुम जवान आदमी हो, अविवाहित हो, अगर तुमने कभी कोई रंगीनी कर ली, तो उसमें क्या हो गया।

रुपए खर्च हो गए तो कोई बात नहीं। अच्छा हुआ, जो तुमने मुझसे कह दिया। हम लोग किसी और से कुछ ऋण लेकर सारा मामला ठीक कर लेंगे।''

''तुम समझते हो कि खुशामद करके मुझे बेवकूफ बना लोगे?'' गनपत ने तड़पकर कहा, ''मगर तुम ऐसा नहीं कर सकते। मैं तुम्हारी इस धूर्ततापूर्ण और चिकनी-चुपड़ी बातों को खूब समझता हूँ। आखिर तुम अपने को समझते क्या हो!''

''भाई गनपत, ऐसी बातें न करो'' प्रभु को अन्त में क्रोध आ ही गया। उसने कहा, ''यह भी कोई न्याय की बात है? तुम्हें मालूम है कि मैंने आज तक तुम्हारे व्यक्तिगत मामलों में कभी हस्तक्षेप नहीं किया, क्योंकि सम्भव है कि यदि मैं भी तुम्हारी जैसी परिस्थिति में होता, तो कदाचित् ऐसा ही करता। तुम्हारा जो जी चाहे मुझे कहो, किन्तु सचाई के साथ कहो। मैंने तुम्हें कभी कुछ कहा? तुमने जब मोगा में वसूल किए हुए रुपयों के विषय में बातें बनाई, तब मुझे क्रोध आया था। परन्तु अब तो वैसी कोई बात नहीं है।''

''तुम बड़े ही धूर्त और दुष्ट स्वभाव के व्यक्ति हो। धोखेबाज, कहीं के!'' गनपत तड़प-तड़पकर कहने लगा।

''भगवान् के लिए मेरे साथ इस तरह का अन्याय न करो'' प्रभु बोला, ''मैं धूर्त और धोखेबाज़ नहीं हूँ। मैं तो एक सीधा-सादा पहाड़ी हूँ। सारा जीवन मैंने परिश्रम करते-करते व्यतीत किया है। मुझे शहरवालों की तरह तिकड़म की बातें करना नहीं आता। क्या ही अच्छा होता कि मैं अभी तक कुलीगिरी करता होता और इस व्यापार में न फँसता!''

''हाँ, हाँ, बड़े भोले हो न!'' गनतप ने दाँत पीसकर कहा, ''तुम्हारा भोलापन तो इस व्यापार के साथ खूब खपता है। तुम बड़े चालाक और बदमाश हो। पहाड़ियों में भी ऐसा कपटी शायद ही कोई होगा। चलता हुआ पहाड़ी कुत्ता!''

प्रभु को विश्वास हो गया कि गनपत में और मुझमें जो मैत्री और सद्भाव था, उस सब का अन्त हो गया और फिर से वह कायम नहीं हो सकता। किन्तु फिर भी उसने अपने मान और बड़प्पन का बिल्कुल ध्यान न करते हुए एक बार अन्तिम प्रयत्न किया कि हम दोनों में जो इतने दिनों का सहयोग है, उसका इस तरह अन्त न हो कि हम लोग एक दूसरे के बैरी हो जाएँ। उसने कहा, ''तुम्हारा जो जी चाहे, कहो। मैं तो जैसा हूँ, वैसा हूँ। निस्सन्देह मैं पापी और अधम हूँ, यद्यपि अच्छा बनने के लिए मैंने यथा शक्ति प्रयत्न किया।''

''बस, बस हो चुका! मैंने तुम्हें देख लिया!'' गनपत एकदम उठा खड़ा हुआ, ''बेईमान! तुम समझते हो कि बड़े नेक हो और यों दिखावे के लिए बुरे बनोगे तो लोग तुम्हें और भी अच्छा समझेंगे! क्यों?

''ओह, अरे ज़रा तो समझो!'' प्रभु ने गनपत को पकड़कर बिठाने का प्रयत्न करते हुए कहा, ''इतना तो समझो कि हम दोनों साझी हैं। सारा कारोबार हम दोनों के नाम पर है।''

''मैं साझा-वाझा सब तोड़ दूँगा और तुमने मेरे साथ जो इस समय अपमानजनक व्यवहार किया है, उसके बदले में तुम्हें कैसे कुएँ झँकाता हूँ। तुमने मुझे धोखा दिया है। तुम एक नीच कुली हो और जीवन-पर्य्यन्त कुली ही रहोगे।''

गनपत ने सारे खाते उठा लिए और उन्हें बगल में दबाकर जूते पहनने चला।

"अच्छा, तुम्हारी जूती और मेरा सिर" प्रभु ने उसका एक जूता उठाकर बड़ी नम्रता से उसे पकड़ाया, "मारो मेरे सिर में। गँजा कर दो मुझे, मगर मेरा साथ न छोड़ो। हमने बरसों साथ रहकर इस कारोबार को बनाया है, अब इस बुढ़ापे में मेरी पीठ बोझा ढोने के काबिल नहीं है।"

"मुझसे कुछ मतलब नहीं। जहन्नुम में जाओ। धूर्त! हरामी कहीं के!" गनपत ने कहा, "इधर दो मेरा जूता और जाओ गू खाओ, पेशाब पियो। तुम्हारा बाप भी कुली था और तुम भी कुली ही निकले। जाओ, उन पड़ोसियों की चापलूसी करो। डरपोक, कमीना, सुअर! मैं इज्जत गवाँकर किसी की खुशामद न करूँगा और खुशामद भी तुम-जैसे नीच कुली की!"

"कोई बात नहीं, तुम जितनी चाहो, उतनी गालियाँ दे लो मुझे, किन्तु जाओ नहीं। शान्त होओ, सब कुछ ठीक हो जाएगा। तुम्हारा क्रोध शान्त हो जाएगा।

"हट मेरे रास्ते से सुअर कहीं का!" गनपत ने दरवाजे की ओर बढ़ते हुए कड़ककर कहा।

मुन्नू मालिकों के इस विवाद को विकराल रूप धारण करते देखकर अभी तक चुपचाप खड़ा रहा, उसका हृदय भय से विह्वल हो उठा था। गनपत को जाते देखकर वह बढ़ा और कुरते की छोर पकड़कर बोला, "नहीं मालिक, जाओ नहीं, यह अच्छी बात नहीं है"। तुलसी, बोंगा और महराज तक हाथ जोड़े हुए दौड़े।

"मेरा रास्ता छोड़ दो पाजियो!" गनपत ने सिंह की तरह दहाड़ा। क्रोध से अधीर होकर पागल की तरह वह सब को घूँसे मारने लगा, जैसे कोई हथौड़ा चला रहा हो। यहाँ तक कि कुछ तो डर के मारे भागे और कुछ रोते हुए तख्त पर जा गिरे।

"हाय दुर्भाग्य!" प्रभु अपना सिर हाथों में थामे बैठा था। फिर एकदम से वह उठकर गनपत को वापस लाने दौड़ा, "आ जाओ, आ जाओ।"

"चल बे पहाड़ी कुत्ते!" गनपत ने उसके मुँह पर घूँसे मारे और अपने को उसकी पकड़ से छुड़ाने लगा, "नीच, गन्दा, कुली! जा अपने उन्हीं कुलियों के पास।"

"हाय हाय!" प्रभु पीछे को गिरकर फूट-फूट कर रोने लगा।

"चुप रह सुअर! कमीना, बदमाश!" गनपत का एक पैर अन्दर था और एक बाहर, "यह ढोंग अपना खत्म कर और खबरदार जो मेरे पीछे आया। बस, मैंने तेरे-जैसे कमीने को देख लिया। तू मेरी बराबरी का है ही नहीं। तू कुली है कुली। गली-गली की ठोकरें खाने वाला, दर-दर की खाक छाननेवाला! देखना मैंने क्या ठानी है! थुड़ी है तुझ पर!"

यह कह कर उसने थूका और उतावली से पैर बढ़ाते हुए अपनी राह ली।

गनपत ने जो कहा था, वह कर दिखाया। उसने वहाँ से जाकर अचार और अर्क का एक कारखाना खोल दिया। पुराने कारखाने के जो रुपए उसने वसूल किए थे, उनमें से पचास रुपए अभी बाकी थे। उन्हीं रुपयों से एक जगह किराए पर ले ली और जरूरी बर्तन वगैरह खरीद लिए। बाकी चीजें उसने कर्ज लेकर इकट्ठी कर लीं। फिर वह प्रभु के अधिकाँश ग्राहकों के पास गया और उनसे खूब रोना रोया कि साझे में उसके साथ

बुरा बर्ताव किया गया और यह भी कहा कि पहला कारखाना तो अब टूटना ही चाहता है, क्योंकि उसके मालिक ने इतना ऋण ले लिया है कि वह कभी अदा न कर सकेगा।

जब द्वेषवश वास्तविक स्थिति का इस प्रकार विकृत रूप में प्रचार किया गया, तब चारों ओर प्रभु के दिवालिया होने की खबर गर्म होने लगी। यह बात तो सच थी कि प्रभु पर ऋण अधिक था। इधर जब किसी कारखाने की स्थिति पर हिस्सेदारों को विश्वास नहीं रह जाता, तब बड़े-से-बड़ा कारखाना भी दिवालिया हो जाता है। प्रभु बेचारे की तो क्या हैसियत थी। कर्ज़ देनेवाले चारों ओर से उमड़ने लगे और ज़ोर-ज़ोर से दरवाज़ा खटखटाकर प्रभु को आवाज़ें देने लगे कि वह बाहर निकलकर हिसाब बेबाक करे।

''चलो प्रभु, बाहर निकलो'' वे एक के बाद एक चिल्लानें लगे, ''सामने क्यों नहीं आता? अपनी माँ के पेट में क्यों घुस गया? मर्द हो तो बाहर निकल!''

प्रभु को गनपत के इस प्रकार चले जाने के कारण हार्दिक शोक हुआ। इधर ऋण न अदा कर सकने की चिन्ता से वह एकाएक इतना परेशान हुआ कि उसे ज्वर आ गया। कारखाने के नौकरों ने डर के मारे दरवाजा न खोला। महाजन लोग और भी अधिक ज़ोर-ज़ोर से चीखने और दरवाज़ा पीटने लगे।

''बाहर निकल! हमारे सामने आ! नीच पहाड़ी! बाहर निकल मादर...।''

प्रभु मकान के दूसरे सिरे पर लेटा था, इसलिए उसने कुछ सुना नहीं। किन्तु उसकी स्त्री ने, जो उसके पास बैठी थी, सुना। वह उठी और लज्जा के मारे सामने न जा सकी। उसने फ़ैक्ट्री में झाँककर तुलसी से कहा, ''तुलसी, जाकर लाला लोगों से कह दो कि मालिक बीमार हैं, कल उनसे मिल सकेंगे।''

''ऐ मुन्नू'' तुलसी ने जैसा कि उसका सदा का अभ्यास था, मुन्नू को आज्ञा प्रदान की, ''जाकर कह दे, मालिक बीमार हैं।''

मुन्नू महाराज के पास से होता हुआ, जो अब तक पानी भरता जा रहा था, दीवान पर चढ़ा और गली में जो खिड़की खुलती थी, उसमें से झाँककर कहा, ''लालाजी! मालिक को बुखार चढ़ आया है। आप कल आ सकते हैं।''

''बीमार! क्या कहा? बीमार है?'' एक लालाजी, जिनका लम्बा-सा मुँह था और मलमल का धोती-कुरता पहने थे, बोले, ''हाँ हाँ, हमें मालूम है उसकी बीमारी। दूसरों का इतना रुपया हज़म कर जाएगा तो बीमार न होगा तो क्या होगा? चल, जाकर उसे भेज, नहीं तो हम उस हरामी को घसीटकर बाहर ले आएँगे।''

''लालाजी, वे सचमुच बीमार हैं'' मुन्नू ने हाथ जोड़कर बहुत ही गम्भीर भाव से कहा, ''कृपा करके इस समय चले जाइए। कल वे स्वयं आपके पास जाकर आपसे मिल लेंगे।''

''चल बे बेटी..., जा के भेज उसे'' एक बनिए ने कहा, जो भारी-सी तोंद पर मलमल का कुरता, पाँव में ज़री की जूती पहने था और सिर पर बड़ा-सा साफ़ा बाँधे था।

मुन्नू वापस हुआ।

लेडी टोडरमल ऊपरवाली मन्ज़िल में अपना रसोईघर धुलवा रही थीं। वह तो कहो कि उन्होंने उसी वक्त यह शोरगुल नहीं सुना, नहीं तो दनदनाती हुई फ़ौरन नीचे आतीं परन्तु जब उन्होंने मकान की चौथी मन्ज़िल से गन्दा पानी गली में फेंका, तब नीचे से

शोर सुना, "अरे कुछ शर्म भी है! कुछ ख्याल भी है किसी का, ऊपर से गन्दा पानी फेंक रहे हो!" बहुत-से लोग चिल्लाने लगे, "देखो तो भाई, तुमने हमारे सारे कपड़े गन्दे कर दिए!"

"पर तुम लोग हो कौन?" लेडी टोडरमल ने क्षमा माँगते हुए कहा, "हमें क्या मालूम कि तुम लोग यहाँ खड़े हो। क्यों, बात क्या है? क्या हुआ?"

"हुआ क्या? प्रभु तो है! दिवालिया हो गया! उसी को पकड़ने आए हैं हम।" वहाँ पर एकत्र व्यक्तियों में से एक ने कहा।

"हाय, हाय! हाय रे दुर्भाग्य! अच्छा चरका दिया, इसका मुँह काला हो!" वे चीखती हुई सीढ़ियों से धमाधम उतरीं, "अच्छा तो यह दिवालिया हो गया है!" उन्होंने महाजनों के जमघट को देखकर कहा।

"हाँ, और अन्दर घुसकर बैठ गया है। बाहर निकलकर हमें मुँह तक नही दिखाता," एक महाजन बोला।

"क्यों रे नमकहराम! तू मरे, तुझे साँप डँसे! बाहर निकलकर हमें मुँह क्यों नहीं दिखाता? कहाँ छिपा बैठा है। चल, पहले मेरे पति के पाँच सौ रुपए अदा कर; तब लोगों को अचार के टीन थमाना। हाय, अब हम क्या करेंगे? अपने रुपए किस तरह वसूल करेंगे!"

"तो इस पर आपके भी पाँच सौ रुपए हैं?" एक महाजन बोला।

"हाँ, इस मुए पर हमारे रुपए भी हैं। बड़ा भोला बनकर आया और मेरे पति को फुसला लिया, और हमने उसे रुपए दिए, हालाँकि उसके कारखाने का धुआँ रात-दिन हमारे यहाँ घुटता था।" और फिर उन्होंने अपने तूफान का रूख प्रभु के मकान की तरफ़ कर दिया, "चल, दरवाज़ा खोल। अब कहाँ गायब हो गया है? कहाँ है तू? तेरा सत्यानाश हो!"

कुछ जवाब न मिला। किसी के धीरे-धीरे रोने की आवाज़ अवश्य आ रही थी। यह प्रभु की पत्नी और मुन्नू थे, जो सोते हुए प्रभु के पलँग के पास एक दूसरे के गले लगकर रो रहे थे।

"चलो, चलकर पुलिस को लाएँ" लम्बोतरे मुँह वाला बनिया बोला।

"ठहरो" लेडी टोडरमल बोलीं, "मेरा लड़का यों ही थानेदार नहीं हो गया है, मैं उसे बुलाती हूँ" और वह ज़ीने पर भागीं।

प्रभु अपनी स्त्री के रोने की आवाज़ सुनकर जाग पड़ा था।

"क्या बात है?" उसने पूछा।

"महाजन लोग बाहर खड़े चिल्ला रहे हैं और आपको बुला रहे हैं।" मुन्नू ने कठिनाई से कहा।

प्रभु तुरन्त उठ खड़ा हुआ। गली वाली खिड़की में आकर वह खड़ा हुआ। उसका चेहरा हल्दी की तरह पीला हो गया था और हाथ-पाँव काँप रहे थे। उसने महाजनों के आगे हाथ जोड़े और कुछ बोलने ही को था कि वे सब-के-सब एक साथ चिल्ला उठे, "वह रहा। अरे वह है हरामी! वह है बदमाश बेईमान! नीचे उतर सुअर के बच्चे, और हमारा रुपया अदा कर।"

“लालाजी, मुझे माफ़ कर दो। मैं आप सबके रुपए अदा करूँगा। मरकर भी आपकी एक-एक पाई चुका दूँगा। पर कृपा करके मुझे गालियाँ न दीजिए।”

“नीचे उतर सुअर के बच्चे! हमसे बात तो कर यहाँ आकर। हम सब यहाँ खड़े-खड़े चिल्ला रहे हैं और तू अन्दर मुँह छिपाए बैठा है?” सब-के-सब एक साथ चीखे।

“मैं बीमार हूँ, लालजी” प्रभु अब तक हाथ जोड़े खड़ा था, “बिस्तर पर पड़ा था। मैंने आपकी आवाज़ नहीं सुनी।”

“हाँ हाँ, तू हमारी आवाज़ क्यों सुनता, हरामजादे! यहाँ हमारा गला बैठ गया चीखते-चीखते।”

“कहाँ है यह? अरे कहाँ है? आया क्या?” लेडी टोडरमल ज़ीने से दनदनाती हुई उतरीं।

“कहाँ है बे कुतिया के बच्चे! नीचे उतर” उनका बेटा रामनाथ अपने पिता के द्वारा की गई सरकारी सेवाओं के प्रभाव से मिले हुए पद की शान में अकड़ता हुआ उनके पीछे-पीछे उतरा। वह खाकी वर्दी पहने, हन्टर, पिस्तौल और सीटी इत्यादि से बाकायदा लैस था।

“थानेदार साहब, मुझे माफ़ कर दीजिए” प्रभु डर के मारे थर-थर काँप रहा था।

“अबे हरामी, नीचे, उतरता है या नहीं। याद रख, खाल खिंचवा लूँगा।” थानेदार साहब जोर से फुँकारे।

“अच्छा थानेदार साहब, बहुत अच्छा!” प्रभु ने कहा, पर वह अभी हिचकिचा रहा था कि लोगों से अपने साझीदार की धोखेबाजी का हाल कहे या न कहे।

“अच्छा, तो तू नहीं उतरता? अच्छी बात है। मैं जाकर सिपाहियों को बुला लाता हूँ।”

“माफ़ करो। अरे, मुझे माफ़ करो” प्रभु फूट-फूटकर रोने लगा, “मैं तो एक गरीब कुली हूँ। मुझे क्या मालूम था कि गनपत मुझे इस तरह धोखा दे जाएगा।”

“अच्छा, तो अब तुझे अपनी वास्तविक स्थिति मालूम हुई।” तोंदवाले सेठजी बोले, “बड़ा सेठ बना फिरता था न!”

“चलो इसको निकाल बाहर करें और फ़ैक्ट्री में ताला डाल दें।” लम्बोतरे मुँहवाला नाटा-सा सेठ बोला, “शायद सामान ही बिकने पर हमारा कुछ रुपया मिल जाए।”

“पहला हक मेरा है।” लेडी टोडरमल बोलीं, “इतने बरसों से मैं धुएँ की मुसीबत भुगत रही हूँ। यह पहले हमारे पति का रुपया अदा करे।”

“चलो प्रभुदयाल, फ़ैक्ट्री और कोठरी का किराया रख दो।” एक काले रंग का बन्दर ऐसी शक्लवाला आदमी खुले कालर की कमीज़, सफ़ेद पतलून, काला कोट, पाँव में और सिर पर अँगरेज़ी हैट पहने भीड़ में दाखिल हुआ।

“बाबू देवदत्त को जाने दो” एक स्त्री भीड़ में से बोली। चारों ओर बालकों, स्त्रियों और पुरुषों की एक बड़ी-सी भीड़ एकत्र हो गई थी।

“बाबूजी, मैं अदा कर दूँगा” प्रभु ने मालिक-मकान के आगे हाथ जोड़े, “अपनी हड्डियाँ घिस-घिस कर आपका किराया अदा कर दूँगा।”

“तुम्हारी बात का क्या ठीक, तुम दिवालिया ठहरे।”

"अच्छा ठहरो, तुम्हारा रुपया अभी दिया" प्रभु अन्दर भागा कि अपनी स्त्री के आभूषण लाकर ज़मानत के तौर पर दे दे।

उसी समय पुलिस के दो सिपाही–एक सिक्ख और दूसरा मुसलमान खाकी वर्दी पहने, लाल-नीले साफ़े बाँधे भीड़ में घुस आए और लोगों को छड़ियाँ मार-मार कर अँगरेज़ पुलिस इन्सपेक्टर और टोडरमल के लड़के के लिए रास्ता साफ़ करने लगे। वे दोनों ही इस समय बड़ी शान से चल रहे थे।

"प्रभु कहाँ है?" थानेदार साहब ने पूछा।

"गायब हो गया नमकहराम" लेडी टोडरमल ने साड़ी का आँचल सीने पर सम्भालते हुए कहा और फिर वह बहुत ही शान के साथ अन्दर कमरे में चली गईं, जिससे कि अँगरेज़ पुलिस इन्सपेक्टर को मालूम हो जाए कि थानेदार की माँ और सर टोडरमल की पत्नी होने के नाते वे बहुत सभ्य हैं।

"तेजासिंह! यार मुहम्मद! जाओ, उसे घसीटकर यहाँ लाओ" थानेदार साहब ने आज्ञा दी।

प्रभु अपने नौकरों के साथ उधर ही आ रहा था और फ़ैक्ट्री का दरवाजा खुलने ही वाला था कि पुलिस के कांस्टेबिल अन्दर घुस आए।

"निकल बे सुअर! निकल-कुत्ते!" कांस्टेबिल लोग गरजे। उन्होंने अन्ध भाव से डण्डा घुमाते हुए प्रभु की गर्दन में हाथ लगाया।

जब वे प्रभु को मुन्नू, तुलसी और बोंगा की पकड़ से छुड़ाकर पीछे से लात से ठोकरें मारते, घसीटते हुए बाहर लाए, तब महाजनों में शोर मच गया। पशुओं की तरह गरजते हुए उन लोगों ने कहा, "बाहर निकालो इसे! इस मलिच्छ पहाड़ी को। बाहर ढकेल दो इसे! गन्दा कहीं का!"

"इसे फ़ौरन कोतवाली ले जाओ" अँगरेज़ पुलिस इन्सपेक्टर ने सन्देहपूर्ण दृष्टि से प्रभु को देखकर जल्दी से कहा, "बदमाश मालूम होता है।"

"अरे साहब, दस नम्बरी है" थानेदार साहब बोले और फिर उन्होंने मुड़कर अपनी माँ से हिन्दी में कहा, "मेरे आने तक फ़ैक्ट्री में ताला डालकर रखना।" फिर वे सभी महाजनों से बोले, "कल तुम सब कोतवाली आना। तुम्हारी गवाही होगी। अब अपनी-अपनी दूकान पर जाओ। हम इससे समझ लेंगे।"

"जी जनाब! बहुत अच्छा थानेदार साहब" बनियों ने अँगरेज़ी सरकार के उस शानदार नमूने के सामने झुकते हुए कहा। थानेदार से अधिक वे संसार में किसी से न डरते थे।

तेजासिंह और यार मुहम्मद पतली गली में से प्रभु को घसीटते हुए ले चले। चारों ओर खड़े आपस में कानाफूसी कर रहे थे और प्रभु पर मार पड़ते देखकर उन्हें बड़ा मज़ा आ रहा था। प्रभु की आँखों से आँसू बह-बहकर गालों पर टपक रहे थे और वह मुड़-मुड़कर अपनी स्त्री को देखता जाता था, जो खिड़की में खड़ी रो रही थी।

"सीधे क्यों नहीं चलता सुअर! सामने देख, कोतवाली की तरफ चल!" थानेदार साहब अपने सिपाहियों और इन्सपेक्टर-समेत, साथ-साथ चले आ रहे थे।

मुन्नू, तुलसी, बोंगा और महराज पीछे-पीछे थे। मुन्नू रो रहा था, तुलसी पीला पड़ गया था, मगर बिल्कुल खामोश था, बोंगा आँखें फाड़े आगे को ताकता जा रहा था और

महाराज बस चला जा रहा था, जैसे कोई मशीन चल रही हो।

जब यह दल मुहल्ले बिल्लीमाराँ से होकर घण्टा-घर के पास होता हुआ किताब-बाज़ार के रास्ते कोतवाली की तरफ चला, तब राही और दूकानदार सब खड़े होकर देखने लगे। कोई-कोई तो हक्का-बक्का थे और कोई-कोई आपस में कानाफूसी कर रहे थे। कुछ बड़बड़ा रहे थे, तो कुछ उस व्यक्ति को गालियाँ दे रहे थे, किसी दिन सेठजी-सेठजी कहकर जिसकी खुशामद किया करते थे।

कोतवाली में एक गोरा-सा मुसलमान सार्जेन्ट, जिसकी तोते की-सी नाक थी, चारपाई पर बैठा हुक्का पी रहा था।

"बन्दे खाँ!" थानेदार साहब ने आज्ञा दी, "इस शख़्स से जुर्म कबूल करवाओ। कर्ज़ न अदा करने के जुर्म में गिरफ्तार हुआ है।"

सार्जेन्ट एकदम तनकर सीधा खड़ा हो गया। उसने अपने अफ़सरों को सलाम किया और दूसरी तरफ़ बरामदे में जाकर एक बेंत लाया।

"चल बदमाश!" अब वह प्रभु के पास आया। यार मुहम्मद और तेजासिंह अब तक उसे पकड़े खड़े थे, "बता! तूने रूपए कहाँ गाड़ रक्खे हैं? चल कबूल!"

"हुजूर" प्रभु ने हाथ जोड़े, "मेरे पास कहीं रुपए नहीं गड़े हैं। परन्तु मेरे पास सामान अवश्य है। मैं आपसे क्षमा माँगता हूँ। अपने महाजनों को एक-एक पाई चुका दूँगा।"

"क्यों झूठ बोलता है? झूठा, मादर, "बन्दे खाँ ने फुँकारते हुए कहा, "सच-सच कबूल दे।" और उसने एक-दो-तीन बेंत प्रभु को लगाए।

"मैंने सच कहा है, हुजूर।" प्रभु धाड़ें मार रहा था, "मैं झूठ नहीं बोलता हूँ।"

"हाँ, तू तो बड़ा देवता है न, शैतान का बच्चा!" सार्जेन्ट ने प्रभु के मुँह पर एक घूँसा दिया।

"सचमुच सरकार, मैं सच कहता हूँ सरकार" प्रभु ने हथकड़ी में बन्धे हाथ अपने को बचाने के लिए उठाए।

"तो फिर थानेदार साहब झूठ बोल रहे हैं?" सार्जेन्ट गुर्राया, "सुअर कहीं का! और इन्सपेक्टर साहब भी झूठे हैं! अब कुत्ते! चल कबूल।" और उसने अपने होंठ भींच कर चेहरा सिकोड़ा और हन्टर-पर-हन्टर लगाने शुरू कर दिए। उसका भारी-भरकम शरीर प्रभु की दुर्बल काया पर छाया हुआ मालूम होता था।

"अरे मत मारो। अरे क्यों मार रहे हो? अपराध तो सारा गनपत का है।" मुन्नू और तुलसी बोले।

सार्जेन्ट साँस लेने के लिए रुका।

"मारो, इस तरह मारो" अँगरेज़ इन्सपेक्टर ने पीछे से एक बेंत लगाकर सार्जेन्ट को बताया और फिर वह उन लड़कों की तरफ मुड़ा जो पास ही खड़े थे और अपने मालिक को पिटते देखने के साथ-ही-साथ साहब के सफ़ेद चमड़े को भी घूर-घूरकर देख रहे थे। "जाओ!" वह ज़ोर से गरजा।

"भागो यहाँ से, भागो यहाँ से।" थानेदार हलक फाड़कर चीखने लगा, "भागो यहाँ से! यहाँ कोई मेला है?" और उसने उनकी नंगी पीठों और पैर पर तड़ातड़ दो-चार हन्टर

रसीद किए।

"अरे हुजूर, मारना है तो मुझे मारो!" प्रभु चीखा, "जितना जी चाहे मुझे मार लो, पर इन लड़कों को छोड़ दो।"

"चुप रह सुअर!" सार्जेन्ट ने बेंत घुमाते हुए कहा, "तू अपनी खैर मना, उनकी चिन्ता मत कर। तेरे कारण मुझ पर भी बेंत पड़ा। अब ले, यह ले!" और फिर उसने प्रभु पर सड़ासड़ हण्टर बरसाना शुरू कर दिया। जब केवल बेंत की शूँ-शूँ सुनाई दे रही थी। प्रभु के चीखने की आवाज़ में खिंचाव पैदा होता गया, "ऐ मेरे भगवान्! ऐ मेरे भगवान्! ऐ मेरे भगवान्! तू कहाँ है!"

मुन्नू, तुलसी, बोंगा और महाराज कभी अपने मालिक की तरफ़ देखते और कभी खुले साफ़-सुथरे आसमान की ओर ताकने लगते। उनका हृदय दुःख से लबालब भर गया था, परन्तु आँखों में एक बूँद भी आँसू न था। वे अपनी अन्तरात्मा की पीड़ा को न दबा सके, न प्रकट कर सके।

जब वे सब लौटकर घर आए, तब ऐसा लगता था, मानो किसी की अर्थी से लौटकर आए हैं। उन्हें ऐसा लगता था, मानो वे प्रभु का अन्तिम संस्कार करके आए हैं। जब वह आँगन से होकर उस लम्बे अँधेरे कमरे में घुसे, तब उनके एक-एक कदम की चाप गूँजने लगी। विशेषकर उस मूर्ख महाराज और बोंगा के सपाट तलवे धम-धम कर रहे थे। सारे वातावरण पर मालकिन के आँसुओं का शोक छाया हुआ था।

"महाराज और बोंगा, तुम लोग बैठ जाओ" तुलसी ने सहृदयता का भाव व्यक्त करते हुए कहा। शोक के कारण उसका कण्ठ-स्वर बहुत धीमा हो गया था।

मुन्नू दबे पाँव उस खिड़की की तरफ़ गया, जो गली में खुलती थी और जहाँ प्रभु की स्त्री पड़ी थी। परन्तु अभी वह आधी ही दूर गया होगा कि रुक गया। उस स्त्री की शोक से विह्वल अवस्था देखकर मुन्नू के पैर आगे की ओर न बढ़ सके। छुटपन में मुन्नू बहुधा बाहर से खेलकर आता और अपनी माँ को रोती देखता, तो वह फ़ौरन दौड़कर उससे लिपट जाता था। उस समय भी वह इसी प्रकार के भावों से पूर्ण था, परन्तु किसी चीज़ ने उसे रोक दिया। उसमें कुछ परिवर्तन हो गया था। अब उसमें वह बचपन का-सा भोलापन और सरलता न रह गई थी। अब वह अपने भावों और उद्गारों को समझने लगा था। उसे साहस न हुआ कि वह मालकिन के पास जाए।

"मैं उस्ताद गनपत के पास जाता हूँ। देखूँ, शायद वे आकर उस्ताद प्रभु को ज़मानत देकर छुड़ा लें" तुलसी ने मुन्नू के पास आकर कहा।

मुन्नू ने अपनी नीची आँखें ऊपर उठाई और मुँह सिकोड़ लिया। "आओ जी महाराज और बोंगा" तुलसी ने द्वार की ओर जाते हुए कहा, "चलो तुम्हें थोड़ी ताज़ी हवा खिला लाऊँ।" उसके भाव से ऐसा लगता था, मानो वे नन्हें बच्चे हैं और सांसारिक विषयों का उन्हें कुछ ज्ञान ही नहीं है। वे दोनों उठे और उसके साथ हो लिए।

अब मुन्नू कमरे में अकेला रह गया था। मालकिन की सिसिकियाँ और हिचकियाँ चारों ओर छा गई थीं और मुन्नू को कुछ दिखाई न देता था। एक क्षण के लिए बिल्कुल निस्तब्धता छा जाती थी, एक विचित्र-सा भाव और बेचैनी चारों ओर फैल जाती थी और फिर दबी हुई सिसकियों की आवाज़ आने लगती, जो करुण स्मृति में डूबी होती थी।

मुन्नू को ऐसा लगा कि एक ज़रा-सी बेमौका आवाज़ या इशारा हुआ कि तूफ़ान फट पड़ेगा।

उसने चारों ओर दृष्टि दौड़ाकर कमरे की चीजों का निरीक्षण करना आरम्भ किया। एक कोने में पीतल के साफ़ मँजे हुए बर्तन रखे चमक रहे थे, दो मिट्टी के घड़े थे, जिन पर कुछ ऐसे विचित्र बेल-बूटे बने थे, जो मुन्नू की समझ में नहीं आए। अलगनी पर दरियाँ, चादरें टँगी हुई थीं। एक छींट का लिहाफ़ भी था, जिस पर आम की पत्तियाँ तथा फल के बूटे बने थे। मुन्नू को उस समय वह आम की याद बड़ी बुरी लगी। फिर एकाएक एक सिसकी फूट पड़ी और उसने मुन्नू को चौंका दिया।

वह बड़ी कठिनाई से अपनी मालकिन के पास गया और उसके पास पहुँचकर सिर झुकाकर कहने लगा, "उठो, बस अब शान्त होओ।"

अब तो वह फूट-फूटकर रोने लगी। इस सहानुभूति से शोक की रुकी हुई धारा फूट पड़ी।

मुन्नू उसके पास घुटनों के बल बैठ गया और हाथ पकड़कर उसे उठाने का प्रयत्न करने लगा, "उठो अब, उठो तो सही!"

वह और भी फूट-फूट कर रोने लगी।

"अरे बेटा, मैं कहाँ जाऊँ" वह कहती जा रही थी, "हाय, मैं क्या करूँ?"

धीरे-धीरे उसने अपना सिर मुन्नू के कन्धे पर ढलका दिया। मुन्नू को अपनी गर्दन पर उसकी साँस की गरमी का अनुभव हुआ और नर्म गालों का स्पर्श मुन्नू के शरीर से होता हुआ मस्तिष्क में पहुँचकर तूफ़ान-सा मचाने लगा। उसका शरीर तन गया और उसे बेचैनी-सी मालूम होने लगी।

उसके बुदबुदाते हुए होंठों ने किसी भूली हुई स्मृति को मुन्नू के हृदय में फिर ताज़ी कर दिया—उस स्मृति को जिसके वह कभी-कभी स्वप्न देखा करता था।

उसने अपनी मालकिन के आबनूसी चेहरे को देखा। उसके काले-काले बालों में, जो उसके माथे और काली भवों के चारों ओर बिखरे थे, आज, और दिनों की तरह पीले फूल नहीं गुँथे थे। गालों की भरी हुई हड्डियों पर रोने के कारण लाली छा गई थी और इस लाली के कारण उसकी काली-काली आँखों में चमकते हुए आँसू प्रकाश के दो गड्ढे मालूम हो रहे थे। उसके होंठ ज़रा खुले हुए थे, जबड़ों से बकवास टपकता था, लेकिन वह ठोड़ी पर आकर बेबसी में परिणत हो गया।

मुन्नू के हृदय में एकाएक उन दिनों की स्मृति नवीन हो उठी, जब वह बीमार था, और मालकिन ने उसकी सेवा-शुश्रूषा की थी, उसे गले लगाया था, उसका माथा चूमा था और पहाड़ी गीत गा-गाकर उसका दिल बहलाया करती थी।

मुन्नू ने उसे खींचकर गले लगा लिया। उसे ऐसा लगा कि वह काँप रही है। अब मुन्नू की खामोश घबराहट कुछ कम हो गई थी और उसे थोड़ा-सा सन्तोष हुआ। कुछ क्षण तक वह उसके शरीर की कोमलता और उष्णता में ऐसा खो गया कि चारों ओर उसे केवल अँधेरा-ही-अँधेरा दिखाई पड़ता था। उसके हृदय में प्रेम का ऐसा जोश उठा कि उसका दम घुटने लगा और उस आग से उसकी आँखों में गरम-गरम आँसू उबल पड़े। ऐसा रंज, ऐसा सदमा, ऐसा कष्ट उसको अपने जीवन में कभी न हुआ था।

"रोओ नहीं। बस रोओ नहीं" वह अपनी मालकिन से कह रहा था।

"तुम न रोओ, मेरे बच्चे! तुम न रोओ मेरे लाल—तुम क्यों रोते हो!" मालकिन उससे कह रही थी।

फिर पैरों की धम-धम सुनाई दी और दूर से अँधेरे में से कदमों की धम-धम के साथ आवाज़ें भी आने लगीं।

लेकिन मुन्नू और उसकी मालकिन बराबर रोते ही रहे।

"ऐ मुन्नू, देख तो सही, उस्ताद प्रभु लौट आए" तुलसी की आवाज़ आई।

"तुम दोनों रो क्यों रहे थे? तुम क्या समझते थे कि मैं मर गया" और वह दरवाज़े के पास चारपाई पर धम से बैठ गया। उसकी आवाज़ में ज़रा-सा रोष का भाव था और उसका चेहरा पीला पड़ गया था, हाथ-पाँव काँप रहे थे।

"तो उन लोगों ने आपको छोड़ दिया उस्तादजी?" मुन्नू तेज़ी से प्रभु के पास आकर खड़ा हुआ।

"हाँ हाँ, उन लोगों के पास मेरे विरुद्ध मामला ही क्या था? कोई मेरी गिरफ्तारी का वारन्ट तो था ही नहीं।" वह मुन्नू की अपेक्षा अपनी पत्नी की ही ओर विशेष रूप से संकेत करके कह रहा था, "वैसे मैं दिवालिया तो हो चुका और मुझे हर एक का कम-से-कम आधा रुपया तो चुकाना ही होगा। किन्तु पुलिस ने मुझे नाहक ही मारा। हाय! मेरी हड्डियाँ कितनी दुख रही हैं! कोई लिहाफ़ या कम्बल हो, तो मुझे उढ़ा दो" और वह बेहोशी में बर्राने लगा।

जब वह इस अवस्था में पड़ा था, तब चोट के नीले दाग उसके कुरते और धोती से, जो तार-तार हो गए थे, साफ़ दिखाई पड़ रहे थे, और घावों से रिस-रिस कर रक्त बह रहा था।

प्रभु की स्त्री दौड़कर सिरहाने पहुँच गई थी। वह उसका बदन दबाती जाती थी और मुँह फेर-फेरकर अंचल से आँसुओं को पोंछती जाती थी।

मुन्नू ने कम्बल और लिहाफ लाकर उढ़ाए और तुलसी डाक्टर बुलाने गया, जो कूचए-बिल्लीमाराँ के नुक्कड़ पर ही रहता था।

जब डाक्टर आकर चला गया, तब मुन्नू और तुलसी मरहम और दवाई लेने सदर बाज़ार के दवाखाने को चले।

दोनों-के-दोनों चुपचाप बाज़ार की ऊँची-ऊँची अँधेरी सड़क से होते हुए एक पतली-सी गली में मुड़े। यहाँ से दो पतली-सी गलियाँ और निकलती थीं—एक सन्त सेनदास के मन्दिर को और दूसरी गिरजाघर को जाती थी। वहाँ से वे दोनों टाउन हाल वाली सड़क पर हो लिए। शेरखाँ की मस्जिद के पास से होते हुए वे सदर बाज़ार में निकले। यह बाज़ार बहुत लम्बा-चौड़ा था और यहाँ की हिन्दुस्तानी दूकानें अँगरेज़ी ढंग से बनाई गई थीं। दोनों के मन में यह विचार उठ रहे थे कि पता नहीं मालिक बचेंगे या मर जाएँगे और दोनों सिर झुकाए जल्दी-जल्दी चले जा रहे थे।

वापसी के समय उनका हृदय आशा से पूर्ण था, क्योंकि पारसी दवा बेचने वाले सोराबजी ने, जो दवाएँ उन्हें दी थीं, वे सब शानदार तरीके से लिपटी हुई बड़ी भारी लग रही थीं। दोनों की चिन्ता कुछ कम हो गई।

"बोंगा और महाराज कहाँ गए" मुन्नू ने पूछा, "वे तुम्हारे साथ तो वापस नहीं आए?"

"मास्टर गनपत ने उन्हें अपनी फ़ैक्ट्री में रख लिया" तुलसी ने जवाब दिया, "पहले तो उन्होंने उनको खूब गालियाँ दीं और फिर डराया-धमकाया तो वे ऐसा डरे कि वहीं रह गए।"

मुन्नू चुप रहा। उसे गनपत से घृणा थी। परन्तु समस्त दिन एक-एक करके जो घटनाएँ होती रहीं, उनके कारण वह इतना परेशान हो गया था कि किसी रूप में घृणा प्रकट करने की भी उसमें शक्ति नहीं रह गई थी। वह अँधेरे में चलता रहा, जैसे कहीं शून्य में विलीन हो जाना चाहता हो। परन्तु कभी-कभी रास्ते में किसी के हुक्के से एक-आध चिनगारी निकलती दिखाई देती और चिनगारी के प्रकाश में कोई मज़दूर अपने हाथ का या दूकान के तख्ते का तकिया लगाए, कुण्डली मारे सोता हुआ दिखाई पड़ता तो मुन्नू चौंक पड़ता और सोचने लगता कि यह कौन होगा।

"यदि हम चाहते हैं कि किसी तरह उस्ताद प्रभु को छुड़ाएँ, तो हमको भी अनाज की मण्डी में जाकर इस तरह सोना होगा, ताकि सबेरे-ही-सबेरे बोझा ढोने की मज़दूरी मिल सके" तुलसी अपने साथी के मन की दशा को पहचान कर कहने लगा।

मुन्नू ने इस बात का कोई उत्तर नहीं दिया।

दवा पीने के बाद मालिक को अच्छी तरह नींद आ गई। उन्हें पसीना भी आया और साँस भी ठीक-ठीक चलने लगी। उसकी पत्नी अभी तक सिरहाने बैठी थी। मुन्नू और तुलसी को विश्वास था कि रात-भर इसी प्रकार बैठी रहेगी। इसलिए वे दोनों अनाज की मण्डी में सोने का निश्चय करके रात के अँधेरे में बाहर निकल गए। उन दोनों की धारणा थी कि अनाज की मण्डी में बोझा ढोने का काम और कामों की अपेक्षा आसानी से मिल सकता है।

कूचए-बिल्लीमाराँ से निकलकर वे दोनों पापादुम बाज़ार पहुँचे, जहाँ रात-दिन दालों, मसालों और सड़े हुए पनीर की दुर्गंध फैली रहती है। फिर वे बाँस-बाज़ार में जा निकले, जो खूब फैला हुआ था ओर सन्तोषसिंह की धर्मशाला के पास से होते हुए नमक-बाज़ार में आ गए। यहाँ धार्मिक हिन्दू दूकानदार अपनी दूकानों के आगे नमक के ढेले रख दिया करते थे और शहर के बैल इधर-उधर से आकर उनको चाटा करते थे। अब अनाज की मण्डी कोई सौ गज़ रह गई थी। बीच में हनुमान-स्ट्रीट पड़ती थी।

गलियों और सड़कों पर गरमी की घुटन थी। चन्द्रमा अँधेरी सड़कों पर अपना धुँधला प्रकाश फैला रहा था और वे दोनों अन्धों की तरह चले जा रहे थे। नींद आँखों में भरी थी, बदन थकावट से चूर-चूर था और उनके हृदय में केवल एक विचार था कि कहीं लेट रहें। किन्तु रात का सन्नाटा कभी-कभी टूट भी जाता था। कहीं से किसी क्षय के रोगी के खाँसने की आवाज़ आती थी। वह अपने चौबारों या छतों से झुकते और बलगम थूकते। किसी मन्दिर के अहाते में से झींगुरों की आवाज़ एकाएक आती, जैसे बिजली कड़क जाए। कहीं कोई भूखा कुत्ता किसी साँड़ की बादल के गरजने की-सी डकार से चौंककर भूँकने लगता और कोई कमबख्त बिल्ली कुत्ते के डर के मारे म्याऊँ-म्याऊँ करने लगती। इसके अलावा भूतों का भी डर था। कहते हैं कि मृत आत्माएँ रात को अपने-अपने

घरों को देखने आती हैं।

दोनों लड़कों का दम घुटने लगा।

कीचड़ भरी हुई सड़क का आखिरी गढ़ा पार करने के बाद वे अनाज की मण्डी के पतले चक्करदार नुक्कड़ पर पहुँच गए। परन्तु यहाँ तो और भी घुटन और भीड़-भाड़ थी। बीच में एक बड़ा-सा चौकोर मैदान था ओर आस-पास कच्ची-कच्ची दूकानें बनी थीं। फूस के झोपड़े थे, पाँच-मन्ज़िली हवेलियाँ भी थीं, जिनका कुछ हिस्सा सीमेन्ट का बना था। कुछ खम्भे, मेहराब और फाटक भी थे। मैदान में चारों ओर लकड़ी की गाड़ियाँ इस तरह खड़ी थीं कि उनके ऊपर उठे हुए जुए बिल्कुल सलीब की तरह मालूम होते थे। बहुत-से मोटे-ताजे बैल और भैंस, जिनके सींग साँप की तरह बल खाए हुए थे, और बहुत-से दुबले-पतले सूखे मरियल बछड़े अपने ही गोबर में पड़े थे, या खड़े घास खा रहे थे, या जुगाली कर रहे थे, या यों ही अपनी थूथनियाँ हिला रहे थे। इन्हीं सब के बीच में बहुत-से कुली भी थे। उसी मिट्टी का-सा उनके शरीर का रंग था, जिस पर वे पड़े खर्राटे ले रहे थे, या दो-चार एक साथ बैठे कहीं हुक्का पी रहे थे, या किसी ऐसी जगह की खोज में थे, जहाँ गन्दगी न हो और वे सो सकें। नालियों की सड़ी हुई बू, सड़े अनाज की बू, ताजे गोबर और पेशाब की बू, आदमियों और जानवरों की साँस की बू, इन सब ने मिलकर अहाते में एक ऐसा परेशान कर देने वाला वातावरण पैदा कर दिया था कि या तो मनुष्य उसको सूँघते-सूँघते उसका आदी हो जाए, या फिर उसका ध्यान उन शरीरों से बचने में बँट जाए, जो या तो पसीने से चमक रहे थे या मच्छरों से बचने के लिए सर से पाँव तक चादरें ओढ़े पड़े थे, मानो कफ़न ओढ़े पड़े हों। रात के अँधेरे में मक्खियाँ और मच्छर भूत-प्रेतों की तरह चारों तरफ छाए थे।

अभी तुलसी और मुन्नू चौक में घुसे ही थे कि मच्छरों ने उन पर आक्रमण किया और वे अपने नंगे हाथों और पैरों पर थप्पड़ मारने लगे।

"अरे यह मच्छर बेटी..."

"यह कौन गाली बक रहा है?" कुलियों के एक गिरोह से एक तेज़ आवाज़ आई। मुन्नू और तुलसी घबरा गए, क्योंकि उन्होंने बिल्कुल अनजाने ही गाली बकी थी।

"हम किसी को गाली नहीं दे रहे हैं भाई, इन मच्छरों को कह रहे हैं।" तुलसी बोला।

"तुम हो कौन?" एक दूसरे व्यक्ति की आवाज़ आई।

"कुली हैं" मुन्नू ने उत्तर दिया। उसने अपनी आवाज़ में बेतकल्लुफ़ी पैदा कर ली थी, क्योंकि उसे ख्याल था कि तुलसी के मलमल के कपड़ों से कहीं ये लोग भड़क न जाएँ। परन्तु उसे विश्वास था कि उस अवस्था में उसका नंगा शरीर उनकी शंका दूर कर देगा।

"यहाँ अब किसी के लिए जगह नहीं है" एक कुली ने तपाक से कहा। उसका काला शरीर आबनूस की तरह चमक रहा था और वह मच्छरों से बचने के लिए बैठा तेल मल रहा था।

और यह सच भी था कि वहाँ बिल्कुल जगह न थी। पहले ही से लाइन-के-लाइन कुली चादरें ताने दूकानों की सीढ़ियों और तख्तों पर सिर रखे यहाँ से वहाँ तक लाशों

की तरह सो रहे थे। एक बैलगाड़ी के आस-पास कोई पन्द्रह लाशें घेरा बाँधे पड़ी थीं। मुन्नू और तुलसी इस गोरख-धन्धे में से कूदते-फाँदते सावधानी से दूसरी तरफ निकल आए, जहाँ अनाज की बहुत-सी बोरियाँ रखी हुई थीं। यहाँ कुछ शान्ति मालूम होती थी।

"कौन हो? चोर होओ तो होशियार हो जाओ" एक चौकीदार ने आवाज़ दी। वह थोड़ी ही दूरी पर बाँस की चारपाई पर एक लट्ठ लिए लेटा था।

"हम कुली हैं" मुन्नू ने जवाब दिया।

"चलो चलो, इस दूकान के पास से खिसको। लाला तोताराम की आज्ञा है कि यहाँ किसी कुली को न फटकने दिया जाए। इस दूकान के अन्दर तिजोरी है।"

"अच्छा महाराज" तुलसी ने उत्तर दिया और वह आगे-आगे चलने लगा। उसे आशा थी कि कहीं-न-कहीं लेट रहने के लिए स्थान तो मिल ही जाएगा। चारों ओर आदमी-ही-आदमी पड़े थे—सैकड़ों आदमी थे, कभी करवट बदलते थे, कभी चुपके-चुपके बातें करते थे, कभी खाँसते थे, कभी आहें भरते थे। कुलियों के सोने के इस विचित्र ढंग और बार-बार कराह-कराह कर 'राम-राम' 'श्रीकृष्ण' और 'हरी हर' कहने पर मुन्नू को बड़ा क्रोध आया। वैसे तो वे मुन्नू से बड़े थे—अधेड़ उम्र के और बूढ़े। ऐसे ही लोग तो भगवान् को याद करते हैं। लेकिन जब से मुन्नू ने ईमानदार और भगवान् के भक्त प्रभु की वह गति देखी थी, तब से भगवान् के दयालु और न्यायी होने के विषय में उसकी राय बिल्कुल बदल गई थी।

मुन्नू तुलसी को घसीटकर बीचो-बीच बाज़ार में ले गया, जहाँ अनाज की बहुत-सी बोरियाँ एक जगह पर गँजी थीं और उन पर एक बड़ा-सा टाट ढँका था।

पहले तो चुपके-से चारों ओर दृष्टि दौड़ाकर उसने निश्चय करने का प्रयत्न किया कि यहाँ कोई चौकीदार तो नहीं है। फिर उसने बोरों के आस-पास पाँव टिकाने की जगह ढूँढ़नी आरम्भ कर दी। जब जगह न मिली, तो उसे किसी ऐसी चीज़ की तलाश हुई, जिसके सहारे वह चढ़ सकता। कुछ गज़ की दूरी पर एक बाँस गड़ा था, जिसके सिरे पर किसी बनिए के कबूतरों की छतरी थी। मुन्नू वह बाँस उखाड़ने के लिए चला ही था कि तुलसी ने उसे रोक लिया।

"मैं नीचे घोड़ा बनता हूँ, तू मेरी पीठ पर खड़ा होकर ऊपर चढ़ जा और फिर मुझे खींच लेना।" यह कहकर तुलसी झुक गया। मुन्नू उतावली के साथ तुलसी की पीठ पर सवार हो गया और उसकी रीढ़ की हड्डी पर अपने शरीर को सम्भाल कर बोरों के ढेर पर चढ़ गया। फिर उसने बोरियों में अपने पैर गाड़े, माथे से पसीना पोंछा, और दाहिना हाथ नीचे लटकाकर तुलसी को ऊपर खींचा। उसके शरीर का एक-एक अंग तन गया, लेकिन ढेर से ऊपर हवा के गर्म झोंके बराबर आ रहे थे और उसके शरीर में स्फूर्ति आ गई थी। उसने चारों ओर देखा कि शायद किसी चौकीदार ने उसे और तुलसी को देख लिया हो और नीचे उतरने को कहे। परन्तु वहाँ तो चारों ओर केवल लाशें-ही-लाशें बिखरी पड़ी थीं। कुछ चित पड़ी थीं, कुछ करवट के बल, कुछ पेट के बल, कम-से-कम जगह घेरने के विचार से सिकुड़ी हुई, जैसे दुःख की गठरियाँ रखी हों और भगवान् से एक झपकी की भीख माँग रही हों।

"तुम्हें नींद नहीं आ रही है? सोते क्यों नहीं?" तुलसी ने पूछा। वह स्वयं दिन-भर

की थकावट के कारण नींद के मारे व्याकुल हो रहा था।

"हाँ सोता हूँ" मुन्नू ने कहा, किन्तु वह आँख फाड़-फाड़कर देर तक शून्य के अन्धकार में देखता रहा और अनजाने ही चारों ओर के शब्द सुनता रहा—आधे बेहोश पड़े लोगों की आहें, कहीं किसी हुक्के की गड़गड़ाहट, किसी मेढक का टर्राना, किसी मक्खी की भन् भन् भन्!

मुन्नू ने अपने-आप से पूछा, "क्या देख रहे हो मुन्नू?" अपने-आप ही उसने उत्तर भी दिया, "कुछ नहीं!" वह चित्त लेट गया। अनाज की बोरियों की सतह गोलाकार थी, उस पर आराम काफ़ी मिलता था। नील वर्ण आकाश पर कुछ भूरा-भूरा रंग छाया था और चन्द्रमा उसका कलेजा चीरकर प्रकाश की किरणों को नीचे बिखेर रहा था।

मुन्नू ने आँखें बन्द कर लीं और उसको अपने मालिक के घर की छत का चित्र दिखाई देने लगा। कसी हुई खाटों की कतार में उसे अपनी भी छोटी-सी खाट दिखाई पड़ने लगी। अब वह सोचने लगा कि, आज मैं यहाँ उस घर से दूर हूँ, प्रभु वहाँ नीचे के बड़े कमरे में बीमार पड़ा है गनपत और कहीं नगर के दूसरे भाग में है, महाराज ओर बोंगा भी सम्भवतः नए कारखाने में सोते होंगे। मालकिन हमें याद करती होंगी—शायद रोती भी हों। हम वहाँ से क्यों आ गए? हमें मालिक-मालकिन के पास ही रहना चाहिए था। अगर कहीं मालिक मर जाए तो! परन्तु मालिक की मृत्यु की तो वह कल्पना भी नहीं करना चाहता था। उसने अपनी आँखें ज़ोर से मींच लीं और सो गया।

वह बड़ी बेचैनी की नींद में सोया। कभी अपनी मुट्ठियाँ मींचता, जैसे कोई डूबता हुआ तिनके का सहारा ले रहा हो। इधर-उधर करवट लेने में बदन दुःख रहा था, लम्बी-लम्बी साँसों से नथुने फूल-फूल जाते थे। दो-एक बार नींद ही में कराहा भी। ऐसा मालूम होता था कि उसका शरीर लगातार परेशानियों में फँसकर एक उलझी हुई ग्रन्थि बन गया था, जो अब सुलझ रही थी। जब रात की गरमी और घुटन प्रातःकाल की ठण्डक में बदल गई, तब मुन्नू का शरीर कुछ स्वस्थ हुआ। वह एक बोरी से ऐसा लिपट गया, जैसे वह किसी युवा स्त्री का कोमल शरीर हो।

प्रातःकाल जुलाहों की गली के मुर्गों की बाँग, चिड़ियों के झुण्डों के कलरव और कौवों की निरन्तर काँव-काँव से भी मुन्नू और तुलसी की नींद न टूटी। हाँ, दूसरे कुली, बैल, लँगड़े अपाहिज़ कुत्ते और धार्मिक हिन्दू व्यापारी अवश्य जाग गए।

अन्त में सूर्य ने अपनी काँपती हुई गर्म लोहे की सलाखें मुन्नू के शरीर में चुभाना आरम्भ किया। वह उठ बैठा। उसका गला सूख रहा था। आँखें चिपक गई थीं और हाथ-पाँव में पीड़ा थी। उसने चुपके से तुलसी को ठेला। प्रातःकाल के पीले और लाल आकाश के प्रकाश में, जो सारे बाज़ार में फैल गया था, मुन्नू को अपना शरीर बहुत ही गन्दा और काला दिखाई दिया।

"उठ रे तुलसी! उठ तो" उसने झुँझलाकर कहा और आँखें मलने लगा। तुलसी झट उठकर खड़ा हो गया।

मुन्नू ने चारों ओर दृष्टि दौड़ाई। उसकी समझ में नहीं आ रहा था कि वह कहाँ से और किस काम से श्रीगणेश करे।

कुछ कुली अनाज के बोरे दो भरी हुई बैल गाड़ियों पर से उतार-उतारकर एक गोदाम

की तरफ़ ले जा रहे थे, कुछ बैठे हुक्का पी रहे थे या बीड़ियाँ सुलगाए थे। बाज़ नल पर मुँह धो रहे थे और बाज़ तो चारों ओर के इस शोर-गुल से बिल्कुल बेखबर अब तक पड़े सो रहे थे, जैसे मर गए हों। लाला लोग कलफ़ किए हुए मलमल और कीमती टसर के कपड़े पहने दूकान से मन्दिर और मन्दिर से दूकान आ-जा रहे थे। 'राम राम राम!' 'हरि ॐ हरि ॐ', 'श्री जै श्री' और इसी प्रकार के और भी शब्द उनके मुख से निकल रहे थे। कौन जाने, यह वन्दना भगवान् की हो रही थी, या राक्षसों के देवता की। चारों ओर ताँबे के रंग के लोग नाममात्र को कपड़े पहने, चीथड़े लगाए फिर रहे थे, चीख रहे थे, हाँफ रहे थे, आहें भर रहे थे या मुर्दों की तरह निश्चल पड़े थे।

मुन्नू तो इस वातावरण में ऐसा खप गया, जैसे भारी उम्र वह इसी का आदी रहा हो। भाँति-भाँति के लोगों को देखकर उसे एक विचित्र-सा कौतूहल हो रहा था। वैसे तो उसने बहुत-से हिन्दू पहाड़ी कुलियों को एक जगह देखा था, परन्तु अधिक कश्मीरी मुसलमान और सिक्ख कुली एक जगह मिले-जुले उसने कभी न देखे थे। उसने सोचा कि कहीं इनमें भी तो हिन्दू लोग मुसलमानों से मिलने से अपने धर्म-भ्रष्ट होने का विचार ही नहीं करते? वह आशा करने लगा कि यहाँ लोग ऐसा नहीं समझते। कारखाने की नौकरी के दिनों में एक दिन जब वह किसी काम से जा रहा था, तब उसने नानबाई की दूकान से एक रकाबी माँस और रोटी लेकर खाई थी। करता भी क्या! मसालेदार माँस के देगचे में से सुगन्ध ही ऐसी आ रही थी कि उसके मुँह में पानी भर आया। वैसे तो उसने दूकान के अन्दर बैठकर रोटी और माँस खाया था, इस भय से कि कोई आता-जाता हिन्दू उसे पहचान न ले, परन्तु वास्तव में उसे इस बात में कोई बुराई न मालूम हुई। उसने तो केवल एक ऐसा खाना खाया था, जो मुसलमान हिन्दुओं से अच्छा पकाते हैं। उसे ऐसा लगा कि धर्म कोई चीज़ नहीं, क्योंकि वहीं उसकी आँखों के सामने एक राजपूत कुली एक मुसलमान कुली का हुक्का पीने लगा था और धर्म का आधार यदि हुक्के-पानी पर ही है, तो फिर तो कुली तो सब धर्महीन ठहरे। क्या मालूम शायद एक-दूसरे का खाना वे न खाते हों परन्तु जहाँ तक उसका अपना सम्बन्ध था, उसे इसकी परवाह न थी। उसे तो उस समय केवल एक बात की चिन्ता थी कि काम मिल जाए। दिन काफ़ी चढ़ गया था, सूर्य की किरणें आँखों को चकाचौंध कर रही थीं और वे दोनों अभी तक अपनी जगह से खिसके भी न थे।

"तुलसी! तुलसी!" मुन्नू ने घबराकर कहा, "चल, जल्दी चलें। वह दूकान खुल रही है। देख तो सही, वहाँ कितनी भीड़ जमा हो गई है।" और वह कूदकर जल्दी से उस भीड़ की ओर बढ़ा, जो एक रंगीन मिट्टी से पुते हुए चौ-मन्ज़ले मकान के निचले हिस्से वाले चौड़े चिकने गोदाम के चारों ओर जमा थी। तुलसी धीरे-धीरे उसके पीछे आया।

परन्तु मुन्नू को आगे धँसने का रास्ता न मिला। उसके सामने लम्बे-लम्बे और तगड़े-तगड़े कुली एक-दूसरी पर पिले पड़े थे। उसने उद्योग किया कि आस-पास से कहीं से सटक जाए, या टाँगों के नीचे से निकल जाए। इस उद्योग में वह पसीने-पसीने हो गया, किन्तु लक्ष्य तक न पहुँच सका और पीछे ही खड़ा केवल चीखने-चिल्लाने, गालियों और कसमों और मिन्नत-खुशामद का शोर-गुल सुनने लगा।

"चलो, पीछे हटो। सुअर कहीं के! पीछ हटो।" लालाजी एक बाँस लिए अपनी

लोहे की तिजोरी पर खड़े चीखते जा रहे थे, "पीछे हटो बदमाशो, नहीं तो किसी को काम नहीं मिलेगा।"

"लालाजी, लालाजी, मैं मुहम्मद बट हूँ। आपने कल भी मुझे लगाया था'—एक कुली बोला।

"अबे हरामी, पीछे हट, पीछे हट।"

"ओ लालाजी, मैं आदमी पीठ पर लादकर दो मन आसानी से ले जा सकता हूँ, मुझे लगा लीजिए।" एक दूसरे कुली ने कहा।

"चल बे बदमाश! पीछे हट। इस तरह तुममें से किसी को काम नहीं मिलेगा।"

"लालाजी, लालाजी, एक बोरी का बस एक आना दे देना। यहाँ से जहाँ चाहे, भेज देना। एक ही आना लूँगा।" एक तीसरे कुली ने कहा।

"पीछे हट बदमाश, नहीं तो तेरी हड्डियाँ तोड़ दूँगा।

"लालाजी! लालाजी! लालाजी!" कुछ देर तक बस यही सुनाई देता रहा और फिर सख्त हड्डियों पर तड़ातड़ बाँस पड़ने लगा। दूकान के सामने से क्रोधभरी आवाज़ें आने लगीं। पीछे हटते हुए कदमों की धमाधम होने लगी और आदमियों की लहरों-पर-लहरें डण्डे की चोट से बचने के लिए पीछे खिसकने लगीं।

"लाला ठाकुरदास की दूकान खुल रही है" किसी ने चिल्ला कर कहा।

और फिर वह रेला बड़ी तेज़ी से एक बड़ी-सी दूकान पर टूटा, जिसके दरवाज़े में रक्षा के लिए लोहे की सलाखें लगी हुई थीं।

मुन्नू ने यह उपाय सोचा कि उसी जगह खड़ा रहे, ताकि जब सब लोग उधर भाग जाएँ तो उसे आसानी से काम मिल जाए। इतने में तुलसी आ गया और मुन्नू से आगे चलने को कहने लगा। परन्तु मुन्नू ने चुपके से उसे अपनी तरकीब बताई और कहा कि, "यहीं ठहरो, जब यह सारी भीड़ छँट जाएगी, तब हमें काम मिल जाएगा।"

अन्त में यही हुआ। मुन्नू का विचार ठीक निकला। जब सारे कुली लाला ठाकुरदास की दूकान की ओर भाग गए, तब यहाँ केवल मुन्नू, तुलसी और पाँच कुली रह गए।

लालाजी ने लकड़ी रख दी और बोले, "चलो कुत्तो! तुमने मुझे पसीने-पसीने कर दिया। चलो गोदाम की बोरियाँ उठाकर स्टेशन ले जाने के लिए रहमत की गाड़ी पर लादो।"

अनाज की बोरियों पर नीले रंग से हिन्दी में लिखा था।

भेजने वाले—

गोकुलचन्द मोहनलाल

पाने वाले का पता—

रल्ली ब्रादर्स

एक्सपोर्ट एजेन्ट, कराँची।

मुन्नू ने यह पढ़ लिया। परन्तु उसकी आयु अभी इतनी कम थी कि वह अर्थ-शास्त्र-सम्बन्धी इन बातों को क्या समझता और वह अर्थ-शास्त्र भी ऐसा, जिसके अनुसार हिन्दुस्तान से गेहूँ विलायत भेजा जाता था। वह तो केवल 'रल्ली' शब्द को बार-बार दुहराता रहा। यह शब्द उसे बड़ा विचित्र और अपरिचित-सा लगा। गाँव में जब वह साइन्स की किताबें पढ़ता था तब बहुधा शब्दों को इसी तरह बार-बार स्वयं ही दोहराता रहता था।

सारे कुली, जिनमें तुलसी भी था, अपना-अपना कन्धा उन बोरियों के नीचे लगा रहे थे, जो एक तख्त पर गँजी थीं। बारी-बारी से वे एक-एक बोरी लेकर उठ खड़े होते, काँपते-हाँफते, जोर लगाते और चल देते और बोझ के नीचे उनकी कमर दोहरी हुई जाती थी।

मुन्नू खड़े-खड़े देख रहा था कि किस तरह बोझा उठाना चाहिए। दूसरे कुलियों का अनुकरण करते हुए उसने अपने हाथों पर थूका कि हाथ गीले होने से बोरों के कोने आसानी से पकड़े जा सकें और जुट गया। परन्तु दुर्भाग्य से बोरी उससे उठ ही न सकी। उसे ऐसा लगा, जैसे दूसरे कुलियों को कोई जादू आता है, जो उसे नहीं आता। वह हाँफ-हाँफ कर ज़ोर लगाकर बोझा उठाने का यह गुप्त उपाय जानने का प्रयत्न करता रहा, किन्तु उसका वह सारा प्रयत्न व्यर्थ हुआ।

दूसरे कुली एक-एक बोरा रखकर दूसरा बोरा लेने के लिए भी आ गए। मुन्नू अभी तक ज़ोर लगा-लगा कर पहला ही बोरा उठाने का निष्फल प्रयत्न कर रहा था।

"छोड़ बे, बहन..." एक अधेड़ अवस्था के कुली ने बड़प्पन का भाव दिखलाते हुए कहा, "क्या मरना चाहता है? जाकर सब्जी-मण्डी में छोटे बोझे क्यों नहीं उठाता?" परन्तु मुन्नू तो अपने लिए तथा अपने मालिक और मालकिन के लिए भी रोज़ी कमाने पर तुला था।

"ज़रा मुझे सहारा दे, तो इस बोरे को उठाऊँ" उसने तुलसी से कहा।

तुलसी ने आकर बोरा उठवाकर उसकी पीठ पर लाद दिया।

मुन्नू उठा। उसकी टाँगें काँप रही थीं। सारा शरीर अकड़ कर पीठ पर रखे हुए भारी बोरे को सम्भालने का प्रयत्न कर रहा था। उसने एक डग आगे बढ़ाया, फिर दूसरा, फिर तीसरा। अब वह चल निकला। पीठ पर रखे हुए बोरे का बोझ जैसे उसे आगे ढकेले लिए जा रहा था। आँगन के आखिरी सिरे पर एक गढ़े के पास उसकी टाँगें आपस में टकराईं, परन्तु वह अपने दृढ़ निश्चय के कारण संभल गया। उसका नंगा लचकदार शरीर परिश्रम से पसीने-पसीने हो रहा था और उसके सारे शरीर से आग-सी निकलकर उसके पीले शरीर को दहका रही थी। कुछ समय के लिए तो वह एक सुन्दर युवक-सा दिखाई देने लगा। अभी तो चौखट पार करना बाकी था। उसने अपना बायाँ पैर उठाया और बिना यह सोचे कि डग लम्बा बढ़ाना चाहिए या कूदना चाहिए, उसने अपना दायाँ पैर भी उठा दिया। दोनों टाँगें आपस में टकराईं और वह धड़ाम से भूमि पर गिर पड़ा। बोरा तो अलग जा गिरा और सर मिट्टी के एक ढेर से जा टकराया।

"ए मादर..." लालाजी उछल पड़े। अभी-अभी वह अपने लाल रंग के बहीखाते सम्भालकर तख्त पर बैठे ही थे, "अबे हरामी, तुझसे किसने कहा था कि बोरे उठा! अभी माँ के पेट से निकले देर नहीं हुई चला है बोझा ढोने! भाग यहाँ से बदमाश! मैंने तुझे बोरे उठाते देखा ही नहीं, वरना वहीं टोक देता। सुअर कहीं का। मुझे हत्या के अपराध में जेल भिजवाना चाहता है? सुअर का बच्चा! चल यहाँ से।"

मुन्नू एक झटका लेकर उठ खड़ा हुआ और अपनी चोट का ख्याल किए बिना बोरों में उस ढेर के पीछे लेट गया, जहाँ वह रात को सोया था ताकि बाद को वह काम के लिए किसी दूसरी दूकान में जा सके। लालाजी अब तक मुन्नू को गालियाँ देते जा रहे थे। इस प्रकार उन्होंने दूसरे व्यापारियों का भी ध्यान आकर्षित कर लिया था, जो

दूकान खोल रहे थे और अपनी-अपनी तिजोरी पर गंगाजल छिड़क-छिड़ककर उसे पवित्र कर रहे थे।

अपनी ही समानता के एक व्यापारी को मुन्नू को इस प्रकार गालियाँ देते देखकर उन व्यापारियों ने यह आभास प्राप्त कर लिया कि वे उससे क्यों इस प्रकार अप्रसन्न हैं।

"भाग मादर...भाग यहाँ से" व्यापारी लोग अकारण चिल्लाने लगे, यद्यपि मुन्नू से किसी को किसी प्रकार की शिकायत होने का कोई कारण न था, क्योंकि वह किसी को कोई नहीं पहुँचा रहा था। उन सब ने बाज़ार में इस तरह का शोर मचाया, मानो मुन्नू कोई चोर या डाकू था और उसे तुरन्त भगा देना आवश्यक था।

मुन्नू बाज़ार से निकलकर अपने प्राण हथेलियों पर लिए हुए भागा।

कोई सौ गज़ तक तेज़ दौड़ने के बाद उसकी रफ्तार धीमी हुई। उसके सिर में धमक थी और मुँह पर पसीना बह रहा था। उसने अपने गालों पर हाथ फेरा। गर्म-गर्म खून छलक आया था। दोनों बाजारों की नुक्कड़ वाली गली में ठण्डी हवा के झोंके बराबर आ रहे थे। एक बड़े-से मकान की दीवार की छाया में वह इस विचार से खड़ा हुआ कि ज़रा दम और हवा ले ले, साथ ही शरीर में ठण्डी हवा भी लग जाए।

मुन्नू ने सोचा कि तुलसी अब भी अनाज के बोरे उठा रहा होगा। मन में उसने कहा—भाग्यवान् है तुलसी! वह आज दिन-भर में चार आने तो अवश्य ही कमा लेगा और मैं कुछ भी न कमा पाऊँगा, जो प्रभु के पास ले जाऊँ। सोचा सब मैंने ही, जिस समय लाला कुलियों को मार-मार कर भगा रहा था, उस समय यदि मैं तुलसी से यह न कहता कि ठहरो और सब कुलियों को दूसरी दूकान में जाने दो, तो तुलसी को मज़दूरी कहाँ से मिलती। क्या ही अच्छा होता कि मुझमें अनाज का बोरा उठाने की शक्ति होती।" उसे अपने-आप पर क्रोध आया। वह अधीर भाव से मन में कहने लगा—न जाने कब बड़ा होऊँगा और मेरे शरीर में खूब बल आ जाएगा। फिर उसे आते-जाते लोगों के घूरने का आभास हुआ। एक आदमी बाज़ार की तरफ़ से निकलकर आया और सड़क पर पेशाब करने बैठा। उसने मुन्नू को बड़े गौर से देखा।

मुन्नू ने सोचा कि अब घर चलना चाहिए। परन्तु एक हृदय-विदारक विचार आया कि बगैर कुछ लिए कैसे जाऊँ और वह इसी दुविधा में कुछ देर तक खड़ा रहा। उसका दिन टुकड़े-टुकड़े हुआ जा रहा था। सिर में अभी तक हल्की-सी धमक थी और सारे शरीर की गर्मी सिमटकर टाँगों की नसों में भर गई थी। इतने में बोरों से लदी हुई एक बैलगाड़ी आ गई, एक चुँधा-सा भैंसा जुता हुआ था और दो आदमी उसे मार-मारकर गाड़ी के पहियों की रफ्तार को तेज़ करने की चेष्टा कर रहे थे। अब तो मुन्नू को खिसकना ही पड़ा, क्योंकि पतली-सी गली थी और उसमें से होकर इतनी बड़ी भद्दी-सी गाड़ी का गुजरना ही कठिन था। कुछ देर तो मुन्नू यों ही चलता रहा और फिर एकदम रूककर सोचने लगा कि आखिर वह जा कहाँ रहा है।

उसके हृदय में अन्धकारपूर्ण स्थान में प्रकाश की किरण के समान इस प्रश्न का उत्तर भी अपने-आप ही आ गया, "उस बुड्ढे कुली ने कहा था न कि जाकर सब्ज़ी मण्डी में छोटे-छोटे बोझे उठाओ। तो फिर सब्ज़ी मण्डी ही क्यों नहीं चलते।" वह चलने लगा।

रास्ते-भर वह सोच में डूबा रहा, "किसी-किसी समय मुझे न जाने क्या हो जाता है, जैसे मैं मर-सा जाता हूँ। चलता रहता हूँ, परन्तु न कुछ देखता हूँ, न अनुभव करता हूँ, न सोच सकता हूँ और फिर एकाएक हर एक वस्तु को पहचानने लगता हूँ, सब कुछ सुनने और समझने लगता हूँ। मैं मर तो नहीं जाया करता! मुट्ठीभर राख बनकर हवा में तो नहीं गायब हो जाता! फिर साँस कैसे लेने लगता हूँ? मेरे शरीर और मेरे मस्तिष्क में क्या अन्तर है और रोशनी की यह रंगीन चिनगारियाँ कहाँ से आती हैं, जो मालिक प्रभु के कारखाने की लोहे की छतों के रोशनदान से आती हुई धूप की तरह मेरी आँखों के आगे लहराती और नाचती रहती हैं।"

किन्तु ये समस्याएँ बहुत ही जटिल मालूम पड़ रही थीं और उनका हल असम्भव था। उसका दिमाग अवश्य लगातार मशीन की तरह चल रहा था। शरीर की गरमी बढ़ रही थी और उसके हृदय पर जो छोटे-छोटे चित्र अंकित थे, वे और छोटे होते गए ऐसे कि बगैर दूरबीन के दिखाई न दे सकें। यहाँ तक कि वे उसी शून्य में विलीन हो गए, जिससे उत्पन्न हुए थे। फिर उसे लोगों की शक्लें दिखाई देने लगीं, जो गली में दूसरों को धक्का दे-देकर घर और पतली-पतली गलियाँ—ये सब वस्तुएँ उसके नेत्रों में समा गईं।

"सब्ज़ी मण्डी किधर है भाई?" मुन्नू ने एक कुली को रोककर पूछा। कुली आश्चर्य से उसका मुँह ताकने लगा। वह बोला, "चौक फ़रीद से होकर जाओ, दूसरे मोड़ पर दाहिनी ओर घूम जाना।"

मुन्नू ने न तो उस कुली की सूरत देखी और न उसे धन्यवाद दिया। वह एक साँस में भागा, मानो पैसे कमाने की इच्छा उस पर भूत की तरह सवार हो।

सब्ज़ी मण्डी चौक की तरह नहीं थी, बल्कि एक खुला हुआ बाज़ार थी, और वैसे भी खूबसूरती और चहल-पहल में और बाज़ारों से बढ़ी हुई थी। इसका एक कारण यह भी था कि यहाँ प्रातःकाल से ही क्रय-बिक्रय का क्रम आरम्भ हो जाता था, ताकि तेज़ धूप लगने से फल और फूल मुर्झा न जाएँ और उनकी ताज़गी में फ़र्क न आ जाए। बाज़ार क्या था, तरह-तरह के रंगों और विभिन्न प्रकार की वस्तुओं का एक समूह था—हरी-हरी मिर्चें, खीरे-ककड़ियाँ, और साग-पात, अंगूर के रंग की भिंडियाँ, ऊदे-ऊदे बैंगन, लाल टमाटर, सफ़ेद शलजम, पीली गाजरें, पीले खरबूजे, लाल गुलाब-जैसे आम, लाल केले छोटी-छोटी टोकरियों में लगे दूकानों में ढंग से ऊपर से नीचे तक सजे हुए थे। इस तरह फलों और साग-सब्जी की टोकरियों से सजी हुई दूकानें गली की दोनों ही ओर थीं।

गली में फटे-पुराने कपड़े लड़कों, फटीचर आदमियों, बूढ़ी खूसट काली विधवाओं का एक बड़ा समूह मालिकों के लिए खरीदे जाने वाले सौदे पर कमीशन तय कर रहा था। अमीर घरों की औरतें रेशमी कपड़े पहने हुए और अपनी-अपनी आभूषण से लदी हुई जवान बहुओं या बेटियों को लिए आलुओं के भाव पर मोल-तोल कर रही थीं। दूकानदार उन्हें आँख फाड़-फाड़कर ताकते जा रहे थे।

विभिन्न भाषाओं, आकर्षक दृश्यों और उठती हुई सुगन्धियों के संसार में मुन्नू बौखला-सा गया। उसकी समझ में नहीं आ रहा था वह किधर जाए। कभी हरे-हरे पत्तों के बीच में सजे हुए फूलों को ध्यान से देखने लगता और कभी उन टोकरियों को देखता,

जिनमें अधिक कोमल फल अंगूर इत्यादि रखे थे। छोटे-छोटे पके स्वादिष्ट आमों का एक ढेर देखकर तो उसके मुँह में पानी भर आया।

"अबे ओ बेटी..." किसी दूकानदार ने एक तरफ़ से आवाज़ दी, "दो पैसे में यह बोझ उठाएगा?"

"हाँ लालाजी" पाँच आवाज़ें एक साथ सुनाई दीं।

परन्तु मुन्नू ने जल्दी से लपककर लालजी के हाथ से टोकरी ले ली। यह मामला तो आसान था, पर मजदूरी भी तो दो ही पैसे थी।

"हे भगवान्! रोटी इतनी महँगी और मनुष्य का परिश्रम इतना सस्ता!" मुन्नू ने इस कहावत को दुहराते हुए दूसरे प्रतिद्वन्द्वी लड़कों को ढकेला।

अब मुन्नू प्रतिदिन सबेरे सब्ज़ी मण्डी आ जाता था और तुलसी अनाज की मण्डी चला जाता था। दोनों की प्रतिदिन की आय आठ आने से अधिक कभी न होती थी। तुलसी छः आने ले आता था और मुन्नू दो आने। परन्तु इस इतनी अल्प आय के लिए भी उन्हें भरपूर परिश्रम करना पड़ता था और भाग्य की परीक्षा भी करनी पड़ी थी, क्योंकि चारों ओर कुलियों की एक भीड़ सदा ही लगी रहती थी। मज़दूरी न मिलने पर दिन भर भूखे रह जाने के डर से वे लोग दौड़-दौड़कर दूकानों पर हमला करते, खींचते, ढकेलकर एक दूसरे को हटाते। यहाँ तक कि व्यापारियों में से किसी का लट्ठ किसी पहाड़ी कुली के दाँत तोड़ देती या किसी कश्मीरी कुली के सिर के ज़ख्मों को फिर से ताज़ा कर देती, तब कहीं जाकर हारकर वे पीछे हटते, अपने प्राणों की कुशल मनाते और भाग्य का सहारा ढूँढ़ते कि शायद वे एक आना फी बोझ की मज़दूरी के लिए चुन लिए जाएँ। ऐसा न था कि सब से अधिक बलवान् को ही मज़दूरी मिल जाए और निर्बल पीछे रह जाए। बहुधा किसी व्यापारी लड़के की चपलता से उन्हें मज़दूरी मिलती या फिर कोई लाला अपनी धूर्तता के बल पर यह उद्योग करता कि जो काम अधिक करे और दाम कम ले, वह लगा लिया जाए। किसी-किसी समय कुली लोग भी चालाकी से काम बना लिया करते थे। मुन्नू को तो अधिकतर उसकी चतुरता के ही कारण काम मिला करता था। उसे मालूम था कि सब्ज़ी मण्डी में बहुत अधिक प्रतियोगिता करनी पड़ती है, इसलिए वह मुखमण्डल पर करुणा का भाव अंकित किए हुए आस-पास की गलियों में टलहता रहता और जहाँ किसी स्त्री के सम्बन्ध में उसे यह अनुमान होता कि यह सब्ज़ी मण्डी जा रही है, बस उसके पीछे लग जाता, "माँ जी, मैं आपका सामान उठा दूँ।"

"अच्छा, अच्छा, उठा लेना। एक पैसा मिलेगा" स्त्री कहती।

"नहीं, माँ जी, दो पैसे तो देना! भला दो पैसे भी न देंगी, तो पेट कैसे भरेगा?" इस प्रकार का आग्रहपूर्ण निवेदन करते समय 'माँ' शब्द पर वह विशेष रूप से जोर देता, जिससे कि स्त्री के हृदय में करुणा के भाव का संचार हो उठे।

"अच्छा मरे, अच्छा!" स्त्री कहती।

फिर वह उसके हाथ से टोकरी या थैला छीन लेता और उसे बड़ी शान से दिखाता हुआ चलता, जिससे और कुलियों को मालूम हो जाए कि इस स्त्री का बोझा ढोने का

अधिकार इसने प्राप्त कर लिया है, अतएव और किसी को इसके पास भी फटकने का साहस न हो। जब दूसरे कुलियों ने भी यह तरकीब करनी शुरू कर दी, तब मुन्नू को कोई नई तरकीब सोचने की आवश्यकता पड़ी।

पहले तो मुन्नू ने लाला लोगों से अनुनय-विनय करना आरम्भ किया, किन्तु वे लोग व्यापार में बराबर व्यस्त रहा करते थे, साथ ही स्वार्थी भी परले सिरे के थे। उनको कहाँ इतना अवकाश कि वे मुन्नू की खुशामद की ओर ध्यान दें। उनके लिए तो सब कुली एक ही से थे—बदतमीज़, गँवार, गन्दे लोग, जिनसे केवल गाली से बात की जा सकती थी, या जिन्हें तरकारी लादकर लाने वाले खच्चरों की तरह पीटा जा सकता था।

फिर मुन्नू ने एक और तरकीब की। उसने कुलियों में झूठ-मूठ यह उड़ाना शुरू किया कि कल बाजार बन्द रहेगी। यह तरकीब दो-तीन बार तो काम दे गई, पर अधिकाँश कुली रात-दिन बाज़ार ही में पड़े रहते थे। उनका खाना-पीना, सोना, काम-काज सब वहीं होता था और उन्हें जल्दी ही पता चल गया कि मुन्नू एक बहुत ही धूर्त और दुष्ट लड़का है, उसकी बात का भरोसा कभी नहीं किया जा सकता।

अन्त में मुन्नू को अपनी उस पुरानी तरकीब पर ही भरोसा करना पड़ा। वह स्त्रियों का सामान पहुँचाया करता। परन्तु इस तरकीब में भी उसने थोड़ा-सा सुधार कर लिया था। अब वह बाज़ार के बाहर तो न जाता, परन्तु ऐसा करता कि जब दूसरे कुली बाज़ार में आने वाली सुन्दरी और युवती स्त्रियों को बैठे-बैठे ताका करते वह लपककर सबसे बूढ़ी, कुरूप और चिड़चिड़ी-सी स्त्री के पास पहुँच जाता। यद्यपि इसमें एक असुविधा यह अवश्य थी कि बूढ़ी स्त्रियाँ एक-एक पैसे के लिए घण्टों झगड़तीं, एक-एक पाई गिनतीं, और बहुधा मुन्नू से आधे-आधे दिन भरी हुई टोकरियाँ ढोवाने के बाद एक बासी रोटी और एक चमचा दाल देकर टाल देना चाहतीं, या फिर दो पैसे जो तय होते, उस पर बहस करने लगतीं।

इस प्रकार मुन्नू और तुलसी के अधिक-से-अधिक प्रयत्न करने पर भी प्रतिदिन आठ आने से अधिक न मिल पाते और इतने में सारे परिवार को बड़ी कठिनाई से दोनों समय दाल-चावल मिल पाता।

इस बीच में यद्यपि प्रभु का ज्वर शान्त हो गया था और घाव भी अच्छे हो गए थे, किन्तु अपने कारखाने का सामान अपने सामने नीलाम होते देखकर मारे दुःख के उसका अंग-अंग शिथिल हो गया था और वह फिर पड़ गया। इसके अतिरिक्त उसे यह चिन्ता भी खाए जाती थी कि वह किस प्रकार अपने महाजनों की एक-एक पाई चुका दे। उसे इन लड़कों के कारण भी चिन्ता थी, क्योंकि अपने पूर्व अनुभव से उसे मालूम था कि कुली का काम करके दिन-भर में एक पैसा भी कमाना कितना कठिन है। इन चिन्ताओं के कारण उसकी दशा दिन-प्रतिदिन शोचनीय होती गई और अन्त में डाक्टर ने सलाह दी कि यदि तुम्हें प्राणों की रक्षा करनी है, तो तुम पहाड़ चले जाओ। बहुत कुछ कहने-सुनने के बाद प्रभु स्त्री-सहित पहाड़ जाने पर सहमत हो गया और यह निश्चित हुआ कि तुलसी उनके साथ पठानकोट तक जाए और वहाँ से कोई बैलगाड़ी वगैरह तय करके उनको रवाना कर दे। मुन्नू को दौलतपुर ही मैं ठहरना पड़ा, क्योंकि इतने पैसे न थे कि सबका टिकट खरीदा जा सकता। इससे यह निश्चित हुआ कि वह कुछ दिन बाद मालिक और

मालकिन के पास चला जाएगा।

प्रभु और उसकी पत्नी दोनों फूट-फूट कर रोए।

मुन्नू ने प्रभु की आयु और डीलडौल के आदमी को रोते कभी न देखा था। उसकी आकृति पर दुःख-दरिद्रता के चिह्न अंकित थे। प्रभु का वही मुख-मण्डल था, जिस पर मुन्नू को देखकर स्नेह और प्यारभरी मुस्कराहट खिल उठती थी, परन्तु रुग्णता और दुःख-क्लेश सहते-सहते आज उसमें हड्डी-ही-हड्डी रह गई थी और उस पर कालापन आ गया था। विशेषतः उस समय, जब वह रोने लगा, उसका मुख विचित्र रूप से क्षुब्ध और हास्यजनक प्रतीत होता था। मुन्नू को इस समय मालिक के पास जाने में हिचकिचाहट हो रही थी, जैसे उसमें सहानुभूति प्रकट करने का सामर्थ्य ही न रह गया हो। वह चुपचाप खड़े-खड़े ताक रहा था और मन-ही-मन सोच रहा था, "यह मुझे हो क्या गया है? इस व्यक्ति ने मुझ पर इतनी कृपा की और मैं इसके पास भी नहीं जा सकता।"

मालकिन से मुन्नू को अधिक प्रेम था। सारा सामान बन्ध चुका था। वह खिड़की के पास बैठी हुई यात्रा के समय की प्रतीक्षा कर रही थी। इतने में मुन्नू जाकर उसकी गोद में गिर पड़ा और उसके आँसुओं की धारा में स्नान करने लगा।

मुन्नू का हृदय एक प्रगाढ़ अन्धकार में डूबकर ज़ोर-ज़ोर से धड़कने लगा। उसे उस दिन की याद आई, जब वह पहले पहल यहाँ आया था। बिजली की चमक की भाँति मालकिन का वह चेहरा उसकी नज़रों के सामने फिरने लगा, उसकी वह प्रेमभरी मुस्कराहट जिसे देखते ही मुन्नू के मन को सन्तोष हो गया था। फिर उसे अपनी बीमारी याद आई और मालकिन ने किस प्रकार उसके हाथ-पैर दबाए थे। उसकी याद में अभी तक वह उत्तेजना बाकी थी, वह उत्तेजना जो अब भी, इस समय भी उसको अनुभव हो रही थी, परन्तु इस समय वह अपने-आपको बिल्कुल उसके हवाले नहीं करना चाहता था, जैसा कि उसने बीमारी और असमर्थता की दशा में किया था।

वह एकदम उसके आलिंगन से अलग हो गया और दुःख और क्षोभ में डूबा हुआ अलग जाकर खड़ा हो गया। मालकिन रोती रही।

इतने में तुलसी ने आकर कहा कि ताँगा आ गया है और गली के नुक्कड़ पर खड़ा है। तुलसी के साथ दो कुली और भी आए। ये तुलसी के दोस्त थे, उसके साथ अनाज की मण्डी में काम करते थे और भाई-चारे में सामान उठवाने में सहायता करने आ गए थे।

परन्तु वहाँ ऐसा कौन बहुत सामान ही था कि उठवाया जाए। एक ट्रंक और एक बिस्तर, बस।

जब प्रभु तुलसी और मुन्नू के कन्धों का सहारा लेकर उठा, तब उसने एक बार उस सूने कमरे में दृष्टि दौड़ाई। यहाँ उसने अपने जीवन के सबसे सुखमय दिवस व्यतीत किए थे। फिर उसने उस बिस्तर और ट्रंक को देखा, जो कुली उठा रहे थे और उसे याद आया कि जब वह पहले पहल यहाँ आया था, तब केवल यही इतना सामान उसके पास था और आज दौलतपुर छोड़कर जाते समय भी वही दो चीज़ें उसका साथ दे रही थीं। इस बीच में उसने और जितनी वस्तुएँ खरीदी थीं, और जो-जो सामान उसने इकट्ठा किए थे, वे सब यों ही फालतू थे।

उसने अपने पीला कमज़ोर मुख झुका लिया और दार्शनिकों की भाँति अपने मन को समझने लगा, "ऐसा ही होना भी चाहिए। मनुष्य संसार में खाली हाथ आता है और खाली ही हाथ वापस चला जाता है। अपना सामान अपनी छाती भर रख कर नहीं ले जाता।"

चौथे पहर की पीली धूप खिड़कियों के जंगलों से कमरे में प्रवेश कर रही थी और वह उस पूरे कमरे को सोने की खान की तरह प्रकाशमान करके उसमें इन्द्रलोक का-सा सौन्दर्य और आकर्षण पैदा कर रही थी। परन्तु प्रभु ने संन्यासियों की तरह उधर से मुँह फेर लिया और झुका हुआ, कराहता, पराजित और क्षीण अपने दोनों सहायकों के कन्धों का सहारा लिए बाहर निकल आया। उसकी पत्नी दुपट्टे का घूँघट काढ़े उसके पीछे-पीछे थी। घूँघट से उसके मुखमण्डल का सौन्दर्य तथा उस पर उदित हो आई शोक की रेखाएँ—दोनों ही छिप गई थीं।

पास-पड़ोस के लोग—स्त्री और पुरुष उस व्यक्ति को विदा करने के लिए एकत्रित हो गए थे, जो किसी समय पहाड़ी कुलियों में सबसे अधिक सफल था और अब सब से अधिक पराजित और निराश।

"राम राम, भाई प्रभुदयाल! राम राम। तुम फिर वापस आ जाओगे।" उसे धैर्य्य प्रदान करते हुए लोगों ने करुण स्वर में कहा, "दुखी मत होओ। सब कुछ ठीक हो जाएगा। जब तबीयत ठीक हो जाए, तब यहाँ फिर चले आना।"

"जी-जान से अच्छा हो जाऊँ और दिवालिया होने का अपमान सहन कर लूँ तब न" प्रभु ने परिहासपूर्ण उदासीनता के भाव से कहा। उसे विश्वास था कि उसने समाज के नियमों को भंग किया है, परन्तु अनेकों ठोकरें खाने के बाद भी वह कितना शान्त-चित्त लग रहा था। फिर उसने आँखों में आँसू भरकर काँपते हुए स्वर में कहा, "बुद्धिमान् कुत्ता चौखट ही पहचान कर भाग खड़ा होता है।"

अब यात्रियों का यह दल कूचए-बिल्लीमाराँ से गुज़रने लगा। चारों ओर कितने ही स्त्री-पुरुष स्थान-स्थान पर खड़े होकर यह दृश्य देख रहे थे। चर्चा करने के लिए एक नया विषय उन्हें मिल गया था।

ताँगेवाले ने जब देखा कि ताँगे में अमीर लालाओं के बजाए कुली बैठने जा रहे हैं, तब वह लगा गाली देने। उसने बहाना तो यह बनाया कि स्टेशन पर ठीक समय पर पहुँचने के लिए जल्दी कर रहा है, लेकिन वास्तव में उसे दूसरी सवारियाँ ढूँढ़ने की जल्दी पड़ी थी। इसलिए उसने जो घोड़े को चाबुक मारना शुरू किया, तो ताँगा इस तरह हिलने लगा, जैसे हिण्डोला। प्रभु चुप रहा, यद्यपि ज़ोर-ज़ोर के हचकोलों के कारण उसका कलेजा मानो मुँह में आ गया था और सख़्त सीट अलग चुभ रही थी।

"शेख साहब, ज़रा धीरे हाँकिए" मुन्नू ने विनीत स्वर में कहा, "हमारे मालिक बीमार हैं।"

"मैं कोई तुम्हारे बाप का नौकर हूँ" ताँगे वाला बोला, "तुम्हारे लिए बम्बई मेल के मुसाफिर छोड़ दूँ?"

मुन्नू को इस बात पर क्रोध आ गया। उसे आश्चर्य होने लगा कि मेरे मालिक के समान सुजन व्यक्ति के साथ कोई इस तरह निष्ठुरता का व्यवहार कैसे कर सकता है!

जैसे-जैसे स्टेशन पास आता गया, मुन्नू का हृदय शोक से अधीर होता गया। इस तरह का शोक का भाव आज से पहले उसके हृदय में कभी नहीं उत्पन्न हुआ था।

ट्रेन प्लेटफ़ार्म पर खड़ी थी, क्योंकि दौलतपुर एक जंक्शन था। परन्तु तीसरे दर्जे के यात्री एक लोहे के जंगले से घिरे हुए मुसाफिरखाने में बन्द थे और यह मुसाफ़िरखाना ट्रेन छूटने से पाँच मिनट पहले खुलता था।

वे सब-के-सब और सैकड़ों मुसाफ़िरों के साथ सीमेन्ट के फ़र्श पर बैठ गए। सैकड़ों पोटलियाँ इधर-उधर रखी थी। मक्खियों के झुण्ड और मच्छरों के दल-के-दल उड़ते-फिरते थे और ये सब लोग प्रार्थना कर रहे थे कि भगवान् करे रेल में कोई ठिकाने की जगह मिल जाए।

एक टिकट कलेक्टर सफ़ेद कोट-पतलून पहने, जिसमें निकिल के बटन लगे थे, प्लेटफ़ार्म पर इधर-उधर रिश्वत के चक्कर में घूम रहा था। उसने मुन्नू को देखा और उसकी चिन्तित आकृति से उसका मनोभाव भी मालूम कर लिया।

"दो आने दो" उसने धीरे से कहा, "तो तुम्हें एक चोर दरवाज़े से अन्दर घुसा दूँगा।"

मुन्नू ने कई दिन से जोड़-जाड़कर चार आने जमा किए थे। उसके लिए दो आने दे देने का अर्थ था, अपनी आधी पूँजी गँवा देना। परन्तु उसने चुपके से दुअन्नी बाबू के हाथ पर रख दी। इसके बाद भी उसे डर ही लग रहा था कि कहीं पैसे हाथ में आ जाने के बाद बाबू बात बदल न जाए।

बाबू काफ़ी ईमानदार निकला। सम्भवतः धनाभाव के ही कारण अनुचित रूप से पैसे लेने के लिए वाध्य हुआ था। उसने उन लोगों को एक दरवाज़े से केवल निकाल ही नहीं दिया, बल्कि थर्ड क्लास के एक डिब्बे में बिठा भी दिया।

मुन्नू खड़े-खड़े खिन्न भाव से अपने मालिक, मालकिन और तुलसी को देख रहा था। ये सब गाड़ी में बैठ चुके थे और उससे सदा के लिए पृथक् होने को ही थे। इस कारण वह बहुत ही शोक का अनुभव कर रहा था और अपने-आप को नितान्त ही असहाय समझ रहा था।

"मुन्नू बेटा! अब तुम जाओ" प्रभु ने बड़ी कठिनाई से अपना सूखा शरीर खिड़की के बाहर निकाला और एक चाँदी का रुपया मुन्नू की हथेली पर रख दिया, "कुछ खाना खरीदकर खा लेना और घर ही पर जाकर सो रहना। घर का किराया इस महीने के अन्त तक का दे दिया गया है।"

"जय देव!" मुन्नू ने हाथ जोड़े। उसका हृदय उसके प्रति कृतज्ञता से उमड़ा पड़ता था।

"जिओ बेटा!" प्रभु ने ठण्डी साँस भरकर उसके सिर पर हाथ फेरा।

"पायँ लागौं!" मुन्नू हाथ जोड़े हुए मालकिन की तरफ़ मुड़ा।

"जिओ बेटा!" मालकिन ने प्यार से उसके गालों पर हाथ फेरा।

"मुन्नू भैया, मैं तीन दिन बाद बापस आ जाऊँगा" तुलसी बोला।

"अच्छा" मुन्नू ने उत्तर दिया और वह व्यग्र भाव से वहाँ से रवाना हो गया।

मुन्नू ने चाँदी के रुपए को हाथ में लेकर उसे प्रसन्नभाव से हिलाया-डुलाया और

गर्व का अनुभव किया। परन्तु सहसा प्रभु की दुरवस्था का ध्यान आते ही उसका हृदय करुणा से ओत-प्रोत हो उठा। उसने सोचा, "कितना प्यार करते हैं मुझे प्रभु जी इस संकट-काल में भी उन्होंने मेरा किना ख्याल रखा।"

अपने मन में वह सोचने लगा, "प्रभु एक बहुत ही धार्मिक व्यक्ति है। कौन जाने, भगवान् की भक्ति उसने मन्दिर में ही जाकर सीखी हो। मैं भी आज शाम को मन्दिर जाऊँगा। भगत हरविलास के मन्दिर में लंगर बँटता है। वहीं चला जाऊँ। खाने के पैसे भी बचेंगे और धर्म की बातें भी सीखूँगा।"

तीसरे दर्जे के अगणित यात्रियों ने उद्विग्न भाव से जो भगदड़ मचा रक्खी थी, उसके कारण इतना धक्कम-धक्का हुआ कि मुन्नू की विचारधारा भंग हो गई। मुसाफ़िरखाने का फाटक अभी-अभी खुला था और यात्रियों का दल आँधी की तरह रेलगाड़ी की ओर बढ़ा जा रहा था। प्रत्येक यात्री का विश्वास था कि रेलगाड़ी एक चलती हुई चीज़ है। यदि मैं दौड़कर तुरन्त ही उस पर सवार न हो जाऊँगा, तो वह मुझे छोड़कर चल देगी।

मुन्नू अपने लचकदार शरीर को तोड़-मरोड़कर तार के बाहर निकल कर स्टेशन के अहाते में आ गया, जहाँ ताँगे वाले खड़े आवाज़ें लगा रहे थे, "घण्टाघर!—विष्णु-मन्दिर!—लोहारी गेट। देहलीबाजार!—हीरा-मण्डी!—गुरू-धर्मशाला!—"

"ऐ लड़के! ऐ लड़के! यह बोझा उठाकर अस्पताल ले चलेगा? डाक्टर साहब सिंह के बँगले पर जाना है। दो आने दूँगा। इसमें रेशम है, पैदल चलेंगे, तो चुपके-से चुंगी के पास निकल जाएँगे और ताँगा होगा, तो वे लोग रोक लेंगे। अधिक दूर नहीं, कोई एक फर्लांग है।"

"हाँ-हाँ!" मुन्नू बड़े उत्साह से बढ़ा और सोचने लगा कि यह काम तो बड़ा आसान है। सब्जी मण्डी में दो-दो पैसे पर बोझा उठाने से तो अच्छा है कि यहीं स्टेशन पर आकर लोगों का सामान उठाया करूँ।

स्टेशन से सामान उठाकर उसने सिविल लाइन के अस्पताल में पहुँचा दिया। अब वह अकेला ही था। उसे भोजन करने के सिवा कोई दूसरा काम न था। उसे मालूम था कि हरि विलास के मन्दिर में भोजन बिना मूल्य मिल जाता है। भोजन प्राप्त करने के अतिरिक्त उसे धार्मिक बनने की भी आकाँक्षा थी; इसलिए वह मन्दिर में पहुँचा। वहाँ वह प्रभु के साथ एक बार पहले भी, जिस दिन वह यहाँ आया था, गया था।

इस बार वह उस दरवाज़े से होकर मन्दिर में प्रविष्ट हुआ, जो पुराने बाज़ार के धनी व्यापारियों की ऊँची-ऊँची हवेलियों के पास था। पूर्णिमा के चन्द्रमा के दूध के समान स्वच्छ प्रकाश में मन्दिर की गुम्बद-जैसी छत पूर्ण विकसित कमल की भाँति लग रही थी और उसके कलश का प्रतिबिम्ब तालाब में पड़ रहा था।

रंग-बिरंगे और बहुमूल्य कपड़े पहने हुए लोगों का एक बहुत बड़ा समुदाय तालाब की परिक्रमा कर रहा था और उन सबके ऊपर वहाँ पर जलते हुए उन प्रदीपों का सुनहरा प्रकाश पड़ रहा था, जो चन्द्रमा के रजत वर्ण के प्रकाश का परिहास कर रहा था। मुन्नू भी उसी समूह में मिल गया और भक्त हरिदास के स्मारक की ओर बढ़ने लगा।

मुन्नू को उस समय धार्मिक बनने का सौभाग्य प्राप्त करने की अपेक्षा भोजन की अधिक आकाँक्षा थी और वह समय आ गया था कि मन्दिर के भण्डार से दाल-रोटी गरीबों

और साधुओं को बाँटी जाती थी। उसकी इस प्रवृत्ति ने ही उसे इस निर्णय पर पहुँचाया कि वह मन्दिर में चढ़ाने के लिए फूल भी न खरीदेगा। जब वह मन्दिर के प्रतिबिम्ब को तालाब के बीचो-बीच चाँदनी से खेलते हुए देख रहा था, तब धार्मिक बनने की जो अस्थिर भावना उसके हृदय में थी, वह भी पूर्ण रूप से नष्ट हो गई। स्मारक के रूप में निर्माण किए गए इस भव्य मन्दिर को देखकर उसके हृदय में भय का संचार हो रहा था, मानो देवता का प्रताप अदृश्य रूप में वर्तमान रहकर अपनी महिमा से उत्पीड़ित कर रहा हो। इससे वह उतावली के साथ पैर उठाने लगा। उसकी अब एक ही इच्छा थी कि मन्दिर पर छाए हुए इस घुटे हुए वातावरण से किसी तरह निकल भागे। भक्तों का दल धीरे-धीरे कछुए की-सी चाल से चल रहा था, इससे मुन्नू को आगे बढ़ने का मार्ग मिलना असम्भव-सा था, परन्तु वह वड़ी फुर्ती से इधर-उधर से कतराकर निकल गया। दौलतपुर के बाज़ार में अस्त-व्यस्त रूप से चलने वालों की भीड़ में से बराबर निकलते रहने के कारण मुन्नू को इस कला में पारदर्शिता प्राप्त हो गई थी।

अब वह एक सुरंग में जा निकला, जो हरिदास के मन्दिर के प्रांगण में गया था। वहाँ एक प्याऊ लगा हुआ था और एक साधु ब्राह्मण एक छिछले-से पीतल के कटोरे से लोगों को पानी पिला रहा था। देखने में तो यह परोपकार था, परन्तु वास्तव में इसके लिए दाम देना पड़ता था। मुन्नू ने देखा कि जिस किसी ने भी यहाँ आकर अपनी प्यास बुझाई, उसने एक पैसा ब्राह्मण के कटोरे में डाल दिया। आखिर वह ब्राह्मण जो ठहरा, सेवक हो गया, तो क्या हुआ, उसकी मान-मर्यादा और उसके वर्ण में तो कोई अन्तर नहीं हो गया था। मुन्नू का गला सूख रहा था। उसने भी एक कटोरा पानी अपने गले में डाला, परन्तु मुन्नू जब पानी पी चुका और जूठा कटोरा उसने भूमि पर रख दिया, तब पैसा नहीं डाला। ब्राह्मण ने मुन्नू की तरफ़ देखकर अपना मुँह सिकोड़ लिया और बड़बड़ाकर वह कहने लगा, ''कन्जूस को मौत आए।''

मुन्नू पर इस तरह के शाप का भला क्या प्रभाव पड़ता। गालियाँ सुनने का उसे बहुत दिनों से अभ्यास हो गया था और उसे विश्वास था कि इस तरह की गालियों और शाप का कोई प्रभाव नहीं होता।

अँधेरे में छलाँग मारता हुआ वह भण्डार की ओर बढ़ा, यह जानने के विचार से कि प्रसाद का वितरण होना आरम्भ हुआ या नहीं, उसे आशा थी कि यहाँ प्रसाद के रूप में जो भोजन लोगों को दिया जाता है, उसके बदले में किसी से कुछ प्राप्त करने की इच्छा कोई नहीं करता।

''भगवान् की रसोई का भोजन'' एक आदमी इधर-उधर आवाज़ देता फिर रहा था। उसके हाथ में रस्सी में बन्धी हुई एक पतीली थी और एक और आदमी एक बड़ी-सी टोकरी उठाए उसके साथ था। मुन्नू ने देखा कि जवान-जवान साधू और भिक्षुक उसकी ओर दौड़ने लगे। इस धकापेल में कमज़ोर और बूढ़े लड़खड़ाते हुए पीछे ही रह गए। अवश्य यही भोजन बाँटने वाला होगा! क्षण-भर में ही भिक्षुकों का दल उस आदमी को एकदम से घेर लेगा।

मुन्नू दौड़ा और भोजन बाँटने वाले के आगे हाथ फैलाकर खड़ा हो गया।

''तेरा बर्तन कहाँ है?''

"मेरे पास बर्तन तो है ही नहीं महाराज" मुन्नू ने उत्तर दिया और मुख-मण्डल पर करुणा का भाव अंकित करके होंठ कँपकँपाए कि उसे दया आ जाए।

इतने में उस दूसरे आदमी ने उसकी तरफ़ दो रोटियाँ फेंक दीं और पहले आदमी ने एक बड़ा-सा चमचा भरकर दाल उन रोटियों पर ही उँडेल दी। वे दोनों आदमी चारों ओर से उन भूखे कुत्तों के समान लोगों से घिर गए थे और हर तरफ से 'मुझे दो, मुझे दो' की आवाज़ आ रही थी। इस भीड़ से निकलने के प्रयत्न में मुन्नू की रोटियाँ गिरते-गिरते बचीं, किन्तु इन रोटियों को देखकर ही उसमें कुछ ऐसी शक्ति आ गई थी कि वह कुहनियाँ मारता हुआ भीड़ में से निकल आया। आँगन से बाहर निकलकर वह पारसी बाग में आ गया जो चमेली, चम्पा और मोलसिरी की सुगन्धि से सुवासित हो रहा था। यहाँ एक कुञ्ज बना हुआ था कि जिसके पास ही फव्वारा दूर रहा था। मुन्नू फव्वारे के पास ही बैठ गया और खाने लगा।

कुछ देर तक उसका ध्यान केवल खाने की ओर रहा। दाल मामूली तरह से पकी हुई थी, फिर भी उसे स्वादिष्ट मालूम पड़ रही थी। जब पेट की ज्वाला कुछ शान्त हुई, तब मुन्नू ने चारों ओर देखा।

चन्द्रमा के आधे भाग पर मेघ का आवरण छा गया था और आधे भाग के प्रकाश में कुञ्ज का सौन्दर्य निखर गया था। एक मोटा-सा साधू मूँड़-मुँड़ाए, गेरुआ वस्त्र धारण किए फव्वारे की तरफ मुँह किए अनिमेष दृष्टि से देख रहा था, जैसे ध्यान में बैठा हो। योगी पद्मासन लगाए बैठा था—पाल्थी मारे, उसके दोनों हाथ खिले हुए फूलों की तरह घुटनों पर टिके थे। उसके सामने एक बुढ़िया दुबकी बैठी थी। काला लहँगा पहने और फालसई दुपट्टा ओढ़े। एक और युवा स्त्री भी नववधू के वेश में पूर्ण रूप से सुसज्जित होकर पास ही बैठी थी। ऐसा लगता था कि दोनों योगी का ध्यान टूटने की प्रतीक्षा कर रही हैं।

मुन्नू उठा और पँजों के बल चलता हुआ योगी की ओर बढ़ा।

"ऐ ब्रह्मचारी! तेरा ऐसे स्थान में, जहाँ एक योगी भगवान् का ध्यान किया करता है, क्या काम है? तू अपनी हमजोली के बच्चों में जाकर खेल।"

"योगिराज!" मुन्नू ने उत्तर दिया, "मुझे यह बताइए कि आप यहाँ इतने चुपचाप क्यों बैठे हैं कि आपकी पलक भी नहीं झपकती।"

"जा जा, मूर्ख, भाग यहाँ से" बुढ़िया ने धीरे से कहा।

"शान्ति, शान्ति!" योगी ने अपना मस्तक उठाया। उसके मुख पर जो मुस्कराहट थी, वह उसकी पवित्रता के बिल्कुल विपरीत थी।, "यह बालक तो बड़ा अच्छा शकुन है माताजी, तुम्हारी बहू के जो बालक उत्पन्न होगा, वह इसी के आकार का होगा। भगवान् ने तेरी और मेरी प्रार्थना सुन ली। भगवान् के भेजे हुए दूत को कभी न दुतकारो।"

"योगिराज" मुन्नू जोश में आकर बोला, "मैं भी भगवान की खोज में हूँ। मुझे भी भगवान् से साक्षात् करने का उपाए बताइए। मैं भी इसी मार्ग पर चलना चाहता हूँ।"

"तू अभी बालक है, पर मैं तुझे चेला बना लूँगा। और यदि तू गुरू की सेवा करेगा, तो तेरी कामना पूर्ण होगी।"

"मैं गुरू की ही खोज में हूँ" मुन्नू ने कहा। उसकी दृष्टि उन फलों के ढेर पर

जमी हुई थी, जो महात्मा के सम्मुख भेंट के रूप में लाकर रक्खे गए थे।

"अच्छा तो आ। ये चीज़ें, जो बिखरी पड़ी हैं, इन सब को समेट ले और मेरे पीछे-पीछे चला आ।" योगी बोला। फिर वह बुढ़िया की तरफ झुका और धीरे से बोला, "पूर्णमासी की रात्रि बीज बोने के लिए बहुत ही शुभ है। अपनी बहू को लेकर इस लड़के के पीछे-पीछे चली आओ। मुझसे ज़रा अलग ही रहना। हरिदास के मन्दिर के पीछे मेरा जो चौबारा है, वहाँ आ जाना और रास्ते में मेरे निकट न आना। संसार बड़ा पापी है, शंका करेगा। याद रखना, इस बालक से ज़रा दूर ही रहना, समझी माँ।"

फिर वह मुन्नू से बोला, "देखो चेला, मुझसे कोई सौ गज़ पीछे रहना और इन स्त्रियों को मेरे कमरे की पिछली सीढ़ियों से ऊपर ले आना। मुझे बराबर देखते रहना, जिससे रास्ता न भूलो।"

मुन्नू को इस बात का ज्ञान न था कि योगी का क्या अभिप्राय है; परन्तु स्वयं उसका जहाँ तक सम्बन्ध था, वह तो साहसिक कार्य करने के लिए तैयार होकर ही निकला था। जो फल उसके हाथ में थे, पवन की सुगन्ध से महक रहे थे और ताजे स्वादिष्ट आम, अनार, केला, तथा अंगूर आदि को देख-देखकर मुन्नू के मुँह में पानी भर आता था। उसने योगी की आज्ञा का पूर्णतया पालन किया।

अब यह यात्रियों का दल बाग को पार कर गया। बाग के संगमरमर के दरवाज़ों के आस-पास जो झाड़ियाँ लगी थीं, उनका पत्ता तक न हिलता था। चारों ओर ऐसा ही सन्नाटा छाया हुआ था।

मुन्नू को ऐसा लगा कि योगी दृष्टि से ओझल हो गया है, क्योंकि वह दरवाज़े के पास फूल वालों की दूकानों के सामने से होकर एक अँधेरी गली में मुड़ गया था। फिर उसने देखा कि वह चौराहे पर बने हुए एक मकान की ऊपरी मन्ज़िल की खिड़की से इशारा कर रहा है। मुन्नू उन दोनों स्त्रियों की प्रतीक्षा में ज़रा ठहर गया था, क्योंकि वे पीछे रह गई थीं। इस बीच में वह एक पानवाले की दुकान को गौर से देखने लगा। दूकान पर लगे हुए बड़े-से आइने में चौराहे पर आते-जाते लोगों का रेला दिखाई दे रहा था। मुन्नू का जी चाहा कि एक पान खरीद कर खाए, इस तरह का आनन्द का जीवन उसे भला कभी काहे को प्राप्त हुआ था। उसकी इच्छा हुई कि वह एक सिगरेट लेकर पी ले और थोड़ी-सी सूँघने की तम्बाकू भी मोल ले ले; परन्तु इतने में वे दोनों स्त्रियाँ आ पहुँचीं और मुन्नू उन्हें लिए हुए गली में प्रविष्ट हो गया।

योगी हाथ में लालटेन लिए उनके स्वागत के लिए सीढ़ियों से उतर कर आया और अँधेरे जीने से उन्हें अपने साथ ऊपर ले आया। ऊपर आकर तो मुन्नू को ऐसा लगा कि वह कसी राजभवन में आ गया है। चारों तरफ सफेद चाँदनियाँ कसी थीं, दूध के समान स्वच्छ गावतकिए और लम्बे-लम्बे नैचों की फर्शियाँ रक्खी थीं।

"तो अब मैं जाती हूँ, महन्तजी। सुबह तड़के फिर आऊँगी," बुढ़िया बोली।

"अच्छा" योगी बड़े शौक से बोला।

बुढ़िया चली गई।

मुन्नू खड़े-खड़े व्यग्र भाव से चारों ओर देख रहा था।

"मेरी जान! कम-से-कम जरा घूँघट तो उठा दो और मुझसे कुछ बातें तो करो।"

योगी ने उस युवती के पास आकर कहा और उसे अपने बाहुपांश में जकड़ लिया।

मुन्नू विस्मय से योगी का मुँह ताकने लगा। उसकी आँखों के परदे उठ चुके थे और महन्तजी की वासना-प्रियता की कलई खुल गई थी। लज्जा के मारे उसका दिल धड़कने लगा।

वह तुरन्त ही इस अभिप्राय से बाहर निकला कि उसने जो कुछ देखा है, बुढ़िया से कह सुनाए। उसे अपने भोलेपन में यह ख्याल था कि वह भी यह सुनकर दंग हो जाएगी। उसे क्या मालूम था कि वह एक दूती है जो कि धनिक व्यवसायियों की पत्नियों के लिए "भगवान् के बच्चे" पैदा करने का प्रबन्ध करती है।

कूचए बिल्लीमाराँ के समीप की एक गली में एक बन्द दुकान के तख्तों पर सोकर मुन्नू ने वह रात्रि व्यतीत की। प्रभु के घर में जाने का साहस उसने इस आशंका से नहीं किया कि कहीं कोई भूत-प्रेत न लिपट जाए या कोई यह न समझ बैठे कि यह चोरी करने आया है। प्रातःकाल उठकर वह इस विचार से स्टेशन गया कि कल की तरह आज भी स्टेशन से सिविल लाइन तक कोई बोझा पहुँचा देगा और दिन-भर के खर्च के लिए पैसे कमा लेगा।

जब वह स्टेशन पहुँचा, तब दिन काफी चढ़ आया था और लाहौर से एक पैसेन्जर गाड़ी अभी आई ही थी। सैकड़ों यात्री उतर रहे थे। धनी यात्रियों ने तो फिटन और ताँगे किराए पर ले लिए, मध्यम वर्ग के लोग गाड़ियों में बैठे। गाड़ी वाले गला फाड़-फाड़ कर यात्रियों को बुला रहे थे और उनसे मोल-तोल कर रहे थे। रहे निर्धन किसान, उन्होंने अपना-अपना सामान कन्धों पर रखा और धूल से भरी हुई सड़क पर पाँव घसीटते-घसीटते नगर की तरफ चल पड़े।

मुन्नू वहाँ पर एकत्र हुए बहुसंख्यक लोगों को, जो उत्तेजित और उत्सुक भाव से शीघ्रतापूर्वक इधर-उधर आ-जा रहे थे, चारों ओर दृष्टि दौड़ा-दौड़ाकर देखने लगा।

"लालाजी आपका सामान ले चलूँ?" "माईजी, आपका सामान पहुँचा दूँ?"

उसने अपने मन में यह सोचा था कि ऐसा ही कोई कन्जूस सामान उठवाएगा, जो ताँगे के किराए के पैसे न खर्च करना चाहता हो, या कोई ऐसा यात्री हो, जिसे स्टेशन के समीप ही सिविल लाइन में कहीं जाना हो। किन्तु तुरन्त ही उसके ध्यान में यह बात भी आई कि ताँगे का किराया केवल एक आना है और अगर कोई इतना कन्जूस हो कि एक आना भी न खर्च करे, तो वह अपना सामान भी अपने-आप ही उठा ले जाएगा। मज़दूर या कुली वह क्यों लेगा!

कुल लोग अपनी नीली-नीली वर्दियाँ पहने हुए स्टेशन के हाल में खड़े-खड़े चिल्ला रहे थे, "कुली-कुली!" मुन्नू ने देखा कि उनमें से दो ने अपने-अपने सिर पर बिस्तर और बक्स रखे और वे बाहर चले गए।

मुन्नू भी चिल्लाने लगा, "कुली-कुली।"

"यहाँ आ" मुसाफ़िरखाने से एक आवाज़ आई।

मुन्नू उत्सुक भाव से उस कोने की ओर दौड़ा, जिधर से वह आवाज़ आई थी।

उसके पाँव स्टेशन की रेत की गरमी से झुलस रहे थे, और मुँह पसीने से तरबतर था। इतने में खाकी वर्दी पहने हुए कांस्टेबिल से उसका सामना हो गया।

"क्यों बे हरामजादे! लाइसेन्स कहाँ है?" पुलिसवाले ने मुन्नू का कुरता गले से पकड़कर झटकारा।

मुन्नू तो सन्न होकर कांस्टेबिल के सामने खड़ा रह गया। उसका हृदय ज़ोर-ज़ोर से धड़क रहा था।

"बोलता क्यों नहीं, सुअर! लाइसेन्स कहाँ है तेरे पास?" कांस्टेबिल ने डण्डा ताना और वह खूब ज़ोरों से चीखने लगा।

"सरकार," किसी प्रकार साहस कर मुन्नू ने कहने का उद्योग किया, "मैं..."

"अबे, मैं के बच्चे! लाइसेन्स नहीं है न? सुअर का बच्चा! धोखा देता है हमें!" पुलिसवाला गरजकर बोला, "मैं तुझे एक महीने से यहाँ बोझा उठाते हुए देख रहा हूँ। नीच! कमीना!"

"नहीं हुजूर! मैं तो यहाँ केवल एक बार और आया था।" मुन्नू ने रूआँसा मुँह बनाया। डर के मारे उसके होश गुम थे कि अब मार पड़ी, क्योंकि कांस्टेबिल बड़े जोर से उसकी कलाई पकड़े था।

"अच्छा तो आपकी यह धारणा है कि मैं जो यह कहता हूँ एक महीने से आपको यहाँ चोर की तरह झुकझुकाते देख रहा हूँ, यह झूठ है?" कांस्टेबिल ने परिहासपूर्ण विनम्रता का भाव प्रदर्शित करते हुए कहा।

मुन्नू ने उत्तर दिया, "वह कोई और होगा हुजूर! मेरी ही सूरत का होगा। हम कुली तो सब एक-जैसे ही लगते हैं।"

"अबे मलिच्छ नीच! सुअर कहीं का, हमसे चालाकी करता है!" कांस्टेबिल ने गरजकर कहा, "ठहर, तुझे हवालात में बन्द करता हूँ" और उसने मुन्नू का हाथ जोर से मरोड़ा।

"अरे नहीं हुजूर! नहीं हुजूर!" मुन्नू हवालात का नाम सुनते ही रो पड़ा। उसे वह कोतवाली याद आ गई, जहाँ प्रभु को पीटा गया।

"निकल यहाँ से" पुलिसवाले ने मुन्नू के चूतड़ पर एक डण्डा रसीद किया, "निकल यहाँ से बहन...!–यह सरकारी हुक्म है कि यहाँ कोई कुली बगैर लाइसेन्स के बोझा नहीं उठा सकता।"

मुन्नू सिर पर पाँव रखकर भागा। उसने केवल एक बार मुड़कर पुलिसवाले को देखा। वह अपनी वर्दी को झाड़-झूड़कर तनकर खड़ा हुआ और फिर लक्के कबूतर की तरह इधर-उधर ऐंड़ने लगा।

जब पुलिसवाले का डर कम हुआ, तब मुन्नू के हृदय में फिर इस क्रूरता और शासन के विरुद्ध क्रोध का तूफान उबल पड़ा, "वह कौन होता है मुझे स्टेशन से निकालनेवाला, सुअर कहीं का! पुलिस की वर्दी क्या पहन ली कि अपने को भगवान् का अवतार समझने लगा! कोई यही अकेला अँगरेजी सरकार का नौकर तो नहीं है! मेरा चाचा भी सरकारी नौकर है। मैं कुछ प्रभु तो नहीं हूँ कि पिट लूँगा। मर जाऊँ, तब भी उससे मार न खाऊँ। आखिर पहाड़ी हूँ...।"

उसे ऐसा लगा कि उसके क्रोध के इस प्रवाह में पुलिसवाला बिल्कुल ही अस्तित्वहीन

हो गया है; परन्तु उसने मुड़कर देखा, तो वह टहलता हुआ स्टेशन से बाहर निकल रहा था। अब तो मुन्नू जी छोड़कर भागा। यहाँ तक कि जब वह सिविल लाइन की माल रोड़ पर पहुँच गया, जहाँ चारों तरफ अंग्रेजी दुकाने थीं, तब जाकर रुका।

यह नया संसार कितना भय-संकुल था। हर तरफ़ अँगरेज़ों के बड़े-बड़े कम्पाउण्डवाले बँगले थे। मुन्नू को तो सदा ऐसे ही मुहल्ले में रहने का अवसर पड़ा था, जो बहुत ही घना बसा हुआ था। इससे यहाँ वह अनुभव कर रहा था कि मानो वह एकदम पतित है, इस वातावरण के लिए सर्वथा अयोग्य है। परन्तु उसे यहाँ का वातावरण, यहाँ की स्वच्छता बहुत पसन्द आई। बँगलों के बड़े-बड़े खुले बरामदे थे जिनमें चिकें पड़ी हुई थीं, टट्टियाँ लगी थीं, मोती जड़े हुए परदे थे, जिसमें से होकर हवा तो जा सकती थी, परन्तु गर्मी नाममात्र को भी भीतर प्रवेश नहीं कर सकती थी। ये सब बँगले पत्थर और सीमेन्ट से बड़े मजबूती के साथ बहुत आकर्षक ढंग से बने हुए थे। बड़ी-बड़ी शीशे की खिड़कियाँ उनके आकर्षक को और भी बढ़ा रही थीं।

आरम्भ में मुन्नू ने अपनी दृष्टि एक डाक्टर साहब की दुकान में जमाई। उस दुकान में रंगीन, जल से भरे हुए काँच के प्याले, बोतलों में भरी हुई औषधियाँ, पाउडर, साबुन तथा छुरे आदि सुव्यवस्थित ढंग से सजा-सजाकर रक्खे हुए थे। काँच की खिड़की से उन सब की अत्यधिक सजावट उसकी दृष्टि पर पड़ी। परन्तु उसने जब अपना कल्पना-रूपी हाथ भीतर की ओर बढ़ाने का उद्योग किया, तब उस चमचमाती हुई कठोर दीवार के पास उसका पहुँचना असम्भव हो गया, अतएव मजबूर होकर उसे उस ओर से अपनी दृष्टि फेर लेनी पड़ी।

एक बँगले के दरवाज़े पर विलायत की सुन्दर स्त्रियों, बालक-बालिकाओं तथा वर्दी पहने हुए पुरुषों के बड़े आकार के फोटो पीतल की तरह चमकते हुए फ्रेम में जड़े टँगे थे। मुन्नू के मन में सहसा यह इच्छा उत्पन्न हुई कि काश उसका भी फोटो उस अँगरेज नवयुवक की तरह खिंच सकता, जो सूट पहने, सफेद कालर लगाए, तिनकों की हैट लगाए बड़ी शान से एक फोटो के बादामी चौखटे में से झाँक रहा था। परन्तु भला कहाँ वह साफ-सुथरे कपड़े पहने हुए अँगरेज युवक और कहाँ उसके अपने चीथड़े और गन्दा शरीर। उसका हृदय अनुत्साह और निराशा से अभिभूत होने लगा।

पास ही से दो हिन्दुस्तानी गुजरे। वे अँगरेज़ी कपड़े पहने हुए थे। मुन्नू सोचने लगा कि शायद अँगरेजी कपड़े पहनने के लिए पढ़ा-लिखा होना या धनवान् होना आवश्यक होगा। उसकी दृष्टि एक मोटे-से लालाजी पर पड़ी, जिनकी लम्बी-सी चुटिया उनकी सफेद टसर की अँगरेजी पोशाक को अशोभन बना रही थी। उन्होंने अपनी दूकान में लगी हुई शीशे की आलमारियों में चाँदी के चाय के बर्तन, तस्तरियाँ, गिलास और बड़े-बड़े कटोरे आदि बहुत ही आकर्षक ढंग से सजाए हुए ग्राहकों की प्रतीक्षा कर रहे थे।

मुन्नू इस समय यहाँ के सौन्दर्य को ही देखता हुआ प्रसन्न भाव से चला जा रहा था। खूबसूरत इमारतें चारों तरफ़ खड़ी थीं। काली, नीली और रंग-बिरंगी मोटरें दौड़ रही थीं, फिटनें और बग्घियाँ तारकोल की पक्की सड़क पर इस तरह फिसलती जा रही थीं कि उनके पहियों से ज़रा भी आवाज़ नहीं होती थी। सौन्दर्य और तीव्र गति के इस संसार में मुन्नू के सारे शरीर से जैसे खुशी की लहरें उठ रही थीं। वह जल्दी-जल्दी चलने लगा।

"किधर जाटा, यू काला आदमी?" एकाएक एक चीं-चीं-सी महीन आवाज़ उसके कानों में आई। वास्तव में मुन्नू ने जेनकिन्सन एण्ड कम्पनी के जनरल स्टोर वाली दुकान के शीशे से अपनी नाक चिपका दी थी। भीतर अँगरेजी मिठाइयाँ काँच के जारों में सजाकर रखी थीं। एक मेम साहिबा उसके सामने दिखाई दीं। लाल-सफेद रंगत पर महीन-महीन कत्थई झाँइयाँ! मुन्नू-जैसे भारतवर्ष के एक देहाती के दृष्टिकोण के अनुसार तो वे नंगी थीं, क्योंकि उनके रेशमी वस्त्रों में से उनके दुबले-पतले हाथ, नरकुल-जैसी पतली-पतली टाँगें और सपाट छातियाँ अच्छी तरह दिखाई देती थीं। वे आकर मुन्नू के सामने खड़ी हो गईं।

"किधर जाटा, देखटा नईं!" यह कहकर अपार घृणा का प्रदर्शन करते हुए उन्होंने मुँह बनाया।

मेम साहब की यह बहुत ही विचित्र ढंग की बोली तो मुन्नू की समझ में बिल्कुल न आई, परन्तु जिस प्रकार वे उसकी हवा से भी बचने का प्रयत्न कर रही थीं, उससे उसको मालूम हो गया कि किसी कारणवश वह उसे घृणा का पात्र समझ रही हैं। अपने चाचा और शामनगरवाले बाबू के व्यवहार से उसे मालूम हो गया था कि अँगरेज एक उत्तम जाति के लोग होते हैं और हम उनके आगे तुच्छ हैं, इसलिए इस अवसर पर उसे अपना अपमान ज़रा भी कष्टदायक न मालूम हुआ। बल्कि वह तो प्रसन्न ही हुआ कि खैर कम-से-कम मेम साहिबा ने उसे बात करने के योग्य तो समझा। मुन्नू के हृदय में इस बात की आकाँक्षा हुई कि यदि किसी दिन वह भी सड़कों पर इन लोगों के बराबर चलने योग्य हो जाता तो कितना अच्छा होता। अन्त में इस इच्छा को अपने हृदय में छिपाए हुए वह रेल का पुल पार कर गया। यही पुल साहब लोगों की इस दुनिया और देशी लोगों की दुनिया को अलग करता था।

कुछ कोढ़ी फ़कीर बैठे भुनभुना रहे थे, "एक पैसा बाबू। एक पैसा।" कुछ अन्धे सड़क पर इधर-से-उधर गाते-गाते भीख माँगते फिर रहे थे। मुन्नू का उन सबसे भी कोई वास्ता हो सकता है, इसका उसे खयाल तक न हुआ। वह तो एक ओर ही संसार से होता हुआ इधर आया था और अपने को ऊँचा समझ रहा था। अपने-आपको बड़ा समझने की भावना को दृढ़ करने के विचार से अपने मन में उसने कहा—पाँचवीं कक्षा तक मैं पढ़ा हूँ और एक ऐसे बाबू के यहाँ नौकरी कर चुका हूँ, जहाँ एक बार एक अँगरेज़ आया था।

अपने-आपको एक महत्त्वपूर्ण व्यक्ति समझने के जो ये दो अत्यन्त ही तुच्छ कारण थे, उनके साथ ऐसी अगणित-स्मृतियाँ जुड़ी हुई थीं, जो मुन्नू की दुरवस्था की ही द्योतक थीं; परन्तु उस समय वह उन समस्त दुःखत एवं अपमानजनक स्मृतियों की उपेक्षा करके—उन्हें विस्मृति के गर्भ में ढकेलकर अपने जीवन-रूपी नाटक के केवल दो ही अंकों को सामने आने देना चाहता था। एक उस अंक को, जिसमें उसका स्कूल का जीवन प्रदर्शित होता था और दूसरा वह अंक, जिसमें शामनगर में वह एक अंगरेज के साथ एक ही कमरे में वर्तमान था।

इतने में गाड़ियों के अड्डे और पुरानी सराय का कोलाहल सुनाई पड़ने लगा और वह इन सब में खो गया। साँवले-साँवले, खुरदरे, दाढ़ी वाले किसान कन्धों पर गठरियाँ

रखे हुए एक लारी के छूटने की प्रतीक्षा कर रहे थे। लाल-लाल गाल वाले जिनकी मुखाकृति पर भयंकरता की छाप थी—कुलाहें बाँधे, जरी की लाल मखमल की वास्कट, घेरदार शलवार, और मोटे-मोटे चप्पल पहिने छुरियाँ और जड़ी-बूटियाँ बेच रहे थे। दुबले-पतले हिन्दू हलवाई, तेल में चिकटे कपड़े पहने अपनी पीतल की थालियों में मिठाइयाँ सजाए दुबके बैठे थे। गायें-भैंसें चारा खा रही थीं घोड़े हिनहिना कर टापें मार रहे थे। इस भीड़ में मुन्नू बड़ी आसानी से घुल-मिल गया। इनमें से कोई भी वस्तु ऐसी नहीं थी, जो उसके लिए अनजान, अपरिचित रही हो। यहाँ किसी भी वस्तु से परिचय प्राप्त करने के लिए उसे किसी प्रकार का उद्योग नहीं करना पड़ा। ऐसी भीड़ में सभी खप जाते हैं, चाहे कोई बड़बड़ाता हुआ पागल हो, नंगा साधू हो या फ्राक-कोट और पतलून पहने हुए कोई अँगरेज ही क्यों न हो। मुन्नू को इस बात का बहुधा दुःख हुआ करता कि वह अँगरेज क्यों न हुआ; परन्तु तुरन्त ही वह अपनी अवस्था से सन्तोष भी कर लेता। वह मैली धोती और मारकीन का कुरता पहने नंगे पाँव और सिर पर चिट्ट बाँधे हुए कुली के रूप में प्रसन्न हो उठता।

मुन्नू के सामने केवल एक प्रश्न था—कहाँ और कैसे उसे काम मिले। सब्ज़ी मण्डी में लौटकर जाने की उसे विशेष इच्छा नहीं थी। तुलसी के लौटने से पहले घर जाने की भी उसकी इच्छा नहीं थी। वैसे भी महीना बीत जाने के बाद तो घर भी छोड़ देना था। मुन्नू के मन में आया—तब क्या होगा? उसके मन में आया, "तुलसी तो मजे में है। अनाज की मण्डी में वह मजदूरी कर सकता है। किन्तु मैं?" मुन्नू सोचने लगा" "मैं क्या करूँ? वापस चला जाऊँ? कहाँ शामनगर?" उसे याद आया कि उसने अपने चाचा को कोई पत्र तक नहीं लिखा। मुन्नू के लिए एक तरह से वह मर चुका था। और दयाराम के लिए वह भी मर चुका था। मुन्नू मस्तक झुकाए, विचार-मग्न चला जा रहा था। एकाएक ढोल की आवाज़ सुनाई देने लगी। डगर-डगर धम्! डगर-डगर धम्-धम्-धम्। उसने मस्तक उठा कर देखा कि एक डुगडुगी पीटने वाला चौराहे पर आकर खड़ा हो गया है और उसके साथ कई आदमी हैं, जो रंगीन पोस्टर लिए हुए हैं। उनमें से एक पोस्टर में एक स्त्री का चित्र था, जो साहबी ठाट-बाट में थी। वह अगणित पदक लगाए एक कोड़ा घुमाती हुई भयानक शेरों-चीतों और हाथियों के झुण्ड को हाँकती हुई दिखाई गई थी। दूसरे पोस्टर में वही स्त्री लेटी थी और एक बड़ा-सा पत्थर उसके सीने पर रखा था। एक तीसरे पोस्टर में वही स्त्री आदमियों से भरी हुई एक मोटरकार को अपने बालों से खींच रही थी।

"मिस ताराबाई! मिस ताराबाई!!" ढिन्ढोरा पीटनेवाला चिल्ला रहा था, "मिस ताराबाई, सर्कस क्वीन! संसार के सर्वोत्तम सर्कस की मालिक! दौलतपुर-नगर में अन्तिम बार अपना अद्भुत खेल दिखा रही है। शारीरिक बल का ऐसा अद्भुत प्रदर्शन, जो सात समुद्र पार भी नहीं देखने में आएगा। शारीरिक बल इन अद्भुत प्रदर्शनों के कारण वह विलायत के बहुसंख्य राजाओं और रानियों कैसे सम्मानपूर्वक पदक पा चुकी है। जंगली जानवरों को पछाड़नेवाली, कलाकारों की रानी आज रात को विलायत जाने के लिए बम्बई चली जाएगी। आइए, अन्तिम बार उसका खेल देख लीजिए। अब बरसों ताराबाई इधर न आएगी। यह आखिरी मौका है। मिस ताराबाई!—मिस ताराबाई! इस युग की सबसे अद्भुत स्त्री!" और फिर उसने ज़ोर-ज़ोर से ढोल बजाया—डगर-डगर धम्! डगर-डगर धम्! धम्-धम्-धम्! और आगे बढ़ गया।

"मैं अवश्य सर्कस देखने जाऊँगा और बम्बई भी जाऊँगा।" मुन्नू ने लपककर एक विज्ञापन ले लिया, जिसे कुछ लोग बाँटते आ रहे थे। उसमें लिखा थाः–

मदनलाल थियेटर के बाहर
हाल गेट के पास

मिस ताराबाई–सारे संसार को जीतने वाली भारतीय महिला का शानदार खेल! बहुत ही उत्कृष्ट और मनोमोहक!

कोई पचास गज़ दूर हाल-गेट था। उसकी लाल-लाल ईंटें तेज धूप में चमक रही थीं। कोई सौ गज दूर मदनलाल थिएटर के सामने सर्कस का लम्बा-चौड़ा तम्बू तना हुआ था।

"बम्बई! बम-बई–बम-बम-बई!" टाऊन हाल की बड़ी-सी घड़ी के पेन्डुलम की तरह यह शब्द बार-बार मुन्नू के मस्तिष्क में प्रतिध्वनित होने लगा। उसे ऐसा लगता था कि इस प्रतिध्वनि के बार-बार गूँजने में उसके जीवन की आशा गूँज रही है और उसने जो कुछ बम्बई के सम्बन्ध में सुना था, वह सब उसके मस्तिष्क में चक्कर काटने लगा।

सब्ज़ीमण्डी के एक कुली ने बम्बई का हाल बताया था। उराका भाई बम्बई गया था। उसने बताया था कि बम्बई की किसी भी मिल में आदमी पन्द्रह रुपए से लेकर तीस रुपए तक कमा सकता है। और वैसे भी वह एक ऐसा अनोखा शहर है कि मरने से पहले तो हर एक मनुष्य को अवश्य ही देखना चाहिए। उस कुली ने यह भी कहा था कि, उसके भाई ने लिखा है कि दिन-रात कोशिश करके इतना रुपया जमा कर लो कि बम्बई पहुँच सको; क्योंकि एक बार बम्बई में पहुँच जाने पर काम की कमी नहीं रहती। वहाँ से जहाज सात समुद्र-पार भी जाते हैं। नारियल और केले के पेड़ों की बहुतायत है और इस द्वीप में बड़े-बड़े पारसी और दक्षिण के और लोग रहते हैं।

"हाँ, द्वीप तो वह है ही! वह सचमुच द्वीप है!" मुन्नू को भूगोल की पुस्तक याद आ गई, जिसमें उसने पढ़ा था कि मलाबार तट पर एक द्वीप है जिसको बम्बई कहते हैं, "बम-बई! बम्बई! मैं अवश्य बम्बई जाऊँगा।"

वह एक छोटा-सा बगीचा था। उसमें से होकर एक गन्दा नाला बहता था। मुन्नू ने छलाँग मारकर उस नाले को पार किया। दूसरी तरफ़ ताराबाई के शानदार सर्कस के तम्बू की चोटी दिखाई दे रही थी। उसने विज्ञापन पढ़कर मालूम कर लिया था कि सबसे सस्ता टिकिट आठ आने का है और उसने यह भी निश्चय कर लिया था कि वह बिना पैसे दिए सर्कस देखेगा। प्रभु के दिए हुए रुपए को मुन्नू ने धोती के छोर में बाँध लिया था। उसे छूकर उसने मन में कहा–इस रुपए को मैं इस तरह निरर्थक मनोरंजन में नष्ट न करूँगा।

मुन्नू का स्वभाव ऐसा नहीं था कि वह किसी विषय पर सावधान रह सके; परन्तु उस समय एकाएक उसके इस स्वभाव में परिवर्तन हो गया और उसने उस रुपए को सुरक्षित रखने का दृढ़ निश्चय कर लिया। बात यह थी कि उसके मालिक ने संकट-काल में भी उसे वह रुपया जिस सुजनतापूर्ण भावना से दिया था, उसकी रक्षा करने के लिए मुन्नू की आत्मा ने उसे सचेत किया; इसलिए वह सदर दरवाजे से नहीं गया।

एक कत्थई रंग का घोड़ा, एक सफेद घोड़ी और एक चपटी नाक का खच्चर घास

के एक गट्ठे के पास खड़े-खड़े खा रहे थे और फुर-फुर करते जाते थे। मुन्नू ने चुपके से देखा कि एक फुर्तीला आदमी खड़ी मूँछें रखे इधर-उधर घूम रहा है। उसका आकार बहुत कुछ शहर के पारसी औषधि-विक्रेता से मिलता-जुलता था। अन्तर केवल यह था कि सोराबजी हमेशा सफ़ेद जीन का पतलून और काला कोट पहनता था और यह आदमी बिरजिस पहने था।

मुन्नू एक गन्दे-से खेमे के नीचे घुस गया और एक मिनट तक खड़े-खड़े तरह-तरह के संकल्प-विकल्प करता रहा। फिर उसने देखा कि दाहिनी तरफ से एक हाथी हौले-हौले खेमे के दरवाज़े से भीतर जा रहा है और उसके पीछे-पीछे शहर के बहुत-से लड़के चले आ रहे हैं। एक काले रंग का महावत हाथी के मस्तक पर बैठा था और उसके पाँव हाथी के कानों के पीछे छिप गए थे।

एक लड़का अपने साथियों से कह रहा था, "तुम्हें पता भी है? यह हाथी नाचता है, सीढ़ियों पर चढ़ता है और बाँसुरी बजाता है!"

मुन्नू भी दौड़कर लड़कों के उस दल में मिल गया। परन्तु उन लड़कों में से एक ने मुन्नू के इस तरह एकाएक दल में घुस आने से यह समझा कि यह हमला करना चाहता है; इसलिए मुन्नू ने मस्तक में जो फटी पगड़ी लपेटी रखी थी, उसे उछालकर उसने हाथी के मुँह पर फेंक दिया। हाथी ने अदब से सलाम किया और साफे को ऐसा चबा गया, जैसे वह कोई तिनका हो। पहले मुन्नू ने इसका जवाब यों दिया कि उस लड़के की टोपी उतार कर हाथी पर फेंक दी। अब तो उस लड़के ने मुन्नू की गरदन नाप ली; परन्तु मुन्नू जरा लड़खड़ाकर सम्भल गया और अपने प्रतिद्वन्द्वी की टाँग में इतने जोर से लंगी लगाई की वह नाले में जा गिरा। जब वह किसी प्रकार कीचड़ में लथपथ होकर नाले से बाहर निकला, तब सब लड़के तालियाँ पीट-पीटकर उसका मखौल उड़ाने लगे।

इस कोलाहल से हाथी जरा बिचका। महावत ने एक लोहे का अंकुश निकालकर उसे कोंचा, साथ ही वह मुन्नू को गालियाँ देने लगा।

"इसी ने पहले दुष्टता की थी" मुन्नू ने क्षमा माँगते हुए कहा।

महावत कूदकर हाथी पर से नीचे उतर आया और मुन्नू का कान पकड़कर उसे डराने के लिए हाथी की सूँड के पास ले गया। सब लड़के ठहाका मार-मारकर हँसते हुए भागे।

मुन्नू ने सोचा कि अब वह मृत्यु के मुख में आ गया है। परन्तु हाथी ने उस पर केवल एक जोर की फूँक मारी और वह आगे बढ़ गया।

"मैं नहीं डरता!" मुन्नू ने तनकर कहा।

महावत ने मुस्करा दिया।

"अच्छा, अच्छा" महावत बोला, "जाओ, उस घसियारे को जो घास का गट्ठा लिए सड़क पर जा रहा है, बुला लाओ।"

मुन्नू तो चाहता ही था कि वह किसी तरह महावत को प्रसन्न कर ले जिससे कि मुफ़्त सर्कस देखने को मिले और वहाँ जगह मिल जाए, जहाँ बिना पास के कोई भी नहीं प्रवेश कर सकता था। वह घसियारे के पीछे दौड़ा। सर्कस के अस्तबल के दरवाज़े पर पहुँचते-पहुँचते उससे उसकी मुलाकात हुई। उसे वह अपने साथ ले लाया। जब घासवाला

घास लेकर आ गया, तब मुन्नू मुस्कराया और घिघियाकर बोला, ''मैं तमाश देखना चाहता हूँ।''

''बस, बस, अब जाओ'' महावत ने टाल दिया!

''देखो, मैंने तुम्हारा काम कर दिया!'' मुन्नू ने ज़ोर डालते हुए कहा।

महावत खेमे के पीछे जाने लगा। मुन्नू भी दबे पाँव उसके पीछे चलने लगा।

''देखो न, आखिर मैंने तुम्हारा काम कर दिया'' मुन्नू कहता गया। वे दोनों खेमे के पीछे काफ़ी दूर जा चुके थे।

''उँह, उँह! तू मेरे पीछे क्यों पड़ा है?'' महावत ने झुँझलाकर कहा ''यही-कहीं बैठ जा। खेमे के किसी सूराख में से देख लेना।'' और वह चल दिया।

मुन्नू ने खेमे में सूराख ढूँढ़ना शुरू किया; परन्तु कोई सूराख नज़र न आया। उसने एक तरफ़ से खेमे का परदा उठाना चाहा।

''अरे हाँ, हाँ, ऐसा न करना'' महावत की तेज़ आवाज़ उसके कानों में पहुँची, ''इस तरह तो तुम सारा खेमा गिरा दोगे। यहाँ!'' महावत ने अपनी उँगली से खेमे को ज़रा-सा चीर दिया था और मुन्नू उधर लपका।

खेल आरम्भ हो गया था। रंगभूमि में चारों ओर गैलरी में दूर तक कुर्सियाँ-ही-कुर्सियाँ भरी पड़ी थीं। पास ही एक अँगरेज़ी बैण्ड बज रहा था और खेमे की छत से लगी, दो रस्सियाँ तनी थीं, जिन पर रस्सी का नाच करनेवाले अभी-अभी अपनी अद्भुत करामात दिखा चुके थे। एक रस्सी से कूदकर वे दूसरी रस्सी पर जाते थे। अन्त में उनके लचकदार शरीर थक गए और वे रंगभूमि से बाहर निकल गए। तालियाँ इतने ज़ोर से बजीं कि मुन्नू का हृदय धड़कने लगा। फिर तालियों का यह कोलाहल एक और कोलाहल में डूब गया। मिस ताराबाई सामने आ गई थीं—उसी हाथी की तरह झूमती-झूमती, जो मुन्नू की पगड़ी चबा गया था। भीड़ में बड़े ज़ोर से तालियाँ बजीं।

खेमे के उस चिरे हुए सूराख में से मुन्नू उसकी मुखाकृति और शरीर को अच्छी तरह न देख सका, परन्तु उसमें फुर्ती तो बिजली की-सी थी। वह भूमि पर लेट गई। एक बड़ा-सा पत्थर उसके पेट पर रख दिया गया और वह बहुत ही शानत भाव से लेटी रही। दो आदमियों ने हथौड़े चला-चलाकर वह पत्थर तोड़ना शुरू किया। मुन्नू ने सड़क पर डालने के लिए बड़े पत्थरों पर हथौड़ा चला-चलाकर गिट्टियाँ तोड़ते हुए लोगों को देखा था। ठीक उसी तरह मिस ताराबाई के ऊपर रक्खे हुए पत्थर पर भी हथौड़े चल रहे थे। अन्त में वह पत्थर को अलग फेंककर एकदम से उठ खड़ी हुई और दर्शकों की ओर मस्तक झुकाया। खेमा करतल-ध्वनि से गूँज उठा।

मुन्नू पर तो जैसे किसी ने जादू कर दिया हो; परन्तु इसके बाद तुरन्त ही मुन्नू के बायें हाथ से कोई बीस ग़ज के अन्तर पर कुछ खड़बड़ाहट हुई और एक सफ़ेद रंग का घोड़ा टपाटप करता रंगभूमि में आया।

मुन्नू ने अपनी आँख सूराख में चिपका दी और देखने के लिए पिल पड़ा। घोड़े के साथ-साथ एक नवयुवक ने भी भीतर प्रवेश किया, जो बहुत ही चुस्त किस्म की अँगरेज़ी बिरजिस और एक लम्बा-सा झिलमिलाता हुआ रूपहला कोट पहने था। आदमी क्या था, अच्छी खासी रबर की गेंद था। वह ज़मीन से उछला और तेज़ी से दौड़ते हुए घोड़े पर

सवार हो गया। मिनट भर तो वह घोड़े की पीठ पर खड़ा रहा, बाद को कलाबाज़ी खाकर मस्तक के बल उसके मस्तक पर खड़ा हो गया। टाँगें हवा में फैली थीं और फिर जो कलाबाज़ी खाई, तो दुम पर से फिसलता हुआ नीचे आ गया, जैसे संगमरमर की सीढ़ियों से उतर आया हो।

मुन्नू अत्यन्त ही प्रसन्न भाव से आँखें फाड़-फाड़कर देखता रहा। उसका तो दिमाग चकरा गया, जैसे कोई जादू का चमत्कार हो रहा था।

''यदि कहीं मैं भी इसी तरह का चमत्कार दिखा सकता!'' जोश में आकर उसने मन-ही-मन कहा। उसके-जैसे कला-कुशल व्यक्ति की तरह हवा में कलाबाज़ी खाना और फिर मस्तक पर आकर टिकना, भला मुन्नू के लिए कैसे सम्भव था!, ''यह आदमी भी अवश्य सात समुद्र पार विलायत जा रहा होगा, जहाँ से साहब लोग आते हैं। किन्तु मैं वहाँ कैसे जा सकता हूँ? मैं कुली ठहरा। मैं अभी विलायत नहीं जा सकता, किन्तु बम्बई जाऊँगा। सम्भव है, वहाँ इतने पैसे कमा सकूँ कि सात समुद्र पार जाना मेरे लिए सरल हो जाए।''

फिर ज़ोरों की करतल-ध्वनि हुई और दो मसखरे कहीं से आ निकले। अजीब-अजीब मजाकिया टोपियाँ लगाए, रंग-बिरंगे छींट के कपड़े पहने, चेहरे पर सफ़ेद, लाल, काला कत्थई रंग लगाए हुए थे। पहले तो वे एक रंगीन गेंद से कुछ खेल दिखाते रहे। अपनी कलात्मक ढंग से बढ़ाई हुई नाक पर कभी तो वे गेंद को रोक लेते और कभी उसे उछाल देते। फिर उन रस्सों पर नाचनेवालों की भद्दी तरह से नकल करने लगे और मुन्नू पर वही प्रभाव हुआ जो उनका अभिप्राय था। यानी उसे हँसी आई।

अब शेरों के पिंजड़े आने लगे...

किन्तु इतने में वह महावत उधर से आ पहुँचा और उसने मुन्नू को खींच लिया, ''ऐ लड़के, चल कुछ काम कर। ये पानी की बाल्टियाँ ज़रा मेरे साथ उठवा। बहुत सर्कस देख चुका।

मुन्नू को खेल छोड़कर उठने में बहुत ही क्लेश का अनुभव हो रहा था; किन्तु उसने सोचा कि इतनी देर भी खेल देखने का जो अवसर मिला, वह इस महावत की ही कृपा का फल है। इसलिए इसकी मदद करने में आना-कानी करना ठीक नहीं है। यह सोचकर वह अपनी जगह से, जहाँ दुबका बैठा था, जरा लँगड़ाते-लँगड़ाते उठा।

''किन्तु हाथी तो एक बाल्टी से अधिक पानी पीता होगा'' मुन्नू ने कहा। उसे डर लग रहा था कि भगवान् जाने अब कितनी बाल्टियाँ ढोनी पड़ेंगी।

''हाँ, हाँ, किन्तु मैं केवल हाथी की टाँगें धो रहा हूँ'' महावत ने जवाब दिया।

मुन्नू ने दोनों हाथों में एक-एक बाल्टी उठा ली। अहाते के एक कोने में लगे नल के पास ले जाकर उसने उन दोनों बाल्टियों को पानी से भरा और फिर हाथी के पास ले आया। हाथी अब तक खड़े-खड़े वह घास खा रहा था, जो महावत ने खरीदी थी।

''मुझे देखकर ही हर एक आदमी समझ सकता है कि मैं कुली हूँ'' पानी से भरी हुई बाल्टियाँ लाते हुए मुन्नू सोच रहा था। उसे यह सोचकर बड़ी निराशा-सी हुई कि वह उस घुड़सवार की तरह कभी विलायत न जा सकेगा, ''किन्तु बम्बई तो शायद चला ही जाऊँ'', उसने अपने-आप को धीरज दिया। पानी की बाल्टियाँ लाने से मुन्नू की काफ़ी

कसरत हो गई और उसके शरीर में फुर्ती-सी आ गई। नल तक तीन बार आने-जाने के बाद तो वह बिल्कुल हल्का-फुल्का अनुभव करने लगा।

मुन्नू ने मन में कहा, "मैं इस आदमी से पूछता हूँ कि यह मुझे बम्बई ले जाएगा या नहीं।" हाथी के पास ही खड़े-खड़े वह माथे से पसीना पोछने लगा।

"क्या आप अपने सहायक के रूप में मुझे नौकर रख लेंगे और बम्बई लेते चलेंगे?" मुन्नू अन्त में धड़कते हुए हृदय से पूछ ही बैठा। उसके ये शब्द क्षण-भर तक उसके शरीर से प्रतिध्वनित होते रहे। उत्तर की प्रतीक्षा में वह अत्यन्त ही अधीर होता जा रहा था।

"मैं तुम्हें यहाँ नौकर तो नहीं रख सकता, क्योंकि हाथी चलाने का काम बहुत दिन के अभ्यास के बाद आता है और हम लोग अब शीघ्र ही सात समुद्र पार जानेवाले हैं; परन्तु उस गाड़ी में, जिससे हमारा सर्कस जाएगा, तुम भी कहीं घुसकर बैठ जाना। इस प्रकार हमारे साथ बम्बई पहुँच सकते हो। मैंने स्वयं भी, जब तुम्हारे बराबर था, मालगाड़ियों में इधर-उधर दुबककर सारे दक्षिण भारत की यात्रा की थी।"

"आप सच कह रहे हैं न!" मुन्नू ने इस वादे को पक्का कराना चाहा।

"हाँ, हाँ भाई।" महावत बोला, "तुम यहीं ठहर जाओ। सामान वगैरह बाँधने में हमारी सहायता करो। मैं तुम्हें कुली के काम के पैसे दिलवा दूँगा और रात को गाड़ी में कहीं घुसा लूँगा।"

"आप बड़े दयालु हैं।" मुन्नू का हृदय ज़ोर-ज़ोर से धड़क रहा था, "इस कृपा के लिए मैं आपके प्रति किस प्रकार कृतज्ञता प्रकट करूँ।"

"शिः शिः!" महावत बोला, "बोलो मत, कोई सुन लेगा। आओ, हाथी के लिए अभी और घास लानी है।"

चार

सरकस की स्पेशल ट्रेन के इंजन ने ज़ोर से सीटी दी और चक्के घूमने लगे।

मुन्नू एक खुले डिब्बे के सिरे से लगा, लिपटे हुए ख़ेमों के ढेर पर चित लेटा, अँधेरे में आकाश के तारों को देख रहा था। एक तो उसे दौलतपुर छूटने का कुछ दुःख था, दूसरे उसे कुछ डर लग रहा था, जिससे उसका हृदय ज़ोर-ज़ोर से धड़क रहा था। उसे वह भयानक रात्रि स्मरण हो आई, जब वह शामनगर से भागा था; परन्तु इस समय उसे उतना पसीना नहीं आ रहा था, जितना उस समय आ रहा था। आज वह इस तरह छिपकर यात्रा करने के कारण अपने-आप को अपराधी भी नहीं समझ रहा था। यह सुविधा तो उसे दोपहर के बाद से बराबर कठिन परिश्रम करने के बाद प्राप्त हुई थी। उसने बड़े-बड़े बोझ उठाए थे। ख़ेमे के लोहे के खूँटे तथा दूसरे सामान ढो-ढोकर उसने गाड़ियों पर लादे थे, जो उन्हें उठाकर स्टेशन तक लाई थीं। इस समय उसे इतना अकेलापन भी नहीं मालूम पड़ रहा था, क्योंकि पास ही नौकरों के किसी डिब्बे में महावत भी था।

परन्तु रात के अन्धकार में इंजन की सीटी में अब भी वही डरावनापन था, जो एक साल पहले उसने अनुभव किया था, जैसे कोई भूत चीख़ रहा हो!

परन्तु ये सब अतीत युग की बातें थीं—एक ऐसे संसार की, जो उस संसार से सर्वथा भिन्न था, जिसकी ओर वह उस समय बढ़ा जा रहा था। वह पुराना संसार, जो दौलतपुर से भी भिन्न था, पीछे, बहुत ही पीछे छूट चुका था। मुन्नू की इच्छा तो यह हो रही थी कि शामनगर और दौलतपुर, दोनों ही उसके स्मृति-पट से सदा के लिए मिट जाएँ—दोनों ने उसके साथ क्रूरता का व्यवहार किया था।

मुन्नू तो अब एक नए संसार की ओर जा रहा था—बिल्कुल नए, बिल्कुल अनोखे संसार की ओर। यह एक बहुत बड़े नगर का संसार था। यह ऐसा संसार था, जहाँ बड़े-बड़े जहाज़ थे, मोटरें थीं, एक-से-एक विशाल और मनोरम अट्टालिकाएँ थीं, तरह-तरह के फलों और फूलों से सुसज्जित बग़ीचे थे। मुन्नू ने कल्पना की—इस नए संसार में एक से एक धनी लोग होंगे, बहुत ही धनी लोग, जो गलियों में इधर-उधर कुलियों को रुपए लुटाते चलते होंगे।

गाड़ी धीरे-धीरे बर्मा आयल कम्पनी के बड़े-बड़े पीपों के पास से गुज़र रही थी। मुन्नू का जी चाहता था कि यह और तेज़ चले, क्योंकि सुरक्षित होने पर भी उसे यह डर लगा था कि कहीं कोई आकर मुझे डिब्बे से बाहर न फेंक दे। यदि कहीं ऐसा हुआ,

तब तो मुझे मज़दूरी के लिए फिर उसी तरकारी-बाज़ार में जाना पड़ेगा। किन्तु नहीं, अब तो मेरे किए यह न होगा। मुझे चाहे भूखों ही मरना पड़े, किन्तु मैं अब मज़दूरी के लिए लौटकर तरकारी-बाज़ार न जाऊँगा। मुन्नू के मनोभाव भी उस समय ठीक वैसे ही थे, जैसे कि कितने ही दृढ़चेता लोगों के हुआ करते हैं। अर्थात् इस तरह की मनोवृत्ति के लोग जब कोई बात मन में ठान लेते हैं और किसी कारण से उनका कार्यक्रम असफल सिद्ध होता है, तब उन्हें मृत्यु का-सा ही क्लेश होता है।

इंजन की गति क्रमशः तेज होती जा रही थी। पहियों की घड़घड़ाहट जब एक क्रमबद्ध और सधी हुई रफ़्तार में बदल गई थी। दौलतपुर की ऊँची-ऊँची पाँच-मंज़िली इमारतें पीछे छूटती जा रही थीं। गर्म हवा सरासर आ रही थी और कुत्तों के भौंकने की आवाज़ इंजन की भकभकाहट में डूब गई थी।

मुन्नू किरमिच के ख़ेमों के ढेर पर उठ बैठा और चारों ओर देखने लगा। रात के अँधेरे में आकाश और पृथ्वी के बीच में फलों के वृक्षों के झुरमुट काले-काले दिखाई पड़ रहे थे। मकानों की छतें अदृश्य हातीं जा रही थीं। दौलतपुर की मीनारें, गुम्बद और टेढ़ी-मेढ़ी दीवारें अँधेरे में खोई जा रही थीं। मुन्नू ने सोचा कि कहीं यह दृश्य उसके मस्तिष्क में अंकित न हो जाए। वह लेट गया, आँखे मींच लीं और मींचते ही सो गया।

गाड़ी केवल एक बार, सुबह, तड़के जाकर रुकी और आसपास के प्लेटफ़ार्मों पर रेलगाड़ियों की घड़बड़ाहट तथा यात्रियों की दौड़-धूप और खड़बड़ाहट के कारण मुन्नू की नींद कुछ उचट गई, "क्या मालू, कौन-सा स्टेशन है?" उसने अर्धनिद्रित अवस्था में अपने आप से कहा—किन्तु आँखें नहीं खोलीं। हाकर लोग चिल्ला-चिल्लाकर अपना-अपना सामान बेच रहे थे, "हिन्दू मिठाई", "मुसलमान रोटी", "गरमागरम चाय", "ठण्डा पानी" और इस कोलाहल के बीच में मुन्नू को सुनाई दिया—'अम्बाला जंकशन' 'अम्बाला सिटी' 'कालका लाइन, गाड़ी बदलो।'

एक गोबरीला भनभनाता हुआ आया और गाड़ी की सन-सन से उसकी आवाज़ मिलने लगी। प्रातःकाल की शीतल वायु ने मुन्नू के दिमाग़ को ताज़ा कर दिया। संसार उसके दृष्टि-पथ से परे हो गया। वह फिर सो गया।

अब मुन्नू की निद्रा भंग हुई दिल्ली के स्टेशन पर। मुन्नू ने तो अपनी किताबों में भारतवर्ष की राजधानी के विषय में बहुत-कुछ पढ़ा था, किन्तु स्टेशन की टीन की छत से तो शहर के बड़े होने का कोई भी अनुमान न हो सकता था।

एकाएक झाँककर उसने देखा, तो पुरुषों, स्त्रियों और बादलों की एक भीड़ प्लेटफार्म पर एकत्रित थी। डिब्बे सब भर चुके थे, किन्तु ऐसे कितने लोग थे, जो चीख़ते-चिल्लाते, धक्के मारते घुसे ही चले आते थे।

मुन्नू ने इस भीड़-भाड़ से लाभ उठाया। वह झटपट दूसरी तरफ़ कूद गया। रेलवे लाइनों के जाल में एक नल के पास बैठकर वह शौच से निवृत्त हुआ, बाद को फिर आकर लेट गया और एक नींद और लेने लगा।

इतने में वह महावत आ पहुँचा, "आओ, मैं किसी बन्द डिब्बे में तुम्हारे लिए जगह करूँ। दिन को यहाँ बड़ी धूप होगी और यह लो, तुम्हारे लिए मैं कुछ खाने-पीने का सामान ख़रीद लाया हूँ।"

मुन्नू कूदकर गाड़ी से उतरा और अपने शुभचिन्तक और आश्रयदाता के पीछे-पीछे जाकर एक ऐसे डिब्बे में घुसा, जहाँ तमाम बाँस-ही-बाँस भरे थे।

"यह लो अपना भोजन, मैं अब रतलाम के स्टेशन पर आऊँगा।" यह कहकर महावत चला गया। मुन्नू ने अभी भोजन करना आरम्भ ही किया था कि गाड़ी स्टेशन से रवाना हो गई।

मुन्नू स्वादिष्ट पूड़ियाँ और गाजर का अचार खाता जाता था और सोचता जाता था कि महावत भी कितना उदार मनुष्य है। उसके हृदय में अपने-आप यह प्रश्न उदय होने लगा, "कोई-कोई लोग प्रभु और इस महावत की तरह सुजन क्यों होते है और कोई-कोई लोग, गनपत और उस पुलिसवाले की तरह, जिसने मुझे रेलवे स्टेशन पर पीटा था, दुर्जन क्यों होते हैं!" फिर वह खिड़की से बाहर झाँकने लगा। बंजर भूमि में जंगली झाड़ियों और वृक्षों की गँठीली जड़ों तथा ठूँठों के बीच कितनी ही इमारतें, महल और किले खड़े थे। तपते हुए सूर्य की प्रचण्ड किरणें बग़ैर जलाये ही एक विचित्र प्रकार का धुआँ पैदा कर रही थीं। मुन्नू को वह कथा स्मरण हो आई, जो उसने दिल्ली के विषय में सुनी थी। उसे मालूम था कि इस नगर को सूर्यवंशी राजाओं ने बसाया था। मुन्नू के मन में आया--कदाचित् इसी कारण सूर्य भगवान् अब मुसलमानों की इन इमारतों को तपाकर उनसे बदला ले रहे हैं, क्योंकि मुसलमानों ने सूर्यवंशियों को अधिकारच्युत करके उनके राज्य को स्वयं अपने अधिकार में कर लिया था।

इन इमारतों के बाद मीलों तक सर एडवर्ड लेन की बनाई हुई नई दिल्ली की लाल-लाल इमारतें थीं, उनका दृश्य जब अकस्मात् मुन्नू की दृष्टि के समक्ष आया, तब उसे ऐसा लगा, मानो किसी ने उसकी आनन्द रूपी अग्नि के लिए ईंधन चुन दिया हो और मुन्नू के मन में पहले जो धारणा उत्पन्न हुई थी, वह और भी दृढ़ हो गई। परन्तु इस बात में उसे कुछ सन्देह था कि सूर्य अँगरेज़ों को भी जला सकेंगे या नहीं, क्योंकि उसने अपनी इतिहास की किताब में पढ़ा था कि ब्रिटिश साम्राज्य में सूर्य कभी अस्त नहीं होता।

फिर दो किसान लड़कों को देखकर मुन्नू जैसे आसमान से धम-से भूमि पर आ गिरा। साफ़-सुथरे चटियल मैदान में ये दो नन्हें-नन्हें भोले बालक हाथ में खुरदरे डण्डे लिए अपने भैंसों को हल में नाधे रेत और धूल के इन मैदानों में हाँक रहे थे।

मुन्नू सोचने लगा कि इन लोगों की सारी उम्र इसी में बीत जाती है कि इस बंजर भूमि में किसी-न-किसी तरह पेट पालने के लिए कुछ प्राप्त कर सकें।

फिर पहाड़ों का एक क्रम आया। बड़ी-बड़ी चट्टानों और लाल मिट्टी के टीले दिखाई देने लगे, और सारा संसार कुछ समय के लिए अदृश्य हो गया। जब मैदान फिर दिखाई देने लगा, तब मुन्नू का दिमाग़ इन विचारों से ख़ाली हो चुका था और वह मीलों तक फैली हुई रेत को यों ही बैठे-बैठे ताकता रहा। सूर्य अपनी तीक्ष्ण किरणें बंजर भूमि पर बरसा रहा था और कहीं-कहीं कोई सूखी हुई झाड़ी या ठूँठा वृक्ष इस दृश्य को भंग करता था।

एकाएक एक बवन्डर उठा। धूल और मिट्टी को समेटता हुआ और गेंद की तरह नाचता हुआ वह एक गुफा में जा घुसा।

मुन्नू को ऐसा लगा, जैसे वह किसी राजपूत योद्धा का भूत हो। भारतवासियों में

यह एक अन्ध-विश्वास फैला है कि मृत व्यक्तियों की आत्माएँ बवन्डर का रूप धारण करके पृथ्वी पर भ्रमण किया करती हैं। किन्तु वह स्वयं तो रेलगाड़ी के एक डिब्बे में बैठा होने के कारण अपने-आपको काफ़ी सुरक्षित समझ रहा था। गाड़ी विस्तृत पृथ्वी, अनन्त आकाश और पाषाण-हृदय सूर्य का भी, जो पृथ्वी को अपनी प्रचण्ड किरणों से भूने डाल रहा था, मुक़ाबला करती, दनदनाती हुई आगे बढ़ी जा रही थी।

"रेलगाड़ी भी कैसी अद्भुत वस्तु है!" मुन्नू ने सोचा!, "यदि रेलगाड़ी न होती, तो मैं शामनगर से पिण्ड छुड़ाकर दौलतपुर कभी न जा सकता और बम्बई तो किसी प्रकार जा ही नहीं सकता था, क्योंकि इतनी दूर की यात्रा भला कोई पैदल कैसे कर सकता है?"

मुन्नू के हृदय में एक दूसरी बात आई। उसने सोचा–अब मैं बम्बई तो जा रहा हूँ, किन्तु वहाँ करूँगा क्या? किसी को जानता पहचानता भी नहीं। सब्ज़ी मण्डी वाले कुली ने जिस तीस रुपए वाली नौकरी की चर्चा की थी, वह मुझे कैसे मिलेगी? बीकानेरियों की तरह गलियों में भीख तो मुझसे कभी न माँगी जाएगी।

मुन्नू की दृष्टि के सामने उसका वह चित्र नाचने लगा, मानो वह स्वयं भी रेगिस्तान के रहनेवाले उन काले-काले पुरुषों, स्त्रियों और बालकों के समान, जो दौलतपुर की गलियों में भिक्षा के लिए द्वार-द्वार पर घीं-घीं करते फिरते थे, झोली टाँगे घूम रहा है और एक-एक आदमी की झिड़कियाँ सह रहा है, सब के तिरस्कार का पात्र बन रहा है। किन्तु उसके बाद ही अपने मन को धीरज देते हुए उसने कहा, "अभी तो मेरी धोती के छोर में एक रुपया बँधा ही है, साथ ही सब्ज़ी मण्डी वाले कुली ने तो कहा था कि बम्बई में काम मिलना आसान है।"

मुन्नू ने अब अपने हृदय-पटल पर बम्बई की सड़कों और गलियों का चित्र अंकित करना आरम्भ किया। ऊँची-ऊँची अट्टालिकाएँ उसकी दृष्टि के सामने नाचने लगीं। उसने कल्पना की दृष्टि से देखा कि दौलतपुर की सिविल लाइन्स में जो बढ़िया-बढ़िया बँगले उसने देखे हैं, उनसे भी बढ़िया और सजीले बँगले बम्बई में हैं। इसके सिवा उसने चौड़ी-चौड़ी सड़कों का काल्पनिक चित्र बनाया। बस, इसके आगे उसकी कल्पना-शक्ति नहीं बढ़ सकी।

रेलगाड़ी के झटकों और दोपहर की गरमी से उसका जोड़-जोड़ दुःख रहा था और सिर में चक्कर आ रहे थे। निद्रा के प्रभाव से अपने-आपको बचाने के लिए वह बार-बार रेगिस्तान की ओर ताकने लगता, परन्तु बाहर की चमकती हुई गर्मी उसके दिमाग़ में फिर एक समस्या पैदा कर देती। यहाँ तक कि इच्छा न रहते हुए भी उसकी आँखें बन्द हो गईं और वह नींद में खो गया।

सहसा गाड़ी का एक झटका लगा और मुन्नू की आँखें खुल गईं। साँझ हो चली थी और सामने एक काले तख़्ते पर हिन्दी और अँगरेज़ी अक्षरों में लिखा था, "कोटा जंकशन।" मुन्नू अब भी पसीने में तर, अकड़ा हुआ, बाँसों पर लेटा था।

"यह लो, मैं तुम्हारे लिए थोड़ी-सी मिठाई और दूध लाया हूँ," महावत आया और बोला, "और यह बोरी लो, रात को इसे बिछाकर सो जाना। आज रात में, तुम खुली गाड़ी में न सो सकोगे। कम्पनी के पारसी मालिक प्लेटफार्म पर इधर-उधर टहला करते हैं। मुझे अपने हाथी से तो अधिक तुम्हारी देख-भाल करनी पड़ रही है; किन्तु कोई बात

नहीं, मुझे तुम्हारी सहायता करने में बड़ी प्रसन्नता हो रही है। जब मैं भी तुम्हारी अवस्था का था, तब एक आदमी ने कलकत्ते से मद्रास तक बिना टिकट आने में मेरी सहायता की थी। अच्छा, अब जरा सम्भल कर रहना, कहीं गिर न पड़ना।''

''अच्छा।'' मुन्नू ने उत्तर दिया और लोलुप दृष्टि से पेड़ों, गुलाब जामुनों और दूध से भरे हुए कुल्हड़ की तरफ़ देखा।

गाड़ी चल पड़ी और फिर रेगिस्तान के विस्तृत मैदान पार करने लगी। अपने भयावह और डरावने इंजन का दामन पकड़े, जो कभी-कभी सामने से आती हुई गाड़ियों को सावधान करने के लिए तेज़ सीटी बजाता था और फिर वे गाड़ियाँ बिजली की-सी तेज़ी और बादलों की-सी गड़गड़ाहट के साथ दनदनाती हुई पास से निकल जाती थीं।

सूर्य के प्रचण्ड ताप से तपती हुई मरुभूमि में भी एक विचित्र प्रकार का आकर्षण था। बालुकामय भूमि में मृग-मरीचिका के कारण सजीवता-सी मालूम पड़ने लगी थी। कहीं-कहीं ऊँटों की क़तारें भी देखने में आती थीं। उनमें से हर एक ऊँट की नकेल आगेवाले ऊँट की दुम में बँधी होती। उनके पीछे-पीछे कष्टसहिष्णु और धीर पुरुष भूख-प्यास और तूफ़ान का मुक़ाबला करते हुए चल रहे थे। कहीं-कहीं ख़ेमों का कोई जमघट, कोई टूटी-फूटी इमारत दिखाई देती थी तो मुन्नू को उन सरायों का ध्यान आ जाता, जो उसने शामनगर के पास शहर के बाहर देखी थीं और वह सोचता कि घोड़ों के इन व्यापारियों और गाय-भैंसों के इन रखवालों का जीवन भी कितना नीरस होगा। परन्तु कहीं क्षितिज का छोर नहीं दिखाई पड़ता था। इधर गर्म हवा लगते-लगते मुन्नू की आँखें जलने लगीं। सूर्य की किरणों में झुलसी हुई हवा ऐसी लगती थी, जैसे कोई बहुत बड़ा तन्दूर डकार लेकर फुँकार रहा हो।

साँझ होते-होते चौरस मैदान ख़तम होने लगे और अधिकतर पहाड़ दिखाई देने लगे, जिनके ऊपर किले बने हुए थे और बड़ी दूर-दूर तक फैले हुए पठार थे, जिन पर अस्ताचल की ओर जाते हुए सूर्य की किरणों के चटकीले और चमकदार रंग बड़े प्रेम से वृक्षों से गले मिल रहे थे।

नीची-नीची घनी झड़ियों के पास-पास बकरियाँ चर रही थीं और ऊँट अपनी लम्बी-लम्बी गर्दन तान-तानकर पत्ते खा रहे थे। छोटी-छोटी मटीले पानी की नदियों के पार छोटे-छोटे झोंपड़ों की बस्तियाँ आबाद थीं। स्त्रियाँ दूध के मटके मस्तक पर रखे, घूँघट काढ़े, शरमाती-लजाती, चली जा रही थीं। पुरुष रेल की तरफ़ झुक-झुककर सलाम कर रहे थे और नन्हें-नन्हें नंग-धड़ँग बच्चे बेपरवाही से उँगली चूसते हुए आँखें फाड़-फाड़कर रेल को ताकने लगते थे।

मुन्नू को अपना बाल्यकाल स्मरण हो आया। वह भी तो इसी तरह पहाड़ी प्रदेश में बैलगाड़ियों के रास्तों पर किस तरह स्वच्छन्दतापूर्वक खेला करता था। वह मोटी तोंदवाला बिशन, दुबला-पतला विशम्भर और इतराता हुआ जयसिंह भी उसके साथ होता था। परन्तु काँगड़ा के ऊदे-ऊदे पहाड़ बहुत घिचपिच थे। वहाँ रेलगाड़ी का कहीं गुज़र न था। भला वह देखने को वहाँ क्या मिलती! मुन्नू मन-ही-मन सोचने लगा, ''मुझे कष्ट तो बहुत सहने पड़े, किन्तु अच्छा ही हुआ जो मैं वहाँ से चला आया। और अब तो मै बम्बई जा रहा हूँ। वहाँ बहुत-सी, बहुत अद्भुत वस्तुएँ देखने को मिलेंगी। ऐसी अद्भुत, ऐसी आकर्षक,

कि शामनगर और दौलतपुर में कभी नहीं मिल सकतीं। फिर मेरे गाँव में तो उनकी कल्पना भी नहीं की जा सकती।

मुन्नू की विचार-धारा जारी थी। इधर रेलगाड़ी भी पीली-पीली घासों तथा जंगली फूलों से ढके हुए टीलों को पीछे छोड़ती जा रही थी और एक हरी-भरी घाटी में प्रवेश कर रही थी, जहाँ चारों तरफ़ लाल और ऊदे पहाड़ थे। मुन्नू सोचने लगा, "चित्तौड़ का वह पुराना क़िला यहीं कहीं होगा, जहाँ पद्मिनी और देहली के गुलामवंश के सम्राट् अलाउद्दीन का मुक़ाबला हुआ था। मेवाड़ के वीर योद्धाओं ने केसरिया बाना पहनकर जौहर किया था और राजपूत रमणियों ने रानी के साथ सती हो जाना स्वीकार किया। विजेताओं के द्वारा अपमानित होकर जीवित रहना उन्हें नहीं स्वीकार था। काश मैं भी यह क़िला देख सकता! काश मैं भी वहाँ जा सकता! परन्तु वहाँ मज़दूरी कहाँ मिलेगी? मुझे बम्बई ही जाना चाहिए, बम्बई! जहाँ मज़दूरी मिलती है—न जाने कब पहुँचेंगे बम्बई।"

इंजन ज़ोर से सीटी देता हुआ रतलाम के स्टेशन पर जा पहुँचा और एकाएक दिन का प्रकाश रात्रि के अन्धकार में विलीन हो गया। फिर जब इंजन रात के सुगन्धि वातावरण को चीरने लगा, तब मुन्नू को ऐसा लगा कि समय अब कुछ तीव्र गति से बढ़ रहा है। तार के खम्भे बहुत शीघ्रतापूर्वक पीछे छूटते जा रहे हैं। महावत ने इस समय भी मुन्नू के लिए कुछ खाने का सामान ला दिया था। उसके द्वारा जब वह पेट-पूजा करने लगा, तब उसे ऐसा मालूम हुआ कि समय की गति रुक गई है। रात्रि के अन्धकार में रेत के टीलों और ऊँची नीची पहाड़ियों की चोटियों पर तारों के दीपक जगमगा रहे थे। आकाश अब कुछ कालिमा लिए हुए गहरे नीले रंग का दिखाई दे रहा था। कहीं-कहीं प्रकाश की एक पतली-सी तह दी हुई मालूम होती थी और सारी सृष्टि एक अज्ञात वातावरण में लीन मुन्नू के चारों ओर परछाई की तरह नाच रही थी। ऐसा लगता था कि कहीं-कहीं से भूत-प्रेत अब निकलने ही वाले हैं। ठण्डी हवा के झोंकों की थपकी से मुन्नू को निद्रा आ गई और वह बाँस की ऊँची-नीची सतह पर रखी हुई बोरियों पर मस्तक रखकर सो गया।

जब मुन्नू की आँखें खुलीं, तब वह बड़ौदा के हरे-भरे प्रदेश में पहुँच चुका था। चारों तरफ़ खजूर, नीम और कसेरू के वृक्ष अपनी छाया चारों ओर फैला रहे थे। हरे-भरे खेत लहलहा रहे थे। महाराज की स्पेशल ट्रेन ने, जिस पर शीशे की तरह चमकदार सफ़ेद पालिश थी और जिसकी चमक आस-पास की हर एक वस्तु को लज्जित कर रही थी, मुन्नू का ध्यान अपनी ओर आकर्षित किया। कुछ लोग सफ़ेद बिरजिसें और काले कोट पहनें, मस्तक पर सुनहरे काम की टोपियों लगाए, पाँव में शामनगर वाले बाबूजी के-से काले चमकदार जूते पहने, ट्रेन के आसपास मँडरा रहे थे।

मुन्नू ने सोचा, "आज तक मुझे ऐसे जूते नसीब नहीं हुए। अगर बम्बई में काम मिल गया, तो मैं सबसे पहले ऐसे जूते ख़रीदूँगा।"

अब मीलों तक हरे-भरे मैदान फैले हुए थे। कहीं-कहीं बीच-बीच में पहाड़ियों और चट्टानें थीं, कहीं बड़े-बड़े मन्दिर थे और ऊँची-ऊँची इमारतें, जिनकी चिमनियों से धुआँ निकल रहा था। मुन्नू का जी घबराने लगा। अब वह मंज़िल पर पहुँचने ही वाला था और उसे रह-रहकर शंका हो रही थी कि उसे काम मिल सकेगा या नहीं।

पानी की एक लम्बी-सी रूपहली रेखा, जिसका कहीं ओर-छोर नहीं दिखाई देता था, कुछ दूरी पर चमकती हुई दिखाई देने लगी। कहीं-कहीं यह रेखा टूटकर गोल-गोल चमकदार तारों के समूह-से बन गए थे और इस विचार से मुन्नू का हृदय बल्लियों उछलने लगा कि अब वह जीवन में पहले-पहल समुद्र देखेगा। शीघ्र ही यह नीला-नीला जल रेल के पुल के नीचे आ गया और मुन्नू के पैरों के नीचे से बहने लगा। मुन्नू का हृदय धड़ककर उसका साथ देने लगा। इस नवीन प्रकार के आनन्द के अतिरेक के कारण उसके हृदय पर भय का जो बोझ लदा था, वह कितना हल्का हो गया। उसने एक झुरझुरी ली कि भय का भाव, जो उसे ख़ामोशी के साथ नीचे घसीट रहा था, कम हो जाए और वह बोरी पर से उठकर खिड़की के पास आ गया। समुद्र की शीतल वायु उसके मुख-मण्डल पर पंखा झल रही थी, किन्तु पसीने की एक हल्की-सी पर्त उस पर बाकी थी। उसने अपने मैले कुर्ते के छोर से अपना मुँह पोंछ डाला और रेत के कण, जो उस पर लगे थे, उसके नर्म-नर्म गालों में गड़ने लगे। फिर उसने अपने बालों में ऊँगलियाँ फेरकर देखा, तो हथेली पर कोयले के कितने ही कण चिपक गए थे। वह परेशान होकर और झुँझलाकर रूआँआ-सा हो गया और ठण्डी साँस भरने लगा। कितना असह्य एकान्त था; किन्तु उसके बाद ही उसने दृढ़ता का अवलम्बन किया। वह चुप होकर बैठ गया और हरे-भरे खेतों का दृश्य देखने लगा, जो समुद्र की ओस और प्रातःकाल की हल्की-हल्की धूप में नहा रहे थे।

"मैं रेलगाड़ी पर से उतरते ही अपनी तरफ़ के किसी आदमी को ढूँढूँगा," मुन्नू मन-ही-मन सोचने लगा, "किन्तु इतने बड़े नगर में कोई मिलेगा कैसे?"

जब उसने देखा कि बम्बई-नगर में उसका प्रवेश हो चुका है। बड़ी-बड़ी फ़ैक्ट्रियों की दीवारों पर अँगरेज़ी और एक किसी अज्ञात भाषा के अक्षरों में भिन्न-भिन्न नाम लिखे थे। रुस्तमजी जमशेदजी, करीम भाई इत्यादि और सब के आगे 'बम्बई' लिखा था। उत्तर से दक्षिण तक की इस दो हज़ार मील की यात्रा में मुन्नू ने कोई ऐसा नगर न देखा था, जिसकी सीमा का विस्तार इस तरह मीलों तक फैला चला गया हो। यह संसार ही और था—एक अत्यन्त गौरवशाली संसार था, जिसमें वह प्रवेश करने जा रहा था।

रेलगाड़ी दौड़ रही थी। खजूर और नारियल के झुण्डों से गुज़रती, मन्दिरों के सुनहरे कलशों, मस्जिदों के शानदार गुम्बदों, गिरजाघरों की ऊँची चोटियों को पीछे छोड़ती हुई, मिलों, श्मशानों, क़ब्रिस्तानों, बड़े-बड़े मकानों के फूलों से लदे बग़ीचों, मछली सुखाने के मैदानों से निकलती हुई वह भागती चली जा रही थी। बड़े-बड़े मैदानों में लोग कपड़े रँग रहे थे, रेशम और सूत के कपड़ों को तरह-तरह के रंगों में रँगा जा रहा था। भेड़ों-बकरियों के गल्ले चल रहे थे। भैंसों-गायों के झुण्ड फिर रहे थे। पुरुष, स्त्रियाँ और बालक विविध प्रकार के वस्त्र पहने झुण्ड बनाए इधर-उधर घूम रहे थे और रेलगाड़ी इन सब के बीच से दनदनाती चली जा रही थी।

मुन्नू को उलझन हो रही थी। उसके पेट में खलबली-सी मची थी और सूखकर मुँह का स्वाद कड़ुआ हो गया था। वह घबराकर कभी इधर देखता, कभी उधर, कभी सीट को खुरचने लगता, कभी पाँव उठाता, कभी रखता। टाँगें बिल्कुल अकड़ गई थीं। उत्तेजना के कारण दिमाग़ में चक्कर आ रहा था, शरीर में ख़ून का दौरा इतने ज़ोर से

हो रहा था, मानो वह ख़ूब दौड़ रहा हो। चेहरा पीला पड़ गया था, शरीर पसीने से तर था और दिमाग़ बिल्कुल ख़ाली और खोया हुआ-सा था।

बम्बई की सीमा में प्रवेश करने के बाद स्टेशन-पर-स्टेशन पीछे छोड़ते-छोड़ते रेलगाड़ी ने एक आख़िरी सीटी बड़े ज़ोर से दी, ब्रेकों से करुणा से भरी हुई अन्तिम चीख़ सुनाई पड़ी और फक-फक करती हुई रेलगाड़ी आहें भरती, जैसे वह बहुत थक गई हो, विक्टोरिया स्टेशन के बहुत बड़े प्लेटफार्म पर आ खड़ी हुई।

मुन्नू ने घबराकर प्लेटफार्म के दूसरे हिस्से को देखा, जहाँ एक मालगाड़ी खड़ी थी। वह इस द्विविधा में पड़ा कि महावत के आने की राह देखे, या दौड़कर गोदाम में घुस जाए, जहाँ कुछ कुली सामान के बोरे उठा रहे थे। वहाँ से गली में निकल भागना आसान था।

"आओ भाई! जिस नगर में पहुँचने की तुम्हारी प्रबल आकांक्षा थी, पहुँच गए।" काले-काले महावत ने, जिसके मुख पर शीतला के दाग़ थे, आकर कहा, "अब यह ट्रेन यहाँ से हमें लेकर बैलर्ड पियर जाएगी और फिर वहाँ से हम विदेश जानेवाले जहाज़ में सवार हो जाएँगे। यह लो, मैं तुम्हारे लिए थोड़ा-सा खाने को लाया हूँ और आओ, तुम्हें स्टेशन से बाहर निकलने का एक ऐसा रास्ता बता दूँ, जिससे होकर तुम चुपके से स्टेशन से बाहर जा सकोगे।

मुन्नू कूदकर नीचे उतरा।

अब वह उस आदमी के सामने खड़ा था, जिसने उस पर इतनी कृपा की थी; परन्तु उससे उसे धन्यवाद तक न देते बन रहा था। मुन्नू की घबराहट बढ़ती जा रही थी। उसका जी चाहता था, महावत के पास से वह यथासम्भव अधिक-से-अधिक शीघ्रपूर्वक कहीं भाग जाए। वह महावत के पीछे हो लिया।

"जो नगर जितना बड़ा होता है, वह मनुष्य के लिए उतना ही निष्ठुर, उतना ही क्रूर होता है।" महावत रेलगाड़ियों के डिब्बों के नीचे से निकलता हुआ कहने लगा, "यहाँ साँस लेने के लिए भी दाम देने पड़ेंगे। परन्तु कोई बात नहीं, तुम तो बड़े बहादुर लड़के हो।"

अब वे दोनों गोबाग के पास पहुँच गए थे। महावत ने कहा—"अब तुम यहाँ से इस तरह निकलो, मानो यों ही घूमने-घामने आए थे, कोई यात्री नहीं हो। भगवान् तुम्हारी रक्षा करे।"

मुन्नू ने दृष्टि उठाकर महावत की ओर देखा। उसका कुरूप चेहरा तो केवल एक खोल था।

महावत ने जिस तरह कहा था, मुन्नू उसी तरह चलने लगा। उसका हृदय भय और कृतज्ञता के कारण फटा जाता था।

और फिर उसने इधर-उधर देखा, तो अपने-आपको एक चौक में पाया।

मुन्नू विक्टोरिया स्टेशन से बाहर निकला। उसके सम्मुख बम्बई था—विचित्र बम्बई, भिन्न-भिन्न जातियों तथा तरह-तरह की वेश-भूषा का एक सम्मिश्रण—जिसकी सड़कों पर कहीं लाल-लाल गालों वाले योरोपियन बहुत ही साफ़-सुथरा कोट-पतलून और तिनकों की हैट पहने तोते की ऐसी नाकों वाले, फ्रोक-कोट, सफ़ेद पतलून और गुम्बद-जैसी टोपियाँ

पहने पारसियों के साथ घूम रहे थे, तो कहीं घेरदार शलवारें, लम्बे कुर्ते और तुर्की टोपियाँ पहने मुसलमान दुबले-पतले, मलमल के कुर्ते और धोतियाँ पहने, किश्तीदार काली टोपियाँ पहने हिन्दुओं के हाथ में हाथ डाले फिर रहे थे। पारसी स्त्रियों की क़ीमती भड़कीली साड़ियाँ, हिन्दू-स्त्रियों के आभूषणों से लदे हुए शरीरों से टक्कर खा रही थीं। पर्दानशीन स्त्रियों के साधारण सफ़ेद बुर्क़े पुरुष की-सी पोशाक पहननेवाली स्त्रियों के फ्राक को लज्जित कर रहे थे। मोटर-कार के हार्न टीं-टीं करते गूँज रहे थे, विक्टोरिया और ट्राम की घण्टियाँ टनटना रही थीं। ट्रामों में कितने ही प्रकार के लोग भरे थे। मुन्नू उनमें से अरबों, पारसियों, ईरानियों और चीनियों आदि को निश्चित रूप से नहीं पहचान सका। तरह-तरह की भाषाएँ बोली जा रही थीं, जो उसकी समझ में बिल्कुल न आईं।

विविध प्रकार के रंगों, भिन्न-भिन्न रूपों तथा नाना प्रकार की आकृतियों के इस सम्मिश्रण को मुन्नू विस्मय से अभिभूत होकर ताकता रहा। उसने तरह-तरह की बोलियाँ सुनीं। हर बार एक नवीन प्रकार की सुगन्ध सूँघी। यहाँ की-सी सुगन्ध और दुर्गन्ध उसकी नाकों तक कभी नहीं पहुँची थी। चिपचिपे पसीने की दुर्गन्ध, पेशाब-पाख़ाने, और गोबर की दुर्गन्ध! उसके पाँव लड़खड़ाने लगे और उसकी आत्मा, जो उसे आगे बढ़ते जाने की निःशब्द प्रेरणा दे रही थी, शान्त हो गई।

जल्दी से वह सड़क की एक पटरी पर आ गया, जहाँ भीड़-भाड़ और कोलाहल कुछ कम था और इस संसार के मुक़ाबले में अपने शरीर की शक्ति का अनुमान लगाने लगा। दाहिने हाथ को बड़े डाकख़ाने के भव्य विशाल गुम्बद थे, बाँईं ओर रेलवे स्टेशन की बड़ी-बड़ी मीनारें और गुम्बद थे, दूर सामने यूनिवर्सिटी और कचहरी की शानदार मीनारें और गुम्बद थे, और यह सब यूनानी, रूमी और मुग़ल-स्थापत्य-कला के नमूने एक दूसरे से प्रतिद्वन्द्विता करके मुन्नू से यह निर्णय कराना चाहते थे कि हममें कौन सब से अधिक भव्य, सब से अधिक नयनाभिराम और आकर्षक है। अपने अहंकार के कारण उनका इस ओर ध्यान तक न जा सका कि मुन्नू एक भोला-भाला पहाड़ी लड़का है, जो हर एक विशाल भवन की विशालता को देखकर उसे ही बहुत उत्तम समझ बैठता है और उसकी विशालता के सम्मुख अपने-आपको नितान्त ही हेय और नगण्य समझ बैठता है।

मुन्नू घबरा गया और परेशान होकर अपने मुँह से पसीने के बहते हुए प्रवाह को पोंछते-पोंछते बाज़ार की ओर चला। कुछ दूर चलने के बाद उसे विक्टोरिया की एक संगमरमर की चौड़े कूल्होंवाली छोटी-सी मूर्ति दिखाई दी। मूर्ति के हाथों में एक लिपटा हुआ काग़ज़ था और मस्तक पर ताज, जिस पर एक कौआ बैठा हुआ शान्तिपूर्वक बीट करने के बाद अपने पर फड़फड़ा रहा था।

उस मूर्ति के नीचे ही एक बेंच पड़ी थी। मुन्नू बेंच के एक कोने पर बैठ गया और सड़क की ओर से आँखें फेर लीं, जहाँ विभिन्न प्रकार के लोगों का एक विशाल समुदाय ट्राम आने की प्रतीक्षा कर रहा था। ट्राम आई, पहियों पर चलती हुई बिना किसी सहारे के; परन्तु मुन्नू अब सम्भलकर बैठा था। महावत ने चलते समय उसे जो कुछ दिया था, वह उसी को खाने की तैयारी कर रहा था।

हाथ में जो मिठाई का दोना था, उसे खोलकर वह देखने लगा। पीली-पीली नुकतियाँ, लाल गुलाब-जामुनें और सफ़ेद पेड़े। उसके मुँह में पानी भर आया। कितनी स्वादिष्ट मिठाइयाँ

थीं; परन्तु उसका पेट भी तो ख़ाली था। उसने मुँह भर-भरकर खाना आरम्भ कर दिया, इस कारण उसे ज़रा भी स्वाद न आया। उसका बस न चलता था कि वह सारी मिठाइयाँ एक ही बार में चट कर जाए।

जब दोने में केवल एक ही पेड़ा रह गया, तब मुन्नू को प्यास लगी और उसने इधर-उधर देखा कि कहीं नल हो, तो जाकर वह अपनी प्यास बुझाए। मुन्नू के दूसरी ओर दृष्टि फेरते ही, कौए ने, जो मलिका-विक्टोरिया के मस्तक पर बैठा था, एक झपट्टा मारा और दोने को उसके हाथ से छीनकर सड़क की पटरी पर गिरा दिया।

मुन्नू चौंका। उसे हँसी आई और क्रोध भी, "चोर का बच्चा" उसने गाली दी।

फिर तो कौओं का एक झुण्ड उसके मस्तक के ऊपर एकत्र हो गया। सब-के-सब कौए सड़क की पटरी पर गिरी हुई मिठाई पर टूट पड़े और उसे अपनी चोंच में भरने के बाद उड़-उड़कर अपने सुरक्षित स्थान, महारानी विक्टोरिया के मस्तक और भारी-भरकम शरीर पर कोई बाँहों पर--कोई दूसरे अंगों पर—जा बैठे।

मुन्नू घबरा उठा। उसने इस बात के लिए अधिक-से-अधिक प्रयत्न किया कि उसकी ओर किसी का ध्यान आकर्षित न हो। मन में उसने कहा, "इस चोर के बच्चे को ज़रूर मालूम होगा कि मैं रास्ते में पड़ी हुई मिठाई नहीं उठाऊँगा, क्योंकि लोग वहाँ जूते पहन कर चलते हैं। वह चुपचाप राह देखता रहा। मेरी दृष्टि ज़रा-सा दूसरी ओर गई नहीं कि वह तपाक से ले उड़ा। चालाक! हरामी कहीं का!"

अब मुन्नू सड़क की पटरी पर चलने लगा, जहाँ पग-पग पर लोग मिलते थे। एक स्थान पर एक वृद्ध ज्योतिषी मस्तक पर तिलक लगाए विराजमान था। उसकी सफ़ेद दाढ़ी वक्षःस्थल तक झूल रही थी और स्थूल शरीर मलमल के खूब धुले हुए अँगरखे से आच्छादित था। किसी गुजराती बाबू का हाथ देखकर वह उसका भाग्यफल बतला रहा था। एक स्थान पर एक मुसलमान नाई अपना अस्तुरा, कैंची आदि बाल बनाने के सामान बिखेरे बड़ा-सा आईना सामने रखे गाहकों की प्रतीक्षा में बैठा हुक्का गुड़गुड़ा रहा था। कहीं कोई पुस्तक-विक्रेता पुस्तकें और पत्र-पत्रिकाएँ सजाए बैठा था, जिन पर अँगरेज़ स्त्रियों के आकर्षक चित्र छपे थे और कुछ छोटी-छोटी पुस्तिकाएँ रखी थीं, जिन पर हिन्दी भाषा में, बड़े-बड़े अक्षरों में लिखा था कि इस पुस्तक में कामशास्त्र के गुप्त रहस्यों की विवेचना की गई है। कुछ आगे बढ़कर एक फलवाला और फिर एक मिठाईवाला था। कुछ और आगे चलकर उसे एक कुली दिखाई पड़ा, जो कुहनियों के बल सिकुड़ा हुआ लेटा था, जैसे वह इस बात के लिए डर रहा था कि उसने अधिक स्थान पर अधिकार कर रक्खा है।

एक मज़दूर को इस प्रकार अव्यवस्थित रूप में लेटे देखकर मुन्नू का हृदय अनुत्साहित हो उठा। एकाएक उसके हृदय में यह प्रश्न उदय हुआ—'तो क्या यहाँ भी कुली सड़कों पर सोते हैं?" फिर उसे उस कुली की बात स्मरण हो आई, जिसने कहा था कि बम्बई की सड़कों पर रुपया-पैसा पड़ा रहता है। उसके मन में आया—कितनी ग़लत थी वह बात! कितना भ्रान्तिपूर्ण था वह विचार! प्यास के मारे उसका गला सूख रहा था, हलक़ में काँटे-से चुभ रहे थे और हाथ-पाँव अलग जवाब दिए दे रहे थे। उसके कल्पना-रूपी नेत्र के समक्ष रात्रि की भयानकता उदित हो आई। वह व्यग्र भाव से सोचने लगा—रात्रि-

में मुझे किसी गली में पड़ा रहना होगा, मुझे किसी तरह का सहारा देने वाला, ज़रा-सा सुख-दुःख की बात पूछनेवाला कोई न होगा। उसने जल्दी से इस विचार को भुला देने का प्रयत्न किया और उसका दिमाग़ बिल्कुल ख़ाली होकर रह गया।

अब वह एक चौराहे पर आ गया था। चारों ही सड़कों की दोनों ओर की पटरियों पर ऊँची-ऊँची, बहुत ही विशाल और नयनाभिराम अट्टालिकाएँ वर्तमान थीं। दौलतपुर की सिविल लाइन में बने हुए उत्तमोत्तम भवनों के ही समान ये भी आकर्षक और सुखदायक थीं। अन्तर केवल इतना था कि यहाँ इस तरह की अट्टालिकाओं का सिलसिला मीलों तक चला गया था।

क्षण-भर के लिए वह उस स्थान पर जैसे गड़-सा गया। उसकी समझ में नहीं आता था कि वह कहाँ जाए, सभ्यता और संस्कृति के इस संसार में पैर रखे या न रखे? फिर उसने देखा कि लोग सड़क की पटरी पर मज़े से आ-जा रहे हैं ओर उन लोगों में कुछ कुली भी हैं, जिनके कपड़े उसके कपड़ों से भी अधिक मैले है। वह आगे बढ़ने लगा।

बीच सड़क पर पुलिस का एक सिपाही खड़ा था। वह नीली और पीली वर्दी पहने था, जो उत्तरी भारत के पुलिसवालों की वर्दी से भिन्न थी। उसकी पिंडलियाँ नंगी थीं और टोपी सिर पर तिरछी रखी हुई थी। मुन्नू तीव्र गति से इस पुलिसवाले के पास से होकर चला और एक बड़ी-सी बिल्डिंग के दरवाज़े पर लगे हुए पीतल के साइन बोर्ड के पास जाकर उसने अपनी गति कुछ मन्द कर दी। साइन बोर्ड पर बड़े-बड़े काले रंग के अँगरेज़ी के अक्षरों में लिखा था, "काक्स एण्ड कम्पनी।" मुन्नू ने एक-दो अक्षर पढ़े और उसे कुछ प्रसन्नता-सी हुई। उन अक्षरों के पढ़ने से वह साहब लोगों के कुछ समीप-सा आ गया था। फिर उसे स्मरण हो आया कि दौलतपुर की सिविल लाइन में उन मेम साहिबा ने कैसी झिड़की दी थी। इससे वह आगे बढ़ते हुए कुछ डरने-सा लगा। किन्तु यहाँ तो सड़क की पटरी पर कितने ही हिन्दुस्तानी आ-जा रहे थे। अधिक संख्या तो हिन्दुस्तानियों की ही थी, लाल चुकन्दर-ऐसी सूरतवाले तो कहीं-कहीं ही थे।

यह सोचकर वह आगे बढ़ता गया। अब उसे प्यास और भी जोरों से लग रही थी। उसने बाज़ार के इस सिरे तक देखा कि शायद कहीं दौलतपुर का-सा प्याऊ दिखाई पड़ जाए। परन्तु वहाँ ने तो कोई प्याऊ था, न कोई नल या कुआँ था, जहाँ कि प्यास बुझाने के लिए उसे ज़रा-सा पानी मिल जाता। वहाँ तो बस फर्नीचर की दूकानों की बड़ी-बड़ी शीशे की खिड़कियाँ थीं। वे खत्म हुईं, तो किसी आफ़िस का बरामदा शुरू हो गया। कहीं किसी बैंक की रोबदार सीढ़ियाँ आ गईं।

कुछ दूर चलने के बाद मुन्नू को, शीशे के दरवाज़ों के पीछे कैनवेस के पर्दे के सिरे पर सोडा वाटर और लेमन की रंग-बिरंगी बोतलें सजी हुई दिखाई दीं। भीतर अँगरेज़ी कुर्सियों पर लोग बैठे खा-पी रहे थे और बातें कर रहे थे। मुन्नू ने एक बार दौलतपुर में किसी काम से जाते समय बली सोडेवाले के यहाँ से एक बोतल सोडा पिया था और इस समय भी उसके मन में आया कि सोडा पिया जाए, परन्तु अन्दर जितने लोग बैठे थे, उन सब के कपड़े बहुत साफ़-सुथरे थे। सब-के-सब सम्पन्न बाबू या व्यवसायी-से लगते थे और वह स्वयं तो केवल एक फटीचर कुली था। ज़रा से संकल्प-विकल्प के बाद मन में उसने कहा, "लेकिन सोडा वाटर का दाम तो केवल एक आना होता है और मेरी कमर

में एक रुपया बँधा है। चलो, पी ही लूँ।''

रेस्तराँ के द्वार के पास जाकर मुन्नू ठमक गया। फिर अपने भारी पैर उठाते-उठाते वह भीतर गया। परन्तु मारे चाव के उसका दिल उड़ा जा रहा था। अब वह उस लम्बे-चौड़े रेस्तराँ में एक अन्धे की तरह खोया हुआ खड़ा था। दाहिनी तरफ़ ख़ाली मेज़ थी। मुन्नू उसके पास जाकर कुर्सी पर बैठ गया।

व्यग्रता और थकावट के मारे उसका दिमाग़ उड़ा जा रहा था और उसे ऐसा लग रहा था कि मानो वह हवा में कलाबाज़ियाँ खा रहा है। उसने आस्तीन से माथे का पसीना पोंछा और अपने-आपको सम्भालकर इधर-उधर देखा। गर्म-गर्म चाय लोग तश्तरियों में उँडेलकर सपड़-सपड़ करके पी रहे थे।

अभी मुन्नू ने उन विचित्र लोगों की ओर से दृष्टि फेरी थी कि एक लम्बा-सा आदमी मलमल का कुर्ता-धोती पहने, बालों में बहुत-सा तेल चुपड़े, सीधा माँग निकाले, उसके पास आकर खड़ा हो गया और बोला, ''कुली?''

''हाँ'' मुन्नू ने स्वीकृति के भाव से कहा और उसके हृदय की गति रुक-सी गई।

''तो नीचे फ़र्श पर बैठ। क्या चाहिए?'' उस आदमी ने तिरस्कार से पूछा।

मुन्नू खिसियाकर कुर्सी से उतरा और डरते-डरते मुँह से बिना कोई शब्द निकाले सीमेन्ट के फ़र्श पर बैठ गया।

''क्या चाहिए?'' उसने फिर पूछा।

''एक बोतल सोडा वाटर।'' मुन्नू ने उत्तर दिया।

तश्तरियों में चाय उँडेलनेवाले कुछ लोगों ने उसे ऐसा घूरा, जैसे वह कोई कोढ़ी था और रेस्तराँ के नौकर ने उनकी तरफ़ देखकर व्यंग्य और तिरस्कार से आँख मारी। कुली की भी इतनी मजाल हो सकती है कि वह सोडा वाटर माँगे!

मुन्नू क्रोध के मारे पागल होता जा रहा था; किन्तु उसने अपने मन को बहुत समझाया। आखिर वे सब लोग सफ़ेद वस्त्रधारी थे और उसे आरम्भ से ही यह सिखाया गया था कि सफ़ेदपोशों का सम्मान करना चाहिए। मुन्नू को ऐसा लगा कि सब लोग उसी को देख रहे हैं और मुँह फेरकर वह शीशे की खिड़कियों से बाहर गली में देखने लगा।

''पैसे दो, दो आने।'' वह आदमी तो बिल्कुल मुन्नू के सिर पर ही चढ़ आया था।

मुन्नू चौंक पड़ा। फिर मस्तक झुकाकर उसने अपनी धोती की गिरह कमर से खोली और चाँदी का रुपया निकालकर उस आदमी की हथेली पर रख दिया। वह आदमी एक गिलास भरकर झाग निकलता, सिनसिनाता हुआ, हरा-सा सोडा ले आया। फिर उसने चौदह आने की रेज़गारी मुन्नू के हाथ पर गिनकर रख दी।

सोडे के तेज़, मीठे और ठण्डे मज़े से मुन्नू के मुँह मे झंनझनाहट-सी पैदा हो गई और आँखों में उसकी तेज़ी से आँसू-से छलक आए। उसका दिल तो चाहता था कि धीरे-धीरे चुस्की ले-लेकर सोडा पिए और उसका खूब स्वाद ले, परन्तु धनवानों के इस संसार में प्रवेश करने की उसने जो अनाधिकार चेष्टा की थी, उसके कारण उसके हृदय में भय का संचार हो उठा था और वह अपने-आपको अपराधी-सा समझ रहा था। इसलिए उसने जल्दी-जल्दी बड़े-बड़े घूँट लेकर सोडा गले से उतार लिया और गिलास एक कोने में रखकर चलने लगा। सोडे का तात्कालिक प्रभाव उसके हाज़मे पर हुआ और उसने ज़ोर से डकार ली।

"भागो यहाँ से।" रेस्तराँ के नौकर ने पीछे से कहा। मुन्नू जान लेकर वहाँ से भागा।

कोई सौ गज़ जाने के बाद मुन्नू ने पीछे मुड़कर देखा। रेस्तराँ का नौकर उसका पीछा नहीं कर रहा था। फिर भी मुन्नू ज़रा डरा हुआ था। कभी इस ओर, कभी उस ओर, कभी आगे और कभी पीछे, चोर की तरह ताकता हुआ वह लज्जित भाव से आगे बढ़ने लगा। उसे अपने-आप पर क्रोध आने लगा कि वह इतनी बड़ी दूकान में गया ही क्यों। उसे यह भी अनुभव हुआ कि पैसा व्यर्थ हो गया। उस आदमी की गुस्ताख़ी अभी तक काँटे की तरह उसके हृदय में चुभ रही थी।

"ख़ैर, चलो प्यास तो बुझ गई," मुन्नू ने अपने-आपको धीरज दिया, "कितने ज़ोर की प्यास लगी थी।" और उसने फिर एक डकार ली और उसे हँसी आ गई। पेट भी उसके विचारों की पुष्टि कर रहा था।

मुन्नू ने मन-ही-मन कहा—यदि वह मुझे निकालने का साहस करता या गालियाँ देता, तो मुझे चाहिए था कि मैं डटकर उसका मुक़ाबला करता। उसने मुझे कुलियों की जगह बैठाया था, यद्यपि मैंने सोडा वाटर के पूरे पैस दिए थे और फिर में कोई अछूत हूँ नहीं। क्षत्रिय हूँ, हिन्दू हूँ, राजपूत वीर!"

अपने-आपको वीर योद्धाओं की जाति का एक व्यक्ति समझ करके उसे अपने में शक्ति का अनुभव होने लगा और उसका आत्म-गौरव का भाव जागृत हो गया। उल्लास में आकर अपने-आपको भूला हुआ वह आगे बढ़ता चला गया। सामने मार्लीन दित्रिख की एक बड़ी-सी तसवीर लगी थी। बड़ी-बड़ी आँखें, और घनी पलकें इस प्रकार खुली थीं, कि सहज ही मन को मुग्ध कर लेती थीं। एक चमकदार चोली और एक चमकदार जाँघिए के अलावा पूरा सफ़ेद दूधिया शरीर नंगा था। मुन्नू ने चलतें-चलते अपनी दृष्टि उस मूर्त्ति पर गाड़ दी; किन्तु यह सोचकर कि कहीं इस दृश्य के आनन्द का अनुभव करने की भी तो कुलियों को मनाही नहीं है, उसने अपनी उत्साहपूर्ण दृष्टि को रोका। दूसरों की दृष्टि बचाकर वह यह देखने लगा कि कहीं कोई मुझे इस ओर ताकते हुए देख तो नहीं रहा है। वह किसी ऐसी जगह पर खड़ा होने का विचार कर रहा था, जहाँ से उस सुन्दरी को भले प्रकार देख सके, जिसने उसके खून में एक अजीब तरह की हलचल पैदा कर दी थी; किन्तु एकाएक मोटरों के हार्न सुनाई देने लगे, ट्राम की टन्-टन् गूँजने लगी और फिटन के कोचवान चीख़ने लगे। मुन्नू चकरा गया। आती-जाती सवारियों के बीच में एकाएक फँस जाने का विचार ही उसको मार डालने के लिए काफ़ी था। उसे ऐसा लगा कि वह मर चुका है या मरने ही वाला है, किन्तु जीवित रहने की इच्छा ने एकाएक जैसे उसे उल्टे पाँव घसीट लिया। अब वह सुरक्षित था। परन्तु सड़क की पटरी की दूसरी तरफ़ एक काले रंग का आदमी खड़ा था। उसके कुछ बाल तो पककर सफेद हो गए थे, कुछ अभी काले ही थे। मुड़ी हुई-सी टाँगें थीं, फटे-पुराने कपड़े पहने था, गठरियों से लदा हुआ था, एक स्त्री का हाथ पकड़कर घसीट रहा था। स्त्री भी गठरियों से लदी एक लड़के की उँगली पकड़े उसे घसीट रही थी और सड़क के बीचो-बीच एक छोटी-सी लड़की डर के मारे सहमी हुई खड़ी चीख़ें मार रही थी।

जोश में आकर अकस्मात् कोई भी साहसपूर्ण कार्य कर बैठने का तो मुन्नू का

स्वाभाव ही था। यह देखकर वह ठीक सड़क के बीच में कूद पड़ा, जहाँ वह बच्ची दोनों तरफ़ से आती-जाती सवारियों के बीच दबने ही वाली थी। उसने झपटकर बच्ची को गोद में उठा लिया और दौड़कर उधर आ गया, जहाँ वे दोनों स्त्री-पुरुष चिन्तित भाव से निस्सहाय खड़े थे। कभी वे एक-दूसरे को कोसते और कभी भगवान् से प्रार्थना करते थे।

"अरे तू जीता रहे, बेटा! तेरी उम्र बड़ी हो।" स्त्री के हाथ जोड़-जोड़कर मुन्नू को आशीर्वाद देना शुरू किया, अपनी बच्ची को गले लगा लिया और अपने पति से कहने लगी, "यहाँ तुम कहाँ ले आए हमें!"

"चुप रह री दृष्टिन, तूने तो मेरी बच्ची की जान ही ले ली थी!" पति ने उत्तर दिया।

"तो तुम्हीं उसे पकड़ लेते! मुझे तो सड़क पर छोड़ दिया और खुद मज़े में इधर आ गए। कैसे बाप हो तुम!" पत्नी ने भुन-भुनाकर कहा।

"जाने भी दो माँ, जाने दो।" मुन्नू उस समय बहुत गम्भीर बन गया था।

"भाई" उस आदमी ने मुन्नू की पीठ ठोंकी और ऊपर से हाथ भी जोड़े, "अगर तुम न दौड़ते, तो यह चुड़ैल कुचल ही गई थी। ये मशीनें तो ऐसी हैं, जैसे भूत।"

"तुम्हारे पास सामान बहुत अधिक है। लाओ, थोड़ा-सा मैं लेता चलूँ, जिससे तुम्हारा बोझ कुछ हल्का हो जाए। किधर जा जा रहे हो तुम लोग?" मुन्नू ने कहा।

"छः महीने हुए, मैं सिरजीबाईट (Sir George white) सूती मिल में काम करता था। फिर अपने बाल-बच्चों को लेने देश गया था।" बूढ़े ने जवाब दिया, "अब कल सुबह फिर जाऊँगा। देखूँ शायद काम मिल जाए। इस समय तो शहर जा रहे हैं हम लोग, यदि किसी सड़क की पटरी पर या किसी बन्द दूकान के पास ज़रा-सी जगह मिल जाए तो अच्छा है। रात-भर पड़े रहें। ग़रीब आदमी ठहरे। अच्छा तो फिर हम अब चले, राम राम!" और वह जाने लगा।

"भाई" मुन्नू जल्दी से बोला, "मैं भी परदेशी हूँ, यहाँ नया-नया आया हूँ। मैं भी नौकरी ढूँढ रहा हूँ। तुम्हारा क्या ख़्याल है, मुझे भी उस जगह काम मिल सकता है? मैं कुली हूँ और उधर ही का रहने वाला हूँ।

"अच्छा! तो आओ भाई" बूढ़े ने कहा, "अगर आज रात को तुम हमारे साथ ही सो रहो, तो सबेरे हम दोनों साथ-साथ मिल में चले चलेंगे। मैं तुमको बड़े मिस्त्री से मिल दूँगा। हम दोनों मिलकर मिल के पास एक झोपड़ी ले लेंगे। तुम भी हमारे साथ ही रह जाना।"

"हाँ भाई, मैं भी यही चाहता हूँ" मुन्नू अपनी आवाज़ को अधिक-से-अधिक गम्भीर बनाने का प्रयत्न कर रहा था।

अब वे सब लोग व्यापारियों की बड़ी-बड़ी दूकानों के पास से गुज़रने लगे। बड़ी-बड़ी इमारतों के गुम्बद चारों तरफ़ अपनी-अपनी काली साया फैला रहे थे। एक खेल के मैदान से होते हुए इन लोगों ने पूर्वी गिरगाँव के रंगीन संसार में प्रवेश किया।

मुन्नू लड़की को एक कन्धे पर बैठाए था और लड़के को दूसरे कन्धे पर। ऐसी दशा में वह बिल्कुल हनुमान का रूप मालूम होता था, जिनके सम्बन्ध में कहा जाता है

कि उन्होंने राम और सीता को अपने दोनों कन्धों पर बिठाकर लंका से अयोध्या पहुँचाया था।

बूढ़ा रास्ता दिखाते हुए आगे-आगे चल रहा था। जल्दी-जल्दी चलकर उसके बराबर आते हुए मुन्नू ने कहा, "भाई, तुम्हारा नाम क्या है?"

"मुझे तो लोग हरि कहते हैं भाई—हरिहर।" बूढ़ा पसीना पोंछने के लिए रुक गया था, जो उसके कत्थई रंग के माथे पर से बह-बहकर उसकी घनी काली मूँछों में घुस रहा था। उसने अपनी गठरियों को एक नन्हें-से पेड़ की रक्षा के लिए बनाए गए लोहे के घेरे पर टिका दिया और ज़ोर से एक गर्म साँस ली।

"अभी हमें कितनी दूर और जाना है?" मुन्नू ने पूछा। उसे चिन्ता हो रही थी, क्योंकि बूढ़ा बिल्कुल थक गया था और दोनों बच्चे अलग नींद के मारे उसके कन्धों पर ऊँघ रहे थे।

"बस थोड़ी दूर और है। भिन्डी बाज़ार से होकर चौपाटी तक जाना है।" हरि ने यों ही जवाब दिया और फिर अपनी पत्नी से, जो कुछ दूर आकर रुक गई थी, कहा, "अरी, मोती की माँ! तू भी ज़रा बैठ जा, सुस्ता ले।"

उस स्त्री ने लजाते हुए अपना सिर हिलाया, जिस पर लम्बा-सा घूँघट पड़ा हुआ था और उस टीन के छोटे से बक्स को, जो वह लिए थी, इस हाथ से उस हाथ में ले लिया।

"भाई, रात का अँधेरा छाया जा रहा है और बच्चे तो सो गए।" मुन्नू ने एक बहुत ही अनुभवी व्यक्ति का-सा भाव प्रदर्शित करते हुए कहा, "हमें जल्दी चलना चाहिए।"

"हाँ, हाँ, भगवान् का नाम लेकर चल ही पड़ना चाहिए।" हरि बोला, "मैं चौपाटी जाने का एक ऐसा रास्ता जानता हूँ, जो बहुत सीधा है।"

अब वे लोग एक पतली-सी गली में घुसे, जहाँ मकान बिल्कुल एक दूसरे से भिड़े खड़े थे और रास्ता चलने वालों पर उन मकानों के छज्जों की छाया पड़ रही थी। कहीं-कहीं सिर्फ़ खिड़कियाँ थीं, जो खरादी हुई, पुरानी, गिरती हुई बालकनियों पर खुलती थीं, धूप की गर्मी ने जगह-जगह से रंग और वार्निश को चाट लिया था।

गली में बड़ी भीड़ थी। लोग रंग-बिरंगे कपड़े पहने आनन्दपूर्वक इधर-उधर घूम रहे थे और इस भीड़ से निकलने में कठिनाई हो रही थी। और कठिनाई क्यों न होती। छत्तीसों जातियों के लोग अपनी-अपनी वेश-भूषा में वहाँ मौजूद थे। जितने भी रंग सम्भव हो सकते थे, वे सब हवा में लहरा रहे थे।

मुन्नू के मन में आया कि यह स्थान भी शामनगर और दौलतपुर से अधिक भिन्न नहीं है। यहाँ तो वहाँ से भी अधिक गड़बड़ और घिचपिच है। उसने अरबों, हिन्दुओं, मुसलमानों, पारसियों, अँगरेज़ों और यहूदियों के विभिन्न रंगों के रूपहले, हरे, नारंगी, सुनहरे, नीले और लाल वस्त्रों से निगाहें हटा लीं और केवल अपने विषय में सोचता हुआ आगे बढ़ने लगा। अब उसके मस्तिष्क के नेत्रों की दुर्बीन में एकमात्र सफ़ेद ही रंग दिखाई पड़ रहा था; परन्तु हर दूकान और हर सायबान में लटकते हुए बिजली के बल्ब की, आँखों को चकाचौंध कर देनेवाली रोशनी में ये रंग फिर चमकने लगे। नारंगी, लाल और पीले रंगों की चमक-चमक मुन्नू की आँखों को चकाचौंध करने लगी। एक ही स्थान पर

बहुत-सी जातियों के लोगों को देखकर तथा कितने ही प्रकार की विलक्षण भाषाएँ सुनकर मुन्नू का चित्त उद्विग्न-सा होने लगा। उसे ऐसा लगा, जैसे सब उसी की ओर देख रहे हैं और वह अपने कन्धे पर बोझ लिए सड़क की पटरी पर—होकर चला जा रहा है, जो जन-समुदाय से—पुरुषों और स्त्रियों से ठसाठस भरी है। क्रोध के मा़रे उसका ख़ून खौलने लगा।

दूकानों में तरह-तरह की चीज़ें सजी हुई थीं। उन सब ने उसे आकर्षित किया। उसने ख़ासकर लोहे और टीन के खिलौने देखे और बड़े-बड़े आम देखे। इतने बड़े-बड़े आम न तो उसने अपने गाँव में देखे थे, शामनगर में देखे थे, और न दौलतपुर में देखे थे। दूकान के आस-पास धनी लोग खड़े थे और चीख़-चीख़कर मोल-तोल कर रहे थे। मुन्नू को विवश होकर आगे बढ़ जाना पड़ा।

एक सूखा, जर्जर शरीरवाला मनुष्य, जिसके ठूँठ-जैसे अंग फ़ालिज से अकड़ गए थे, सड़क के किनारे घिसटता चला जा रहा था। वह एकदम से सड़क पर दौड़ती हुई गाड़ियों के चक्के के पास ही घिसट रहा था, इससे पद-पद पर उसके कुचल जाने की आशंका थी। वह घिघिया-घिघियाकर बहुत करुण स्वर में कहता—बाबा, एक पैसा। एक पैसा दे दो।''

''चल चल!'' एक पारसी दूकानदार एक बाँस लेकर उस पर लपका, क्योंकि उसने घिसटते-घिसटते सायबान का बाँस गिरा दिया था।

ज़रा और आगे बढ़ने पर एक काले रंग का अन्धा मिला, जिसके बाल सफ़ेद हो गए थे। एक हाथ अपनी लड़की के कन्धे पर टेके, एक लकड़ी के सहारे वह झुका खड़ा था। लड़की देखने में सुन्दरी थी, जो कभी जीवन-रस से भरपूर रही होगी। किन्तु अब तो उसकी क्षीण मुस्कराहट और आँखों की दर्दभरी चमक तिरस्कार और दीनतामय अपमान की कहानी मालूम होती थी। हाथ जोड़-जोड़कर वह बार-बार भीख माँगती थी।

''हट यहाँ से, आगे बढ़। इन लोगों के मारे ज़रा आराम से बैठने को भी नहीं मिलता।'' मलमल का कुर्ता पहने एक हिन्दू व्यपारी बैठा दूकान में मक्खियाँ मार रहा था। उसके कानों में सोने की बालियाँ और उनमें जड़े हुए लाल रत्न भिखारिन लड़की की विपदा पर हँसते-से जान पड़ते थे।

मुन्नू मन-ही-मन सोच रहा था कि आख़िरकार बम्बई के बाज़ारों में भी रुपया बिखरा हुआ न मिला, क्योंकि यहाँ भी दरिद्र और दुर्दशाग्रस्त व्यक्तियों का अभाव नहीं है। उसने बहुत अधिक दुःख का अनुभव किया। आँखें उठाकर गहरे नीले आकाश को वह ताकने लगा, जिस पर उदय होकर तारागण मुस्करा-मुस्कराकर प्रकाश और आनन्द की वर्षा कर रहे थे।

इतने में हरि आगे बढ़ गया और मुन्नू ने जल्दी-जल्दी क़दम उठाने शुरू किए कि पचास साल का बूढ़ा हरि कहीं उससे आगे न निकल जाए।

''हरि भैया!'' मुन्नू बोला, ''बड़ी घुटन है। चलो, जल्दी-जल्दी चलो। यहाँ तो हवा का नाम नहीं।''

''मोती की माँ कहाँ है?'' हरि ने एकदम से उसकी भाव-भंगी से पूछा। ऐसा लगता था, मानो वह उसे बिल्कुल भूल ही गया था।

मुन्नू को भी उसका ध्यान नहीं था।

वह बूढ़ा व्यग्र भाव से तेज़ी के साथ पैर बढ़ाते हुए पीछे लौटा। भीड़ में लोग क्रुद्ध हो-होकर उसे घूरने और कितना ही अवाच्य-कुवाच्य कहने लगे, क्योंकि वह अपनी स्त्री को खोजने के लिए जल्दी में इधर-उधर सब को धक्का देते हुए बढ़ा जा रहा था। भाग्यवश उसकी स्त्री शीघ्र ही मिल गई। एक दुकान पर वह केले ख़रीदने लगी थी।

"अरी, यहाँ खो के रह जाएगी। यह कोई गाँव नहीं है कि घर चली जाएगी। यहाँ क्या तेरे लिए घर रखा है!" हरि ने स्त्री को डाँटते हुए कहा।

स्त्री पहले की अपेक्षा अधिक तेज़ी से पैर बढ़ाती हुई उसके पीछे-पीछे चली। उसका मन तो उन सुन्दर सोने-चाँदी के आभूषणों, नए-नए चमकते हुए बर्तनों, चूड़ियों और हाथी-दाँत वग़ैरह की चीज़ों पर लुभा गया था, जो उसकी बायें हाथ की ओर की दुकानों में सजी हुई थीं। उसने किसी प्रकार संकोच की भावना पर विजय प्राप्त करके स्वामी से कहा, "जब रहने का ठिकाना हो जाएगा, तब हम लोग यहाँ चीज़ें ख़रीदने आया करेंगे।"

स्त्री की यह बात सुनकर हरि को बड़ा क्रोध आया—स्त्री के ऊपर नहीं, स्वयं अपने ऊपर। झुँझलाकर उसने कहा, "चल, चल, जब आना, तब आना। रात को सिर टेकने का तो ठिकाना है नहीं, तू चली है शेख़-चिल्ली की तरह हवाई महल बनाने।"

मुन्नू इस बीच में खड़े-खड़े दो फिटनों के कोचवानों का झगड़ा देख रहा था। उन दोनों ने अपनी-अपनी गाड़ी एक दूसरे से इतनी सटाकर निकाली थीं कि कितनी ही सम्पन्न घरानों की पारसी स्त्रियों को, जो पैदल चल रही थीं, प्राण-रक्षा की चिन्ता होने लगी थी। इतने में स्त्री-सहित वृद्ध भी वहाँ पहुँच गया।

अब ये लोग बाज़ार से निकलकर एक ऐसी गली में पहुँचे, जहाँ चारों ओर ऊँची-ऊँची अट्टालिकाएँ थीं, जिन पर बेल-बूटे बने थे, नक़्क़ाशी की हुई थी और योरोपियन ढंग से सफ़ेदी पुती थी। सड़क के सिरे पर एक सिनेमाघर था, जिसमें लगे हुए बड़े-बड़े पोस्टर और रंग-बिरंगे बिजली के बल्ब सभ्यता और प्रगति की घोषणा कर रहे थे।

"क्यों भाई!" मुन्नू ने कहा, "यहाँ सो रहें? क्या राय है?"

"नहीं भाई" हरि ने उत्तर दिया, "धनवानों के घरों के समीप सोना ठीक नहीं है। यहाँ चोरियाँ होती रहती हैं और चोरों और गुण्डों के साथ ईमानदार आदमी भी पकड़कर जेल में ठूँस दिए जाते हैं। आगे वाली गली में चलते हैं। वहाँ दुकानें जल्द बन्द हो जाती हैं और तख़्ते सब खाली हो जाते हैं।"

भारी-भारी कदम बढ़ाते हुए कोई बीस कदम चलकर वे लोग एक और गली में मुड़े। यहाँ हरि दाहिने-बायें न मुड़कर एकदम ठिठक गया। मुन्नू तेजी से पैर बढ़ाता हुआ उसके पीछे-पीछे आ रहा था और हरि के इस तरह एकाएक रुक जाने से वह उससे टकरा गया। बच्चे कन्धे पर से गिरत-गिरते बचे। चारों तरफ ऊँची-ऊँची इमारतें रात के अन्धकारमय वातावरण में अपनी घनी परछाइयाँ फैला रही थीं।

"क्यों, क्या रास्ता भूल गए?" मुन्नू ने हरि को इस प्रकार खड़े देखकर कहा।

"नहीं तो" हरि ने निराशा से मस्तक हिलाकर कहा, "हम लोग बहुत देर में आए। यहाँ सारी जगह भर गई। अब जिस बाज़ार से होकर हम लोग आए हैं, वहाँ चलना पड़ेगा। वहाँ जब दुकानें बन्द हो जाएँगी, तब सोने को जगह मिलेगी और वह भी अगर आस-पास

के कुलियों ने जगह न घेर ली।''

मुन्नू ने पीछे मुड़कर देखा। हरि की पत्नी चुपचाप खड़ी थी। उसका मुख घूँघट से ढका था। दूर से सिनेमा-घर की जगमगाती हुई रंग-बिरंगी बत्तियाँ हर्ष की किरणें फैला रही थीं। फिर उसने सड़क के धुँधले लैम्प की रोशनी में आगे वाली गली का निरीक्षण किया। अगणित कुलियों के शरीर चीथड़ों में लिपटे चारों तरफ़ पड़े थे। कोई-कोई कुण्डली मारे पड़े थे, कोई औंधे हाथों पर सिर रखे सो रहे थे, कोई सिर के नीचे अपनी गठरी या बक्स रक्खे चित्त पड़े थे, कुछ इधर-उधर कोनों में दुबके बैठे खुसर-पुसर कर रहे थे, कुछ दुकानों के दरवाज़ों के आगे गुड़मुड़ पड़े थे, या तख्तों पर पड़े सो रहे थे। उनकी निद्रा में मृत्यु की-सी निस्तब्धता थी, जो कहीं-कहीं किसी के कराहने से भंग हो जाती थी।

''आगे क्यों न चलें, शायद कोई जगह मिल जाए?'' मुन्नू ने कहा।

समुद्र-तट की ठण्डी हवा का एक झोंका अन्धकार से निकलकर साँप की तरह फुँकारता हुआ मुन्नू के चेहरे पर लगा और उसका जी चाहने लगा कि वह आगे बढ़ जाए।

साहस करके वह आगे हो लिया। कोई तीन गज़ गया होगा कि उसने एक पैबन्द लगी हुई गुदड़ी में लिपटे हुए कोढ़ी के सड़े हुए शरीर से ठोकर खाई, यद्यपि कोढ़ी ने राहगीरों को सावधान करने के लिए अपने चीथड़ों में लिपटे सड़े हुए हाथ-पाँव गुदड़ी के बाहर निकाल दिए थे।

गुन्नू के हृदय में करुणा, घृणा और भय के भावों का एक साथ ही उदय हुआ और एकाएक उद्विग्न होकर वह इस तरह उछला, मानो उसके पैर में बिच्छू ने डंक मार दिया हो। किन्तु उसने जैसे ही एक किनारे पर पैर रक्खा, एक भिखारिनी ने रूक्षतापूर्ण स्वर में कराहते हुए उसका अभिनन्दन किया। भिखारिनी अपने दुधमुँहे बच्चे को छाती से लगाए मस्तक के नीचे कोहनी रक्खे लेटी हुई थी और अन्धकार में बाघिन की-सी तीक्ष्ण दृष्टि से ताक रही थी।

मुन्नू संकुचित भाव से हरि से आ मिला और खिसियाई हुई मुस्कराहट से उसे देखने लगा।

हरि ने कहा—संभल-संभलकर चलो बेटा! हम लोगों को दूसरों की नींद न खराब करनी चाहिए। आओ, मैं तुम्हें रास्ता दिखाता हूँ। मुन्नू खिसक गया और हरि आगे हो लिया। उसने दोनों ही कन्धों पर सोए हुए बच्चों को अच्छी तरह संभाल लिया और हरि के पीछे-पीछे चलने लगा और सोचने लगा कि ऐसे अँधेरे में हरि की स्त्री घूँघट काढ़कर कैसे चलेगी। उसके मन में आया कि वह उससे कह दे कि ऐसे अँधेरे में घूँघट उठाकर ही चलने में भलाई है। यदि वह हरि की ही अवस्था की होती, तो वह उससे स्पष्ट कह देता, क्योंकि अभी तो वह केवल चौदह बरस का ही था और उसके बेटे के बराबर होता।

वह उसको सम्बोधित करने को पीछे मुड़ा ही था कि एक हृदय-विदारक चीख उसके कानों में आई। उसने देखा कि कोई दस गज़ की दूरी पर एक कुली धड़ाम से गिरा और लुढ़कने लगा। पीछे से एक आदमी ने, जो सम्भवतः किसी कोठी का चौकीदार था, उसे लात से मारना शुरू कर दिया। चौकीदार कदाचित् कोठी का लोहे की सलाखों-वाला दरवाज़ा

बन्द करना चाहता था, जो उसके मालिक ने अपनी धन-सम्पत्ति की रक्षा करने के लिए लगवाया था।

सड़क की पटरी पर जो सोते हुए शरीर इधर-उधर पड़े थे, उनमें खलबली मच गई और इधर-उधर से कराहने, आहें भरने और खुसर-पुसर करने की आवाज़ आने लगी। फिर कई एक कुली अपने-अपने कोनों से, जहाँ वे रात्रि व्यतीत करने को लेट रहे थे, उठ खड़े हुए। उन सब को आशंका हुई कि कहीं उनको भी यही दुर्दशा न भोगनी पड़े। जो लोग इधर-उधर लेटे थे, वे सब खिसकने लगे। उन्होंने आश्चर्य से घबरा-घबराकर अपनी फटी चादरें उतार फेंकीं, अपने अकड़े जिस्मों को सीधा करने लगे और धीरे-धीरे बुदबुदाकर धीरज देने लगे, जैसे उनके धीरज दिलाने से सारा संकट दूर हो जाएगा।

इतने में हरि ने मुन्नू को आवाज़ दी और वह इस घबराहट के आलम से निकलकर हरि की आश्वासनजनक आवाज़ सुनने लगा, "आओ, यहाँ जगह है, सड़क के उस पार।"

मुन्नू हरि के पीछे-पीछे चला और मन-ही-मन सोचने लगा—प्रभु ने जब पुलिस से मार खाई थी और मुझे दौलतपुर-की अनाज की मण्डी में जाकर सोना पड़ा था, उस दिन वहाँ जो कुली सोए हुए थे, यहाँ के कुलियों से कितने भिन्न लगते थे। उत्तरी भारत के पहाड़ी ओर काश्मीरी मज़दूर कैसे मज़बूत, गठे हुए बदन के और परिश्रमी लगते थे और उनकी अपेक्षा ये लोग दुबले-पतले और निर्बल हैं। इनके घुटने कमज़ोर हैं, कमर में जैसे दम ही नहीं है। किन्तु वैसे वहाँ और यहाँ के कुलियों में मुन्नू को कोई विशेष अन्तर न मालूम पड़ा। उत्तर के कुली भी चौकीदारों से इतना ही डरते थे, जितना यहाँ दक्खिन के; और उसे उस भयानक क्षण की याद आई, जब वह अनाज की बोरियों पर चढ़ा था। उसका हृदय भय के मारे काँप रहा था—चौकीदार की लाठी का भय था।

सड़क के उस पार एक दुकान की सीढ़ियों के नीचे सचमुच थोड़ी-सी खाली जगह थी। एक पतली-सी लकड़ी के तख्तों की चौकी-सी थी, जिस पर कदाचित् दुकानदार दिन में अपने जूते रखते होंगे। परन्तु इन लोगों को यह न मालूम था कि इस समय यह जगह खाली क्यों है और कुछ देर तक खड़े-खड़े वे सोचते रहे कि इस जगह से लाभ उठाना चाहिए या नहीं।

एक अर्धनग्न स्त्री, दोनों हाथों पर मस्तक रक्खे वहीं पास ही बैठी थी। उसे देखने से मालूम पड़ता था, मानो वह किसी अत्यन्त ही सन्तापकारी वेदना को सहन करने का प्रयत्न कर रही है। उसने दृष्टि उठाकर इन लोगों की तरफ़ देखा और शोकाकुल स्वर में बोली, "कल रात को इसी जगह मेरे स्वामी ने सदा के लिए हम लोगों को त्याग दिया।"

"चलो उसके तो प्राण संकट से मुक्त हो गए" हरि ने कहा, "अब हम इस जगह आराम करेंगे।"

मुन्नू को ऐसा लगा कि काल मुँह बाए सामने खड़ा है। दौलतपुर की एक दुकान में उसने यमराज की एक बड़ी-सी राक्षस की-सी भयानक तसवीर देखी थी। उस तसवीर में यह भाव दिखाया गया था कि यमराज पापियों की आत्माओं को घेरे हुए हैं और वे आत्माएँ रक्त का एक समुद्र पार करने का प्रयत्न कर रही हैं। इस समय वही तसवीर मुन्नू की आँखों के आगे नाचने लगी। उसका खून सूख गया, किन्तु फिर हरि के बच्चे की साँस को उसने अपने गाल पर अनुभव किया और हरि की आवाज़ भी आई, "हम

भूतों से नहीं डरते।"

सौभाग्य से हरि की स्त्री ने उस स्त्री की बात नहीं सुनी थी; क्योंकि वह जो भारी बोझ लादे थी, उसके कारण बहुत धीरे-धीरे चल पाती थी। इससे वह पीछे छूट गई थी।

पत्नी के समीप आ जाने पर हरि बोला, "आओ लक्ष्मी! यहाँ ज़रा कमर सीधी कर लें।" और फिर वह लिपटे हुए बिस्तर को खोलने लगा। लक्ष्मी ने एक पतिव्रता की तरह अपने पति की आज्ञा का तुरन्त पालन किया।

"हम लोग वहाँ सड़क की पटरी पर सो रहेंगे।" हरि ने मुन्नू की पीठ पर स्नेह से हाथ रखा, "बच्चे अपनी माँ के साथ यहाँ सो जाएँगे।"

मुन्नू ने बच्चों को कन्धे से उतारकर बिछे हुए बिस्तर पर लिटा दिया। फिर आकर वह दीवार से पीठ लगाकर सड़क की पटरी पर बैठ गया।

गर्म पत्थर में दिन की प्रचण्ड धूप की ज्वाला अब भी कुछ-कुछ बाकी थी, किन्तु चारों ओर आदमी-ही-आदमी चादरों में लिपटे सो रहे थे। मुन्नू के मन में आया—धीरे-धीरे मनुष्य को अभ्यास हो जाता है इस तरह जीवन बिताने का। कुछ समय में मुझे भी इसका अभ्यास हो जाएगा। मैं तो अभी नया-नया आया हूँ।"

मुन्नू ने गली में इधर-उधर दृष्टि दौड़ाई और अनुभव किया कि यहाँ का सारा वातावरण उसे बिल्कुल ही विचित्र, बिल्कुल ही अपरिचित-सा लगता है। दौलतपुर के मकान यहाँ के मकानों की अपेक्षा नीचे थे और उनके इधर-उधर सोए कुली ऐसे लगते थे, जैसे बहुत-सी चींटियाँ किसी बड़ी-सी गुड़ की भेली में चिपकी हों परन्तु ये ऊँची-ऊँची गगनचुम्बी अट्टालिकाएँ, इनके नीचे की काली अँधेरी गलियाँ, इनमें पड़े हुए कुलियों के काले-काले शरीर ऐसे लगते हैं, मानो ज़बरदस्ती ठूँस दिए गए हैं। दक्खिन का भयानक आकाश और अँधेरी घुटी हुई प्रकृति, गला घोंटती-सी मालूम होती है। हर वस्तु पर निस्तब्धता और मुर्दनी छाई हुई है।

मुन्नू को नितान्त ही अकेलेपन का अनुभव होने लगा।

फिर हवा का एक झोंका आया—गर्म हवा का एक झोंका, जिसमें वनस्पति घी की चिकटी हुई महक, चन्दन के बुरादे की सुगन्ध, पेशाब, खट्टे दूध, मछली और सड़े हुए फलों की दुर्गन्ध मिली-जुली थी। मुन्नू ने उधर देखा, जिधर से हवा का झोंका आया था। परन्तु वहाँ तो एक लाश ने अपना कम्बल उतार फेंका था और हल्की-हल्की आह भरने और कराहने की आवाज़ आ रही थी। मुन्नू ने दूसरी ओर देखा। उधर एक दूसरा कुली बेचैनी से करवटें ले-लेकर नींद में कुछ बड़बड़ा रहा था। मुन्नू ने उधर से आँखें फेर लीं और वह एक नंगे शरीर को देखने लगा, जो तड़प-तड़पकर करवटें बदल रहा था और बार-बार मच्छरों को गालियाँ दे-देकर अपने पैरों पर थप्पड़ मार रहा था।

मुन्नू ने इसके भी पार सड़क की तरफ़ देखना शुरू किया। उसकी दृष्टि बाईं तरफ़ सोए हुए हरि और उस विधवा पर से होती हुई, जो अब तक अपने मस्तक पर दोनों हाथ रक्खे हुए बैठी थी, दूर तक पहुँचने लगी। जहाँ तक मुन्नू की दृष्टि जाती थी, उसे लाशें-ही-लाशें दिखाई देती थीं। और अगर आधे मरे हुओं के साथ को साथ कहा जा सकता है, तो मुन्नू अकेला न था। फिर भी मुन्नू के जी में डर समाया जा रहा था—नींद का डर, इन लेटे हुए आधे मरे हुए शरीरों का डर, जो अभी न जाने क्या कर बैठें, खर्राटे

लेने लगें, अपनी रक्त-वर्ण की आँखें फाड़ दें, गुर्राएँ, कराहें, बिलखें या इसी प्रकार भूतों की-सी निश्चलता में पड़े रहें।

मुन्नू ने जल्दी से, चुपके से, अपनी टाँगें फैला लीं, अपने शरीर को खींचकर सोने के लिए लेट गया और अपने-आपको धीरज देने लगा कि चारों तरफ़ सोए हुए लोग भी तो मनुष्य ही हैं, कोई भूत-प्रेत तो नहीं है!

''कौने जाने, यह लोग भी मेरी ही तरह काम की तलाश में उसी तरफ़ से यहाँ आए हों। कौन जाने, ये लोग भी मेरी तरह रेल में छिपकर आए हैं या किराया देकर आए हैं। और वह महावत तो अब समुद्र की सैर कर रहा होगा। कैसा अच्छा आदमी था। और प्रभु? काश उसे मालूम होता कि यहाँ मैंने कुछ लोगों से दोस्ती गाँठ ली है और कल मुझे नौकरी भी मिलनेवाली है। महावत और प्रभु दोनों ने मेरी प्रशंसा करते हुए कहा था कि तुम बहादुर हो। हाँ, मैं मेहनत तो ज़रूर कर सकता हूँ; किन्तु गनपत, पुलिस वाले और उस होटल वाले के ही समान, जिससे आज पाला पड़ा था, यदि संसार के सभी लोग हो जाएँ, तो मेरे किए क्या होगा? कौन जाने हरि मुझे क्या समझता है? उसका काला चेहरा सदा एक ही-सा रहता है। कल उससे कहूँगा कि मुझे अपनी जीवन-कथा सुनाए और उसकी स्त्री तो सदा ही अपना मुँह छिपाए रहती है। ज़रा देखना चाहिए कि उसका रूप-रंग कैसा है।'' इस विचार से मुन्नू के शरीर में झुरझुरी-सी दौड़ गई और उसे ज्वर-सा मालूम होने लगा मन में उसने कहा—उफ़ निद्रा, निद्रा, किसी तरह आ भी तो! एक विचित्र प्रकार की व्याकुलता उसकी रग-रग में दौड़ गई और उसे व्याकुल करके मन में हलचल मचाने लगी। ऐसी व्याकुलता कि उसके विचार भी उसके दिमाग में चुभने लगे। उसने ज़बरदस्ती आँखें मींच लीं और उसकी आत्मा निद्रा का स्वागत करने के लिए अधीर हो उठी। यद्यपि उसकी हड्डियाँ थकावट के मारे दुःख रही थीं और आँखें जल रही थीं, फिर भी उसे निद्रा नहीं आ रही थी। उसका शरीर थर्राया और वह पसीने में नहा गया। उसने घबराकर एक ज़ोर की साँस ली और करवट लेकर देखा कि हरि गहरी नींद में सो रहा है। उसे भी उसी तरह लेटने का प्रयत्न किया, जैसे हरि लेटा था और सोचा कि यदि सड़क की पटरी पर लेटने का सही ढंग आता हो, तो शायद मनुष्य को निद्रा आ जाए।

एक क्षण वह वैसे लेटा रहा। हरि की स्त्री का चित्र मुन्नू के नेत्रों के समक्ष नाचने लगा। उसे ऐसा जान पड़ा कि वह मुँह पर घूँघट खींचे उसके सामने खड़ी है। उसने आँखें खोल दीं। सोने का प्रयत्न करना निरर्थक था। उसका जी चाहा कि कहीं दूर भाग जाए। दूर-दूर—बहुत दूर, जहाँ स्वच्छ हक का एक झोंका सांस लेने को मिल सके। किन्तु भागे तो कैसे। यदि इन सड़क की पटरी पर पड़ी हुई लाशों में से किसी से टकरा गया, तो फिर एक बखेड़ा खड़ा हो जाएगा। वह अपने पथरीले बिस्तर पर करवट लेने लगा और अपने कूल्हे इधर-उधर फेरने लगा। यहाँ तक कि पत्थर की रगड़ से उसके कूल्हे की हड्डियाँ दुखने लगीं। फिर उसने अपने दोनों हाथों में अपना सिर दबा लिया और पेट के बल लेटकर मुँह ज़मीन की तरफ़ कर लिया। प्रगाढ़ अन्धकार उस पर चारों तरफ़ से छा गया।

प्रभातकाल की मन्द-मन्द शीतल वायु गली में आने लगी। वहाँ जो कुली, भिख़ारी और कोढ़ी फटे-पुराने कपड़े शरीर पर डाले हुए पड़े थे, उन सबके छिद्रों से प्रवेश करके

वह उनके शरीर का स्पर्श करने लगी। अब उन सब के शरीर कम्पित हो उठे और उन्होंने बेचैनी से करवट ली। वे या तो एक-दूसरे से सट गए या कुण्डली मारकर गुड़मुड़ हो गए, या केवल करवट लेकर रह गए।

हवा का एक झोंका फिर आया; नंगे कोढ़ी कराहने लगे। कुछ ने अपने कपड़े को और भी सम्भाल कर ओढ़ लिया, कुछ प्रातःकाल की मीठी नींद के नशे से एकदम चौंक पड़े, और कुछ असुविधापूर्ण जीवन व्यतीत करते हुए भी भगवान् को धन्यवाद देते हुए उनका नाम लेने लगे—'राम-राम', 'हरि-हरि।'

समुद्री हवा का यह झोंका तेज़ हवा में बदल गया और साथ-ही-साथ भगवान् के नाम का जपना भी इन दुःखी आत्माओं की ज़बान पर तेज होता गया; क्योंकि इस अभागे देश में चाहे कोई छींके, चाहे थूके, चाहे खाँस-खाँसकर बलगम गिराए, हर मौके पर भगवान् का नाम अवश्य लिया जाता है।

जो लोग दमे या क्षय की खाँसी, बलगम के चटाखों, नाक छिनकने के ज़ोरदार सड़ाकों और भगवान् के विभिन्न नामों की पुकार-से भी नहीं जागे, वे पुलिस के सिपाहियों के द्वारा जगाए गए, जो डण्डा सम्भाले चौपाटी के इन रास्तों की पटरियों को खाली करा रहे थे। मुन्नू भी इन्हीं लोगों में था। हरि पहले ही उठ चुका था।

"राम-राम, भाई!" हरि ने मुन्नू को देखकर कहा, "अब हमें कारखाने चलना चाहिए।"

"क्या बच्चे उठ गए?" मुन्नू ने उत्साहपूर्वक पूछा, "न उठे हों, तो मैं गोद में उठा लूँगा।"

"भगवान् भला करे! इन कमबख्तों को सबेरे उठने की आदत होनी चाहिए" हरि बोला, "सूर्य निकलने से पहले फ़ैक्ट्री में काम पर चला जाना होगा। चार महीने हुए, मैं बम्बई से गया क्यों था? इन्हीं लोगों को ले आने के लिए कि और लोगों के बच्चों की तरह ये भी अपनी रोटी कमाना सीखें। इसी तरह निर्वाह हो सकता है।" फिर उसने उन तख्तों की तरफ़ देखा, जहाँ रात को उसकी स्त्री बच्चों को लेकर सोई थी।

"क्यों लक्ष्मी! बच्चे उठ गए?" लक्ष्मी धीरे से बच्चों को जगाने लगी; परन्तु बच्चे केवल कराहे और अकड़ गए। हरि क्रोध में भरा उनकी ओर बढ़ा।

"नहीं, मैं इन्हें गोद में उठा लूँगी, इनकी नींद खराब न करो।" लक्ष्मी ने झुककर बच्चों को अपने पति के क्रोध से बचाया।

"आठ-आठ, नौ-नौ बरस के लूमड़ों को गोदी में लादेगी!" हरि तड़पकर बोला और उसने लपककर एक-एक करके बच्चों को बाँह खींचते हुए उठाया। उनके हाथ लटकने लगे, आँखें खोले बिना ही उन्होंने रोना शुरू कर दिया। निद्रा से अभिभूत होने के कारण उनका शरीर निश्चल था, जैसे वे निर्जीव हो गए हों।

"भाई हरि, एक को तो मैं उठा लूँगा, जैसे कल रात को उठाकर ले आया था।" मुन्नू को इस आशंका से व्यग्रता का-सा अनुभव हो रहा था कि इन स्वामी-स्त्री में कहीं कलह न आरम्भ हो जाए। उसने आगे बढ़कर लड़के को गोद में उठा लिया। लड़का काफी हृष्ट-पुष्ट था और उसके शरीर का रंग पकी जामुन की तरह काला था। लक्ष्मी ने लड़की को उठाया। हरि ने बिस्तर लपेटा, टीन का बक्स उठाया और यह दल फिर चल पड़ा।

नगर की गलियों में तथा सड़कों पर चहल-पहल बढ़ती जा रही थी। सफ़ेद, बादमी, कत्थई, और काले, इन सभी रंगों के आदमी, कोई लुँगी पहने, कोई जाँघिया या नेकर पहने जल्दी-जल्दी चले जा रहे थे। कुछ समृद्ध व्यापारी मोटर में लदे जा रहे थे। स्कूल के लड़कों और लड़कियों के झुण्ड कहीं धीरे-धीरे अनिच्छापूर्वक और कहीं जल्दी-जल्दी चले जा रहे थे। भिन्न-भिन्न प्रकार की स्थापत्य-कलाओं के आधार पर बनाई गई आडम्बरपूर्ण अट्टालिकाओं की शोभा आकाश से फैलते हुए प्रकाश के प्रवाह में इस बात का अनुभव कर रही थी कि प्रदर्शन के सिवा उसकी कोई और उपयोगिता नहीं है।

मुन्नू इस चहल-पहल की ओर विशेष ध्यान न दे रहा था। अब वह बम्बई-नगर के वास्तविक स्वरूप को देखना आरम्भ करने जा रहा था।

यहाँ के मकानों में निचले भाग में पर्वत की कन्दराओं के समान जो अन्धकारपूर्ण कोठरियाँ थीं, उन्हें देखकर अवश्य मुन्नू को बड़ा आश्चर्य हो रहा था। इन कोठरियों में कितने लोग रहते थे! इनमें पुरुषों और स्त्रियों की इस प्रकार भीड़ दिखाई पड़ती थी, जिस प्रकार कि मधु के छत्ते में मधुमक्खियाँ भरी रहती हैं और छत्ते-पर-छत्ता लगाती जाती हैं, ठीक उसी प्रकार इन कोठरियों में भी ऊपर-नीचे दर-के-दर आदमी-ही-आदमी भरे थे। आते-जाते, निकलते-पैठते, कोई किसी की ओर देखता नहीं था, कोई किसी को प्रणाम-नमस्कार नहीं करता था।

"वाह भई!" मुन्नू ने मन में सोचा, "ये दक्खिन के लोग भी विचित्र हैं।" उसे क्या मालूम कि वे लोग क्यों इस तरह एक-दूसरे से खिंचे हुए हैं। वे लोग धीरे-धीरे चल रहे थे, नितान्त ही असावधान-से हो कर, मानो उनकी निद्रा पूर्ण रूप से भंग नहीं हुई थी।

मुन्नू ने जोश में आकर दो-एक कदम ज़रा तेज़ बढ़ाए, किन्तु फिर उसके सिर में चक्कर आने लगा और हाथ-पैर ढीले पड़ गए। उसने हरि की तरफ़ देखा। हरि की चाल एक-सी थी, जैसे घिसट रहा हो और पैरों का सारा बल कहीं गायब हो गया हो। वह तेज़ चलने के लिए कितना ही प्रयत्न करता, किन्तु उसके पैर काँपने लगते और चाल बिल्कुल तेज़ न होती।

हरि की पत्नी अपनी लड़की के बोझ से दबी जा रही थी। एक तो स्त्री होने के कारण स्वभावतः उसमें शारीरिक बल का कुछ अभाव था, दूसरे वह घेरदार लहँगा पहने थी, जिससे तेज़ी से पैर बढ़ाने में उसे कुछ असुविधा होती थी। मुन्नू ने अपने मन में सोचा कि यदि मैं इस लड़की को भी अपने कन्धे पर लाद लेता, तो इस बेचारी को आराम मिल जाता; किन्तु उसे स्वयं बहुत गरमी मालूम पड़ती थी और पीठ पर से होकर पसीना बह रहा था।

सूर्य बम्बई के मकानों की छतों से बहुत ऊपर उठ गया और अपनी प्रचण्ड किरणें फैलानी शुरू कर दीं। मुन्नू का कलेजा जैसे सूखा जा रहा था, सारी शक्ति क्षीण हुई जा रही थी और मुँह का स्वाद तिक्त हुआ जा रहा था। ज़ोर लगाकर वह आगे बढ़ने लगा, जैसे अपनी हड्डियों में नवीन स्फूर्ति उत्पन्न करने का उद्योग कर रहा हो।

प्रातःकाल का कुहरा छँटता जा रहा था। ऊँची सड़क के दोनों ओर गड्ढे थे, जिनमें कहीं-कहीं पर खजूर के पेड़ खड़े थे, और इन पेड़ों की चोटियों की हरियाली सूर्य के प्रकाश

से कुछ पीली हो गई थी; परन्तु यह दृश्य दूर ही से भला मालूम होता था, क्योंकि ज़रा और ऊपर चढ़कर चारों तरफ लम्बे-लम्बे मैदान थे, जिनमें चमड़ा सुखानेवाले, गोबर लगा-लगाकर चमड़ा सुखा रहे थे। पास ही इन लोगों के झोपड़े थे। दाहिनी तरफ़ दो पंक्तियों में बहुत-सी ऊँची-ऊँची इमारतें थीं और उनके आस-पास फूस के झोपड़े थे, जिनके छेदों को जगह-जगह बोरी के टुकड़ों से बन्द किया गया था। अगणित मिलों की ऊँची-ऊँची चिनमियों से निकलता हुआ धुआँ इन झोपड़ियों में घुस रहा था।

"अब अधिक दूर नहीं है। कोई एक मील और होगा" हरि ने हाँफते हुए अपनी आँखों के ढेले घुमाकर कहा, जिन पर पानी की बूँदें चमक रही थीं।

"किन्तु यह आपका दक्खिनी मील कदाचित! हमारे यहाँ के उत्तर के मील से बड़ा होता है।" मुन्नू ने मज़ाक के भाव से कहा।

"हम इन बड़े मकानों में रहेंगे या इन मिट्टी के झोपड़ों में?" हरि की स्त्री ने कूल्हे मटकाकर कहा।

"जरा धीरज रक्खो! हमें नौकरी मिल जाय तो बड़ी बात है।" हरि इतनी दूर चलने के कारण थक गया था और वह झुंझला उठा था मिल में पहुँचते ही उसे फ़ोरमैन साहब से मुलाकात करनी थी, इस ख्याल से अलग वह परेशान था।

अब ये लोग एक ऊँचे स्थान पर चढ़ने लगे, जो पत्थर के टुकड़े और मिट्टी डालकर बनाया गया था। झोपड़ियों और उनके पास लगे हुए कूड़े के ढेरों के पास से होते हुए ये लोग ऊँची इमारतों के पास पहुँचे। ये ऊँची-ऊँची चार-मञ्जिली इमारतें काफ़ी सादी बनी हुई थीं, नगर की अट्टालिकाओं की-सी कारीगरी इनमें नहीं दिखाई गई थी। दीवारें कहीं-कहीं से गिरने लगी थीं और जगह-जगह से थुपा हुआ सीमेन्ट काली-काली चिमनियों का मानो विरोध कर रहा था। अब ये लोग अपने लक्ष्य पर पहुँच चुके थे।

"वह रही सरजा बाईट फैक्टरी, जहाँ हमें जाना है" हरि ने एक चिमनी की तरफ़ उंगली उठाई, जो वहाँ की और सब चिमनियों से ऊँची थी और जिसमें से धुआँ बहुत अधिक मात्रा में निकल-निकलकर कुण्डली बनाता हुआ आकाश पर जा रहा था। मुन्नू ने उधर देखा, किन्तु उसकी दृष्टि फैक्टिरियों की छतों के समूह में खो गई, जो पहाड़ों की चोटियों-जैसी चिमनियों में परिणत हो गई थीं। फूस के झोपड़ों के आस-पास आने-जाने के लिए जो ज़रा-से रास्ते थे, उनमें झुण्ड-के-झुण्ड कौए काँव-काँव कर रहे थे। पास ही कुछ अर्धनग्न स्त्रियाँ और पुरुष बैठ स्नान से निवृत्त हो कर अपने-अपने ढंग से भगवान् की वन्दना कर रहे थे। आस-पास न तो कहीं कोई नल था, न कुँआ। मुन्नू ने मन में सोचा—इन लोगों ने स्नान कहाँ किया होगा। थोड़ी दूर पर एक छोटी-सी पहाड़ी थी और उसके नीचे एक गन्दा-सा तालाब था, जिसके पानी पर काई जम गई थी। तालाब के पास कौओं की और भी अधिकता थी, जो तालाब में बैठे हुए या आस-पास चरते हुए पशुओं के घावों में चोंचे मार-मारकर उड़ जाते थे। मुन्नू को तालाब के पास खेलते हुए लड़कों की शरारतें बहुत भली मालूम हुईं। उसे वे दिन स्मरण हो आए, जब वह स्वयं व्यास-नदी के जल में खूब खेला-कूदा करता था और उसका दिल एकदम नंगा होकर पानी में गोते लगाने के लिए मचलने लगा। यहाँ तक कि उसे अपने शौक में तालाब की दुर्गन्ध भी बुरी न मालूम हुई। उसने किनारे पर ठिठककर बड़े चाव से कहा, "यहाँ

ज़रा नहा न लें?''

''नहीं भाई, इस समय हमें शीघ्र ही पहुँच जाना है। यदि हमें यहाँ तालाब के पास कोई झोपड़ा रहने को मिल जाएगा, तो प्रतिदिन आकर स्नान किया करना।'' हरि ने कहा।

मुन्नू ने इस बुद्धिमत्तापूर्ण परामर्श को बहुत आसानी से स्वीकार कर लिया। कुछ कदम आगे चलकर उसने देखा कि तालाब के पास ही एक बड़ा-सा घूरा है, जिसमें ईंट के छोटे-छोटे रोड़े, रद्दी कागज़, टूटे-फूटे शीशे तथा और इसी तरह की चीज़ें एकत्र थीं और इन सब की गन्दगी सड़-सड़कर तालाब के गन्दे पानी में आ रही थी।

''अब बस एक मील और है,'' हरि ने अपने साथियों को तसल्ली दी।

यह दूरी एक मील न होकर केवल पाँच सौ गज़ निकली। एक पतली-सी सड़क थी, जो अभी बनाई जा रही थी, और उसके आगे एक बड़ी-सी दीवार थी, जिसकी कगर पर जमे हुए शीशे के टुकड़े दिन को सूर्य के प्रकाश को प्रतिबिम्बित करते थे और रात्रि में दीवार फाँदकर भीतर प्रवेश करने की इच्छा करनेवाले चोरों को दूर भगाते थे। मैदान में रेल की पटरियों के बीच-बीच में फ़ैक्ट्रियों का कूड़ा, बुझा हुआ कोयला वगैरह पड़ा था। ज़मीन नर्म थी और जगह-जगह कीचड़ भी था, जिसमें पाँव बार-बार धँस जाते थे। ऊँची-नीची जगहों की आड़ में लोग बैठे पाखाना फिर रहे थे। इधर-उधर उपले थुपे हुए सूख रहे थे और ऐसी गन्ध आ रही थी कि नाक फटी जाती थी। मुन्नू का दिल बैठने लगा, जैसे वह बदबूदार कूड़ा-करकट, गोबर और पाखाने के इस परेशान कर देने वाले वातावरण से बचने के लिए सिकुड़ जाना चाहता हो।

सामने एक बड़ा-सा लोहे का फाटक था और उस पर बड़े-बड़े अक्षरों में लिखा हुआ बोर्ड टँगा था :—

सर जार्ज ह्वाईट काटन मिल्स

''ठहरो!'' एक लम्बे-तगड़े पठान ने दुनाली बन्दूक ज़ोर से भूमि पर पटकते हुए कहा और उठ खड़ा हुआ। वह एक मखमली ज़री के कामवाली वास्कट पहने हुए था, कन्धे पर से गोलियों से भरी पेटी लटकी थी, लम्बे-नीचे कुरते और आगे से मुड़ी हुई पठानी चप्पल के ऊपर घेरदार शलवार हवा में फड़फड़ा रही थी। सुनहरी कुलाह पर बँधा हुआ नीला रेशमी साफ़ा लहरा-लहराकर उसके चेहरे के रंग को साधारण उत्तरी भारत के लोगों के रंग से भी अधिक लाल और डरावना बना रहा था।

लक्ष्मी डर गई।

मुन्नू पर अँगरेज़ी सरकार के एक कर्मचारी के रूप में तो नहीं, क्योंकि वह वर्दी नहीं पहने था, किन्तु मिल के पहरेदार के रूप में इस पठान का रोब जम गया। विशेषतः इस कारण से और कि लोहे के फाटक के अन्दर झाँकने से मालूम होता था कि यहाँ का सारा कारोबार बहुत ही व्यवस्थित रूप में हो रहा है और मिल की इमारत से लेकर उसकी परछाईं तक हर चीज़ ठीक और बाकायदा है।

हरि पहरेदार से परिचित था।

''सलाम, खाँ साहब!'' हरि ने खुशामद के भाव से कहा, ''मैं हरि हूँ। पहले यहाँ काम करता था। चार महीने हुए, काम छोड़कर बाल-बच्चों को लेने देस चला गया था। चिमटा साहब फ़ोरमैन से मिलना चाहता हूँ।''

''अच्छा'' नादिर खाँ तिरस्कार से बोला और एक पारसी लड़के की तरफ़ मुड़कर उसने कहा, जो पास ही एक बक्स पर अँगरेज़ी कपड़े पहने बैठा था, ''लाल काका, जाकर चिमटा साहब से बोलो कि एक पुराना कुली काम चाहता है।''

मुन्नू के कन्धे पर सोया हुआ लड़का जग गया और लक्ष्मी की गोद की लड़की भी जाग पड़ी और उन दोनों ने परिस्थिति से सर्वथा अनभिज्ञ रह कर सड़क की मिट्टी से खेलना आरम्भ किया।

मुन्नू एक मील के पत्थर पर बैठ गया और मिल की ओर से मुँह फेरकर नीचे से ऊपर तक मैले की ढेरों, कोयले के अम्बारों, टूटी-फूटी इधर-उधर बिखरी हुई बल्लियों और मैदान में गन्दगी के गड्ढ़ों को, जिन्हें वह पीछे छोड़ आया था, देखने लगा। उस अद्भुत दृश्य ने, जिसे देखता हुआ वह आया था, उसके मन में एक ऐसा भाव उत्पन्न किया, जिसके कारण भाँति-भाँति की चीज़ें, जो उसने पिछले कुछ दिनों में देखी थीं, उसे भूल गईं यद्यपि वे, उसके हृदय के अन्तस्तल में निहित थीं। यहाँ तक कि उसका जी चाहा कि एकदम उठकर कहीं भाग जाए, बेतहाशा भागे—काँगड़ा की पहाड़ियों की ओर, शामनगर की उस एकान्त सड़क पर या और कुछ नहीं तो दौलतपुर की परेशान कर देने वाली; परन्तु परिचित गलियों में भाग जाए। परन्तु, जब उसने दृष्टि उठाई और फ़ैक्ट्रियों की तरफ़ देखा, तब उनकी सपाट आकृति उसे कुछ ऐसी दिखाई दी कि उसका दिल थम गया। इन फ़ैक्ट्रियों में एक विचित्र आकर्षण था, जिसके सामने वह अपने को तुच्छ समझने लगा। लम्बी-लम्बी चिमनियों की बनावट में मुन्नू ने स्थापत्य-कला के चमत्कार का अनुभव किया और सोचने लगा कि वे मशीनें कैसी होंगी, जो इन इमारतों के अन्दर चलती होंगी। ज़रूर वे बड़े-बड़े अलावों से चलती होंगी, उन तन्दूरों से भी बड़े अलावों से जिनकी राख दौलतपुर में सबेरे-सबेरे उठकर वह साफ़ किया करता था। मुन्नू ने सोचा कि अगर प्रभु भी धुआँ निकलने के लिए ऐसी ही एक चिमनी बनवा लेता, तो रोज़-रोज़ क्यों सर टोडरमल के घरवालों से लड़ाई होती और उसके लड़के की आज्ञा से मालिक को कोतवाली में मार क्यों खानी पड़ती? परन्तु दौलतपुर में ऐसी चिमनी के बारे में तो कोई सोच भी नहीं सकता था, बनवाना तो अलग रहा। ''पुराना शहर जो ठहरा'' मुन्नू ने तिरस्कार से सोचा, ''बम्बई इतना पुराना नहीं, बिल्कुल नया है। सब्ज़ी-मण्डीवाला कुली ठीक कहता था। इन्हीं फ़ैक्ट्रियों के बारे में वह कहता रहा होगा कि वहाँ बड़ी-बड़ी तनख्वाहें मिलती हैं।''

वह उन बड़े-बड़े घरों में रहने का स्वप्न देखने लगा, जो रास्ते में मिले थे और जिनमें असंख्य छोटी-छोटी खिड़कियाँ थीं।

''साहब बड़ा अच्छा आदमी है'' हरि ने मुन्नू को भरोसा देते हुए कहा। उन्हें इस प्रकार चुपचाप प्रतीक्षा करते कोई बीस मिनट हो चुके थे। मुन्नू बड़ी उत्कण्ठा से प्रतीक्षा करने लगा कि अब फिर एक अँगरेज़ से मुलाकात करने का सौभाग्य होनेवाला है। उसे मिस्टर इंग्लैण्ड का छोटा-सा मुँह याद आ गया, जो उसने शामनगरवाले बाबूजी के यहाँ देखा था और उन साहब की चमकती हुई गँजी चाँद भी स्मरण हो आई, जो प्रभु का घर देखने कूचए-बिल्लीमाराँ में आए थे। मुन्नू का कौतूहल बढ़ गया।

लक्ष्मी ने अपने पति की तरफ़ देखा, जैसे कुछ कहना चाहती हो। उसे भी इस

बात की प्रसन्नता हो रही थी कि अब उसे किसी साहब का बन्दर का-सा लाल मुँह देखने को मिलेगा। पहले तो वह साहबों को घूँघट की आड़ से दूर से ही देख पाती थी। परन्तु वह अपनी इस प्रसन्नता को भीतर-ही-भीतर दबाकर चुप हो गई। उसने बच्चों को सड़क के किनारे पड़ी हुई गिट्टियों से खेलने में लगा दिया था, जिससे कि वे बहले रहें और खाने को न माँगें, क्योंकि सबेरे से वे बिल्कुल बासी मुँह थे।

"ऐ, गिट्टियाँ मत छितराओ'—नादिरा खाँ गरजा और बच्चों की हँसी की आवाज़ सुनकर उसने अपनी बन्दूक का कुन्दा ज़मीन पर पटका।

बच्चे दौड़कर अपनी माँ के लहँगे में छुप गए। हरि ने एक प्रलयंकारी दृष्टि उन पर डाली।

लक्ष्मी ने उन्हें गोद में लिपटा लिया।

मुन्नू सहानुभूति से मुस्कराया।

इसी समय जिमी टामस साहब ने दर्शन देने की कृपा की। कुछ समय तक वे लंकाशायर के एक कारखाने में मिस्त्री थे, और इधर पन्द्रह साल से हिन्दुस्तान की एक बहुत बड़ी सूती मिल में हेड फ़ोरमैन थे। लम्बे-चौड़े-से आदमी थे, लाल बुलडाग का-सा चेहरा था, भारी शरीर पर एक चिकटी-सी कमीज़ और एक चिकटा-सा पतलून पहने थे, पोलो की टोपी भी चिकटी ही थी और उसका चमड़े का तस्मा आगे के बजाए पीछे उनकी मोटी-सी गरदन पर लटक रहा था।

"सलाम हजूर, चिमटा साहब!" हरि ने दोहरा होकर अपनी हथेली बिल्कुल माथे से लगा ली।

"टुम हारी?" जिमी सहाब बोले, "टुम आ गया?"

"हाँ हजूर, माई-बाप" हरि ने हाथ जोड़कर कहा—और मैं अपनी स्त्री और बच्चों को भी काम पर रखवाने के लिए लाया हूँ और हमारे देस का एक जवान भी आया है।"

"तो सारे गाँव को क्यों नहीं लेता आया, सुअर का बच्चा?" जिमी टामस ने केवल हिन्दुस्तानी बोलना ही नहीं सीखा था; बल्कि वह हिन्दुस्तानी में गाली भी इच्छी तरह दे सकता था।

"तो हजूर आपका हुक्म हो और मज़दूरों की ज़रूरत हो तो लिखकर कुछ लोगों को बुलवा सकता हूँ।" हरि निरा मूर्ख ही था। साहब की बात का व्यंग तो उसके फ़रिश्तों की समझ में भी नहीं आ सकता था।

"अबे बेवकूफ़, जानवर! यहाँ नौकरी है कहाँ" जिमी ने झुंझलाकर कहा, "हाँ शायद इस लड़के को रख लें" उसने मुन्नू की तरफ़ देखकर कहा, "मगर यहाँ जगह बहुत कम है।"

"मगर हजूर" हरि हाथ जोड़कर गिड़गिड़ाया, "आप गरीबों के अन्नदाता हैं। आप माई-बाप हैं। आप चाहें तो हमारे लिए जगह निकल सकती है।"

"अच्छा, अच्छा। सब मिलाकर तीस रूपया मिलेगा" जिमी टामस ने हाथ नचाकर कहा। उनके नंगे हाथों पर गुदे हुए शेर, चीते, औरतों और साँप दिखाई दे रहे थे, "दस तुमको, दस इस लड़के को, पाँच तुम्हारी बीबी को, और ढाई-ढाई दोनों बच्चों को।"

"मगर हजूर" हरि ने झुककर फ़ोरमैन के काले जूतों को छुआ और गाय के चमड़े

को लगा हुआ हाथ अपने माथे में लगाकर बोला, "दया कीजिए, हजूर! यहाँ रहने के लिए हमें कोई खोली भी लेनी होगी और खाने का सामान कितना महँगा है!"

"तुमने मेरे साथ क्या किया है कि मैं तुम्हारा ख्याल करूँ?" फ़ोरमैन साहब का लाल मुख हरि के इस प्रकार अनुनय-विनय करने पर प्रसन्नता से विकसित हो उठा और उसकी व्यग्रता दूर करने के लिए वे अपनी मूँछें मरोड़ने लगे, "तुम गाँव से मेम साहब के लिए कौन-सा उपहार ले आए हो कि मैं तुम्हारे साथ रियायत करूँ। तुम तो मेरे या मेम साहब के लिए कभी बड़े दिन पर भी डाली नहीं लाए। अगर तनख्वाह ठीक लगे तो काम करो नहीं तो जाओ।" और फ़ोरमैन साहब चलने लगे।

"हजूर! हजूर!" हरि गला फाड़-फाड़कर रोने लगा और साहब के पीछे-पीछे दौड़ा, "हम आपको खुश कर देंगे। लेकिन हम पर मेहरबानी कीजिए। मैं पहले यहाँ था तो मुझे पन्द्रह रुपए मिलते थे।"

"यू ब्लडी फूल! तुम समझता है कि जब चाहेगा तब घर चला जाएगा और वापस आवेगा, तो वही तनख्वाह मिलेगी। बड़े साहब ने मुझसे कहा है कि जिस कुली ने एक बार काम छोड़ दिया हो, उसे फिर मत भर्ती करो। वह बुड्ढे और पुराने क़ुली नहीं चाहता। मैं तो तुम पर मेहरबानी कर रहा हूँ, बहन...।"

"हजुर हजूर!" हरि ने फिर हाथ जोड़े—इन बच्चों का ख्याल कीजिए, हम पर तरस खाइए।

"हाँ-हाँ, तुम सुअर लोग औरत के साथ सोने का मज़ा लेता है और खरगोश की तरह बच्चे पैदा करता है और फिर हमसे मेहरबानी करने को कहता है! काला आदमी! जमीन पर हगने वाला!"

"हजूर साहब!" मुन्नू बीच में बोला, "मैंने दौलतपुर में सुना था कि फ़ैक्ट्री में काम करनेवाले को कम-से-कम तीस रुपया तनख्वाह मिलती है।"

"झूठ बकता है!" और साहब फट ही पड़ते कि इतने में लाल काका एक रजिस्टर लिए आ गया।

"चलो कहीं और ढूँढ़ें।" मुन्नू ने हरि को एक टहोका दिया और कहा, परन्तु हरि को और फ़ैक्ट्रियों में इतना भी मिलने की आशा न थी। उसे यहाँ की अवस्था मालूम थी।

"अच्छा! बोलो नौकरी माँगता कि नहीं?" साहब ने मूँछें मरोड़ते हुए निर्णयात्मक ढंग से कहा, "तुम्हें और कहीं काम नहीं मिलेगा। बम्बई में सैकड़ों कुली भरा पड़ा है, जिसे काम नहीं मिलता। तुमको तो इसलिए लिए लेता हूँ कि तुम काम जानता है और लड़का तेज़ मालूम पड़ता है।"

"हजूर, हम तो आपके पास ही काम करना चाहते हैं, पर हमारी बदनसीबी पर ज़रा तरस खाओ। यहाँ चावल बहुत महँगा है।"

"अच्छा, अच्छा, तुम दोनों को पन्द्रह-पन्द्रह रुपया महीना मिलेगा" फ़ोरमैन ने हाथ उठाकर धमकाते हुए कहा, "अब की बार तुम पर तरस खाता है, पर पिछली दफ़ा तुम यहाँ था तो हमारे लिए कुछ नहीं किया। हम तुम लोगों पर बहुत तरस खाता है।" और फिर वह व्यावहारिक ढंग से मुस्कराया, "तुम्हारे पास रुपया तो नहीं होगा? अच्छा, हम

रुपया पर चार आना के हिसाब से पेशगी देता है और महीने पर तुम लोग जो कमीशन देगा, उसमें जोड़ देगा। मन्जूर है? अच्छा, अब मैं जाकर रुपया ला देता हैं।''

साहब रुपया लेने गए।

''मैं इससे कम सूद पर उधार देता हूँ, रुपए पर दो आने'' नादिर खाँ बोला।

''अब तो हमने साहब से हामी भर ली'' हरि ने जवाब दिया। उसका हृदय धड़क रहा था कि अब कहीं नादिर खाँ न अप्रसन्न हो जाए।

साहब की अनुपस्थिति में और नादिर खाँ के कोठरी में चले जाने पर मुन्नू ने मौका पाकर एक बार फिर हरि को ठेला और फ़ोरमैन को कमीशन देने और फिर इतने अधिक ब्याज पर रुपए लेने की मूर्खता की ओर उसका ध्यान आकर्षित किया।

''अरे सब बेकार है'' हरि बोला, ''सब जगह यही हाल है। अपनी स्थिति को सुदृढ़ रखने के लिए फ़ोरमैन को कमीशन देना आवश्यक है। कारखने का यह एक बहुत-ही प्रभावशाली अधिकारी है।''

मुन्नू ने सोचा कि सचमुच साहब कोई बहुत ही प्रभावशाली अधिकारी होगा, किन्तु उसके कपड़े तो बिल्कुल चीकट थे। उसे क्या मालूम कि फ़ैक्ट्री के अधिकतर काम फ़ोरमैन को ही सुपुर्द हैं, इस कारण फ़ैक्ट्री में उसका सबसे अधिक प्रभाव है। उसे यह नहीं मालूम था कि मिल-मालिकों की तरफ़ से मज़दूरों को वही रखता था—वह तो यहाँ के लिए सर्वशक्तिमान् भगवान् ही है; क्योंकि उसी की कृपा के बल पर यहाँ के मज़दूरों की नौकरियाँ सुरक्षित रहती हैं। वही काम के समय मज़दूरों की देख-भाल करता था। चीफ़ मेकेनिक भी वही था और दूसरे मिस्त्रियों की सहायता से मशीनों को ठीक रखता था। मज़दूरों को काम भी वही सिखाता था। मज़दूरों और मालिकों का मध्यस्थ भी वही था। मालिक को जब किसी प्रकार के परिवर्तन की सूचना मज़दूरों तक पहुँचानी होती थी, तब उसी के द्वारा पहुँचाई जाती थी। इन्हीं कारणों के आधार पर वह हर मज़दूर से उसकी नौकरी के बदले में कुछ रिश्वत लेता था। अगर फ़ैक्ट्री में मज़दूरों की संख्या आवश्यकता से बढ़ जाती, तो यह रिश्वत भी बढ़ जाती थी। साथ-ही-साथ वह ब्याज पर रुपए भी उठाता था। उसने एक प्रकार की ज़मींदारी भी बना रक्खी थी। फ़ैक्ट्री के आस-पास की ज़मीन पर उसने सैकड़ों फूस के झोपड़े बनवा रखे थे, जिन्हें वह किराए पर मज़दूरों को दिया करता था।

चिमटा साहब जब रुपए लेकर लौटे, तब वे एक मकान-मालिक की ही हैसियत से लौटे।

''यहाँ साहब की गली के सिरे पर एक मेरा झोपड़ा है, जिसका किराया पाँच रुपए है और वह खाली भी है। जाकर अभी ही उसे अपने अधिकार में कर लो, नहीं तो किसी और को दे दूँगा। तुम्हें मैं तीन ही रुपए मासिक पर दे दूँगा।''

''हुजूर माई-बाप! आप बड़े दयालु हैं।'' हरि ने फिर हथेली से अपना माथा छुआ।

''अच्छा, अच्छा, जाओ, कल सबेरे पहला भोंपू होते ही तुम लोग हाज़िर हो जाना।''

जिमी टामस ने अपनी मूँछ मरोड़ी और होंठ सिकोड़े। उसके मोटे-भद्दे चेहरे पर एक नरमी-सी आ गई, जो भलाई करने पर आती है।

यात्रियों का वह दल जिस मार्ग से होकर आया था, उसी से वापस हुआ।

"यही है साहब की गली" हरि बोला। अब ये लोग सड़क पार करके एक खलार में उतरे, जिसमें दोनों ही बगल स्थान-स्थान पर कूड़ा करकट और पाखाने के ढेर लगे थे, गन्दे पानी की दुर्गन्धित नालियाँ बह रही थीं। "साहब ने कहा था न कि गली के सिरे पर है वह झोपड़ा? तो वह यही झोपड़ा होगा।" हरि ने पास के एक फूस के झोपड़े की तरफ़ इशारा करके कहा। यह छः फुट ऊँचा, और कोई पाँच फुट चौड़ा झोपड़ा फ़ैक्ट्री की मटमैले रंग की इमारत से कोई सौ गज़ की दूरी पर था। हरि यहाँ के चप्पे-चप्पे से भली-भाँति परिचित था; क्योंकि देस जाने से पहले वह साल भर यहाँ रह चुका था। लगातार इतने दिनों तक कार्य करने के बाद विश्राम करने तथा बाल-बच्चों को ले आने के लिए वह गाँव चला गया था।

हरि आगे बढ़ा और झोपड़े के द्वार पर पहुँचा। सामने जो बोरी का परदा टँगा था, उसे उठाकर उसने भीतर प्रवेश किया। सब लोग उसके पीछे उस तंदूर-जैसी कोठरी में घुसे। फूस से छाई हुई छप्पर की छत, जो घुनी हुई बल्लियों पर टिकी थी, इतनी ऊँची न थी कि लक्ष्मी और मुन्नू सीधे होकर खड़े हो सकते। हरि का मस्तक अवश्य छत से नहीं लगा; क्योंकि उसकी कमर कुछ झुकी हुई थी।

कच्ची ज़मीन का फ़र्श बाहर के रास्ते से भी नीचा था और उस पर जगह-जगह घास उग आई थी। वर्षा का जल उस पर से होकर बहता था, इस कारण वह हरी हो गई थी। इस झोपड़ी में स्वच्छ वायु तथा प्रकाश आने के लिए न तो कोई खिड़की थी, न कोई चिमनी थी, जिससे होकर धुआँ बाहर जा सकता। परन्तु यह क्या कोई कम सुविधा थी कि दरवाज़े पर टाट का पर्दा टँगा था, जबकि और झोपड़ों पर उन्हें दुनिया की दृष्टि से बचा रखने के लिए फटीचर बोरियाँ, टीन के टुकड़े और सींक की टूटी हुई चिकें लटक रही थीं।

"आओ भाई बैठ जाएँ, ज़रा आराम कर लें।" हरि ने चारों तरफ़ देखकर सन्तोषपूर्वक कहा, "लक्ष्मी! रास्ते में खाने-पीने के लिए जो कुछ लेकर चले थे, उसमें से यदि कुछ बचा हो तो दे।"

मुन्नू इस कब्र-जैसी झोपड़ी को देखकर दंग रह गया। दोहरा होकर खड़े-खड़े धुँधले प्रकाश में वह चारों ओर दृष्टि दौड़ा रहा था। आस-पास से सीलन और सड़न की बहुत ही तीव्र गन्ध आकर उसे व्याकुल कर रही थी। यहाँ का यह दूषित वातावरण देखकर उसके सारे सपने मिट्टी में मिल गए। उसने तो इस नगर की ऊँची-ऊँची और दर्शनीय अट्टालिकाओं को इस आशा से देखा था कि वह इनमें से किसी एक की सबसे ऊपर वाली मञ्जिल के एक कमरे में रहेगा और अधिक-से-अधिक ऊँचे स्थान से इस समृद्धिशाली नगर को देखकर आनन्द का अनुभव किया करेगा। इसलिए यह स्थान देखकर मुन्नू का वह सारा स्वप्न भंग हो गया।

एकदम से उसके माथे पर पसीने की बूँदें चमकने लगीं। उसे ऐसा लगा कि उसके दिमाग में चक्कर आ रहा है, आँखों के नीचे अँधेरा छा गया है, जी घबराने लगा और बेहोशी-सी आने लगी। वह इस घुटन में साँस लेने की चेष्टा करने लगा। मुस्कराने का निष्फल प्रयत्न करते हुए वह भूमि पर बैठा गया और हाथों से पृथ्वी का सहारा ले लिया, अन्यथा वह गिरे बिना नहीं रह सकता था।

लक्ष्मी ट्रंक में से बासी मीठी पूरियाँ निकालकर सबका अलग-अलग भाग लगा रही थी। मुन्नू की यह अवस्था देखकर एकदम से दौड़ती हुई वह उसके पास पहुँची।

कुछ देर के विश्राम के बाद मुन्नू की तबीअत ठीक हो गई और वह लम्बी यात्रा की थकावट, रात-भर बाहर पड़े रहने की परेशानी तथा फ़ैक्ट्री के प्रतिकूल वातावरण के कारण उत्पन्न हुई व्यग्रता पर शीघ्र ही विजय प्राप्त करके हरि के साथ घूमने-फिरने और खरीदारी करने निकला।

यह बाज़ार आधी मील की दूरी पर एक सड़क पर था, जो सर जार्ज ह्वाईट और जमशेदजी काऊसजी की फ़ैक्ट्री के बीच से निकलती थी। बाज़ार क्या था, कुछ टूटे-फूटे मामूली छप्पर पड़े थे, जिनमें रंग-बिरंगे नग, झूठे मोती, टीन के खिलौने, सस्ते मेल के इत्र, चाकू, छुरा तथा और भी कितनी ही तड़क-भड़क की चीज़ें थीं, जिन्हें मनमाने दाम पर भारतवर्ष में बेचकर योरप के व्यवसायी मालामाल हो रहे थे। कुछ दुकानें बाकायदा थीं, जैसे एक शराब की दुकान जिसका मालिक एक मोटा-सा पारसी था, एक पान-बीड़ी की दुकान जिसमें एक बड़ा-सा आइना लगा था, एक नानबाई की दुकान जिसमें चिकन के कपड़े पहने एक मुसलमान बैठा था, एक कपड़े की दुकान जहाँ एक दर्जी सिंगर मशीन लिए बैठा था। इन सब के बाद बिल्कुल सिरे पर एक परचून की दुकान थी, जिस पर एक गोरे-रंग का दुबला-सा सिख बैठा था। वह साफ़-सुथरी साफ़ा बाँधे था, बन्द गले का कोट, सफ़ेद चूड़ीदार पाजामा और काले पम्प जूते पहने था। हाथ में तराजू लिए आटा, दाल, चावल, शक्कर इत्यादि लकड़ी के बक्सों में से निकाल-निकाल कर पत्थर और लोहे के बाँटों से तोलता जा रहा था।

''सलाम सरदारजी!'' हरि ने कहा। उसके नेत्रों में दीनता का भाव स्पष्ट रूप से व्यक्त हो रहा था।

मुन्नू को बड़ा अजीब-सा लगा और कोई गज़ भर दूर एक ईंट पर बैठकर कुलियों को देखने लगा, कुली लोग लुंगी पहने, फेंटे बाँधे एक घेरा बनाए दुकान के आस-पास खड़े थे। दुकान पर एक और भी आदमी था, जो सफ़ेद बुर्राक साफ़ा बाँधे था, सफ़ेद कोट पहने था और कमर में लाल-पेटी बाँधे था। वह अपने सामने एक सफ़ेद चादर फैलाए हुए था।

''एका–दौआ–एका–दौआ'' हरि के अभिवादन की ओर ज़रा भी ध्यान न देकर सिख चावल तौलता जा रहा था।

''कब आए हरि?'' एक कुली ने पूछा और अपनी दोनों बगलों में दो मुर्गियाँ दबाए दुकान से भिड़कर खड़ा हो गया।

''कल आया हूँ'' हरि ने अपने एक पुराने साथी को अभिवादन करने के लिए हाथ जोड़े।

''बाल-बच्चे अच्छे हैं?'' उस आदमी ने पूछा।

''सब आए हैं मेरे साथ'' हरि ने जवाब दिया।

''एका–एका–दौआ–अरे यहाँ क्यों भीड़ लगाकर बकबक कर रहे हो?'' सिख ने डाँटकर कहा, ''यह दुकान है कि कोई ताड़ी-खाना है, जो तुम लोग इस तरह एकत्र होकर बकबक कर रहे हो। खिसको यहाँ से। ज़रा हवा और रोशनी तो आने दो। खड़े-खड़े

सब चीज़ों पर अपनी मनहूस छाया डाल रहे हो। चलो, वहाँ बैठो।''

कुली चुप हो गए। एक लज्जापूर्ण तथा दीनता की मुस्कराहट चेहरे पर लाकर उन सब ने मस्तक झुका लिया और तेजी से बढ़ते हुए गोधूलि के अस्पष्ट अन्धकार में सिर झुकाकर शान्त भाव से बैठ गए।

''एका–दौआ–दौआ–तिरैया'' सिख ने इस खामोशी में दाल तौलनी शुरू की।

''चिमटा साहब को और क्या चाहिए?'' उसने सात प्रकार के खाद्य पदार्थ तौलने के बाद लम्बी कोट पहने हुए बेहरे से पूछा, जो चादर के कोनों में हर चीज़ को रस्सी से बाँध रहा था।

''दो डबल रोटी, एक दर्जन अण्डे और दो मुर्गियाँ'' बेहरा बोला।

''यह लो डबल रोटियाँ'' सिख ने दो डबल रोटियाँ निकालीं, ''और यह लो एक दो-तीन...एक दर्जन अण्डे। और मुर्गियाँ...'' अब उसने उस कुली की तरफ़ देखा, जो मुर्गियाँ बगल में दबाए खड़ा था, ''अबे ओ उल्लू के पट्ठे! शम्भू! इन दो मुर्गियों का क्या लेगा?''

शम्भू जल्दी से आगे बढ़ा। जल्दी में उसकी टाँगें आपस में टकरा रही थीं।

''सरदारजी, ज़रा इन्हें हाथ लगाकर तो देखिए'' उसने कुट-कुट करती और पर फड़फड़ाती हुई दोनों मुर्गियों की बारी-बारी से बगल से निकालकर आगे बढ़ाया।

''हूँ!'' सरदारजी मुर्गियों को छूकर एक व्यंगभरी मुस्कराहट होठों पर लाए और साथ-ही-साथ साहब के बेहरे को भी आँखें मारीं, ''यह मुर्गा तो बुड्ढा है और दूसरा हल्का है, जैसे इसके पर-ही-पर हों। इनमें से किसी के भी शरीर में माँस नहीं है, हड्डियाँ हैं। बोल, क्या लेगा दोनों का?''

''सरदारजी, आप मालिक हैं, माई-बाप हैं। आप स्वयं समझ कर ठीक दाम दे दीजिए। ये तो बिल्कुल जवान पट्ठे हैं। हमने भूखे रह-रहकर, इनको रोटियाँ खिला-खिलाकर पाला है।''

''यह लो बदरुद्दीन'' सिख ने दोनों मुर्ग फ़ोरमैन साहब के बेहरे के हवाले किए, उसे आँखें मारी और मुस्कराया भी; क्योंकि अभी तक दाम कुछ तय नहीं हुआ था, ''मैं सब-कुछ साहब के हिसाब में लिख लूँ और यह लो, ''उसने अपने पीछे रखे हुए शीशे के बर्तन में से रंग बिरंगे चाकलेटें और लेगन ट्रास निकालते हुए कहा, ''यह मेम साहब के लिए। तुम कसी दिन दोपहर को आ जाना तो हिसाब हो जाएगा।''

बेहरे ने मुर्गों को बगल में दबाया, मिठाइयाँ जेब में रखीं और साहब लोगों के नौकरों की तरह अकड़ता हुआ वह चल पड़ा।

''ऐ शम्भू! मुर्गों के दाम लेगा या चावल दे दूँ?'' सरदारजी ने पूछा।

''आधा दाम दे दीजिए सरदारजी और आधे के चावल'' शम्भू ने विनीत भाव से कहा।

''अच्छा, तो यह ले, चार आने पैसे और एक सेर चावल दिए देता हूँ'' सरदारजी तराजू उठाते हुए बोले।

''मगर सरदारजी'' शम्भू हाथ जोड़कर गिड़गिड़ाते हुए बोला, ''एक-एक मुर्गा एक-एक रुपए का है। मेरी स्त्री ने इसीलिए इन्हें अच्छी तरह खिलाया-पिलाया था कि

बेचेंगे तो कम-से-कम आठ दिन का खर्च तो चल जाएगा। हम तो इन्हें कभी न बेचते, पर पैसे सब खत्म हो गए हैं! सरदारजी, ज़रा-सा तो न्याय कीजिए, ईमानदारी से सौदा कीजिए।''

''तो क्या मैं बेईमानी कर रहा हूँ?'' सरदारजी का चेहरा क्रोध से लाल हो गया, ''साहब मुझे इन मुर्गों के दाम देने से रहे। यह तो उनका कमीशन है कि मैं यहाँ दुकान लगा सकूँ। मुझे इन मुर्गों में कुछ लाभ होने का नहीं है।''

''आप और साहब दोनों मेरे मालिक हैं। आप लोग धनवान् हैं। आप लोगों में इतनी सामर्थ्य है कि दूसरों को कोई वस्तु बिना मूल्य दे सकें। आगे चलकर मैं भी किसी समय आपको एक मुर्गी प्रसन्नतापूर्वक बिना मूल्य दूँगा; किन्तु इस समय तो मेरी कुल पूँजी यही दो मुर्गे हैं। मैं ऋणी हो गया हूँ, मेरी सारी तनख्वाह कुछ तो मिल में कपड़ा खराब हो जाने की वजह से और कुछ उधार के सिलसिले में कट गई। बाल-बच्चों के खाने को कुछ नहीं। सेर-भर चावल तो एक दिन भी नहीं चलेगा। और चार आने का इस बम्बई में क्या मिलेगा? मेरी इस दयनीय अवस्था को ध्यान में रखते हुए मुझ दीन पर दया कीजिए, मुझे उचित मूल्य दीजिए।''

''फिर वही बातें! तो मैं तुम्हें ठग रहा हूँ? मैं बेईमान हूँ? क्यों? मैं गुरू-ग्रन्थ का माननेवाला! मुझ पर दोष लगाता है! चल, दो आने और ले लेना। अब जा यहाँ से, शोर न मचा। और भी ग्राहक खड़े हैं।''

''मगर हुजूर'' शम्भू ने अपने धँसे हुए गालों और आँखों के काले गड्ढ़ों में अपार विनय, अपार दीनता, भरकर कहा, ''हम पर दया कीजिए, मेरे बाल-बच्चों पर दया कीजिए। मेरे मुर्गों के लिए वही मूल्य दीजिए, जो वास्तव में उचित हो।''

''दूर हो मेरी दृष्टि के सामने से, नीच कहीं का। कुत्ते की जात!'' खालसाजी गरजे और एकदम से उठकर शम्भू को एक छड़ी रसीद की, ''भाग यहाँ से पाजी कहीं का!'' शम्भू पीछे हटा, मगर छड़ी मुँह पर लग चुकी थी और वह एक बच्चे की तरह फूट-फूटकर रोने लगा।

मुन्नू निश्चल भाव से अपने स्थान पर बैठा रह गया और शून्य में घूरता रहा, जैसे इस विवाद से उसका कोई मतलब ही नहीं है। जब शम्भू को छड़ी लगी, तब मुन्नू का शरीर एक बार सहानुभूति से कंपित हुआ अवश्य, किन्तु जब शम्भु गिर पड़ा, तब फिर उसकी मुद्रा पूर्ववत हो गई।

हरि और दूसरे कुलियों ने लपक कर शम्भू को उठाया।

''आओ, आओ! यहाँ आओ, ज़रा आदमी बनो। वहाँ पर उपस्थित कुलियों के हृदय में अपने साथी के प्रति जो सहानुभूति का भाव था, उसे छिपाने का प्रयत्न करते हुए वे यह कह रहे थे; क्योंकि हर-एक को सरदारजी की कृपा का आश्रय ग्रहण करना पड़ता था। कोई भी, किसी भी दशा में उनका विरोध करने का साहस नहीं कर सकता था।

''यह लो एक आना और, और इस सुअर का चावल। लो और गुरू के लिए इसे मेरी आँखों के सामने से ले जाओ।'' कुलियों ने मिलकर शम्भू को उठाया। मुँह से निकलकर ठोढ़ी पर जो रक्त आया था, उसे पोंछकर शम्भू ने पैसे लिए, चावल की पुड़िया सम्भाली और सरदारजी की तरफ़ हाथ जोड़कर रोने लगा। अन्त में, ''सरदारजी, क्षमा करो!'' यह

कहकर वह अन्धकार में अदृश्य हो गया।

"तुम लोगों को क्या चाहिए?" सरदारजी और कुलियों से बोले।

"कुछ नहीं, सरदारजी!" एक कुली सबकी तरफ़ से बोला, "हम लोग इस प्रतीक्षा में हैं कि यदि आपको कहीं कोई बोझ पहुँचाना हो तो पहुँचा दें।"

"नहीं, आज कोई बोझ नहीं है" सरदारजी झुँझलाकर बोले और फिर मुन्नू की तरफ़ मुड़े, "ओ रे! तुझे क्या चाहिए?"

"यह लड़का मेरे साथ है" हरि ने कहा, "मेरी ही मिल में आज नौकर हुआ है। आपके यहाँ हिसाब खोलना चाहता है। मुझे तो आप जानते ही होंगे। मैं आपका चाकर हरि हूँ। मैं पिछले साल यहाँ कुली था।"

"अब मैंने रुपयों पर ब्याज की दर बढ़ा दी है" सरदारजी बोले।

"मैं रुपए लेने नहीं आया हूँ, सरदारजी। पर दो रुपए के चावल और एक रुपए की दाल उधार दे देंगे, तो आपकी बड़ी कृपा होगी। बाकी सामान मैं नकद खरीद लूँगा।"

"उधार सामान पर एक आना प्रति रुपया की दर से, ब्याज लगेगा" सरदारजी ने घोषणा की।

"आप मालिक हैं। अगर आपकी यही मरजी है, तो मुझे क्या इन्कार हो सकता है?"

"अच्छा तो फैलाओं अपना अँगौछा" सरदारजी ने इस भाव से कहा—जैसे कोई एहसान कर रहे हों, "और क्या-क्या चाहिए? बोलो।"

"आटा क्या भाव है, सरदारजी

"आटा रुपए सेर, चावल आठ आने सेर, घी पाँच रुपए सेर, बढ़िया सरसों का तेल खाने लायक रुपए सेर, चने की दाल आठ आने सेर, गुड़ चार आने सेर, विलायती चीनी आठ आने सेर" सरदारजी ने झल्लाकर जल्दी-जल्दी सब चीज़ों के दाम बताए।

हरि ने दस सेर आटा, पन्द्रह सेर चावल, पाँच सेर दाल, एक सेर खाने वाला सरसों का तेल, और एक सेर देशी शक्कर माँगी। उसने हिसाब भी न जोड़ा कि महीने के अन्त में उसे कितने रुपए देने होंगे; क्योंकि हिसाब जोड़ना तो उसे आता ही न था।

मुन्नू को भी इसकी चिन्ता न थी कि कितने रुपए देने पड़ेंगे, क्योंकि पन्द्रह रुपए मासिक की नौकरी मिल जाने के कारण आह्लाद की अधिकता से वह अपने-आपको बिलकुल भूल गया था।

रात्रि का अन्धकार अभी पूर्णरूप से दूर नहीं हो पाया था। प्रातःकाल की ठण्डी हवा चल रही थी। इतने में मिल की सीटी की तेज़ आवाज़ गूँजने लगी।

लक्ष्मी उठ चुकी थी और कुरता उतारकर झोपड़ी के अँधेरे में चारों तरफ़ टटोल रही थी कि रात का बासी दाल-भात निकाल कर सबको खिलाए। जब वह झुककर मिट्टी की नई हँड़िया को खुरच रही थी कि जितना मुमकिन हो निकाल ले, तब उसके माथे पर पसीने की बड़ी-बड़ी बूँदें छलक आईं। परन्तु उस गर्मी में भी उसने परेशानी का अनुभव न किया। मुख पर यौवन का पूर्ण विकास था। यद्यपि उसको दो-दो बच्चे हो चुके थे, किन्तु देहात के शुद्ध जल-वायु के कारण अभी तक वह इस तरह हृष्ट-पुष्ट बनी हुई थी कि मानो अब वह गार्हस्थ्य-जीवन में प्रवेश करने जा रही है। वह या तो अभी तक दुःख-क्लेश

के भाव से सर्वथा अपरिचित थी, या उतराधिकार के रूप में उसे जो क्रियाशीलता प्राप्त हुई थी, उसके कारण उसकी लज्जा से पूर्ण काली-काली आँखों में आनन्द की ज्योति सदा वर्तमान रहा करती और वह उसकी चमकती हुई नाक की कील से सदा टक्कर लेती रहती। उसके अधखुले होठों पर एक भोली-भाली निडर मुस्कराहट खेला करती थी, ठोढ़ी पर एक नन्हा-सा गढ़ा था। वह अपने और संसार के अस्तित्व से बिल्कुल बेखबर थी, बिल्कुल अनजान।

फैक्ट्री की सीटी की आवाज़ सुनकर लक्ष्मी इस प्रकार दौड़ी, जैसे जंगल में शेर की दहाड़ सुनकर हिरण छलाँग मारता है। किसी अज्ञात भय से उसे अपने पेट में एक ठण्डक-सी लगने लगी। यहाँ तक कि वह इस विचित्र अनुभव पर हँस पड़ी वह उठी और अपना भय अपने पति के साथ बाँटने के विचार से उनके समीप गई, जैसे कोई बच्चा संकट के समय अपने माता-पिता के पास भागता है। उसने उसके पाँव का अँगूठा पकड़ कर हिलाया।

''हुँ-हुँ-हो'' हरि ने आँखें खोल दीं और वह एकदम से उठ बैठा।

''काम पर चलने का समय आ गया'' लक्ष्मी ने नरमी से कहा, ''पहली सीटी हो गई है'' और फिर वह बच्चों को जगाने लगी। अपनी साड़ी का एक छोर भिगोकर उसने उनकी कीचड़-भरी आँखें पोंछीं।

''उठो भाई'' हरि ने मुन्नू का कन्धा पकड़कर हिलाया।

मुन्नू ने धीरे-धीरे आँखें खोलीं—जम्हाई ली, हाथ ताने, दो-एक करवटें लीं और उठ बैठा। उठते ही उसकी दृष्टि लक्ष्मी पर पड़ी, जो उस समय घूँघट नहीं काढ़े थी। मुन्नू ने लक्ष्मी की अवस्था, आकार और उसकी-सी आभा और लावण्य से परिपूर्ण नवयुवतियों को पहले भी प्रभात बेला में व्यास के तट पर देखा था। उसके सारे शरीर में एक उमंग, एक ऐसी उत्तेजना उत्पन्न हुई, जो बहुधा इस प्रकार की अलौकिक सौन्दर्य-राशि के अवलोकन से मनुष्य को हुआ करती है।

''थोड़ा-सा पानी मिलेगा मुँह धोने के लिए?'' मुन्नू ने कुछ संकोच का-सा भाव प्रकट करते हुए कहा। वह लक्ष्मी को सम्बोधित नहीं कर रहा था; पर उसका अभिप्राय यही था कि वह सुन ले।

लक्ष्मी ने मुन्नू की तरफ़ देखा और फिर शीघ्रतापूर्वक उसकी ओर से दृष्टि फेरकर उसने मुस्करा दिया। बाद में एक पीतल के लोटे में पानी भरकर झोपड़ी के दूसरे सिरे पर लगे हुए पत्थर के चौके पर उसने रख दिया। यह चौका ढालू था और सिरे पर पानी निकलने के लिए एक मोरी बनी थी।

''अगर तालाब पर नहाने को जाएँगे तो खाने के लिए समय नहीं रहेगा'' हरि ने अपनी पत्नी को भोजन परोसते देखकर कहा, ''कल से पहली सीटी से पहले उठना चाहिए।''

लक्ष्मी ने पति की बातों की ओर ध्यान न देकर बच्चों को खिलाना शुरू कर दिया। किन्तु दोनों बच्चे नींद पूरी होने से पहले जगा दिए गए थे, इससे वे पिनपिना रहे थे, खाते नहीं थे।

''चलो, चलो'' हरि तो सोकर उठते ही चलने को तैयार हो गया था और बाहर निकलकर उसने राह ली। मुन्नू ने कुरते से मुँह पोंछा और उसके पीछे निकल आया।

मुँह धो डालने पर उसे कुछ ताज़गी तो मालूम पड़ रही थी, परन्तु मन नहीं साफ़ था, क्योंकि कई दिनों से उसने दाँत नहीं माँजे थे।

लक्ष्मी को तैयार होने, बच्चों को तैयार करने और सामान-आदि सुव्यवस्थित रूप से रखने में कुछ विलम्ब हुआ। हरि क्रोध में गरज पड़ा, "चल, चल कुतिया कहीं की। हम लोग लेट हो जाएँगे। सब लोग घर से निकल चुके हैं।"

तब कहीं जाकर लक्ष्मी बच्चों को घसीटती हुई बाहर निकली।

तालाब के किनारे जाकर ये लोग अलग-अलग हो गए, और जहाँ दूसरे स्त्री-पुरुष ज़रा-ज़रा दूरी पर बैठकर मल-मूत्र का परित्याग कर रहे थे, वहीं ये सब भी बैठ गए। अभी बैठे ही थे कि दूसरी सीटी की चीख सुनाई दी।

जल्दी-जल्दी सब उठे। सब ने शौच किया और तालाब के पानी पर से कोई हटा-हटाकर चिल्लू-चिल्लू भर पानी मुँह पर डाला।

तीसरी और आखिरी सीटी उस समय हुई, जब वे लोग फैक्ट्री से कुछ दूरी पर थे। ये लोग भी कुलियों की भीड़ में मिल गए और ओस से भीगे हुए मैदान के कीचड़-भरे रास्तों और फिसलनी पगडिण्डियों से होते हुए चले। सब मज़दूर चुप थे, सब के माथे पर भय के चिह्न स्पष्ट थे और मस्तक झुकाए चिन्ता में डूबे हुए चले जा रहे थे। कभी-कभी किसी कुली का पाँव छप से कीचड़ में जा पड़ता तो वह चिढ़कर मुँह से कोई अपशब्द निकल बैठता, कोई बूढ़ा और धार्मिक कुली किसी दूसरे कुली को देखकर उसका अभिवादन करने के लिए "राम-राम" कहता, या कोई नौजवान कुली अपने साथी को जल्दी चलने के लिए ठेलता, क्योंकि इस पूरे दल की गति मन्द, बहुत ही मन्द थी।

मुन्नू ने देखा कि फ़ैक्ट्री की घड़ी में छः बजे हैं।

नादिर खाँ के पास से गुज़रता हुआ वह हरि के पीछे-पीछे एक गन्दे-से आँगन में घुसा, जहाँ हर तरफ़ कूड़ा पड़ा था और बड़ी-बड़ी लारियों में रूई की गाँठें लदी पड़ी थीं।

फ़ैक्ट्री के कई भाग थे और वे सब इस तरह एक-दूसरे में ठूँस-ठूँस कर बनाए गए थे कि यदि फैलाए जाते, तो आधे भी इतनी जगह में न आ पाते।

दूसरे मज़दूरों का स्थान की इस प्रकार की संकीर्णता की ओर ज़रा-सा ध्यान भी न गया। केवल हरि की स्त्री तथा उसके बच्चों ने ही सम्भवतः इसे अनुभव किया। इस वातावरण में आकर उन्होंने तो दाँतों तले उँगली दबाई। और सब कुली इधर-उधर जल्दी-जल्दी चले जा रहे थे, मानो वे सब यहीं खाते हों, साते हों और रहते हों। या तो वे मिल के इस वातावरण के अभ्यस्त हो गए हों, या उन्हें अपनी छोटी-छोटी तंग, नरक के समान कोठरियों की अपेक्षा इस खुली जगह में रहना अच्छा लगता हो।

मुन्नू को तो बस एक बँगला बहुत अच्छा लगा, जो बाद को मालूम हुआ कि यह चिमटा साहब का है। यंह बँगला मैनेजर के दफ्तर की बाई तरफ़ था और बिल्कुल अकेला था। इससे यह बहुत ही बढ़िया मालूम पड़ता था। यह एक बगीचे के मध्य भाग में बना हुआ था, जिसमें नरगिस और गुले-दाऊदी के बहुत-से फूल फूले हुए थे।

फ़ैक्ट्री के सामने जो सायबान था, उसके दरवाज़े पर चिमटा साहब खड़े थे। कुलियों का एक-एक जत्था दृष्टि उठाकर उन्हें मूँछें मरोड़ते देखता, हाथ उठकार सलाम करता और फिर झट से अन्दर घुस जाता, जैसे मुर्गी के बच्चे चील के साए से छिपते हैं; परन्तु

फ़ैक्ट्री का दरवाज़ा इतना बड़ा तो था ही नहीं कि जिस तेज़ी के साथ कुली लोग आ रहे थे, उसी तेज़ी के साथ भीतर घुस जाएँ। इसलिए चिमटा साहब ने पहले ही अवसर पर काली चमड़ीवालों को अनुशासन के नियमों पर लेक्चर देना शुरू कर दिया।

''सुअर का बच्चा! अब भागता! पहले बराबर टाइम से क्यों नहीं आया कि अब भाग-भागकर टाइम पूरा करता है? एक के पीछे एक लाइन से आओ'' साहब अपनी हिन्दुस्तानी में चीखते जा रहे थे।

''सलाम साहब'' हरि ने कहा। उसने यह बुद्धिमानी की कि सबसे पीछे ठहर गया और जब सारे कुली भीतर चले गए, तब उसने आगे बढ़कर सलाम किया।

''तुम नए कुली?'' साहब ने एक चिकने रूमाल से पसीना पोंछते हुए कहा, ''चलो, हम तुमको काम बताएगा।''

''हाँ हजूर'' हरि और उसके साथी पीछे हो लिए।

ढलाई का शेड नीचे की मञ्जिल में फ़ैक्ट्री से कोई दस गज़ की दूरी पर था और इसमें प्रवेश करने के लिए एक छोटा-सा दरवाज़ा था, जिससे होकर मस्तक झुकाए बिना कोई नहीं जा सकता था। साहब इस छोटे-से दरवाज़े पर ठहर गए।

''औरत और बच्चे इधर जाओ। इधर काम है। यहाँ मेट्रन के पूछो। वह तुमको काम बताएगी।'' और फिर उनकी हिन्दुस्तानी जरा गड़बड़ा गई, ''मेट्रन।'' उन्होंने आवाज़ दी।

लक्ष्मी की समझ में ये बातें ज़रा भी न आईं। वह घूँघट काढ़े अपनी जगह पर मौन भाव से खड़ी रही।

''चलो, चलो, जल्दी करो'' साहब ने ज़मीन पर पैर पटके। माथे में पसीना निकल आया था, मुँह से फेचकुर बह रहा था। पता नहीं, गरमी के मारे या क्रोध के मारे उनका चेहरा लाल हो गया था। हरि डर के मारे काँपता हुआ आगे बढ़ा और उसने अपनी स्त्री को शेड में ढकेल दिया, बच्चे पीछे रह गए।

''चल-चल, औरत! यहाँ साँप नहीं बैठा है जो तुझे डँस लेगा।'' मेट्रन ने लक्ष्मी का इन शब्दों में स्वागत किया।

चिमटा साहब के ढंग से मुन्नू को मालूम हुआ कि अब हरि की और उसकी बारी है और वह बड़ी सावधानी से लोहे की सीढ़ियों पर चढ़ने लगा; किन्तु आवश्यकता से अधिक सावधानी करने से उसके पाँव लड़खड़ाने लगे।

''जल्दी चलो'' ऊपर से फ़ोरमैन साहब चीखे, वे स्थूलकाय होने पर भी बहुत ही शीघ्रतापूर्वक सीढ़ी से चढ़कर ऊपर पहुँच चुके थे, ''मैं तुम्हारा नौकर हूँ कि तुम्हारे लिए दिन भर खड़ा रहूँगा।''

मुन्नू जल्दी-जल्दी चढ़ने लगा। डर के मारे उसका बुरा हाल था। एक कदम भी गलत पड़ा कि नीचे गिरकर मरा या लोहे की सीढ़ी से टकराकर खोपड़ी चूर-चूर हुई। अँधेरी दीवार और बक्स जैसे कमरों के पास से होकर वह फ़ोरमैन साहब के पास पहुँचा। हरि की उसने कहीं छाया तक न देखी। उसने अनुमान किया कि बुड्ढे को फ़ैक्ट्री के अन्दर-बाहर के हर एक स्थान ज्ञात हैं, किसी-न-किसी मार्ग से वह अवश्य भीतर पहुँच गया होगा।

"चलो सुअर कहीं के!" मशीनों की घड़घड़ाहट के बीच में साहब गरजे। पीछे से उसकी गर्दन में हाथ लगाकर ठेलते हुए वे उसे ले आए और हरि तथा एक दूसरे कुली के बीच में, जो खूब मोटा-ताजा था, एक खाली स्टूल पर बिठा दिया। इस कुली की आयु लगभग तीस वर्ष की रही होगी। उसका शरीर बहुत सुन्दर और सुडौल था, गोला-सा चेहरा था और कान पहलवानों की तरह टूटे हुए थे, "ये कुली तुझे काम बताएँगे" चिमटा साहब बोले और फिर मुड़कर गायब हो गए। मुन्नू ने भी शान्ति की साँस ली।

मुन्नू ने अपने चारों ही ओर दृष्टि गाड़-गाड़कर देखा। ज़ोरों की गरमी थी, हर एक आदमी के शरीर से पसीना निकल रहा था। कुलियों के काले-काले चेहरे भावहीन थे। उन्हें देखकर उनकी मानसिक अवस्था का परिचय प्राप्त करना कोई सरल कार्य नहीं था। उसने दृष्टि उठाकर मशीन के भिन्न-भिन्न भागों को देखना आरम्भ किया। कोई भाग सपाट और समतल था, कोई चक्राकार था, कोई बेलन के आकार का था, कोई अठपहला था और कोई कर्ण के आकार का था। पहली टक्कर तो चित्ताकर्षक थी। किन्तु बाद को जब इंजन की सैकड़ों धुरियाँ तथा चक्के एक साथ घूमने लगे तब उनकी जोरों की घड़घड़ाहट अपने भीषण रव से उसे बहरा किए डालती थी। लकड़ी के खम्भे, जो उससे कुछ दूरी पर लोहे के भीमकाय यन्त्र के बीच से निकल-निकलकर पनालीदार लोहे की चद्दर की नीची छत तक उठे हुए थे, उसकी व्याकुलता को अवश्य कुछ कम करते थे। किन्तु ज़रा देर के बाद ही उन सबने उनके मन में यह भाव उत्पन्न किया, मानो वह एक पींजड़े में बन्द है।

अपनी इस उद्विग्नता को शान्त करने का उद्योग करते हुए मुन्नू ने चारों ओर दृष्टि दौड़ाई। मजबूत दीवारें, जिन पर रुई की परत जमी थी और कालिख लगा था, उसकी दृष्टि को तब तक क्लेश देती रहीं, जब तक उसने एक ओर की दीवाल में बहुत ऊँचे पर बने हुए दो छोटे-छोटे रोशनदानों को नहीं देखा। इन रोशनदानों से होकर थोड़ा-थोड़ा प्रकाश भीतर आता था। हवा इतनी गरम हो गई थी कि दम घुटा जा रहा था। एक अद्भुत प्रकार की तेल और रूई की गन्ध बहुत अधिक परिमाण में आकर उसके नुथनों में भर रही थी। मुखमण्डल पसीना-पसीना हो गया था। पीठ पर कुरता एकदम तर हो गया था। वह अपने आपको बिल्कुल असहाय, बिल्कुल अलग समझ रहा था। उसे ऐसा लगा कि इस घड़घड़ाहट के मारे तो वह पागल हो जाएगा।

"ऐ लड़के, तुम यहाँ खड़े हो जाओ।" हरि ने बाँई ओर से, जहाँ वह खड़ा था, कहा, "और जैसे मैं हैन्डिल घुमा रहा हूँ, घुमाते जाओ। यदि कोई तागा टूट जाए, तो उसे जल्दी से गाँठ देकर जोड़ लेना।"

मुन्नू ने सोचा कि यह तो बड़ा आसान काम है। वह काम में जुट गया।

पहले तो उसके हाथ धीरे-धीरे चलते रहे, जैसे वह डरा हुआ हो।

"ज़रा और तेज़ी से घुमाओ भाई!" हरि ने कहा। इस बार मुन्नू ने ज़रा तेज़ी से हैन्डिल घुमाया। इससे तागा टूट गया। उसकी समझ में न आया कि वह उसे किस तरह जोड़े।

उसकी दूसरी तरफ़ जो मजदूर बैठा था, उसने आवाज़ दी, "देखो इस तरह तागा जोड़ा जाता है," और उसने जान-बूझकर तागा तोड़ा और वह उसे जोड़ने लगा।

मुन्नू ने उसी ढंग से तागे को जोड़ लिया और वह बिल्कुल ठीक हो गया। अब यह अनुभव करके कि उसने काम सीख लिया है, बहुत ही उत्साह का अनुभव किया और साधारण गति से मशीन चलाने लगा। काम आसान था, मशीन ही सारा काम करती थी। वह तो केवल एक हैन्डिल घुमाता जाता था। मशीन सूत इकट्ठा करती जाती और आगे एक साँचे पर उसे निकालकर बुनती जाती। मुन्नू ने आज तक जितने भी काम किए थे, उनसे यह भिन्न प्रकार का था। इसमें यह जरूर था कि निगाह सूत पर बराबर जमाए रखनी होती थी, जिससे काफी थकावट आती थी; परन्तु उसे यह एक विलक्षण प्रकार का काम मालूम पड़ा, इससे इसे वह रुचि के साथ करने लगा और जल्दी-जल्दी हैन्डिल घुमाने तथा टूटे हुए तागों को निपुणता के साथ जोड़ने लगा। मशीन की घड़घड़ाहट पिस्टनों के चलने की छक-छक, पेचों की टिकटिक और बड़े-बड़े पहियों की रगड़ की ध्वनि वायुमण्डल में गूँज रही थी। इन मशीनों-आदि के चलने के कारण उत्पन्न हुई तथा तेल और सूत की मिश्रित गन्ध, स्वयं तो इतनी अधिक क्लेशकर नहीं थी, किन्तु मुँह का स्वाद इस कदर बिगाड़ रही थी, मानों पित्त भरा है और उबान्त होना चाहता है—इन सब में से मानों कोई भूत उत्पन्न हो रहा हो, जो अपनी अदृश्य उँगलियों से किसी का गला घोंटे डाल रहा हो।

मुन्नू को स्मरण हो आया कि प्रायः इसी प्रकार का अनुभव उसे अपने गाँव के जुलाहों के अँधेरे झोंपड़ों में तथा तेलियों की उन अँधेरी कोठरियों में हुआ करता था, जिनमें कोल्हू गड़ा होता और बैल आँखों में चमौधी बाँधे कोल्हू में जुता हुआ बराबर चक्कर लगाता रहता। यह स्थान उसे दौलतपुर की उस आटे की बड़ी मिल से अधिक भिन्न प्रकार का नहीं मालूम पड़ा, जहाँ वह उन बूढ़ी स्त्रियाँ का अनाज ढोकर पिसवाने के लिए ले जाया करता था, जो कम-से-कम मज़दूरी पर अधिक-से-अधिक काम लेकर भी प्रसन्न होना नहीं जानती थीं।

परन्तु जैसे-जैसे दिन चढ़ता गया, मुन्नू को अनुभव होने लगा कि इस फ़ैक्ट्री का-सा नरक उसने पहले कभी देखा नहीं है।

जून का महीना था। सूर्य अधिक-से-अधिक प्रचण्ड रूप से तप रहे थे। प्रगट-किरणों की समचतुष्कोण धारा पूर्व की दीवार के रोशनदान से होकर आ रही थी और उसकी चमक में रूई के कण मशीनों पर झिल-मिलाते हुए दिखाई देने लगे थे—ऐसे रंगीन, जैसे इन्द्र-धनुष के सब रंग उनमें भर दिए गए हों। केवल रोशनदान से ही होकर नहीं, बल्कि छाजन में लगी हुई पनालीदार चद्दर की दरारों में से भी रोशनी और धूप छन-छनकर आ रही थी।

दोपहर होते-होते मुन्नू की चोटी का पसीना एड़ी तक आने लगा। काम में व्यस्त होने के कारण वह पसीना पोंछ भी न सकता था। वह इस प्रयत्न में था कि वह इस अवस्था को सहन करने के लिए अभ्यस्त हो जाए। उसने यह भी सोचा—चलो अच्छा है, शरीर का जो कुछ विकार है, वह इसी तरह पिघलकर निकल जाएगा। पसीने में तो कोई बुराई न थी, लेकिन उसकी वजह से जो चिपचिप हो रही थी और गरमी लग रही थी, वह असहनीय थी। फिर पसीना उसकी आँखों पर से होकर सामने भी गिर रहा था। उसने चारों ओर देखा कि कुलियों की कैसी दशा है। मुन्नू के आस-पास जितने भी कुली

थे, उन सभी ने कुरता उतार डाला था और उनके नंगे शरीर चिकने पसीने में लथपथ होकर चमक रहे थे।

मुन्नू ने भी अपना कुरता उतारना चाहा; परन्तु उसके हाथ तो दोनों फँसे हुए थे।

इतने में एक ज़ोर की सीटी बजी और कुली लोग जिन हैन्डिलों को सबेरे से घुमा रहे थे, वे सब रुक गए। हाँ, पहिए जरूर चलते रहे और धीरे-धीरे रगड़-रगड़ कर रुके।

सारे कुली उठ-उठकर खड़े हो रहे थे। वे सब अपने-अपने मुँह पर का पसीना हाथ से पोंछने लगे।

मुन्नू उठा और हवा खाने के लिए दरवाज़े के पास जाकर कुरता उतारने लगा। आस्तीन उतारने के बाद जब वह अपने मैले-से खद्दर के कुरते को, जिसमें सिकुड़न पड़ गई थी, सिर पर से उतारने लगा तब वह गले में आकर अटक गया, क्योंकि वह बटन खोलना भूल गया था। मुन्नू ने कुरते को खींचा तो उसकी बाँईं आस्तीन निकल आई और आँखे खुल गईं, किन्तु दाहिने हाथ की आस्तीन अभी तक अटकी ही थी। इतने में गरम हवा का एक झोंका आया और आस्तीन मशीन के पहिऐ में उलझकर पलक मारते चिथड़ा-चिथड़ा होगई। मुन्नू इस हानि से अपरिसीम निराशा का अनुभव करते हुए उस मशीन की तरफ़ दौड़ा, किन्तु उस कुली ने जो पहलवान था और जिसके कान टूटे हुए थे, हाथ बढ़ाकर रोका। वह डाँटकर बोला—'अबे हरामी, ज़रा होस-हवास ठिकाने कर। यदि इस तरह की मूर्खता करेगा, तो तुझे प्राणों से हाथ धोने पड़ेंगे।

इतने में हरि भी घबड़ाकर दौड़ा और मुन्नू को खींचकर दूर ले गया। कमरे से निकलकर बाहर जाते समय मुन्नू को ऐसा लगा कि वह विशालकाय अनेकों सिरों और अनेक हाथ-पैरवाली मशीन-रूपी ईश्वर, अपने इस निष्ठुरतापूर्ण परिहास पर, जो उसने मुन्नू के साथ उसका कुरता फाड़कर, उसे नंगा बनाकर, किया था, खूब हँस रहा है।

बाहर निकलकर मुन्नू जब आँगन में आया, तब उसे उतना क्रोध नहीं मालूम पड़ा। कारण यह था कि अधिकतर कुली किसी-न-किसी रूप में नंगे थे। उनके चेहरों पर झुर्रियाँ थीं, गाल पिचके हुए थे, जबड़े उभड़े हुए थे। उन सबके मुँडे हुए सिर, भौंह, चुटियाँ, पलक और पपोटे पर रुई की हल्की सी-तह थी।

"टिफिन टेम"!—हरि बोला। अँगरेज़ी के इन शब्दों का उच्चारण उसने इस तरह मुँह बनाकर किया कि सुननेवालों को हँसी आए बिना रह ही नहीं सकती थी। जब से जिमी टामस साहब इस मिल में आए, दोपहर को खाने की छुट्टी को 'टिफिन टेम' कहा जाने लगा। किन्तु मिल में कोई ऐसी व्यवस्था न थी कि कुली लोग ज़रा-सा आराम के साथ इस अवकाश का उपयोग कर सकते। कुलियों के हाथ-मुँह धोने तक का कोई प्रबन्ध न था। तेल के फालतू पीपों और रुई के गट्ठों के बीच में नीचे भूमि पर ही केवल एक नल लगा था, जिस पर कोई सौ आदमी पानी पीने के लिए एकत्र थे। आस-पास न कोई खाने की दूकान थी, न खाने का कोई सामान था। केवल एक आदमी दो टोकरे भुने चने और एक सस्ती-सी मिठाई लिए फ़ैक्ट्री के बाहर बैठा था।

मज़दूरों की स्त्रियाँ अपनी स्त्री-सुलभ दूरदर्शिता के कारण मिल में काम करनेवाले अपने स्वामी तथा अन्य कुटुम्बियों के लिए कुछ-कुछ खाद्य सामग्री लेती आई थीं और अधिकाँश कुली इधर-उधर ताड़ की छाँह में बैठे चावल के बड़े-बड़े गोल-गोल ग्रास

बना-बनाकर भकर-भकर मुँह में डाल रहे थे। मुन्नू ने उत्तरी भारत में किसी को इस बेढंगे तरीके से भोजन करते न देखा था।

"मेरी स्त्री कहाँ गई?" हरि ने दूसरे कुलियों को आराम से भोजन करते देखकर कहा और सायबान की ओर दौड़ा।

मुन्नू एक झाड़ी की छाया में उद्विग्न भाव से लेट गया और उत्सुकतापूर्वक हरि की प्रतीक्षा करने लगा। समय क्रमशः व्यतीत होता गया, सीटी भी बज गई और सारे कुली भीतर चले गए। परन्तु हरि तब तक न दिखाई पड़ा। अन्त में निराश होकर मुन्नू भी धूप में सनसनाते हुए नल के पास से होता हुआ अन्दर चला गया।

भीतर पहुँचते ही तीसरे पहर की शरीर को झुलस डालनेवाली गर्मी उसके कनपटों से होकर सीधे शरीर में व्याप्त होने लगी और उसके शरीर में बिजली का-सा धक्का लगा। कानों से होकर गर्मी की लो गालों पर पड़ रही थी। आँखों में इस तरह की जलन होती थी, मानो आग की लपट उन्हें झुलस रही थी। सिर ऐसा भारी हो गया कि हिलाए न हिलता था। भूख के मारे हाथ-पाँव अलग अशक्त हो रहे थे। मुन्नू को ऐसा लगा कि भाग्य उसके अनुकूल नहीं है।

हरि की जगह पर चिमटा साहब ने एक और कुली को ला बिठाया।

मुन्नू को कुछ मालूम न था कि हरि कहाँ गया और उसके स्थान पर यह दूसरा कुली क्यों आया। वह शान्त भाव से बैठे-बैठे हैन्डिल घुमाता जा रहा था; किन्तु उसका हृदय अन्त में सन्देहपूर्ण था।

हरि दौड़कर हाँफते-हाँफते आया और कहने लगा कि उसका लड़का भूल से किसी मशीन के पहिए के पास दाहिने हाथ की बाँह ले गया और उसे दाँतों की रगड़ से उसमें घाव हो गया।

मुन्नू सहानुभूति भी न प्रकट कर सका। वह केवल मौन रहा, जैसे किसी ने उसके हृदय के सारे तार तोड़ दिए हों।

"तुमने उसे डाक्टर को भी दिखाया?" पास बैठे हुए कनटूटे पहलवान ने पूछा।

"नहीं भाई, अभी तो नहीं दिखाया" हरि ने कहा, "यहाँ मिल में कोई डाक्दर इस समय है ही नहीं। चिमटा साहब ने मुझे अवकाश दे दिया है कि लड़के को शहर ले जाकर अस्पताल में दिखा दूँ; किन्तु अब मेरी नौकरी गई समझो। साहब बहुत बिगड़ रहे थे। वे कहते थे कि तुम आज ही आए और आज ही काम में गड़बड़ कर दी—अधूरे समय तक काम करके भाग रहे हो। यह कहकर वह बहुत ही खिन्न भाव से जाने लगा। उस समय उसकी अवस्था बहुत ही दयनीय थी। वह बहुत ही उद्विग्न तथा अधीर था और उस पर जो विभिन्न प्रकार के उत्तर-दायित्व का भार लदा था, उसे सम्भालने में असमर्थ होने के कारण वह अपने-आप को बहुत ही असहाय अनुभव कर रहा था। फिर वह मुन्नू की ओर मुड़ा, जैसे कुछ भूल गया हो ओर कहने लगा, "भाई, साँझ को लौटते समय बच्चे की माँ को भी अपने साथ लेते आना, वह स्वयं रास्ता न पा सकेगी।

जब हरि चला गया, तब मुन्नू का हृदय उसकी अवस्था पर विचार करके विकल हो उठा। उसके मन में आया कि वह भी साथ जाए और बच्चे को अपने कन्धे पर बैठाकर अस्पताल तक पहुँचा दे। हरि बूढ़ा है। उसके शरीर में अब इतना बल नहीं है कि वह

बच्चे को लेकर फ़ैक्ट्री से अस्पताल तक का लम्बा रेतीला रास्ता तय कर सके। उसने हरि को लोहे की पटरियों के पास से होकर खुदी हुई मिट्टी की ढेर पर पड़ी, जंग लगी हुई शहतीरों के पास से जाते हुए देखा। फिर उसे तालाब के पास से गुरजते देखा, जहाँ गौवें और भैंसें गले तक गन्दे पानी में बैठी थीं। फिर उसने देखा कि हरि ने अपने फूस के झोपड़े को, जिस पर बोरी का फटीचर परदा पड़ा हुआ था, करुण दृष्टि से देखा और फिर उस मैदान के पार ओझल हो गया, जिस पर चमड़े सूख रहे थे। मुन्नू को नहीं मालूम था कि अस्पताल कहाँ है और वह सोचने लगा कि यदि कहीं हरि के अस्पताल पहुँचने से पहले ही, उसके कन्धे पर ही बच्चा मर गया, तो इन लोगों के साथ रहना असम्भव हो जाएगा। लोग समझेंगे कि मैं एक अशकुन के रूप में इन लोगों के साथ में आया हूँ। अच्छा है कि इन लोगों को अब तक यह नहीं मालूम हो सका है कि मैं अनाथ हूँ। अन्यथा ये लोग मुझे अवश्य अशकुन समझते। ''क्या मैं सचमुच अशकुन हूँ?'' मुन्नू ने अपने-आप से पूछा। पहले तो जन्म ग्रहण करते ही पिता की मृत्यु हुई, फिर माताजी ने भी इस धरा-धाम से सम्बन्ध-विच्छेद किया। मेरे कारण प्रभु का कारबार चौपट हो गया और वह बेचारा कँगाल हो गया। अब हरि पर भी यह विपत्ति आ पड़ी। यदि मैं इस तरह भाग्यहीन हूँ तो मर क्यों नहीं जाता? अच्छा हो कि मैं मर जाऊँ। हाँ, बहुत ही अच्छा हो, यदि मैं मर जाऊँ, क्योंकि यह शहर भी निराशाजनक निकला। यहाँ कितनी गरमी है और साहब की गली वाले झोपड़े से तो मेरी चाची का कच्चा झोपड़ा ही अच्छा था।

हरि के वहाँ न होने से मुन्नू को बिल्कुल अकेलापन-सा मालूम होने लगा। वहाँ और किसी कुली से उसका कोई सम्पर्क न था। कानों के पर्दों को फाड़ देने वाली जो मशीन की घड़घड़ाहट निरन्तर हो रही थी, उसके कारण वह व्यग्र हो उठा—उसका चित्त बहुत ही क्षुब्ध, बहुत ही अधीर और चंचल हो उठा था। पेट की विकराल ज्वाला अलग उसकी पसलियों को एक चूहे के समान—एक बड़े चूहे के समान, जिसे देखकर ही घृणा उत्पन्न हो—कुतर रही थी। बाहर के प्रतिकूल वातावरण तथा मानसिक अशान्ति के कारण उसके मस्तिष्क में इस प्रकार की दुर्भावनाएँ उत्पन्न होकर उसको व्याकुल करने लगीं, जैसे समुद्र में लहरें उठने से किनारे पर झाग जमा हो जाता है और इस भाग में उसकी आत्मा की नाव हचकोले खा रही थी। मानो वह कोई नगण्य तुच्छ वस्तु हो, जो समुद्र पार कर जाना चाहती हो और जिसे किसी ज़ंबरदस्त तूफ़ान का भय हो।

उसकी आँखों के आगे उस सजे-सजाए बाजार का दृश्य नाचने लगा, जिसमें तरह-तरह की आकर्षक और नयनाभिराम-वस्तुओं से सुसज्जित तथा निर्धन व्यक्ति एकत्र घूमते-फिरते दिखाई देते थे। नगर की भव्य और दर्शनीय अट्टालिकाओं, फैक्ट्री के अहाते में बने हुए ऊँचे-ऊँचे मकानों और स्वयं उस फैक्ट्री का भी चित्र जहाँ वह काम कर रहा था, उदय हुआ। उसके हृदय में इच्छाओं का एक प्रवाह उमड़ने लगा। चिमटा साहब ने उसका जितना वेतन नियत किया था, उतना उसे जीवन भर में कभी न मिला था। वह इन रुपयों से क्या-क्या खरीदेगा—काले जूते, घड़ी और उसकी जँजीर, सोलो हैट, पतलून, कमीज़ और साहब बनने के लिए अन्य आवश्यक वस्तुएँ—ये सब तो सपने थे, छुपे हुए सपने। इनको कल्पना की दृष्टि से दूषित करना भी अनुचित था।

"हाँ हाँ" उसने मन ही मन इन विचारों को दृढ़ करने के उद्देश्य से कहा और फिर वह वास्तविक जीवन में लौट आया; उसकी आँखों के आगे जीवन के आनन्द की कितनी ही आकाँक्षाओं के चित्र नाच उठे, "मैं जीना चाहता हूँ, मैं जानना चाहता हूँ, मैं काम करना चाहता हूँ, मैं मशीन को चलाना चाहता हूँ," उसने कहा, "मुझे बड़ा होना है, उस पहलवान की तरह बलवान बनना है" उसने पहलवान की ओर देखा और उसे लगा जैसे विचारों में ही वह उस कनटूटे कुली से बात करने लगा था। उसने उसे कहते सुनाः–

"मेरा नाम रतन है। मैं पंजाब का रहने वाला हूँ। देखने में तुम पहाड़ी लगते हो!"

"हाँ, यह सही है। लेकिन मैं मैदान में भी काम कर चुका हूँ–शामनगर और दौलतपुर में।

"तब तो हम दोनों एक प्रदेश के हुए। तुम्हारा नाम क्या है?"

"मुन्नू!" लड़के ने जवाब दिया। उसे उस आदमी के चेहरे पर व्यक्त हो उठी निष्कपटता तथा भोलापन भला लगा और उसे महसूस हुआ कि यहाँ वह अकेला नहीं है।

लेकिन जब वहाँ उसे घरेलूपन का अनुभव होने लगा, ठीक उसी समय भोंपू बज गया और हाँफती, धुआँ उगलती, घरघराहट का शब्द करती घुघुआती हुई मशीनें थम गयीं। कुली चीते की तरह ऐसे झपटे जैसे उन्होंने बहुत दूर से माँस की गन्ध सूँघ ली हो।

मुन्नू बाहर जाते हुए कताई-खाने में घुसा।

वहाँ तमाम औरतें-ही-औरतें थीं जो अपने चीखते, चिल्लाते, सिसकते हुए छोटे बच्चों को पीठ पर बाँधे हुए थीं, गोद में लिए हुए थीं या फर्श पर धूल में लोटाये हुए थीं जो उस मशीन के पँजों के बिल्कुल पास पड़े थे, जो रुई ओट-ओट कर दूर फेंक रही थी।

मुन्नू को आश्चर्य हुआ कि उन बच्चों के हाथ-पैर घायल नहीं हुए थे, न उनके सर फूटे थे और न मशीन के पुर्जों के बीच में पड़कर उनके शरीर के कोई अन्य अंग टूट-फूट गए थे जब कि मशीनों के बाहर निकले हुए पुर्जे बिल्कुल खुले हुए थे और उनसे बचाव के लिए कोई रोक नहीं लगी थी।

लक्ष्मी मुन्नू को मिली तो वह रो रही थी। वह रो तो नहीं सका लेकिन जब वे दोनों साथ-साथ जा रहे थे तो उसका मन भारी-भारी-सा और विषादपूर्ण हो उठा था।

मुन्नू ने नादिर खाँ के सर के ऊपर लगी फैक्ट्री की घड़ी में देखकर मालूम किया कि उन्हें फैक्ट्री में आए ग्यारह घण्टे चुके थे।

दोपहर का सूरज ढल चुका था और गोधूलि का अन्धकार दूधिया रास्ते पर गन्दी चादर-सा फैला गया था। भारत के सुदूर मैदानों की ओर मन्द गति से आसमान में जाते हुए भूरे बादलों ने बम्बई को एक अजीब उमस से भर दिया था।

शनिवार के तीसरे पहर कुलियों तक के लिए भी आधे दिन की छुट्टी थी।

अपने लड़के की पट्टी बदलवाने के लिए हरि को उसे शहर के अस्पताल ले जाना था। लक्ष्मी का मन दुकानें देखने को लालयित था। और मुन्नू सभ्य-जगत की आश्चर्यजनक

वस्तुएँ देखने को उत्सुक था।

इसलिए वे सब शनिवार को तीसरे पहर शहर की ओर चल पड़े।

जब यह छोटी टुकड़ी ताड़ीखानों से मस्त होकर या ग्रान्ट रोड से घूमकर आते हुए कुलियों की भीड़ में से अपना मार्ग बनाती जा रही थी तो वहाँ के गर्द-गुबार भरे वातावरण में अजीब-सी बेचैन कर देने वाली गर्मी भरी थी और भारी-भरकम बादल आसमान पर दक्षिण से उत्तर की ओर जा रहे थे।

मुन्नू ने मस्तक उठाकर आकाश की ओर देखा। उस पर छाई हुई घटाओं को देखकर वह व्यग्र हो उठा। बाद को नीचे की ओर देखकर उसने जोर की साँस ली। धुन्ध में अलग-बगल दृष्टि गड़ा-गड़ाकर वह देखने लगा कि कहीं कोई ऐसा स्थान है, जहाँ पर शीतलता हो? इस तरह की प्रचण्ड गरमी में शरीर पर कुरता न होना, उसके लिए सुखदायक ही मालूम पड़ा, अन्यथा पसीने से तर होकर वह पीठ में चिपक गया होता।

अस्पताल के कोने में शीतल वायु का एक तेज झोंका उसके शरीर में लगा और उसकी समझ में न आया कि इस घुटन के हृदय में यह खन्जर-सा किसने भोंक दिया।

अस्पताल में लड़के की पट्टी बदलवाने के लिए इन लोगों को बाहर के रोगियों के कमरे में प्रतीक्षा करनी पड़ी। हरि को तो बहुत दिनों से धैर्य्य धारण करने का अभ्यास हो गया था, लक्ष्मी ने इस तरह घूँघट खींच लिया था कि उसे कुछ दिखाई नहीं पड़ रहा था। उसकी लड़की बड़े चाव से इधर-उधर ताक रही थी और लड़का पिता की गोद में बैठे-बैठे शून्य भाव से संसार की ओर देख रहा था। केवल मुन्नू ही ऐसा था, जिसे वहाँ का वातावरण क्लेशकर मालूम पड़ रहा था। एक तो कमरे में विभिन्न प्रकार की विदेशी दवाइयों की तीव्र गन्ध फैली थी, दूसरे गुलाबी रंग की सुन्दरी नर्सों का रोब-दाब, जो बिजली की तरह चलती और बुलबुलों की तरह चहकती फिरती थीं, उसे विशेष रूप से कष्टदायक मालूम पड़ रहा था।

बेंचों की कतार के सिरे पर कोने में हरि और उसकी पत्नी वगैरह नीचे सीमेंट के फ़र्श पर ही बैठ गए थे। पहले मुन्नू भी वहीं बैठा था, किन्तु वहाँ गर्मी अधिक थी, इसलिए वह उस स्थान से उठा और बेंच के दूसरे सिरे पर बैठ गया, क्योंकि उधर बिजली का पंखा चल रहा था, और मुन्नू ने सोचा कि वहाँ हवा ऐसी बासी घुटी हुई न होगी।

एक रोगी व्यापारी, जो मलमल के कपड़े पहने बैठा था, मुन्नू को बगल में बैठते देखकर खिसका और बगल में बैठे हुए दूसरे रोगियों को दबाने लगा।

एक नर्स, जो पास ही एक छोटे-से टेबिल पर रजिस्टर सम्भाल-सम्भालकर रोगियों के नाम लिख रही थी, उठी और जहाँ मुन्नू बैठा था, पहुँचकर नाक-भौं चढ़ाए फुँकार कर बोली, "भगो।"

मुन्नू झेंपता हुआ घबड़ाकर वापस हुआ। उसे हरि तथा दूसरे कुलियों की ओर ताकने में अपार लज्जा का अनुभव हो रहा था, यद्यपि मुन्नू का जो यह तिरस्कार हुआ था, उसकी ओर उन सबका ध्यान तक न गया था; किन्तु फिर भी कमरे से निकलकर रास्ते में वह टहलने लगा।

अस्पताल में जाते समय उसने समुद्र की तरंगों की गर्जन सुनी थी। इससे उसने अनुमान किया था कि सम्भवतः अरब-सागर यहाँ से दूर नहीं है। वह बाहर गली में निकल

आया और थोड़ी दूर पर उसने देखा कि समुद्र की विक्षुब्ध तरंगे उठ रही हैं और उनका झाग सफेद-सफेद डरावने घोड़ों की तरह आगे बढ़ता आ रहा है। जिस तीव्र वेग से, तट पर आकर इन विक्षुब्ध तरंगों के घुटने टूट जाते थे और वे वापस हो जाती थीं, उसे देखकर मुन्नू स्तम्भित भाव से खड़ा रह गया।

फिर एकाएक कहीं दूर से आकाश के हृदय को विदीर्ण करती हुई बिजली के कड़कने की आवाज़ आई और प्रकाश की तरंगें लपलपाकर फिर छिप गईं।

सारी पृथ्वी हिल गई, चारों ओर कम्पन-सा होने लगा। मुन्नू को एकदम जाड़ा-सा लगा और वह अस्पताल के सुरक्षित स्थान की ओर भागा।

वहाँ पहुँचते ही हरि की नन्हीं-सी लड़की उसे देखकर प्रसन्न भाव से दौड़ पड़ी और उसने एक चील की ओर संकेत किया, जो ऊपर आसमान में उड़ रही थी और वायु के प्रबल वेग का साहसपूर्वक मुकाबला कर रही थी। किन्तु मुन्नू को, आकाश को काले-काले मेघों से आच्छादित देखकर आशंका हो रही थी, क्योंकि बार-बार बिजली चमकती थी और जोर-जोर से बादल गरजकर कान के पर्दे फाड़ डालते थे। वह लड़की को खींचकर अन्दर ले गया। उस समय लक्ष्मी और हरि बच्चे को गोद में लिए बाहर निकल रहे थे।

अभी वे लोग गली में निकले ही थे, जहाँ सड़क के लैम्पों की तेज़ रोशनी हो रही थी, और एक हलवाई के कढ़ाव से भाप उठ रही थी, कि आकाश पर बड़े जोर की गड़गड़ाहट होने लगी, मानो बहुत-से शेर मस्त हाथियों से लड़ रहें हों। और फिर ऐसा लगा कि बहुत से डरावने घोड़े एक साथ हिनहिनाते हुए हमला कर रहे हैं, उनकी लोहे की टापों से चिनगारियाँ निकल-निकलकर आकाश पर फैल रही हैं, उनके सवार अपने शिकारों के शरीरों में भाले मार रहे हैं, और ताजे-ताजे खून की बूँदें इन जीवों के अंग-प्रत्यंग से निकल-निकलकर टपक रही है।

पानी आया और खूब ज़ोरों से आया। पहले एकाएक बूँदे पड़नी आरम्भ हुईं, फिर खड़ी और बड़ी-बड़ी बूँदें गिरने लगीं, मूसलधार वर्षा होने लगी। यहाँ तक कि सूखी हुई भूमि पर चारों ओर पानी ही पानी दिखाई पड़ने लगा और वह इतने ज़ोर से बहने लगा कि मनुष्य और पशु अपनी जगह से हिल तक न सकते थे।

दो घण्टे बाद सब सड़क पर शीघ्र पानी कम होने की कोई सम्भावना न दिखाई पड़ी, तब हरि अपना दल लेकर बस्ती की ओर लौटा। पानी की बूँदें इन सब के शरीर पर पत्थर की तरह लग रही थीं। सड़कें, नदियों के रूप में परिणत हो गई थीं। शहर से बाहर वाला मैदान झील बन चुका था, पास वाला तालाब लबालब भर गया था और उसका पानी फैलकर फूस के झोपड़ों को बहा ले गया था।

एक तो ये सब लोग सिर से पैर तक भीगकर लथपथ हो गए थे, दूसरे झमाझम गिरती हुई पानी की बूँदों, बादलों की गड़गड़ाहट तथा सिर पर चमकती हुई बिजली के कारण इनके शरीर थरथर काँप रहे थे। मिल के समीप के भू-भाग की भूमि भी इतनी समतल नहीं थी, अतएव सम्भल-सम्भल कर पाँव रखने पड़ते थे। इस परिवार ने एक ऊँची भूमि पर लगे हुए केले और नारियल के एक बगीचे में शरण ली थी। यह बगीचा तालाब के किनारे टीले पर बने हुए मन्दिर के पास ही था। सैकड़ों और मजदूर जिनके झोपड़े वर्षा से नष्ट हो गए थे, अन्धकार में आसपास दुबके हुए थे।

"राम राम।" हरि ने लम्बी साँस खींचकर आगे-आगे चलते हुए कहा।

मुन्नू पीछे-पीछे चला जा रहा था। लक्ष्मी कुछ तो जाड़ा लगने के कारण और कुछ डर के मारे थर-थर काँप रही थी। बच्चे रो रहे थे।

"ओ मुन्नू! ओ बे मनूड़े!" मुन्नू के कान में एकाएक एक कर्कश स्वर पहुँचा। वह हरि की लड़की को पीठ पर लादे हुए था और उसके बोझ से बिल्कुल दबा जा रहा था। उस समय उसे गाँव में वर्षा-ऋतु में आनेवाली बाढ़ का स्मरण हो आया था। इस तरह की बाढ़ का उत्सव मनाने के लिए उसकी माँ मालपुआ तथा अन्य पकवान बनाया करती थी। बाल्यकाल की इस मधुर स्मृति के उदित हो आने के कारण उसका ध्यान उस कण्ठ-स्वर की ओर नहीं गया।

"ओ मुन्नू! ओ मनूड़े" भारी और परिचित स्वर फिर उसके कानों में पहुँचा।

"कौन होगा यह?" मुन्नू ने चकित भाव से अपने डग सम्भाले और अँधेरे में आँखें फाड़-फाड़कर देखने का प्रयत्न किया।

"अबे बहन...।" इस बार यह स्वर ज़रा कुछ पास से आया और एक साथी का-सा मालूम पड़ा, "यदि तुम लोगों का भी झोपड़ा बह गया हो, तो मेरे साथ आओ, मैं तुम्हारी सहायता करूँगा।"

मुन्नू ने पहचान लिया। यह रतन था। वही पहलवान, जो फ़ैक्ट्री में उसके पास बैठा करता था। इससे वह रुक गया।

"अरे ठहर ज़रा" फिर आवाज़ आई और रतन फिसलता-लुढ़कता सामने आकर खड़ा हो गया।

हरि अपने लड़के को कन्धे पर लादे हुए था और उसके बोझ से दोहरा हो गया था। लक्ष्मी को भी अपने कृश-शरीर को सम्भालने में कठिनाई हो रही थी। उसकी साड़ी भीगकर पैरों में तथा शरीर के ऊपरी भाग में बिल्कुल लिपट गई थी और उस समय उसका सुन्दर और मनोमुग्धकारी, साथ ही सलज्ज शरीर इस प्रकार मालूम पड़ रहा था, मानो प्राचीनकाल में बनाई गई किसी देवी की मूर्त्ति है, जो वस्त्र से सुसज्जित की गई है। इस प्रकार वे पति-पत्नी दोनों ही जाड़े के मारे काँप रहे थे और इतने अधिक परेशान थे कि अँधेरे में आई हुई इस आवाज़ के सहारे में रूकना उन्हें बहुत क्लेशकर मालूम पड़ रहा था।

"हरि भाई, ठहरो तो ज़रा" मुन्नू ने मुड़कर उत्सुक भाव से कहा, "यह रतन है, रतन।"

इतना कहकर मुन्नू ने रतन की ओर जब देखा तब उसकी आँखों में एक विचित्र प्रकार की चमक दिखाई दी। मुख पर उसके मुस्कराहट इतनी अधिक थी कि लाल-लाल मसूड़े निकल आए थे और मोटे-मोटे होठों से मदिरा की हल्की-सी गन्ध आ रही थी। मुन्नू को यह आशंका होने लगी कि कहीं यह मजाक तो नहीं कर रहा है? फ़ैक्ट्री में भी वह सबको बेवकूफ़ बनाकर उनका परिहास किया करता था। हरि और लक्ष्मी पीछे की ओर घूमकर जब उसकी ओर बढ़े, तब उनके लथपथ हो गए तथा काँपते हुए शरीर को देखकर, रास्ते की गीली मिट्टी और कीचड़ में उन्हें बहुत सम्भाल-सम्भाल कर पैर उठाते तथा पग-पग पर फिसलते और लड़खड़ाते देखकर, वह ठहाका मारकर हँसने लगा। यह देखकर मुन्नू की आशंका तथा उसके मन का उद्वेग और भी अधिक बढ़ गया।

"आओ, हमारी चाली में चलो" पहलवान ने मुन्नू के कन्धे पर हाथ रख दिया। उसने उस समय कुछ ऐसा एक विशेष प्रकार की सफलता का भाव प्रदर्शित किया, जो मुन्नू को भयप्रद मालूम हुआ। "चलो आओ भी–आओ भी बेटी...!" उसने चिल्लाकर कहा, "जाओगे कहाँ? ऐ अभागो, मैं जानता हूँ कि तुम्हारा कहीं भी ठिकाना नहीं है।"

"पर मैं तो हरि और उसके बाल-बच्चों के साथ हूँ।"

"आओ, आओ, तुम सब लोग आ जाओ" रतन ने गरजकर कहा। वह उस समय शराब के नशे में था और बहुत उदार बन गया था। "चलो भाग्यहीन भिक्षुकों मैं जानता हूँ कि इस दुःखमय संसार में जीविका उपार्जन करना बड़ा कठिन है और यदि किसी प्रकार जीविका उपार्जन भी कर लो, तो कहीं ठाँव नहीं मिलता। कोई स्थान नहीं जहाँ शान्ति मिले। यदि कोई स्थान है, तो वह ताड़ी की दुकान है। हः हः हः हः! चलो सुअरो, मैं तुम्हारी रक्षा करूँगा।" तुम अपने रतन का, चिर-परिचित रतन का, विश्वास करो। रूस्तमे-हिन्द का भरोसा करो; संसार के सबसे बड़े पहलवान को स्मरण रक्खो। वह तुम्हारी रक्षा करेगा। उसने जो दर्पपूर्ण बात कही थी, उस पर ज़ोर देते हुए दो-तीन बार खूब ज़ोर-ज़ोर से छाती ठोंकी। अन्त में एकाएक उसके पाँव फिसल गए और वह धड़ाम से गिर पड़ा, "ओह! यह बेटी...वर्षा–यह वर्षा! भगवान् मूत रहा है! और वर्षा-वर्षा कुछ नहीं! भगवान् मूत रहा है, समझे!"

रतन ने अपने भारी-भरकम शरीर को दो-तीन बार सम्भाला और उठकर खड़ा हो गया। क्षमा माँगते हुए तथा हिचकियाँ लेते हुए वह बोला, "क्षमा करना, भाई, अपने रतन को क्षमा करना! जरा सी शराब पी ली है उसने, और कोई नहीं! मगर डरो नहीं, रतन तुम्हें अच्छी जगह ले जाएगा!" और वह फिसलता, सम्भलता, लुढ़कता आगे-आगे चलने लगा।

मुन्नू ने हरि को हाथ से इशारा किया। वह असमंजस में पड़ा था कि जाए या न जाए।

"आओ, आओ, सब-के-सब आ जाओ!" अब पहले की अपेक्षा रतन का स्वर बहुत कुछ सुधर गया था, प्रायः साधारण अवस्था में आ गया था। भरोसा देते हुए उसने कहा, "रूस्तमे-हिन्द संकट के समय अवश्य तुम्हारी सहायता करेगा!"

मुन्नू ने बढ़कर हरि को खींचा और सब-के-सब अपना विशाल शरीर लेकर लड़खड़ाते-लड़खड़ाते चलते हुए पहलवान के पीछे चले।

यह पहलवान बहुत खुलकर प्रत्येक व्यक्ति से मिलता-जुलता था और उसे जो कुछ कहना होता था, स्पष्ट कह डालता था। उसके इस प्रकार के स्वभाव के कारण यह लड़का उसे बहुत-कुछ मान गया था, क्योंकि और लोग, जो अधिकतर दक्षिणी थे, सन्देहशील तथा अविश्वासी थे और बात-बात में हिचकते थे।

"क्या यह सच है कि रतन जहाँ रहता है, वहाँ हम सब के लिए भी पर्याप्त स्थान है?" हरि ने ज़रा-सा कूदकर अपनी गति बढ़ाते हुए कहा।

"आओ, आओ, ऐ अभागो! आओ" रतन ने ये शब्द ऐसे भाव से मुँह से निकाले कि उसमें हृदय की निष्कपटता अनायास व्यक्त हो रही थी।

यह पूरा दल घिसटते-फिसलते, रास्ता टटोलते तथा खन्दकों को कूद-कूदकर पार

करते हुए अँधेरे में चलने लगा। मिल के आस-पास की ऊँची-नीची भूमि में कभी-कभी बिजली चमक जाती थी और कभी बादल बड़े ज़ोर-ज़ोर से गरज उठते थे।

बारी-बारी से सभी लोग धड़ाम-धड़ाम से गिरे और एक बार तो तीनों ने एक साथ ठोकर खाई, किन्तु तीनों ने एक दूसरे को सहारा दिया। जाड़ा और भय के मारे रतन को छोड़कर सभी व्याकुल थे, सभी एक प्रकार से अचेत थे। रतन भी उस समय बोल तो नहीं रहा था, किन्तु उसमें उस समय भी काफ़ी उत्साह और साहस था और उन्हें वह बराबर लिए जा रहा था। अन्त में वे लोग अपने झोपड़े से दो-तीन गली हटकर एक 'चाली' में पहुँच गए।

"आओ, आओ, दुखियो!" पहलवान ने अपनी नवीन हो आई अत्यधिक सुशीलता के साथ फिर एक बार मुन्नू की पीठ ठोंकी, जिससे मुन्नू के हृदय में उत्साह का भाव तो उत्पन्न हो आया, किन्तु जाड़े के मारे जो उसका शरीर ठिठुर रहा था, उसमें गर्माहट नहीं आ सकी।

"मैं तो समझता था कि आज बेचारा मेरा बेटा मर ही जाएगा।" हरि ने आँसुओं से रूँधे हुए स्वर में कहा, "पर मुन्नू और रतन, भगवान् तुम दोनों ही का कल्याण करे! तुमने उसकी प्राण-रक्षा कर ली, नहीं तो मेरा वंश-नाश हो जाता, मेरे बाद पितरों को जल देनेवाला भी कोई न होता।

"आओ, आओ, ऊपर आ जाओ" रतन सीढियाँ चढ़ता हुआ बोला, "यदि तुम्हारी ही सहायता न की, तो फिर पहलवान कैसा! जैसा बड़ा डील-डौल है, वैसा ही बड़ा हृदय भी होना चाहिए, नहीं तो कोई मुझे रूस्तमे-हिन्द क्यों कहेगा?"

मुन्नू के हृदय में रतन के प्रति सम्मान का भाव बहुत अधिक बढ़ गया। उसे एक नया आदर्श मिल गया था। अब उसने निश्चय किया कि रतन की तरह बनने का प्रयत्न करेगा।

जिस 'चाल' में रतन मुन्नू और हरि को ले गया, वह तिमञ्जिली थी। वह ऐसे बेतुके ढंग से बनी थी कि न तो उसमें कहीं सहन थी, न बगीचा था और न खेल का मैदान था। चारों तरफ़ एक-एक, दो-दो गज़ की दूरी पर और भी बहुत-सी 'चालें' थीं।

तीसरी मञ्जिल पर एक छोटा-सा कमरा था। वह कमरा ऐसा था कि सैकड़ों और वैसे ही कमरों के बीच में आसानी से पहचाना भी न जाता था। लोहे की एक सँकरी घुमावदार सीढ़ी से चढ़कर उसमें जाना पड़ता था। यह कमरा कोई पन्द्रह फुट लम्बा और कोई दस फुट चौड़ा था।

रतन इन परदेसियों को लिए हुए, जो उस वातावरण से सर्वथा अपरिचित थे, उस कमरे में प्रविष्ट हुआ। सारे कमरे में चूल्हे का धुआँ गूँज रहा था और इस धुएँ में मुन्नू ने देखा कि एक हड्डी का ढाँचा-सा आदमी है, जो लँगड़ाकर चलता है, एक रोगी-सी दुबली-पतली स्त्री उकड़ूँ बैठी है और एक छोटी-सी बच्ची भी है।

इस परिवार ने एक रूखी और अवज्ञापूर्ण नीरवता के साथ आगन्तुकों का स्वागत किया। किन्तु मुन्नू को इसमें कोई विचित्रता नहीं मालूम पड़ी, क्योंकि वह इस समय तक मिल के कितने ही लोगों के इस अद्भुत ढंग के स्वभाव से परिचित हो चुका था। वे बहुधा मौन और उदासीन रहा करते थे और वे अपने दूसरे सहयोगियों से, चाहे काम

करते रहते हों गज भर की ही दूरी पर, जान-पहचान बढ़ाने का कोई प्रयत्न कभी न करते थे।

कमरे के उत्तरी भाग में एक खिड़की थी और उसके नीचे एक टीन की ढिबरी जल रही थी, जिसकी पीली लो काँप-काँप कर कमरे में फैले हुए प्रगाढ़ अन्धकार से द्वन्द्व कर रही थी। बाहर आकाश पर मेघों की काली-काली घटाएँ अब भी छाई हुई थीं। रह-रहकर खिड़की और दरवाज़े की सन्धि से वायु का झोंका भी आ जाता और कमरे के एक कोने में दो ईंटें रखकर बनाए गए चूल्हे की आग को धड़का देता, जिससे कमरे में बैठे हुए लोगों की छाया विस्तृत होकर दक्षिण की दीवारी पर पड़ती।

''अरे रे शिब्बू!'' रतन दरवाज़े में खड़ा हो गया, ''तुमने कहा था न कि इस कमरे का आधा हिस्सा किराए पर देना चाहते हो। मैं एक परिवार को लाया हूँ। इनके साथ हमारी तरफ़ का एक लड़का भी है। साहब की गली में फ़ूस के झोंपड़े में ये लोग रहते थे, किन्तु वह झोपड़ा पानी में बह गया।''

''अच्छा'' शिब्बू ने हुक्का पीते हुए कहा, ''आओ, आओ, बैठो, आकर आनन्द से रहो'' हरि और उसकी स्त्री को भीतर आते देखकर उसका अभिवादन करते हुए उसने कहा, ''तुम उत्तर में कहाँ रहते थे मुन्नू?''

''हम काँगड़ा के हैं, भाई।'' मुन्नू ने हरि की बच्ची को नीचे फर्श पर उतारते हुए कहा।

''अच्छा काँगड़ा के हो! काँगड़ा के—मैं भी काँगड़ा जा चुका हूँ'' शिब्बू ने भर्राई हुई आवाज़ में कहा, ''उस समय तो मैं बच्चा था। मैं उस युग की बात कह रहा हूँ, जब पहाड़ों में काली माई दर्शन दिया करती थीं।''

''यह लो अपनी पूरी'' शिब्बू की पत्नी ने उसकी प्रबल वेग से बहती हुई धारा को रोकने का प्रयत्न करते हुए कहा।

''तो फिर क्या हुआ, बाबू?'' शिब्बू की लाड़ली बेटी बोली।

''अरे सो भी जा चुड़ैल'' शिब्बू ने क्रुद्ध भाव से कहा। वह चाहता था कि नवागन्तुकों का स्वागत-सत्कार करने से पहले मामले की बातचीत हो जाए। उसने झुककर रतन के कान में कुछ कहा।

मुन्नू फ़र्श पर बैठ गया और सोचने लगा कि इस कमरे में हमेशा तो बड़ी गर्मी रहती होगी। धुँआँ भी सदा गूँजता रहता होगा; क्योंकि धुआँ निकलने की जगह ही कहाँ है। किन्तु इस समय तो यहाँ भी सर्दी लग रही है। फिर भी यह स्थान उस फूल के झोपड़े से तो अच्छा ही है। फ़र्श तो पक्का है।''

''यह घर तुम्हारे फूस के झोपड़े से तो अच्छा है न?'' रतन ने हरि से पूछा।

''हाँ, हाँ'' मुन्नू हरि से पहले ही बोल उठा, ''क्या ही अच्छा होता कि हम लोग पहले ही यहाँ आए होते। उस अवस्था में हमारी सारी चीज़ें उस झोंपड़े के साथ नष्ट न हो जातीं'' यह देखकर वह उत्साह का अनुभव कर रहा था कि यहाँ सब पड़ोसी अपने ही देस के हैं और वैसे भी शिब्बू बातचीत में उसे एक अच्छा आदमी मालूम पड़ा।

''हाँ भाई'' हरि ने उत्तर दिया, ''किन्तु चिमटा साहब हम लोगों को झोपड़ा छोड़ देने पर अप्रसन्न हुए बिना न रहेंगे और हमसे पूरे महीने का भाड़ा वसूल करेंगे।

"वहाँ तुम्हें क्या किराया देना पड़ता था?" रतन ने आश्चर्यजनक गम्भीरता से पूछा।

"तीन रुपए" हरि ने कहा।

"अच्छा, तो यहाँ तो केवल दो ही रुपए अधिक देने होंगे" रतन ने कहा।

"हम दस रुपए तो फ़ोरमैन साहब से ऋण ले चुके हैं!" हरि ने एक ठण्डी साँस ली, "और अब बर्तन-भाँड़ा और अनाज वगैरह के लिए और ऋण लेना पड़ेगा। कल जाकर झोपड़े में देखूँगा, यदि बर्तन-आदि कुछ बच गया हो तो अच्छा ही है। ऐसा लगता है कि आजकल दैव हमारे प्रतिकूल है।"

"धीरज रखो। तुम्हें एक मनुष्य-जैसा मनुष्य मित्र मिल गया है।" रतन ने गर्व से छाती ठोंककर कहा और एकदम से ठहाका मारकर हँस पड़ा।

"मुन्नू की वजह से आपने हम पर बड़ी कृपा की। एक दिन मुन्नू ने मेरे बच्चे की प्राण-रक्षा की थी और आज उसकी वजह से आपने हम सब की प्राण-रक्षा की। मैं आपका आभारी हूँ। उसके बदले में मैं भी आपके लिए सब कुछ करने को तैयार रहूँगा।"

"अच्छा, अब इन बातों को जाने दीजिए" एक दूसरे परिवार के भी आ जाने के कारण शिब्बू का मकान-भाड़े का भार हल्का हो गया, इससे वह उदारता का अवतार बन गया था, "मेरी स्त्री आप लोगों के लिए पूरियाँ बना रही है, जरा उनका स्वाद लीजिए। आप लोगों के लिए उसने चावल भी डाल दिए हैं। खा-पीकर रात-भर विश्राम कीजिए। थक गए होंगे। कल पानी रुक जाएगा, तो चलकर झोपड़े से आपका सामान निकालने की कोशिश करेंगे।"

"आपकी बड़ी कृपा होगी" हरि ने बहुत ही दीनता का भाव प्रकट करते हुए कहा, "किन्तु आप हमारे खाने-पीने के लिए इतना कष्ट क्यों कर रहे हैं? आखिर आपके भी तो बाल-बच्चे हैं।"

"आओ, आओ भाई!" शिब्बू ने कहा।, "माना कि हम बम्बई में हैं ओर निर्धन हैं, किन्तु अपने देश की रीति को अभी नहीं भूले। यह लो बोरी। आओ, बिछा दूँ तुम्हारे लिए। यदि सब लोग एक स्थान पर बैठ जाओ, तो एक कम्बल भी फैलाकर तुम सब के पैरों पर डाल दूँगा।"

"हमने आपको व्यर्थ इतना क्लेश दिया" हरि ने विनम्रता का भाव प्रदर्शित करते हुए कहा।

"नहीं, नहीं, इसमें कष्ट की क्या बात है?" शिब्बू कहने लगा, "यदि मैं आपका आतिथ्य न कर सका, तो समझो कि मेरा पृथ्वी पर जन्म ग्रहण करना ही निरर्थक है। मेरी अवस्था चालीस वर्ष की होने चली और मुझे यह ज्ञात है कि यदि मनुष्य ने कोई ऐसा उत्तम कार्य न किया, जिसके कारण लोग उसे मृत्यु के बाद भी स्मरण कर सकें, तो उसका जन्म ग्रहण करना ही निरर्थक हो जाता है।

मुन्नू मन में फूला न समाता था, वास्तव में यह मैत्री और सद्भाव तो उसी के कारण हुआ था; परन्तु उसका यह सारा प्रसन्नता का भाव इस रूप में न, रहा, जब रात भर गम्भीर निद्रा में सोने के बाद ठण्डी हवा के झोंके से प्रातःकाल निद्रा भंग होने पर नाक में तेज दुर्गन्ध आई।

"यह दुर्गन्ध कहाँ से आ रही है?" उसने रतन से पूछा—जो उठ बैठा था और

हुक्का पी रहा था।

"क्या मालूम नीचे गली से आई होगी" रतन ने उपेक्षा के साथ उत्तर दिया।

मुन्नू अपनी नाक सिकोड़े, मुँह बनाए खिड़की के पास गया और पँजों के बल खड़ा होकर उसने गली में झाँका। नीचे एक नाली थी, जिससे गन्दा पानी बहा करता था। वह नाली बन्द होकर उबलने लगी थी और गली में तमाम गन्दगी फैली थी।

"ओ रे रतन!" मुन्नू ने कहा, "गली तो मैले की नदी बन रही है।"

"हाँ" पहलवान ने उसी प्रकार के उपेक्षा भाव से कहा, "नीचे सात पाखाने हैं, दो सौ आदमी उसमें जाते हैं और उसको साफ करने के लिए एक ही मेहतर है। यदि तुम पाखाने जाना चाहो, तो मेहतर को एक आना दे देना, वह तुम्हें खास पाखाना इस्तेमाल कर लेने देगा...मगर आओ...चलो...मैं भी वहीं जा रहा हूँ। मैं तुम्हें दिखा दूँगा।"

मुन्नू अपने दोस्त के साथ छज्जे से होता हुआ सीढ़ी से उतरा। चारों तरफ कूड़ा-कर्कट, धोए हुए कपड़ों, चीथड़ों, बक्सों, टूटी हुई टोकरियों और बच्चों के टूटे खिलौने का एक अम्बार लगा था।

जब वह बाहर गली में बेंड़ी दीवारों की एक पंक्ति के समीप पहुँचा, तब उसके समीप एक अर्द्धनग्न मेहतर को देखा, जो बैठे-बैठे बीड़ी पी रहा था। पाखानों से रस-रस कर बहते हुए मल-मूत्र की जो तीव्र दुर्गन्ध निकल रही थी, उसके कारण मुन्नू को अपनी धोती से नाक बन्द करनी पड़ी।

"मेहतर, हमारा पाखाना साफ है?" रतन ने अकड़कर पूछा।

"हाँ पहलवान" मेहतर ने विनम्रतापूर्वक मस्तक झुकाकर उत्तर दिया।

"अच्छा मुन्नू, जाओ, पहले तुम हो आओ।" मुन्नू से यह कहकर रतन मेहतर की ओर झुका और कहने लगा, "देखा मेहतर, यह लड़का हमारे देश का है। यह जब कभी आवे, तब तुम इसके लिए पाखाना साफ कर दिया करो।"

"अच्छा पहलवान" मेहतर ने मुँह दबाए-ही-दबाए उत्तर दिया और उसने मुन्नू के लिए रास्ता छोड़ दिया।

मुन्नू इस बात से कुछ समय के लिए प्रसन्न हो उठा कि उसे उस सन्डास में नहीं जाना पड़ा, जिसमें सब जाते हैं, यद्यपि वे खेत भी, जहाँ वह प्रतिदिन जाता था, कुछ कम गन्दे न थे, किन्तु यहाँ चारों तरफ नाबदानों में से ऐसी बू आ रही थी कि वह अन्दर जाने के दो-एक मिनट बाद ही निकल आया।

"क्यों ठीक है?" पहलवान ने पूछा।

"हूँ" मुन्नू ने मस्तक हिलाकर जवाब दिया और धोती के कोने को नथुनों में ठूँस लिया।

"वह रहा नल, मुँह-हाथ धो लो; परन्तु यहाँ एक ही नल है, इसलिए तुम्हें तब तक प्रतीक्षा करनी पड़ेगी, जब तक तुम्हारी बारी न आवे।"

नल पर बहुत-सी स्त्रियाँ पानी भर रही थीं और चारों तरफ बड़ी दूर तक कीचड़ फैली हुई थी। मुन्नू को साहस न हुआ कि वह आगे बढ़े। वह सीढ़ी पर चढ़ ही रहा था, कि ऊपर से हरि उतरता हुआ मिला, जो अपने बहे हुए झोपड़े से चीज़ें लेने जा रहा था।

"मैं भी तुम्हारे साथ आता हूँ" मुन्नू ने कहा, "वहाँ तालाब में नहा भी लूँगा।"

इस घटना के एक दिन बाद ही जिमी टामस साहब फैक्ट्री के सायबान में एक विशालकाय मूर्त्ति के समान खड़े-खड़े मूँछों पर ताव दे रहे थे। उनका चेहरा कच्चे माँस की तरह गुलाबी था, जो कहीं-कहीं से ह्विस्की के सेवन से लाल हो गया था और नीली-नीली नसें सिकुड़ी हुई थीं।

मुन्नू ने चिमटा साहब की ओर एक बार दृष्टि दौड़ाकर देखा और फिर वह और रतन कुलियों की भीड़ के पास से होकर भीतर चले। उसने कोई सौ गज दूर से ही अपने-आप को "सलाम हजूर" कहने के लिए तैयार करना शुरू कर दिया था, क्योंकि न मालूम क्यों उसे किसी गोरे को सलाम करने के लिए काफी प्रयत्न करना पड़ता था।

अभी वह लोहे के जँगलेवाले दरवाजे के पास पहुँचा ही था, कि उसने चिमटा साहब की कड़कती हुई आवाज़ सुनी। वे बहुत ही जोर-जोर से तड़प रड़े थे और रह-रहकर उछलने-कूदने भी लगते थे। कुछ कुलियों को लात से मारा, कुछ को छड़ी से मारा। सब को बेतरह गालियाँ दे रहे थे।

मुन्नू ने जब हरि को भी उन कुलियों में देखा, तब उसका हृदय वेदना के मारे अधीर हो उठा। सब-के-सब कुली हाथ जोड़े, मस्तक झुकाए, दोहरे हो-होकर हाँफते-काँपते, लुढ़कते, ठोकरें खाते अत्यन्त विनीत भाव से क्षमा माँग रहे थे।

"सुअर का बच्चा! हरामजादा, उन झोपड़ों से निकलने से पहले हमको बोला क्यों नहीं!" साहब गुर्राए जा रहे थे।

"हजूर, हजूर, अरे हजूर!" कुलियों के करुण और विलापमय स्वर में से केवल इतना ही निकलता हुआ सुनाई देता था और वे डरे हुए बच्चों की तरह पीछे गिरे पड़ते थे।

"हजूर, झोपड़ा बिल्कुल उजड़ गया और सारी सड़क पर पानी-ही-पानी था" हरि को कहते हुए मुन्नू ने सुना।

उसके प्रतिवाद में जो बल छिपा हुआ था, उसकी लय के साथ-साथ उसका रक्त नाचने लगा।

"झूठ बोलता है, सुअर! हम खुद कल वहाँ गया था। पानी नहीं था।"

"हजूर, कल वहाँ पानी था। बड़ी मुश्किल से तो मैंने पानी उलच कर अपने कुछ बरतन निकाले।"

"शाबाश, शाबाश हरि!" मुन्नू ने अपने मन में कहा और नाचने-सा लगा। उसे बड़ी प्रसन्नता हो रही थी कि हरि इस बुढ़ापे में भी इतने साहस और दृढ़ता के साथ साहब की बातों का प्रतिवाद कर रहा है। उसकी यह धारणा नहीं थी कि हरि में भी प्रतिवाद करने की इस तरह की शक्ति है।

"तो हम झूठ बोलता; क्यों सुअर?" फोरमैन साहब ने क्रोध में आकर हरि के टखनों पर दो-एक ठोकरें जड़ दीं।

"यह बात सच है साहब, कल झोपड़ें में पानी था," मुन्नू ने अपनी जगह से खड़े-खड़े कहा। वह हरि की कुछ सहायता तो नहीं कर सकता था, किन्तु उसे क्रोध बहुत अधिक आ रहा था, "मैं भी अपनी चीज़ें लेने गया था।"

"तुम झूठ बकता। तुम उसके साथ रहता है।" चिमटा साहब ने कहा। धमकाते हुए वे मुन्नू की ओर लपके।

हरि की पत्नी ने डर के मारे एक चीख मारी। वह अपने बच्चों को लिये और कुलियों की स्त्रियों के साथ दरवाज़े के पास खड़ी थी।

"यह सच बात है, साहब!" मुन्नू ने फिर कहा।

फोरमैन ने मुन्नू को मारने के लिए हाथ उठाया। रतन एकदम तनकर उनके सामने आकर खड़ा हो गया। उसने कहा, "छोड़ दो साहब इनका पीछा।" वह बिल्कुल तैयार खड़ा था, जैसे इतनी देर तक अपनी अपार शक्ति का संचय कर रहा था, "सनीचर की रात को हमने इन्हें पानी में भीगते पाया था और सारा मील का अहाता पानी में डूबा हुआ था। मैंने अपनी आँखों से देखा कि झोपड़ा उजड़ गया है। मुझे झूठा कहने का साहस न करना, नहीं तो ऐसा मज़ा चखाऊँगा कि जीवन-पर्यन्त स्मरण रखोगे।" यह कहकर वह अकड़कर खड़ा हो गया, और लाल-लाल आँखें निकालकर दाँत पीसते हुए थोड़ा आगे को बढ़ा।

फोरमैन साहब ने पहलवान का यह बलिष्ठ तथा ऊँचा-पूरा शरीर देखा और अलग खिसक जाने में ही उन्होंने अपनी कुशल समझी।

"जाओ जाओ, अपना काम देखो। जाओ, नहीं ठोकर मारेगा हम। यू फूल!" साहब ने कहा, "हमने झोपड़ा इन लोगों को किराए पर दिया था, तुमको नहीं दिया था। तुमसे क्या मतलब?"

"है मतलब" रतन ने गरजकर कहा, "तुम अपने बँगले में जाओ, नहीं तो सर तोड़ दूँगा।"

"रतन! रतन!" सब कुली चिल्लाने लगे, "साहब...!"

"तुम एक आफिसर का अपमान कर रहे हो।" फोरमैन साहब ने कहा, "होश में हो?"

"साहब हो या साहब का बाप।" रतन ने कहा, "आप फ़ोरमैन हो सकते हैं किन्तु आपको क्या अधिकार है कि आप मिल के नौकरों को पीटें?"

"मैं पूरे महीने का किराया लूँगा" साहब ने पीछे हटते हुए कहा, "चलो, सब कोई अपने-अपने काम पर जाओ। मार्च! अटेन्शन!"

"हाँ, हाँ, ले लेना। पर इनमें से किसी को छूने का साहस मत करना, नहीं तो मैं तुम्हें छठी का दूध तक याद करा दूँगा।"

"अच्छा, अच्छा, पहलवान साहब!" पठान दरबान नादिर खाँ आ गया और बीच-बचाव करके उसने रतन को अलग खींचा, और कुलियों को अलग-अलग कर दिया।

रतन बुनाईवाले हिस्से की तरफ़ चला गया। दूसरे कुली भी तेज़ी से पैर बढ़ाते हुए अपने-अपने काम पर चले गए। सब-के-सब घबराए हुए और भयभीत थे। मुन्नू रतन को विजय के गर्व से संकेत करता अपने काम की तरफ़ बढ़ा। कुली लोग आँखें फाड़-फाड़कर देख रहे थे।

"तुम ज़रा अब सम्भल कर रहना, साहब तुमसे बदला जरूर लेगा।" एक नौजवान कुली ने रतन के पास आकर कहा।

"अजी, ऐसे हमने बहुत देखे हैं" रतन ने गर्वपूर्वक मुस्कराते हुए उत्तर दिया, "आखिर हम पहलवान किस लिए हैं! डरो मत, मुझ पर भरोसा रखो।"

मुन्नू और रतन ने जब जमकर काम करना आरम्भ किया, तब मुन्नू ने कहा, "रतन भाई, यह तो बड़ी भयंकर घटना हो गई।"

"अजी तुम इसके लिए चिन्ता न करो" रतन ने उसी तरह के उपेक्षा-भाव से कहा, "मैंने ऐसे बहुत देखे हैं। मैं जमशेदपुर में टाटा-स्टील वर्क्स में काम करता था। वहाँ पचास हजार मजदूर थे। हम सब ने हड़ताल कर दी, क्योंकि कारखाने के अधिकारियों ने हम लोगों की तनख्वाहें काट ली थीं। कम्पनी को मज़दूरों की शर्तें स्वीकार करने के लिए किसने बाध्य किया? मैंने! मैं न होता, तो किसी की एक न चलती।" यह कहकर उसने बड़े गर्व से अपनी छाती ठोंकी।

"तो फिर तुमने जमशेदपुर क्यों छोड़ दिया?" मुन्नू ने एक टूटा हुआ तागा जोड़ते हुए पूछा।

"बात यों हुई कि हम लोगों ने फिर हड़ताल की। इस बार हमारी माँग थी कि काम के घण्टे घटाए जाएँ, रहने के मकानों को सुधारकर हवादार और स्वास्थ्यकर बनाया जाए, मजदूरों के साथ अधिकारी वर्ग का जो व्यवहार है, उसे और भी उत्तम बनाया जाए। कम्पनी ने कौशल से हमारे नेताओं को अपने पक्ष में कर लिया। कुछ का वेतन बढ़ा दिया और कुछ को केवल डाँट-फटकार से ही दबा दिया। मैंने इनमें से एक गद्दार को पकड़कर उसकी मरम्मत कर दी। फिर मैं वहाँ से चला आया। हड़ताल भी असफल हो गई, क्योंकि एक हड़ताल जीतने के बाद फौरन ही दूसरी हड़ताल कभी नहीं शुरू करनी चाहिए। वैसे मुझे काम भी वहाँ का पसन्द न था। बड़ा कठिन काम था और वहाँ गर्मी बहुत अधिक पड़ती थी।"

"लोहे के कारखाने में तो मैं भी जाना चाहता हूँ।" मुन्नू ने बड़े उत्साह से कहा, "वहाँ क्या गर्डर और लोहे की पटरियाँ बनाई जाती हैं? ये पटरियाँ, जो रेल की लाइनों पर लगी होती हैं, क्या वहाँ बनाई जाती हैं? यहाँ ताँगा जोड़ने की अपेक्षा वहाँ भट्ठियों के आगे रहने में बड़ा मज़ा आता होगा!"

"मैं जब वहाँ गया था, तब अठारह वर्ष का था।" रतन को एकाएक अतीत घटनाएँ स्मरण हो आईं, "दौलतपुर में भी भट्ठियों के आगे काम कर चुका हूँ, क्योंकि मैं जाति का ठठेरा हूँ; किन्तु दौलतपुर की भट्ठियों की आँच जमशेदपुर की आँच के मुकाबिले में ठण्डी हवा के बराबर थी। ऐसे ज़ोर की आँच बराबर लगती रहती थी और उससे ज़रा देर के लिए भी अपने-आपको बचाना सम्भव नहीं होता था। एकड़-भर भूमि में इकट्ठा गर्म-गर्म लोहा जमा होता था, किसी-किसी में से धुआँ निकलता था और किसी में से नहीं। उस कारखाने में पिघले हुए लोहे की धारा बराबर आँख के सामने नाचती रहती है। उसकी चमक आँखों को अन्धी कर देती है। सर्दी-गर्मी रात-दिन, बराबर यही हाल रहता है। वर्षा-काल में जब कभी लोहे के गरम-गरम कुन्दों पर जब पानी पड़ता था, तब शायँ-शायँ की ऐसी आवाज़ निकलती थी कि बस! और भाप उठने लगती थी।"

"तुम्हें वहाँ काम मिला कैसे?" मुन्नू ने जमशेदपुर जाने का स्वप्न देखते हुए कहा।

"मुझे नौकरों की तलाश थी।" रतन ने उत्तर दिया, "गेट पर जाकर जब मैंने

प्रार्थना-पत्र दिया, तब वहाँ उत्तर मिला कि फ़ोरमैन के पास जाओ। वास्तव में उन दिनों कोई लड़ाई-वड़ाई चल रही थी, कारखाने में काम बहुत था। रेल की पटरियाँ बनाई जा रही थीं। इधर मजदूर ढूँढ़े न मिलते थे। यह जानते हुए भी कि मृत्यु निश्चित है, बहुत-से कुली भरती होकर फौज में चले गए थे, क्योंकि वे वीरगति के भूखे थे।

"तो कारखाने में काम कैसा था? आसान था?"

"क्या कहा तुमने? आसान?" रतन ने व्यंग से कहा, "छः बजे से छः बजे तक सप्ताह-भर बराबर काम करना पड़ता था। अवकाश किसी दिन नहीं होता था। और उन दिनों में ऐसी धधकती हुई भट्ठियों के आगे हमें काम करना पड़ता था, जिन पर लोहा बड़े-बड़े डेगचों में पानी की तरह खौलता और उबलता रहता था। ठीक मेरे सिर के ऊपर एक आदमी क्रेन नीची करके जँजीर में लटकती हुई लोहे की दहकती पटरियाँ काँटे से अलग-अलग करता रहता था। गर्म लोहे की आँच के आगे वह अपने चेहरे को एक हाथ से छिपा लिया करता, और हर बार चिल्लाता था, "सम्भालो, बचो, गरम लोहा है।" वह लोहा भी कैसा गजब का गर्म होता था। बारह इन्ची मशीनों से निकला हुआ तपकर लाल हो गया। देखने में इस तरह मालूम पड़ता था, मानो धुएँ के बादल में सूर्य अस्त हो रहे हैं। प्रायः आध घण्टे में वह फिर काला होता था। तब यह और भी खतरनाक होता था। जब छड़ या गार्डर लाल होता था, तब मालूम होता था कि यह गर्म है। काला हो जाने के बाद तो बिल्कुल पता न चलता था कि यह गरम है या नहीं। उस अवस्था में संयोगवश यदि उससे हाथ छू गया, या भूमि पर पड़े हुए छड़ या गार्डर पर पैर पड़ गया, तो बस, जल गए। परन्तु जब वह लाल होगा, तब दूर से देख कर ही मालूम कर लोगे कि यह गरम है। कभी-कभी मुझे ओवर टाइम भी करना पड़ता था। कभी-कभी तो दिन और रात दोनों ही शिफ्टों में काम करता था, इसलिए चौबीस घंटे भी हो जाते थे। एक बार तो मेरी बदली का मज़दूर नहीं आया, तो मैंने छत्तीस घण्टे काम किया था।"

"छत्तीस घण्टे! इसका अर्थ यह है कि दो दिन और एक रात बराबर काम किया। और सोए कब?" मुन्नू ने भोलेपन से पूछा।

"वास्तव में छत्तीस घण्टे पूरे तो मैंने काम नहीं किया" रतन ने कहा, "किन्तु बत्तीस घण्टे अवश्य किया होगा। बाकी चार घण्टे का कम्पनी को धोखा दिया। रात के शिफ्ट में मैं बीच-बीच में एक लकड़ी के तख्ते पर लेट जाया करता था और बीस-पचीस मिनट की नींद मार लेता था, ईंट का तकिया लगाकर। गैस के खजाने के पास ही टाइम-कीपर की कोठरी थी। वह अफीमची था। उसकी यह भी धारणा थी कि कारखाने के कोलाहल में कोई सो नहीं सकता है। वैसे लोहे के कारखाने में सोना खतरनाक है, क्योंकि न मालूम किस समय कौन-सी चीज ऊपर आ गिरे, जागते रहना ही ठीक है। फिर भी छत्तीस घण्टे जागते रहना बड़ा कठिन काम है।

मुन्नू मन-ही-मन प्रशंसा करता हुआ रतन की ओर एक दृष्टि से ताक रहा था।

रतन इस छोकड़े के कौतूहल के भाव को समझ गया और बोला, "देखना, तुम कहीं जमशेदपुर जाने का विचार न करना। यहाँ रहकर इन करघों पर ही काम करते रहो। वहाँ तो हर समय सिर पर लाखों मन लोहा लटका रहता है, जो मशीनों से इधर-उधर खिसकाया जाता है। अगर वे लोहे के तख्ते गिरे...अगर एक भी गिर गया...और कभी-कभी

गिरता भी था...जँजीर टूट गई या कोई कड़ी खुल गई...तो बस, सिर पर पाँव रखकर, प्राण लेकर भागना पड़ता था। भागना और चलना-फिरना तक खतरनाक था। वहाँ किसी लोहे के ढेर से टकराकर घुटना टूट जाना तो एक साधारण-सी बात थी। तुम...''

''ऐ, बक-बक न करो। तुम लोग काम करो।'' फ़ोरमैन कारखाने के उस भाग में टहलते हुए ज़ोर से बोला।

''यह अवश्य हम लोगों से बदला लेगा।'' मुन्नू ने उसके जाने के बाद चुपके से कहा।

फोरमैन अन्त में बदला लेकर ही रहा। किन्तु उस दिन नहीं, उसके दूसरे दिन नहीं, उस सप्ताह में नहीं, उसके बाद वाले सप्ताह में भी नहीं। उस महीने में भी नहीं। उसने बदला लिया डेढ़ महीने बाद। जब मज़दूरों की डेढ़ महीने की तनख्वाह चढ़ गई थी और उन लोगों को उसका थोड़ा-थोड़ा अंश दिया गया था।

शनिवार के तीसरे पहर की बात है। वर्षा-ऋतु के बाद सूर्य ने फिर प्रचण्ड रूप से तपना आरम्भ किया था और उनकी प्रचण्ड किरणें कारखाने के कुलियों के अर्द्धनग्न शरीर को झुलसा रही थीं। इसके विपरीत चिमटा साहब के लाल मुख को वे और भी लाल बनाए दे रही थीं। वे अपनी वही चिकटी-चिकटी खुले कालर की कमीज़, चिकटी पोलो टोपी तथा सफ़ेद पतलून पहने आफिस के बरामदे के छाया में सन्तरी नादिर खाँ के संरक्षण में बैठे हुए थे।

''हारी!'' जिमी टामस ने ज़रा चिड़चिड़ाकर आवाज़ दी। बात यह थी कि मक्खियों और भुनगों को उनकी मूँछों पर लगी हुई चिकनाई ज़रा मजेदार लग रही थी। हरि को इस प्रकार की अँगरेजी और हिन्दुस्तानी मिली-जुली बोली सुनने की आदत न थी। इसलिए वह खोया-हुआ-सा मुन्नू और रतन को ताकता रहा, अपनी बारी आने की प्रतीक्षा में पत्थरों से गुट्टे खेलने लगे थे।

''हारी!'' जिमी टामस ने ज़ोर से आवाज़ दी और मक्खी मारने का लकड़ी में लगा हुआ जाल ज़ोर से मेज पर पटका।

कोई उत्तर नहीं मिला। केवल कुली लोग घबरा-घबराकर एक दूसरे का मुँह ताक रहे थे कि कहीं से उस आदमी को पैदा करें, जिसे साहब बुला रहे हैं, नहीं तो उस गोरे चमड़ेवाले के क्रोध का परिणाम उनमें से किसी-न-किसी को भुगतना पड़ेगा।

''हारी!'' साहब फिर क्रोध से चीख और कुर्सी से प्रायः उछल पड़े।

''हरि'' मुन्नू ने अपने साथी को कोहनी से धक्का दिया, ''जाओ न, तुम्हारी पुकार हो रही है।''

हरि उछल पड़ा और अपनी सूखी-सूखी टाँगें घसीटता, चपटे-चौड़े तलवे थपथपाता आगे दौड़ा।

''जल्दी चलो, जल्दी चलो'' फ़ोरमैन ने हरि को आते देखकर कहा, ''हम तुम्हारे बाप का नौकर नहीं है कि दिन-भर यहाँ तुम्हारे लिए बैठा रहेगा। अँगूठा लाओ।''

''माई-बाप'' हरि ने सलाम करके अपने दाहिने हाथ का अँगूठा रोशनाई के पैड पर रख दिया और फिर उठाकर देखने लगा कि रोशनाई ठीक से लगी है या नहीं।

फोरमैन ने उसके काँपते हुए हाथ को पकड़ा, जैसे किसी कोढ़ी को छू लिया हो

और रजिस्टर पर निशान लगवाया। फिर उसने पाँच-पाँच रुपए के दो नोट, और दस चाँदी के रुपए हरि के हाथ पर रखा और तेजी से बोला–

''दस रुपए तुमने हमसे नकद लिए थे। एक रुपया उसका ब्याज हुआ। तीन रुपए झोपड़े का महीना भर का किराया, एक रुपया झोपड़े की मरम्मत का, पाँच रुपए कपड़ा खराब कर देना का जुरमाना, बाकी तुम सब का–तुम्हारा, मुन्नू का, तुम्हारी स्त्री और बच्चों का–पगार।''

हरि काफी समय से इन शब्दों और परिभाषाओं से परिचित था। कर्जा, सूद, खराब कपड़े के दाम! उसे इन शब्दों से शत्रुता थी और घृणा भी। परन्तु फिर भी विवश होकर उसने उनका आदर करना सीख लिया था। उसने बीस रुपए ले लिए, फोरमैन को सलाम किया और पीछे हट गया।

मुन्नू के पास पहुँचते-पहुँचते उसकी आँखों में आँसू भर आए और हृदय निराशा से पूर्ण हो उठा। उसका चेहरा पीला पड़ गया था और बड़ी कठिनाई से रुक-रुककर यह अप्रिय समाचार उसने बतलाया।

''पर हुआ क्या?'' मुन्नू ने पूछा।

''कुछ नहीं भाई'' हरि की साँस रुक-सी रही थी'' पाँच रुपए तो बिगड़े हुए कपड़े के कट गए, तीन रुपए झोपड़े का किराया, एक रुपया झोपड़े की मरम्मत और सूद वगैरह निकालकर पैंतालीस रुपयों में से केवल बीस रुपए मिले हैं। लो, यह तुम्हारे हिस्से के हैं।''

''नहीं, हरि भाई!'' मुन्नू ने उत्तर दिया, ''ये रुपए भी तुम अपने पास रखो। आखिर मेरे भी भोजन का व्यय और किराया तो देते हो?''

''नहीं भाई, तुम क्यों कष्ट सहन करो? तुम अपना हिस्सा ले लो'', हरि ने आग्रह किया।

'अच्छा पाँच रुपए जेब-खर्च के लिए दे दो'' रतन ने उनके इस शिष्टाचारपूर्ण विवाद का अन्त करने के विचार से कहा।

''रतन!'' फ़ोरमैन की आवाज आई।

पहलवान उठा और अकड़ता हुआ मेज की तरफ चला। उसने पहले ही से रोब गाँठ दिया, ''कपड़ा खराब होने का जुरमाना मत काटना साहब और ब्याज भी नहीं। मैं ब्याज पर रुपया नहीं लेता।''

''उन्नीस रुपए!'' फोरमैन ने कहा, ''एक रुपया विलम्ब से कारखाने में आने का।''

''बीस रुपए'' पहलवान ने अपने बलिष्ठ शरीर को तानकर कहा, ''एक पाई भी कम नहीं।

फ़ोरमैन ने आँखें उठाकर रतन की जलती हुई आँखों की कठोर दृष्टि को देखा और घबराकर वह मूँछें मरोड़ने लगा। रंग पहले से भी ज्यादा लाल हो गया।

''अच्छा'' उन्होंने अपनी मर्यादा की रक्षा करते हुए कहा, ''इस बार तुम्हें क्षमा किया जा रहा है। लाओ अँगूठा।''

''मैं लिख सकता हूँ'' रतन ने कठोरता से उत्तर दिया।

फ़ोरमैन ने उसे कलम दी, बीस रुपए के नोट पास ही मेज पर रख दिए और इस

बात की प्रतीक्षा करने लगा कि किसी तरह यह व्यक्ति शीघ्र यहाँ से हटे।

किन्तु रतन ने अभीष्ट समय ले ही लिया। उसने धीरे-धीरे, एक-एक अक्षर करके हिन्दी में अपना नाम लिखा, खड़े-खड़े नोट गिने और 'मेहरबानी साहब' कहकर पीठ मोड़कर चल दिया। दूसरे कुली दोहरे होकर पीछे हटा करते थे।

जब वह लौटा, तब हरि और मुन्नू उसे वहाँ न दिखाई दिए, जहाँ वे कुलियों की भीड़ में बैठे थे। उसने सोचा कि वे घर चले गए होंगे और वह फैक्ट्री के अहाते के बाहर निकल आया।

रास्ते में एक छोटी-सी खाई पड़ती थी, जो कच्ची सड़क और मैदान को अलग करती थी। पहलवान ने इस खाई को कूदकर पार किया। देखता क्या है कि एक लम्बा-चौड़ा पठान हरि की गरदन में हाथ दिये है और एक नाटा-सा गठीला मुसलमान हरि को बन्दूक के हत्थे से धमका रहा है। मुन्नू का कहीं पता न था।

"हाँ, तो क्या तू समझता था कि हम लोगों को चकमा देकर निकल जाएगा?" नाटे पठान ने हरि की ओर लपकते हुए कड़ककर कहा, "गधे का बच्चा, काफिर! क्या मजे से कुलियों की टाँगों में छिपा था, जैसे हम देख ही नहीं सकते थे। चल, नादिर खाँ के रुपए दे। वे तो यहाँ हैं नहीं कि अपना ठीक-ठीक हिसाब बतला सकें।

हरि अपनी धोती का एक कोना खोलकर नोट निकाल ही रहा था कि लम्बे पठान ने उसे पीछे से एक लात मारा और कुरते का गला पकड़ कर इतने ज़ोर से खींचा कि उसकी आँखें निकल आईं, दाँत जम गए और कुरता फट गया।

"अरे, यह क्या दे रहा है! पाँच रुपए तो केवल ब्याज के ही होते हैं।" पठान ने कहा, "चल और निकला, तेरी धोती में अभी रुपए बँधे हैं। खोलकर दे मुझे।"

"खाँ साहब, मेरी तनख्वाह कट गई है" हरि ने काँपते हुए हाथों के बीच में नोट दबाए हुए हाथ जोड़े–कुछ कपड़ा खराब हो गया था, इससे जुरमाने के रूप में भी कुछ रुपए कट गए हैं। इस महीने में आपको नहीं दे सकता, अगले महीने में ले लेना।"

नाटे पठान ने उसके हाथ से नोट छीन लिया और लम्बा पठान फिर एक लात जमाने वाला था कि रतन ने पीछे से आकर उसकी गर्दन नापी, "छोड़ो उसे, बदमाश कहीं के!"

"पहलवानजी, इसके बीच में तुम क्यों पड़ते हो?" छोटे पठान ने कर्कश स्वर में कहा।

"बीच में क्यों न पड़ूँगा सुअर? तुम्हें रुपया तो दे चुका वह। अब क्या चाहिए? बूढ़े आदमी के सामने अपना बल दिखाने आया है? आओ, जरा मुझसे लड़ो यदि कुछ दम है तो।"

"अच्छा, अच्छा पहलवान साहब! पठान ने हरि का कुरता छोड़ दिया। उसने अनुभव कर लिया कि हरि पर पहलवान की छाया है। और उसके शरीर में कितना बल है, यह गर्दन में लगे हुए हाथ की मजबूती से ही मालूम हो गया।"

"अच्छा, अच्छा" नाटे पठान ने कुछ भयभीत होकर मस्तक हिलाते हुए कहा, "जाओ, बाक़ी रुपए असल में जोड़कर हम तुम्हारे हिसाब में लिख लेंगे।"

रतन ने पठान का गला छोड़ दिया और वे दोनों झेंप मिटाने के लिए सिर उठाए

दूसरे कुलियों की तरफ चल दिए। हरि भागा। रतन भी उसके पीछे आया। हरि पठानों से इतना भयभीत था कि बौखला गया और लड़खड़ाकर गिर गया।

"हरि! हरि! इतना न डरो। यह तो मैं हूँ रतन" पहलवान ने उसे उठाते हुए कहा। तब वे दोनों चुपचाप घर की ओर चलने लगे।

चिपचिपे और दुर्गन्धित कीचड़ से होकर जब रतन और हरि चाल में पहुँचे, तब उन्होंने देखा कि मुन्नू और चौकीदार सीढ़ी के पास खड़े हैं।

"यह किराया माँग रहा है" मुन्नू ने साथियों की तरफ बढ़ते हुए कहा, "हमने इससे कह दिया है कि शिब्बू हमारा किराया देगा।"

हरि ने अपनी धोती से तीन रुपए खोले, "तुम दो रुपए दे दो भाई, हम शिब्बू से बाद को हिसाब कर लेंगे।"

मुन्नू ने दो रुपए दे दिए।

"यह मेरे हिस्से का किराया है।" रतन ने दो रुपए चौकीदार को दिए।

हरि सीढ़ियों पर लड़खड़ाते हुए पैरों से चढ़ा। दुश्चिन्ताओं और क्षोभ के कारण उसका चेहरा उतरा हुआ था, शरीर भारी होकर बोझ-सा हो गया था और ऐसा लगता था मानो जीवनी-शक्ति सर्वथा क्षीण हो गई है। पैर थर-थर काँप रहे थे। तीसरी मञ्जिल पर पहुँचकर अपनी कोठरी के फर्श पर गुड़-मुड़ होकर वह पड़ रहा। लक्ष्मी आकर बड़े प्रेम से उसके हाथ-पैर दबाने लगी।

रतन ने बीड़ी सुलगाई।

मुन्नू ने अभी तक केवल चुरा-छिपा कर ही बीड़ी या सिगरेट के स्वाद का अनुभव किया था। उसने बीड़ी के लिए हाथ बढ़ाया। परन्तु दुर्भाग्यवश पहला कश लेते ही उसे खाँसी आने लगी और वह अपनी कमजोरी पर स्वयं आश्चर्य करने लगा। रतन कहकहा मारकर हँस पड़ा।

"हम लोगों की तनख्वाह से पाँच-पाँच रुपए कपड़ा खराब हो जाने के जुरमाने के रूप में काट लिए गए हैं" शिब्बू ने अन्दर आते हुए कहा, "यह इस तरह ठहाका मारकर हँसने का अवसर नहीं है।"

"मेरी तनख्वाह में से तो एक पाई भी काटने का साहस वे लोग नहीं कर सके" रतन बोला, "तुम में इतना साहस और बल होना चाहिए कि अपने अधिकार के लिए लड़ो। यदि ऐसा नहीं कर सकते, तो मेरे साथ चलो। यूनियन के सदस्य हो जाओ। किन्तु तुम लोग बड़े आलसी हो।"

"मैं अवश्य यूनियन का सदस्य बनूँगा। कहाँ है यूनियन?" मुन्नू ने कहा।

"चलो, हम चलेंगे और नाम लिखवा लेंगे। अब समय नष्ट करना ठीक नहीं है" पहलवान बोला।

"अच्छा लक्ष्मी, फिर मैं भी जाता हूँ" हरि की थकन अपनी पत्नी की सेवा से बहुत कुछ दूर हो चुकी थी, "यूनियन में नाम लिखवा आता हूँ।"

"मैं भी आता हूँ" शिब्बू बोला।

"हाँ हाँ, सब लोग चलो" रतन ने कहा, "फिर तुम सब को ताड़ी की दुकान पर ले चलूँगा।"

मुन्नू और रतन की मैत्री क्रमशः प्रगाढ़ होती गई। ऐसी मैत्री जो दो निष्कपट, स्नेहशील और स्वाधीनचेता पंजाबियों में ही हो सकती है। शीघ्र ही वे दोनों आन्तरिक मित्र बन गए और एक दूसरे को लँगोटिया यार कहने लगे।

स्वभाव की अनुकूलता के अतिरिक्त उन दोनों की मैत्री का बन्धन दृढ़ होने का एक कारण और भी था। वह थी परिस्थिति, जिसमें वे सब जीवन-निर्वाह करते थे और वह एक असाधारण कारण था, फ़ैक्ट्री के जिस कोलाहलपूर्ण वातावरण में वे परिश्रम करते थे और जिस संकीर्ण तथा अस्वास्थ्यकर स्थान में वे रहते थे, उसमें भाई-चारे से ही जीवन की कटुता का भार कम हो सकता था।

प्रतिदिन लगातार बारह-बारह घण्टे का कठोर परिश्रम मनुष्य के शरीर को जर्जर कर डालता है।

पन्द्रह फुट लम्बे और दस फुट चौड़े कमरे में रहना, फर्श पर लेटकर धुएँ में घुटना, भिन्न-भिन्न लोगों की रसोई में बननेवाले भोजनों की गन्ध सूँघते रहना, बर्तनों की खड़बड़ बच्चों की चिल्ल-पों सुनते रहना, एक ही बरामदा, एक ही पाखाना, एक ही नल बारी-बारी से उपयोग में ले आना और फिर चौबीस घण्टे सड़े हुए मैले की दुर्गन्ध सूँघते रहना! इन कठिनाइयों के आधार पर उनकी पारस्परिक मैत्री और भी घनिष्ठ होती गई।

इस नरक से बाहर रहकर मुन्नू और रतन जो थोड़ा-बहुत समय एक साथ व्यतीत करते थे, उसके कारण उन दोनों में बहुत अधिक आन्तरिकता उत्पन्न हो गई थी।

मुन्नू को अत्यन्त प्रातःकाल उठने में बड़ी कठिनाई होती थी और पैदल चलने के अतिरिक्त फ़ैक्ट्री तक पहुँचने का कोई दूसरा उपाय न था। इसमें लगभग एक घण्टा लग जाता था। बात यह थी कि उसे मैदान में शौच जाना पड़ता था, तालाब के गन्दे पानी से नहाना पड़ता था। इसका मतलब यह था कि साढ़े चार या पाँच बजे तक बिस्तर छोड़ ही देना पड़ता था। इसी बीच में वह रात का बचा-खुचा भोजन भी कर लेता था। फ़ैक्ट्री पहुँचते-पहुँचते छः जरूर बज जाते थे। नादिर खाँ सन्तरी कुलियों के आने के समय का हिसाब रखता था और ज़रा-सी भी देर होने पर तनख्वाह कटवा देता था।

शाम को छः बजे की सीटी के बाद घर आना पड़ता था। दिन-भर के काम से थकी हुई स्त्रियों को भोजन बनाते-बनाते आठ-नौ बज जाते थे और कम-से-कम आठ घंटे सोने के लिए आवश्यक होता था कि भोजन करते ही लेट जाएँ। इन सब को अनिद्रा-रोग की औषधि करने की आवश्यकता नहीं होती थी, क्योंकि बारह घंटे का परिश्रम ही इनके लिए एक औषधि थी।

परन्तु मुन्नू-जैसे नौजवान को नौ बजे लेटने की इच्छा नहीं होती थी। जब से रतन ने उसे ताड़ी की दुकान और बम्बई के दूसरे मनोरंजन के साधनों से परिचित करा दिया था, वह बहुधा बारह बजे सोया करता था। इस बीच में कभी तो वह मैदान मैं टहलता होता, कभी ताड़ी की दुकान में जमा रहता और कभी शहर में।

यह समय वे लोग साथियों-संगियों के बीच में रहकर मनोरंजन में व्यतीत किया करते थे। दूसरे कुली भी ऐसे समय में ही अपनी इन्द्रियवृत्ति को चरितार्थ करने के लिए

निकला करते थे। और इस विषय में दूसरों से सम्पर्क स्थापित किया करते थे। यह इन्द्रिय-सुख ही उन सब को जीवन का वास्तविक कार्य मालूम पड़ता था। इस प्रकार रात-दिन के बीच में यही इतना समय मुन्नू के लिए सबसे अधिक सुखदायक होता था। उसे इस बात का विश्वास होता था कि वह शीघ्र ही एक पूर्ण मनुष्य के रूप में विकास करने जा रहा है। इस समय वह जो कुछ सुनता, जो कुछ कहता और जो कुछ करता, वह सभी बड़े महत्त्व का होता था।

अवकाश के दिन तो मुन्नू के आमोद-प्रमोद की सीमा न होती। जैसी कि साधारण तौर से कुलियों की प्रवृत्ति थी, सब कुलियों के साथ सैर-सपाटे के लिए वह बहुधा शहर चला जाया करता था। वहाँ दुकानों पर जो एक-से-एक बढ़िया, एक-से-एक अद्भुत चीज़ें बिक्री के लिए सजाकर रक्खी होतीं, उनको देख-देखकर मन-ही-मन प्रशंसा करता और उत्साहपूर्वक कल्पना करता कि आज नहीं तो एक दिन इन्हें खरीदने की स्थिति में मैं हो जाऊँगा।

शनिवार की साँझ को रतन और मुन्नू इस तरह के सैर-सपाटे के लिए साथ-साथ जाया करते थे।

रेतीली सड़क, जो कुलियों की इस बस्ती को बम्बई-नगर की सीमा से मिलाती थी, कुलियों के तीव्र गति से उठनेवाले पैरों के तले शीघ्र ही समाप्त हो जाती थी और धीरे-धीरे सूखे हुए चमड़े, कूड़े-करकट के ढेर पर पड़े-पड़े सड़ती हुई कुत्तों-बिल्लियों की लाशों तथा सड़ते हुए मैले की दुर्गन्ध का अन्त होकर ताड़ की सुगन्धि आने लगती थी, जो सड़कों के किनारे लगे होते थे और जिनके आस-पास गुलाब और विलायती मटर की झाड़ियाँ लगी रहती थीं। हरे-भरे पार्कों के पास बड़े-बड़े मकान तने खड़े रहते थे, जिनके बागों में सुनहरे गुल-मुहर और गेंदे फूल-फूलकर चारों तरफ़ स्वर्णिम प्रकाश फैलाते रहते थे। दुबले-पतले, जीर्ण-शीर्ण कुलियों के विकृत शरीर, सुन्दर वस्त्रों में सुसज्जित और अच्छा भोजन करनेवाले लोगों की भीड़ में घुल-मिल जाते। विक्टोरिया-गाड़ियों, टैक्सियों तथा रईसों की मोटरों और गाड़ियों की संख्या में अपार वृद्धि हो जाती और ये मिल-क्षेत्र के निवासी साँझ को छाई हुई लालिमा की तरह बम्बई के वातावरण के गर्भ में लीन हो जाते थे।

"आज मैं तुम्हें एक तमाशा दिखाऊँगा" रतन ने मुन्नू से कहा, और उसके चेहरे पर एक मुस्कराहट खेलने लगी। वे दोनों ताड़ी की एक दुकान पर बैठे थे। उसने शराब की भरी हुई बोतल की आखिरी बूँद गले से उतारी और मुन्नू को लेकर अब्दुल रहमान स्ट्रीट के लैम्पों के नीचे से होता हुआ भिन्डी-बाज़ार से निकलकर ग्रान्ट रोड पर आ गया।

मुन्नू ने भी बियर का एक गिलास खाली किया और वह बहुत उत्साहपूर्वक रतन के पीछे-पीछे उस पतली, ऊबड़-खाबड़, गन्दी गली में घुस गया, जिसकी धूल अँधेरे से ढँक गई थी, दुर्गन्ध बिकते हुए फूलों की सुगन्ध में छिप गई थी, और गन्दगी ने अपना मुँह उन पाउडर तथा अन्यान्य अंगरागों से अंग-प्रत्यंग को सुसज्जित किए हुए बहुमूल्य वस्त्र तथा अलंकार धारण करके बैठी हुई स्त्रियों की आड़ में छिपा लिया था। ये स्त्रियाँ, इधर-उधर खिड़कियों, छज्जों और दुकानों के ऊपर बरामदों में गद्देदार कुर्सियों पर बैठी थीं और मनमोहक ढंग से मुस्करा-मुस्कराकर पुरुषों के उन अगणित दलों को इशारे कर

रही थीं, जो नीचे गली में पान खाए, भड़कीले कपड़े पहने, इधर-उधर सौदा करने के विचार से टहल रहे थे।

"कहो, क्या यह मनोमुग्धकारी दृश्य नहीं है?" रतन ने झुककर मुन्नू के कान में कहा, "क्या तुम मेरे साथ यहाँ आकर प्रसन्न नहीं हुए हो? अच्छा, यह बताओ कि इनमें से कौन-सी स्त्री तुम्हें पसन्द है?"

अपनी व्यग्रता छिपाने के विचार से मुन्नू ने मुस्करा दिया। रतन के शब्दों ने उसके शरीर में एक तीव्र उत्तेजना उत्पन्न कर दी थी, उसके कारण उसका हृदय ज़ोर-ज़ोर से स्पन्दित होने लगा। उसे बहुत ही सुख और उत्साह का अनुभव हो रहा था और वह भोलेपन से अपने साथी का मुँह ताकने लगा, जैसे कोई बड़ा मनोरंजक और भयानक स्वप्न देख रहा हो।

"आओ।" रतन ने कहा, "मुझे मालूम है कि तुम्हें कहाँ ले चलना चाहिए। हम लोग प्यारी जान के यहाँ चलेंगे।"

मुन्नू अपने साथी के पीछे-पीछे चलने लगा। गली में वासना की तरंगों-पर-तरंगें उठतीं और ऊपर उठकर फिर नीचे गिरतीं। एक जन-समूह इधर-से-उधर आ-जा रहा था—एक रंगीन जन-समूह, जिसमें गोरे, काले, भूरे, प्रत्येक वर्ण और जाति के लोग थे। एक जन-प्रवाह था कि उमड़ा आता था। सब-के-सब वासना और आमोद-प्रमोद की रागिनी की ताल पर नाच रहे थे—ऐसा सुख जो क्षणिक ही सही, परन्तु हृदय की शून्यता को कम कर देता था, जीवन के दुःखों की कटुता में थोड़ी-सी मिठास पैदा कर देता था। मुन्नू को क्या मालूम था कि यह मानव-समूह, जो आमोद-प्रमोद की इस गली में, इस समय एकत्रित था, अपने वास्तविक जीवन में कितना कुचला हुआ और कितना अभागा था। वह तो केवल यहाँ की चमक-दमक से रोब खा गया और उसे ऐसा लगा, जैसे कोई बहुत बड़ा नाटक हो रहा है, जैसा उसके गाँव में कभी-कभी हुआ करता था। यहाँ आने में मुन्नू का स्वयं कोई विशेष अभिप्राय न था और उसने सोचा कि ये लोग भी यों ही तफ़रीह के लिए घूम रहे होंगे।

अभी मुन्नू सोच ही रहा था कि वह कहाँ है, इतने में रतन उसे खींचता हुआ एक पतली-सी अँधेरी गली में ले गया, जिससे होकर वे दोनों एक ऐसे आँगन में पहुँचे, जहाँ दुर्गन्ध आ रही थी। वहाँ से एक अँधेरे जीने से होकर वे दोनों एक खुले चौबारे पर निकल आए, जो बड़े-बड़े फ़ानूसों के प्रकाश से जगमगा रहा था और चारों तरफ़ रंगीन कागज की बेलें और फूल इत्यादि सजे थे। इधर-उधर सम्राट् एडवर्ड सातवें तथा उनके पौत्र वर्तमान सम्राट् जार्ज छठें के फोटे लगे थे, इनके पास ही हनुमानजी का एक चित्र और ज़रा हटकर प्यारी जान का युवा अवस्था का फोटो लगा था, जब उसके बहार के दिन थे। उसने ग्रान्ट रोड़ के सबसे अच्छे हिस्से में कोठा ले रखा था और वह बम्बई के समस्त धनिक समुदाय को अपने नृत्य से लुभाया करती थी। उस प्यारी जान और आज की प्यारी जान में आकाश-पाताल का अन्तर था। अब तो वह अधेड़ थी, कमजोर और मुरझाई हुई थी, केवल भड़कीले वस्त्रों तथा आभूषणों से शरीर को सजाकर खिड़की में बैठने भर की रह गई थी।

"आओ, आओ पहलवानजी! आपका स्वागत है। बड़े आज भाग्य हैं हमारे! कहाँ

छिपे रहे इतने दिन? आपका रास्ता देखते-देखते तो मेरी आँखें पथरा गईं।'' वह अपनी बातों की बनावट छिपाने के लिए मुस्कराने लगी।

''मैंने इधर बहुत कठिन परिश्रम किया है। बराबर काम में लगा रहा।'' रतन ने कहा, ''और फ़ोरमैन ने पिछले महीने में मेरी कुछ तनख्वाह भी काट ली थी।''

''मुझे आशा है कि इस महीने में उसने न काटी होगी।'' प्यारी जान ने हँसते हुए कहा।

''नहीं, नहीं, आप घबराइए नहीं, आपका हिस्सा कहाँ जा सकता है?'' रतन ने प्यारी जान के प्रश्न का गोलमोल जवाब दिया और फिर बात बदलने के लिए वह बोला, ''देखो, मैं तुम्हारे लिए कैसा सजीला जवान लाया हूँ।''

प्यारी जान मुन्नू की तरफ़ बढ़ी और प्यार से उसके मस्तक पर हाथ रखकर कहने लगी, ''वाह भाई, सुन्दरता में तो ये कामदेव को लज्जित करते हैं। काफी बड़े हो चुके हैं। आपके लड़के हैं।''

''नहीं ये तुम्हारे प्रेमिक हैं,'' रतन ने कहा, ''मेरे और प्रतिद्वन्द्वी!''

महीन कपड़ों और झिलमिलाते आभूषणों के इस वातावरण में मुन्नू का जी घबराने लगा। प्यारी जान के शरीर से आती हुई सुगन्ध की लपटों से उसका सिर चकराने लगा, परन्तु फिर भी उसे यह जानने की उत्कण्ठा थी कि इस स्त्री के प्रेम में क्या आनन्द होगा। वह उत्तेजित हो उठा था।

''तो बैठिए न पहलवानजी। तशरीफ रखिए। आप तो हमेशा मजाक ही करते रहते हैं। है न?'' प्यारी जान बोली।

''तो फिर मुझमें वह योग्यता है कि आपके कोठे पर रहकर भाँड़ का काम कर सकूँ'' रतन अपनी हल्की-सी घबराहट को छिपाने के लिए बराबर बात करता गया और मुन्नू के साथ सफेद चाँदनी के फ़र्श पर बैठ गया।

''आप तो मेरे कृपालु हैं, आश्रयदाता हैं, करमफरमाँ हैं।'' प्यारी जान कहने लगी, ''मैं भला इस तरह की कल्पना कर सकती हूँ कि आपको अपने नचनियों में रखूँ! मैं तो आपकी दासी हूँ। फिर उसने गाहक को काम की बात की तरफ़ फेरकर कहा, ''तो जनाब कुछ शरबत वगैरह पीवेंगे? और कुछ गाना-वाना सुनेंगे?''

''हाँ हाँ जरूर'' रतन मन-ही-मन समझ रहा था कि प्यारी जान का असल मतलब क्या है।, ''यह देखो, यह शरबत तुम्हें पसन्द है?'' और उसने अपनी जेब से पोर्ट ह्विस्की की एक बोतल निकाली।

''यह तो आपने बड़ी कृपा की पहलवानजी! आप तो हातिम की ही तरह उदार हैं। मैं गिलास लाती हूँ।'' और वह एक ताख की तरफ़ गई जो एक बड़े-से पलंग के पास ही बना था। पलंग के पावे खराद के काम के थे और पावों तथा पहियों की बड़ी सावधानी के साथ रँगाई की गई थी। इतने बढ़िया पलंग केवल उत्तर भारत में ही बनते हैं।

चार छोटे-छोटे प्याले लाकर उसने दूसरे कमरे में झाँककर आवाज दी, ''अरी जानकी! ओ री गुलाब जान! ऐ बुन्दे खाँ!''

''तो फिर कुछ नाच भी हमें दिखवाओगी? किन्तु तुम तो बड़ा कष्ट कर रही हो।''

रतन बोला, ''आओ, जरा यहाँ मेरे पास तो बैठो।''

''मैं अपने-आपको आप पर न्योछावर करती हूँ।'' प्यारी आकर रतन की गोद में बैठ गई और बोली, ''मैं तो आपकी दासी हूँ।''

मुन्नू को इस प्रेमालाप से बड़ी घबराहट हुई और बौखलाकर उसने जरा-सा मुस्करा दिया। उसने पहले कभी किसी पुरुष और स्त्री को एक-दूसरे के इतना समीप न देखा था। उसका चाचा हमेशा उसकी चाची से अलग पलंग पर सोता था। प्रभु और पार्वती के पलंग यद्यपि पास-पास अवश्य बिछते थे, परन्तु उसने कभी उन दोनों को एक दूसरे के शरीर पर हाथ रखते भी न देखा था। हरि और लक्ष्मी की तो बात ही और थी। वे दोनों तो मानो दो भिन्न-भिन्न लोकों के वासी थे। उसे अपनी अन्तड़ियों में एक विचित्र-से आलोड़न का अनुभव हुआ, साथ ही वक्ष में एक प्रकार के अनुराग का अनुभव हुआ, जो उसकी भावनाओं को द्रवित कर रहा था, साथ ही रतन के साथ उसने जो तीखी मदिरा पी थी, उसकी अपेक्षा यह कहीं अधिक मधुर मादकता उत्पन्न कर रहा था।

इतने में दो सुन्दरी युवतियाँ तेज़ी से कमरे में आईं। वे दोनों ही चमकदार, रेशम के चूड़ीदार पाजामा पहने थीं, गुलाबी रंग की कलफ की हुई महीन अँगिया पहने तथा दुपट्टा ओढ़े थीं, मुख पर एक विचित्र प्रकार की वीरतासूचक मुस्कराहट थी, जो उनके हृदय की पुकार को दबा रही थी। वे पीछे की ओर ताकती हुई कमरे के मध्य भाग में क्षण-भर तक व्यग्र भाव से खड़ी रहीं। बुन्दे खाँ की प्रतीक्षा करते-करते उन्होंने एक नाटकीय द्वैविध्य का प्रदर्शन किया। इतने में बुन्दे खाँ आ ही गए। उनका काले रंग का शरीर था, मुँह में न दाँत थे, न पेट में आँत, आँखें मिची हुई थीं। सफेद बुर्राक कपड़ों में भी उनकी दल्लाली फूटी पड़ती थी।

''सलाम, सलाम पहलवानजी!'' बुन्दे खाँ ने कहा, ''आपने बहुत दिनों के बाद हमारे गृह को पवित्र करने की कृपा की है। अब शीघ्र ही आपकी कुछ सेवा होनी चाहिए। अच्छा, तो भई लड़कियों, जरा रहे!'' और उन्होंने बैठकर सामने हारमोनियम जमाया और उस पर उँगलियाँ चलाने लगे।

हारमोनियम में से एक लम्बा करुण-रस से पूर्ण स्वर निकलने लगा और ऐसा लगता था कि इस स्वर में दोनों नर्तकियों ने अपनी घबराहट को छिपा दिया है।

प्यारी ने तबले उठा लिए और वह अपने भारी-भारी हाथों से ताल देने लगी।

फिर हारमोनियम से एक विरह का संगीत गूँजा, तबले ने भी वर्षा-ऋतु की झड़ी की तरह उसका साथ दिया और दोनों नर्तकियाँ हाथ हिला-हिलाकर भावों का प्रदर्शन करने तथा मेन्हदी से रचे पैरों पर थिरकने लगीं। उस समय उन्हें देखने से जान पड़ता, मानो उनका शरीर एक अदृश्य अग्नि से जल रहा है।

हारमोनियम का संगीत पहले विषाद से पूर्ण होकर हवा में गूँजा, फिर शान्त हुआ, ठीक उसी प्रकार जिस प्रकार मुन्नू का हृदय संगीत की झन्कार के समान स्पदित हो रहा था। प्यारी ने एक गीत छेड़ा, दोनों नर्तकियाँ तालाब में उठनेवाली जल की तरंगों के समान आगे बढ़ीं और उनके पैरों में बँधे घुँघरू गीत की ताल पर छनकने लगे और सारा वातावरण एक ऐसी शक्ति के प्रभाव से व्याप्त हो उठा, जिसने उन सभी को एक विलक्षण सम्बन्ध में आबद्ध कर रखा था।

प्यारी की आवाज का बार-बार गीत के कोमल करुण भाग को दुहराना, नाचनेवालियों के शरीर की भड़कती हुई चिनगारियाँ, हारमोनियम के मन्द स्वर और तबले और तानपूरे की तेज ताल मुन्नू और रतन, दोनों के हृदय पर एक साथ छा गई। जब प्यारी ने अन्तिम अलाप ली, तब नर्तकियाँ बड़ी कुशलता से चक्कर खा-खाकर नाचने लगीं, जैसे यह सुख-दुःख के चक्कर हों। समस्त वातावरण पर एक पागलों का-सा ज़ोश और नशा छा गया। रतन ने अपनी कमर से खोलकर एक रुपया निकला और खट से हारमोनियम पर फेंका, "वाह, वाह! खुश कर दिया तुमने प्यारी जान! मेरी माशूका, मेरी जान!"

प्यारी तबले के पास से हटकर रतन की गोद में आ गिरी और कहने लगी, "मेरे लिए यह बहुत ही सुख का विषय है कि आपने मेरे संगीत से आनन्द का अनुभव किया। किन्तु आप भी तो मुझे आनन्दित करने की कृपा कीजिए।"

"मैं रुस्तमे हिन्द कुछ यों ही नहीं हो गया हूँ।"

बुन्दे खाँ इस पर मुँह फेरकर हँसने लगे। उनकी मिची हुई आँखों के कोने फैल गए। दोनों नर्तकियाँ भी, जो आनन्द के अतिरेक में एक दूसरे से लगकर बैठ गई थीं, पहलवान की इस बात पर खी-खी करने लगीं।

मुन्नू का हृदय अपने आस-पास के क्षेत्र को पार करके तट-भूमि का स्पर्श करने के लिए समुद्र की तरंगों की तरह उन वेश्याओं के शरीर का स्पर्श करने के लिए बढ़ा, परन्तु उनके समीप पहुँचने से पहले ही वह वापस खदेड़ दिया गया।

प्यारी ने बुन्दे खाँ को संकेत किया और अपनी चूड़ियाँ खनकाकर, आँखें मटकाकर और सुरों के मनोमोहक उतार-चढ़ाव के साथ एक गीत गाना आरम्भ कर दिया। रतन झूमने लगा। हारमोनियम ने भी गाने का साथ दिया।

पुरस्कार के रूप में दिया जानेवाला दूसरा रुपया लेने के लिए प्यारी रुक गई, क्योंकि वेश्याओं का तो यह नियम होता है कि जहाँ ग्राहक को उन्होंने प्रभावित कर लिया, हर एक बोल पर रुपया वसूल करने की ताक में वे रहती हैं।

"थोड़ा-सा नाच और हो तो मेरे इन नवयुवक मित्र को आनन्द का अनुभव होगा।" रतन ने वाक्-छल से प्यारी को टालते हुए कहा।

प्यारी ने नर्तकियों को संकेत किया। बुन्दे खाँ ने एक ऐसी अर्थभरी दृष्टि से उसकी ओर ताका, मानो अपने व्यवसाय में उसे चूकते देखकर वह उसकी भर्त्सना कर रहा हो। अन्त में उसकी ओर देखकर वह हँसने लगी।

वे दोनों नर्तकियां धीरे-धीरे फिर उठीं और अपनी बादाम-शैली आंखें इस तरह मटकाईं कि चेहरे पर लगी हुई लाली और आँखों में लगा हुआ काजल अच्छी तरह दिखाई पड़ने लगा।

उन्होंने प्यारी के गीत के बोल उँगलियों पर उठा लिए और गीत के चढ़ते हुए सुरों की ताल पर नाचने लगीं। उस गीत में प्रेम, प्रणय-निवेदन के जितने प्रकार के भी भाव निहित थे, पुरुष की वासना के उद्दीपन के लिए जितने प्रकार के भाव व्यक्त किए गये थे, उन सब को अपने थिरकते हुए शरीर और सुडौल हाथों से प्रकट करने लगीं, जैसे साँप की कोमल और तेज़ चाल, जैसे चीते की खूँख्वारी, जैसे हिरन की भोली और मस्त चौकड़ियाँ, जैसे जादूगरनी का धीरे-धीरे फैलता हुआ जादू! उनका आकर्षक सौन्दर्य

शृंगार की सहायता से चारों तरफ़ लगे हुए आइनों के प्रतिबिम्बित प्रकाश से झलकने लगा, यहाँ तक कि उनकी अद्‌भुत आत्मा का वर्ण भी दिखाई देने लगा।

कामुकता का भाव उत्पन्न करनेवाला गीत सुनकर रतन गायिका की प्रशंसा करते हुए झुमने लगा, "वाह वाह! शाबाश!!, "—नृत्य समाप्त होने पर उसने एक रुपया और निकाला और ट्रे में रखकर नज़राने के तौर पर पेश किया।

नर्तकियाँ रुक गईं और दूसरी ओर को सरक गईं। बुन्दे खाँ उनके साथ-ही-साथ खिसक गया।

मुन्नू इस समय आश्चर्य-चकित-सा रह गया था और उस पर घबराहट-सी छाने लगी। गरमी के मारे चेहरा लाल हो गया।

"यह लड़का अब थक गया होगा" प्यारी ने अर्थ-पूर्ण शब्दों में कहा।

"हाँ भाई मुन्नू!" रतन ने कहा, "तुम अब घर जाओ। रात्रि अधिक व्यतीत हो चुकी है। मैं ज़रा ठहरकर आऊँगा।"

मुन्नू को अब यह अनुभव होने लगा कि स्वयं उसके हृदय में जो एक अज्ञात किन्तु अत्यन्त ही प्रबल आकाँक्षा उत्पन्न हो उठी है, उसके कारण वह व्याकुल होकर मर जाएगा। इतना तो उसे मालूम था कि वह कुछ चाहता है, किन्तु क्या चाहता है, इस बात का ज्ञान उसे न था। वह उठ खड़ा हुआ। प्यारी ने उसके सिर पर हाथ फेरा। वह रोते-रोते तेज़ी से पैर बढ़ाने लगा। आमोद-प्रमोद की इस गली से निकलकर वह आधी रात के बाद घर पहुँचा। गलियों में अब भी काफ़ी चहल-पहल थी। बे-घरबार कुली चारों तरफ़ पड़े थे, कोई-कोई सो रहे थे, कोई-कोई कराह रहे थे और कोई-कोई बैठे गप-शप कर रहे थे। बन्द दुकानों के आस-पास जल रहे गैसों के प्रभापूर्ण प्रकाश में उनके पीले चेहरे और भी पीले लग रहे थे।

नगर की सीमा के बाहर की सड़के कृष्ण-पद्य की अन्धकारमय रात्रि के अन्धकार में सफ़ेद दिखाई देती थीं, परन्तु इनके आस-पास पठार पर जो गहरी लीक तथा गड्ढ़े थे, वे अन्धकार में और भी भयानक लगते थे, विशेषतया जब कोई जुगनू अपने झिलमिलाते पर फैलाकर कूड़ा-करकट के किसी ढेर पर उड़ता या खजूर के किसी सुनसान झुरमुट से उल्लू अकस्मात्‌ अपने अशुभ-सूचक स्वर में चीं-चीं करने लगता।

प्यारी जान के यहाँ नृत्य देखने के बाद मुन्नू के अन्तःकरण में जो एक विलक्षण प्रकार की उथल-पुथल उत्पन्न हो उठी थी, वह उसके वक्षस्थल पर एक भारी बोझ बनकर उसे दबाने लगी। उसका दिमाग उन इच्छाओं और लालसाओं से चकराने लगा, जिनका उसे पूर्णरूप से ज्ञान भी न था और जो उसके दिमाग पर भूतों की तरह छाई जा रही थीं। उसने अपने-आप से पूछा, "आखिर मुझे हो क्या गया है? मुझे क्या चाहिए?" वह अपने थके हुए शरीर को घसीटने लगा। अपने इस प्रश्न का कोई उत्तर उसे न मिला। वह बड़े-बड़े कदम उठ़ने लगा और उसके कदम किसी ऐसे भूत के लम्बे-लम्बे डग मालूम होने लगे, जो अपने विशाल शरीर के होते हुए भी अन्धकार में किसी अज्ञात दैवी शक्ति से उठ रहा हो, जो अन्धकार में बाल बिखेरे, चमकते हुए स्वच्छ दाँत निकाले तथा तेज नाखून वाला पँजा फैलाए आँखें निकाल लेने पर तुला हो।

इस कल्पना से बचने के लिए मुन्नू ने अपनी आँखें मूँद लीं, किन्तु ठोकर खाई।

एक पत्थर से टकराकर उसका अँगूठा कट गया। फिर वह दौड़ने लगा, बहुत तेज़ दौड़ने लगा। अन्त में मज़दूरों की बस्ती सामने दिखाई देने लगी। अन्धकार की चुड़ैलें और डाइनें पीछे छूट गईं और सामने किसी झोपड़े के दीपक का प्रकाश दृष्टिगोचर होने लगा। उसने अनुभव किया कि अब वह सुरक्षित है। यद्यपि रात्रि का भय उस समय भी उसकी नस-नस में व्याप्त था। वह सीढ़ी पर चढ़ गया, यद्यपि जितनी बार भी वह साँस लेता, उसे यही अनुभव होता कि यही उसकी अन्तिम साँस होगी।

हरि की पत्नी उसकी प्रतीक्षा में अब तक जाग रही थी। वह दीवार से पीठ लगाए दूसरे सोते हुए लोगों से अलग, मिट्टी के दीपक के टिमटिमाते हुए प्रकाश में बैठी पुराने चीथड़ों को गूँथ-गाँथ रही थी। मुन्नू की ओर उसने एक दुःख पूर्ण, किन्तु विनम्र दृष्टि से देखा। बड़ी कठिनाई से साहस का संचय करके उसने उससे पूछा, "इतनी रात तक कहाँ रहे?"

मुन्नू ने उसकी ओर ध्यानपूर्वक देखा। प्यारी जान ने जिस समय उसके सिर पर हाथ रखा था, उस समय उसके नेत्रों में जो आँसू निकल आए थे, वे फिर भर आए। लक्ष्मी की दृष्टि-से-दृष्टि मिलते ही उसने उसे फेर लिया और उस कोने में चला गया, जहाँ वह सोया करता था। जब उसने फिर आँख उठाई, तब लक्ष्मी उस पर झुकी हुई प्रेमपूर्ण दृष्टि से देख रही थी और उसके गाल लाल हो रहे थे। उसकी आन्तरिक प्रवृत्ति जिस प्रकार का सम्पर्क स्थापित करने के लिए उसे प्रेरित करती थी, उससे बचने के लिए मुन्नू ने अपना मस्तक हिलाया और नीचे की ओर देखने लगा। लक्ष्मी ने उसकी ठोड़ी में हाथ लगाकर उसका मुँह ऊपर को किया और धीरे-धीरे उसके शरीर पर हाथ फेरते हुए अपार ममता के भाव से उसकी भावनाओं को समझकर उसके माथे पर प्यार किया और बहुत ही मन्द स्वर में एक मन्त्र की तरह उसके कान में वह कहने लगी, "हम दुखिया हैं। हम दुःख सहने को ही पैदा हुए हैं, मेरे प्यारे!"

फिर वह उसके पास ही लेट गई और उसे अपनी छाती से चिपटा लिया और उसे बार-बार प्यार करने लगी। उसके सामीप्य से मुन्नू की व्याकुलता और बढ़ गई और वह युवावस्था की समस्त बेचैनियों से तड़प-तड़पकर करवटें लेने लगा। यहाँ तक कि सुबह होने को आ गई और मुन्नू पर एक अस्थायी मृत्यु छा गई—वह लक्ष्मी से लिपटा-लिपटा सो गया।

सोमवार का प्रातःकाल यों तो सबके लिए कष्टदायक होता है, किन्तु कुलियों के लिए तो वह जैसे प्रलय का ही दिन होता है। बात यह है कि उससे पहले डेढ़ दिन जब वे मानव जीवन में सुखों का अधिक-से-अधिक उपयोग करने का उद्योग करते हैं और आमोद-प्रमोद में मग्न हो जाते हैं, इससे उनकी चित्तवृत्ति बदल जाती है। सोमवार के दिन उनको फिर काम पर जाना पड़ता था। इस कारण सोमवार का प्रातःकाल उन्हें ऐसा लगता, मानो वे मृत्यु का सामना कर रहे हों। जिस समय वे काम पर जाने लगते थे, जान पड़ता मानो यमराज कहीं छिपे बैठे हैं, उनका गला घोंट देंगे या किसी जादू के असर से उनके हाथ-पाँव लुञ्ज हो गए हैं। वे बिल्कुल निर्जीव-से अत्यन्त ही मन्द गति से चलते थे।

उनके चेहरों पर उन तकलीफों और दुःखों की परछाइयाँ सदा मँडराती रहती थीं, जिन्हें वे कभी प्रकट न करते थे।

अधिकतर कुली निर्बलता के मारे थर-थर काँपते हुए चलते थे। उनकी-दृष्टि क्षीण होती, चेहरे पर झुर्रियाँ पड़ी होतीं, रक्त-माँस से हीन होने के कारण शरीर काला पड़ा होता, आँतें सिकुड़ी होतीं, रीढ़ बैठी होती और ऊँघ-ऊँघकर इस प्रकार अन्यमनस्क भाव से चलते, मानो स्वप्नलोक में हों। या यों कहिए कि बिल्कुल अबोध हों, उनको इस बात का ज्ञान ही न हो कि वे कहाँ जा रहे हैं। वे बहुधा आकाश की ओर ताकते हुए चलते थे और परस्पर अभिवादन करने के लिए अथवा भगवान् के प्रति कृतज्ञता प्रकट करने के लिए जब वे राम-राम या ईश्वर का कोई दूसरा नाम मुँह से निकालते, तब एक आह उनके मुँह से निकल जाती।

मुन्नू मन-ही-मन यह सोचकर आश्चर्य का अनुभव करता कि ये सब इतने खिन्न क्यों दिखाई पड़ते हैं। क्योंकि उसके शरीर में अब भी युवावस्था की स्फूर्ति और शक्ति कुछ मात्रा में अवशिष्ट थी। वह घूर-घूरकर फ़ैक्ट्री की ओर जाते हुए कुलियों को देखा करता।

मुन्नू को स्मरण हो आया कि उसके आश्रयदाता और हितेच्छु दौलतपुर वाले प्रभु किस प्रकार भगवान् पर निर्भर करते थे। वे कहा करते कि भगवान् की ही इच्छा से सब कुछ होता है। यहाँ तक कि गनपत ने उनके प्रति जो दुर्व्यवहार किया था, पुलिस से उन्होंने जो मार खाई थी और उन्हें जो सांघातिक ज्वर हुआ था, उस सब में उन्हें भगवान् की ही इच्छा दिखाई दी। उनका विश्वास था कि ये सारे दुःख-क्लेश उन्हें पूर्व जन्म के दुष्कर्मों के फल-स्वरूप भोगने पड़े हैं। कदाचित् ये कुली लोग भी कर्मफल में विश्वास रखते हों। कम-से-कम हरि तो अवश्य भाग्यवादी था। वह प्रायः इस प्रकार की बातें किया करता था। उसका यह भी विश्वास था कि कभी-न-कभी तो उसका भाग्य अवश्य पलटा खाएगा, क्योंकि उसने जीवन में कुछ पुण्य कर्म तो किए ही हैं। रतन इस बुद्धिमानी का मजाक उड़ाया करता था और केवल वही ऐसा था जो अपने विशाल मुख-मण्डल पर वीरता की मुस्कराहट लाकर, सीना निकालकर चला करता था। और सब कुली तो यों ही मस्तक झुकाए जलील बने घूमा करते थे।

मुन्नू को रतन के भावी जीवन के सम्बन्ध में कुछ आशंका-सी रहा करती थी। उसके हृदय में पता नहीं क्यों यह भाव उदय हुआ करता कि रतन का भाग्य आगे चलकर अनुकूल न सिद्ध होगा, उसकी यह मस्ती आगे चलकर भी इसी रूप में न रह सकेगी। मुन्नू अपने हृदय से इस आशंका को निकालने का प्रयत्न करता। वह सोचा करता कि रतन को वह रूपवान और भाग्यशाली न समझे। कहीं उसे नजर न लग जाए। किन्तु अन्त में उसकी यह आशंका सत्य होकर ही रही। एक दिन रतन के मुख-मण्डल की मुस्कराहट एकाएक अदृश्य हो गई।

चिमटा साहब का प्रतिदिन का यह नियम था कि प्रातःकाल वे शेड के दरवाज़े के पास कुलियों का सलाम लेने तथा उनकी अन्य प्रकार की श्रद्धा, भक्ति और पूजा प्राप्त करने के उद्देश्य से खड़े रहा करते थे। इस सब के बदले में वे कभी हाथ हिला देते, कभी डाँट-फटकार बतलाते, कभी शपथ करते और कभी गालियाँ देते। उनका यह

आचरण मिल में बराबर शान्ति स्थापित कर रखने के लिए बहुत अनुकूल था, क्योंकि उनके भारी-भरकम शरीर का देख लेना-भर कुलियों को दबा देने और उनमें दैवी कोप का भय उत्पन्न कर देने के लिए पर्याप्त होता था। इससे उन सब की मानसिक अवस्था सुव्यवस्थित हो जाती और वे तत्परतापूर्वक अपना कर्त्तव्य पूरा करने में संलग्न हो जाते। कभी-कभी किसी-किसी कुली को दो-एक लात भी वे जड़ देते थे। परन्तु ऐसा केवल उसी दिन होता था, जिस दिन वे समय से पहले मदिरा पी लेते थे, या मिसेज टामस से उनकी लड़ाई हो जाती थी। जब कभी प्रातःकाल समाचारपत्रों में क्रान्तिकारी दल के द्वारा किए गए किसी राष्ट्रीय प्रदर्शन, आतंक उत्पन्न करनेवाले उपद्रव, कम्यूनिस्ट आक्रमण या राजद्रोहात्मक प्रचार का संवाद वे पढ़ते थे, तब भी भड़क उठते थे। क्योंकि भारतवर्ष पर शासन करनेवाली अँगरेज़-जाति का एक सदस्य होने के कारण उनके हृदय में इन समस्त कार्यों के प्रति विद्वेष का भाव होना स्वाभाविक था। भरतीय राष्ट्र का, जिसका अँगरेज़ों के द्वारा शोषण किया गया था, अपनी स्वतन्त्रता के लिए लड़ना वे अपनी व्यक्तिगत मानहानि समझते थे। लंकाशायर के वे दिन उन्हें भूल चुके थे, जब वे स्वयं अपना जीवन बड़े संकट से व्यतीत करते थे।

रतन ज़रा कुछ स्वतन्त्र विचार का व्यक्ति था। वह कभी दोहरा होकर फ़ोरमैन साहब को सलाम नहीं करता था। उसे स्वयं अपने शारीरिक बल का बड़ा भरोसा था और फिर उसकी सहायता के लिए यूनियन की संगठित शक्ति भी तो थी। उसे मालूम था कि वह अपने काम में निपुण है साथ ही परिश्रम भी है, इसलिए महीने के अन्त में उसे पूरी मज़दूरी मिलनी ही चाहिए। यदि उसे समय पर वेतन न मिलता या कपड़ा खराब हो जाने के बहाने से उसके वेतन में से कुछ काट-कपट होती, तो वह विरोध करने के लिए कमर बाँधकर तैयार हो जाता।

"सलाम साहब!" पहलवान ने अकड़कर चिमटा साहब के सामने से गुजरते हुए कहा।

"इधर आओ" साहब ने कठोरतापूर्वक, परन्तु धीरे से कहा।

"हाँ हजूर" रतन ने ज़रा परिहास के भाव से वापस लौटते हुए कहा।

"तुमको डिस्चार्ज किया गया है" चिमटा साहब ने कहा।

"पर साहब, मेरा कुसूर?"

"जाओ, तुम डिस्चार्च कर दिए गए हो।"

रतन ने पहले तो एक बार शान्त भाव से साहब की तरफ़ देखा, किन्तु उसके बाद ही वह काँप उठा, जैसे किसी ने उसके हृदय में छूरा भोंक दिया हो। उसके अन्तःकरण में जो अपरिसीम वेदना का भाव उदित हुआ था, उसके कारण उसका मुखमण्डल मुरझा गया। किन्तु क्षणभर में ही उसका आत्माभिमान जागृत हुआ और वह जोश में आ गया। फिर रतन ने अपनी ठोड़ी ज़रा उठाई, दाँत पीसे और उसकी आँखों से चिनगारियाँ निकलने लगीं। वह सीधा तनकर खड़ा हो गया और उसका जी चाहने लगा कि साहब को उस क्रोध का मज़ा चखा दे, जो भूत की तरह उसके शरीर में बन्द था—वह भूत—वह राक्षस, दरिद्रता के अनुभव ने जिसको जन्म दिया था, जिसकी उत्पत्ति उस आन्तरिक वेदना के कारण हुई थी, जिसका अनुभव उसे अपने आस-पास रहने वाले लोगों के अर्थाभाव तथा

शारीरिक एवं मानसिक क्लेशों के कारण होता था। उसने मारने को अपना हाथ उठाया, किन्तु चिमटा साहब नादिर खाँ की आड़ में शरण लेने के लिए मुड़ चुके थे और रतन शत्रु पर पीछे से प्रहार करके अपनी वीरता के गौरव को नष्ट करने को तैयार नहीं था। उसने अपनी बाहें झिटक दीं, मानों जितनी भी शारीरिक शक्ति एकत्र की थी, वह सब फेंक दी हो, शरीर को उसने ढीला छोड़ दिया और जलती हुई आँखों में जो खून उतर रहा था, उसके स्थान पर जल आने लगा।

"लोग कहते हैं न कि घोड़े के पीछे और अफ़सर के आगे न जाओ, दोनों में बुराई है, तो वही हुआ।" मुन्नू ने रतन को धैर्य देते हुए कहा, "मैं उसके सामने जाकर हाथ जोड़ूँगा और प्रार्थना करूँगा कि वह तुमको फिर रख ले।"

"नहीं जी" रतन ने गम्भीर भाव से कहा, "मैं उसे इसका मज़ा चखाऊँगा। तुम देखते तो जाओ।"

रतन तुरन्त ही आल इण्डिया ट्रेड यूनियन फेडरेशन के दफ्तर की ओर चल पड़ा। वह दफ्तर वहाँ से कोई आधी मील पर था। लाला ओंकारनाथ उसके सभापती थे। रतन को विश्वास था कि वे अवश्य उसकी बातें सहानुभूतिपूर्वक सुनेंगे और उसके प्रति जो अन्याय किया गया है, उसका प्रतिकार करेंगे, क्योंकि वे स्वयं भी उत्तरी भारत के रहनेवाले हैं।

ओंकानाथजी का बँगला ही दफ्तर का काम भी देता था। अतएव रतन उनके बँगले पर पहुँचा। उसने बाहर बरामदे में बैठे हुए एक क्लर्क से कहा, "मैं सभापती-महोदय के पास एक शिकायत लेकर आया हूँ।"

क्लर्क ने रतन को ऊपर से नीचे तक एक बार देखकर उत्तर दिया कि साहब को इस समय अवकाश नहीं है। वे बहुत काम में लगे हुए हैं।

रतन ने एक चाँदी की अठन्नी उसके हाथ पर रख दी।

क्लर्क ने दफ्तर के कमरे की चिक उठाई, अन्दर गया और तुरन्त ही वापस आकर बोला, "साहब इस समय काम में व्यस्त हैं। उन्होंने आज्ञा दी है कि आप अपनी शिकायत लिखकर दे दें। आपका प्रार्थना-पत्र मैं लिख दूँगा, किन्तु एक रुपया लिखाई देनी पड़ेगी।

रतन क्रोध से अधीर हो उठा। उसका जी चाहा कि वह अभी क्लर्क की गर्दन मरोड़ दे, किन्तु फिर मन में आया कि क्लर्क का क्या अपराध? वह वहीं भूमि पर बैठ गया और यूनियन के नाम प्रार्थना-पत्र लिखवाने लगा कि उसके साथ जो अन्याय किया गया है, उसका प्रतिकार किया जाए।

उस दिन शाम को रतन के कमरे में बहुत-से लोग आते-जाते रहे।

पहलवान के नौकरी से अलग कर दिए जाने का समाचार चारों तरफ फैल गया था और मिल के मज़दूर हर तरफ़ से आ-आकर उसके साथ सहानुभूति प्रकट करने लगे, साथ ही उन्हें भी जो अन्याय और उत्पीड़न सहन करना पड़ रहा था, उसका वर्णन करके अपने प्रति रतन के हृदय में भी सहानुभूति का भाव जागृत करने लगे।

परन्तु कुली लोग नितान्त ही उत्साहहीन और निर्जीव थे। उनका आत्मबल एकदम से नष्ट हो चुका था और हर प्रकार का दुःख-क्लेश तथा अपमान और अत्याचार मौन-भाव से सहन करते हुए अधीन बने रहने के लिए अभ्यस्त हो चुके थे। इसलिए वे या तो

अपने निस्तेज नेत्रों की करुणा से अर्द्र करके शून्य भाव से ताकते रहते या एक बहुत ही विनम्रतापूर्ण तथा धार्मिक व्यक्ति के-से बँधे हुए शब्दों में आह भरकर नितान्त ही निराश होकर कह देते, "क्या करोगे भाई! भगवान् की यही इच्छा थी" या "बड़े दुःख की बात है, पर इस कलियुग में बुरों की ही उन्नति होती है। जो भले हैं, उन्हें सदा दुःख ही भोगना पड़ता है।" जीवन में निरन्तर तरह-तरह की कठिनाइयों से संघर्ष करते-करते उनकी शक्ति और दृढ़ता इस प्रकार क्षीण ही चुकी थी, उनकी आत्माएँ एकदम कुचल उठी थीं और संकटों की एक हल्की-सी परछाईं उन्हें सदा घेरे रहती थी, रोगी के अंगों पर सदा असमर्थता छाई रहती है, अबोध शिशुओं की आकृति पर भोलापन तथा अनबोल पशुओं के नेत्रों में विवशता।

लगभग साढ़े आठ बजे दो हिन्दुस्तानी साहब, सौदा तथा मुजफ्फ़र और एक अँगरेज़, स्टेनली जैक्सन, जिन्हें कुलियों ने कभी-कभी मिल के मैदान में भाषण देते देखा था, आये।

"क्यों रतन, हमने सुना है कि तुम डिस्चार्ज कर दिए गए" सौदा ने पूछा।

"जी हाँ?" रतन ने मुस्कराते हुए उदासीन भाव से उत्तर दिया।

"फ़ोरमैन ने तुम्हें नौकरी से अलग किए जाने का कोई कारण भी बतलाया है?" अँगरेज़ ने टूटी-फूटी हिन्दी में पूछा।

"नहीं साहब!" रतन ने कहा, "किन्तु वह तो बहुत दिनों से ऐसा करने के लिए किसी उपयुक्त अवसर की ताक में था। मुझे इसकी तो कोइे चिन्ता नहीं, किन्तु हमारे यूनियन के अध्यक्ष लाला ओंकारनाथ ने आज मुझसे मिलना अस्वीकार कर दिया, इससे मैं अवश्य अपने-आपको बहुत अपमानित अनुभव कर रहा हूँ।"

"तो तुम हमारे पास क्यों नहीं आए?" मुजफ़्फ़र ने कहा, "हमें सहयोग देने के ही कारण तुम्हारे साथ यह अन्याय हुआ है। हम तुम्हारा मामला तय करेंगे। निराश क्यों होते हो?"

रतन ने कहा, "मैं किसी दूसरी मिल में नौकरी प्राप्त करने की आशा कर रहा था। मुझे आशंका थी कि आपके पास जाने पर सभी मिल-मालिकों को इसकी सूचना हो जाएगी और फिर मुझे नौकरी मिलने में बाधा पड़ेगी। इसीलिए मैं आपके पास आने का साहस नहीं कर सका।

"चिमटा साहब के पास क्यों न चलें?" मुन्नू ने कहा। वह बैठे-बैठे बहुत ही उत्सुक भाव से सारी बात सुन रहा था और इस तरह नाटकीय ढंग से लाल झण्डेवालों के आ जाने से उसमें बहुत जोश आ गया था।

"नहीं जी, वहाँ जाने का तो कोई प्रश्न ही नहीं" सौदा ने हाथ हिलाकर कहा, "तुम लोग इतना अपमान सहन करते हो, फिर भी तुम्हारी आँखें नहीं खुलतीं! यह संकटमय और अत्याचार-पीड़ित जीवन क्या तुम लोगों के हृदय में प्रतिक्रिया की भावना नहीं उत्पन्न करता? मैं कहता हूँ कि उन्होंने तुम लोगों को पीस डाला है, तुम्हारे शरीर में जितनी शक्ति थी, वह सब-की-सब निचोड़ ली है, और रगड़-रगड़कर तुमसे इस कदर काम लिया है, कि अब तुम किसी लायक नहीं रह गए हो।

"हाँ, यह सब बात तो सच है। ऐसा ही हुआ है।" हरि ने अपनी झुकी हुई कमर के बल सिकुड़कर बैठे-बैठे मस्तक हिलाया।

"इस कोठरी को देखो, जिसमें तुम रहते हो" सौदा ने फिर कहना आरम्भ किया, "क्या इसमें तुम सब के लिए पर्याप्त स्थान है? और तुम्हारे-जैसे हजारों आदमी झोपड़ियों में रहकर सन्तोष की साँस ले रहे हैं। यहाँ न तो पक्की सड़क है, न बाग है, न खेलने का कोई मैदान है। इस तरह कब तक रह सकोगे? बहुत रहे तो छः महीने, फिर मुर्दा-सा शरीर लेकर देस को भागोगे, वहाँ पहुँच जाने पर भी प्राण-रक्षा हो गई, तो बहुत बड़ी बात है। और ये तुम्हारे बच्चे दिन-दिन भर एक-एक आने के लिए परिश्रम करते हैं। उनकी वृद्धि मारी जाती है, वे दबकर रह जाते हैं। कब तुम्हारी आँखें खुलेंगी? कब तुम सचेत होओगे?"

"साहब जो कुछ कह रहे हैं, उसका तुम लोग बुरा न मानना।" मुजफ्फर ने सौदा की कड़वी बातों का जहर बुझाने की कोशिश करते हुए कहा, "साहब को तुम लोगों से अनुराग है। ये भी निर्धनता के क्लेशों का सामना कर चुके हैं और इन्हें एक उपाय मालूम है। उसे यदि तुम लोग सीख लो, तो तुम्हारी भी निर्धनता एकदम दूर हो सकती है।"

"ये तुम्हारे बच्चों के लिए स्कूल खुलवा देंगे" अँगरेज ने कहा।

"स्कूल से भी अधिक आवश्यकता तुम्हें रोटी की है" सौदा ने कहा, "देश में तुम्हारे हाथ हल चलाया करते थे और यहाँ तुम्हारी उँगलियाँ कपड़ा बुनती हैं। तुम्हारे भाई बन्धु कड़ाके की धूप में परिश्रम करके अन्न उत्पन्न करते हैं, सड़कें बनाते और कूटते हैं, खानों और बगीचों में काम करते हैं। बड़े-बड़े पूँजीपति लोग, जो साहब होते हैं, तुम्हारी गाढ़ी कमाई की सम्पत्ति विलायत उठा ले जाते हैं। यहाँ जो नाम-मात्र का तुम्हें पारिश्रमिक मिलता है, उसी से किसी तरह कोठरी का भाड़ा देते हो, खाने-पीने का सामान खरीदते हो, कपड़े खरीदते हो और महाजन को देते हो। इस प्रकार नितान्त असुविधापूर्ण ही जीवन व्यतीत करते हुए तुम लोग थोड़े दिन काम करते हो, फिर लौटकर गाँव जाते हो और वहाँ मर जाते हो। तब दूसरे लोग तुम्हारी जगह अपनी हड्डियाँ पीसने लगते हैं। हैजा फैलने लगता है, तो एकदम तुम्हारा सफाया हो जाता है। अच्छा, यह बताओ कि अपने मालिकों के इस तरह के बर्ताव से तुम लोग सन्तुष्ट हो?"

"नहीं, नहीं, बिल्कुल नहीं।" रतन ने कहा।

"पर साहब, हम कर ही क्या सकते?" एक बाहर से आया हुआ कुली बोला, "आप तो पढ़े-लिखे हैं। साहब की बराबरी के हैं। आप साहब लोगों से लड़ सकते हैं। पर हम क्या करें, किसके सामने अपना दुखड़ा रोवें?"

"तुम? तुम लोग भी तो मनुष्य ही हो!" सौदा ने ओजपूर्ण स्वर में कहा, "क्या मान-प्रतिष्ठा नाम की कोई वस्तु तुममें है ही नहीं? यदि कोई तुम्हारी पगड़ी उतार ले, तो उतार लेने दोगे?"

"नहीं" उस कुली ने जवाब दिया।

"तो फिर तुम्हारा आत्म-सम्मान का भाव कहाँ चला गया? तुम्हारी मर्यादा कहाँ गई? तुम्हारी मनुष्यता क्या हो गई?" सौदा ने प्रश्न किए।

"मैं तो मर्द हूँ" रतन ने सीना ठोंक कर कहा।"

"इसीलिए तो निकाले गए।" मुन्नू ने परिहासपूर्ण स्वर में कहा, "तुम्हें अपनी

पहलवानी का बहुत अधिक घमण्ड है।''

इस पर एक ज़ोर का कहकहा लगा। सब लोग हँसने लगे और वातावरण की गम्भीरता कुछ कम हो गई। फिर हरि थके हुए स्वर में धीरे-धीरे कहने लगा, ''साहब, हम लोगों को किसी-न-किसी का काम तो करना ही है। चिमटा साहब का न सही, तो किसी और का सही।''

''हाँ हाँ, काम तो तुम्हें करना है और करना चाहिए भी। परिश्रम करना बहुत अच्छा है। परन्तु आजकल तो तुम ग्यारह घण्टे पसीना बहाते हो और तनख्वाह नाम-मात्र को पाते हो। यदि तुम मेरी बात मानो, तो तुम्हारी तनख्वाह भी बढ़ सकती है और काम के घण्टे भी घट सकते हैं।''

''तो हम क्या करें साहब!'' हरि ने कहा।

''तुम सब-के-सब मिल से बाहर निकल आओ, सब-के-सब'' सौदा ने कहा, ''और काम करने से बिल्कुल इन्कार कर दो, जब तक कि तुम्हारी तनख्वाहें न बढ़ाई जाएँ, काम के घण्टे न घटाए जाएँ, तुम्हारे बच्चों की पढ़ाई का उचित प्रबन्ध न हो जाए और तुम्हें रहने को नए घर न दिए जाएँ।''

''तुम हड़ताल कर दो'' अँगरेज़ ने धीरे से कहा।

''मैं तो अवश्य करूँगा'' रतन ने कहा।

''तुम तो हड़ताल पर हो ही'' मुन्नू ने रतन को फिर छेड़ा।

बाकी कुली चुप रहे। यह तो उन सब को मालूम था कि उनसे बहुत अधिक परिश्रम लिया जाता है, धीरे-धीरे करके उनके शरीर की सारी शक्ति निचोड़ ली जाती है और वे निरन्तर आधा पेट भोजन करके पेट की विकराल ज्वाला से द्वन्द्व करते-करते मृत्यु की ओर बढ़ते जा रहे हैं। परन्तु उन सब के सामने प्रश्न यह था कि हड़ताल के समय में उनकी तात्कालिक आवश्यकताओं की पूर्ति किस प्रकार होगी। वे अपने बच्चों के भोजन की क्या व्यवस्था करेंगे, अपने ही पेट की ज्वाला किस प्रकार शान्त करेंगे। वे चिन्तित हो उठे, भय से उन्होंने अपनी-अपनी गर्दनें झुका लीं।

''हम लोगों ने जो बातें कही हैं, उन पर ध्यानपूर्वक विचार करना'' मुजफ्फर ने समझाते हुए कहा, ''और रतन भाई, तुम कल प्रातःकाल आकर हमसे मिलना। इस विषय में क्या किया जा सकता है, हम इस पर विचार करेंगे।''

''सलाम साहब'' कुलियों ने कहा।

''सलाम, सलाम, सलाम!'' तीनों कम्यूनिस्टों ने सलाम का जवाब दिया और सीढ़ी से उतरे।

मुन्नू बहुत ही प्रभावित हो उठा था। उस समय वह बड़े उत्साह में था।

सौदा, मुजफ्फर और जैक्सन ने मिलकर आल इण्डिया ट्रेड यूनियन फ़ेडरेशन के प्रेसीडेन्ट को इस बात पर सहमत कर लिया कि वे रतन की ओर से सर जार्ज ह्वाईट मिल्स के नाम एक प्रार्थना-पत्र भेजें। इसके परिणाम-स्वरूप वहाँ से इस आशय का एक प्रार्थना-पत्र भेजा गया कि रतन को फिर से मिल में नौकरी दी जाए और वहाँ से रतन के नाम लिखकर आया कि वह स्वयं उपस्थित होकर मैनेजर से बातें करें।

यह पत्र भी सैकड़ों अन्य पत्रों के साथ मिल में पहुँचा—सैकड़ों पत्रों के साथ! किसी

पत्र के द्वारा रेल के गोदामों में रुई पहुँचने की सूचना दी गई थी, तो किसी में विलायत से मशीनें आने की सूचना दी गई थी, कहीं मरम्मत के सम्बन्ध में लिखा-पढ़ी हो रही थी, कहीं से भिन्न-भिन्न प्रकार के वस्त्रों के नमूने माँगे गए थे और उनके मूल्य पूछ गए थे और फिर सर जार्ज ह्वाईट की डाक थी, जो बहुत आवश्यक थी।

पत्रों की अधिकता के कारण मिल के मैनेजर, मिस्टर लिटिल बहुत व्यग्र थे। उनकी समझ में नहीं आ रहा था कि वे कहाँ से आरम्भ करें। किसी पत्र पर 'प्रिय महोदय' लिखा दिखाई देता था, तो किसी पर 'आदरणीय महोदय', किसी पर 'जहाँ तक रूई की उन सौ गाँठों पर प्रश्न है, जिनकी डिलेवरी अभी तक नहीं मिली', किसी पर होता 'कष्ट के लिए क्षमा'। वे थककर चूर हो गए थे। उनकी स्थिर और निश्चल दृष्टि बार-बार रेलवे गोदाम के क्लर्क की भद्दी और अस्पष्ट लिखावट पर पड़ती थी, जो बादामी कागज पर कारबन से लिखी थी, कभी जमशेदजी जीजी भाई मिल्स के रूखी और तीक्ष्ण भाषा में लिखे गए पत्रों पर और कभी रेजिनल्ड के साफ़-सुथरे कागज पर निर्दोष भाषा में लिखे गए पत्रों पर पड़ती थीं।

मिस्टर लिटिल का स्वभाव कुछ ऐसा था कि वे बिल्कुल ज़रा-सी बात में ही अधीर हो उठते थे। बम्बई की घुटी हुई गरमी ने, जिससे उनका मुख-मण्डल सदा पसीने में तर रहता था, उनके हृदय के धीरता के भाव में ज़रा भी वृद्धि नहीं होने दी। कभी आँखें उठाकर वे ऊपर मस्तक पर लगे हुए बिजली के पँखे को देखते, कभी अपनी कुर्सी खिसकाते, कभी कोई कागज इधर-उधर करते। उनका कण्ठ सूख गया था और इच्छा हो रही थी कि वे उठकर एक गिलास ह्विस्की पी लें। परन्तु काम तो फिर काम ही ठहरा।

उन्होंने मेज पर दोहरे होकर ट्रे खींची, जिसमें सब डाँक छाँटकर रख दी। उन्हें मालूम था कि उन्हें सबसे पहले सर रेजिनल्ड की डाक देखनी चाहिए और उनके आदेशों के अनुसार कार्य करना चाहिए।

''स्क्रूवाला!'' उन्होंने आवाज दी।

एक नवजवान हिन्दुस्तानी क्लर्क सफेद सूट और किश्तीदार काली टोपी पहने अन्दर आया। यह नए ढंग की टोपी थी और यह कदाचित् इसलिए पहनी गई थी कि कोट-पतलून पहनने का जो सदा का चाव है, उसके मुकाबिले में यह मातृभूमि के सम्मान का पलड़ा बराबर रखे। बचपन में उसने एक बार हार्नबी रोड के एक किनारे पर एक साहब को ऐसे ही बालोचित कौतूहलवश घूरा था और केवल इस ज़रा-सी बात पर ही उत्तेजित होकर वह उसे मार बैठा था। तब से किसी अँगरेज को देखकर वह अब भी घबरा उठता था और उसके काले चेहरे पर उस घबराहट का चिह्न भय के चिह्न के रूप में झलक रहा था।

''भगवान् के नाम पर बैठ जाओ! वहाँ खड़े-खड़े क्या घूर रहे हो? मुझे इससे उलझन होती है'' मिस्टर लिटिल चीखे।

''जी, जी! जी जनाब!'' क्लर्क मुँह-ही-मुँह में बुदबुदाया। उसका नीचे का होंठ काँपने लगा और भूरी आँखों में लज्जा और भय के चिह्न झलकने लगे।

''लिखो'' मिस्टर लिटिल ने कुछ शान्त होकर कहा।

क्लर्क ने सोचा कि अब साहब का मिजाज कुछ ठीक हो गया है, इसलिए वह

मेज के पास ही एक लोहे की कुर्सी पर बैठ गया। पंखे से निकलती हुई ठण्डी हवा के झोंकों से उसके शरीर की गरमी कुछ कम हो गई। उसने साहब के घूरने से बचने के लिए अपनी शार्टहैण्ड की नोट-बुक पर दृष्टि जमा ली और वह पत्र लिखने के लिए तैयार होकर बैठ गया।

''आँखें खोलो।'' साहब एकाएक गरज उठे। वे इतने ज़ोर से गरजे कि क्लर्क बेचारा डर के मारे व्याकुल हो उठा। उसे ऐसा लगा कि वह अब पिटने ही वाला है।

''आँखें खोलो'' साहब ने इस बार कण्ठ-स्वर में पहले की अपेक्षा बहुत-कुछ नरमी पैदा की, क्योंकि उन्होंने देखा कि घबराहट के मारे क्लर्क की रही-सही बुद्धि भी नष्ट हुई जा रही है।

''शुरू करो। ऊपर लिखो—

'नोटिस'

ठीक उसी समय एक मक्खी आकर साहब की नाक पर बैठ गई। उन्होंने उसे उड़ाया और वह बोलने ही वाले थे कि वह आकर मुँह पर बैठ गई।

''लाल काका!'' साहब ने ऊँचे स्वर में कहा।

''हुजूर!'' बाहर से किसी आज्ञाकारी की-सी आवाज़ आई, साथ-ही-साथ चिक उठी और एक पारसी लड़का अन्दर आया, जो इधर-उधर चिट्ठियाँ वगैरह ले जाया करता था। वह नेकर-कमीज पहने, सिर में बहुत-सा तेल चुपड़े, सीधी माँग निकाले था, जिससे वह अपनी उम्र से बहुत बड़ा मालूम पड़ता था और उपहासास्पद भी हो गया था।

''यह लो, 'फ्लाई किलर' लो, और कमरे में जहाँ भी मक्खी बैठे, मारो।''

''अच्छा, हजूर!'' लाल काका ने वह छड़ी उठा ली, जिसके एक सिरे पर एक पान की शक्ल का चमड़ा बँधा था।

''स्क्रूवाला! लिखो।''

क्लर्क ने कागज पर पेन्सिल चलानी आरम्भ कर दी।

''वर्तमान युग में व्यवसाय में मन्दी आ जाने और मुद्रा-सम्बन्धी आर्थिक संकट उपस्थित संकट उपस्थित हो जाने के कारण डायरेक्टरों का यह बोर्ड बहुत ही खेद के साथ यह घोषित करता है कि व्यय कम करने, साथ ही मशीनें चालू रखने के लिए उसे कारखाने में काम का समय घटा देने के लिए विवश होना पड़ा है। जब तक कोई दूसरी सूचना न प्रकाशित हो, हर महीने के अन्तिम सप्ताह में काम नहीं होगा। इस सप्ताह का वेतन न दिया जाएगा, किन्तु मज़दूरों की भलाई को ध्यान में रखते हुए यह इन्तजाम किया गया है कि उन्हें कुछ एलाउन्स दिया जाए। यह परिवर्तन आगामी दसवीं मई से कार्य-रूप में परिणत किया जाएगा।''

हस्ताक्षर

सर रेजिनल्ड ह्वाईट, बार-एट-ला

प्रेसीडेन्ट, सर जार्ज ह्वाईट मिल्स

जैसा कि सदा का निमय था, क्लर्क ने जो कुछ लिखा था, उसे मिस्टर लिटिल अभी सुनने ही वाले थे कि एक मक्खी आकर उनके माथे पर बैठ गई। उन्होंने प्रलयकारी

दृष्टि लाल काका पर डाली।

लाल काका ने तुरन्त ही मक्खी मारनेवाला वह चमड़े का पट्टा साहब के माथे पर जड़ दिया। साहब ने उसे मक्खी मारने की आज्ञा दी थी, चाहे वह कहीं भी हो।

"यू, डैम फूल! यू ब्लडी फूल!" लिटिल साहब फूँ-फूँ करते, दाहिने हाथ से माथा सहलाते और बायें को यों ही घुमाते हुए कुर्सी से उठे। वे इस तरह क्रुद्ध होकर उठे थे कि ठोकर मारकर लाल काका को कमरे से बाहर कर देते, परन्तु इतने ही में टेलीफोन की घण्टी बजने लगी, टन्-टन्-टन् बजती ही गई।

"हलो, हलो!" साहब ने क्लर्क के हाथ से टेलीफोन का चोंगा झपट लिया, "सर जार्ज ह्वाइट मिल्स।" उनका चेहरा क्रोध से गुलाबी हो रहा था और जहाँ चमड़े का सड़ाका लगा था, वहाँ तो बिल्कुल लाल हो गया था, "हाँ, हाँ, सर रेजिनल्ड? हाँ, हाँ, मैंने अभी वह नोटिस लिखवा दी है, जिमी को बुलाकर दिए देता हूँ।...हाँ हाँ, जरूर आइए...किस समय?...लन्च से पहले?...ठीक है सर रेजिनल्ड...गुड मार्निंग...गुड मार्निंग...नहीं कुछ ऐसा बुरा भी नहीं है...हाँ गरमी तो है...पर आर्डर तो आ रहे हैं बराबर...तो फिर हम आपका इन्तजार करेंगे...गुड बाई... ।"

"चल, जाके फ़ोरमैन साहब को बुला के ला, सुअर!" साहब लाल काका पर गरजे, जो दरवाज़े के समीप खड़ा डर के मारे थर्रा रहा था। लाल काका बाहर भागा और फिर फौरन ही वापस आया।

"हजूर, साहब आ ही रहे हैं।"

"हलो जिमी! गुड मार्निंग। आगामी सप्ताह से मिल शार्ट टाइम चलेगी।"

"इन कालों पर लानत" जिमी ने कहा, "एक पेग!"

"वह रहा अलमारी पर। मुझे भी देना, बड़ी प्यास लगी है। उफ़!"

"पर यह मामला क्या है?" जिमी ने अपनी गँजी चाँद पर से पसीना पोंछकर ह्विस्की की बोतल सम्भाली।

"स्क्रूवाला नोटिस टाइप कर रहा है" मिस्टर लिटिल बोले।

"अच्छा तो फिर इसी बात पर" जिमी ने खालिस ह्विस्की का एक गिलास मिस्टर लिटिल को थमाते हुए कहा।

"रेजी यहाँ लन्च के पहले आनेवाले हैं" मैनेजर ने जिमी को सावधान किया, "अपने हवास ज़रा ठीक रखना।"

"तुम्हारा सिर!" जिमी ने जवाब दिया, "हिसाब तुम्हें देना है कि मुझे? मुझे कोई मशीनें तो चलानी नहीं हैं, वे तो अपने-आप चलती रहती हैं।"

"और इस बात का ध्यान रखना कि रेजी के चले जाने के बाद कुलियों को नोटिस मिले" मिस्टर लिटिल कहने लगे, "इनमें बाज-बाज बड़े सनकी हैं।"

"नहीं जी, बस एक सनकी था, उसे निकाल बाहर किया मैंने। वह टाटा के लोहे के कारखाने में काम कर चुका था, लाल झण्डे वालों के साथ रह-रहकर आपे में ही नहीं रहता था। वैसे वह काम खूब करता था, परन्तु हम यह तो नहीं सहन कर सकते कि यह विद्रोह का प्रचार होता रहे।

"अच्छा, तो आज प्रातःकाल आल इण्डिया ट्रेड यूनियन के कार्यालय से उसी के

लिए प्रार्थना-पत्र आया था कि उसे फिर नियुक्त कर लिया जाय? मैं तुमसे पूछने ही वाला था। ये सुअर बेईमान बड़ी तेज़ी से लोगों में असन्तोष फ़ैला रहे हैं। आश्चर्य है कि सरकार इस विषय में क्यों कुछ नहीं कर रही है?

"अब ट्रेड यूनियन दो भागों में बँट गया है। पुरानी यूनियन लाला ओंकारनाथ ने कायम की थी और यह नई लाल झण्डेवाली यूनियन किसी अँगरेज, जैक्सन ने कायम की है, जो मानचेस्टर से आया है।"

"अजी, सबको एक दीवार के पास खड़ा करके गोली मार दी जाएगी। देखते जाओ, ये सुअर कहीं के!" लिटिल साहब चीख उठे।

इतने में बाहर से मोटर के तेज हार्न की आवाज़ आई। इससे लिटिल साहब ने इस निन्दात्मक प्रसंग को काट दिया और बाहर की ओर दौड़े। जिमी ने जल्दी से गिलास अलमारी में सरका दिए और वह अपने हवास ठीक करके चिक उठाकर बरामदे में निकल आए।

"गुड मार्निंग, लिटिल! गुड मार्निंग, जिमी!" सर रेजिनल्ड की मोटर रुकी, वर्दी पहने हुए अँगरेज शोफर ने दरवाज़ा खोला और अधेड़ अवस्था का नाटे कद का एक मोटा-सा आदमी निकला। उसकी आकृति देखने से मालूम पड़ता था कि जल-वायु के प्रभाव से इसका स्वास्थ्य गिर गया है। उसके ऊपर हरी-हरी नसें उभड़ी हुई थीं।

"नोटिस लगा दिया गया और समझा दिया गया, जिमी?"

"जी हाँ, मैं बस अभी एलान करने ही वाला था," जिमी को अपनी गँजी खोपड़ी पर धूप की गरमी लग रही थी, क्योंकि वह नंगे सिर ही बाहर निकल आया था।

"यदि आज्ञा हो तो यह कहूँ कि आपकी स्त्री कुछ अधिक कपड़े पहना करें" सर रेजिनल्ड ने फ़ोरमैन के बँगले की तरफ़ मुड़कर कहा। वहाँ मिजसेज जिमी सिर्फ ड्रेसिंग गाऊन पहने सर रेजिनल्ड के आगमन को बड़े चाव से देख रही थीं। जिमी का चेहरा सुर्ख हो गया। उसने क्रोध से अपने बँगले की तरफ़ देखा और फिर क्षमा माँगते हुए साहब की तरफ़ देखा।

"अच्छा, तो लिटिल!" सर रेजिनल्ड के नकली दाँत किटकिटा रहे थे।

लाल काका ने चिक दरवाज़े पर से उठाई और इस महान् विभूति के साथ-साथ बहुत-सी मक्खियों ने भी कमरे में प्रवेश किया।

"अच्छा, तो सुनो! बोर्ड आफ़ डायरेक्टर्स के यहाँ से खबर आई है कि घर (यानी विलायत) में भी ऐसे ही संकट का सामना करना पड़ रहा है और कम्पनी की भलाई के लिए इसी मिल में नहीं, कलकत्ते की जूट-मिलों और मद्रास में खानों के विषय में भी हमें यही खेदपूर्ण निर्णय करना पड़ा है, जिससे हिस्सेदारों का मुनाफा कायम रह सके। मैं इंग्लैण्ड से एक कैबिल और क्लाइव स्ट्रीट से एक तार के आने की प्रतीक्षा कर रहा हूँ। देखूँ क्या सूरत हो सकती है? अगर यह संकट जारी रहा तो..."

"आडीटर लोग सारे हिसाब-किताब की जाँच कर रहे हैं, सर रेजीनल्ड" मिस्टर लिटिल बीच में बोले, "और रजिस्टर बाहर गए हुए हैं। किन्तु मेरी धारणा है कि हम लोग काफ़ी सुरक्षित हैं। पिछले महीने में काफ़ी आर्डर आए हैं। किन्तु बाहर के माल से प्रतिद्वन्द्विता करने में कठिनाई अवश्य है।"

"मैं वाइसराय के पास एक प्रतिनिधि-मण्डल लेकर जा रहा हूँ कि बाहर से आए हुए माल पर भारी चुँगी लगा दी जाए।" सर रेजिनल्ड ने उत्तर दिया, "किन्तु सरकार को सब-कुछ भली-भाँति मालूम है। लार्ड वूलर हैम्पटन चतुर राजनीतिज्ञ हैं, और वैसे, लन्दन में भी जो हमारा आदमी है, वह बहुत ही कार्य-कुशल है। ब्रिटेन को सिंगापुरवाला मामला तय करके हमारे जहाजों के लिए समुद्र में सुरक्षित रहने का प्रबन्ध करना चाहिए, किन्तु कठिनाई यह है कि ये भारतवासी उत्तरोत्तर उद्धत होते जा रहे हैं और घर पर भी जो सोशलिस्ट हैं—इन गाँधीवालों के कारण बड़ा क्लेश है।...तुमने सुना? हमारी स्टीफेन्स मिल्स को जमशेदजी जीजी भाई ने खरीद लिया। अब सूती कपड़े के उद्योग में हमारे 25 प्रतिशत लाभ के मुकाबिले में भारतवासियों का लगभग 75 प्रतिशत हो गया। बहुत बुरा हुआ। मगर...यह सब इस पर निर्भर है कि..." और उन्होंने अपनी घड़ी निकाली, "मुझे देर हो रही है। एक जगह जाना है। मुझे हिसाब भेज देना। अच्छा!" फिर वे मुड़े। मैनेजर साहब ने चिक उठाई और वे, "गुड बाई! गुड़ बाई!" कहते हुए बाहर चले गए। जैसे इस बीच में सब कुछ भूल चुके हों।

"शार्ट टाइम' की घोषणा सुनकर कुली लोग कारखाने से निकल-निकल कर अहाते में एकत्र हो गए थे और चिमटा साहब को घेरे हुए थे। उन्होंने काले रंग से रंगी हुई लम्बी-सी मोटर को बल खाकर जाते हुए देखा और उसके पीछे दौड़े, क्योंकि उनकी धारणा थी कि मिल का मालिक उनके भाग्य का विधान करने के बाद इसमें बैठकर रफू-चक्कर हो रहा है। यदि कार निकल न गई होती, तो वे उसके पैरों पर गिर पड़ते और उससे हाथ जोड़कर अनुनय-विनय करते। अब वे सब-के-सब चिमटा साहब के सामने मस्तक झुकाए हुए उनसे प्रार्थना कर रहे थे कि मिल को 'शार्ट टाइम' न चलाएँ।

चिमटा साहब ने गालियाँ देनी शुरू कीं। उन्होंने डाँटकर कहा कि यदि कोई भी काला आदमी उनके पास आएगा या अपने गन्दे हाथों से उन्हें छूने की कोशिश करेगा, तो वे उसको बहुत मारेंगे।

कुली लोग गिड़गिड़ाए, गला फाड़-फाड़कर, हाथ जोड़े और उनके सामने सिर टेक-टेक दिए, क्योंकि उन्हें विश्वास था कि उनके लिए चिमटा साहब भगवान् है और वे ही उनके भाग्य को बना या बिगाड़ सकते हैं। लेकिन चिमटा सहाब ने उनसे जान छुड़ाकर बँगले में शरण ली। नादिर खां ने भीड़ को तितर-बितर कर दिया।

मुन्नू को डायरेक्टरों, हिस्सेदारों और आर्थिक संकट आदि का तो कुछ ज्ञान था नहीं, उसने केवल यही समझा था कि रतन के निकाले जाने के कारण यह सब झगड़ा खड़ा हुआ है। इसलिए उसने निश्चय कर लिया कि वह चिमटा साहब के बँगले पर चुपके से जाएगा और उनसे प्रार्थना करेगा कि वे रतन को फिर से रख लें।

सब की दृष्टि बचाकर वह एकाएक फैक्ट्री के गोदाम में घुस गया, जो शेड के पीछे पानी के पास ही था। गोदाम के आखिरी सिरे पर एक ऐसा सुविधाजनक स्थान था, जहाँ से कूदकर चिमटा साहब के बाग की टट्टी फाँदी जा सकती थी।

तेजी से दौड़ता हुआ वह पम्प तक पहुँचा और पीछे मुड़कर देखा कि कोई उसका पीछा तो नहीं कर रहा है, या उसे देख तो नहीं रहा है—नहीं—और लक्ष्य बिल्कुल सामने दिखाई पड़ रहा था।

उसने टट्टी के नुकीले बाँस पर अपना बाँया हाथ रखा और गुलाब की काँटेदार झाड़ी को फाँदकर उस तरफ़ जा कूदा।

बाग के रेतीले रास्ते पर, जिससे चलकर बगीचे के कुञ्जों से होते हुए बरामदे में पहुँचा जा सकता था, खड़े-खड़े वह कुछ देर तक संकल्प-विकल्प करता रहा, क्योंकि बँगले में तो कोई दिखाई नहीं दे रहा था, और उसे मालूम नहीं था कि वह चिमटा साहब तक कैसे पहुँच सकेगा।

एकाएक चिमटा साहब का स्थूल और भद्दा शरीर बरामदे में घूमता हुआ दिखाई दिया और मुन्नू को आगे बढ़ने का प्रोत्साहन मिला। जब वह बरामदे की सीढ़ियों के पास पहुँचा, तब उसका दिल धड़कने लगा। वहाँ एक मेम साहिबा से उसका सामना हुआ, जिन्हें उसने फ़ोरमैन की पत्नी समझा।

नेली टामस एक सूखी-सी, नाटे कद की स्त्री थीं। भूरे बालों में कहीं-कहीं सफेद बाल चमक रहे थे। उनके लम्बे और पतले-से मुख पर उत्साह की चमक थी। अपने दुबले-पतले हाथों में एक स्वेटर लिए वे जल्दी-जल्दी बुनती जा रही थीं, और आराम-कुर्सी के हत्थों पर पाँव फैलाए बैठी थीं।

मुन्नू उनकी इस निर्लज्जता पर चकित रह गया और क्षण-भर तक वह मौन भाव से खड़ा रहा। उसके बाद वह माथे तक हाथ ले गया और बोला, "सलाम!"

"सलाम"!—मेम साहिबा ने कहा और फिर वे उधर मुड़ीं, जिधर चिमटा साहब खड़े-खड़े अपने लिए ह्विस्की का पेग उँडेल रहे थे। उत्साहित भाव से वे कहने लगीं, "कैसा प्यारा लड़का है! कितना प्यारा लगता है! तुम हो कि शराब में धुत्त हुए जा रहे हो और तुम्हारा कोई नौकर तुमसे मुलाकात करने आया है।"

जिमी टामस ने एकदम मुड़कर देखा और हाथ में जो ह्विस्की की बोतल लिए थे, उसे फेंककर उन्होंने मुन्नू को मारा, क्योंकि उनको फौरन यह सन्देह हुआ कि यह कुली जरूर छुरा या खन्जर लेकर उन्हें मार डालने आया है। इस तरह कुलियों की जो हानि हुई है, उसका वह बदला लेना चाहता है।

"पुलिस! पुलिस, कत्ल! खून हो गया!" नेली टामस कुर्सी से उछलकर चीखने लगीं।

इस पर चिमटा साहब मारे क्रोध के अधीर हो उठे और घूँसा ताने हुए अपनी पत्नी की ओर लपके। किन्तु एकाएक फिसलकर वे धड़ाम से भूमि पर आ गिरे, साथ ही उनका घूँसा भी भूमि पर ही गिरा। नेली ने इसी बीच में ट्रे पर से चाय की केतली उठा ली और अपने बचाव के लिए उसने उन पर फेंकी।

मुन्नू वहाँ से सरपट भागा।

लिटिल साहब, "पुलिस! पुलिस! खून! खून!" की आवाज़ सुनकर दौड़ पड़े।

"हुआ क्या? बात क्या है?" वे पूछने लगे।

नेली जिस स्थान पर खड़ी थीं, वहाँ से बिजली की-सी तेज़ी से बढ़ीं और चित्त को बहुत ही स्थिर करके बोलीं, "बात यह हुई हुज़ूर, कि मैं बैठी बुन रही थी और ये शराब के नशे में चूर होकर भीतर खड़े थे और कहने लगे कि मुझे कुछ और कपड़े पहनने चाहिए थे और अधिक अच्छे ढंग से कपड़े पहनकर बैठना चाहिए था। बाद को वे बोतल में से और शराब उँडेलने लगे। इतने में एक लड़का इनसे मिलने आया। वह शायद फ़ैक्ट्री

का कोई कुली होगा। उसे देखते ही यह आपे से बाहर हो गए और उस पर बोतल खींचकर मारी। वह बेचारा काला आदमी मर ही गया होता। वह तो मैं एकदम "पुलिस! पुलिस! खून! खून!—चिल्ला उठी। तब ये घूँसा तानकर मुझ पर लपके और फिसल गए..."

मिस्टर लिटिल ने भवें सिकोड़ीं और नेली ने साँस लेकर अपनी बाकी कथा कहनी आरम्भ की, "मैंने इनसे कितनी बार कहा कि लोगों को लात और ठोकर से न मारा करो। अगर उस लड़के को लग जाता तो? खैर, जो हुआ, सो हुआ।"

मिस्टर लिटिल की आकृति पर अभी तक विनम्रतापूर्ण सौजन्य का भाव वर्तमान था, किन्तु अब उनके उस भाव में सन्देहपूर्ण रोष की कुछ हल्की-सी रेखाओं का सम्मिश्रण होता जा रहा था। वे दोनों के सामने एक साकार प्रश्न सूचक चिह्न से बने खड़े रह गए।

"फिर हुजूर अपना बचाव करने के लिए मैंने इनको मारा।" नेली ने कहा, "इनके साथ रहने में मेरा जीवन सुरक्षित नहीं है। मैं इनको छोड़ दूँगी। मुझसे यह सहन नहीं हो सकता।" ये बात मुँह से निकालकर वह हृदयद्रावक ढंग से फूट-फूटकर रोने लगी।

उस दिन तीसरे पहर सर जार्ज ह्वाईट के सारे कुली भूतों की तरह मिल के चारों तरफ़ के मैदानों में इधर-उधर मारे-मारे फिरते रहे।

उस दिन एकाएक की गई घोषणा से उन सब के हृदय पर इतने ज़ोर का आघात पहुँचा कि वे सभी लोग व्याकुल हो उठे। उस घोषणा ने उन सब को उनके एकमात्र अधिकार से, जो उन्हें प्राप्त था, वञ्चित कर दिया। वह अधिकार था काम करने का। अधिकार, हाँ वह वास्तव में अधिकार ही था, क्योंकि काम करने से पैसे मिलते थे, जिनके सहारे पेट भरता था। इसके विपरीत काम छिन जाने का अर्थ था फाके करना। वे सब काम करने के लिए इच्छुक थे। वे काम करने के लिए सिर के बल जा सकते थे। काम के सम्बन्ध में भी उन्हें कोई भेद-भाव नहीं था, वे हर तरह के काम प्रसन्नतापूर्वक कर सकते थे। गोदामों की रुई साफ मरना, मशीनें चलाना, फ़ैक्ट्री का फर्श झाड़ना, रुई को वस्त्र के रूप में परिणत करना, आदि। यदि नियमित रूप से पैसे मिलते जाते, तो वे हर तरह का परिश्रम करने को तैयार थे। वे फोरमैन को कमीशन देने पर तैयार थे, खराब कपड़े का थोड़ा-बहुत दाम कट जाने पर भी उन्हें कोई आपत्ति नहीं होती थी और महाजन के रुपयों का ब्याज भी वे सहर्ष दे देते थे। यदि उनको पेट की आग बुझाने के लिए दाल, चावल और मकान-मालिक को देने को किराया मिलता, तो उन्हें और किसी बात की चिन्ता न होती। किन्तु इस 'शार्ट टाइम' की घोषणा ने तो गजब कर दिया।

उस समय ऐसा मालूम हो रहा था कि मानो एकाएक मृत्यु ने आकर सबको धर दबोचा है। जीवन की थोड़ी-सी चिनगारी, जिसके बल पर वे सब चल-फिर सकते थे, शीतल हो गई थी, वे सब जीवन-शक्ति से हीन हो गए थे। अब तो वे केवल सूखे, चपटे, हाड़-मास के ढाँचों के समूह-भर रह गए थे, जो इधर-उधर मारे-मारे फिरा करते थे। आँखों में गढ़े, गाल पिचके हुए, सीना दबा हुआ! वे इस तरह दुर्दशा-ग्रस्त थे कि दुःख-क्लेश की पराकाष्ठा को पहुँच गए थे, और अपनी उसी अवस्था से सन्तुष्ट होकर अपने आपको

भाग्य के भरोसे पर छोड़ दिया था। फलतः अपनी विपत्ति का निवारण करने के लिए वे किसी प्रकार का उद्योग नहीं कर रहे थे।

"मैं आज चिमटा साहब के यहाँ यह प्रार्थना करने के लिए गया था कि तुम्हें फिर रख लिया जाए" मुन्नू ने रतन से कहा, "किन्तु वे इतने अधिक अप्रसन्न थे कि उन्होंने मुझे एक बोतल खींचकर मारी। मालूम होता है कि वे तुमसे बहुत ही अप्रसन्न हैं। जभी तो हम सब को 'शार्ट टाइम' का हुक्म दिया गया है?"

"अरे मूर्ख! मुझ पर वे क्या अप्रसन्न होंगे! यह तो, सच पूछो तो बड़े साहब का लोभ है, जिसके कारण यह हुक्म जारी किया गया है" रतन ने जवाब दिया, "तुम मेरे साथ मीटिंग में चलना, फिर तुमको सब-कुछ मालूम हो जाएगा। सभी मिलों के कुली वहाँ एकत्र हो रहे हैं और ट्रेड यूनियन हड़ताल की घोषणा करनेवाली है।"

"अच्छा!" मुन्नू ने कहा, "तो फिर मैंने चिमटा साहब को व्यर्थ ही दोषी समझ रक्खा है।"

"नहीं, व्यर्थ ही क्यों," रतन ने क्रूद्ध-भाव से गरजकर कहा, "वह बेईमान तो बदमाश है ही। तुम देखते जाओ, कैसे उसका सिर तोड़ता हूँ। और उन बड़े साहब का, जो मोटर में बैठकर आते हैं और हम सबकी तनख्वाह काटते हैं, सिर तोड़ दूँगा।

हरि कमर झुकाए, अपनी टेढ़ी टाँगें घसीटता इन लोगों के पीछे-ही-पीछे चला आ रहा था। उसके अन्तःकरण में मनुष्य को अधीर कर देने वाला जो क्रोध का भाव भरा हुआ था, वह रतन की जोशीली बातें सुन-सुनकर उभड़ आता था; परन्तु संकट का जो अपार बोझ उस पर लदा था, उसके कारण वह बहुत-कुछ फिर दब जाता था।

दूसरे कुली भी हरि की तरह चुपचाप, तने हुए मिट्टी में पाँव घसीटते चले जा रहे थे। बीच-बीच में एक दूसरे से नमस्कार-प्रणाम करने के लिए वे मस्तक झुका लेते और हाथ हिला-हिलाकर निराशा और परेशानी प्रकट करते।

जब यह भीड़ आल इण्डिया ट्रेड यूनियन काँग्रेस के कार्यालय के अहाते में एकत्र हुई, तब सूर्य मिलों की चिमनियों पर अपनी प्रखर और प्रलयकारी किरणें बरसा रहा था और धूप में खड़े-खड़े वक्ता की प्रतीक्षा करते हुए कुलियों की छाया भूमि पर पड़ रही थी। बहुत-से लोग कुछ तो भयभीत होकर और कुछ आशामय शब्दों में आपस में कानाफूसी कर रहे थे और उन सबके अनर्गल प्रलाप से वहाँ कोलाहल-सा हो रहा था। भीड़ के बीचो-बीच से किसी अधिकारी का स्वर इस तरह गूँज रहा था, जैसे खुले आसमान पर कोई चील या कौआ उड़ रहा हो। कहीं से नारा बुलन्द हुआ, "कटनी मुर्दाबाद" और थरथराते हुए वायु-मण्डल में गूँजता हुआ किसी उड़ते हुए पक्षी की भाँति अन्तरिक्ष में खो गया। हजारों आदमियों ने अस्थिर स्वर में इस नारे को दोहराया। उन सबका सम्मिलित स्वर उनकी निर्धनता तथा दुरवस्था का प्रतीक था, गन्दी चालों के इन वासियों की दर्द-भरी आवाज़ में—जिनमें दुर्बल नवजात शिशु, नंगे, पेट निकले हुए बच्चे, चेचक के दागों और फोड़ों-फुन्सियों से लदे हुए नवयुवक, बूढ़े पुरुष, जिन्हें यौवन का अनुभव करने का कभी अवसर ही नहीं मिला, स्त्रियाँ, जिनके पेट हमेशा पैदा होनेवाले बच्चों से झूलते रहते थे, बूढ़े पोपले मुँह वाले वृद्ध, जिनके धँसे हुए चेहरे और लटके हुए बदबूदार जबड़े खुद अपने ही बाल-बच्चों के मजाक के शिकार बने रहते थे—ये सब शामिल थे।

"यूनियन जैक मुर्दाबाद!" 'लाल झण्डा जिन्दाबाद!' के नारे लगने लगे और एकाएक सारी भीड़ में पूर्ण निस्तब्धता छा गई, जैसे एशिया की रातों का सन्नाटा किसी झींगुर के बोलने से और भी बढ़ जाता है।

इन नारों ने लोगों के हृदय के घृणा और प्रतिहिंसा के भाव को, जो अभी तक दबा हुआ था, और भी उभाड़ दिया। उनके चेहरे दमकने लगे और आँखों और होठों से चिनगारियाँ निकलने लगीं।

"यह कलजुग है भाई।" किसी बूढ़े मज़दूर ने जैसे ये शब्द अपने अन्तस्तल के किसी कोने से निकालकर कहे।

"यह तो आप ठीक कह रहे हैं!" एक अधेड़ आदमी बोला, "ऐसे प्रतिकूल समय में भला हम लोग कैसे जीवित रह सकते हैं?"

"मजूदरी की कटौती का विरोध करके जीवित रह सकते हैं?" एक नवयुवक बोला।

"ऐं!" एक बूढ़ा बोला, "आजकल के छोकड़ों को किसी का ज़रा भी लिहाज नहीं रह गया है।"

"दादा! तुम्हें तो मैं रोज सबेरे हाथ जोड़कर प्रणाम करता हूँ। है न!" नवयुवक ने उत्तर दिया, "परन्तु उन बड़े साहब के सामने, जो मोटर पर घूमा करते हैं, मैं नहीं मस्तक झुका सकता। वह तो मजे से मोटर पर लदा फिरता है और हम रेत-भरी सड़क पर नंगे पैर मारे-मारे फिरते हैं। ऊपर से उसने मिल को भी 'शार्ट टाइम' कर दिया।"

"हाँ, यह तो सच है। उसे अपने मजदूरों के प्रति ज़रा भी सहानुभूति नहीं है। अधेड़ आदमी ने नवयुवक के कथन का समर्थन किया, "मेरे बच्चों के पाँव में जूता तक नहीं। अभी उस दिन छोटी लड़की के पैर में शीशा चुभ गया और अब डाक्टर कहता है कि पैर काटा जाएगा।"

"ये अँगरेज समझते हैं कि हम लोग तो कौड़ियों पर निर्वाह कर सकते हैं और खुद अपनी लेडियों के साथ गिटपिट-गिटपिट करके मौज उड़ाते फिरते हैं" नवयुवक ज़रा मजाक करते हुए कहने लगा, "मगर हम सब तो यूनियन के मेम्बर हैं। देखना चाहिए कि यूनियन इस मामले में क्या करती है।"

सब तरफ़ से यही नारा लगने लगा, "यूनियन इस विषय में क्या करने जा रही है?", "यूनियन का क्या निर्णय है?", "यूनियन क्या करेगी?" भीड़ में से जोशीले लोग चिल्ला रहे थे।

"खामोश!" रतन ने खड़े होकर कहा, "यूनियन के सभापती लाला ओंकारनाथ का व्याख्यान होने जा रहा है। उसके बाद सौदा साहब, मुजफ्फ़र साहब और जैक्सन साहब का व्याख्यान होगा। आइए, सभापतीजी, आइए सभापतीजी, पधारिए।" और रतन ने जिस नाटकीय सफलता के साथ अपने अन्तिम शब्द निकाले, उसके कारण प्रसन्नता से उसका मुख-मण्डल प्रफुल्लित हो उठा।

"आइए सभापती महोदय।" मुन्नू ने अपने आदर्श-पुरुष रतन की उक्ति उसी की-सी कण्ठ-ध्वनि से दुहराई।

"आइए सभापतीजी" भीड़ में एकत्रित अगणित व्यक्तियों ने सम्मिलित कण्ठ से आवाज़ लगाई।

लाला ओंकारनाथ एक नाटे कद के खूब बने-ठने आदमी थे। हाथ के बुने हुए सिल्क का कुरता-धोती पहने वे मन्च पर विराजमान हुए। उनकी अवस्था अभी लगभग चालीस वर्ष की थी, किन्तु बाल समय से कुछ पहले ही सफ़ेद होने लगे थे और कीमती ऐनक के नीचे से उनकी आँखों की झुर्रियाँ साफ दिखाई देती थीं। उनके निचले होंठ पर सदा एक हास्यजनक मुस्कराहट खेलती रहती थी। उनका नीचे का होंठ प्रत्येक व्यक्ति के प्रति तिरस्कारपूर्ण अवज्ञा से सदा ही मुड़ा रहता था। पतले-दुबले, सफाचट चेहरे पर एक विचित्र-सा गर्व छाया रहता था, जो उनके आक्सफर्ड के जमाने की याद दिलाया करता था। बात यह थी कि वहाँ उन्होंने इस आशा से समाजवादी कार्यक्रम अपनाया था कि सरकार या गाँधीजी में से कोई-न-कोई एक काफी बड़ी धन-राशि देकर उन्हें अपने पक्ष में मिला लेगा, क्योंकि अपनी समझौते की नीति से वे किसी भी विचार के व्यक्तियों से सहयोग कर सकते थे; किन्तु उनकी यह आशा पूरी न हुई। अतएव वे प्राचीन और सम्मानित भारत माता की गोद में कूद पड़े थे और विलायत में उन्होंने जिस आधुनिक युग की विचारधारा के अनुकूल अपने-आप को बनाया था, उसी का अनुसरण करना फिर आरम्भ किया था, यद्यपि वे कहते यही थे कि पूँजी और श्रम के विषय में भारतवर्ष की प्राचीन विचारधारा की चर्चा करके वे पश्चिम और पूर्व के सन्देश का एकीकरण कर रहे हैं।

"भाइयो।" उन्होंने बड़े गर्व से कहा, यद्यपि उनका वह गर्व खर्व हो गया।

"हड़ताल के सम्बन्ध में आपकी क्या सम्मति है, सभापतीजी?" रतन ने कहा। वह मन्च से अधिक दूरी पर नहीं था।

"क्या यही वे सज्जन हैं, जिन्होंने उस दिन तुमसे मिलना अस्वीकार कर दिया था, जिस दिन तुम निकाले गए थे?" मुन्नू ने रतन का कुरता पकड़ कर हिलाया।

"हाँ" रतन ने मुन्नू के हाथ को हल्का-सा झटका दिया, "हाँ, तो सभापतीजी, क्या बात है?"

"रतन भाई, बैठ जाओ" मुजफ्फर ने मन्च के पीछे से खड़े होकर कहा, "आप सब लोग सभापती महोदय का व्याख्यान सुनें।"

"अच्छा।" रतन बैठ गया।

"भाइयो!" ओंकारनाथ ने फिर कहना आरम्भ किया, "हर एक युग में सम्पत्ति के उपार्जन का एक आवश्यक साधन रहा है, वह श्रम चाहे एक कार्य-कुशल शिल्पी का या एक साधारण कुली का हो, चाहे वह सामूहिक और नियमित रूप से किसी कारखाने में किया जाता हो, या घर की एकान्त कोने में किया जाता हो। राष्ट्र की आर्थिक व्यवस्था पर श्रमजीवियों का क्या प्रभाव पड़ता है और मालिक और मज़दूर के पारस्परिक सद्भाव के सम्बन्ध में क्या-क्या समस्याएँ उपस्थित हो सकती हैं, आदि विषयों को प्राचीन भारत में बहुत महत्त्व दिया जाता था। प्राचीन काल की यह कहावत कि सेवक के लिए उसकी स्वामिभक्ति एवं कार्य-कुशलता का मूल्य आँकनेवाला स्वामी दुर्लभ है तथा स्वामी के लिए आज्ञाकारी, बुद्धिमान् और सत्यपरायण सेवक दुर्लभ है, कितनी सारगर्भित एवं तथ्यपूर्ण है। श्रीयुत राधाकुमुद मुखर्जी..."

"तनख्वाह की कटौती के सम्बन्ध में यूनियन क्या करेगी?" रतन को उस दिन

सभापती महोदय के दुर्व्यवहार से जिस तरह का अपमान सहन करना पड़ा था, उसके कारण वह बहुत अधीर हो उठा था।

''केवल ऐसे मालिक, जो विवेकहीन होते हैं, अपने मज़दूरों पर इतना अधिक काम लादते हैं, जिसका पूरा करना उनकी शक्ति से परे होता है और उनको ऐसी आशाएँ देते हैं, जो कभी पूरी नहीं होतीं। उनकी तनख्वाहें दबा लेते हैं या अटकाए रखते हैं'' सभापतीजी ने पाण्डित्यपूर्ण ढंग से अपना भाषण जारी रखा।

''और केवल बुरे ही मज़दूर हैं, जो काम पूरा किए बिना पैसा लेना चाहते हैं और वे मालिक भी बुरे हैं, जो मज़दूरों को उनके परिश्रम के अनुकूल मज़दूरी नहीं देते।''

''बुरे मज़दूर!'' रतन ने बड़बड़ाकर दोहराया।

''किन्तु हड़ताल के सम्बन्ध में क्या होगा?'' किसी ने चिल्लाकर कहा, ''यह जो 'शार्ट टाइम' का नोटिस निकला है, इसके विषय में यूनियन क्या करने वाली है?''

सभापतीजी ने अपना सिकुड़ा हुआ निचला होंठ ज़रा और अवज्ञा के साथ सिकोड़ा, ''आल इण्डिया ट्रेड यूनियन काँग्रेस'' अधिकारी-वर्ग से सम्पर्क स्थापित करके इसका प्रतिकार करेगी।''

''आपने पिछले साल जमशेदपुर में टाटा के कारखाने में भी यही किया था और उससे कोई परिणाम नहीं निकला।'' रतन ने मस्तक उठाकर उच्च स्वर में कहा।

''बैठ जाओ'' सभापती महोदय ने आज्ञा दी, ''बीच में बाधा न डालो। बम्बई के मिल-मालिक हर प्रकार की उचित बातें मानने को तैयार हैं। उतावली में कोई कार्य करके स्थिति को अधिक गम्भीर और निराशापूर्ण बनाना ठीक नहीं है। मैं बातचीत शुरू करने के प्रस्ताव से सहमत हूँ। आज-दिन हज़ारों बेरोजगार मज़दूर बम्बई की सड़कों पर मारे-मारे फिरते हैं। और वैसे भी काँग्रेस की आज्ञा और वर्किंग कमेटी की सलाह के बिना हमें हड़ताल न करना चाहिए।''

''काँग्रेस वाँग्रेस हम कुछ नहीं जानते, पर 'शार्ट टाइम' पर हम कभी काम न करेंगे'' कई आवाज़ें एकसाथ उठीं।

''खामोश'' सभापतीजी ने उच्च कण्ठ से कहा, ''मैंने विलायत के मज़दूरों की कार्य पद्धति की जानकारी प्राप्त की है। आखिर इंग्लैण्ड के मज़दूरों की शक्ति और प्रभाव किस बात से बढ़ा? वहाँ संगठन है। मेरे आने से पहले भारतवर्ष में एक भी ट्रेड यूनियन नहीं थी। किसी ने मज़दूर-आन्दोलन का नाम तक न सुना था। मैंने तुम लोगों के उपकार के लिए इतना परिश्रम किया है। तुम्हें मेरी बात माननी चाहिए और उचित मार्ग का अवलम्बन करना चाहिए। मिल-मालिक तुम्हें काम देते हैं, वे तुम्हारे शत्रु नहीं हैं। अगर उन्होंने 'शार्ट टाइम' का नोटिस दिया है, तो तुम लोगों को विवेकपूर्वक और संगठित ढंग से काम करना चाहिए। यूनियन तुम्हारे हित की दृष्टि से काम करती है, साथ ही वह ऐसे उपायों का अवलम्बन करती है, जिनसे तुम्हारी भलाई हो। तुम्हें यूनियन पर भरोसा रखना चाहिए, क्योंकि वह पूँजीपति और श्रमजीवी, दोनों के बीच मैत्री का सम्बन्ध स्थापित करेगी, जिससे उद्योग-धन्धों की उन्नति हो। तुम्हें मुझ पर और यूनियन की कार्य-समिति पर विश्वास होना चाहिए।''

''भाइयो!'' सौदा लपककर मन्च पर खड़ा हो गया और सभापती जी को एक तरफ़

हटाकर कहने लगा, "ट्रेड यूनियन की कार्य-समिति के सभी सदस्य यहाँ उपस्थित हैं। मैं भी उन्हीं में से एक हूँ। अब हम इस विषय का निर्णय करेंगे। लाला ओंकारनाथ को मिल-मालिकों पर जरूरत से ज्यादा भरोसा है! वे कहते हैं कि मिल-मालिक तुम्हारे शत्रु नहीं हैं, किन्तु यह तुम्हारा हृदय खूब जानता है कि मिल-मालिक तुम्हारे कितने बड़े मित्र हैं। सच तो यह है कि मज़दूरों और मिल-मालिकों की दुनिया ही दूसरी है। मिल-मालिक जहाँ शोषक हैं, वहीं तुम शोषित हो।"

"यह ठिकाने की बात है! बहुत ठीक कहा!" कई आवाज़ें सुनाई दीं।

"वे चोर हैं, डाकू हैं, लुटेरे हैं, जो मालाबार हिल पर बड़े-बड़े बँगलों में उस रुपए के बल पर रहते हैं, जो तुम अपने परिश्रम से उपार्जित करके उन्हें देते हो।" सौदा कहता गया, "वे दिन में पाँच बार खाते हैं और शाम को बड़ी-बड़ी मोटरों में बैठकर हवा खाने निकलते हैं। तुम्हारे रहने का ठिकाना नहीं! मुट्ठी भर चावल तुम्हें खाने को नहीं मिलता! सूत तुम कातते हो, कपड़ा तुम बुनते हो, खाक-धूल तुम झाड़ते हो। तुम मज़दूर हो, मज़दूर! लाखों मज़दूर जो रोज फ़ैक्ट्रियों से घसिटते हुए बाहर निकलते हो! तुम कुली हो! काले आदमी! जमीन के हगनेवाले! एक-एक कमरे में बीस-बीस की संख्या में रहने वाले! फूस के झोंपड़ों में सड़नेवाले इन्सान! तुम्हारी हड्डियों पर माँस का नाम नहीं, शरीर पर चिथड़े हैं, आत्मा में बल नहीं, और फिर भी हमारे मित्र ओंकारनाथ साहब कहते हैं कि तुम्हारे और मिल-मालिकों के स्वार्थ एक हैं।"

"शाबाश! शाबाश सौदा साहब!" रतन की आवाज गूँजने लगी।

सौदा साहब का ओजपूर्ण भाषण सुनकर मुन्नू का खून खौलने लगा।

"लाला ओंकारनाथ एक बहुत समृद्ध व्यक्ति हैं" सौदा फिर कहने लगा, "उनका दरिद्रता के उस छली पिशाच से कभी पाला नहीं पड़ा, जो तुम्हें नरक के उस अन्ध कूप में घसीट कर ले जाता है, जहाँ भूख के बिच्छू तुम्हें डँक मारते हैं, जोंकें तुम्हारा खून चूसती हैं, और मगरमच्छ तुम्हें जिन्दा निगल जाते हैं। तुममें से कितने ऐसे हैं, जो फ़ोरमैन के चँगुल में नहीं फँसे हैं? तुममें से कितने ऐसे हैं, जिन पर पूँजीवाद के ठेकेदार अपना गुस्सा नहीं उतारते? भाई रतन को ही लो। ये अपने काम में होशियार हैं। किन्तु ये और इनके-ऐसे कितने और लोग केवल इसलिए निकाल दिए गए कि ये लोग फ़ोरमैन को कमीशन देने को तैयार न थे।

"तुममें से ऐसे कितने लोग हैं, जो तनख्वाहवाले दिन बाहर निकलते ही उस पठान दरबान तथा दूसरे सूदखोरों के पँजे में नहीं फँस जाते? सूदखोर कभी असल रुपया नहीं लेते। तुम पर यह उनकी बड़ी कृपा होती है कि वे केवल सूद लेकर तुम्हें छोड़ देते हैं; किन्तु सूद तो वे बराबर वसूल करते रहते हैं। छोटी-से-छोटी रकम भी कुछ महीनों में बढ़कर इतना बड़ा बोझ बन जाती है कि तुम्हें अपनी पूरी-पूरी तनख्वाह उनके हवाले कर देनी पड़ती है। यहाँ तक कि तुम्हारे पेट भरने को भी कुछ नहीं बचता। अन्त में जब यह स्थिति आ जाती है कि न सूद दे सकते हो न असल, तब तुम मुँह छिपाकर अपने देस को भाग जाते हो और वहाँ भूखों मर जाते हो। अरे! तुमको कब समझ आयेगी? तुम कब समझोगे कि सैकड़ों वर्ष से तुम्हें लूटा जा रहा है, तुमसे अनुचित लाभ उठाया जा रहा है।"

मुन्नू ने ध्यानपूर्वक सौदा को देखा और कान लगाकर वह उसके एक-एक शब्द सुनने लगा।

"इस संसार में केवल दो ही प्रकार के लोग बसते हैं—धनी और निर्धन" सौदा ने भाषण फिर जारी किया, "और इन दोनों में कोई सम्बन्ध नहीं। समृद्ध और साधन-सम्पन्न लोग, जो ठाट-बाट का जीवन व्यतीत करते हैं, जिनके वैभव और सम्पदा की नींव लूट, चोरी और युद्ध पर स्थित है, संसार में सम्मान की दृष्टि से देखे जाते हैं। उनका गुण-गान करते लोगों की जिह्वा नहीं थकती। साथ ही वे स्वयं भी अपने को माननीय समझते हैं। तुम लोग निर्धन और दीन हो, अपने भोलेपन और विनय के कारण अपने न्यायोचित अधिकारों से वंचित कर दिए गए हो। जिस तरह तुम्हारे शरीर की हड्डी-हड्डी तोड़ दी गई है, बूँद-बूँद रक्त चूस लिया गया है, उसी प्रकार आत्मा भी निर्बल कर दी गई है। कोई भी तुम्हारा सम्मान करने वाला नहीं है, तुम स्वयं भी अपना सम्मान नहीं करते हो।"

मुन्नू ने अनुभव किया कि कुछ समय पहले शामनगर में धनवानों और निर्धनों के सम्बन्ध में उसके हृदय में भी ठीक ऐसे ही विचार उत्पन्न हुए थे; किन्तु इन विचारों को सौदा साहब की-सी खूबी के साथ वह प्रकट नहीं कर सका।

"उठ खड़े होओ, ऐ बेघर-बार के निरन्तर दुःख-क्लेश से संघर्ष करने वालो, उठो और अपने अधिकारों के लिए लड़ो, न्याय की आवाज़ उठाओ! ऐ अभागो, अकारण भयभीत रहनेवालो, मनुष्य बनो। मनुष्य का-सा जीवन व्यतीत करने के लिए इस संसार में पैदा हुए हो, कीड़ों-मकोड़ों की तरह फ़ैक्ट्रियों में हर्गिज ने घुसो। उठो, अपने में जीवन ले आओ, वरना कुचल दिए जाओगे, मिटा दिए जाओगे। उठो, और मेरे कथन के अनुसार कार्य करो। कल से हड़ताल कर दो और मिल-मालिकों से यह लड़ाई लड़ने में हम तुमको आर्थिक सहायता देंगे। आओ और मेरे साथ अपनी माँगों को दोहराओ। नारे लगाओ!"

क्षण-भर के लिए वह रुक गया। वहाँ जो विशाल जन-समुदाय एकत्र था, वह उठ खड़ा हुआ। एक-एक आदमी जोश में भरा था, उत्तेजित था। सौदा ने कहना आरम्भ किया—

"हम मनुष्य हैं, प्राणहीन यन्त्र नहीं हैं।"

उपस्थित जनता ने इस उक्ति को दुहराया।

"हमें रिश्वत दिए बिना काम करने का अधिकार मिलना चाहिए।"

"हमें रहने के लिए साफ़-सुथरे मकान चाहिए।"

"हमारे बालकों की शिक्षा के लिए स्कूल खोले जाएँ और छोटे बच्चों की देख-रेख की व्यवस्था के लिए बच्चे-घर होने चाहिए।"

"हमें शिक्षित करके उत्तम श्रेणी का कारीगर बनाया जाए।"

"हमें सूदखोरों के चँगुल से बचाया जाए।"

"अगर 'शार्ट टाइम' हो, तो तनख्वाह बढ़ाई जाए, या भत्ता दिया जाए।"

"हमारे काम के घण्टे घटने चाहिए।"

"हमारी नियुक्ति स्थायी की जाए, ताकि कोई फ़ोरमैन हमें निकाल न सके।"

"हमारी यूनियन को माना जाए।"

ट्रेड यूनियन की ओर से की गई इस सभा में मज़दूरों की ओर से जो माँगें की गईं, उनके एक-एक शब्द गूँजकर क्षितिज पर फैलते चले गए। पहले तो लोगों की जबानों

से शब्द टूट-टूटकर कठिनाई से निकले, जैसे नौसिखिए बच्चे क्लास-रूम में अपना पाठ दुहरा रहे हों, फिर लोगों के भारी गलों से सौदा के नारों के स्वर गूँजने लगे। अनजान शब्द जोशीले नारों में बदलकर आसमान और सूरज तक गूँजने लगे। लोग इधर-उधर आने-जाने लगे। काले मुँह खुल-खुलकर साँस लेने लगे। कुलियों की आँखों में जोश और खुशी के आँसू छलकने लगे और सन्नाटे में समुद्र की सरसराती हुई हवा घास के डण्ठलों को हिलाती सुनाई देने लगी।

एकाएक भीड़ में कहीं से एक ज़ोर की चीख सुनाई दी और एक दबी हुई आवाज़ आई, "उठा ले गया, उठा ले गया! अरे, मेरे बेटे को कोई उठा ले गया। यह आदमी खबर लाया है कि मेरे बेटे को कोई उठा ले गया। हाय! अब मैं क्या करूँ?"

"अरे उठा ले गया!" सारी भीड़ में एक भनभनाहट होने लगी।

"पठान उठा ले गए होंगे" किसी ने धीरे से कहा।

"अजी, ये बेईमान और आततायी मुसलमान हिन्दू-बच्चों को चुरा ले जा रहे हैं।"

"एक क्षण को निस्तब्धता छा गई।

"यह है क्या?" सौदा ने उच्च कण्ठ से कहा, "बात क्या है?"

केवल एक कुली के रोने और कराहने की दबी-दबी आवाज़ आ रही थी। एक अजीब-सा टूटा-फूटा करुण स्वर सुनाई दे रहा था, जैसे कोई भेड़िए की मादा रो रही हो।

"साहब, कोई किसी के बच्चे को उठा ले गया। एक हिन्दू-बच्चे को कोई मुसलमान चुरा ले गया!" कुछ कुली कहने लगे और फिर भीड़ पर भय और घृणा की भावना छा गई।

"जाओ अपने घर! अपने-अपने घर जाओ! यह अफवाह हमारे विरोधियों ने फैलाई है" सौदा ने जोर से कहा, "और कल से काम पर मत जाना। ट्रेड यूनियन की तरफ़ से तुमको भत्ता मिलेगा और कल सब-के-सब फिर यहाँ एकत्र होना। जुलूस निकाला जाएगा।"

"किन्तु साहब, एक हिन्दू बच्चे को कोई चुरा जो ले गया है।" एक आवाज़ सुनाई दी।

"एक ही नहीं कई हिन्दू-बच्चे इसी तरह चुरा लिए गए हैं," एक और आवाज़ आई।

"बच्चे चुरा लिए गए! बच्चे चुरा लिए गए! इन बेईमान मुसलमानों का दिमाग आसमान पर चढ़ गया है। यह हमारे धर्म पर आघात हो रहा है! सुअर के बच्चे! हरामी कहीं के! हम इन्हें ऐसा मजा चखाएँगे कि याद करेंगे!" अफवाह अब काफी जम चली थी।

"अरे जाओ भी, बेवकूफो!" सौदा ने चिल्लाकर कहा, "हम इस बात की जाँच करेंगे।"

"नहीं जी, हम इन सब के बदला लेकर रहेंगे। ये हमारे रुपए लेते ही हैं, अब हमारे बच्चे भी छीनने लगे। वाह! हम जरूर बदला लेंगे।"

"अरे चुप भी रहो, बेवकूफो! कुछ समझते भी हो?" रतन लपककर स्टेज पर आ

गया। उसने कड़कती हुई आवाज़ में कहा, "यदि तुम्हारे बच्चों को कोई ले गया है, तो मैं तुम्हारी तरफ से लड़ूँगा। मगर पहले घर जाकर देखो तो सही कि यह सच बात है या झूठी।"

"तुम पतली दाल के खाने वाले, काफिर हिन्दू! हम तुम्हें बताएँगे कि हमारे मजहब की हतक करना कैसा होता है!" स्टेज से दूर भीड़ में से कुछ मुसलमानों ने तरह-तरह की आवाज़ें लगानी शुरू कीं और बहुत-से हाथ एक-दूसरे से उलझ गए। पगड़ियाँ घसीटी जाने लगीं, लकड़ियाँ निकल आईं।

मुन्नू दौड़ता हुआ रतन के पास पहुँचा। उसने ज़ोर से उसका कुरता पकड़ लिया। उस समय वह थरथर काँप रहा था। बाद को जब उसने पीछे की ओर घूमकर देखा, तो भीड़ में बड़े ज़ोरों की भगदड़ मची हुई थी। सभी लोग भय से विह्वल हो-होकर प्राण ले-लेकर भाग रहे थे। उस समय ऐसा जान पड़ता था कि मानो यह विशाल जन-समुदाय कोई पागल समुद्र हो और इसमें मनुष्य के ज्वार-भाटे पर ज्वार-भाटे आ रहे हैं। वह भय से व्याकुल होकर हाथ-पाँव सिकोड़े मौन भाव से खड़ा रहा। सैकड़ों शरीर एक-दूसरे से टकरा रहे थे। हाँफते-हाँफते दल-के-दल लोग इधर-से-उधर और उधर-से-इधर भागते हुए धक्के खा रहे थे। कितने ही लोग विपक्षी-दल को उच्च कण्ठ से ललकारते हुए तथा मरने-मारने की शपथ करते हुए उन्मत्त भाव से दौड़ रहे थे। इस प्रकार वहाँ एक प्रकार का भयंकर उपद्रव तथा हो-हल्ला मचा हुआ था और केवल 'उठा ले गया, भगा ले गया' आवाज़ स्पष्ट रूप से सुनाई पड़ती थी। यह विकराल अवस्था देखकर मुन्नू ने अनुभव किया कि अभी-अभी अधिकार-प्राप्ति के जो नारे मज़दूरों ने लगाए थे, उनके कारण उत्पन्न हुई मनुष्य का जोश बढ़ानेवाली वायु जहाँ-की-तहाँ हो गई और अब वह उस विध्वंसक एवं अनिश्चयात्मक वातावरण में पूर्ण रूप से निमग्न हो गई है, जिसकी सृष्टि कुछ उत्तेजित लोगों के बाँह झटकने, लाल-लाल आँखें दिखाने तथा सन्निपात के रोगी की तरह ज़ोर-ज़ोर से अनर्गल बातें बकने के कारण हुई थी। सौदा के ओजपूर्ण तथा प्रभावोत्पादक भाषण के कारण मुन्नू के हृदय पर जो मार्मिक प्रभाव पड़ा था, उसके सम्पर्क से उसकी आत्मा लौट आई और 'भगा ले गया' के कोलाहल ने जिस भय के भयानक भूत की सृष्टि की थी, उसका सामना करने को वह तैयार हुई। उसके काँपते हुए मस्तिष्क के केन्द्र में जब चेतनता आई, तब इस उपद्रव ने उसकी प्रभु की गिरफ्तारी के समय की अनिश्चयपूर्ण स्थिति की स्मृति को नवीन कर दिया। मुन्नू को वे दोनों ही घटनाएँ एक-सी लगीं, क्योंकि दोनों ही अवसरों पर नीली वर्दी पहने हुए पुलिस के सिपाही भीड़ के अगल-बगल डण्डे घुमाते हुए देखे गए थे।

"चुरा ले गए! उठा ले गए! हाय, हाय! सुअर का बच्चा! पाजी कहीं का! ले लो इसे!" की आवाज़ें आने लगीं।

"तुम घर जाओ", रतन ने मुन्नू से कहा और उसके हाथ से अपना कुरता छुड़ाकर वह फौरन लड़ाई के बीच में कूद पड़ा।

"रतन! अरे रतन! रतन!" मुन्नू चिल्ला-चिल्लाकर पुकारने लगा। परन्तु उस घोर उपद्रव में उसकी आवाज़ खो गई। वह स्टेज पर खड़ा होकर रतन को पुकारने लगा और फिर रात के तीव्र गति से बढ़ते हुए अन्धकार में तपते हुए ताँबे के रंग और चमकते

हुए दाँतों वाले चेहरों में ढूँढ़ने लगा कि शायद कहीं हरि की सूरत दिखाई दे जाए।

"कौन है तू? हिन्दू है मुसलमान?" एक लम्बा-तगड़ा पठान मुन्नू पर आक्रमण-सा करता हुआ डण्डा घुमाते-घुमाते गुर्राया।

निमेषभर के लिए मुन्नू की वाक्-शक्ति क्षीण हो गई। तत्काल ही आनेवाली मृत्यु की आशंका से वह काला पड़ गया। उसने चीखना चाहा, मुँह खुलकर रह गया, जबान में जैसे ताला-सा लग गया हो। आँखें बन्द हुईं और फिर खुल गईं। किन्तु कठिनाई से सेकण्ड भर ठिठककर वह स्टेज की दाहिनी तरफ़ कूदा और ज़ोर से भागा। उसके बाद ही पठान की लकड़ी ज़ोर से स्टेज पर लगती हुई सुनाई दी।

इधर-उधर भागते हुए लोगों की भीड़ को चीरता हुआ वह भागा और कुलियों के कितने ही समूहों में से एक में जा मिला, जो मैदान से बड़ी तेज़ी से भाग रहा था।

"ये पठान लोग महीनों से गरीबों के बच्चे उठा-उठाकर ले जा रहे हैं" मुन्नू ने जल्दी-जल्दी चलते हुए एक कुली को दूसरे से कहते सुना।

"ये मिल-मालिक उनको बढ़ावा देते हैं और सरकार भी इस सम्बन्ध में आना-कानी कर जाती है।" एक तीसरा कुली बोला।

"हाँ हाँ, और क्या?" एक और कुली बोला, "ये पठान बच्चों को चुरा-चुराकर मोटर से भगा ले जाते हैं और सरकार इनको रोकने के लिए कुछ भी नहीं करती। अब भला कैसे हम अपने बच्चों को ज़रा-सा खेलने-कूदने के लिए छोड़ सकते हैं?"

"लेकिन पठान तो तुम्हारे शत्रु हैं ही" एक ट्रेड यूनियन वाला कहने लगा, "पिछले साल जब तेल की मिल में हड़ताल हुई थी, तब मिल-मालिकों ने दो-सौ पठान बुलवाकर हड़ताल तुड़वाई थी। ये सब-के-सब हड़ताली मज़दूरों के जानी दुश्मन हैं इनको ज़रा मजा चखाना चाहिए।"

"चलो, अलबर्ट रोड पर सादीखाँ के यहाँ चलें, जो सूद पर रुपए देता है। ज़रा उसका मिज़ाज पूछें। बड़ा अकड़ता फिरता है!" एक नौजवान कुली ने कहा।

मुन्नू के हृदय में यह आकाँक्षा उत्पन्न हुई, कि वह इस कुली से अपनी सहयोग की भावना प्रकट करे। किन्तु उसे वह समय स्मरण हो आया, जब उसने हरि को पठान सूदखोरों से पिटते देखा था। वह उन लोगों की भीड़ में से गुज़रता हुआ आगे बढ़ा, जो आपस में बच्चों के चुराए जाने के गर्हित कार्य की निन्दा कर रहे थे।

अपनी गली के नुक्कड़ पर उसने कुछ लोगों को आपस में कुश्तम-कुश्ता और मुक्केबाजी करते देखा।

वह नगर की रेतीली सड़क पर हो लिया और स्वच्छ एवं निर्मल रात्रि में जिस वस्तु की भी छाया पड़ती थी, उसी की आड़ में वह अपने-आपको छिपाता गया। वह रात्रि क्या थी, मानो कोई सुन्दरी स्त्री थी, जो आकाश पर से उतरी थी। उसका दुपट्टा तारागण से सुशोभित था और उसका गहरे नीले रंग का समुद्र-रूपी घाँघरा इस नृशंस, तपती हुई पृथ्वी को उठाए हुए हो।

अछूतों के मुहल्लों से होकर एक सीधा रास्ता, जो धोबी तालाब को जाता था, मुन्नू को मालूम था। वह कीचड़ में फिसलता, नालियों में बार-बार लुढ़कता, थका-माँदा अकेला सड़क के उतार पर चलने लगा और अँधेरे में टटोलने लगा कि शायद लेटने भर

को कहीं जगह मिल जाए।

जब मुन्नू ने नगर में प्रवेश किया, तब चन्द्रमा से हीन आकाश पर पूर्ण निस्तब्धता छाई हुई थी; परन्तु पृथ्वी—बम्बई की पृथ्वी—जिसमें संकीर्ण गलियों तथा चौड़ी सड़कों की भरमार थी, जिसमें ऊँचे-नीचे तथा छोटे-बड़े हर प्रकार के मकानों और मन्दिरों की अधिकता थी—बम्बई, जो मीनारों, मकबरों और दफ्तरों की ऊँची-ऊँची इमारतों से भरा था, परस्पर विरोधी वस्तुओं और वैमनस्य का एक घृणित समूह था, जहाँ अमीरों की शान-शौकत के साथ स्याह हाँड़ियों की छनछनाहट सुनाई दिया करती थी- बम्बई, जो आमोद-प्रमोद का केन्द्र था, जहाँ सद्व्यवहार के बन्धन टूट जाते थे, और बीमारियों की सूरत में बदलकर कूड़े के ढेरों और घूरों पर नजर आते थे—जहाँ मेहरबान अमीरों का धोखा और कपट गरीबों के सड़ते हुए जिस्मों और फूटते हुए ज़ख्मों में झलकता था—हाँ वही बम्बई!—उस दिन शाम को बम्बई की सारी भूमि पर एक अजीब हलचल मची थी।

यह क्या हुआ? मुन्नू को कुछ भी मालूम न था कि यह हुआ क्या। वह फ़ैक्ट्री के उस मैदान से निकल भागा, जहाँ उपद्रव आरम्भ हो गया था और उसने सोचा था कि वह सारा शोर-गुल और हँगामा पीछे छूट गया। परन्तु यहाँ भी वही कोलाहल मचा था, बल्कि बड़ी-बड़ी दीवारों से गूँज कर उसकी तेज़ी और भी बढ़ गई थी।

विभिन्न गलियों में से गुजरकर, जहाँ दो-दो, चार-चार आदमी अपने-अपने दरवाज़े पर इकट्ठे होकर कानाफूसी कर रहे थे, भिन्डी-बाज़ार में निकल आया। यहाँ लोगों के दल-के-दल निकलकर बाज़ार में एकत्र हो रहे थे। वह भीड़ में शामिल हो गया, किन्तु ज़रा अलग-ही-अलग रहा। भावों के जिस आवेग के कारण लोग उत्तेजित हो रहे थे, उसका मुन्नू पर जरा भी प्रभाव नहीं पड़ रहा था, यद्यपि उसको यह जानने की उत्सुकता अवश्य थी कि ये सब लोग एक केन्द्र स्थान पर एकत्र क्यों हो रहे हैं। उसे शीघ्र ही वह कारण मालूम भी हो गया।

एक नाटा और मोटा-सा आदमी स्टेज पर चढ़ गया और बहुत ही ऊँचे-स्वर से भाषण करने लगा—

"हिन्दू भाइयो! जागो। यदि तुम्हें अपनी माताओं और बहनों की लाज का कुछ भी ध्यान है, तो अब सोते न रहो। हाथ में लट्ठ ले-लेकर अपने-अपने घर से निकल पड़ो, क्योंकि हमारी दयालु सरकार इस ओर ज़रा भी ध्यान नहीं दे रही है, यद्यपि हमारे भाई-बन्धु, स्त्रियाँ और बच्चे, मुसलमानों के हाथ मौत के घाट उतारे जा रहे हैं, अपमानित हो रहे हैं। और तो और, सरकार ने यह भी घोषणा कर दी है कि यदि पाँच से अधिक व्यक्ति कहीं एकत्र हों, तो उन पर गोली चला दी जाय; अतएव हमें अपनी रक्षा स्वयं करनी होगी। सरकार तो बस हमारी लाठियाँ छीनना जानती है, मगर उनकी लाठियाँ और छुरे नहीं जब्त करती! इसका क्या अर्थ है? इसका अर्थ यह है कि हम इन मुसलमान बच्चों को अपनी महाराष्ट्र-शक्ति का मजा चखा दें। मुसलमानों का नाश हो! मुसलमानों का नाश हो!

मुन्नू एक बन्द दुकान के तख्ते पर चढ़ गया कि वहाँ से उस आदमी को अच्छी तरह देख सके उसने देखा कि एक भारी-सा डण्डा हवा में घूमा और उस आदमी पर तड़ से लगा। भारी आवाज़ रुक गई।

चारों ओर 'हाय, मार डाला! हाय, हाय! जान से मार डाला' की आवाज़ें आने लगीं।

क्षण-भर के लिए सारी भीड़ ने दाँत पीसे और फिर मिली-जुली आवाज़ें आने लगीं—'मुसलमानों को मार डालो! बदला लो! लूटो, जला दो! नष्ट कर दो!'

भीड़ धीरे-धीरे छँटने लगी और चौक से होती हुई अब्दुल रहमान स्ट्रीट की तरफ़ बढ़ी।

एक नवजवान अँगरेज अफसर ने, जो खाकी वर्दी पहने था और जिसके साथ दस हिन्दुस्तानी पुलिस के सिपाही थे, लाठी चार्ज करने की आज्ञा दी।

मुन्नू उस अफसर को देखकर उस खाली दुकान से उतरा और अँधेरे में छिपने के खयाल से तेजी से जो भागा तो फिसल गया। उसने सोचा कि जिस ओर से भीड़ आ रही है, उससे विपरीत दिशा में जाने से कदाचित् रक्षा हो जाएगी। वह सैंडहर्स्ट रोड की ओर घूम गया। उसका दिमाग परेशानी से चकरा रहा था। कनपटियाँ धमक रही थीं। उसे ऐसा लगता, मानो आँखों के सामने वही डण्डा बराबर नाच रहा है। मंच पर से उस व्यक्ति के एकाएक अदृश्य हो जाने का यही अर्थ है कि वह मार डाला गया। मृत्यु की क्रूर एवं भयानक निस्तब्धता की दया उसके सामने नाचने लगी। वह बेहोशी की हालत में खुद ही कुछ बुदबुदाता हुआ चल पड़ा, "यह हुआ क्या? यह क्या हो गया?" वह बार-बार अपने-आप से पूछता था। उसने गली में झाँका कि शायद वहाँ से कोई उत्तर मिल जाय; परन्तु गली के ऊँचे-ऊँचे मकान पतली सड़क के दोनों तरफ़ चट्टानों की तरह खड़े उसको मुँह चिढ़ा रहे थे। खिड़कियाँ भूतों की आँखों की तरह सायादार बरामदों में से झाँक रही थीं। उसे काँगड़ा की पहाड़ियाँ स्मरण हो आईं, जहाँ आगे को निकली हुई चट्टानों ने एक बार उसको इसी तरह मुँह चिढ़ाया था, जब वह अपनी खोई हुई बकरी ढूँढ रहा था। यहाँ की बन्द दुकानों और घोर सन्नाटे में भी वही पहाड़ की गहरी कन्दराओं की-सी भयानकता वर्तमान थी, बल्कि इनका सन्नाटा उपद्रवकारियों के बादलों की गर्जना को भी लज्जित कर देने वाले कोलाहल के कारण और भी भयानक हो गया था, जो दूर से थोड़े-थोड़ी देर पर सुनाई दे रहा था। समस्त सृष्टि पर मृत्यु छाई हुई लगती थी। धुँधले अँधेरे में भीड़ की छाया कभी धीमी हो जाती, कभी तेज। कभी एकाएक सरपट दौड़ते-हाँफते हुए गोरे दिखाई देते, जैसे देश और काल की मन्जिलों को तेजी से तय कर रहे हों। जैसे सैकड़ों चीखते-चिल्लाते शैतान मनुष्यों को मृत्यु के अन्धकूप की ओर खदेड़ रहे हों।

उसने अपनी रफ्तार धीमी कर दी कि इन भयानक काल्पनिक चित्रों के चंगुल में फँसकर कहीं एक कायर की तरह डरने न लगे, "मैं तो एक वीर और साहसी पहाड़ी बालक हूँ। सैकड़ों बार श्मशानों और कब्रिस्तानों से होकर अकेला चला हूँ।" अपने-आप में दृढ़ता ले आने के लिए वह मन-ही-मन कहने लगा, "मैं डरूँ क्यों? मालूम नहीं, रतन कहाँ है? क्या कर रहा है? और हरि? लक्ष्मी और बच्चे तो शायद घर पर सोते होंगे। तो मुझे क्या हो गया है? मिल के अहाते से निकल आने के बाद वहाँ जाने की इच्छा नही होती?" उसके सामने लेटे हुए एक दीर्घकाय शव के समान फैले हुए अन्धकार का वक्षःस्थल विदीर्ण करती हुई एक चीख सुनाई पड़ी—'अल्लाहो अकबर' के नारे गूँज रहे थे। उसने भागना शुरू किया। पास की एक गली में उसने कनखियों से देखा कि एक

बूढ़ा आदमी, जिसके पैर लकड़ी के थे, फटे चीथड़े लगाए दौड़ा जा रहा है, और एक लम्बा-तड़ँगा पठान उसका पीछा कर रहा है। मुन्नू दूर ही से खड़े-खड़े भय और विस्मय से अभिभूत होकर देखता रहा। दो और पठान लट्ठ लिए सामने से आ रहे थे। वे भी उस बूढ़े पर टूट पड़े। अब तो वह डर के मारे लड़खड़ाकर जमीन पर आ रहा, जैसे कोई पक्षी जाल में फँसकर तड़पे, "राम-रे-राम! अब प्राण गए!" पीछेवाले पठान ने उसकी पीठ में छुरा भोंक दिया, "काफ़िर, शैतान का बच्चा!" बूढ़े ने एक चीख मारी। बाद को उसने एक बार कराहा और भूमि पर धड़ाम से गिर पड़ा।

इस शोकपूर्ण घटना के बाद फिर सन्नाटा छा गया और मुन्नू वहाँ से सिर पर पाँव रखकर भागा। जिस ओर वह जा रहा था, उस ओर से आनेवाली वायु का एक-एक झोंका उसके मन में यह भ्रम उत्पन्न कर रहा था कि उसके खून के प्यासे मुसलमान आपस में कानाफूसी कर रहे हैं। परन्तु किसी ने उसको छुआ तक नहीं, और वह तेजी और सावधानी से भागते-भागते एक ऐसी जगह पहुँच गया, जहाँ ज़ोर का कोलाहल मचा हुआ था और एक बड़े से मकान में आग लगी हुई थी। लपटें आसमान से बातें कर रही थीं और लाल, नारंगी और नीले रंगों से समस्त वायुमण्डल को प्रकाशमान कर रही थीं।

"यह मूलजी-माधरजी की मिठाई की दुकान है, जिसमें पठानों ने आग लगा दी है। जाना मत नहीं तो वे तुमको भी मार डालेंगे," एक गुजराती व्यापारी ने कहा। वह अपने मकान के दरवाज़े पर खड़े-खड़े एक हाथ दरवाज़े पर रक्खा थे, दूसरा अपने एक मित्र के कन्धे पर रक्खा था। उसे वह रोकना चाहता था। मुन्नू ने भी यह बात सुन ली और वह इधर-उधर देखने लगा कि कहीं किसी बन्द दुकान के तख्ते या किसी मकान की सीढ़ियों के नीचे कोई जगह ऐसी मिल जाए, जहाँ वह रात आराम के साथ सुरक्षित भाव से व्यतीत कर सके।

अभी वह अपनी दृष्टि वापस भी नहीं कर पाया था कि जहाँ से आग की लपटें उठ रही थीं, मुसलमानों की 'अल्लाहो अकबर' की आवाज़ फिर सुनाई दी, और वे पाँव पटकते, शोर मचाते उसी ओर आने लगे, जिधर वह खड़ा था।

मुन्नू बेतहाशा भागा और एक गली में घुस गया, जो आपेरा हाउस की तरफ़ जाती थी। यहाँ उसकी मुठभेड़ एक स्त्री से हो गई, जो अपने घर के बरामदे में खडी छाती पीट-पीटकर और बाल नोच-नोचकर रो रही थी, "अरे मेरे लाल, तू कहाँ गया? अरे बेटा, तू कहाँ है? अरे तू चला गया?"

मुन्नू इस आशंका से उसके पास जाने का साहस नहीं कर सका कि कहीं वह उसे भी आक्रमणकारी ही न समझ बैठे। उसने मुड़कर देखा कि जिस ओर से वह आ रहा है, उसी ओर फिर लौटकर जा सकता है या नहीं। सारी गली में लुटेरे पठान अराजकता फैलाए हुए थे, दरवाज़ों को अपनी बन्दूकों के दस्तों से तोड़ रहे थे, छुरे चमका रहे थे और 'अल्लाहो अकबर' के नारे लगा रहे थे। मुन्नू भय से व्याकुल होकर पैर जमाकर खड़ा हो गया। उसे इस बात का विश्वास हो गया कि अब वह मृत्यु के मुख में प्रविष्ट हो गया है। पुलिस के सिपाहियों के कुछ जत्थे उसी तरफ़ से दबे पाँव भागते हुए आते दिखाई दिए, जिधर मुन्नू जा रहा था। इससे उसने सोचा कि अवश्य ये लोग इन आततायियों को अचानक धर दबोचना चाहते हैं। वह चुपके से एक दुकान में घुस गया और डर के

मारे काँपने लगा कि कहीं पुलिस का कोई सिपाही संगीन न चुभा दे। क्षण-भर पहले की ही तरह अब भी उसे मृत्यु अवश्यम्भावी-सी मालूम पड़ने लगी। परन्तु नीली वर्दी पहने हुए सिपाही पास से गुज़र गए और वह स्त्री भी कहीं अदृश्य हो गई। उसने अपने-आप को सम्भाला और एक गहरी साँस ली। फिर वह दीवार के सहारे आगे-पीछे देखने लगा कि कहीं कोई देख तो नहीं रहा है।

हिचकते हुए पैर उठा-उठाकर चलते-चलते वह गली के नुक्कड़ पर पहुँचा। बाद को आन्तरिक उत्सुकता के कारण बाध्य होकर उसने पीछे मुड़कर देखा। पठानों और पुलिस के सिपाहियों में आपस में गुत्थम-गुत्था हो रहा था। वह यह देखता हुआ कि अब कौन गिरता है, आगे बढ़ता गया और खुले चौक में निकल आया, जहाँ बलवाइयों के दो जत्थे आपस में भिड़ गए थे।

''काली माई की जय'', ''शिवाजी की जय'', ''अल्लाहो अकबर'' के नारों के बीच में हिन्दू-मुसलमान एक-दूसरे के खून के प्यासे होकर आपस में गुथे हुए थे, ''मार, मार, मार के देख'' एक तरफ से किसी ने कहा। दूसरे क्षण एक छुरी चमकी और पीठ में धँस गई, ''हाय मार डाला! और वह वहीं समाप्त हो गया।

''सुअर का बच्चा! काफ़िर!'' हत्यारे की आवाज़ गूँजी।

''अब तो मृत्यु निश्चित ही है'' मुन्नू ने मन-ही-मन क़हा और छलाँग मारकर वह एक टूटी हुई ट्राम के नीचे घुसने लगा। एकाएक उसे ऐसा लगा कि किसी की कड़ी उँगलियाँ उसका गला दबा रही हैं। रीढ़ की हड्डी पर लाठी की चोट पड़ी और वह चकराकर गिर पड़ा।

अपनी जगह से पड़े-पड़े ज़रा आँख खोलकर उसने देखा कि एक मुसलमान ट्राम के नजदीक ही खड़ा है। यह देखकर उसने तुरन्त अपनी आँखें मूँद लीं और हाथ-पाँव इस तरह ढीले कर दिए, मानो उसके शरीर में प्राण नहीं है। उसे इस भाव से पड़ा देखकर पठान ने यह समझकर कि अब यह मर गया है, अवज्ञापूर्वक पैर से एक ठोकर लगाकर कहा, ''हिन्दू कुत्ता!'' और जाकर वह अपने साथियों में मिल गया।

चौक में जल्दी ही सन्नाटा हो गया, क्योंकि सब-के-सब पठान क्रोध में भरे, चीखते-चिल्लाते, पैर पटकते चल दिए थे और कुछ देर के लिए पूर्ण निस्तब्धता हो गई थी।

फिर अधमरे लोगों के कराहने की आवाज़ें चौपाटी से आते हुए हवा के झोंके में मिलकर चारों तरफ़ गूँजने लगीं। इधर-उधर दुबके हुए लोग निकल-निकल कर अपने-अपने प्राण ले-लेकर भागने लगे।

ट्राम्वे के जंकशन से ज़रा दूरी पर फूलों का एक त्रिभुजाकार बगीचा था, जो सुव्यवस्थित रूप से लोहे की छड़ों और तार से घिरा था । मुन्नू ने उसे ध्यानपूर्वक देखने के लिए आँख खोलीं। उसके मन में आया कि वह जाकर बगीचे की झुरमुट में छिप जाए। परन्तु उसने जैसे ही अपना सिर कुहनियों पर टिकाकर उठाया, किसी के तड़प-तड़पकर कराहने की आवाज़ सुनाई दी। साथ ही झनझनाहट के साथ किसी के जमीन पर डण्डा मारने की भी आवाज़ आई। भय से अत्यन्त ही व्याकुल होकर उसने प्राण त्याग करते हुए एक मनुष्य की अपरिसीम क्षोभ-पूर्ण कराह सुनी। अब तो उस ओर से होकर निकल

भागना असम्भव था। उसने एक क्षण के लिए अपनी साँस रोक ली और चुपचाप पड़ा रहा। ज़रा देर के बाद उस मरते हुए आदमी की अन्तिम चीख सुनाई दी।

मुन्नू के मन में आया कि वह दौड़कर उस आदमी के पास पहुँच जाए, किन्तु निराश होकर रह गया, उसे क्रियाशील होने का साहस न हो सका। अँधेरे में देखते-देखते उसकी आँखें ऊबकर बन्द हुई जा रही थीं और वह फिर लेटा रहा।

एकाएक अपने बिल्कुल पास ही उसे तेज़ कदमों की चाप सुनाई देने लगी, "क्या अब मेरा अन्तकाल आ पहुँचा है?" उसने अपने हृदय से पूछा। उसकी जबान बन्द-सी हो गई और वह आखिरी साँस निकल जाने की प्रतीक्षा करने लगा। उसे इतना अवसर नहीं था कि वह अपने अतीत जीवन की घटनाओं पर विचार कर सके। आकाँक्षा की दीप्ति तो मानो उसके शरीर का परित्याग ही कर चुकी थी।

किन्तु उसका अन्त समय नहीं आया था। क्योंकि सोशल-सर्विस लीग के दो आदमियों ने मिलकर उसे उठाया और सौ गज दूर एक स्कूल के बरामदे में ले जाकर लिटा दिया।

मुन्नू ने जान-बूझकर आँखें बन्द कर ली थीं, जिससे कि उसे सहायता के योग्य समझा जा सके; परन्तु स्वयंसेवकगण जिस तरह उसे ले आए, वह सब उसे अच्छी तरह मालूम था। उसका जी चाहता था कि उस समय वह सचमुच चेतना-रहित होता। क्या ही अच्छा होता, यदि उसे सचमुच-चोट लग गई होती और वह मर गया होता, या कम-से-कम चेतनारहित ही हो गया होता, क्योंकि दीर्घकाल से उस पर जो अत्याचार मन्द गति से बराबर होते आए थें, वे उसके दिमाग की भट्ठी से होकर कभी न बुझनेवाली आग की लपट की तरह असह्य होते जा रहे थे। उनकी बढ़ती हुई आँच सारी चेतना को जैसे जलाकर उस रही-सही शारीरिक शक्ति को भी नष्ट किये देती थी, जो महीनों फैक्ट्री में काम करने के बाद किसी तरह बच रही थी। इस समय तो उसकी हालत एक ऐसे चलते हुए अंगार की तरह थी, जो इस अन्धकारमय, तूफानी, नारकीय, रात्रि में आँखें फाड़-फाड़कर चारों तरफ देख रहा हो।

सोशल-सर्विस-लीग के स्वयंसेवकों ने उसे स्कूल के बरामदे में एक चटाई पर लिटा दिया। वहाँ चारों तरफ़ लालटेनों की रोशनी में फकीरों, भिखारियों और कुलियों के शरीर बिखरे पड़े दिखाई दे रहे थे, जिन्हें विभिन्न गलियों और सड़कों से बटोरकर लाया गया था, जहाँ वे साधारण तौर से सदा सोया करते थे।

एक डाक्टर, जो मुन्नू को शामनगरवाले छोटे बाबू से कुछ ज्यादा भिन्न न लगा, क्योंकि वह भी उसी तरह का सूट-बूट पहने था, उसके पास आकर उससे पूछने लगा, कि उसे कहाँ-कहाँ चोट आई है। मुन्नू ने नकारात्मक भाव से मस्तक हिला दिया और इस तरह पड़ रहा, मानो उसे मूर्च्छा आ गई है। डाक्टर ने उसके शरीर को देखा-भाला, एक परचे पर कुछ लिखा और वह आगे बढ़ गया।

एक स्वयंसेवक ने गरम दूध का एक प्याला उसके होठों से लगा दिया और मुन्नू बहुत ही विनम्रता तथा कृतज्ञतापूर्वक उसे पीने के लिए उठा बैठा। मीठा और गरम दूध पीने से उसके चेहरे पर खून दौड़ने लगा।

यदि वह उसी समय सो जाता, तो दूसरे दिन सबेरे बिल्कुल स्वस्थ होकर उठ बैठता। परन्तु उसने आँखें खोलकर अपने चारों ओर देखना आरम्भ कर दिया।

बरामदे में अँधेरा था। वहाँ मल-मूत्र की भयंकर दुर्गन्ध फैली थी। दुर्दशाग्रस्त और घायल लोगों की आह घुटी हुई हवा में धुनकी रुई की तरह बिखरकर पागल किये दे रही थी।

मुन्नू ने इस बात का प्रयत्न किया कि वह इस दुर्गन्धित वायु में खींचकर साँस न ले; परन्तु उसके आसपास जो घायल और व्याधि-पीड़ित मनुष्य पड़े हुए थे, उन सब पर उसकी घृणापूर्ण दृष्टि पड़ रही थी। उन दुर्दशाग्रस्त लोगों में से कुछ अपना धँसा सीना दबाए थे, कुछ लकड़ी के लट्ठों की तरह दीवार से टिके खर्राटे ले रहे थे, कुछ अपने घावों को अपनी धँसी, कमजोर आँखों से देख रहे थे, कुछ थे कि लगातार खाँसते ही जा रहे थे।

मुन्नू ने अपने-आप से एक बात कहने का प्रयत्न किया। उसने ज़रा-सा मुँह खोला ही था कि वहाँ पड़े हुए मल-मूत्र की नाक को सड़ा देने वाली दुर्गन्ध का भार लिए हुए हवा का एक झोंका आया। उसने मुँह बन्द कर लिया और सिर्फ नाक के द्वारा साँस लेने लगा। उसके नथुने फैल गए और दुर्गन्धित वायु उसके शरीर में प्रवेश करने लगी। उसने स्कूल के उस बरामदे से निकल भागने का निश्चय किया। वहाँ का वातावरण असह्य हो उठा था। उसने सोचा कि जाकर समुद्र के तट पर ही क्यों न सो जाऊँ। वहाँ पर तो दुकानें भी सारी रात खाली ही पड़ी रहती हैं, यह मैंने स्वयं देखा है। सम्भव है कि किसी को भी वहाँ जाकर लेट रहने का ध्यान न आया हो और वे दुकानें खाली पड़ी हों। वह उठ खड़ा हुआ और चलने लगा। किसी ने उसको देखा तक नहीं। दरवाज़ा बिल्कुल सामने ही खुला था और लोग बराबर आ-जा रहे थे। वह फाटक के बाहर निकल आया।

उसने सोचा कि चौपाटी तक पहुँचने के लिए कोई तीन सौ गज दौड़ना होगा। उसने अपने-आपसे पूछा कि क्या मैं पूर्णरूप से सुरक्षित रह सकूँगा? परन्तु उसने इतने समय तक प्रतीक्षा नहीं की कि इस प्रश्न का उत्तर भी प्राप्त कर ले। उसने झुँझलाकर सोचा कि जो होना होगा, वह होगा। कम-से-कम इस नरक-कुण्ड से तो निकल जाऊँगा। उसके दिमाग में वहाँ लेटे हुए उन लोगों की तसवीर झिलमिलाने लगी, जिन्हें छोड़कर वह जा रहा था। साथ ही स्वयं अपने सम्बन्ध में कितने प्रकार के विचार दिमाग में चक्कर काट रहे थे। शामनगर जाते समय गरम रेत पर नंगे पाँव चलते हुए, दौलतपुर की सिविल लाइन और बम्बई की गलियों में भटकते समय हृदय में जो-जो भावनाएँ उदित हो रही थीं, उनकी स्मृति नवीन हो उठी। अब वह भागने लगा और शरीर की गति से उसे स्थान और समय का भी कोई ज्ञान न रहा। उस दिन की सन्ध्या के समय उसने अगणित व्यक्तियों के शरीरों को क्षत-विक्षत होते देखा था, निर्दयी और क्रूर व्यक्तियों के हाथों से कितनों को मौत के घाट उतरते देखा था, अत्याचार-पीड़ित होकर कितनों को कराहते तथा चीखते सुना था। इन सब घटनाओं की स्मृति एक अज्ञात अनन्त क्षण बनकर रह गई थी।

वह इतने वेग से दौड़ा, मानो वह आग का एक बगूला हो या कोई आतिशबाजी की चिनगारी हो, जो समुद्र में डूबकर बुझ जाना चाहती हो। उसे अपने शरीर की भी चिन्ता न रह गई थी। चौपाटी के पुल के पासवाली सुविशाल अट्टालिकाओं के पास से वह ऐसे गुजरा, जैसे कोई आँधी आ रही हो।

सामने ही उसे एक गाड़ी दिखाई दी, जिस पर फूस का छप्पर था। दिन को यही

गाड़ी नारियल की दुकान का काम देती थी। हाँफते हुए उसने अपनी रफ़्तार धीमी कर दी और उसकी तरफ़ बढ़ा। लोकमान्य तिलक की काले पत्थर की मूर्त्ति पानी के इस व्यापक विस्तार के सामने बिल्कुल हेच मालूम हो रही थी, जो बार-बार सर्प की तरह फुँकार-फुँकार कर अपना विषैला झाग भारत-सागर के तट पर दे-दे पटकता था। मुन्नू उस गाड़ी में चढ़ गया और चारों तरफ़ टटोलने लगा। जगह काफी थी। वह आराम से लेट गया और समुद्र के व्याकुल कोलाहल की लोरियों ने उसे शीघ्र ही निद्रा में लीन कर दिया।

दूसरे दिन काफी दिन चढ़े जब वह उठा, तब उसकी समझ में नहीं आता था कि वह कहाँ जाए, क्या करे और उसकी आत्मा चाहती क्या है।

नारियल की दुकान तीसरे पहर से पहले न खुली, अतएव कोई उसके आराम में बाधक नहीं हो सकता था।

चुपचाप बैठे-बैठे वह गाड़ी में आती हुई धूप को देखता रहा और फूस की आड़ से समुद्र की निरन्तर गरजना सुनता रहा। रात को सर्दी काफी थी और पिछले पहर तो वह थरथर काँपने लगा था। किन्तु अब कुछ-कुछ, बल्कि काफी गरमी हो गई थी और वैसे जगह भी बहुत शान्त थी। हाँ, अपने अन्तस्तल में शून्यता और पेट में भूख का आभास उसे अवश्य हो रहा था।

उसने अपने हृदय को यह समझाकर तसल्ली देने का प्रयत्न किया कि महीनों तक मिल में जाने के लिए सुबह मुँह-अँधेरे उठने के बाद तो यह आराम नसीब हुआ है। बहुत दिन पहले गाँव में वह जिस तरह का चिन्ता-रहित जीवन व्यतीत किया करता था, विशेषतः तीसरे पहर, जब वह जानवरों को चरने के लिए छोड़ देता, तब स्वयं इधर-उधर घूमता था या किसी वृक्ष की शीतल छाया में लेटे-लेटे तन्द्रा-सुख का अनुभव किया करता था। मुन्नू को अपना वह जीवन स्मरण हो आया। जल के हरे रंग के समुद्र के विस्तार में भी कुछ गाँव के हरे-भरे खेतों की-सी स्वच्छन्दता दिखाई देता थी।

अत्यन्त प्रातःकाल उठकर मिल में जाने का उसे जो अभ्यास हो गया था, उसने मुन्नू को कोई काम करने के लिए सचेत किया और इस समय उसकी आत्मा उसे उत्तेजित कर रही थी। उसे ऐसा लगा कि अब उठकर किसी काम में लगना ही चाहिए। किन्तु वह करे तो क्या करे और जावे तो कहाँ जावे? वह चाहता क्या है? अपने-आप से उसने ये प्रश्न फिर किए; परन्तु इन प्रश्नों का क्या उत्तर मिला, यह वह स्वयं नहीं जानता था।

जब कभी वह बेकार बैठाता था, या अपने चारों तरफ़ लोगों को काम में लगे हुए देखता था, तब उसे इसी तरह का अनुभव हुआ करता था।

उन दिनों में, जब उसे दिन भर डटकर काम करना पड़ता था, शाम को आकर जब भोजन करने बैठता था, तब यद्यपि वह थकन से चूर होता और उसे तरह-तरह की और असुविधाएँ भी सहन करनी पड़ती थीं, वह कदाचित् ही अकेला होता था। वह लोगों से बातें करता और हँसी-मजाक किया करता था। अन्त में जब सोता तब दूसरे दिन सबेरे ही निद्रा भंग होती। यही जीवन था।

और अब, आत्मा का वह अनिवार्य अकेलापन, वह एकान्त, जिसे दबाने के काम करने तथा दूसरों के सुख-दुःख में भाग लेने की अभिरुचि तथा उत्साह के द्वारा, दूसरों के प्रति अपने स्वाभाविक प्रेम के द्वारा उसने सफलता प्राप्त की थी, अब उभड़ आया और कोई कार्य न होने, भोजन की कोई व्यवस्था न होने तथा सामने कोई उद्देश्य न होने के कारण उसे जो चिन्ता हो रही थी, उससे संयुक्त होकर उसे दाब बैठा।

मुन्नू को एकाएक यह अनुभव हुआ कि जीवन में जब कभी उसने हाथ-पाँव मारे, जब कभी उसने किसी प्रकार की क्रियाशीलता प्रकट की, तब उसे कोई-न-कोई सहारा अवश्य मिल गया। उदाहरण के लिए, शामनगर से भागने पर उसे प्रभु मिल गया था, फिर उसे महावत मिला था, जो उसे बम्बई ले आया था, फिर हरि से मुलाकात हो गई थी और यदि वह बम्बई न आता, तब रतन से ही कैसे मुलाकात होती। किन्तु वह अपने मन में सोचने लगा, "ऐसे भी कितने ही दिन, कितने ही महीने और कितने ही वर्ष व्यतीत हो गए हैं, जब मैं अकेला मारा-मारा फिरा या काम करता रहा। अभी मैं लौटकर मिल में जाऊँगा और देखूँगा कि वहाँ क्या हो रहा है।

मुन्नू तनकर उठ बैठा। उसने अँगड़ाई लेकर जम्हाई ली और खड़ा होकर गाड़ी से बाहर कूद गया।

समुद्र-तट पर सन्नाटा छाया हुआ था। वहाँ केवल कुछ मछुए थे, जो अपना जाल पानी में डाल रहे थे।

मुन्नू चौपाटी के पुल की तरफ़ चल पड़ा और मलाबार-हिल के निचले भाग पर बने हुए हरे, सफ़ेद और लाल मकानों के दृश्य देखने लगा, जो यहाँ से वहाँ तक लाइन में बने हुए थे।

सड़क पर लोगों का आना-जाना स्वाभाविक रूप में ही, बिल्कुल सदा की भाँति हो रहा था। गत रात्रि की घटनाओं का कुछ भी प्रभाव नहीं मालूम होता था। घोड़ा-गाड़ियों और टैक्सियों के बीच-बीच से मोटरें सर्राटे से निकलती चली जा रही थीं। दुकानों के सामने लटकते हुए साइनबोर्डों ने मुन्नू का ध्यान अपनी ओर आकर्षित कर लिया। एक पर लिखा था–'आटो डि लक्स' दूसरे पर 'भारत वाच वर्क्स', तीसरे पर 'अमरीकन आटो पार्ट्स कम्पनी', चौथे पर 'डाक्टर एन.जे. मोदी, एम.बी.बी.एस.आर.सी.पी. (लन्दन) का चिकित्सालय'–और किसी पर लिखा था–'भारत स्वदेशी स्टोर्स'।

मुन्नू जब पारिख मैन्शन के पास पहुँचा, तब उसने कुछ कुलियों को मिट्टी ढोते देखा, जिनमें स्त्री-पुरुष दोनों ही थे। ये लोग एक दुकान से मिट्टी की टोकरियाँ भर-भरकर एक बैलगाड़ी में डाल रहे थे, जिसमें दो बैल जुते खड़े थे। चौराहे पर पुलिस का एक सिपाही खड़ा था।

मुन्नू खड़ा हो गया और शून्य दृष्टि से बैलों की ओर ताकने लगा। बैलों के सिर पर टेढ़े-टेढ़े सींग थे और वे धैर्यपूर्वक प्रतीक्षा में खड़े-खड़े सूखी घास खा रहे थे, गर्दन पर जुए की गरड़ से छिलकर घाव हो गए थे, और मक्खियाँ उन पर बैठ रही थीं। किन्तु बैलों को इसकी कोई चिन्ता न थी।

दुकानें अभी खुली न थीं, किन्तु लोग इधर-से-उधर की पटरियों पर छतरी सम्भाले, धोती का छोर हाथ में पकड़े, नंगी टाँगें दिखाते, तेजी से आ-जा रहे थे। मुन्नू इन राहगीरों

को आते-जाते देखता रहा, यहाँ तक कि उसे ऐसा लगा, जैसे संसार में चारों ओर केवल टाँगें-ही-टाँगें हैं।

"यह बात क्या है?" मुन्नू ने मन-ही-मन सोचा, "क्या कल रात का उपद्रव शान्त हो गया? अवश्य शान्त हो गया होगा। इस समय तो सब मामला ठीक हो रहा है।"

"किन्तु ऐसा हो नहीं सकता" उसने अपने मन में सोचा और उसे ऐसा लगा, जैसे आस-पास से होकर आने-जाने वाले ये सारे लोग उसे धोखा देने पर तुले हुए हैं और जान-बूझकर उससे उपद्रव का भेद छिपा रहे हैं।

किसी से बातें करके नगर की अवस्था जानने के लिए उसे व्यग्रता हो रही थी। केवल एक कौआ उड़ता हुआ आया और सामने की एक खिड़की पर बैठकर ताकने लगा कि खाने योग्य कोई वस्तु उसकी चोंच में आ सकती है या नहीं।

मुन्नू ने अपना मुँह फेर लिया और उसका दिमाग क्षण-भर के लिए बिल्कुल शून्य-सा हो चला था।

अन्त में मुन्नू ने देखा कि चौराहेवाला कान्स्टेबिल किसी समृद्ध पारसी से कुछ बातें कर रहा है।

मुन्नू ज़रा पास खिसक आया एक दरिद्र की तरह बैलगाड़ी के पास के वृक्षों से गिरी हुई सूखी पत्तियाँ बीनने लगा।

"जहाँ तक पुलिस की जानकारी है" सिपाही पारसी से कह रहा था, "यह बच्चे चुराने और उठा ले जाने की अफवाह बिल्कुल निराधार है। पुलिस ने जनता के हृदय से यह भ्रम दूर करके उसमें विश्वास की भावना उत्पन्न करने के लिए एक विज्ञापन भी वितरित किया; किन्तु मिल के क्षेत्र में और नगर में मारपीट शुरू हो गई और सारी पुलिस सशस्त्र पुलिस के साथ उपद्रवकारियों को दबाने में लगी हुई है; किन्तु इतनी मार-काट और अशान्ति होते हुए भी सरकार ने सेना नहीं बुलाई। अब तो पुलिस ने परिस्थिति को काबू में कर लिया है और आज प्रातःकाल से नगर का वातावरण शान्त है। मिलों और रेल के कारखानों के कुली भी अपने-अपने काम पर चले गए हैं। और यह तो आप भी देख रहे हैं कि लोग पहले की तरह आ-जा रहे हैं।"

अब मुन्नू का मन स्थिर हो गया और उसके मन में यह विचार उत्पन्न हुआ कि काम पर जाना चाहिए। मिलें खुल गई हैं, हड़ताल नहीं हुई है। हरि तो जरूर फैक्ट्री गया होगा। मुझे भी जाना चाहिए। अब वह जल्दी-जल्दी चला।

अभी कठिनाई से कोई सौ गज वह गया होगा कि उसने काँग्रेस के दो स्वयंसेवकों को एक आदमी से, जो कोट-पतलून पहने था, गम्भीर भाव से बातें करते देखा। वह एक नोट बुक में बार-बार कुछ लिखता जा रहा था। मुन्नू लँगड़ाने लगा, जैसे पाँव में चोट हो और उनके पास ही बैठकर पैर पर मिट्टी डालने लगा, मानो पैर का अँगूठा कट गया है, उसी पर मिट्टी डाल रहा है।

"आज प्रातःकाल साढ़े सात बजे" एक स्वयंसेवक ने कहा, "मजदूर-नेता अलवे और खसले रहीम नामक एक मुसलमान ठेकेदार को लेकर सुपारीबाग रोड के नाके की एक चाय की दुकान में आए ताकि पठानों से समझौते की कुछ बातचीत की जाए। इतने में एक अपरिचित पठान ने अलवे के मुँह पर थूक दिया। आध घण्टे के अन्दर-अन्दर

मिल के तीन-चार हज़ार मज़दूर यह खबर सुनकर लट्ठ ले-लेकर पठानों के कैम्प पर टूट पड़े कि अलवे के इस अपमान का बदला लिया जाए। सशस्त्र पुलिस के एक जत्थे ने बहुत ही पक्षपातपूर्ण ढंग से पठानों की रक्षा की। मज़दूरों के दल का मुख्य अंश तो वापस चला गया, किन्तु कुछ लोग यूनियन के दफ्तर में, जो दामोदर-ठाकर्सी हाल में हैं, रुक गए। पुलिस के डिप्टी कमिश्नर ने सेना-विभाग से भी सहायता ली थी। वार्विक शायर रेजिमेन्ट के कई जत्थे सारे नगर में मशीनगनें लिए गश्त लगा रहे हैं और होम सेक्रेटरी ने पूना ब्रिगेड को तार दिया है कि सहायता के लिए कुछ और सेना भेजी जाए। हमने हिन्दुओं और मुसलमानों की एक मीटिंग यहाँ श्रीयुत सिरला के स्थान पर बुलाई है।''

इतने में एक बड़ी-सी मोटर सड़क की पटरी पर आकर रुकी और इन काँग्रेसियों का ध्यान एक लम्बे-तगड़े भारी-भरकम व्यक्ति की ओर आकर्षित हुआ, जो बड़े राजसी ठाट से कपड़े पहने साफे पर चाँद-सितारा लगाए मोटर में से उतरा।

मुन्नू ने 'वन्दे मातरम्' कहकर काँग्रेसवालों को उस महामहिम का अभिवादन करते सुना। उसे नहीं मालूम था कि यह कौन व्यक्ति है; किन्तु उससे वह प्रभावित हुआ, साथ ही उसके सम्बन्ध में उसे उत्सुकता भी हुई।

''ये तुम्हारे लीडर क्या कर रहे हैं?'' उस व्यक्ति ने, जो राजसी ठाट से आया था, मोटर से उतरते ही पूछा, ''पुलिस और सरकार क्या कर रही है? अभी हाल में कार्पोरेशन के जो सदस्य निर्वाचित किए गए हैं, वे क्या कर रहे हैं? और ये नवयुवक-सम्मेलन के सदस्य क्या कर रहे हैं? आज समस्त रात्रि हिन्दुओं ने पठानों की हत्या की है। यदि मिस मेयो भारतवर्ष में आए और इस विषय पर एक परिच्छेद लिखे कि यहाँ लोग बच्चों को उठा-उठाकर ले जाते हैं और उनकी बलि चढ़ाते हैं, तो क्या आप लोग इस बात से इन्कार न करेंगे और इसे बेईमानी और शरारत न कहेंगे?''

काँग्रेसी चुप रहे। नोट-बुकवाला सम्वाददाता फौरन आगे बढ़ आया और पूछने लगा, ''तो क्यों मौलाना हसरत अली! यहाँ जो उपद्रव हुआ है, क्या वही वृहत् रूप धारण करके अखिल भारतीय हिन्दू-मुसलिम-संघर्ष के रूप में परिणत हो सकता है?''

''जरूर होगा'' मौलाना ने जवाब दिया, ''हम अब मुसलमानों को इस उद्देश्य से संगठित करेंगे कि वे आत्म-रक्षा के लिए कटिबद्ध हो जाएँ? उत्तेजना के मारे मौलाना का सवर काफी ऊँचा हो गया था।

''किन्तु काँग्रेस तो एक शान्ति-समिति का संगठन करने जा रही है'' एक काँग्रेसी ने कहा।

''जी हाँ, आप लोग सदा ही शान्ति-स्थापना की बातें करते रहते हैं; किन्तु आप वास्तव में बात ही शान्सि-स्थापना की करते हैं, उद्देश्य आपका संघर्ष कराने का ही होता है। आज ही सबेरे कालबादेवी के हिन्दू-गुण्डों ने तीन मुसलमानों को मार डाला और मिलों के भी पचास मुसलमान कारीगरों पर आक्रमण किया गया। अभी-अभी हम किंग एडवर्ड अस्पताल होकर आ रहे हैं। मुसलमान हिन्दुओं से कहीं अधिक संख्या में घायल होकर आए हुए हैं।

''अच्छा तो मौलाना, आदाब अर्ज है, मैं चला'' पत्रकार ने कहा और खिसक गया।

''सुनो तो। इस बयान को छापना मत।'' मौलाना पीछे से चीखते ही रहे और वह

बाइसिकिल पर बैठकर नौ-दो ग्यारह हो गया।

एक दूसरी कार आई।

मुन्नू ने देखा कि एक और कोई सज्जन पधारे, जो काफी ठाट-बाट में थे 'वन्दे मातरम्' कहकर उन्होंने मुसलमान-नेता और काँग्रेस के स्वयं सेवकों का अभिवादन किया; किन्तु मुसलमान-नेता ने कदाचित् उनकी ओर कोई विशेष ध्यान नहीं दिया और वह एक बड़ी-सी शानदार महल-जैसी इमारत में चला गया। नवागन्तुक सज्जन, पण्डित मदनमोहन मलाबारी ने, जो दूध के समान स्वच्छ खद्दर के कपड़े पहने थे, उसका अनुसरण किया। काँग्रेस के कुछ स्वयंसेवकों ने ड्राइवरों को संकेत किया कि वे मोटर को आगे ले आवें।

मुन्नू को बड़ी उत्सुकता थी कि वह इन लोगों के पीछे-पीछे चला जाए। आसपास के स्वयंसेवकों की अनुपस्थिति का लाभ उठाकर वह भीतर झाँकने लगा, किन्तु उसे केवल एक ऊँचा पालिश किया हुआ चमकदार जीना दिखाई दिया, जो इमारत की छत तक लगातार चला गया था।

"कौन है बे? भाग यहाँ से" काँग्रेस के एक स्वयंसेवक ने, द्वार पर अपने स्थान पर आते हुए कहा।

मुन्नू चौंक पड़ा और अपनी अनधिकार-चेष्टा के कारण लज्जित होकर सरपट भागा। परन्तु दो ही चार कदम गया होगा कि गोलियों की आवाज़ से वह उसी जगह ठिठक गया। आवाज़ भिण्डी-बाज़ार की तरफ़ से आ रही थी। उसने सामने देखा तो उसे कोई दिखाई नहीं पड़ रहा था। फिर एकाएक बहुत-से लोग घायल होकर चीखते-चिल्लाते, एक-दूसरे पर गिरते-पड़ते आते दिखाई दिए। परन्तु मुन्नू को उनमें से किसी से किसी प्रकार की सहानुभूति न हुई। उसे स्वयं अपने-आप से भी कोई सहानुभूति न हुई, क्योंकि उसने कभी मशीनगन से लोगों को भूने जाते नहीं देखा था। उसका मस्तिष्क शून्य था।

गोलियों की एक बौछार पीछे की ओर फिर हुई।

मुन्नू उलटे पाँव भागा और एक ऊँची सपाट-सी पहाड़ी पर चढ़ने लगा। मलाबार पर्वत की चोटी पर ताड़ के वृक्ष हिलते हुए उसे दिखाई पड़ रहे थे। उसे न जाने क्यों यह विश्वास था कि पहाड़ की गोद में वह सदा सुरक्षित रहेगा। उसकी ढाल पर जो बँगले बने थे, उनके शान्तिपूर्ण वातावरण को देखकर उसका यह विश्वास और दृढ़ होता जा रहा था। अब गोलियों की आवाज़ तो बन्द हो गई थी, किन्तु उपद्रवकारियों का ज़ोरों का कोलाहल बराबर जारी था। सड़क के अन्तिम सिरे से चढ़ाई आरम्भ हुई थी और यही उसके विचार में सुरक्षित स्थान था, क्योंकि गोलियों की आवाज़ यहाँ तक पहुँचते-पहुँचते खत्म हो जाती थी।

सूर्य प्रचण्ड रूप से चमक रहे थे, धूप खूब निकली हुई थी और रास्ते में छाया नाममात्र को थी।

मुन्नू पसीने में तर हो गया। भूख और क्लान्ति के कारण उसको मूर्च्छा-सी आने लगी। ऐसा लगता था कि उसका शरीर अब उसका अपना नहीं रह गया है, क्योंकि चलने की इच्छा होते हुए भी वह पीछे ही हटता चला जाता था। मुन्नू ने अपने-आप से पूछा, "यह मुझे हो क्या गया है? मेरे शरीर की सारी शक्ति क्या हो गई?" परन्तु इस प्रश्न का कोई उत्तर न पाकर वह अपने-आपको मूर्ख समझने लगा।

फिर मुन्नू को उन लोगों का ध्यान आया, जिन्हें उसने अपने पीछे ही मर-मरकर गिरते देखा था। अवश्य पुलिस और सेना-विभाग के सिपाहियों ने गोलियों के शिकार बना-बनाकर उनके प्राण लिए हैं। उनके कुटुम्बी और मित्र उनके लिए कितने शोकाकुल होंगे। उन मृत व्यक्तियों के लिए स्वयं उसका भी हृदय शोकपूर्ण हो उठा। उसे ऐसा लगा, जैसे वह मृत्यु-काल की यन्त्रणा से छटपटाते हुए मनुष्य की वेदना से परिचित है, कम-से-कम उसे हर बार, जब उसे किसी प्रकार की पीड़ा होती थी, या चोट लगती थी, तब उसे अनुभव होता था। एक बार उसने एक बकरी का तड़पना देखा था, जिसे उसने बकरीद के अवसर पर अपने गाँव के मुसलमानों को कुर्बान करते देखा था और इस समय वही चित्र उसके मस्तिष्क में उदित हो आया। किन्तु किसी भी अवसर पर उसने मृत्यु का इतना नग्न रूप न देखा था, जितना कि इस समय। पहले तो उसने केवल कष्ट का अनुभव किया था, परन्तु इस समय तो उसे प्रत्येक वस्तु दुःख में रँगी हुई दिखाई देती थी। आज पहले-पहल जीवन की क्षण-भंगुरता का ज्ञान उसे हुआ था।

किन्तु उसने अपने भाग्य को नहीं कोसा। श्रमिक-वर्ग में उसने जन्म ग्रहण किया था, अतएव अपने शरीर की अत्यधिक कृर्तत्व-शक्ति के द्वारा वह अब तक हर प्रकार के दुःख-क्लेश का दृढ़तापूर्वक मुकाबला करता आया था। उसने यह भी अनुभव किया था कि यदि प्रतिदिन पेट-भर भोजन मिलता रहे, तो मेरे लिए काफी सुख की बात है। उसे जीवन से प्रेम था और जितने प्रकार के भी ऐहलौकिक सुख हैं, सबके लिए वह लालायित रहा करता था। इस समय भी वह सभ्यता के सारे साज-शृंगार, चमकदार जूतों, घड़ियों, टोकरी-जैसी टोपियों और अच्छे कपड़ों की बच्चों के-से भोले-भाले हृदय से सराहना किया करता था।

सड़क पर चलते-चलते वह चारों ओर देखता जा रहा था, शायद कहीं भुने चने या मामूली मिठाई की छोटी-मोटी दुकान हो, जैसी साहब लोगों के नौकरों के लिए बहुधा भारतवर्ष के नगरों की अँगरेजी बस्तियों में लगी रहती हैं, किन्तु ऐसी कोई दुकान या खोमचा दिखाई न दिया। वह क्लान्त भाव से ताड़ के पेड़ों की कतारों से धीरे-धीरे गुजरता गया, जिनके पत्ते हवा के बोझ से चपटे हो गए थे। उसकी बाँई ओर समुद्र था और दाहिनी ओर धनिकों के बड़े-बड़े बँगले किलों की तरह सिर उठाए खड़े थे, जैसे कोई उन पर विजय नहीं पा सकता। ऊपर 'हैंगिंग गार्डन' था और नीचे बम्बई के द्वीप तथा बन्दगाह के दृश्य।

सामने एक बड़ा-सा मकान था, जिसके आगे चौखूंटा बरामदा था। बाग के चारों तरफ नीलकाँटे की टट्टी थी, जो बहुत घनी थी और बड़ी सावधानी से काटी गई थी। बाहर की तरफ़ पेड़ों की दो कतारें थीं। मुन्नू उसके द्वार के सम्मुख खड़े-खड़े एक दृष्टि से उसकी ओर ताकता रहा, किन्तु उसके-जैसे एक दीन व्यक्ति का मस्तिष्क इतने ठाट-बाट के मकान की भव्यता के कारण स्वतः भयभीत हो उठा। उसने उस ओर से अपनी दृष्टि लौटा ली और बीच सड़क पर खड़ा होकर नीचे द्वीप की ओर देखने लगा। उस समय मुन्नू की दृष्टि के सम्मुख जो दृश्य उपस्थित हुआ, उसकी सुन्दरता पर वह मुग्ध हो उठा। दूरा क्षितिज के परदों को चीरकर सफ़ेद बादबानों के बन-के-बन समुद्र के आकाश के समान नीले जल पर तैरते हुए मालूम होते थे, जिनमें अदृश्य हवा भरी हुई थी और पास

नगर के ऊँचे-नीचे मकान नारियल और ताड़ के पेड़ों में घुसे-पिले खड़े थे और हरी-हरी घास से ढकी हुई पहाड़ियाँ बन्दरगाह को घेरे ऐसी लगती थीं, मानो सीप में मोती झलक रहे हों। नगर, खाड़ी, समुद्र, सब उसके चरणों पर पड़े अलौकिक सौन्दर्य धारण किए हुए थे।

मोटर का तेज़ हार्न सुनाई दिया और इससे पहले कि वह बचे, वह गिर पड़ा। बचने की स्वाभाविक इच्छा से वह पहाड़ी से लुढ़क गया, लेकिन रुकते-रुकते भी मोटर का पहिया उसके सीने पर चढ़ ही गया।

"उफ्फोह! कैसी मुसीबत है!" मिसेज़ मेनवेरिंग चीखीं, "आज ही तो 'घर' से आई हूँ और आते ही संकट में पड़ गई। पहले तो यह उपद्रव हुआ और अब यह दुर्घटना! भगवान् करे, मरा न हो। देखूँ तो!" उन्होंने उसके हृदय पर हाथ रखा और फिर मस्तिष्क पर हाथ फेरा। उनके हाथ फेरने के ढंग से पता चलता था कि तात्कालिक-चिकित्सा से वे परिचित हैं।, "नहीं, नाड़ी तो बिल्कुल ठीक है। यह केवल बेहोश भर हो गया है।"

"हाय! ममी, अब हम लोग क्या करेंगे?" नन्हीं सिरसी मेनवेरिंग अलग चीखती जा रही थी।

"इसे मोटर ही में लाद लिया जाए" मिसेज़ मेनवेरिंग बोलीं, "क्योंकि यदि कहीं किसी ने हमें देख लिया, तो लोग पत्थर मार-मारकर मार डालेंगे। ये बलवाई बड़े बुरे होते हैं। ड्राइवर! इसे मोटर में लिटाओ। हम इसे अपने साथ शिमला ले चलेंगे। हमें एक नौकर की आवश्यकता भी थी।"

शोफर मुसलमान था। उसने पहचान लिया कि मुन्नू हिन्दू है। धार्मिक विरोध के आधार पर तो उसे क्या पड़ी थी कि मुन्नू जिए या मरे, बल्कि यदि कहीं वह अकेला मिल जाता, तो शायद वह स्वयं ही उसे मार डालता। यह तो केवल एक दुर्घटना थी। वह तो उसे कहीं छोड़कर चल देता, किन्तु मेम साहब का डर भी तो था। इसलिए उसने उस काफिर को उठाकर मोटर पर लाद दिया।

"चलो ताज से सामान ले लो" मिसेज़ मेनवेरिंग ने आज्ञा दी, "और फिर जितनी जल्दी हो सके, चलो। शहर से न चलना। कोलाबा रोड होकर चलो। जल्दी करो, ताकि रात के भोजन के समय बड़ौदा पहुँच जाएँ।"

पाँच

अभी मिसेज़ मेनवेरिंग की मोटर बम्बई नगर की सीमा को पार ही कर पाई थी कि मुन्नू को चेतना आ गई। जब बड़ौदा के डाक-बँगले में पहुँचकर मोटर ने अपना हार्न बजाया, तब तो वह उठकर चलने-फिरने भी लगा।

कालका तक की दो दिन की यात्रा में काफी आराम मिला, साथ ही उसे इस यात्रा में खूब आनन्द आया। इससे उसकी तबीयत भी बहुत कुछ ठीक हो गई। किन्तु वास्तव में अभी तक न तो उसका चित्त शान्त था और न शरीर ही आरोग्य था। जब कभी उस परिस्थिति और वातावरण का उसे ध्यान आता, जिसमें रहकर उसने जीवन के इतने दिन व्यतीत किए थे—प्रतिकूल परिस्थितियों से कितना अधिक संघर्ष किया था, विशेषाधिकार और सम्पत्ति-रूपी सुदृढ़ चट्टानों पर उसकी विद्रोह की भावना-रूपी तरंगों को बार-बार टकराकर कितना अधिक निष्फल होना पड़ा था। उसे रतन और लक्ष्मी की भी याद आई। अन्त में उपद्रव की भीषणता भी स्मरण हो आई। इन समस्त शब्द स्मृतियों के कारण उसका हृदय शोक से व्याकुल तथा करुणा से ओत-प्रोत हो उठा और वह एक वृद्ध की-सी निराशा का अनुभव करने लगा।

इधर मिसेज़ मेनवेरिंग की दृष्टि में वह वृद्ध नहीं था, जैसा कि अपने-आपको समझ रहा था। यदि ऐसा होता, तो वह उनके लिए ज़रा भी उपयोगी न होता और उसे वे वहीं फेंक आतीं, जहाँ पाया था। मिसेज़ मेनवेरिंग के लिए तो वह न तो बूढ़ा था, न अधेड़, न हट्टा-कट्टा जवान। वह था कोमल शरीरवाला अल्पवयस्क बालक—जिसका छोटा-सा सुकुमार मुख-मण्डल था और एक जोड़ा कवियों की-सी भावुक आँखें थीं।

"क्यों ब्वाय! तुम्हारा उम्र कितना?" उसने मुन्नू से पूछा था।

"पन्द्रह वर्ष, मेम साहब!" मुन्नू ने जवाब दिया।

मेम साहब क्षण-भर अपनी तेजहीन भूरी-भूरी आँखों से, उसकी निस्तेज आँखों को देखती रहीं। अपने लम्बे-से पतले चपल हाथ से उसकी बाँह पर चिकोटी काट ली। उसके माथे पर हाथ फेरा और अपना जैतूनी चेहरा ज़रा तानकर पतले-पतले होठों को वासना के आवेश में दबाया, मुन्नू की ओर ताककर मुस्कराईं और फिर खी-खी करके हँस पड़ीं। बस पन्द्रह वर्ष की आयु का बालक उन्हें चाहिए भी था। मुन्नू भीतर से अपने-आपको चाहे जितना भी बड़ा समझता रहा हो, किन्तु न वे उसकी उस आन्तरिक अवस्था को जान सकती थीं और न उन्हें जानने की कोई परवा ही थी। उन्हें तो केवल ऐसे ही

'ब्वाय'—ऐसे ही नौकर की आवश्यकता थी। उन्होंने निश्चय कर लिया कि वे मुन्नू के साथ मधुर व्यवहार करेंगी और ऐसा करने में उनके लिए कोई बाधा भी न थी, क्योंकि वैसे भी वे अच्छे हृदय की थीं।

मिसेज़ मेनवेरिंग ने एक ऐंग्लो-इण्डियन परिवार में जन्म ग्रहण किया था। यह परिवार चार भाइयों का था और इन सब ने ईस्ट इण्डिया कम्पनी में सैनिक के रूप में उस युग में कार्य किया था, जब कि अँगरेज़ लोग भारतवर्ष पर विजय प्राप्त करने के लिए युद्ध कर रहे थे। उन सब में केवल उनके पितामह जीवित रह गए थे, जिन्होंने सन् 1857 के सिपाही-विद्रोह के अवसर पर जान निकलसन के कन्धे-से-कन्धा मिलाकर युद्ध किया था। बाद को उसने एक मुसलमान धोबिन रख ली थी, जिसके गर्भ से मिसेज़ मेनवेरिंग का पिता विलियम स्मिथ उत्पन्न हुआ था। विलियम स्मिथ बड़ा होकर यूरेशियनों की एक रेजिमेन्ट 'मनरो इनफैन्ट्री' में सार्जेन्ट हो गया था। उन्नीसवीं सदी में जब अँगरेजों ने भारतीय सेना को नए सिरे से संगठित किया और उस अनियमित सेना को भंग कर दिया, तब इन स्मिथ साहब ने अपनी सेवाओं का पुरस्कार एक रियासत में नौकरी के रूप में प्राप्त किया। उस समय उनकी बदली 'मनरो इनफैन्ट्री' से 'ब्रिटिश इण्डियन आर्मी' में होने वाली थी। किन्तु उन्होंने देखा कि एक गोरा होने के कारण एक देशी राज्य की सेना में सरकारी सेना की अपेक्षा आसानी से ऊँचा पद प्राप्त कर सकूँगा, तनख्वाह चाहे भले ही कम हो। अतएव वे नवाब जालिमपुर की सेना में कर्नल होकर चले गए। वहाँ उन्होंने एक अँगरेज़ इंजिन ड्राइवर की कन्या के साथ विवाह कर लिया और इस विवाह से उन्हें यही एकमात्र कन्या हुई, क्योंकि मे के जन्म के एक वर्ष बाद ही कर्नल की स्त्री उन्हें छोड़कर चली गई थी। किसी दूसरे पुरुष के सम्पर्क से वह गर्भवती हो गई थी।

बचपन में मे का पालन-पोषण एक कैथालिक पादरी की स्त्री के हाथों हुआ और फिर वह शिमला के 'सेक्रेड-हार्ट कान्वेन्ट' में भेज दी गई। इस प्रकार उसका पालन-पोषण अँगरेजों के बालकों और बालिकाओं के बीच में हुआ, जो बराबर 'घर' की ही चर्चा करते रहते थे, इसलिए मे में एक अत्यधिक लघुता तथा हीनता की भावना उत्पन्न हो गई। उसको कुछ-कुछ ज्ञान इस बात का था कि इससे पहले की चौथी पीढ़ी अँगरेज थी, किन्तु पितामही के कारण उसमें भारतीय रक़्त का सम्मिश्रण हो गया है। तो भी और बच्चों की बराबर करने के लिए वह बराबर यह प्रकट करने का उद्योग करती थी कि वह पक्की अँगरेज है। कभी झूठ-मूठ किस्से गढ़ती कि हमारे खानदान की जायदाद तो पश्चिमी आयर्लेण्ड में है और हम लोग सेलटिक जाति के हैं, इत्यादि-इत्यादि।

अपने गेहुँआ रंग को पाउडर की तहों से दबा रखने का भी प्रयत्न वह किया करती थी। किन्तु अपने इन समस्त प्रयत्नों के द्वारा वह अन्य बालिकाओं के हृदय में निश्चित रूप से यह विश्वास नहीं उत्पन्न कर सकी कि वह विशुद्ध अँगेरज-वंश की है। अतएव वह स्कूल के जीवन से ऊबकर जालिमपुर भाग आई। अब वह इंग्लैण्ड जाने के लिए अधीर हो रही थी। उसकी आकाँक्षा थी कि किसी तरह इंग्लैण्ड जाकर यदि सम्भव हो, तो अपनी इस रंगत पर सफेदी पुतवाए। उसके पिता के पास इतना धन था नहीं कि वह उसे चेल्टेनहम के महिला विद्यालय में भेज सकता। इधर उस विद्यालय में अध्ययन करने की उसकी बड़ी इच्छा थी। इस कारण पिता-पुत्री में खूब लड़ाई हुई। किन्तु मे की

जो पक्की मेम बन जाने की आकाँक्षा थी, उसकी पूर्ति का एक सुगम मार्ग निकल आया। जालिमपुर में हेनरिख आलमर नाम एक नौजवान फोटोग्राफर रहा करता था। वह जाति का जर्मन था। वहाँ वह राजघराने के लोगों तथा दरबारियों और सम्मानित व्यक्तियों के उनके शरीर के आकार के फोटो बनाकर तथा अपनी कलाकुशलता के द्वारा अन्य प्रकार से उनकी मनस्तुष्टि करके काफी धन उपार्जित कर लेता था। मे के इसी गेहुँआ रंग पर, जिसके कारण यह इतना परेशान थी, वह मुग्ध हो गया। मे ने बहुत-कुछ सोच-विचार करने के बाद उसके साथ विवाह करने का निश्चय कर लिया। उसने सोचा कि एक शुद्ध जर्मन-जाति के व्यक्ति के साथ विवाह करना अपनी जाति की सच्चाई को साबित करने के लिए चेल्टेनहम जाने की अपेक्षा अधिक आसान है। यद्यपि बचपन में पादरी की पत्नी के पालन-पोषण और फिर 'सेक्रेड-हार्ट कान्वेन्ट' की शिक्षा ने उसके मन में वासना तथा सम्भोग के सम्बन्ध में एक प्रकार की घृणा तथा भय का भाव उत्पन्न कर दिया था, तो भी उसने हेनरिख आलमर के साथ विवाह कर लिया।

अभाग्यवश मे के विवाह के दो ही साल बाद युद्ध छिड़ गया और उस जर्मन को नजरबन्द कर दिया गया। अब तक उस जर्मन से मे के एक कन्या उत्पन्न हो चुकी थी, जिसका नाम पेनिलोप रखा गया था और युद्ध आरम्भ होने के कुछ ही दिन बाद एक पुत्र भी उत्पन्न हुआ था।

कुछ दिनों तक तो वह अपने पति के वियोग से दुखी रही, किन्तु वास्तव में उसने अपने पति को न तो पूर्णरूप से अपना शरीर ही अर्पित किया था और न मन ही। वैसे तो जब उसके पति ने एक बार उसके कुमारीत्व को भंग किया, तब से वह बराबर वासना-प्रियता के प्रदर्शन में उससे अपना नम्बर आगे रखने का प्रयत्न करती रही, किन्तु हृदय से वह अभी तक कुमारी थी। ऐसा लगता था कि बचपन में कान्वेंट में उसे जो शिक्षा प्राप्त हुई थी कि वासना पाप का मूल है, वह उसे स्वामी के सहवास से दूर रखने का बराबर उद्योग करती थी। उसके शरीर में जो उद्दीपन, उद्वेग और वासना को चरितार्थ करने की शक्ति थी, उसका कारण अवश्य वह रक्त रहा होगा, जो उसकी हिन्दुस्तानी दादी से उसे उत्तराधिकार के रूप में मिला था और उसके स्वभाव की एक विचित्र शान्ति, स्नेह-विहीनता, जिसके कारण वह एक बार अपने शरीर की कामाग्नि को शान्त करने के लिए बर्फ-से ठण्डे पानी में कूद पड़ी थी, यह सब उन योरोपियन और ईसाई नियमों के फल थे, जो पाप के बारे में उसके दिमाग में भरे गए थे। उसके अस्तित्व में जो ये दो परस्पर विरोधी भावनाएँ पाई जाती थीं, उनकी वजह से वह बहुत अनमनी-सी रहती थी। बहुधा वह भावों के साधारण आवेश से प्रभावित होकर आत्म-समर्पण कर देती थी और बाद में पश्चात्ताप करती। जालिमपुर रियासत के शिक्षा-विभाग के मन्त्री पर स्त्रीत्व के मोहिनी-मन्त्र का प्रभाव डालकर उसने एक बच्चों के स्कूल में अध्यापिका का स्थान प्राप्त कर लिया। अपने-आपको उस पर स्थायी रखने के लिए और भी कितने ही लोगों को उसे प्रसन्न करना पड़ा था। एक तो वह एक सुन्दरी स्त्री थी, दूसरे ऐसे वातावरण में, जहाँ स्त्रियों को पुरुषों से छिपाकर परदे में रखा जाता था, इनी-गिनी स्वतन्त्र स्त्रियों में एक थी, अतएव कितने ही अँगरेज और भारतीय धनवान्, दरबारियों, उच्च अधिकारियों तथा प्रतिष्ठित जजों आदि की प्रशंसा तथा कृपा की अधिकारिणी बन गई थी। उसके

हृदय में आरम्भ से जो यह भावना बद्धमूल हो चुकी थी कि सम्भोग पाप का कारण है, इसके विरुद्ध उसके मस्तिष्क में यदि प्रतिक्रिया न हुई होती, तो उसका चरित्र निर्मल बना रह सकता था और उसके द्वारा वह पुरुषों के प्रबल आक्रमण से सुरक्षित रह सकती थी। किन्तु वह डाँवाँडोल में थी। एक तरफ़ तो वह इस नियम को गलत समझती थी और दूसरी तरफ़ वासना को चरितार्थ करने की इच्छा थी कि बढ़ती ही जाती थी। इसके फलस्वरूप उसकी दशा एक कुतिया की-सी होकर रह गई जो उसके बँगले के आस-पास शिकार की आशा से घूमनेवाले सब कुत्तों के लिए प्राप्य थी।

नवाब की सेना में आगा रजा अली शाह नामक एक ईरानी कप्तान था। उसके हृदय में कुछ कवित्व था। अतएव मे की काली-काली जुल्फों के जाल में वह फँस गया। उसने मे से आलमर को तलाक दिलवाया और स्वयं उससे विवाह कर लिया। उसे वस्तुतः मे से प्रेम था और उसे वह काफी सुखी भी रखता, क्योंकि अब तक मे का जितने भी पुरुषों से सम्पर्क रहा है, रजा अली शाह सबसे अधिक उससे प्रेम करता था, हेनरिख तथा दरबार के समस्त चाटुकारों और घमण्डी मूर्खों से अधिक सभ्य एवं सुसंस्कृत था। साथ ही वह एक लम्बे कद का बलिष्ठ और हृष्ट-पुष्ट युवक था। परन्तु मे में अँगरेज जाति की एक महिला बनने की जो आकाँक्षा थी, वह एकाएक फिर उसे बेचैन करने लगी। उसने जालिमपुर के कैन्टूनमेन्ट और अँगरेजी रेजिमेन्टों में घूमना शुरू किया और उसने पति के हृदय को ऐसा आघात पहुँचाया कि उसने एक दिन डाह के मारे उसे खूब पीटा और लात मारकर बँगले के बाहर कर दिया।

मे को इससे कोई विशेष दुःख नहीं हुआ, क्योंकि इधर वह रायल फ्यूजिलियर्स के गाई मेनवेरिंग नामक एक कप्तान से प्रेम कर रही थी। वह एक कुलीन अँगरेज था और उससे अवस्था में कहीं छोटा था। अतएव किसी वयस्क पुरुष की अपेक्षा उसे फँसा लेना अधिक आसान था। उसने उससे कह दिया कि मेरे बच्चा होने वाला है, जो मेरा जहाँ तक विश्वास है, तुम्हारा ही है। मेनवेरिंग-जैसा शिष्ट और वीर अँगरेज भला ऐसी स्थिति में मे को कैसे अस्वीकार कर सकता था!

मुसलमानों में तलाक आसानी से मिल जाता है, अतएव मे ने रजा अली से तलाक ले लिया और गाई से विवाह कर लिया। तब उसने प्रस्ताव किया कि 'हनीमून' का समय 'घर' पर यानी इंग्लैण्ड में बिताया जाए। गाई ने छः महीने का अवकाश ग्रहण किया और उसे और उसके बच्चों को लेकर वह लन्दन गया। वहाँ मे के एक कन्या उत्पन्न हुई, जिसका रंग काफी साँवला था। गाई को यह सन्देह हो गया कि इस बालिका का आकार स्वयं उसकी अपेक्षा कैप्टन रजा अली शाह के अधिक अनुरूप है। बाद को एक दिन यह सन्देह दृढ़ भी हो गया। मे ने एक दिन लज्जित होकर भेद खोल दिया और अपना अपराध स्वीकार कर लिया। गाई मेनवेरिंग के माता-पिता, जो अपने रक्त की विशुद्धता और कुलीनता पर अभिमान किया करते थे, पहले ही पुत्र की इस भयंकर भूल का हाल सुन चुके थे और उन्होंने उससे कोई सम्बन्ध रखना तो दूर रहा, मिलना तक अस्वीकार कर दिया। अब गाई असहाय हो गया। वह बड़े संकट में पड़ गया। निस्सहायता की इस भावना को दूर करने के लिए वह मे के आलिंगन की शरण ढूँढ़ने लगा, जैसे कोई बच्चा माँ की गोद में छिप जाना चाहता हो। अँगरेज-जाति के परम्परागत अभ्यास

के अनुसार उसके रक्त में भी यह विशेषता थी कि वास्तविकता से भागना चाहिए, अतएव उसने शुतुर्मुर्ग की तरह अपना सिर बालू में छिपा लिया और अपने सरकारी कामों में पूर्ण रूप से दत्तचित्त रहकर अपने जीवन की समस्याओं को भुला देने का निश्चय कर लिया। उसने सोचा लिया था कि किसी-न-किसी तरह इस मामले को निबाह देगा। चाहे दूसरे मामलों में वह कितना ही खरा क्यों न रहा हो, किन्तु उसको इतना साहस न होता कि वह मे से इस बात को स्पष्ट कर लेता।

गाई का अवकाश का समय जब व्यतीत हो चला और वह भारत के उत्तर-पश्चिम के सीमान्त-प्रदेश में, पेशावर जाने लगा कि अपनी रेजिमेन्ट में शामिल हो तो मे ने 'घर' ही रहने पर जोर दिया। यह स्वर्ग उसे वर्षों की प्रतीक्षा के बाद मिला था। उसने यह बहाना बनाया कि वह पोलीटेकनीक में शिक्षा-पद्धति के सम्बन्ध में कोई प्रमाण-पत्र प्राप्त करना चाहती है और बच्चे जब तक सेकेण्डरी स्कूल में भरती होने के योग्य न हो जाएँ, तब तक उनकी देख-रेख करना चाहती है।

अल्पावस्था की अनुभवहीनता के कारण गाई फिर मे की बातों में आ गया। मे के आलिंगन-पाश में आबद्ध होकर उसने जिस वर्णनातीत आनन्द का अनुभव किया था, उसकी स्मृति गाई के हृदय में बार-बार उदित हुआ करती थी। इस कारण वह उसका दास हो गया था और उसके इशारों पर कठपुतली की तरह नाचने लगा था। वह उसकी उचित-अनुचित हर प्रकार की इच्छा पूरी करने का प्रयत्न किया करता था। उसने अपनी आधी तनख्वाह वृत्ति के रूप में उसे देना स्वेच्छा से स्वीकार कर लिया। इधर गाई ने अपने जीवन को जो इस प्रकार कलंकित कर लिया था, उसके कारण उसकी माता को बड़ी निराशा हुई और मन की व्यथा को सहन करने में असमर्थ होकर वह एकाएक मर गई। इस प्रकार उत्तराधिकार-सूत्र से उसकी जो सम्पत्ति गाई को मिली, उसका भी आधा भाग उसने उसके नाम लिख दिया। वह पेशावर से, जहाँ मुसलमान कबीलों से लड़ने और ब्रिटिश साम्राज्य की सीमा की रक्षा करने के लए नियुक्त था, मे को विनम्र और भावुकतापूर्ण प्रेम-पत्र लिखा करता था।

मे को जो इतनी उदारतापूर्ण वृत्ति मिल रही थी, उसके बल पर वह सिनेमा-घरों, थिएटरों, शराब-खानों और रात के क्लबों की रौनक बनकर अपनी जाति की नैतिक परम्पराओं को पुनः प्राप्त करने के लिए अधिक-से-अधिक प्रयत्न करने लगी। वह बेसवाटर में रहती थी और भारतवर्ष में नियमित अवधि तक सरकारी कार्य करने के बाद पेंशन लेकर गए हुए उन समस्त ऐंग्लो-इण्डियनों के आदर की पात्र होती थी, जो उस जिले के बोर्डिंग-हाउसों में पड़े-पड़े सड़ रहे थे। उन सबका अब भारतवर्ष से कोई सम्पर्क न था और आत्मीय-स्वजनों के प्रति भी उन्हें किसी प्रकार की आसक्ति न थी। इन श्रेणी के लोगों की प्रिय-पात्र हो जाने पर में अपने-आपको पक्की अँगरेज समझने लगी। जब उसे अपने पक्केपन का विश्वास हो गया और उसने समझ लिया कि अब मेरी जातीयता सदा के लिए बन चुकी है, तब उसे वास्तविक सभ्यता और संस्कृति की तलाश हुई, क्योंकि समस्त संसार पर विजय प्राप्त करने और उसके बदले में अपनी आत्मा नष्ट कर चुकने के बाद ये ऐंग्लो-इण्डियन तो बिल्कुल शून्य जीवन व्यतीत किया करते थे। उसने एक नवयुवक कवि से बोहेमिया जाने का निमन्त्रण प्राप्त किया। उसने इस कवि की बड़ी

चापलूसी की थी। एक बार जब वह भाषण दे रहा था, तब अपनी आटोग्राफ-बुक लेकर वह उसके पास पहुँच गई और उसे ऐसा बनाया कि उसकी प्रेमिका बन गई। मे का विश्वास था कि प्रत्येक पद्य एक बहुत उत्तम काव्य है और प्रत्येक फोटो कला की एक महान् कृति। जो कोई कलाकार या कवि उसकी ओर ज़रा भी आकर्षित होता उसके साथ सोने में वह जरा भी न हिचकती। किन्तु वह बहुधा सस्ते किस्म के हालीवुड की फिल्मों के सम्बन्ध में असम्बद्ध भाव से निरन्तर चर्चा करती और अपने-आपको एक बहुत धनवान् और सभ्य समझती थी, अतएव लोग कुछ दिनों के सम्पर्क के बाद ही उससे ऊब जाते थे और एक फिजूल-सी स्त्री समझकर उसका परित्याग कर देते थे।

गाई इस बीच में मे को निरन्तर पत्र लिखता रहता और भारतवर्ष लौट आने के लिए उससे बराबर अनुरोध करता रहता। मे भी राल्फ, पेनीलोप और छोटी बच्ची की देख-भाल के लिए वहाँ रहने की आवश्यकता प्रदर्शित करके उसे बराबर टालती रहती। किन्तु टाल-मटूल की भी तो एक अवधि होती है। एक दिन एकाएक मे ने अपने हृदय में यह अनुभव किया कि गाई ने उसके साथ कितना उत्तम व्यवहार किया है। मन में यह भावना आने पर वह कम-से-कम इस बात पर तो सहमत हो गई कि एक वर्ष के लिए छोटी बच्ची को लेकर वह भारतवर्ष आएगी और दोनों बड़े बच्चे बोर्डिंग-हाउस में रहेंगे। गरमी के दिन थे और गाई मेनवेरिंग के साथ पेशावर-जैसे गरम स्थान में रहना मे के लिए बहुत ही कष्टकर था। पत्नी की यह इच्छा जानकर गाई ने मौसम भर के लिए उसके वास्ते शिमले में एक मकान किराए पर ले दिया। इस प्रकार स्वयं गाई जिन दिनों में पेशावर की गरमी में भुन रहा था, मे अपनी बच्ची और मुन्नू को साथ में लेकर भारत-सरकार की राजधानी में निवास करने जा रही थी। गाई ने कहा था कि वह किसी-न-किसी तरह पन्द्रह दिन का अवकाश लेकर आ जावेगा, किन्तु मे को इसकी कोई चिन्ता न थी।

मुन्नू मन-ही-मन आश्चर्य से चकित होकर मे के सम्बन्ध में विचार कर रहा था। इस गोरे चमड़े की स्त्री ने उसके प्रति जो मधुरता का व्यवहार किया था, उसके कारण उसकी हड्डियों की मज्जा तक पुलक का अनुभव करने के लिए उत्तेजित हो रही थी। अभी तक किसी गोरे चमड़ेवाली स्त्री ने तो क्या, किसी भी स्त्री ने उसकी तरफ़ इस तरह विनम्र और कृपालु होकर न देखा था। शामनगर में नन्हीं शीला के प्रति उसके मन में जो उत्तेजना उत्पन्न हुई थी, उसके कारण वह स्वयं विस्मित था, और उसका कारण उसकी समझ में नहीं आया था। प्रभु की स्त्री की गोद में बैठकर वह आनन्द का अनुभव करता था और लक्ष्मी से तो उसे अच्छी खासी प्रीति थी। किन्तु इन मेम साहब की मुस्कान, उनकी चिकोटियों और थपकियों से उसके मन में जो पुलक और उद्वेग उत्पन्न होता था, वह तो एक बिल्कुल निराला अनुभव था।

निस्सन्देह वह अपने दबे हुए और अनुभवहीन हृदय में अधिक धृष्टता के विचारों को आने देने का तो साहस भी नहीं कर सकता था। सुख की सीमा पर अर्ध-भयभीत होकर खड़े-खड़े अपने सौभाग्य को मन-ही-मन सराह रहा था और सोच रहा था कि मेम साहबा जो उससे इस तरह घनिष्ठता का व्यवहार करने लगी हैं, क्या इसमें कृपा और परोपकार के अतिरिक्त और भी कोई विशेष प्रकार की भावना है?

अब वे लोग हिमालय के चरण पर—कालका तक पहुँचे चुके थे। मेम साहबा स्टेशन के रिफ्रेशमेन्ट रूम में जलपान करने चली गईं। इधर मुन्नू मुसलमान मोटर ड्राइवर के साथ स्टेशन के यार्ड में बैठे-बैठे पर्वत के ऊँचे-ऊँचे शिखरों के आन्तरिक अनुराग से देखता रहा। मोटर ड्राइवर का भी व्यवहार पहले की अपेक्षा बहुत कुछ विनम्र और मित्रतापूर्ण हो गया था।

सीधे-सीधे पहाड़ एकदम ऊपर को उठे हुए थे और उन पर हरी-हरी घास तथा पेड़-पौधे अधिकता से उगे हुए थे, जो नेत्रों को शीतल कर देते थे। जगह-जगह से छोटे-छोटे जलस्रोत मधुर झन्कार करते हुए बह रहे थे। वसन्त ऋतु की सुखद हवा चल रही थी और सूर्य प्रायः उसी प्रकार पर्वत के ऊपर उदित थे, जिस प्रकार काँगड़ा की पहाड़ियों पर उदित हुआ करते थे। बादल के छोटे-छोटे टुकड़े तेजी से आकाश पर उड़ते हुए हिमालय की चोटियों पर आकर ठहर जाते थे।

मेम साहबा उतावली के साथ सपड़-सपड़ करके आ ही गई और अपनी बनाव-सिंगार की चीजों को देखने-भालने लगीं। कहीं बैग खोया और ढूँढ़ा, कहीं पिन गिरा दी तो मिली ही नहीं। कभी उन्होंने नन्हीं सिरसी को डाँटा कि ढंग से रहे, किन्तु वह इधर-उधर टहलने लगती। इससे वे उत्तेजित हो उठतीं। इधर वे फल खरीदतीं तो उधर मिठाई खरीदतीं। मुन्नू को प्लेटफार्म पर करने के सैकड़ों प्रकार के कार्यों का आदेश करतीं। वहाँ जो गोरे सिपाही चौकसी के लिए नियत थे, उन सब ने उन्हें देखकर सीटियाँ बजाईं और उन्हें खूब परेशान किया। फिर स्टेशन मास्टर से, जिसे वे पहले से जानती थीं, जरा बातें करके अपनी शान जमाने लगीं, छोटी लाइन की गाड़ी के पास इधर-उधर टहलने लगीं—गाड़ी में हर जगह अँगरेज स्त्रियाँ, पुरुष और बच्चे भरे थे। हिन्दुस्तानी क्लर्क, दुकानदार पहाड़ी लोग, अभी अपना-अपना सामान रक्खे बैठे थे। गाड़ी चलने ही वाली थी। कुछ व्यग्रता के साथ वे मोटर ड्राइवर को भी आज्ञा दे रही थीं कि पचास मील की लम्बी यात्रा के लिए खूब पिट्रोल और तेल भर ले।

अन्त में मोटर रवाना हुई और सड़क की चक्करदार मोड़ों पर होती हुई चल पड़ी। सड़क के घुमाव और चक्कर देखकर तो मुन्नू भी दंग रह गया।

मुन्नू अपने उस जीवन से काफी सुखी था। इस कारण वह विशेष रूप से सुख का अनुभव कर रहा था कि मेम साहब ने स्वयं अपने हाथों से उसे सेब, केले और मिठाइयाँ दी थीं। अब वह अपनी बेचैने, सदा नए-नए अनुभवों की खोज में रहनेवाली, भूरी-भूरी आँखों को घुमा-घुमाकर चारों तरफ देख रहा था।

कालका के रेलवे स्टेशन पर उसने जो छोटी-सी रेलगाड़ी देखी, उसके कारण तो वह आश्चर्य-चकित रह गया। अब वह धुएँ के बादल उड़ाती हुई ऊँची चढ़ाइयों पर चढ़ती चली जा रही थी, जैसे कोई बच्चा पहली बार चलना सीखे। लम्बी-लम्बी सुरंगों में घुसती वह बराबर मोटर के साथ ही चली जा रही थी, यद्यपि देखने में उसकी रफ्तार बहुत सुस्त मालूम होती थी। उसका जी चाहने लगा कि काश इस रेलगाड़ी से ही हम लोग यात्रा करते और सिरसी के अनुकरण पर, जो उस रेलगाड़ी को देख-देखकर आनन्द का अनुभव

कर रही थी, मुन्नू का भी बालक का-सा विनोदप्रिय हृदय कौतुक से उद्वेलित हो उठा।

पर्वत की ढालों पर इधर-उधर जो मकान बने हुए थे, उनको देखकर मुन्नू को अपना घर याद आ गया और उसे ऐसा लगा, मानो अभी कल ही वह गाँव छोड़कर आया हो। दूर पर्वत के एक शिखर पर एक पुराना किला था, जिसके अस्तित्व ने इन विचारों को और भी उकसाया। वह किला हमीरपुर वाले दुर्गाजी के टूटे-फूटे मन्दिर से बहुत-कुछ मिलता-जुलता था और पानी के प्रबल वेग से बहते हुए नाले तो उस अस्पष्ट अनुरूपता को और भी पूर्ण किए दे रहे थे। मुन्नू मन-ही-मन कल्पना करने लगा कि वह दुर्गम मार्गों से चढ़कर इन पर्वत की खड़ी चट्टानों पर पहुँच रहा है। उसे ऐसा लगा, मानो वह जौ या गेहूँ बोने से पहले समतल किए गए खेतों को जोत रहा हो। वह बिल्कुल अपने क्रियात्मक रूप में आ चुका था।

परन्तु जैसे-जैसे मोटर गाड़ी ऊपर चढ़ती गई, हवा में ठण्डक और तेजी बढ़ती गई और पहाड़ की गोद में ऊपर-नीचे उगे हुए देवदार और शीशम के बड़े-बड़े वृक्ष उसकी कल्पना के साथ आँख-मिचौनी खेलने लगे, यहाँ तक कि सोलन आ गया। मिसेज़ मेनवेरिंग चाय पीने के लिए ठहरीं, और मुन्नू को सोलन के आधुनिक ढंग के बाजार, कपड़े की दुकानें, होटल इत्यादि देखकर विचार करने के लिए एक और नई बात मिल गई। काश उसके गाँव में भी ऐसा ही बाजार होता, तो वह क्यों इन बड़े-बड़े नगरों में जाने की इच्छा करता!

परन्तु वह ईश्वर का मजाक उड़ाना नहीं चाहता था, क्योंकि उसकी आँखों के सामने कुछ कुली और पहाड़ी लोग पीठ पर लादे हुए बोरे के बोझ से दबे, पैदल ऊपर चढ़ रहे थे और उसके मन में आया कि यह सर्वशक्तिमान् परमात्मा की ही तो कृपा है कि वह मोटर-गाड़ी में बैठा जा रहा है। वृक्षों, मकानों, टट्टुओं और मनुष्यों के पास तेजी से गुजरते हुए ऊपर चढ़ना, ऊँचे होते जाना, बादलों से भी ऊपर चढ़ जाना कैसा अच्छा था!

फिर मोटर-गाड़ी उस सुविशाल गढ़ के पास के गुज़री, जिसकी ओर संकेत करके मिसेज़ मेनवेरिंग ने अपनी कन्या से कहा कि यह वायसराय का भवन है। जब मोटर बड़े-बड़े दफ्तरों, बँगलों और झोपड़ों की गुँजान आबादी से गुजरने लगी, जो इस अत्यन्त रमणीक पठार पर बने थे, तो मुन्नू अपनी जगह पर बहुत सुरक्षित और बड़ी शान के साथ बैठा था। और कुली तो मुसाफिरों का सामान उठाने के लिए लड़ रहे थे और मुन्नू रिक्शा में बैठा 'अनण्डेल' की तरफ़ जा रहा था—रिक्शा, जिसे दूसरे कुली खींच रहे थे। उस समय वह अपने हृदय में अपार आनन्द का अनुभव कर रहा था।

मेम साहबा के नौकर की हैसियत से मुन्नू को एक नवीन प्रकार का ही जीवन व्यतीत करने के लिए अभ्यस्त होना पड़ा। उसके लिए कोई विशेष प्रकार का कार्य नहीं निर्दिष्ट किया गया था। जब कभी जो भी आज्ञा वे देतीं, उसका पालन वह कर दिया करता। इस प्रकार यद्यपि उसके कर्त्तव्य में विभिन्नता थी, किन्तु फिर भी 'भोजी हाऊस' में उसका जीवन एक खास ढर्रे पर चलने लगा।

एक दिन की बात है। अत्यन्त प्रातःकाल खानसामा अल्लादाद खाँ ने मुन्नू को

उठा दिया। नौकरों के रहने के अँधेरे क्वार्टर बँगले से कोई बीस गज पीछे थे और वहीं एक कोठरी के कोने में वह सोया करता था। वही कोठरी भोजनालय का काम देती और उसी में मुन्नू तथा अल्लादाद खाँ रहा भी करते थे। मुन्नू को उठकर आग जलानी थी और मेम साहबा के लिए चाय का पानी चढ़ाना था। इधर अल्लादाद खाँ बैठे-बैठे अपनी सफेद दाढ़ी पर हाथ फेरता रहा, साथ ही हुक्का भी पीता जाता था। उठकर उसने अँगड़ाई ली और पाखाने गया।

मुन्नू ने जल्दी-जल्दी चाय बनाई, किश्ती अल्लादाद खाँ को दिखाई कि चाय के अवसर पर उपयोग में आनेवाली सभी वस्तुएँ ठीक हैं या नहीं और फिर ऊपर मेम साहबा के बेडरूम में ले गया।

इतने में नन्हीं सिरसी उठ बैठी। रात के सोने के कपड़े पहने-पहने उसने इधर-उधर उछल-कूद मचानी शुरू कर दी और चाय माँगने लगी।

मिसेज़ मेनवेरिंग, जो रात को दो-तीन बजे बिस्तर पर लेटी थीं, बच्ची को उनकी नींद खराब करने पर कोसने लगीं और उसे डाँटने लगीं कि जब तक दाँत साफ न करोगी और मुँह न धोओगी, छोटी हाजरी न मिलेगी। किन्तु वह बच्ची भी बड़ी ही हठीली, मुँह-लगी और बेकही थी और सदा अपनी खुशामद करवाना चाहती थी। परिणाम यह हुआ कि मिसेज़ मेनवेरिंग ने उसे दो-चार थप्पड़ लगाकर नीचे नौकरों की कोठरियों में भेज दिया। वे स्वयं अपने रात के सोने के पाजामें पर एक मैला-कुचैला स्कर्ट और नाइट गाऊन पर एक पोलो स्वेटर पहनकर माइकल अर्लिंग का उपन्यास' हरी टोपी' हाथ में लिए चुस्की ले-लेकर चाय पीने लगीं।

मुन्नू ने इस बीच में बैठने के कमरे और बरामदे वगैरह को ही झाड़ना-पोंछना और साफ करना आरम्भ कर दिया। अपने पाँव-तले 'अनण्डेल' की हरी-भरी वर्षा के जल से भीगी हुई वनस्पति देखकर उसे बहुत आह्लाद का अनुभव हो रहा था। देवदार की तीव्र तथा मनो-मुग्धकारी सुगन्ध से उस पर नशा-सा छाने लगा था।

मिसेज़ मनेवेरिंग ने देखा कि मुन्नू कितनी सावधानी और लगन से, एकाग्र-चित्त होकर, धीरे-धीरे कालीन पर ब्रश कर रहा है, फर्नीचर पोंछ रहा है, फर्श पर झाड़ू दे रहा है और वह सोचने लगीं कि भला यह क्या सोच रहा होगा। यह कुछ सोच भी सकता है या नहीं। यदि इसे अपने पास बुलाकर इससे बातें कर सकतीं, तो कितने सुख की बात होती। यह तो एक साधारण-सा नौकर ठहरा! ऐसे व्यक्ति से प्रेम की बातें करने की तो कल्पना करना भी शोभाजनक नहीं है। मैं तो एक ऐसी स्त्री हूँ, जिसके सम्बन्ध में संसार को बहुत भ्रम है। वह अपने मन में सोचने लगीं, "आखिर संसार ने यह क्यों नहीं समझा कि एक स्त्री किस-किस प्रकार आत्म-समर्पण कर सकती है? प्रेम के आवेश में, घृणा से, दया से, प्यार से, खेल से और सैकड़ों और दूसरी भावनाओं के आवेश में। लोगों को क्या अधिकार है कि वे किसी के विषय में किसी प्रकार का निर्णय कर दें। मैं ही भला अपने-आपको इस बालक को क्यों नहीं समर्पित कर सकती हूँ!" नवयुवक मुन्नू के शरीर का गठीलापन, उसकी तेजी और फुर्ती, मिसेज़ मेनवेरिंग के तन-मन में एक विचित्र प्रकार की व्याकुलता उत्पन्न करती थी। परन्तु इस समस्त भोग-लिप्सा तथा वासना के अस्तित्व का दोषारोपण शिमले के दूषित वातावरण पर कर रही थीं। अतएव

वे उठीं और बेडरूम में इधर-उधर घूमने लगीं और अपने लम्बे-लम्बे काले बालों में, जिनमें समय से बहुत पहले सफेदी आ चुकी थी, कंघी करने लगीं और मुँह पर पाउडर और सुर्खी मलने लगीं।

मुन्नू को मेम साहबा के बनाव-श्रृंगार के सम्बन्ध की बातों को जानने और उसकी प्रक्रिया को देखने की स्वाभाविक प्रवृत्ति थी। अतएव कमरे में दबे पाँव जाकर वह वहाँ रक्खी हुई वस्तुओं को झाड़ने लगा, परन्तु मेम साहबा से काफी दूरी पर ही रहा।

मिसेज़ मेनवेरिंग जिस इच्छा को दबाने के लिए ड्रेसिंग-टेबिल के पास आकर श्रृंगार में लग गई थीं, वह फिर उभड़ आई। एक विचित्र प्रकार के आवेग से उनका हृदय धड़कने लगा।

''ब्वाय! गोल कमरे से कैन्ची लाओ'' उन्होंने अपनी भावनाओं को दबाते हुए आज्ञा दी।

''बहुत अच्छा, मेम साहब!'' मुन्नू ने उत्तर दिया और उनकी आज्ञा का पालन करने के लिए वह दौड़ पड़ा।

जब वह कैंची लेकर आया, तब उन्होंने कैंची लेते हुए उसका हाथ जान-बूझकर पकड़ लिया, यद्यपि उन्हें मालूम था कि अभी तक यह बराबर झाड़-पोंछ करने में लगा था, इससे इसके हाथ बिल्कुल मैले हो रहे हैं। किन्तु फिर भी वे कहने लगीं, ''तुम कितने गन्दे लड़के हो! देखो, तुम्हारे हाथ कितने मैले हैं! और नाखून तो देखो अपने! मालूम होता है कि ये मुद्दतों से नहीं कटे। जा, हाथ धोकर आ। हम तेरे नाखून काट देंगी।''

मुन्नू ने प्रसन्नतापूर्व उनकी आज्ञा का पालन किया, क्योंकि रात को उसने उन्हें एक प्रकार के अद्भुत औजार से अपने नाखून काटते और फिर उन्हें गोल करते देखा था। उस औजार को वे एक मखमल के बक्स में रखा करती थीं।

मिसेज़ मेनवेरिंग ने मुन्नू के हाथों को बड़े प्यार से दबाया, उसके नाखून काटकर ठीक किए, उसकी ओर देखकर मुस्कराईं। बाद को लापरवाही से अपनी बाँई रान उसके सामने नंगी करके उन्होंने एक रेशमी रूमाल, जिसे यूडाकोलोन में डुबा रक्खा था, उसके मुँह पर मारा अन्त में अत्यन्त ही वासनापूर्ण दृष्टि से उसकी ओर देखकर प्रशंसात्मक भाव से कहने लगीं, ''खूबसूरत लड़का! प्यारा लड़का! बस, अब तुम बीबी माँगता!''

मिसेज़ मेनवेरिंग के हाथों के स्पर्श से मुन्नू के हृदय में प्रेम की तरंगें उत्पन्न होकर आन्दोलित होने लगीं। उनके कारण उसने मुस्करा दिया। उनके हाव-भाव के कारण मुन्नू का जो वासना का भाव जाग्रत हो उठा था, उसमें मादकता आ गई। अपनी व्यग्रता को छिपाने के लिए उसने मस्तक झुका लिया, किन्तु अपने हृदय की भड़कती हुई वासना की ज्वाला पर काबू न रख सका। आँसुओं और चुम्बनों का एक प्रवाह लिए हुए वह उनके चरणों पर गिर पड़ा। मिसेज़ मेनवेरिंग ने एकाएक उसे धक्का दे दिया और चीखने लगीं, ''कैसी उद्दण्डता है! इतनी धृष्टता! जा, अपना काम कर। चल, काम सब पड़ा है। जा, जलपान की सामग्री ले आ।''

मुन्नू बहुत ही लज्जित भाव से नौकरों के क्वार्टरों की ओर भागा। उसकी समझ में नहीं आ रहा था कि वह मेम साहबा के सामने कौन-सा मुँह लेकर जाएगा। किन्तु उसे उनके सामने जाना ही पड़ा क्योंकि जलपान की सामग्रियाँ तैयार थीं और उन्हें लाकर

उनकी मेज पर सजाना था। किन्तु जब वह मेज लगाने आया, तब नन्हीं सिरसी ने उसे और भी संकट में डाल दिया। वह बार-बार पूछने लगी, "रो क्यों रहे हो? ममी ने तुम्हें मारा?" फिर भी इस जलपान के अवसर पर वह अपनी व्यथा भूल गया।

मिसेज़ मेनवेरिंग के घर पर, गत तीन वर्षों में जब जहाँ भी वे रहीं हैं, यह जलपान बहुत ही नियमपूर्वक होता था और यह सब-कुछ डाक्टर के आदेशानुसार होता था। बात यह थी कि मिसेज़ मेनवेरिंग एक बार बीमार थीं। उनके मूत्राशय में पथरी हो गई थी। उसके कारण उन्हें बड़ा क्लेश था। लन्दन के तीन अस्पतालों में वे चिकित्सा के लिए गईं और उन तीनों ही में चिकित्सकों ने उन्हें आपरेशन कराकर पथरी निकलवा डालने की सम्मति दी थी। किन्तु वे स्वयं नहीं चाहती थीं कि शरीर का कोई भी अंग काटा जाए, यद्यपि उनके विचार से यदि कमर के नीचे का अंग काट दिया जाता, तो उन्हें कोई आपत्ति न होती, क्योंकि भगवान् ने उस भाग को जिस गन्दे प्रयोग के लिए बनाया था, उससे उन्हें घृणा थी। अस्तु, आपरेशन कराने पर सहमत न होकर, किन्तु अपनी रूग्णता का अनुभव करती हुई वे डाक्टर स्टीफन्सन के पास गईं। वे केवल भोजन-सम्बन्धी परिवर्तन के आधार पर हर प्रकार के रोगों की चिकित्सा करते थे। उन्होंने कहा कि अस्पताल की गोलियों तथा अर्कों आदि का सेवन करना मूर्खता है। मैं केवल एक दिन में अपनी चिकित्सा-पद्धति द्वारा सारा रोग दूर कर दूँगा।

"आप फल ज्यादा खाएं" उन्होंने कहा, "सेब, नाशपाती, आड़, अंगूर और आठ छिले हुए बादाम प्रतिदिन खाया कीजिए। नारंगी कदापि न खाइए। मेरे इस परामर्श के अनुसार कार्य करके देखिए, आप बिल्कुल स्वस्थ हो जाती हैं, या नहीं।"

मिसेज़ मेनवेरिंग का यह स्वभाव था कि दूसरों की बात का प्रभाव उन पर आसानी से पड़ जाता था और एक बार उनकी प्रवृत्ति जिस ओर हो जाती, वह उनके लिए पत्थर की लकीर बन जाती थी। भोजन के सम्बन्ध में दिया गया यह परामर्श उनको कुछ जँच गया, क्योंकि कई महीनों से वे खान-पान में असंयम से काम ले रही थीं। अतएव उन्होंने सेब, नाशपाती, आड़ अंगूर और बादाम अपने प्रातःकाल के जलपान के साथ खाना आरम्भ कर दिया। फल खाने में स्वादिष्ट तो होते ही हैं। उस स्वाद का प्रभाव यह हुआ कि वे अपने-आपको स्वस्थ समझने लगीं, यद्यपि वास्तव में बीमार वे कभी नहीं थीं, केवल मित्रों की सहानुभूति प्राप्त करने के लिए वे सदा कल्पना में रोगिणी, असहाय और सुकुमार बनी रहती थीं। परन्तु उनकी वह कल्पना अब उनके आनन्द का कारण बन गई।

जलपान के साथ स्वादिष्ट और पौष्टिक फल खाने में मिसेज़ मेनवेरिंग को बड़ा मजा आता था। विशेषकर इस कारण और भी कि जलपान के रूप में फल खाने में काफी समय लगाया जा सकता था और यह समय बिताने का एक सरल उपाय था। धीरे-धीरे वे नाशपातियों, सेबों, आड़ुओं, यहाँ तक कि अंगूरों को भी छीलतीं, बड़ी सावधानी से एक-एक करके छिलके तश्तरियों में, प्लेटों में और तमाम मेज पर फैलाती जातीं, जिससे मेज बिल्कुल घिनौनी लगने लगती और वे रात्रि में पहननेवाले कपड़ों पर वही मिंजा हुआ लाल जम्पर और काला स्कर्ट पहने साकार विश्लेषण का रूप बनी बैठी रहतीं। जलपान समाप्त करते-करते उनका जी अलमारी में रखी हुई 'ब्राण्डी' और 'जिन' की बोतलों पर ललचाने लगता और जब भूख खुलने का यह नुस्खा भी आजमाया जा चुकता, तो लन्च

का समय हो जाता।

खानसामा अल्लादाद खाँ में और चाहे कोई भी दोष रहा हो, किन्तु समय का वह काफी ध्यान रखता था और एक मिनट का भी विलम्ब नहीं होने देता था। अपने मनोभाव से तो वह प्रकट यही करता था कि यह समय का पालन मेम साहबा की भलाई के लिए किया करता है, परन्तु वास्तव में उसमें स्वार्थ उसी का था। वह चालाक बुड्ढा जानता था कि यदि लन्च ठीक समय पर न मिला, तो फिर साँझ और दोपहर के बीच में मेम साहबा बाज़ार करने निकल जाएँगी। इससे बाजार में घूमने से उन्हें विचित्र प्रकार की वस्तुओं के दाम मालूम हो जाएँगे और बहुत-सी वस्तुएँ वे स्वयं भी खरीद लेंगी। इससे दूकानदारों से वस्तुओं के दाम का जो कमीशन वह लिया करता है, वह न मिल सकेगा। मेनवेरिंग मेम साहब जो तीस रुपए मासिक उसे देती थीं, वह उसकी स्त्री और कन्या के भोजन तथा लड़के की पढ़ाई के लिए भी पर्याप्त नहीं होता था। अतएव यदि वह इस प्रकार कमीशन न लेता, तो फिर अपने बुढ़ापे के लिए चार पैसे कैसे जोड़ता। और वैसे भी उसका विचार था कि धनवानों को लूटने में कोई हानि नहीं है। वह समझता था कि साहब लोगों के पास काफी पैसा होता है, केवल हिन्दुस्तानी ही निर्धन होते हैं।

''मेम साहब, हजूर को डिनर पर क्या माँगता?'' अल्लादाद खाँ सफेद कोट पहने, सफेद साफा बाँधे और कमर में लाल पेटी लगाए मेज के किनारे आकर गम्भीरतापूर्वक खड़ा हो गया–'टम टम (टमाटर), सूप, मच्ची (मछली) स्टकानिया (प्याज़ और गोश्त), प्लम पुड (प्लम पुडिंग)? औरराईट!''

''नहीं अल्लादाद'' मिसेज़ मेनवेरिंग बोलीं, ''रात का खाना स्टुअर्ट मेम साहब के यहाँ नीचे, पर तुम सर्व करने को आना।''

''औरराईट, मेम साहब'' अल्लादाद पर जैसे ओस पड़ गई और वह चिढ़-सा गया। यह स्टुअर्ट मेम साहब बड़ी काँइयाँ थीं, सब कुछ जानती थीं। काली मेम जो ठहरीं! असली साहब लोग भला बाजार भाव क्या जानें? अगर अल्लादाद को मालूम होता कि मेनवेरिंग साहब भी काली मेम हैं, तो अवश्य ही वह यह नौकरी न किये होता। जब उसने कर लिया, जब तक हो सकेगा, निभाएगा। उसके मन में यह बात भी आई कि देखूँ, यह काली मेम कितना जान सकती है, क्योंकि इस बात का तो उसे विश्वास था कि बड़े-बड़े जानकार भी वे सब बाते नहीं जान सकते, जो उसे मालूम थीं।

''ब्वाय को बोलो'' मिसेज़ मेनवेरिंग ने आज्ञा दी, ''कि अड्डे पर जाकर रिक्शा बुला लाए। बस तीन कुली माँगता, चौथा ब्वाय होगा।''

''जी हजूर'' अल्लादाद झुक गया।

इतने में मिसेज़ मेनवेरिंग ने कपड़े पहने और मुन्नू और वे तीन कुली जिन्हें वह बुलाकर लाया था, बाहर प्रतीक्षा करते रहे।

मुन्नू के हृदय में यह बात आ रही थी कि रिक्शा में यदि कोई मोटर का इंजन लगा होता, तो कितना अच्छा था, क्योंकि माल रोड की चढ़ाई पर रिक्शे को चढ़ाने की कल्पना से ही उसे डर लगने लगता था।

किन्तु शिमला में पहियेदार गाड़ियों में केवल रिक्शा ही ऐसा है, जिस पर सवार होकर सर्व-साधारण को चलने की आज्ञा है। बाइसराय, कमाण्डर इन-चीफ और पंजाब के गवर्नर, यही तीन महान् विभूतियाँ मोटर या घोड़ा-गाड़ी पर सवार होकर यहाँ चल सकती हैं। इनके अतिरिक्त चाहे कोई राजा हो या पार्ल्यामेन्ट का सदस्य, उसे रिक्शा की सवारी से ही सन्तोष करना पड़ता है–उस रिक्शा की सवारी से, जिसे आदमी खींचते हैं।

रिक्शों का प्रचार होने से पहले पहाड़ों पर केवल डाँड़ियाँ या तामजान ही ऐसे लोगों के गमनागमन के साधन होते थे, जो पैदल नहीं चल सकते थे। तामजान तो एक चौखूँटी मसहरीदार पलँग की तरह होता था, जिसमें धूप और वर्षा से बचने के लिए परदे लगे होते थे। यद्यपि यह सवारी बैठनेवाले के लिए काफी सुखदायक होती थी, किन्तु कुलियों की कमर इससे बिल्कुल टूट जाती थी। और डाँड़ी, जो तख्ते के एक छोटे-से टुकड़े की होती थी, वह तो इससे भी बुरी होती थी, क्योंकि उससे कुलियों के कन्धे रगड़ खाते-खाते एकदम टूट जाते थे। परन्तु इन सब बातों की ओर ध्यान न देकर वास्तव में बैठनेवालों को ही आराम पहुँचाने के दृष्टिकोण से अन्त में इस तामजान और डाँड़ी को एक परिवर्तित रूप दिया गया था। तामजान में लेटे-लेटे चार आदमियों के कन्धों पर सवार होकर चलना ठीक वैसा ही मालूम पड़ता था, जैसे अर्थी पर जा रहे हों और अगर डाँड़ी में ऊपर की तरफ जाते समय कुली सावधान न होते, तो पीछे को औंधी कला-बाजी-सी खानी पड़ती थी। काफी सावधानी के बाद यदि यात्रा कुशलता-पूर्वक समाप्त भी हो जाती, तो भी बैठनेवाले की शान में कुछ कमी ही रह जाती थी।

जिन दिनों में इंग्लैण्ड के राजसिंहासन पर महारानी विक्टोरिया विराजमान थीं, सेन्ट मार्क के गिरजा के एक पादरी रेवरेण्ड जे फोर्डाइस थे। गिरजा में प्रार्थना के हेतु आनेवाले लोगों में से अधिकाँश डाँड़ी और तामजान की सवारियों की शिकायत किया करते और यह भाव व्यक्त करते कि तामजान में सवार होकर एक मुर्दे की तरह तथा डाँड़ी पर सवार होकर बेतुके ढंग से चलना उनके लिए बड़ा कष्टकर है। उन लोगों की यह शिकायत वे बराबर सुना करते थे। उन्हें इस बात की बड़ी चिन्ता थी कि उनके समुदाय के लोगों की आत्माएँ शारीरिक क्लेशों के कारण कहीं भटक न जाएँ, इसलिए उन्होंने किसी ऐसी सवारी का आविष्कार करने के लिए अधिक-से-अधिक प्रयत्न करना आरम्भ किया, जिससे लोगों को उनके बँगलों से गिरजे तक लाया जा सकता और प्रार्थना आदि के बाद उनके स्थान पर पहुँचा दिया जाता। इस प्रकार उन्होंने रिक्शा का आविष्कार किया।

कुलियों को घोड़ों की भाँति दौड़ने की शिक्षा देने में कोई कठिनाई तो थी नहीं। इसलिए तामजान और डाँड़ी का बहिष्कार हुआ और उनके स्थान की पूर्ति रिक्शों ने की। रेवरेण्ड फोर्डाइस की मृत्यु के बाद कुछ दशाब्दियों के भीतर ही एक प्रतिभाशाली अँगरेज ने, शिल्प और कला में जिसकी काफी अधिक प्रवृत्ति थी, रिक्शे के प्रारम्भिक स्वरूप का सुधार करने में असाधारण सफलता प्राप्त की। कहते हैं, पहले रिक्शे में लोहे के हाल लगे होते थे और यह बहुत हिलता-डोलता चलता था। यदि कभी काई विशेष प्रकार का नाच या तमाशा वगैरह होता, तो हजारों रिक्शों की घड़घड़ाहट के मारे शिमला के निवासियों को सारी रात न्निद्रा ही न आ पाती। सन् 1898 ई॰ में रिक्शे के पहियों में लोहे की हालों के स्थान पर रबर के टायर उपयोग में आने लगे और सन् 1904 ई॰ में म्यूनिसिपेलिटी

ने यह नियम बना दिया कि लाइसेन्स सिर्फ उन्हीं रिक्शों को मिल सकता है, जिनमें रबर के टायर लगे हों, क्योंकि लोहे के पहियों की लगातार की रगड़ से सड़क खुद जाती थी। कुछ समय बाद हवा-भरे टायर रिक्शों में लगने लगे। इन टायरों तथा गद्दा आदि में सुधार हो जाने के कारण रिक्शे में बैठना धनिकों के लिए मनोरंजन का एक साधन बन गया है। विशेषकर इस कारण और भी कि रात-रात भर रंग-रेलियाँ करके जब वे लौटते हैं, तब शिमला के निवासियों की नींद में व्याघात नहीं पड़ता। महात्मा गाँधी ने रिक्शे में चलना अस्वीकार कर दिया था, क्योंकि मनुष्य-द्वारा खींची गई गाड़ी में बैठने से उनकी आत्मा को दुःख होता था। उनके इस प्रकार के मनोभाव के कारण शिमले के लोगों का विचार था कि संसार में ऐसा झक्की आदमी कभी हुआ ही नहीं।

साधारण तौर से शिमले के रिक्शों की लम्बाई नौ फुट और चौड़ाई लगभग चार फुट होती है। बज़न दो सौ साठ पौण्ड से लेकर तीन सौ साठ पौण्ड तक होता है। इसमें उन पुरुषों और स्त्रियों का वज़न शामिल नहीं है, जो इनमें बैठते हैं। बहुधा जब ऊँचाई पर चढ़ना होता है, तब कुली लोग रिक्शे के इस भार को मन-ही-मन खूब कोसते हैं, विशेष रूप से उस समय, जब कोई धनवान्-समुदाय के भारी-भरकम सज्जन उसमें विराजमान हों। कुली हाँफ-हाँफकर रिक्शे का बैलेन्स ठीक रखते हैं, किन्तु उनकी इस दुर्दशा की ओर उनमें सवारी करनेवालों का ध्यान कभी जाता ही नहीं। वे लोग तो पीछे की तरफ़ लदकर लेट जाते हैं, अब कुली लोग हाँफ-हाँफकर खींचा करें और धक्के दिया करें।

आज पहले-पहल मुन्नू ने रिक्शा खींचा, इससे उसे बड़ी कठिनाई हुई। यद्यपि मिसेज़ मेनवेरिंग ने कभी यह नहीं सुना था कि रिक्शावालों को भी अपना कार्य उत्सुकतापूर्वक तथा सरलता से करने के लिए किसी विशेष प्रकार के अभ्यास या शिक्षा की आवश्यकता पड़ती है, किन्तु मुन्नू को ऐसा लग रहा था कि बिना अभ्यास के रिक्शा चलाना नहीं आ सकता।

उन कुलियों में मोहन नामक एक नवयुवक था। उसने मुन्नू से कहा कि रिक्शा चलाना भी एक हुनर है, जो उसने स्वयं अभी हाल ही में सीखा है और काफी अभ्यास के बिना मनुष्य उसमें निपुण नहीं हो सकता।

उसने कहा था कि इसमें हवा की दिशा पहचानने में निपुण होना चाहिए, रिक्शे का बैलेन्स ठीक रखना सीखना चाहिए, कदम नपे-तुले पड़ने चाहिए और मोड़ पर मुड़ने और चढ़ाई पर चढ़ने का ढंग भी आना चाहिए। मुन्नू ने इस समस्त सत्परामर्श की उपेक्षा कर दी थी, किन्तु अब उसे यह अनुभव हो रहा था कि मोहन का कथन बिल्कुल यथार्थ था।

जब वह बहुत हाँफने लगा और उसकी साँस फूलने लगी, तब और कुलियों ने "शाबाश, शाबाश!" कहकर उसका उत्साह बढ़ाना आरम्भ किया। अन्त में जब उन्होंने देखा कि पहाड़ बहुत सीधा है, चढ़ाई सख्त है और मुन्नू को बहुत जोर लगाना पड़ रहा है, तब उन तीनों कुलियों ने खूब जोर से खींचना और धक्के देना शुरू किया और मुन्नू की अवस्था से करुणार्द्र होकर रिक्शे का सारा भार अपने ऊपर ले लिया।

अब रिक्शा फौजी बैरकों के पास से होकर, जहाँ बाइसराय के बाडी-गार्डों के कैम्प गर्मी भर के लिए डाल दिए गए थे और रेलवे बोर्ड के दफ्तरों वाली चक्करदार सड़क से होता हुआ 'माल' की तरफ चल पड़ा।

अब कुलियों के लिए रिक्शे को खींचना बहुत-कुछ आसान हो गया था, क्योंकि 'माल' की चढ़ाई बहुत कम है। जब रिक्शा नए डाकखाने के समीप पहुँच गया, जहाँ ऊपर का अँगरेजी बाजार और नीचे का हिन्दुस्तानी बाजार, दोनों अलग-अलग हो जाते हैं, तब मुन्नू को अपने काम में काफी रुचि उत्पन्न होने लगी, क्योंकि अँगरेजी दुकानों की स्वच्छता और सुन्दरता पर तो वह सदा से मुग्ध था और यहाँ वह अनेकों अँगरेजी दुकानों के बीच से रिक्शा खींचकर ले जा रहा था। ह्वाइटवे लेडला की चमकती हुई खिड़कियाँ, लारेन्स एण्ड मेयो, साहबसिंह एण्ड कम्पनी केमिस्ट, दि माडर्न वर्कशाप, जोन्स एण्ड जोन्स, जौहरी और चाँदी-सोनेवाले, मुहम्मद गुल समूरवाला, हो वाग, चीनी जूतोंवाला और अँगरेजी ढंग की अन्य कितनी ही वस्तुओं की दुकानें सजी थीं।

रिक्शे पर लदे-लदे एक बार पूरी माल रोड पर घूम लेने के बाद मिसेज मेनवेरिंग को विश्वास हो गया कि अब हर एक ने उन्हें देख लिया होगा, अतएव उन्होंने कुलियों को आदेश दिया कि वे डेविको के होटल के दरवाजे पर रिक्शा रोक दें। यहाँ उन्होंने मिसेज़ स्टुअर्ट को शाम की चाय की दावत दी थी।

कुलियों ने मेम साहबा को उतार दिया और रिक्शा वाई.डब्लू.सी.ए. के सायबान में खड़ा कर दिया, और आवश्यकतानुसार फिर बुलाए जाने की प्रतीक्षा करने लगे।

मुन्नू को यह जानने की बहुत ही प्रबल आकाँक्षा हो रही थी कि अँगरेज लोग आपस में किस तरह मिलते हैं। अतएव वह वहीं से बैठे-बैठे होटल के अन्दर झाँकता रहा, जहाँ बड़े-बड़े शीशे के बक्सों में मिठाइयाँ सजी रखी थीं और छोटी-छोटी बेंत की कुर्सियाँ और मेजें दूसरी तरफ लगी थीं।

"देखो ममी! देखो, हमारे कुली वह रहे" नन्हीं सिरसी चिल्लाने लगी और मिसेज़ मेनवेरिंग ने ठीक उसी समय सभ्य सोसायटी में प्रवेश तथा परिचय प्राप्त किया था।

गन्दे चीथड़े पहने हुए, जंगली किस्म के कुलियों का रूप-रंग जिनमें कुछ चिलम पी रहे थे और कुछ सड़क के किनारे या टीन के सायबान में लेटे थे, डेविको में आनन्दपूर्वक चाय पीते हुए पुरुषों और स्त्रियों की सुख-लिप्सा को मानो चुनौती दे रहा था। लेकिन मुन्नू-जैसे दो-चार कुलियों को छोड़कर, जो नए-नए आए थे, बाकी को तो किसी बात की परवाह भी न थी। वे सब तो जो जिस स्थिति में थे, उसी से सन्तुष्ट थे। वे सभी बहुत ही कृश, बहुत ही अस्थिर थे और चुपचाप, निश्चल पड़े थे, जैसे उनमें दम ही न हो।

जब मुन्नू पहले दिन रिक्शा-कुली के रूप में कार्य करने के बाद लौटकर घर आया, तब उसे ज्वर था।

वापस आते समय रास्ते-भर उसे थकावट के मारे अपनी पिंडलियाँ टूटती हुई-सी मालूम पड़ रही थीं। जिस समय वह अपनी कोठरी में पहुँचा, उस समय तो वह बिल्कुल ही व्याकुल हो उठा था। जोड़-जोड़ में पीड़ा हो रही थी। उसने हाथ-पाँव ताने भी, किन्तु कुछ लाभ न हुआ। उसे ऐसा लगा, मानो उसका गला बिल्कुल जला जा रहा हो। वह लोटा भर पानी पी गया। किन्तु हाथ बिल्कुल शून्य हुए जा रहे थे और टाँगें जवाब दिए

देती थीं। ऐसा मालूम होता था कि हड्डियाँ चूर-चूर हो गई हैं और खून खौल रहा है।

वह भूमि पर लेट गया और कुण्डली मारकर आग के पास खिसक गया, क्योंकि अब उसके शरीर में कम्पन भी होने लगा था।

अल्लादाद रात को बाजार से घूम-घामकर वापस आया, तो अँधेरे में मुन्नू के शरीर से टकराकर गिरते-गिरते बचा, "अरे कौन है रे?" उसने पूछा और उत्तर के रूप के केवल मुन्नू की धीमी कराह और हाथ-पैर पटकने की आवाज सुनी। वह समझ गया कि इसे ज्वर चढ़ आया है। इससे मेम साहबा को इस संकट की सूचना देने के लिए वह दौड़ा।

मिसेज़ मेनवेरिंग बहुत चिन्तित हुईं। उन्हें भी कुछ सन्तानों की जननी होने का सौभाग्य प्राप्त था और एक माता के हृदय में जिस प्रकार की कोमलता होती है, वह उनमें थी। उस समय उन्हें मुन्नू की बीमारी के कारण वैसी ही चिन्ता हुई, जैसी अपने पुत्र राल्फ की बीमारी के समय हुई थी। उन्होंने उसे बँगले में उठवा मँगाया और 'बेबी' के कमरे में लिटवाया, यद्यपि मुन्नू ने इस विषय में बहुत-कुछ आपत्ति की। उसने कहा, "मैं नौकर हूँ। ऊपर कैसे सो सकता हूँ?" परन्तु मिसेज़ मेनवेरिंग ने इस ओर ध्यान नहीं दिया। उन्होंने तुरन्त ही डाक्टर को बुलवाया किसी ऐसे वैसे डक्टर को नहीं, स्वयं मेजर मार्चेन्ट को बुलवाया, जो शिमला के हेल्थ अफसर थे और 'अनण्डेल' के पास ही रहते थे।

मेजर मार्चेन्ट आए। उन्होंने थर्मामीटर लगाकर मुन्नू के ज्वर की परीक्षा की, कुछ एस्प्रीन देने को कहा और मुन्नू से यह कहकर कि तुम शीघ्र ही अच्छे हो जाओगे, उत्सुक भाव से मिसेज़ मेनवेरिंग से वार्तालाप करने में दत्तचित्त हुए, क्योंकि उन्हें यह साँवली-सी स्त्री कुछ विचित्र-सी लग रही थी, जिसने नौकर को अपने फ्लैट में ले आकर सुलाया था।

मेजर मार्चेन्ट एक नवयुवक थे। वे एक भारतीय ईसाई थे और ईसाई-धर्म की दीक्षा ग्रहण करने वाले अधिकाँश भारतीयों के समान वे भी एक मोची के बेटे थे। अँगरेज मिशनरियों के एक दल ने छुटपन में ही अपने धर्म में दीक्षित करके उन्हें पाल लिया था और उन्हें शिक्षा भी दी थी। जब वे पादरियों के साथ जीवन व्यतीत किया करते थे, मन-ही-मन अँगरेज़ों के साथ रहने का स्वप्न देखा करते थे। जब वे विलायत गए और वहाँ उन्हें अँगरेजों से समान भाव से मिलने-जुलने का अभ्यास हो गया, तब तो वे अपने को बिल्कुल अँगरेज ही समझने लगे। अँगरेजी भाषा में वार्तालाप करने का उन्हें काफी अच्छा अभ्यास था। वे बिल्कुल शुद्ध और निर्दोष अँगरेजी बोलते थे। किसी थिएटर में काम करने वाली एक अँगरेज नवयुवती के साथ उन्होंने विवाह भी कर लिया, साथ ही एक अँगरेज का-सा जीवन भी वे व्यतीत करने लगे। इस प्रकार उनकी उपर्युक्त धारणा की और भी पुष्टि हो गई। उन्होंने अपना नाम भी बदलकर मोची से मार्चेन्ट रख लिया था। अब वे अपने-आपको केवल एक सफल आई.एम.एस. का अफसर समझते थे और यह बिल्कुल भूल चुके थे कि वे एक नीच जाति के अनाथ बालक थे, जिसे मिशन ने पाला था। एक निम्न कोटि के व्यक्ति की स्थिति से उन्नति करके आई.एम.एस. का एक सम्मानित सदस्य होने का जो गौरव उन्होंने प्राप्त किया था, उसके लिए उन्हें खासा अच्छा मूल्य भी देना पड़ता था। वह यह कि प्रतिमास वे अपना आधा वेतन अपनी उस अँगरेज पत्नी को भेजा करते थे, जिसने इंग्लैण्ड में ही रहना अच्छा समझा था। बाल्य-काल में उन्हें अत्यन्त ही निर्धनता का जीवन व्यतीत करना पड़ा था अतएव रुपयों से उन्हें बड़ा मोह था और सात

सौ रुपए मासिक इस तरह साफ निकल जाना उनके लिए बहुत ही क्लेशकर था। वे बहुत ही कृपण थे और अपनी व्यक्तिगत आवश्यकताओं की पूर्ति के लिए बहुत कम रुपए खर्च करते थे। शिमला का हेल्थ अफसर होने के नाते स्थान-स्थान पर उनकी आवभगत होती ही रहती थी और उनका भोजन का बहुत-सा व्यय बच जाता था। किन्तु उनके धन को जो इस प्रकार दुरुपयोग हो रहा था, उसके कारण उनकी अन्तरात्मा अत्यधिक पीड़ा का अनुभव करती थी और उससे मुक्त होने के लिए कभी-कभी उस नर्तकी से विवाह-विच्छेद करने की इच्छा उनके मन में उत्पन्न होती थी। कभी-कभी वे दूसरों की भी स्त्रियों की गोद की शरण लिया करते थे। इस प्रकार अपने जीवन से वे काफी सन्तुष्ट थे।

मिस्टर मार्चेन्ट ने देखा कि मिसेज़ मेनवेरिंग का रंग भी लगभग उनका-जैसा ही है, गेहुँआँ रंग, गाल पर तौलिया रगड़-रगड़कर चमक ले आने पर जो गुलाबी किया जा सकता था। उन्होंने सोचा कि यह अवश्य यूरेशियन होगी। उन्हें इस विषय का ज्ञान था कि एक भारतीय ईसाई के लिए साधारण देसी लोगों या विशुद्ध अँगरेजों की अपेक्षा एक यूरेशियन से सम्बन्ध स्थापित करना अधिक सरल है।

ड्राइंग-रूम में आकर उन्होंने पूछा, "यह लड़का कौन है, मिसेज़ मैनिंग?"

"यह एक नौकर है। मुझे यह बम्बई में अकस्मात् मिल गया था और इसे मैं साथ में लेती आई हूँ।" मिसेज़ मेनवेरिंग ने जवाब दिया और वे कहती गईं, "और मेरा नाम मेनवेरिंग है, मिसेज़ मेनवेरिंग।"

"ओह, क्षमा कीजिए। खानसामा ने कुछ 'मैना-मैना' सा कहा था, तो मैंने सोचा कि शायद आपका नाम मैनिंग होगा।"

"नहीं मेनवेरिंग है" वे बोलीं—इसका उच्चारण जरा कठिन है न?"

"हाँ, आपके नाम का उच्चारण करना ज़रा कठिन अवश्य है, किन्तु मुझे इस बात की प्रसन्नता है कि आपका व्यक्तित्व कठोर नहीं है। शिमले में बाज-बाज ऐंग्लो-इण्डियन तो बस गजब हैं।"

"जी हाँ" मिसेज़ मेनवेरिंग ने कहा। परन्तु वे अपनी जाति की आलोचना करना नहीं चाहती थीं, अतएव शान्त हो गईं।

वैसे तो मेजर मार्चेन्ट भी अपने-आप में तथा अन्य अँगरेजों में किसी प्रकार का भेद व्यक्त नहीं करना चाहते थे, किन्तु वार्तालाप को चालू रखने की उनकी इच्छा थी, जिसके लिए कोई-न-कोई प्रसंग तो होना ही चाहिए था।

"आप यहाँ कब से हैं, मिसेज़ मेनवेरिंग?" मार्चेन्ट ने पूछा।

"मैं तो अभी कुछ दिन हुए 'घर' से आई हूँ।"

"अच्छा!" मार्चेन्ट ने कहा।

"आइए बैठिए न डाक्टर साहब, एक पेग पीजिए" मिसेज़ मेनवेरिंग ने मेजर साहब की दृष्टि में प्रशंसा का भाव देखकर कहा।

"धन्यवाद!" डाक्टर साहब उत्सुक भाव से बैठ गए, "अच्छा अब मुझे 'घर' का कुछ हाल-चाल बताइए।"

फिर वे दोनों बैठकर 'घर' की बातें करने लगे। इधर मिसेज़ मेनवेरिंग के नीचे मिसेज़ स्टुअर्ट के यहाँ भोजन करने के लिए जाने का समय आ गया। उन दोनों को

एक-दूसरे से बहुत-सी बातें कहनी थीं। पन्द्रह मिनट का समय ही कितना होता है कि वे सारी-की-सारी बातें समाप्त हो जातीं। अतएव, दूसरे दिन मिसेज़ मेनवेरिंग ने अपनी बीमारी के बारे में पूछने के बहाने से मेजर साहब को चाय पर आने को आमन्त्रित किया। मेजर साहब भी मानो इस निमन्त्रण के लिए उत्सुक थे, अतः उन्होंने सहर्ष और उत्साहपूर्वक इसे स्वीकार कर लिया।

इस बीच में मुन्नू को बँगले में सोने का जो अवसर मिल गया, उसके कारण वह बहुत प्रसन्न था, यद्यपि उसकी कनपटियाँ ज्वर से जल रही थीं। किन्तु, अल्पकाल के पश्चात् ही उसका यह प्रसन्नता का भाव पसीना बनकर उड़ने लगा, क्योंकि एस्प्रीन के प्रभाव से उसे पसीना आने लगा, पाँव मन-मन भर के लगने लगे और वह बिस्तर पर इधर-उधर तड़पकर करवटें बदलने और हाय-हाय करके माँ को याद करने लगा।

मिसेज़ मेनवेरिंग ने भोजन करके लौटने के बाद उसके माथे पर यूडीकोलोन मला, यहाँ तक कि उसका शरीर भी दबाया। उन्होंने उसके साथ बहुत ही दयालुता का व्यवहार किया।

जब खूब पसीना आने के बाद मुन्नू का ज्वर उतर गया और उसका शरीर हल्का हो गया, तब उसे फिर उसी नौकर लड़के और रिक्शा कुली की जगह पर वापस जाना पड़ा। बहुत ही प्रसन्नता के साथ उसने अपनी वह स्थिति स्वीकार भी कर ली, क्योंकि मेम साहबा चाहे कितनी भी नेक रही हों, किन्तु बड़े लोगों की तुलना में, जो बँगलों में रहते और अँगरेजी कपड़े पहनते थे, मुन्नू के हृदय में जो एक हीनता और लघुता की भावना थी, वह कभी दूर नहीं हुई थी।

वह प्रतिदिन मिसेज़ मनेवेरिंग की सेवा में उपस्थित रहा करता था, किसी दिन अनुपस्थित नहीं होता था। मिसेज़ मेनवेरिंग भी शिमले में घूम-फिरकर वहाँ के आमोद-प्रमोद का उपभोग करती थीं।

बँगले को झाड़ने-बुहारने और मेम साहबा तथा खानसामा के आदेश के अनुसार इधर-उधर दौड़ते रहने के सिवा जब कभी मेम साहबा खरीदारी करने या हवा खाने बाहर निकलतीं, तब वह उनके रिक्शा के लिए चौथे कुली का भी काम दिया करता।

मिसेज़ मेनवेरिंग को अब यह अनुभव हो रहा था कि सफेद चमड़ी वाली या अँगरेज रमणी के लिए तो यह भारत-भूमि वास्तव में स्वर्ग है। इंगलिस्तान में रहकर उन्होंने अपनी चमड़ी को सफेद करने की चेष्टा में जो इतने दिन व्यतीत किए थे, वे व्यर्थ नहीं गए।

उन्होंने अनुभव किया कि उन्हें अवकाश बहुत अधिक है, क्योंकि संसार में भारतवर्ष ही एक ऐसा स्थान है, जहाँ नौकर अब तक नौकर ही हैं और मनुष्य आनन्दपूर्वक सबेरे ऊँघ सकता है, दिन को सो सकता है और साथ ही इस बात के लिए निश्चिन्त रह सकता है कि खानसामा और ब्याय मिलकर ब्रेकफास्ट, लन्च, चाय और डिनर सब कुछ हाजिर कर देंगे।

'अनण्डेल' में एक घोड़ा प्रातःकाल के भ्रमण के लिए एक शिलिंग से कम में मिल सकता था।

चार पेन्स प्रति घण्टे के हिसाब से रिक्शा मिल सकता था।

अण्डे छः पेन्स फी दर्जन के भाव से मिलते थे।

एक फार्दिंग फी कपड़े के हिसाब से बहुत अच्छे कपड़े धुलते थे।

बड़ी-बड़ी दुकानों में पेरिस के नवीनतम फैशन के अनुसार कपड़े मिलते थे।

शानदार होटल, नाच घर, नाइट क्लब और सिनेमा थे, जहाँ हालीवुड की नई-से-नई तसवीरें लन्दन से भी पहले आ जाती थीं।

यहाँ पाश्चात्य देशों के समस्त प्रकार के आमोद-प्रमोद और सुख की सामग्रियाँ स्वल्प मूल्य में प्राप्य थीं। जभी तो वे बाटर और नाइट्स ब्रिज के जितने पेंशन पाने वाले लोग थे, जिन्होंने ब्रिटिश साम्राज्य की स्थापना की थी, 'घर' पर पड़े बड़बड़ाया करते थे और रूढ़िवादी इंग्लैण्ड के अभावों पर सिर हिला-हिलाकर भारतवर्ष के सुखमय जीवन के लिए आहें भरा करते थे।

यह बात तो सच थी कि मिसेज़ मेनवेरिंग आमोद-प्रमोद की इन समस्त वस्तुओं का पूर्णरूप से उपभोग नहीं कर पाती थीं, क्योंकि उन्हें यूनियन जैक क्लब में प्रवेश करने की आज्ञा नहीं थी और इस बात ने फिर से उनको अपने साँवले रंग की याद दिला दी थी। वैसे भी लोग उनके विषय में तरह-तरह की झूठी-सच्ची बातें कहा करते थे। फिर भी अपने अन्तःकरण में एक अस्पष्ट व्याकुलता का भार लादे हुए भी, वे बराबर घूमने निकला करती थीं और जहाँ कहीं भी आमोद-प्रमोद का अवसर मिलता था, उसे प्राप्त करने से वे कभी न चूकती थीं—इससे पूर्व कि ऐंग्लो-इण्डियन वर्ग यह निश्चय करे कि उन्हें ग्रहण करे या पूर्ण रूप से परित्याग कर दे। और इस प्रकार उनका जीवन काफी रंगीन और सुखमय था। मुन्नू भी इस बीच में इसी जीवन में खो गया था, और उसे पसन्द भी करने लगा था।

उदारहण के लिए मुन्नू को यह बहुत अच्छा लगता था कि वह माल रोड पर रिक्शा लिए जा रहा हो, उसकी मालकिन बहुमूल्य और सुन्दर वस्त्र पहने उसमें बैठी सिरसी को विभिन्न प्रमुख अँगरेजों तथा भारतीयों के, जो अपने-अपने रिक्शों पर बैठे अच्छे कपड़े पहने इधर से उधर आ-जा रहे हों, नाम बता रही हों।

''मेजर जनरल सर क्लाड हेरिंगटन'' वे सिरसी के बार-बार किए गए प्रश्नों के उत्तर में कहतीं, ''सर जीजी भाई इस्माइल, प्रेसीडेन्ट चैम्बर आफ कामर्स, सर चार्ल्स रीड, होम मिनिस्टर, लेडी रफी, वाइसराय की कौन्सिल के सदस्य सर रफी की पत्नी, पण्डित द्वारकानाथ, काँग्रेसी लीडर, महारानी आफ लैण्डी'', परन्तु सिरसी इतनी छोटी थी कि वह कुछ समझती ही नहीं थी। केवल मुन्नू इन सब नामों को स्मरण रखता था।

रिक्शा जब दुकानों के पास आ गया और मेम साहबा ने उसे धीरे-धीरे चलाने को कहा, क्योंकि वे बनारसी सिल्क की दुकान पर टँगी हुई बढ़िया-बढ़िया साड़ियों, मनिहारी की दुकान के अजीब-अजीब हार और गुलूबन्द, मिसेज़ पर्किन के यहाँ का चाँदी का सामान देखकर अपनी आँखें रोकना चाहती थीं, तब मुन्नू भी दुकानों में सजी हुई बढ़िया-बढ़िया चीजों को देखकर प्रसन्न होता था।

दूसरे कुली इन सब वस्तुओं की ओर बिल्कुल ध्यान ही नहीं देते थे। मुन्नू उन सब के इस प्रकार के उपेक्षा-भाव से कुछ चिढ़ भी गया। यह सोचकर वह आश्चर्य में पड़ गया कि पश्चिमी सभ्यता के इस भव्य वातावरण से वे लोग इतने अनभिज्ञ कैसे रह सकते हैं। वह उन सबके निपट गँवारपन की मन-ही-मन निन्दा करता और सोचता कि

यदि मेरे माता-पिता की छुटपन में ही मृत्यु न हो गई होती, तो मैं पढ़-लिखकर साहब या बाबू बन गया होता।

जब मुन्नू की मालकिन ने आगे वाले कुली को आज्ञा दी कि साहब सिंह एण्ड को॰ के सामने रिक्शा रोक दिया जाए और वह स्वयं उतरकर उस काली दाढ़ीवाले सिख से मुस्करा-मुस्कराकर बातें करने लगीं, जो विचित्र प्रकार का साफ-सुथरा अँगरेजी पहनावा पहने था, गुलाबी रंग का साफा बाँधे था और अँगरेजी में गिटपिट-गिटपिट कर सकता था, तो मुन्नू को ईर्ष्या होने लगी। क्या ही अच्छा होता कि वह भी इस सिख की तरह का होता! तब तो वह पूरा अँगरेज ही मालूम पड़ता। क्योंकि सिख न होने के कारण उसके दाढ़ी तो होती ही नहीं, दाढ़ी-मूँछ बिल्कुल साफ होती, साथ ही मस्तक पर पगड़ी भी न होती। इस दाढ़ी-मूँछ और पगड़ी के कारण तो अँगरेजी पहनावे की सारी शोभा ही नष्ट हो जाती है। उस दशा में तो उसकी मालकिन उसे अवश्य अधिक चाहती। और उसने कालका में और बुखार के दौरान में मुन्नू को जो चुटकियाँ काटी थीं और जिस प्रकार का दयालुता का भाव व्यक्त किया था, उसका अवश्य ही कोई और ही अर्थ होता।

"किन्तु" उसने मन-ही-मन कहा, "इस प्रकार के सुख के स्वप्न देखने से लाभ ही क्या है, जब कि मेरी स्थिति एक नौकर छोकड़े, एक कुली की है। और यह सरदारजी तो कदाचित कोई धनवान् व्यक्ति होंगे और किसी ऊँचे वर्ग के होंगे। सम्भवतः बी.ए. पास हों या शायद फेल हों—और मेम साहबा भी मेम ही ठहरीं। यह और बात है कि इनका रंग और मेमों का-सा नहीं है।"

"ब्वाय! आओ, ये चीजें ले चलो।" मुन्नू की मालकिन ने पुकारा और मुन्नू शीघ्रतापूर्वक दवाखाने में चीजें लेने घुस गया। उसे इन बढ़िया-बढ़िया बिल्लौरी शीशियों को छूने से सुख का अनुभव हो रहा था। अधिक सुख का अनुभव तो उसको इस कारण हो रहा था कि और कुलियों की अपेक्षा ये नाजुक चीजें उसी के हवाले करना मेम साहबा ने उचित समझा था।

उसके बाद बहुत उत्साहित होकर, बड़े अभिमान के साथ, वह रिक्शे को खींचता गया। वह उस समय इतना अधिक उत्साहित था कि दूसरे कुलियों से आग्रह करने लगा कि जखू रोड पर और रिक्शों से रेस करे और अपना रिक्शा आगे निकाल ले जाए। कभी-कभी वह इस तरह के उमंग में आ जाता कि अपने और साथियों से जबरदस्ती या खुशामद करके पहाड़ी गीत गवाता, क्योंकि पहाड़ी गीत सुनने से उसके अंग-प्रत्यंग में स्फूर्ति आ जाती थी और हृदय आनन्द के प्रवाह से ओत-प्रोत हो उठता था।

किन्तु जब वह साँझ को ये तरह-तरह के नेत्र-रंजक दृश्य देखते हुए रिक्शा लेकर वापस आया, तब उसका चित्त कुछ खिन्न हो उठा और वह अकेलेपन का अनुभव करने लगा। उसकी पीठ बिल्कुल जकड़ गई थी। इस कारण न तो वह खड़ा हो सकता था, न बैठ सकता था। सबसे विचित्र बात तो उसको यह लगती थी कि आजकल जब कभी वह थूकता, तब उसके थूक में रक्त की-सी लालिमा मिश्रित होती थी। मुन्नू को इसके कारण किसी प्रकार की चिन्ता नहीं हुई। वह अल्लादाद को भोजन परोसने में सहायता देने लगा, क्योंकि इधर कुछ दिनों से मिसेज़ मेनवेरिंग बराबर रात के भोजन के निमित्त मेजर मार्चेन्ट को आमन्त्रित करने लगी थीं।

इसी बीच में मेनवेरिंग साहब एक सप्ताह के लिए अवकाश प्राप्त करके सीमान्त-प्रदेश से शिमला आ गए, इससे मुन्नू पर काम का बोझ बहुत बढ़ गया, यद्यिप ज्वर उसे बराबर बना रहता था।

मुन्नू को 'साहब' बहुत पसन्द आए, क्योंकि वे उसे बहुत थोड़ी आयु के और भोले-भाले लगते थे। कप्तान मेनवेरिंग के भव्य और कान्तिमान मुख-मण्डल, रेशम के समान चमकीले और सुनहरे बालों तथा नीली आँखों से मुन्नू बहुत प्रभावित हुआ। वे बहुत ही विनम्र स्वभाव के और सीधे-सादे थे, साथ ही उनके होठों पर मुस्कराहट सदा खेलती रहती थी। अब तक भुन्नू को अँगरेजों के सम्बन्ध में जो कुछ अनुभव हुआ था, वह बहुत ही अधिक कटु था। उसने अब तक जितने भी अँगरेज देखे थे, सभी भूतों के समान भयानक थे, क्योंकि वे सभी सदा मुँह बनाए तथा त्योरी चढ़ाए रहते थे। वैसे तो उसने 'अपर बाजार' में कुछ अँगरेजों को मुस्कराते और कभी-कभी हँसते भी देखा था, किन्तु उन सब की यह मुस्कराहट और हँसी बहुत दबी-दबी-सी होती थी और प्रत्येक दशा में केवल सजातीय लोगों के लिए ही होती थी। अभी तक मुन्नू को देखकर कभी कोई अँगरेज मुस्कराया न था, क्योंकि एक नौकर और कुली होने के कारण वह इस योग्य था ही नहीं कि अँगरेज जाति के लोग उसकी ओर ध्यान देते। उस हीनता की भावना के कारण, जो कि उसमें समाई हुई थी, मुन्नू भी इसी प्रकार के व्यवहार को उचित समझने लगा था। परन्तु, उसकी दृष्टि में मेनवेरिंग साहब बहुत अच्छे व्यक्ति थे। उसके मन में आया कि सब साहब लोग इन्हीं के-से स्वभाव के क्यों नहीं होते? यदि वे अपने नौकरों से कभी-कभी मुस्कराकर दो-चार बातें कर लिया करें, तो उनका क्या चला जाए? इस प्रकार के आचरण के कारण मेनवेरिंग साहब की तो कभी किसी प्रकार की हानि हुई नहीं। इस तरह के मधुर स्वभाव के साहब के लिए वह भला क्या करने को तैयार न था? मेनवेरिंग साहब पेशावर से तीन बड़े-बड़े सरदे लाए थे। वे सरदे इतने बड़े-बड़े थे कि देखने में बिल्कुल घड़े-से लगते थे। उन्होंने अल्लादाद खाँ को आज्ञा दी थी कि उनमें से आधा सरदा मुन्नू को भी दिया जाए। किन्तु मुन्नू उनके इस दान के कारण नहीं, उनकी कृपालुता तथा शील-स्वभाव के कारण इतना अधिक प्रभवित हुआ था। उनकी सेवा के लिए वह इतना अधिक उत्साहित था कि यदि साहब रिक्शा में बैठते, तो मुन्नू सारे जखू रोड पर उसे खूब दौड़ता; किन्तु वे रिक्शा पर बैठते ही कब थे? मेम साहबा रिक्शा में बैठती थीं और वे पैदल साथ-साथ चलते थे। तो भी मुन्नू ने बँगले पर जितने भी काम करने के होते, उन्हें खूब परिश्रम से करके साहब की कृपा का बदला चुकाने की कोशिश की थी। किन्तु, उसे इस बात का अवसर ही कहाँ मिला कि वह जी भर कर साहब की सेवा करे? वे केवल एक ही सप्ताह वहाँ ठहरे। मुन्नू कभी-कभी सोचता कि उसने साहब के कृपापूर्ण व्यवहार के बदले में उनकी जो कुछ सेवा की है और उन्हें सुखी करने के लिए जो परिश्रम उसने किया है, उसकी ओर साहब की दृष्टि गई है या नहीं। बात यह थी कि अपनी इस एक सप्ताह की यात्रा के अन्तिम तीन दिन साहब ने बहुत ही अनुत्साहपूर्वक व्यतीत किए थे। उनका मुख-मण्डल नितान्त ही निष्प्रभ हुआ रहता और वे इतना चुप रहने लगे थे कि देखकर हृदय में करुणा उत्पन्न हो आती थी। खैर, जब सहाब ने जाते समय स्टेशन पर मुन्नू को पाँच रुपए का एक नोट पुरस्कार

के रूप में दिया, तब मुन्नू ने अनुभव किया कि साहब उससे प्रसन्न थे।

मेनवेरिंग साहब के इस अनुभव के बाद मुन्नू को मेजर मार्चेन्ट साहब एक बहुत ही तुच्छ और घृणा के पात्र-से मालूम पड़ने लगे थे, क्योंकि वे प्रतिदिन मेम साहबा के यहाँ आकर भोजन किया करते, किन्तु स्वयं उपहार के रूप में मेम साहबा के लिए थोड़े-से फल तक न ले आते। फिर अल्लादाद खाँ को या उसे पुरस्कार के रूप में कुछ देना तो बहुत बड़ी बात थी। वह साहब सदा अपना मतलब साधने के फेर में रहता था। मुन्नू को तो उससे चिढ़-सी होने लगी थी। विशेषतः इसलिए और भी कि जैसे ही वह आता और मुन्नू यदि मिस साहबा के साथ खेलता होता, तो उसे वह तुरन्त गोल कमरे से निकल जाने को कहता। बाद को उसी ने मेम साहबा को इस ओर प्रवृत्त किया कि वे मिस साहबा को बोर्डिंग स्कूल में भेज दें। और तो और, वह हमेशा मेम साहब को भड़काता रहता था कि वे नौकरों से अधिक-से-अधिक परिश्रम के काम लिया करें। उदाहरण के लिए वे मुन्नू से कहें कि टट्टूओं के पीछे-पीछे सारी जखू रोड पर दौड़ता हुआ आए ताकि जब वह स्वयं और मेम साहबा जल-प्रपात देखने के लिए नीचे खड्ड में जाएँ, तो मुन्नू घोड़ों की लगाम पकड़े खड़ा रहे। आगामी रविवार को उसने रिक्शा मशोबरे ले जाने को कहा था। वैसे तो मुन्नू को स्वयं भी मशोबरा देखने की आकाँक्षा थी, इससे उसे धीरज था, किन्तु यह स्थान दस मील की दूरी पर था और मुन्नू सोच रहा था कि रिक्शे के लिए यदि चार कुली न हुए, तो उसे चौथे कुली का काम करना पड़ेगा।

जब रविवार आया, तब मुन्नू प्रातःकाल के हल्के-हल्के जाड़े में मशोबरा जाने की तैयारियों में लगा। उस समय वह काफी उत्साहित और प्रसन्न दिखाई दे रहा था। मेम साहबा ने रिक्शे के लिए चार कुली बुलवाये थे, मुन्नू को उन्होंने फालतू रखा था। इससे उसने प्रसन्नता का अनुभव किया कि मानो वह स्वयं भी छुट्टी मनाने के लिए सैर जा रहा है।

जब रिक्शा चला और भिन्न-भिन्न मार्गों से होकर आगे बढ़ने लगा, तब मुन्नू भाँति-भाँति के प्राकृतिक दृश्य देखकर बहुत ही आनन्द का अनुभव करने लगा। क्राइस्ट चर्च को पीछे छोड़ते हुए वे लोग लक्कड़ बाजार से होकर गुजरे, जहाँ के कारीगर पहाड़ी लकड़ी की छड़ियाँ और खिलौने बनाने में बहत निपुण होते हैं। फिर 'स्नोडाऊन' से गुजरे, जहाँ कमाण्डर-इन-चीफ रहता है। अनाथालय के स्कूल से होते हुए वे लोग संजोली बाजार से गुजरे जहाँ के सुनार वे बुलाक और नथ बनाते थे, जो पहाड़ी औरतों के होठों को चूमते रहते हैं और जहाँ फौजी हेड क्वार्टर के बाबुओं की गुप्त संस्थाएँ थीं, जहाँ वे अँगरेजी सरकार को उखाड़ फेंकने की योजनाएँ बनाया करते थे। फिर एक सँकरी-सी सुरंग आई, जहाँ खच्चरों की गरदनों में पड़ी हुई नीले मोतियों की लड़ियों और उनके सर की कलंगी में लटकी हुई घण्टियों से एक जादू-भरा संगीत प्रतिध्वनित हो रहा था। फिर मालर कोटला के नवाब साहब का महल आया, वाटर वर्क्स आया और देवदार का एक घना जंगल आया, जो नलदरा की चक्करदार सड़क, वाइसराय के गोल्फ के मैदान और रियासत भज्जी के गरम पानी के जल-स्रोतों के ऊपर, जो सतलज के किनारे हैं, छाया हुआ आगे तिब्बत

तक चला गया है।

पहाड़ी की स्वास्थ्यकर और शीतल हवा मुन्नू के गर्म शरीर में लगकर वैसी ही सुखदाई मालूम पड़ रही थी, जिस प्रकार शीतल जल पीने में स्वादिष्ट मालूम पड़ता है। वह और कुलियों के साथ तेज दौड़ता चला जा रहा था। बीच-बीच में रिक्शे को हल्का-सा धक्का भी दे दिया करता था। पेड़ों की भीगी नम सुगन्धि बड़ी अच्छी लग रही थी।

मेजर साहब अपने ऊँचे घोड़े को दुलकी चाल चला रहा थे और रिक्शे को भी उनके साथ ही रखना था, अतएव मशोबरे पहुँचते-पहुँचते मुन्नू दूसरे कुलियों की अपेक्षा कहीं अधिक हाँफने लगा। किन्तु मेम साहबा तो मेजर साहब से बातें करने में इतनी व्यस्त थीं कि जब वे लोग लक्ष्य स्थान पर पहुँच गए, उन्हें रिक्शे से उतरने का ध्यान ही नहीं रहा।

टिफिन के समय मुन्नू को साहब को और मेम साहब को खाना खिलाने के लिए तैयार रहना था। जब कुलियों को अवकाश मिल गया कि वे जाकर रिक्शे के अड्डे पर आराम करें और जब बुलाए जाएँ, तब फिर आवें, तब तो मुन्नू का हृदय अधीर हो उठा। किन्तु अपने-आपको सम्भाल रखने के लिए बहुत ही प्रयत्न किया और आकृति पर खिन्नता तथा क्लान्ति का भाव ज़रा भी नहीं व्यक्त होने दिया। उसने मन में अनुभव किया कि मेम साहबा का निजी नौकर होने के कारण दूसरे कुलियों की अपेक्षा उसकी स्थिति कहीं ऊँची है और उस मर्यादा की रक्षा के लिए उसे कुछ क्लेश तो सहना ही पड़ेगा। अन्त में अब उसे खाने के लिए मुर्ग की एक पूरी टाँग, डबल रोटी और लन्च का सब बचा-खुचा खाना मिला, तो उसकी यह भावना और भी दृढ़ हो गई।

उसने नल पर बैठकर खाना खाया और फिर रिक्शा-स्टैण्ड पर आ पहुँचा, साहब तथा मेम साहबा की आज्ञा की प्रतीक्षा करने के लिए।

उसके आते ही सब कुली उसे बनाने लगे।

"तुम्हारी मेम साहब भी कोई मेम साहब हैं? शिमले का कोई साहब या कोई मेम साहब उनसे मिलने नहीं आता" एक कुली बोला।

"तो मुझे इससे क्या?" मुन्नू बोला, "किन्तु तुम्हें तो कदाचित् इस कारण उनसे चिढ़ हो गई है कि मशोबरे आते हुए वे एक बार भी रिक्शे से नहीं उतरीं।"

"नहीं तो! हम तो तेरे भले के लिए कहते हैं" कुलियों के सरदार ने कहा, "तुझे तो उसकी नौकरी छोड़ देनी चाहिए। तू उसकी खिदमतगारी भी करता है, और रिक्शा भी खींचता है।"

मुन्नू चुप रहा।

"हाँ जी, यह रिक्शा-कुली ही क्यों न बन जाए?" एक दूसरे कुली ने कहा, "फिर इसे उसकी खिदमत तो न करनी पड़ेगी!"

"इसलिए कि यह क्षय-रोग से मर रहा है" मोहन ने कहा, "देखो तो ज़रा इसकी धँसी हुई आँखें और पीले-पीले पिचके हुए गाल!"

"ला मुन्नू, ज़रा अपनी नब्ज़ तो मुझे दिखा" एक कुली ने हँसते हुए कहा।

"हटो, मैं तुम्हारी बातों में नहीं आता। लाओ एक सिगरेट तो पिलाओ।"

उस रोज वह सारी रात खाँसता रहा और अल्लादाद की भी नींद खराब की।

"यह मैंने मशोबरे में जो बीड़ी पी ली थी, उसी का नतीजा है" उसने बूढ़े अल्लादाद के झुँझलाने पर कहा।

दूसरे दिन जब वह अपने दाँत माँज रहा था और अपना हलक साफ करने के लिए गरारा कर रहा था, तब उसने देखा कि उसके थूक में खून के धब्बे-जैसे हैं। उसने जल्दी से मुट्ठी भर राख उस थूक पर डाल दी कि अल्लादाद खाँ की तथा स्वयं उसकी भी दृष्टि उस पर न पड़ सके। उसने कितना ही प्रयत्न किया कि काम-काज में वह अपने-आपको भुला रखे, किन्तु उसके हृदय में बार-बार सन्देह का भाव उदित होता और उसे भयभीत कर देता। पहली ही बार उसके मुँह से जो रक्त-स्राव हुआ, उसके आघात ने मुन्नू के मस्तिष्क में निराशा के जिस मेघ की सृष्टि कर दी, उसके कारण उसका चित्त अत्यन्त ही खिन्न हो उठा। "क्या मैं सचमुच मर रहा हूँ?" वह बार-बार अपने मन से पूछता, "क्या मोहन सच कहता था?" उसे मालूम न था कि क्षयरोग किसे कहते हैं उसके मन में आया कि मेरी छाती में जो यह पीड़ा कई दिनों से हो रही है और थूक के साथ जो रक्त आता है, शायद यही वह बीमारी हो, "हो न हो यह वही है," उसका एक मन कहता, "नहीं, नहीं, वह नहीं है! मेरा हलक जरा खराब है," उसका दूसरा मन उसको समझाने का प्रयत्न करता। यद्यपि गत तीन वर्षों से वह इस प्रकार निराशा का अनुभव कर रहा था कि रह-रहकर उसे संसार की यातनाओं से मुक्त होकर अनन्त धाम की यात्रा करने की कामना हुआ करती थी; किन्तु आज जब मृत्यु का लक्षण उसके मस्तिष्क की दृष्टि के समक्ष उपस्थित था और उसे यह सन्देश सुना रहा था कि अब निकट भविष्य में ही तुम्हारी अन्तिम साँस निकलने को है, तब उसे मरने की इच्छा ही नहीं हो रही थी।

अपनी शंका दूर करने के लिए और अपनी आत्मा को शान्ति देने के लिए उसने सोचा कि रतन को पत्र लिखे और उसकी सम्मति प्राप्त करे। उस समय उसे बहुत ही अकेलेपन का-सा अनुभव हो रहा था और वह कोई-न-कोई साहसपूर्ण कार्य कर बैठना चाहता था। उसने सोचा कि अपने पुराने मित्र को पत्र लिखना ही, जिसे वह मरा हुआ समझ चुका था, इस समय सबसे उचित है। क्योंकि यदि रतन मर चुका है, तो उसे स्वयं मर जाने में कोई आपत्ति न होगी और यदि वह जीवित हुआ, तो अवश्य उसकी सहायता करने का प्रयत्न करेगा।

भाग्यवश मेम साहबा ने, जो उस दिन सबेरे से ही अत्यन्त प्रसन्न थीं, मुन्नू को अपने दर्जी, हो वाँग चीनी जूते वाले और मेजर मार्चेन्ट के यहाँ सन्देश लेकर भेजा। खानसामा कहता था कि वे लाट साहब के नाच में जाने की तैयारियाँ कर रही हैं। माल जाते समय वह रास्ते में रेलवे बोर्ड के सामनेवाले छोटे-से डाकखाने में रुका और रतन को उसने पत्र लिखा। उसमें उसने संक्षेप में यह वर्णन किया कि वह किस प्रकार एक मेम साहबा का नौकर होकर शिमला आया और यहाँ अकेला होने के कारण उसका चित्त कितना खिन्न रहता है। अन्त में उसने रतन से शिमला आ जाने के लिए अनुरोध किया, यह भी लिखा कि यदि उसका आना सम्भव न हो, तो वह स्वयं बम्बई आने को तैयार है।

मेजर मार्चेन्ट ने मुन्नू को एक पत्र लेकर दास साहब के यहाँ दौड़ा दिया। ये सज्जन भारत-सरकार के वैदेशिक और राजनैतिक विभाग के एक हिन्दुस्तानी अफसर थे।

मुन्नू जब उनके कार्यालय में पहुँचा, जो स्वास्थ्य-विभाग के कार्यालय से तीन मील की दूरी पर था, तो उसे मालूम हुआ कि वे भोजन करने घर गए हैं।

मुन्नू फिर दौड़ता हुआ दो मील गया और वे भोजन कर ही रहे थे कि वह पहुँच गया।

''यह क्या है?'' उनकी पत्नी तारादेवी ने पूछा, ''तो क्या यह सरकार हमें शान्तिपूर्वक भोजन करने भी न देगी?''

''अरे भई, यह कोई सरकार का काम नहीं है'' बाबू ने कहा, ''यह तो इधर-उधर के खुशामदी हैं। आज सबेरे से मेरे पास बारह व्यक्तियों के पत्र आ चुके हैं, जिन्होंने अनुरोध किया है कि लाट साहब के यहाँ के नाच का पास दिलवा दो। अब यह तेरहवाँ पत्र मेजर मार्चेन्ट का है—वे हेल्थ अफसर हैं न। उन्होंने दो टिकट माँगे हैं—एक अपने लिए और एक उस अधगोरी स्त्री के लिए, जिसे वे आज-कल फँसाए हुए हैं। हमारा बच्चा जब बीमार था, तब उन्होंने चिकित्सा की थी। इसलिए अब मैं चाहे और किसी का काम करूँ या न करूँ, उनका तो करना ही पड़ेगा। अच्छा ब्वाय! साहब को हमारा सलाम बोलो।''

मुन्नू जब वापस हुआ, तब मानसून के बादल शिमले की ऊँची पहाड़ी चोटियों पर एकत्रित हो रहे थे। बँगले से कोई सौ गज़ दूर वह 'अनण्डेल' के रमणीक दृश्यों में खोया हुआ चला आ रहा था कि बिजली के कड़कने की आवाज आई और बादल गरजने लगे। सारे आकाश पर अन्धकार छा गया। जैसे ही उसने बँगले के बरामदे में पैर रक्खे, उमड़े हुए बादलों ने अपनी समस्त एकत्रित पूँजी बिखेर दी।

घण्टों वर्षा होती रही। बीच-बीच में गड़गड़ाकर बादल गरज उठते और बिजली भी चमक जाती थी, जिसके कारण ऊँचे-ऊँचे पर्वतों से उस गड़गड़ाहट की प्रतिध्वनि होने लगती, और बिजली का प्रकाश चारों ओर फैली हुई अपनी प्रभा से हरियाली पर छाए हुए कुहरों को नष्ट करके अलौकिक सौन्दर्य प्रदान कर देता था।

फिर हल्की-हल्की हवा चलने लगी और बादलों को उड़ाकर मैदानों की ओर ले गई, जहाँ सतलज का प्रबल प्रवाह एक रजत-जल-विस्तार के समान लग रहा था।

ऐसा मौसम लगातार तीन दिन तक रहा। बीच-बीच में तीन-चार घण्टे को कभी पानी खुल जाता था। जब बादल छा जाते और दिन का प्रकाश छुप जाता, तब मुन्नू बैठे-बैठे अपनी क्रमशः बढ़ती हुई निर्बलता पर मन-ही-मन दुःखी हुआ करता। कभी-कभी मेम साहबा उसे दर्जी या जूतेवाले के यहाँ किसी आवश्यक कार्य से भेज देतीं, तब अवश्य उसे जाना पड़ता और कदाचित् कुछ समय के लिए उसके मस्तिष्क से वह चिन्ता निकल जाती।

एक दिन शाम को वह रिक्शा वालों की बस्ती में गया कि मोहन से मिलकर धीरज प्राप्त करे।

यह बस्ती क्या थी, लोअर बाजार में बने हुए लकड़ी के झोंपड़ों का एक समूह थी, जो लोअर बाजार को बैलगाड़ी वाले रास्ते से जाते समय पड़ता था। इन झोंपड़ों के पास से एक गन्दा नाला बहता था, जिस पर काई जमी हुई थी। इसके द्वारा कदाचित्

बाजारों की गन्दगी खड्ड़ों में पहुँचाई जाती थी।

मुन्नू को यह नहीं मालूम हो सका कि मोहन का कौन-सा झोपड़ा है, क्योंकि हर एक झोपड़ें में कई कुली एकत्र थे और चिलम पी रहे थे। उस समय अन्धकार भी हो चला था। मिट्टी के टिमटिमाते हुए दीपकों के अतिरिक्त प्रकाश के लिए कोई अन्य प्रकार की व्यवस्था न थी। उसे इन कुलियों से मिलकर बड़ी घबराहट-सी हुई, क्योंकि यद्यपि उनमें से अधिकाँश शिमला या काँगड़ा की पहाड़ियों के ही रहनेवाले थे, परन्तु फिर भी उन सब के आकार-प्रकार में बहुत भिन्नता थी।

एक झोपड़े में कुछ कुली ढोलकी बजा-बजाकर कोई पहाड़ी गीत गा रहे थे। मुन्नू को वह गीत बहुत ही मधुर मालूम हुआ। किन्तु जब वह वहाँ पहुँचा, तब देखा कि एक कुली बैठा ईंटों के चूल्हें पर गुलगुले पका रहा है और चूल्हे से निकल-निकलकर इतने जोर का धुआँ फैला हुआ है कि दम घुट जाता है। कुण्डली बाँधकर धुआँ ऊपर जाता और छत से टकरा-टकराकर कुलियों के मस्तक पर नाचने लगता, मानो बड़े-बड़े सर्प और अजगर नाच रहे हों। धुआँ निकलने को कोई रोशनदान या खिड़की नहीं थी। मुन्नू गाने के आकर्षण से कुछ देर ठहरा। धुआँ उसके फेफड़ों में घुसने लगा और जब उसकी कण्ठ-नली खूब जोर से सहलाने लगी, तब मुन्नू खाँसता हुआ गला पकड़े बाहर निकल आया।

अन्त में उसने मोहन को ढूँढ़ ही निकाला। एक झोपड़ी के छोटे-से बरामदे में वह अभी भोजन करने बैठा था। उससे थोड़ी दूर पर बारह और कुली थे, जिनमें से कुछ भोजन कर रहे थे, कुछ लेटे थे और कुछ फर्श पर ही पड़े सो रहे थे।

"आओ, आओ, खूब आए!" उनमें से दो कुलियों ने कहा, जो मुन्नू को जानते थे।

मोहन चुपचाप उठा और एक बोरी लाकर मुन्नू के बैठने के लिए उसने बिछा दी।

बूढ़े कुली मुन्नू की ओर ध्यान से देखने लगे और मुन्नू को ऐसा लगा, जैसे वे उसके कच्चेपन की आलोचना कर रहे हों।

"यह आज सब लोग गुलगुले क्यों खा रहे हैं?" मुन्नू ने मोहन से पूछा।

"वाह भाई! वाह!" एक कुली मोहन के कुछ जवाब देने से पहले ही बोल उठा, "मेम के नौकर क्या हो गए कि अपने त्यौहार आदि भी भूल गए? हम लोग चौमासा मना रहे हैं।"

"तुम इन लोगों के कहने-सुनने की ओर ध्यान न देना" मोहन ने कहा, "ये लोग यहाँ प्रतिवर्ष अनुकूल ऋतु आने पर आया करते हैं और इन्हें स्वयं भी अपने त्योहारों के सम्बन्ध में कुछ नहीं मालूम है। सुनी-सुनाई बातें उड़ाते हैं। किन्तु ये सब मूर्ख हैं। यहाँ रहने के अनुकूल ऋतु आने से बहुत पहले ये लोग इसलिए दौड़े आते हैं कि जो रिक्शा देखने में अच्छा हो, उसे प्राप्त कर लें। शिक्षा और सभ्यता का तो इनमें नाम तक नहीं है। इधर पहाड़ पर बराबर रिक्शा चढ़ाते-उतारते ये लोग एक प्रकार से बिल्कुल निर्जीव-से हो गए हैं। फिर इस समय इनके पास दूसरों का मजाक उड़ाने के सिवा और काम ही क्या है?"

"अच्छा, तुम बड़े विद्वान् हो, बस! इतने जरा-से मजाक पर बिगड़ते क्यों हो?" उस कुली ने कहा जो पहले बोला था, "और हाँ, देखो, सबेरे सूर्य उदय होने से पहले

जगा देना मुझे। सँजौली जाना है।''

''अच्छा'' मोहन ने उत्तर दिया और वह एक बीड़ी सुलगाने के लिए बढ़ा।

''और हाँ, अपने विवाह के लिए चौधरी से जो ऋण लेने को मैंने कहा है, उसका प्रबन्ध करने को न भूलना।'' उसने जरा मटककर कहा।

''वह तो मैं अवश्य भूल जाऊँगा।'' मोहन ने उत्तर दिया, ''तुम सदा के लिए उस चेचक के दाग वाले चौधरी के चँगुल में फँस जाओगे। और फिर विवाह करके भी यदि तुम प्रतिवर्ष यहाँ आते रहे, तो फिर विवाह करने से लाभ? तुम्हारा हृदय यों ही निर्बल है, किसी दिन टें हो जाओगे।''

''और भई, वह तो आपने कह ही दिया है'' एक और कुली बोला, ''इसमें कोई दम तो है नहीं। फिर विवाह किसके बूते पर कर रहा है?''

सब हँस पड़े।

''तो फिर करूँ क्या?'' उस कुली ने फिर कहा।

''भले आदमी, अपने देस चले जाओ। मेरी बात मानो, जाकर अपनी खेती-बारी देखो।'' मोहन ने कहा।

''मेरी जमीन तो रेहन है।'' कुली ने उत्तर दिया।

''तो फिर मेरे साथ चलो हम-तुम चलकर एक दिन महाजन का अन्त कर दें और तुम्हें तुम्हारी जमीन मिल जाए।'' मोहन ने कहा, ''मेरा तो उद्देश्य यही है कि तुम लोगों को यह बात समझाऊँ कि जब तुम लोग परिश्रम करते हो, खून-पसीना एक करते हो, तो इस गाढ़ी कमाई का कुछ अंश तुम्हें भी मिलना चाहिए।''

''उँह! अब तुम अपनी ये हवाई बातें रहने दो। मैं तो ऐसे ही अच्छा हूँ। यहाँ रहता हूँ। हुक्का पीता हूँ, मेहनत करता हूँ, कभी-कभी ताश खेल लेता हूँ, और जो भी मज़दूरी मिलती है, करने से कभी नहीं चूकता।''

''अच्छा मूर्ख!'' मोहन को क्रोध आ गया, ''तुम अपने प्राण दे दो, हमें क्या! खूब उन लोगों को अपना खून चूसने दो। तुम सब गधे हो! नासमझ हो! गुलाम हो! तुम्हारे दिमाग में समझदारी की बातें कैसी ठूँसी जाएँ?''

''अच्छा, तो फिर कल से पाठ सीखना आरम्भ करेंगे'' उस कुली ने मजाक करते हुए कहा और कम्बल सिर से तानकर सोने का बहाना करने लगा।

''मैं अभी एक मिनट में आया'' मोहन ने मुन्नू से कहा और सड़क पर वह अदृश्य हो गया।

उसके जाते ही मुन्नू को लगा, जैसे उस झोपड़ों के संसार से उसका सम्बन्ध सहसा टूट गया। ऐसा लगा कि एक दीपक सहसा बुझा दिया गया, क्योंकि उसके प्रति मोहन की आन्तरिक सहानुभूति थी ही ऐसी।

जो कुली सोने के लिए लेट गया था, उसने झटके से अपना मस्तक उठाया और कहा, ''अच्छा, उस्ताद मोहन! यह तो बताओ...'' किन्तु इधर-उधर दृष्टि दौड़ाई, तो मोहन का कहीं पता न था।

''अच्छा, तो चला गया वह! विचित्र मनुष्य है, भाई! पढ़ा-लिखा आदमी है। विलायत हो आया है। परन्तु पता नहीं, क्यों, वह यहाँ हम लोगों के बीच में रहता है और रिक्शा

खींचता है। समझ में नहीं आता...''

''इसने किसी उच्च घराने में जन्म ग्रहण किया है'' एक बूढ़े कुली ने हुक्का गुड़गुड़ाते हुए कहा, ''इसने बाल्यकाल और युवावस्था में सुख के दिन व्यतीत किए हैं और अब यह एक प्रकार से अपने पापों का प्रायश्चित्त कर रहा है। उसने मुझे बताया था कि वह बहुत अकेलेपन का अनुभव करता था, अपने साथ के लोगों में उसे अच्छा न लगता था। अब वह मनुष्यों के बीच में रहकर मनुष्य बनना चाहता है।''

''सच!'' मुन्नू विस्मित रह गया, ''कैसा विचित्र मनुष्य है!''

''यह तो एक रहस्यमय व्यक्ति है!'' जो कुली लेटा था, उसने कहा।

''हाँ, यहाँ रहस्यमय तो है ही!'' बूढ़े कुली ने कहा, ''किन्तु यदि यह यहाँ न होता, तो जेलखाने में होता। जो काम यह करता है, यदि कहीं और करे, तो सरकार उसे पकड़कर जेल भेज दे। क्या तुम लोगों को इसने कुछ नहीं बताया?''

''नहीं तो!'' उस कुली ने कुछ आश्चर्य और कुछ भय से कहा।

''एक-न-एक दिन यह तुम्हें अवश्य बताएगा...'' इतने में मोहन हाथ में एक पैकट लिए आ पहुँचा।

''भाई मुन्नू! यह लो, तुम्हारे लिए मैं थोड़े-से फल ले आया हूँ। यहाँ हम तुम्हारा कोई विशेष प्रकार का सत्कार तो कर नहीं सकते। दुकानों में भी क्या मिलता है। मिठाइयाँ तो बहुत हानिकारक होती हैं। तुम फल खूब खाया करो और प्रतिदिन आध सेर दूध पिया करो। बहुत दुबले मालूम पड़ रहे हो। और अब जाओ, आराम करो। पानी रुक गया है। घर जाकर शीघ्र ही सो जाना।''

मुन्नू ने सब कुलियों से 'जय देव' किया और उतावली के साथ वह बाहर निकल आया। वह मोहन का कृतज्ञ तो था, पर उसे डर भी लग रहा था। उन दोनों कुलियों की बातें उसने ध्यान से सुनी थीं। बूढ़े कुली की बातों से तो उसका ध्यान बम्बई की उस शाम की घटनाओं की ओर गया, जब रतन को फ़ैक्ट्री से जवाब मिल गया था और तीन साहब कुलियों से बातें करने आए थे। वह सोचने लगा—कहीं मोहन भी तो उसी प्रकार का कोई साहब नहीं है? घर जाते समय रास्ते भर वह मोहन की मुलाकात से एक प्रकार के उत्साह का-सा अनुभव कर रहा था।

शुक्रवार के दिन, जो नाच का दिन था, मुन्नू पर भी अपनी मालकिन के उत्साह और प्रसन्नता का काफी प्रभाव पड़ा। प्रसन्नता के मारे भूमि पर उसके पाँव ही न पड़ते थे। वर्षा के बाद खिली हुई धूप में देवदार की खूशबू सूँघकर और पर्वतों की ढाल पर से गिरते हुए जल-प्रपातों का संगीत सुनकर वह मस्त हुआ जा रहा था।

जब उसकी मालिकिन बहुत देर तक बनाव-सिंगार करने के बाद बाहर रिक्शा पर बैठने के लिए इस विचार से निकली कि सिसिल होटल में जाकर मेजर मार्चेन्ट के साथ भोजन करें और उन्हें भी साथ ले लें, तब तो मुन्नू को बड़े ही हर्ष और गर्व का अनुभव हो रहा था। विशेष कर इस कारण से भी कि मिसेज़ मेनवेरिंग ने हर्ष से इतराकर बड़े भोलेपन से उससे पूछा, ''मैं सुन्दर लगती हूँ?'' उन्होंने मुन्नू के गाल पर चुटकी भी काटी

और विनोद का अनुभव करते हुए हँसीं भी। उस समय बहुत ही प्रसन्न होकर मुन्नू ने कहा, "हाँ, मेम साहब! बहुत ही सुन्दर!"

मुन्नू ने अपनी सारी शक्ति संचित करके नवीन उत्साह के साथ रिक्शा खींचना आरम्भ किया और जब तक होटल में मेम साहिबा और मेजर साहब भोजन करते रहे, वह बड़ी अधीरता से दूसरे कुलियों के साथ बैठा अपने कपड़े सुखाता रहा, क्योंकि रिक्शा खींचते समय वे पसीने में भीगकर उसके शरीर से चिपक गए थे।

पहाड़ की झिलमिलाती हुई रोशनियों के पास से जब वह रिक्शा खींचते हुए दौड़ा जा रहा था, तब उसे ऐसा लगा कि सिसिल होटल से वाइसराय का भवन बहुत दूर नहीं है। मेम साहबा के सामीप्य के कारण इतने अधिक उत्साह का संचार हो आया था उसके हृदय में!

जब मुन्नू ने सैकड़ों और कुलियों के साथ बैठे-बैठे शिमले की सुन्दर और भाग्यशाली स्त्रियों को रिक्शों में आते और खुले हुए दरवाजों से अन्दर सजे हुए कमरों में तथा बड़े-बड़े शानदार बरामदों में होकर वाइसराय के लॉन में जाते देखा, तब तो उसका उत्साह और कौतूहल और भी बढ़ गया।

जितनी मेमें थीं, वे सब महीन रेशमी वस्त्रों से सुसज्जित थीं, उनके दामन उनकी एड़ियों से भी नीचे लटककर जमीन पर झाड़ू दे रहे थे। उन्होंने जो शाल या समूर की खालें ओढ़ रखी थीं, उनसे न तो उनके कन्धे और गरदनें सर्दी से बचती थीं, और न रिक्शा खींचने वालों के घूरने से।

साहब लोग अवश्य आवश्यकता से कहीं अधिक कपड़े पहने थे। कम-से-कम मुन्नू ने ऐसा ही अनुभव किया। लम्बे-लम्बे काले कोट, मोमी कालर और कमीज। वे सब वक्षस्थल पर दोनों ही ओर बहुत से पदक लगाए हुए थे।

कोई-कोई तो बहुत ही विचित्र ढंग के कपड़े पहने थे। मुन्नू की समझ में न आता था कि ये कपड़े इन लोगों ने आखिर पहने कैसे होंगे क्योंकि रेशमी बिरजिसें बुरी तरह उनकी पिंडलियों से चिपकी थीं और जरी के काम वाली वास्कटों का गला बहुत ऊँचा और सख्त मालूम होता था।

कभी-कभी भारतीय नरेश भी इस प्रकार के विशेष अवसरों के लिए तैयार की गई चमचमाती हुई जड़ाऊ पोशाक पहनकर आते और मुन्नू को उनके लड़कों को देख-देखकर बड़ी ईर्ष्या होती थी। वे सब अपने-अपने पिता के साथ कितनी अच्छी-अच्छी अचकनें और चूड़ीदार पाजामे पहनकर नाच में आए थे।

कुछ पादरियों के आगमन पर कुलियों में काफी मजाक हुआ, क्योंकि वे तो कभी इस बात की कल्पना तक नहीं कर सकते थे कि यह लम्बे-लम्बे चोगों और दाढ़ीवाले पादरी भी नाच देखने के लिए आने की इच्छा कर सकते हैं।

अभी अतिथिगण प्रवेश कर ही रहे थे कि बैण्ड ने "गाड सेव दि किंग" बजाना आरम्भ कर दिया।

"ये नाच भी क्या बहारदार होते हैं" एक कुली बोला।

"हाँ" दूसरे ने उत्तर दिया, "और इनमें इन लोगों का रुपया भी बहुत अधिक खर्च होता है। हमारे साहब ने दो हजार रुपए खर्च किए तब कहीं लाल फरगल, मखमल का

कोट और साटिन की बिरजिस तैयार हुई।''

''मेरी मेम साहबा ने अपनी फ्राक पर तीन सौ रुपए खर्च किए हैं'', मुन्नू ने उत्सुक भाव से गर्वपूर्ण स्वर में कहा।

''और फिर टिकट प्राप्त करने में जो क्लेश होता है, वह अलग है'' मोहन व्यंग्यपूर्ण स्वर में बोला।

''मालूम होता है कि तुम्हें यह सब अच्छा नहीं लगता'' पहले कुली ने कहा।

''हाँ, मैं इन लोगों को जानता हूँ, इसीलिए अच्छा नहीं लगता'' मोहन कहने लगा, ''देखो न, ये लोग इतने रुपए खर्च करके ऐसे स्थान पर जाते हैं और ऐसे लोगों से मिलते हैं, जिनसे मिलने की वास्तव में उनकी इच्छा नहीं होती। क्योंकि इन लोगों में जो जाति-पाँत का भेद है, वह हम लोगों से भी बढ़कर है। यदि किसी अँगरेज-महिला का पति बारह सौ रुपए प्रतिमास प्राप्त करता है, तो वह किसी ऐसी स्त्री के यहाँ मिलने नहीं जाएगी, जिसका स्वामी केवल सौ रुपए कमाता हो। इसी प्रकार पाँच सौ रुपए मासिक उपार्जन करने वाले की पत्नी तीन सौ रुपये मासिक उपार्जन करने वाले की पत्नी को तिरस्कारपूर्ण दृष्टि से देखेगी। धनवानों में प्रेम और सहानुभूति का भाव कहाँ। ये लोग स्वच्छ हृदय से आपस में कभी मिलने की इच्छा ही नहीं करते। यह तो केवल शिष्टाचार का एक प्रदर्शनमात्र है, जो टुडे लाट ने इस अभिप्राय से किया है कि हम सरकार के विभव और महिमा का अनुभव कर सकें। ये स्त्रियाँ जो इतनी कसी हुई फ्राक पहने हैं, पसीने में तर होंगी। इन्होंने नीचे जितने भी कपड़े पहन रक्खे हैं, वे सब भीग गए होंगे। पुरुष अलग इन चुस्त पाजामों से ऊब रहे होंगे और दूसरों की पत्नियों से प्रेमालाप करते फिरते होंगे और फिर बाद में कहेंगे कि नाच बड़ा अच्छा था और डेविकों में चाय पीने जाएँगे। इधर तुम लोग ऐसे ही भूखे झक मारते रहोगे।''

''तुम यह सब कैसे कह सकते हो?'' पहला कुली बोला, ''तुम्हें साहब लोगों के जीवन का हाल क्या मालूम?''

''मैं यह सब कैसे कह सकता हूँ? साहब लोगों का हाल हमें क्या मालूम?'' मोहन ने उत्तर दिया, ''मैं एक बैरे को जानता था, जो एक कर्नल की स्त्री का नौकर था। वह कर्नल फौजी हेड क्वार्टर में—जाखू में रहता था। उस स्त्री की अवस्था पचीस वर्ष की होगी। उसके सुनहरे बाल थे, नाटा-सा कद था। देखने में वह बहुत सुन्दरी मालूम पड़ती थी। वह कर्नल पचपन वर्ष से भी अधिक अवस्था का था। उस स्त्री ने केवल कर्नल के रुपयों और पद के गौरव के कारण उससे विवाह कर लिया था। यह बैरा, गुलाम, कितनी ही बार देख चुका था, कि जब कभी उस कर्नल ने उसके शरीर पर हाथ रक्खा, वह पीछे हट गई। वह एक हृष्ट-पुष्ट, किन्तु अधेड़ अवस्था का मनुष्य था, तोबड़ा ऐसा उसका मुँह था। यों तो वह काफी दयालु स्वभाव का मनुष्य था, किन्तु मेम को न जाने क्यों उससे घृणा थी।

''तो भाई, जब तक वह उसके साथ रहती थी, बहुत ही उदास रहती थी। जब प्रातःकाल वह दफ्तर चला जाता, तब शराब पीना आरम्भ कर देती थी। शराब पीकर वह गोल कमरे में आ जाती। गुलाम अपने काम में लगा रहता; वह उसकी ओर ताकती रहती। वह कुछ इस ढंग से ताकती थी, कि गुलाम के हृदय में उत्तेजना का भाव उत्पन्न

हो आता, क्योंकि वह प्रायः नंगी ही होती थी। बिल्कुल नंगे शरीर पर केवल एक ड्रेसिंग गाऊन डाले रहती थी। वह गुलाम से ऐसे बेढंगे प्रश्न करती, जिनके कारण मन में उत्तेजना का भाव उत्पन्न हुए बिना न रहे। वह पूछती कि 'तुम्हें स्त्रियाँ पसन्द है?'', 'तुम्हारा विवाह हो गया है?'—और न जाने क्या-क्या पूछा करती।

गुलाम ने उसे बताया कि वह अपने गाँव की एक नवयुवती से प्रेम करता है। परन्तु उस नवयुवती के माता-पिता ने उसका विवाह गुलाम के साथ नहीं किया। तो भी उसे अभी तक यह आशा है कि किसी-न-किसी दिन वह अवश्य गाँव जाएगा और उसके साथ विवाह करके सुख का जीवन व्यतीत करेगा।

एक दिन वह मेम खूब शराब पीकर गोल कमरे में आ गई और एकाएक गुलाम को पकड़कर कहने लगी, ''गाँव में तुम जिस स्त्री से प्रेम करते थे, उससे मैं अधिक सुन्दरी हूँ। देखो, मैं तो गोरी हूँ, साथ ही एक कर्नल की स्त्री भी हूँ। मैं एक समय एक कवि से प्रेम करती थी और वह कवि भी मुझे चाहता था। परन्तु मैंने उसके साथ इसलिए विवाह नहीं किया कि पैसे उसके पास बहुत कम हैं। अब मुझे उसके लिए पछतावा है। किन्तु मैं तुम्हें चाहती हूँ।''

गुलाम ने उत्तर दिया, ''मुझे क्या? आप चाहे कर्नल की स्त्री हों या कोई हों, मेम साहब! मुझे आप पर दया बहुत आती है, पर मैं आप से प्रेम नहीं करता'' और यह कहकर उसने उसे ढकेल दिया।

फिर उसे डर लगा कि कहीं यह मेम कोई झूठा अपराध लगाकर उसे कारागार में न भेजवा दे, यदि उसने उसकी बात न मानी। परन्तु वह फिर हृदय में दृढ़ता का भाव ले आया और वहाँ से भाग निकला। वह उससे पीछे-पीछे रोती हुई दौड़ी, ''अरे जाओ नहीं। मुझे छोड़कर न जाओ, आ जाओ, वापस आ जाओ।''

यद्यपि गुलाम को उस मेम से सहानुभूति थी। उसे उसका स्वभाव भी पसन्द था। कर्नल ने उसके साथ विवाह करके उसके जीवन को क्यों नीरस बना दिया, यह सोचकर वह मन-ही-मन उसके प्रति असन्तोष का भी भाव प्रकट करता था। परन्तु वह भागा तो फिर बस भाग ही गया।

उस समय से गुलाम पर इन धनवानों के आडम्बर का लेशमात्र भी प्रभाव नहीं पड़ता। ये सब निरर्थक अपने-आपको धोखा देते रहते हैं कि हम बहुत सुखी हैं और मैं भी अपने योरप के अनुभव के आधार पर इसी निर्णय पर पहुँचा हूँ कि धनवान् लोग केवल आमोद-प्रमोद के पुजारी होते हैं।''

''यह इनका नाच कैसा अजीब होता है'' पहले कुली ने मोहन का किस्सा सुनकर कहा, ''आखिर किसी स्त्री को पकड़कर इधर-उधर ढकेलने से क्या लाभ?''

''यह एक प्रकार की प्रणय-केलि है, जो बहुत सुखदायक होती है। किन्तु अब तो इसमें केवल क्रीड़ा-कौतुक रह गया है, प्रेम का विचार भी नहीं किया जाता। इस प्रकार की प्रणय-केलि का तो अब केवल इतना ही उपयोग है कि इसके द्वारा इन लोगों के तत्त्वहीन शरीर में कुछ-कुछ उत्तेजना का भाव उत्पन्न हो जाता है। तब वे किसी कोने में जाकर एक-दूसरे का चुम्बन-आलिंगन करते-करते परस्पर हास्यालाप करते हैं, तरह-तरह से प्रेम का प्रदर्शन करते हैं। इस प्रकार आकर्षण उत्पन्न हो आने पर या तो एक दूसरे से विवाह

कर लेने के लिए वचनबद्ध हो जाते हैं, या यों ही एक-दूसरे के साथ सोते हैं। हाँ, तुम्हारे जैसे जंगलियों के लिए किसी स्त्री के साथ सोने से पहले उसके साथ नाचना आवश्यक नहीं है। तुम इन राजाओं, महाराजाओं और कर्नलों से कहीं ऊँचे हो, किन्तु फिर भी इनका रिक्शा खींचते हो।''

''तो तुम भी तो रिक्शा खींचते हो, क्या तुम नहीं खींचते?'' एक कुली बोला।

''यदि न खींचूँ तो तुम-जैसे लोगों से बातें करने का अवसर कहाँ मिले?''

''देखो, ये सब जोड़े-जोड़े मिलकर बाग में टहल रहे हैं!! मुन्नू बोला।

''हाँ'' मोहन ने कहा, ''किन्तु बाग की, ओर अधिक ध्यान से न देखना, नहीं तो कुछ ऐसी बातें दिखाई देंगी, जो तुम्हें अच्छी न लगेंगी।''

''अजी, मुझसे क्या मतलब? वह कुछ भी करती फिरे। मैं तो केवल उसका नौकर हूँ'' मुन्नू ने भोलेपन से कहा और फिर नीचे देखने लगा, जहाँ सोलन की रोशनियाँ जगमगा रही थीं। वह बैठकर वाइसराय के महल के विचित्र प्रकार के बाजे सुनने लगा। उस समय वह बहुत थका हुआ था। उसने जम्हाई ली।

मोहन ने अपना सूती कम्बल उसको उढ़ा दिया और कहा, ''तुम्हारी तबीयत ठीक नहीं मालूम पड़ती। ज़रा सो जाओ।''

''नहीं, नहीं, मेरी तबीयत बिल्कुल ठीक है?'' मुन्नू ने कहा। किन्तु बलग़म उसके गले में अटक गया और जोर से धक्के के साथ उसे खाँसी आने लगी, जिसके कारण वह व्याकुल होता जा रहा था। अन्त में वह खून की कै करने लगा।

''अरे बेवकूफ! अरे मूर्ख!'' मोहन उसे झिड़कने लगा, ''मैंने तुझसे मशोबरे में ही कहा था कि तेरा स्वास्थ्य अच्छा नहीं है। जरूर इससे पहले भी तेरे खून आता रहा है।''

मुन्नू ने मस्तक हिलाकर स्वीकार किया।

''तो फिर तूने अपनी मेम से कहा क्यों नहीं कि मैं रिक्शा नहीं चला सकता? क्या तूने कभी उससे कहा कि तेरे मुँह से खून गिरता है?''

मुन्नू चुप रहा।

मोहन का उद्विग्नतापूर्ण स्वर सुनकर बहुत-से कुली अपने-अपने स्थल से उठ आए और मुन्नू के आस-पास एकत्र हो गए।

वाइसराय-भवन के द्वार पर जो सिपाही पहरा दे रहा था, उसने देखा कि कुछ गड़बड़ है। वह लेफ्ट-राइट करता हुआ आगे बढ़ा और डपटकर पूछा, ''कौन है?''

''एक लड़का बीमार हो गया है, सरकार'' एक कुली ने सूचना दी।

''अडी काँग (एड डि कैम्प) साहब के आने से पहले-पहले इसे यहाँ से उठा ले जाओ,'' सिपाही ने आज्ञा दी।

मोहन ने जल्दी से मुन्नू को अपनी पीठ पर लादा और अपने साथियों से यह कहकर कि लौटकर बँगला जाते समय रास्ता ढालू पड़ेगा, इसलिए तुम लोगों को हमारी जरूरत न होगी। अन्त में वह उसे लिए हुए घर पहुँच गया।

जब मिसेज़ मेनवेरिंग मेजर मार्चेन्ट के साथ नाच से निकलीं, तब उन्हें यह जानकर बड़ी उद्विग्नता हुई कि मुन्नू को उठाकर घर ले जाना पड़ा, क्योंकि वह खून की कै कर रहा था। नाच में भी उन्हें कोई विशेष सफलता नहीं हुई थी। उन्हें इस देश वालों के

वीच में ठेल दिया गया था। केवल एक अँगरेज फौजी अफसर उनके साथ नाचा था। अतएव उन्होंने सोचा था कि मेजर के साथ घर जाएँगी और ब्रान्डी की एक बोतल के सहारे उस नाच की निराशा को भुला देंगी। परन्तु अब तो वे बहुत ही उद्विग्न हुईं।

अन्त में जब मेजर साहब ने मुन्नू के स्वास्थ्य की परीक्षा की और उसकी दशा को निराशाजनक बताया, तब तो वे रो पड़ीं।

हेल्थ अफसर के आदेशानुसार दूसरे ही दिन मुन्नू को एक तीन कमरों वाले छोटे-से झोपड़े में अलग करके रखा गया। यह झोपड़ा छोटे शिमले की ढाल पर बना था। यहाँ और भी दो कुली थे, जिनको यक्ष्मा रोग हो गया था। मोहन उसकी सेवा-सुश्रूषा करने आया करता था।

मुन्नू को यह आज्ञा दी गई कि वह बिल्कुल शान्त भाव से पड़ा रहे। कुछ दिनों तक खाँसी आने और बलगम के साथ रक्त आने के बाद उसकी तबीयत कुछ सम्भल गई। अब शिकायत केवल यह रह गई थी कि वह ज़रा भी खड़ा होता, चलता या शरीर के किसी अंग का किसी रूप में संचालन करता, तो थक जाता। इसलिए वह दिन भर एक नीचे-से पलँग पर एक मोटा-सा कम्बल ओढ़े पड़ा रहता था।

पहले कुछ दिनों तक मिसेज मेनवेरिंग उसे देखने आया करती थीं। उसके लिए कुछ फल-फूल भी लाया करती थीं और दिखाने के लिए उसकी ज़रा-सी देख-भाल भी कर लिया करती थीं और कुछ ऐसी बातें कह दिया करती थीं, जिससे कि उसके हृदय का निराशा का भाव कुछ दूर हो जाए और उसमें दृढ़ता आवे। वे कहतीं, "तुम अच्छे हो जाओगे। तुमको कोई रोग नहीं है, केवल निर्बलता भर है।" कभी-कभी उनकी आत्मा उनको धिक्कारती कि मैंने इस बेचारे से जो इतना काम लिया, यह अच्छा नहीं किया। मुन्नू के प्रति किए गए दुर्व्यवहारों को सोच-सोचकर वे और भी अधिक करुणा का अनुभव किया करती थीं और उनकी अन्तरात्मा उसके प्रति कोमलता का व्यवहार करने के लिए उन्हें विवश करती थी। परन्तु वे उसके प्रति किसी प्रकार की भी करुणा या कोमलता प्रदर्शित न कर सकीं।

मेजर साहब ने उनको क्षयरोग के रोगियों के उस झोपड़े में जाने से रोक दिया। उन्होंने उन्हें यहाँ तक धमकी दी कि वे वहाँ जाना न बन्द करेंगी और अपने नौकर के सम्पर्क में बराबर आती रहेंगी, तो बड़े दुःख के साथ उन्हें भी बस्ती से अलग करने के लिए उन्हें बाध्य होना पड़ेगा। मिसेज़ मेनवेरिंग पर मेजर मार्चेन्ट की इस धमकी का प्रभाव पड़े बिना नहीं रह सका। अब उन्होंने मुन्नू से मिलना-जुलना बिल्कुल बन्द कर दिया, वे अपने बँगले में ही बैठे-बैठे कुढ़ा करती थीं।

मेजर मार्चेन्ट के साथ मिसेज़ मेनवेरिंग का मेल-जोल बढ़ते-बढ़ते जब अपनी पराकाष्ठा तक पहुँच गया, तब मुन्नू को मेम साहबा के प्रति बड़ा असन्तोष हुआ। बाद को जब उसके बलगम के साथ रक्त गिरने लगा और उसे यह अनुभव होने लगा कि अब मृत्यु उस पर आक्रमण करने ही वाली है, तब तो उसे कुछ समय के लिए उनसे घृणा हो गई। परन्तु जब उसके बलगम के साथ रक्त गिरना बन्द हो गया औ वह निर्बलता के मारे

चारपाई पर पड़ा रहा—कभी तो इस तरह के उत्साह का अनुभव होता कि वह आरोग्य होकर रहेगा और कभी उसे जीवन से पूर्ण निराशा हो जाती, वह अपने-आपको मृत्यु के मुख में पड़ा हुआ-सा अनुभव करता था—तब उनके प्रति सदय हो उठा और एक सहानुभूति और कोमलता की भावना का अनुभव करने लगा। और यही भावना के प्रति भी उसके हृदय में उठी। ऐसा प्रतीत होता था कि उसके शरीर ने इस निर्बलता की अवस्था में उस तिरस्कार को स्वीकार कर लिया था, जिसको वह उस समय, जब वह स्वस्थ और शक्तिशाली था, कभी न माना था।

अब मुन्नू में एक आश्चर्यजनक कोमलता और प्रेम की भावना पाई जाती थी। उसके गाल पिचक गए और चेहरा पीला पड़ गया। आँखें स्याह गहरे गढ़ों में धँस गई थीं और क्षीणता से पहाड़ की घाटियों को देखा करती थीं। उसकी यह धारणा हो चली थी कि जीवन के दिन बीत गए, दिन ढल गया और अन्त समीप है।

जब कभी उसके मुख से रक्त गिरता, तब वह बहुत अधिक भयभीत हो उठता, परन्तु जब धूप चमकती और साँस अच्छी तरह आने लगती, तब वह अपने-आप में खोया रहता।

उसे आकाँक्षा होती कि वह आरोग्य हो उठे और जब उसकी साँस भी अच्छी तरह आती-जाती और खाँसी भी न आती, तब उसे आकाँक्षा होती कि वह और भी अच्छा हो जाए।

मन-ही-मन वह तरह-तरह के मनसूबे गाँठा करता। रतन ने उसे लिखा था कि वह बम्बई आ जाए। ट्रेड यूनियन की तरफ़ से पठान सूदखोरों, फ़ोरमैनों और फ़ैक्ट्रीवालों के अत्याचारों के प्रतिवाद के लिए जो आन्दोलन हो रहा था, उस सिलसिले में एक नौकर की आवश्यकता थी। वेतन यद्यपि बहुत कम था, किन्तु रतन की सलाह थी कि वह चला आवे और वह काम कर ले। मुन्नू की इच्छा होती कि वह चला जाए। चूँकि कुछ गरमी पड़ने लगी थी और मक्खी और मच्छर अधिक सताते नहीं थे, इसलिए वह उत्तरोत्तर स्वस्थ होने लगा और उस दिन की प्रतीक्षा करने लगा, जब वह पैदल बम्बई जा सके। वह प्रायः अपनी शक्ति का अनुमान लगाने का उद्योग किया करता कि वह जा सकेगा या नहीं।

मुन्नू के मुख से एक दिन फिर बहुत-सा खून गिरा। अब यह आशा न रह गई कि वह बिस्तर से उठ सकेगा। उसके मन में तरह-तरह की शंकाएँ उठने लगीं। इस बार खून आने के बाद ज़रा-सी खाँसी आने से वह निराश हो जाता था। अब तो उसकी सारी कोशिश यह थी कि दशा इससे बिगड़ने न पाए।

संकट बराबर बना ही रहा, यद्यपि किसी-किसी दिन उसका शरीर थोड़ा-बहुत हल्का हो जाता था। यदि एक घण्टे को धूप नसीब हो जाती थी तो नियामत मालूम होती थी।

डाक्टर साहब प्रति सप्ताह स्वास्थ्य की परीक्षा करने आते थे, परन्तु उनके भाव से मुन्नू को किसी प्रकार की आशा नहीं होती थी। मुन्नू को मेजर मार्चेन्ट के चेहरे पर एक अधिकारी की-सी गम्भीरता के भाव रहते हुए भी मालूम हो जाता था कि वे क्या सोच रहे हैं। और यही कारण था कि आज-कल अपने अस्तित्व और अतीत की स्मृतियों के अतिरिक्त उसके जीवन में कुछ और न रह गया था।

मोहन से अवश्य थोड़ी तसल्ली मिलती थी, क्योंकि वह आता, पलँग पर बैठता

और शाम को सिर भी दबाया करता था। फिर वर्षा होने लगी और आस-पास के पहाड़ों पर बादल अकड़ते, धमकी देते हुए मँडराने लगे।

फिर मौसम साफ हो गया और मुन्नू लेटे-लेटे नीचे घाटी में उगी हुई जौ की फसल को देखा करता। हवा के हर झोंके के साथ अतीत की स्मृतियाँ नवीन हो जातीं, पिछली कहानियाँ स्मरण हो आतीं—वे विचित्र प्रकार की बिखरी हुई स्मृतियाँ जैसे कोई सपना हो!

सर पर की ठण्डी हल्की हवा अक्सर तूफान में बदल जाती। मुन्नू का सीना अधिकतर जकड़ता जाता।

फिर उसकी तबीयत कुछ सम्भल गई थी। कुछ दिन अच्छे बीत गए, "अब मैं नहीं मरुँगा," यह कहकर वह अपने-आपको धीरज देता।

पानी फिर बरसने लगा और मुन्नू को इसमें सन्देह होने लगा कि वह अच्छा भी होगा या नहीं। वह थकन से चूर-चूर, परेशान और हलकी-सी वेदना की मूर्ति बना अपनी नीरस आँखों से मोहन को ताकता, जैसे अपने मित्र के शरीर को स्पर्श करके वह जीवन की उष्णता प्राप्त करेगा।

"ठीक है मुन्नू भैया, घबराओ मत। तुम तो बहुत बहादुर लड़के हो," मोहन उसे धीरज बँधाता रहा।

मुन्नू ने मोहन के हाथ कसकर पकड़ लिए और अपनी रगों के खून को वह समझने लगा, जैसे वह एक लहर हो जो इतनी दूर पहुँच जाना चाहती हो, जितनी दूर अब तक कभी न पहुँची थी।

किन्तु एक रात को पिछले पहर वह चल बसा। जीवन की तरंग अब पीछे हट गई थी—बहुत पीछे।